ERSHIYI SHIJI
ZHONGGUO WENXUE DAXI

顾　问

丁　帆　陈思和　林建法　洪子诚

总主编

何言宏

总策划

何言宏

策　划

丁亚芳　王政红　王欲祥

编委会成员

丁亚芳　丁晓原　王　尧　王光东　王政红
王家新　王彬彬　王欲祥　吕效平　何言宏
张学昕　张清华　张新颖　陈晓明　施战军
徐　蕾　黄发有　彭志斌

（以姓氏笔画为序）

二十一世纪
中国文学大系

2001—2010

总主编 何言宏

杂 文 卷

本卷主编 王光东

南京师范大学出版社
NANJING NORMAL UNIVERSITY PRESS

图书在版编目（CIP）数据

二十一世纪中国文学大系：2001～2010．杂文卷／王光东主编．— 南京：南京师范大学出版社，2014.12
ISBN 978-7-5651-1660-5

Ⅰ.①二… Ⅱ.①王… Ⅲ.①中国文学－当代文学－作品综合集　②杂文集－中国－当代　Ⅳ.①I217.1　②I267.1

中国版本图书馆CIP数据核字（2014）第213083号

书　　名	二十一世纪中国文学大系（2001—2010）·杂文卷
本卷主编	王光东
责任编辑	向　磊
出版发行	南京师范大学出版社
地　　址	江苏省南京市宁海路122号（邮编：210097）
电　　话	（025）83598919（总办办）　83598412（营销部）　83598297（邮购部）
网　　址	http://www.njnup.com
电子信箱	nspzbb@163.com
照　　排	南京理工大学印刷照排中心
印　　刷	南京爱德印刷有限公司
开　　本	660毫米×970毫米　1/16
印　　张	34.5
字　　数	513千
版　　次	2014年12月第1版　2014年12月第1次印刷
书　　号	ISBN 978-7-5651-1660-5
定　　价	68.00元

出 版 人　彭志斌

南京师大版图书若有印装问题请与销售商调换

版权所有　侵犯必究

前言

何言宏

《二十一世纪中国文学大系(2001—2010)》凡十三卷十八册,经过各位同仁的共同努力,终于面世,无疑是中国文学界的一件大事。

二十一世纪的第一个十年,中国文学发生了非常巨大的变化。这些变化,首先表现于它的世界性的历史处境。2001年发生于美国的"9·11事件"对于世界格局的改变,无论是在政治、经济和军事方面,还是在精神、思想、文化和意识形态方面,都非常巨大。也就是在这一年,中国经过艰苦的努力与谈判,终于加入了"WTO"。这一事件对于中国社会和中国经济的影响自不待言,其对我国思想文化界的影响,实际上也非常深刻。二十一世纪的中国文学,就发生和发展于这样的世界背景,并且和这样的背景发生着或显或隐的内在联系。

在中国内部,二十一世纪以来,中国大陆对于世界体系的进一步融入和改革开放在多方面的拓展与深化,市场化社会和消费社会的初步形成,媒介文化特别是网络文化的不断发展与发达,文学体制包容性的扩大和评奖制度的调整,以及中国台湾开始于上世纪末的政治转型,香港和澳门分别于1997年和1999年对祖国的回归,都不仅使中国各个区域的社会、政治、经济与文化发生了变化,它们之间的文学与文化关系,也与此前大为不同。这些"变化"和这些"不同",二十一世纪以来表现得尤为迅猛、尤为突出,文学处身其中,无论是主动被动,还是直接与间接,自然与它们深切关联。在这些关联中,我们关注最多和感受最深的,就是我们的文学——具体地说,就是我们的作家、诗人,我们的文学批评家、文学研究者,和我们的文学翻译家、文学编辑与文学出版工作者等等——都力图以他们的劳作去书写、把握、追问、反思与介入我们的时代。我们这个时代和我们这个时代广大民众的精神与生存,在我们的文学中得到了异常丰富的表现。

二十一世纪以来,我们的文学潮流迭起、异彩纷呈,老一辈作家坚守良知,佳作不断;中年作家们勇猛精进,成就卓绝,殊为我们文学时代的中流砥柱;青年一代,也都姿态各异,身手非凡。二十一世纪以来,我们出现了那么多非常杰出的作品。我们的文学在精神特征、话语表达,在价值、美学和艺术策略上既有坚持,又有新变,在文学史的意义上,已经构成了一个相对完整和相对独特的文学时代。这个时代虽仍在进行,但我们有理由相信,它的未来必定宏阔,必有大成。因此,为了全面、系统和较为及时地总结二十一世纪第一个十年的中国文学,对这一时期中国文学的历史发展、基本格局和重要史料进行认真切实的梳理,并且遴选出其中的重要作家和重要作品,一方面为后人对这一时期中国文学的进一步研究和文学史编撰提供最具权威性的经典文献,另一方面,也为社会各界和广大读者提供一套权威性、系统性和集成性的大型选本,我们特邀请中国当代文学研究界的著名学者和著名批评家编选了《二十一世纪中国文学大系(2001—2010)》。

我们的"大系",充分借鉴和学习了赵家璧先生1935—1936年间主编的《中国新文学大系》(1917—1927)以来各辑"大系"的历史经验,也据二十一世纪以来中国文学的基本特点,既有常规性的"理论批评"、"长篇小说"、"中篇小说"、"短篇小说"、"散文"、"诗歌"、"戏剧文学"、"杂文"、"报告文学"和"史料"诸卷,也专门设立了"翻译文学"和"随笔"卷,在文学史的意义上强调和突出"翻译文学"对于汉语文学的重要意义,也反映了二十一世纪以来"随笔"文体的持续兴盛。我们希望,我们的"大系"在学术精神上既能对前辈有所承传,也能具有新的尝试和新的开辟。

《二十一世纪中国文学大系(2001—2010)》虽然较早地动议于2009年,并在南京师范大学出版社及有关部门的大力支持下迅速启动,纳入了江苏省"十二五"期间的重点出版规划,也获得了我们学术前辈的热情鼓励与肯定,但是,为了保证编选工作的客观性与严肃性,为了这项浩大的"学术工程"所必须具有的时间的沉淀,我们在二十一世纪第一个十年的中国文学结束几年后方始推出。各卷主编作为在中国现当代文学研究界与文学批评界都极活跃与非常著名的学者与批评家，工作繁忙，而能勠力同心地沉潜数年，共襄盛举，真的应该深深感谢。昔者赵家璧先生在其《中国新文学大系》(1917—1927)的"前言"中曾经说过："我们相信新文学运动第一个十年间许多英雄们打平天下的伟绩，是值得有这样一部书，替他们留一个纪念的。现在我们做成了，我们觉得了却了一件心愿！"对于我们这套"大系"来说，值得纪念的，除了我们的很多作家、诗人、批评家和翻译家们的文学"伟绩"，还有我们的前辈与我们的同仁们对"大系"所付出的很多热情、很多心血，正是在这样的意义上，我也非常想说："现在我们做成了，我们觉得了却了一件心愿！"我们希望，在二十一世纪第二个十年行将结束的时候，我们的文学必将取得新的"伟绩"，我们的文学研究界与批评界，也必将有一次新的集结。

出版说明

本套《二十一世纪中国文学大系（2001—2010）》自 2010 年开始策划，至今已四年有余。从组稿到选编，从定稿到编辑，几经斟酌、打磨，这套丛书终于面世了。

作为丛书的策划与出版者，我们的心中并不觉得轻松。众所周知，选编新文学大系的做法始于上个世纪三十年代的赵家璧先生，其后上海文艺出版社又陆续出了二、三、四、五辑。新世纪以来，虽然也不断有各类文学选本陆续推出，但以头十年为考察时间段的综合性大系类丛书，这还是第一套。十年，还不足以呈现文学思潮发展的清晰脉络，但经过十年的淘洗沉淀，新世纪文学创作的趋势和特点已经逐渐在我们面前展开，渐见分明。选编本套大系的最大问题，是如何蹿武前贤而又不失新世纪文学发展的特点。经过与总主编及各卷主编多次的商讨，在借鉴前五辑大系框架结构的基础上，我们选定了十三个种类，分别为长篇小说、中篇小说、短篇小说、翻译文学、报告文学、诗歌、散文、随笔、杂文、戏剧、理论、史料、批评，并为各卷配上了分卷主编所撰写的导言，对相关文学体裁这十年来的发展踪迹做了较系统的梳理和总结，以供读者参考。

与前五辑相比，本套丛书既沿袭了传统的文学分类又有所创新，如将散文、随笔和杂文分册选编，显示了"随笔"这一文体近年来独具特色的面貌；又如将翻译文学独立成卷，凸显"翻译"这一特殊创作形式对于中国本土文学的影响，与中国文学逐步融入世界文学的步调也是相应的。当然，限于精力和客观条件，我们舍弃了一些同样具有鲜明文学特色的体裁，如小小说、儿童文学、影视文学等。

大系是一种特殊的读本，也是一种特殊的史料集，在编辑过程中，我们以存真、求善为原则，订立了以下编校原则：

一、关于选目

突出名作名家，兼顾风格流派。

二、关于版本

1. 原则上以最初发表的版本为准。

2. 少量的以作者认可的定本为准。

三、关于编排顺序

全套丛书多依文章发表的先后为序，少数按照分卷主编选编的类型排序，如戏剧卷以主题分类、诗歌卷以作者姓氏排序。

四、关于注释

1. 全书不加注释，只在每篇篇末注明选文出处或版别，如原载《×××》×年第×期，或选自××出版社×年第×版。

2. 原书少量典实确实有误，也不改动，但加脚注予以指出。

五、关于编校

所选篇目文字以初版为据；少量以作者定稿本为据的，加注说明。

1. 错别字径改。但异形字或异形词，或者过去的习惯用法如其它—其他、精炼—精练等，原文如用前一项的均不改。

2. 标点依据目前较规范的用法，对明显的错用加以改动，但不强求统一。

3. 年代、数字、称谓的用法也一依原作，不作统一。

文学大系的选编既是一家之见，难免会存在争议。但我们相信，争议也正是编辑这套丛书的意义之一。由于经验和水平，我们的编校中难免还存在失误和错谬，希望广大读者不吝赐教，以使我们的工作更臻完善。

南京师范大学出版社

2014 年 7 月 23 日

目 录

前言　何言宏/001

出版说明/004

导言　论新世纪以来的杂文　王光东/001

2001 年

没有人的社会　刘洪波/001

种田赎罪　陈　乘/003

何必制造热闹　张心阳/006

小民的想象力　苏　迅/09

"常有理先生"　刘洪波/0011

"要是国家背叛了她的人民呢?"　束学山/013

防患于何时　刘洪波/016

"执法产业"使腐败公有化　胡一刀/018

泛行政主义　岳建国/020

也说"两个世界"　鄢烈山/022

小窗口的傲慢　张戬炜/025

下访究竟要访什么　何三畏/027

百姓之"累"　悦　华/029

关于"火车"的对话　毕淑敏/032

364天怎么过？　雷抒雁/034

城里人的"精神自慰"　张金岭/037

暂住证的另类价值　韩　湖/039

速成时代　蒋子龙/041

童工的命运　潘多拉/044

感谢"血浆经济"　朱健国/046

"小小的"考　狄　马/048

是谁让孩子如此懦弱　李桂枝/050

2002年

一部当代农村的百科全书
　　——读李昌平的《我向总理说实话》　徐迅雷/052

我深深地爱上了封建王朝　瓜　田/055

奇书《下级学》　牧　惠/058

恶俗在伤口上开花　郑　萍/060

"典型"的制造过程　张爱国/063

美国人的英雄观　张心阳/065

做人的另一种成本　张心阳/068

当媒体面对他人的痛苦和生命　何三畏/070

2003 年

局部的公平　方益波/072

混沌言富　张　鸣/075

"到州政府方便一下！"　苏中杰/078

质疑"非法同居"　邓江秀/080

不怕"黑帮"就怕"帮黑"　舒　展/082

值得尊敬和警惕的"吕日周现象"　子　日/085

打肿谁的脸？　朱铁志/088

告别英雄　王跃文/091

"迷人的品质"　魏文彪/094

别拿农民开涮，行吗？　焦国标/096

马燕的漂流瓶　符　号/099

在全国盗版工作者大会上的讲话　莫　言/101

别临时摆动舌尖　刘心武/104

尊重咱们自己的公民　张心阳/106

纸老虎　潘多拉/109

千古赌场　王跃文/111

孙志刚替我而死　李昌平/113

学者什么时候需要宽容？　党国英/115

西滢"闲话"有镜鉴　宋志坚/118

明天我们说什么　国　秀/120

单位人　牟丕志/122

贪官发财秘诀　朱铁志/125

新新人类的旧旧思维　亦　杰/128

从容就义的猪　狄　马/130

华西村的"化石"意义　张　立/132

"权位激素"是个伪命题　王乾荣/135

城市拆迁的动力为何如此巨大？　　刘　　健/137

要不起的权利算是什么权利　　练洪洋/139

2004 年

全球第一妙语　　刘　　齐/141

教育成暴利行业　　黄　　波/143

从除夕"撞钟权"被拍卖说起　　郭松民/145

为穷人领奖　　张田勘/147

三字酒令　　晋　　军/150

苍凉的背影　　孔　　飘/152

爱国家与爱事实　　张金岭/155

北大到底是谁的北大　　童大焕/157

没有信仰，人人都得为道德沦丧买单　　蓝　　艺/159

不仅在危难时想起人民　　曹　　林/163

在爱国名义下的一记耳光　　王彬彬/166

今夜无人道歉　　小　　川/169

虚构阿房宫　　阮　　直/171

张维迎"站"在哪里说话　　鄢烈山/173

难能的离朱　　符　　号/176

2005 年

俄国饭局　　李国涛/178

无告者的声音　　何怀宏/180

下不来台　　潘多拉/183

"权力狂人"与"文学巨匠"　　周士君/186

假如真的取消高考　　吴　　非/188

追忆逝者：并非为盖棺定论　　许纪霖/190

都市里的情场　　蒋子龙/192

改　名　顾　土/195

被权力毒化的日常生活　张　鸣/197

做一头有尊严的豪猪　狄　马/200

除了考试，他们不会推理，不敢提问题，不愿动手
　　——清华工程物理系教授呼吁全社会救救这些只会
　　考试的孩子们　程　曜/203

你同意在"慰安所"喝茶？　刘方志/208

"一生都像是在'否定'里生活"　黄　波/210

赵燕和李秀珍　童大焕/212

在"第二代穷人"和"第二代富人"之间　何三畏/216

兔子的博导究竟是谁　柔　草/218

有很多顾准　黄一龙/220

月黑风高夜的一丝星光　吴兴人/223

"鼓掌"也要打假　石　飞/226

"悬赏出殡"，还善什么后？　刘洪波/228

如果上帝也随身带着手机　大　卫/230

从"李宇春是国资"看国资的人格分裂　曹　林/232

2006 年

由"带血的善款"想到"肖申克的救赎"　单士兵/235

很多时候，人们尊重的不是人而是背景　徐怀谦/237

过分的优待和颠倒的伦理　吴　非/239

"零拨款"下的"公民零权利"　毕　舸/242

历史要永远当心"戈培尔第二"　雷　迅/244

《卖火柴的小女孩》是写给谁们看的？　梁晓声/247

康熙讲崇祯的笑话　李国文/251

无用的禀赋　陈丹春/253

眼睛里流出来的文明　许博渊/256

美联航93号航班坠毁前的表决　袁晓明/259

不均权　难共富
　　——从发廊女苟丽说起　笑　蜀/262

一句话改变了美国　李兴濂/266

真相难求　贺卫方/269

一百种理由抵不上一颗良心　徐迅雷/272

乾隆搞调查　刘诚龙/274

原生态说　张　勇/277

江湖不是讲道理的地方　黄　波/279

希特勒的伎俩　邵燕祥/281

枣的悲哀　肖复兴/283

上海差生赴美成天才的启示　童大焕/286

潜·歧·视　周云龙/289

我们为什么需要鲁迅　钱理群/291

"取消信号灯"离我们有多远　马少华/296

别说你是为了我好　柳絮漂浮/298

粗糙型社会中的留守问题　徐迅雷/300

每一分一毛里都有民生之重　杨耕身/302

面　子　韩少功/304

媒体大批"啃老族"，欠妥　孙焕英/307

我只是讨厌屈服　柴　静/309

民不举为什么官不究　王重旭/312

2007年

高尔基为什么说谎　汪金友/315

老派知识分子　谢　泳/317

"只为苍生说人话"　陈鲁民/320

身份与文化　熊丙奇/322

父亲严文井关于人性的思索　严欣久/324

新农村建设与农民失语　洪巧俊/326

"掩耳盗铃"解　邵燕祥/328

民工子女拿什么与城里孩子比明天　朱述古/330

还我自由自在身　季羡林/332

这个时代还需要神话吗　迟子建/335

中国家长的身上藏着十把刀　魏书生/338

央视比郭德纲更会演相声　椿　桦/343

巩俐穿什么其实很重要　郭松民/346

我们应容忍最牛拆迁户继续存在　曹　林/348

澡堂子引发的血案　李敬泽/351

从希拉里唱错国歌说起　黄一龙/354

反思钢水杀人：除了人，还能牺牲什么　张　灏/357

要钱的文化　薛　涌/359

"吃肉骂娘"的旧话重提　宋志坚/361

"坑农"，以大学的名义　吴重庆/364

一斤九两重的吃喝欠条　吴　非/366

由钱基博批五十九分想到的　裴毅然/369

人人都应享有免于匮乏的自由　常梦飞/371

文化是什么，文化在哪里　龙应台/373

大寨修了一座庙　张心阳/376

新出炉的"文化遗产"　沈嘉禄/378

合影"百科"　符　号/380

穷人需要一个保底的尊严　何三畏/382

物欲是一种什么病　熊培云/384

关于情人的另类群言　叶延滨/387

仇穷正在成为中国现代化的巨大陷阱　童大焕/389

艺术性快乐：闭上眼睛　王乾荣/392

可贵的"他人意识"　张抗抗/394

没人再像我舅舅一样种庄稼了　言　子/396

2008 年

母　亲　莫　言/398

腐　治　徐迅雷/401

八戒的荣光　骆玉明/405

坏的制度比坏的国王更坏　鄢烈山/407

五十年后的证明　屈超耘/409

季节性无人区　许　斌/411

谁来骑驴？　钟治德/413

苍苍烝民与国家观念　陈丹青/415

救灾只是一个开始　毕飞宇/417

未必越快越好　葛剑雄/419

加法和减法

　　——兼说大学校长怎么当　史中兴/421

针灸师何以证明"周老虎"　周筱赟/424

政治犯的监狱"比较学"　王晓渔/426

有一种良知叫索尔仁尼琴　杨耕身/428

再叫大师跟你急　陈鲁民/431

请像审查电影一样管理奶粉　刘仪伟/433

让问责成为一种必然的制度宿命　曹　林/435

我为下流社会辩护　李银河/438

用力过度　罗　西/440

拿什么拯救"炮灰"们的自救信心　陈　方/442

三聚氰胺·茶鸡蛋　何　申/444

文化开始大跃进了　徐怀谦/446

2009 年

成立"出逃贪官联谊会"的可行性论证　瓜　田/448

难以想像的旧人旧事　魏得胜/453

理想的高低　徐　强/456

大师什么最大　朱　晖/458

历史真的只有那么点事儿?　毕会成/460

请告诉弱者"不可以"之后"怎么办"　沈　栖/463

道德自律的红线不能断　韩小蕙/465

那是美丽的姑娘，不是妖怪　苏中杰/467

"贾君鹏的爸爸"逗谁玩?　汪金友/469

忽悠忽悠我爱你　刘兴雨/471

"温和腐败"践踏了什么?　唐　宋/473

当道德遭遇潜规则　徐怀谦/475

中国专家速成手册　会飞的猪/477

2010 年

关注就是力量　围观改变中国　笑　蜀/481

赵本山："别离婚!"　蒋子龙/484

包　房　梁文道/486

考大学校长三道题　刘　健/488

"诺至"杯大奖花落中国　李名海/491

仓皇逃窜的民脂民膏　六　六/494

演百姓　王跃文/497

林冲的怕　鲍鹏山/500

劝你马上把房拆　　汪　强/503

还有多少个赵作海沉冤未雪？　　李富永/506

皇帝的"棒槌"亦当不得针　　茅家梁/508

中国式腐败的六大传统观念　　杨曾宪/510

胡志明市大街上的摩托车　　王晓明/513

郭德纲的嚣张不是罪　　李承鹏/516

残羹剩饭鸡的皮　　陶　杰/519

为官不可不知的绝妙好词　　汪庆国/522

我为普通公民制定的《说话守则》　　汪弱之/525

导言　论新世纪以来的杂文

王光东

　　杂文是文艺性的社会论文，通常意义上，杂文是以议论和批评为主而又具有文学意味的一种文体，是随感录、短评、杂说、闲话、漫谈、讽刺小品、知识小品、文艺政论等文体的总称。它是说理的又具有文学性的因素，它以讽刺的文笔，鞭挞丑恶，针砭时弊，求索真理，剖析人生。在中国现当代文学史上，杂文以其特有的思想和艺术力量促进社会的进步和文化的发展。进入新世纪以来，杂文创作出现了进一步的繁荣，纵观新世纪第一个十年的杂文创作，既继承了鲁迅等老一辈杂文作家的精神风骨，注重现实的批判、思想的张扬和文体的探索，又具有强烈的时代特征、思想深度、批判精神和诗性的品格。

一

　　杂文是属于时代的。新世纪以来，社会、经济、文化的剧烈变动，带来了一系列的社会问题，给杂文作家提供了广阔的思想空间，因此，时代性和思想性是新世纪杂文的重要特征。

　　我们所处的时代是一个大变动的时代，是一个开放、进步、伟大的时代，同时也是一个矛盾交织的时代。全球化、城镇化、工业化的发展进程，不仅使中国进入了世界性的、与其他国家相互联系的共存格局中，而且正在改变着中国内部已有的社会秩序和已有的结构形式，概括起来说，这种变化主要体现在如下几个方面：一、城乡之间关系的变化。新世纪以来，当工业化、市场化推动着中国社会加快城市化进程的时候，最为显性的变化就是大量的"乡下人"涌入城市，城乡之间的流动打破了中国当代社会的"二元"结构，所谓的"城里人"和"乡下人"的身份分野已不再那么明确。从大的层面上来说,这种变化是中国当代社会的"城市化"进程所激发的人们对新的生活的向往,物质的、欲望的、现代化的生活方式通过各种途径内化于人们的精神之中,并转化为行动的力量;从具体的社会生活层面来说,这种变化必然对已有的社会秩序、资源分配方式、社会管理方式和伦理道德行为规范等形成剧烈的冲击,从而带来一系列政治的、经济的、道德的、法的、生态环境的问题。二、社会阶层的变化。在全球化、市场化的当代社会情境中,新的社会阶层在不断形成,人们已有的社会身份也在不断发生着转变,这种转变不仅导致社会财富的重新分配,同时也带来了新的贫富分化和新的社会不公平。人的生活的权利、生存的尊严等问题也在引起人们重新的关注和思考。三、政治权利问题。政治民主是"现代国家"建设的必然要求,推进"民主选举"是国家、社会进步的重要标志,但是在乡、村干部选举,甚至国家的一些重大民主选举中却不断地出现贿选的问题,贪官污吏导致的官场腐败、弄虚作假之风,侵蚀着社会的肌体健康。四、生态环境问题。由于中国社会的快速发展和经济利益的驱动,导致生态环境与经济发展之间的尖锐矛盾。国家要发展,地方要发展,就必须发展工业,但粗放型工业排泄的有害物质却未能得到有效的治理,土地、河流、空气的污染已给人的生存带来严重的威胁。在今天的中国,经济发展与环境污染之间的矛盾已经是一个触目惊心的大问题。五、人的生活观念的问题。进入新世纪以来,日益强化的物质—消费主义文化意识形态和经济—商业的利益主导性现实,深刻地影响着人们的日常生活观念。在消费意识形态和利益主导的现实生活中,人们变得"冷漠无情",甚至"恬不知耻",判断是非的标准变得混乱,"做人"的方式变得低俗,社会风气缺乏道德感和正义感。在社会转型过程中所遭遇的这些问题,必然体现在我们的日常社会生活中,在新世纪头十年的杂文所涉及的主题就与这种时代的变化有关,譬如,教育权利的平等问题、农民工的尊严问题、官场腐败问题、媒体面对弱势群体的冷漠、文化大跃进带来的欺上瞒下的问题、民众如何参与国家发展的问题、法制与人治的问题、城乡差距带来的生存权利不平等的问题、拆迁违法的问题、财富与公平正义的问题、国家机关的衙门化问题、文化自尊与精神胜利法的问题、民族传统文化的积弊问题等等，新世纪第一个十年的杂文对这些问题表现与思考具有锐利的现实针对性和深刻的思想价值，与社会转型过程中所遭遇到的重大问题有着深层次的内在关联。

时代为杂文创作提供了丰富的素材，但如何通过思想的力量来处理这些素材却是需要我们进一步思考的。瞿秋白在谈到鲁迅的杂文时曾说："鲁迅的杂感其实是一种'社会论文'——战斗的'阜利通'（feuilleton）。谁要是想一想这将近二十年的情形，他就可以懂得这种文体发生的原因。急剧的剧烈的社会斗争，使作家不能够从容的把他的思想和情感熔铸到创作里去，表现在具体的形象和典型里；同时，残酷的强暴的压力，又不容许作家的言论采取通常的形式。作家的幽默才能，就帮助他用艺术的形式来表现他的政治立场，他的深刻的对于社会的观察，他的热烈的对于民众斗争的同情。"（瞿秋白《鲁迅杂感选集·序言》）我们今天所处的时代与鲁迅所处的时代相比已经发生了重大的变化，作家有自己独立思考和表达的空间，因此面对社会转型过程中所出现的种种社会现象，他们的立场和态度都表现出对政治清明、社会权利平等的追求和呼唤，其杂文的思想性也主要地体现为对社会假丑恶现象的批判。新世纪第一个十年杂文的思想性特点主要体现为如下几个方面：

一、清醒的现实思考。一篇好的杂文一定诞生于作家独立的思考。在社会转型过程中出现的诸多社会现象和问题与社会发展过程中的内在矛盾有着深刻的联系，从不同的角度去分析这些现象和问题，往往会有不同的看法和结论，特别是人们"价值观念"的变化和不确定性也往往模糊了对现实问题的是非判断。在新世纪第一个十年的杂文中，优秀的杂文都呈现出清醒、深刻的现实意识，立足真实，直抒己见。譬如，《种田赎罪》（陈乘）由贪官原广西壮族自治区副主席徐炳松的名言"愿种几亩试验田，借此向人民赎罪"说起，谈到了在亿万黄土地上苦拼苦搏不敢稍作喘息的农民，从种田赎罪的逻辑中我们看到的是人们对农民身份的歧视和中国农民真实的社会地位和生存状况。正如《一部当代农村的百科全书——读李昌平的〈我向总理说实话〉》（徐迅雷）中引用李昌平的信所说："总理：我叫李昌平，今年37岁，在乡镇工作已有17年，现任湖北省监利县棋盘乡党委书记。我怀着对党的无限忠诚，对农民的深切同情，含着泪水向您写信。我要对您说的是：现在农民真苦，农村真穷，农业真危险！"这种清醒的现实思想思考同样体现在《"要是国家背叛了她的人民呢？"》（束学山）对作为"工具"的国家组织不能有效地服务于人民提出了严厉的警告："古今中外，千百年来，那些以'国家'的名义的个人或组织背叛人民的都受到了人们的憎恨和唾弃，永远被钉在历史的耻辱柱上。"这种清醒的现实意识是新世纪第一个十年的优秀杂文所共同具有的思想性特点。

二、对社会公平、正义的呼唤。在新世纪第一个十年的杂文中，公平、正义成为许多杂文家思考社会问题的出发点，在这种呼唤公平、正义的思考中体现着他们对社会和谐、进步的深切向往。在社会转型、社会资源重新调整的过程中，公平和正义的问题往往成为人们普遍关心的问题。《当媒体面对他人的痛苦和生命》（何三畏）说的是媒体把"贫困"作为贫穷者的财富，轻蔑他人的痛苦生命，以居高临下的不平等姿态面对弱势群体。《从除夕"撞钟权"被拍卖说起》（郭松民）列举了用金钱收买"公平"的种种现象，提醒人们公平、正义是不能拍卖的。"公平、正义"作为一个良性社会运转过程中所必须具有的法则和良知还体现在教育权利的公平、生存权利的公平、社会财富分配的公平等方面，新世纪第一个十年中的许多杂文都在种种社会现象中发掘着"公平"与"正义"，并肯定其所具有的推动社会发展的力量。

三、科学与民主精神是新世纪第一个十年杂文的又一个思想性特征。所谓科学，是指有关自然界、社会和思维的知识体系。科学的精神方法是人们实践经验的结晶，并指导着人们对世界的认识和行为；所谓民主，是按照平等的原则和少数服从大多数的原则来共同管理国家事务的国家制度。科学与民主作为一种现代意识，从五四以来一直是中国现代知识分子的精神追求，新世纪的杂文作家也继承了这一思想源流，对种种"非科学""非民主"的社会积弊进行理性的思考，譬如《身份与文化》（熊丙奇）提出了

"身份不是文化的证据",科学的文化观应建立在对人的实际行动和自身内涵的理解的基础上。《腐治》(徐迅雷)则对社会治理中"权利与金钱"相结合的腐治行为进行了深入的剖析,作者认为:"人治是'治者'个人可以获取寻租机会,谋取个人最大利益;而腐治则是腐败中的人把腐败与治理紧密地结合在一起,实施于整个管治过程之中;腐治是腐败对执政的侵蚀,是用腐败进行行政管治,是腐败对政务的具体渗透。"作者对这种"社会治理方式"的分析和批判,显然渗透着科学民主的思想,是基于民主意识的深刻社会反思。

通过以上简单的分析,可以看到新世纪第一个十年的杂文所具有的思想性特征呈现着我们所处的时代特有的内容,其思想性特征指向对社会理性的构建,这也是社会转型过程中所特别需要的,因为社会转型往往带来价值观念的多元化和人们行为方式的多样化,对各种社会现象、生活现象的理性分析及其价值判断就变得尤为重要,这也是新世纪的杂文所应承担的时代使命。当社会理性构建了杂文的重要社会使命后,杂文的理性思考与分析就变得尤为重要,这也使得这一时期的杂文在重视"艺术的形象性"特征时,其说理性特征更为突出。

二

批判性和讽刺性是这一时期杂文的又一重要特征。这也是鲁迅先生特别重视的,他认为杂文是"对于有害的事物,立刻给以反响或抗争,是感应的神经,是攻守的手足"[①]。杂文有时确很像一种小小的显微镜的工作,"也照秽水,也看脓汁,有时研究淋菌,有时解剖苍蝇。从高超的学者看来,是渺小,污秽,甚而至于可恶的,但在劳作者自己,却也是一种'严肃的工作',和人生有关,并且也不十分容易做"[②]。鲁迅在这里不仅强调了杂文的战斗性特征,而且认为杂文是对日常社会生活中丑恶现象解剖、

---

① 鲁迅. 且介亭杂文·序言 [M]. 上海:上海文艺出版社,1937:2.
② 鲁迅. 做"杂文"也不易 [M] //唐弢编. 鲁迅全集补遗. 上海:上海出版公司,1946:344.

分析和批判，是和人生有关的很严肃的工作。新世纪的杂文就继承了鲁迅的这一传统，以清醒的现实意识，对公平、正义、科学、民主的呼唤为思想基点，对我们所处的时代中出现的不合理、丑恶的社会现象，从不同的层面进行了深刻的批判，其目的是促进社会进步、和谐，促进人类的完善和美好。

鲁迅在《论睁了眼看》一文中曾说："中国人向来因为不敢正视人生，只好瞒和骗，由此也生出瞒和骗的文艺来，由这文艺，更令中国人更深地陷入瞒和骗的大泽中，甚而至于已经自己不觉得。"① "瞒和骗"的文化劣根性与封建社会的等级制度以及政治、经济的社会运转方式有关，长期形成的这种劣根性很难在短时期内消失，在我们今天所处的时代仍然以各种方式呈现出来，最为典型的呈现方式就是弄虚作假，在政治、经济、文化各个层面，这种弄虚作假的风气侵蚀着社会健康的肌体，对这种丑恶社会文化现象的批判和讽刺是新世纪杂文的重要内容之一。《文化开始大跃进了》（徐怀谦）、《季节性无人区》（许斌）、《新农村建设与农民失语》（洪巧俊）等杂文批判了政治、经济和文化层面的弄虚作假之风。在当下社会转型期的过程中，中国社会的发展和推进往往是由政府权力推动的，政治权力在社会运转过程中起着主导性的作用，如果弄虚作假与权利结合在一起，就会对社会的良性运转产生巨大的破坏力。《文化开始大跃进了》就对烧钱打造"文化"的做法提出了尖锐的批判，"文化"不是钱堆出来的，盲目地建设文化旅游区、大剧院等豪华设施并不是真正的文化建设，而是物质的巨大浪费和虚假的文化时髦。《季节性无人区》和《新农村建设与农民失语》尖锐地提出了新农村建设应与农民的实际生活状况和需求结合起来，而不是按照长官意志建高楼、别墅，追求表面的"浮华"。

新世纪杂文的另一个重要内容是对社会运行制度和贪官的揭露和批判。在《坏的制度比坏的国王更坏》（鄢烈山）一文中作者提出了"制度"与"国王（掌权者）"的四种组合形式：最理想的组合是"好制度"与"好国

---

① 鲁迅. 论睁了眼看［M］//坟. 北京：人民文学出版社，2006：252-253.

王"的组合；二是"好制度"与"坏国王"的组合，有好的制度，坏的国王不可怕、可以换；剩下的两种组合是"坏制度"与"好国王"、"坏制度"与"坏国王"的组合。"坏制度"下面有"好国王"，这就是五千年来中国老百姓梦想的仁君、明主。什么是坏制度？凡是享有公共权力的人及其亲朋都发财的制度就是坏制度，在这种制度下，当权者如果道德高尚、人格完善，或许能够弥补坏制度带来的某些弊端；但是坏的制度下如果当权者不怎么高尚或者非常卑鄙，那就极容易生长出坏的"贪官"，在当下中国社会转型期，制度的不完善、各种利益关系的纠缠、冲突，以及由经济发展带来的人的物质欲望的膨胀，导致"贪官"层出不穷，成为严重的社会问题。《成立"出逃贪官联谊会"的可行性论证》（瓜田）一文中提供了一组数字：仅2003年上半年，就有8000多名不法官员出逃海外，另有6500名官员被列入"失踪名单"。成立"出逃贪官联谊会"这一极具讽刺性的说法，实质上是对这一社会现象无奈的深度厌恶和批判，由此让我们思考一个问题，我们的制度为何能让这些"贪官"轻松"外逃"？制度的漏洞在哪里？没有好的制度即使出了"仁君"和"明主"也难以持久产生作用，《值得尊敬和警惕的"吕日周现象"》（子曰）就深刻地分析了这一问题并认为"在中国这样一个有着数千年封建专制历史的国度里，往往有着浓重的'人治'色彩，它带给人们的常常是'清官情结'和'救星情结'，从而与法制社会背道而驰，因此，在老百姓呼唤更多'吕日周清官'的同时，我们不能放弃寻求制度为民创造福祉的努力。在为吕日周感动的同时，我们需保持一分现实的清醒，不能忽略制度的建设和对制度缺陷的理性批判。"制度的缺陷和不完善不仅导致贪官的产生，而且还会导致种种不合理的社会现象，《劝你马上把房拆》（汪强）中的"违法拆迁"及"暴力强拆"问题、《暂住证的另类价值》（韩湖）中"行政和创收"相结合衍生出的盲流收容及离奇死亡问题，等等。这些杂文所指向的都是与"制度"、与"当权者"相关联的深层次社会运转机制，体现着他们对社会完善的深切愿望和深刻的理性思考。

文化需要健康发展，社会运转机制需要完善，人的文明精神需要提升，新世纪杂文的批判性和讽刺性还体现在对人的粗鄙、偏见、歧视等等丑陋的思想观念、行为方式等方面。

一、身份歧视。新世纪第一个十年中国社会格局的巨大变化之一是城乡之间的流动导致大量乡下人进入城市，在一个文明的社会里，不管是乡下人和城市人都应该有着平等的生存权利，但是在现实生活中，农民则往往遭遇歧视。《别拿农民开涮，行吗?》（焦国标）尖锐地提出了在当下的文化描述里，中国农民基本上有两个形象：一个是受难者的形象，一个是滑稽、丑陋的角色，那么农民受难者的现实地位何时才能真正的改变？作为都市人取笑的农民丑角形象何时才能在媒体上彻底消失？《小窗口的傲慢》（张戬炜）中那些为民服务的窗口面对着反应不够灵敏的老人、文化程度不高的市民和外来打工者们，也总是呈现出对人的轻蔑和对人的歧视，其中蕴含的傲慢和庸俗让人心寒。这种日常生活中随处可见的身份歧视，实际上是中国封建社会封建制度等级观念在今天生活中的畸形变种。《没有人的社会》（刘洪波）对这一"等级文化"衍生出的只想做"人上人"的社会观念提出了深刻的批判：在一个所有社会成员都不想做人而只想做"人上人"的地方，"人本主义""人道主义""人文主义"乃至一切与人有关的词汇都另有解释，这样的地方要建立一个人性化的社会，极其困难。但是人类的理想总是向着文明的人与人之间平等关系发展，这些杂文所表达的也正是内心的这种理想。

二、教育是人类文明提升和进步的基础，但在今天的家庭教育、社会教育和学校教育中都出现了问题，对下一代的成长造成的巨大影响是不能低估的。《民工子女拿什么与城里的孩子比明天》（朱述古）提出受教育权利的不平等问题。《中国家长的身上藏着十把刀》（魏书生）批评了家庭教育中的种种弊端，恳请每个做家长的都反思。在我们指责社会不公、教育失败、道德沦丧的时候，我们自己又是在怎样培养孩子呢？《速成时代》（蒋子龙）对社会"拔苗助长"式的速成培养人才方式及其后果的反思批判是极其深刻的。《是谁让孩子如此懦弱》（李桂枝）批评了学校教师对学生进行人格侮辱的不当行为，我们应该把孩子当作一个人来看待，而不应让孩子养成奴性的心态。新世纪杂文对丑陋的偏见及其非文明行为方式的批判还有诸多方面，譬如人心的冷漠、对生命的不尊重、阿Q式精神胜利法的自欺欺人等。

以上我们主要分析了新世纪杂文的时代性、思想性、批判性特征，杂文作为一种艺术形式，形象性、讽刺性、政论性是其基本的艺术特点，对于新世纪的杂文来说，优秀的杂文都体现着这样的艺术魅力，特别是形式的多样化是特别值得重视的，正如田仲济先生在《鲁迅的杂文观》中所说："杂文之所以成为杂文，原因就是为的'杂'，内容杂、形式也杂，没有不可使用的题材，没有不可利用的形式。"① 田仲济先生认为鲁迅先生也同意这种杂文的特点为'杂'的说法，在《且介亭杂文》的序言中，鲁迅就说："其实'杂文'也不是现在的新货色，是'古已有之'的，凡有文章，倘若分类，都有类可归，如果编年，那就只按作成的年月，不管文体，各种都夹在一处，于是成了'杂'。"② 新世纪的杂文仍然延续了杂文"杂"的传统，各种形式、各种写法丰富多样，以短小精悍的形式，直接迅速地反映社会日常生活中的各种现象，表达自己的想法。也可以说新世纪的杂文以其多样化的形式不断地丰富着"杂文"这一艺术形式的内涵。

"杂文"是由于鲁迅的存在而显示了其巨大的社会力量和思想力量，新世纪的杂文理应继承鲁迅的精神传统，换句话说我们今天的杂文仍然需要鲁迅式的杂文，引用《我们为什么需要鲁迅》（钱理群）中的一段话权作本文的结束，鲁迅"是一个能够将自己的思想追求变为实践的知识分子……注定了他在现实社会的结构中，必然站在社会底层的'被污辱和被损害者'这一边，为他们'悲哀、叫喊和战斗'：这正是鲁迅文学的本质。同时，他又怀着'立人'的理想，对一切方面一切形式的对人的个体精神自由的侵犯，对人的奴役，进行永不休止的批判，因此，他是永远不满足现状的，因而是'永远的批判者'：这也正是鲁迅思想的核心。鲁迅曾提出一个'真

---

① 田仲济. 鲁迅的杂文观 [J]. 文讯, 1948 (1).
② 鲁迅. 且介亭杂文·序言 [M]. 上海：上海文艺出版社, 1937：1.

的知识阶级'的概念，其主要内涵就是以上所说的两个方面：永远站在底层平民这一边，是永远的批判者（《关于知识阶级》）。这也是鲁迅的自我命名。这样的'真的知识阶级'的传统，在当下中国的意义，是不言而喻的。这是我们今天需要鲁迅的一个非常重要的方面"。对于新世纪的杂文创作而言，这一点更为重要。

最后需要说明的是，在本卷的编辑过程中，郭明华、欧阳晶、左希超、李玲莉和赵怀坤五位同学做了大量的资料整理工作。在此，对他们的辛勤劳动表示衷心的感谢。

没有人的社会

刘洪波

从小就听说过"吃得苦中苦，做得人上人"。大致上讲，这个话是有积极的劝谕作用的，后生晚辈或者下里巴人，倘若把这话听进去了，虽然并不定然就要以苦为乐，但至少要做到在苦中作乐或在苦中找乐，就不是什么难事。

这"苦中苦"与"人上人"的转化，很有些类似孟子所言"天将降大任于斯人"的景象。"苦其心志，劳其筋骨，饿其体肤，空乏其身，行拂乱其所为，所以动心忍性，增益其所不能"，这境况实在是苦，然而照孟子所说，这也正是上天要交办光荣任务的前兆。种种苦状，乃是看你是否值得信任的艰苦考验。

当然，"天降大任"未必就是去做"人上人"，按现在的话讲，天降大任，乃是去做无私的奉献，并不是讲究地位的高低。但通常的情况，天降大任了，也就做了"人上人"，孟子举的几个例子，也都是从地位卑微的"人下人"到爵高位显的"人上人"的。

我曾经琢磨过这"人上人"和"天降大任"的理论，觉得它们固然可以理解为积极的劝谕，却也未必不可以理解为弱者的麻药。倘若要那些爵高位显的人来写回忆录，必然有无数的"当初真是苦"的文字，好像正好可以证明"吃过苦中苦，方为人上人"的。然而，倘若又来了一个乞丐，他也要写一本回忆录，那里面就只有"苦中苦"，没有"人上人"的体验了。不知有多少人，虽然抱着做"人上人"的信念生活，却把毕生都贡献给了"苦中苦"，即使在极其艰难的日子里，他们还能够保持生活的信心，"未来必做人上人"的信念所起的作用不可低估。

做"人下人"的滋味很不好受，所以努力做"人上人"，或如有文化的人所说，要做"天降大任于自身"的人。在中国，这是常心常情，没有什么可以指责的。正在做"人下人"的，感觉着无所不在的屋檐，让人不得不低头俯首，事实上做"人上人"的味道如何，他们并不很清楚，只是朴素地向往而已。已经从"人下人"的境况中得授天命的人，一经比较，就知道过去所过的绝非。人的生活，如刘邦所说"现在才知道做皇帝的乐趣"。发过这种感慨的人，再要他去吃"苦中苦"，一点门都没有。

一个社会中只有"人上人"和"人下人"之分，人就没有存身之所了。在中国，虽然"做人"是一个很受重视的课题，在这上面花的精力比哪个地方都多，然而"做人"的问题实际上不过是"怎样做一个人上人，避免做一个人下人"罢了。所谓"上进"，所谓"进步"，见诸某个具体的生活者，标志便是"升官"没有、"负了什么责"没有。做官和"负责"，乃是通向"人上人"或简称曰"人"的正途。于是为了做"人上人"，胁肩谄笑、低眉拱手作为"苦中苦"的一种形式，就成为不可耻的事情了，相比之下，为了做"人上人"而吃大苦耐大劳，"一时累换来一世闲"，就显得难能可贵。像人一样去生活，过一种简单而有尊严的人的生活，在这里是不可能的，下场总会处处受制，简单变成了低贱，尊严也就谈不上了。

做人已被定义为"做人上人"，真正的人就只剩下了一个，谁拥有了社会的最高席位，谁就"成人"了，他是惟一者。除此之外，谁都只能算是"人上人和人下人的辩证关系的结合体"，这些结合体们面对不同身份的对象，显示出来的要么是居于人上的骄色，要么是居于人下的惭色，而不会是有尊严的人的神态。"今日受罪"是为了"日后显贵"，"人下人"所想的并非变成人，而是骑到人的头上去。

"人上人"和"人下人"，"天降大任者"和"天不降大任者"，"选民"和"被遗弃的人"，这乃是我们这里对人这一群体的一种两分法，中间没有第三态。在一个所有社会成员都不想做人而只想做"人上人"的地方，"人本主义"、"人道主义"、"人文主义"乃至一切与人有关的词汇都另有解释，这样的地方要建立一个人性化的社会，极其困难。

（原载《周末》2001 年 1 月 19 日）

种田赎罪

陈 乘

原广西自治区副主席、"捞钱手"徐炳松有句"名言":愿种几亩试验田,借此向人民赎罪。此言论先河一开,不乏步徐氏后尘者"贪官所见略同",在痛哭流涕的忏悔中,恳请组织,只要免除牢狱之灾杀身之祸,心甘情愿去当一名农民。

权且相信这类曾为"人上人"者的"情之切,意之真"。初一想,贪官跟农民类比,是不是亵渎了农民;细一思,反复把玩"种田赎罪",总觉得一种"另类"意味挥之难去。徐炳松贵为一方大员时,肯定不曾想到"当官不为民做主,不如回家卖红薯",只有当他从副主席的宝座上跌下来后,身陷囹圄,才会一厢情愿渴盼做一名"汗滴禾下土"的农民。执纪执法部门会不会成全,农民会不会答应,暂且另当别论。把种田与赎罪等同起来,把当一名农民列为仅"高级"于当一名囚犯的贪官逻辑,多多少少反映了客观的社会现实,从这个侧面,难道看不出中国农民真实的社会地位与生存状况?

我家世代是侍弄泥巴耍锄头把的。至今还记得母亲对我的启蒙教育:千万千万要发愤读书,千万千万不要当一名"农傻包"。那时对慈母自轻自贱的话语中包含的辛酸,领会并不深刻,导致读书不甚用心,终于从高考独木桥上挤将下来,跟能鱼跃"农"门的那条崎岖小道失之交臂。随后边务农边接受残酷现实的再教育,待到旗鼓重振,变成城里人的美梦成真时,整整耗去我11年宝贵年华。

而今悟得愁滋味,才明白母亲的告诫站得高看得远:当农民,苦呀!

官出于民,民出于土。地里刨出的东西,一年比一年廉价。今年粮价在农村,已跌至每50公斤不到35元的历史最低点,种一亩田,充其量所获不到 600 元,上交提留 200 元左右,再除去生产成本,基本上处于亏损状态。"命根子"不养人,农民要赚几个活钱糊口,只有抛妻别子,四处流浪打工。于是,我们可以看到,城里每件脏累活,都有农民工不辞劳苦的身影。在烈日曝晒高温 40 多度的马路上,光着脊背挖沟的是农民。对同是父母所生的血肉之躯,还在不断苛求他们。他们忙里偷闲,就着马路荫凉和衣而卧,有人指责不文明雅观。温饱都没着落,能摆出绅士风度来吗?有人感到到,生活小区"不安全",几个农民模样的人在晃荡……不到万不得已,依恋孩子老婆热炕头的农民乐意来异域他乡遭受白眼吗?最初外出的农民统称"盲流",与流氓只一字之差;这阵子高档一些,叫民工,多少沾了一个"工"字的光。然而,对农民根深蒂固的歧视从骨子里却没改变。比如"腾笼换鸟",安置下岗人员,农民又首当其冲,据说是不该抢了城里人的饭碗,要清退,农民几乎丧失了作为一个苦力劳动者的权利。

做农民,还千万莫生病千万莫年老,农民没有医疗保险,没有退休一说。因为病不起,一病可能倾家荡产,一生一世,就得请菩萨保佑,健健康康地活着,且生命不止劳作不休,哪怕年逾古稀,只要不闭眼,一天不为生计流血流汗,就没机构会养着你。农民只有交粮纳税的义务,没有享受纳税人获得国家救助、反哺的资格。同样,做一名农家子弟,千万要格外用功,尽管是杯水车薪的奖学金,仍必须使出浑身解数去争取。否则,纵是上大学了,眼看苦日子熬到头,不留神"教育成了产业",一学期起码上万元的开支,笼里的鸡地里的谷,负担得起吗?河南一女大学生自愿高价出卖青春,以此为期货,换取完成学业所需的费用,一味责难之声不绝于耳,却很少向屠弱者的处境发问,这世界为何这么不公平?孤立无援的农家女子,逼到拿青春作赌注的绝路,悲剧的种子到底是谁播撒的呀!

贪官说种田赎罪,纯粹是几句戏言,既没有机会也不会老老实实做到农民那个份上。真正在赎罪的,是亿万黄土地上苦拼苦搏不敢稍作喘息的弱势群体。贪官只会加剧农民的苦难,苦到他们把赎罪这个行当,一辈一辈接力下去。尚不知"春花秋月总无情"的沉默中，还要滋养多少贪婪鼠贼，让他们赢得更多的机会讥讽："我想去当一名农民，种几亩试验田……"

(原载《南风窗》2001年第1期)

何必制造热闹

张心阳

日前读到台湾柏杨的一篇文章,他认为华人是一个喜爱吵闹的群体。他说如果你从外太空突然降落到地球上的一家餐厅,发现客人喧哗震天,那一定是中国餐厅。如果你去某会场,主席台上的人在吼,台下的人在交头接耳讲"悄悄话",那也不用问,一定是华人的地盘。这种感觉其实不只是柏杨有,好多在国外呆过的人都有。一位从美国回来的朋友曾称,他在回国的日子里,几乎天天处在吵闹的包围中或噪音的天罗地网里。走在北京街头,随处都可听见秧歌的锣鼓和唢呐声;走进商店,到处都是"赔本甩卖"的吆喝声;长途客车或火车上,总有一些久经沙场的"大嗓门"来显示他的卓越;即使是黄山、峨眉山这样号称"天下幽"的风景区,也会有导游小姐的大喇叭和极不协调的音乐为你伴行。

这是人的素养和习惯问题,不那么好办,厌烦吵闹的人认为这是吵闹,喜欢它的人则认为是热闹。北京街头那些扭秧歌的老头老太,就听着那震耳欲聋的锣鼓唢呐声才觉着舒服,一日不听,一夜难眠。那正月里的庙会,人挤人,人挨人,推推搡搡,闹闹哄哄,其实什么名堂也没有,可就有人喜欢得不行,他们要的就是这么个热闹。再说中国人的住房大都爱往人多的地方挤。早年上海有句话:"宁要浦西一张床,不要浦东一间房",现在浦东开发了,大家又一个劲往浦东挤。北京亦然,哪片小区人满为患,哪片小区房价死高;反之,偏处一隅的地方白送一个大客厅也没有人要,人家图的是人气旺,人气旺者热闹也。

这就是中国人的特色,在实质性的问题上从骨子里透着一种冷漠,而外表却追求虚浮的热闹,以至到了对吵闹也觉着可爱的地步。

世界本是平静的,所谓的热闹都不过是人制造出来的,并夹带着人的某种企图。那种耍猴卖艺的人，总是先打个场子，敲一阵锣鼓，把人招来，然后才开始玩耍，人越多他越耍得来精神，因为给钱的人也会越多。商家、歌厅门前常播放着高分贝的音乐，以致响过半条街去，为的是引得人们的注意，只有多人注意了，这生意才有开头。红白喜事的热闹那是一种宣言和告示，知晓和凑热闹的人越多，越显示其隆重、热烈和风光。

其实，制造热闹不只是民间的，官方更多更排场。什么文化节、艺术节、民俗节无日不有，每值此时，那些举办城市如同过年，又是搞卫生，又是整街容，又是插彩旗，又是扯标语，风风火火，好不热闹。一个什么检查团或什么要人要到什么地方的时候，也会搞得很热闹，整治街容，扯大标语，交通管制，晚上如同过节一样满街灯火通明。领导作报告或发表什么讲话，绝不像克林顿那样，独自一人往白宫草坪上一站就开讲，咱们得把气氛营造得很热闹，庞大的主席台上插着旗帜，摆着鲜花，坐满要员，会场里演奏着各种音乐，报告期间总是不时地鼓掌，掌声稀少时，报告人在适当的地方就将嗓门提高，直至大吼，以强调重视，从而赢得掌声，用掌声来说明其讲话的重要。如逢什么重大纪念日，那就更要大造一番热闹了，报刊影视总是抢先一步铺天盖地地大发一通相关的消息、通讯、专题、图片、系列片之类，之后便是举行各种类型的群众文艺活动，载歌载舞，庆祝升平，再下来举行纪念大会和能够充分展示其"伟大意义"的仪式，红旗猎猎，鲜花如潮，人山人海，乐声震天……要使得人们在这种轰轰烈烈中无法不感到这是一个非凡的时刻。不错，形式确实能起到渲染主题的效果，但我还是要说，这一切都不过是制造出来的热闹，是一种虚热闹，因为它不完全代表民心和民愿，更不完全是人们自发起来进行的。

柏杨以为："说话的分贝，是文明人和野蛮人的分水岭！"这一观点我在数年前的一篇随笔中也说过："人类真正的文明是沉寂、宁静和低声细语，而不是熙熙攘攘、车水马龙的喧嚣，只有那些物质和精神极度贫乏而深感寂寞者才把喧嚣、热闹当作发达和繁荣。"制造出来的热闹其实也是如此，那些总是扯起大嗓门吼叫的人，其实肚里最没有货，其语言最苍白，只能靠音量来震慑人；那些动辄就举行什么仪式、制造出热闹非凡的样子来的人，其实底气最为不足，只能靠营造出来的声势来显示自己的权威，展示其所谓的成就。

为止"吵"有人开的药方是，动用立法，通过一条"吵律"。这个药方开得并不精妙，因为这是一种文化和习惯使然，一百年实现不了。相反，对待"制造热闹"的行为倒是完全可以借助立法加以扼制，制造的热闹从来都是有成本的，纳税人有权要求，谁制造热闹谁掏腰包，一部分作其成本，一部分作环保纳金。

（原载《粤海风》2001年第1期）

小民的想象力

苏 迅

曾读过一则故事，说是从前有对乡下夫妻在后门口纳凉，老婆问："当家的，皇上天天上山打柴用的一定是把金斧子吧？"老公冷笑道："蠢婆娘！当了皇上还用打柴吗，他老人家一准儿天天在院子里摇着扇子乘凉的，喝小米粥还有人侍候着呐！"这个故事若由诗人们读来，说不定是会生出些小国寡民式的出世之慨的。但可惜，诗人毕竟太少，读者多半会跟着嗤笑愚夫愚妇的"村"。

本以为，这种笑话只是刁钻鬼编排出来刻薄人，或是政界文坛的清客用以博取座中大佬一粲的"名段"，殊不料大千世界无奇不有，这故事还不能尽当笑话看的。著名作家贾平凹在一篇散文《老西安——历史的记忆》中说："一位南郊的九十岁的老人曾对我说过他年轻时与人在城南门口的河壕上拉话儿，缘头是由'大芳'照相馆窗里蒋介石的巨照说开的，一个说：蒋委员长不知道一天吃的什么饭，肯定是顿顿捞一碗干面，油泼的辣子调得红红的。他说：我要当了蒋委员长，全村的粪都要是我的，谁也不能拾。"六十年前两个陕西农民辍耕陇上，虽没有讲出陈涉"苟富贵，勿相忘"那样足以彪炳史册的豪言壮语，却也自然而然地想到了"我要当了蒋委员长"、"全村的粪都要是我的，谁也不能拾"：前者是强权，后者是实利。一个想象着蒋委员长顿顿吃红泼辣子干面的农民，对"我要当了蒋委员长"这个概念应当是模糊得很的，而他之所以产生了要当蒋委员长的幻想的目的却再真切不过，那就是全村粪便的拥有权。他自发地领悟到了通过强权谋取实利的途径，这已经很不简单了。

农民最讲实在，当手中只有耙子没有权的时候，欲望自然有限，想象力的极致也只能自家茅坑扩而为左邻右舍乃至全村的茅坑。粪是农家宝，可以肥田，增加收成，余粮兑钱；有钱而积少成多，而绫罗绸缎，而鸡鸭鱼肉，而良田广厦，而妻妾成群……目之所及，老财们走的都是这条道儿——"全村的粪都要是我的，谁也不能拾"，这就算他的人生理想的第一步。

在这个社会里，有许多并不可笑的事如果忽略了时空，就会显得很离奇。就像那个农民的想法，今天我们看来滑稽可笑，而在当时或许会是绝大多数农民最现实的选择。可也有许多实质上很荒唐的事，一旦抹去时间，它倒成了真理或正剧。"文革"中的种种狂热，今日看来不可想象，在当初却岂止是少数人投入过虔诚执著的情感？而今天的现实社会中，我们的所作所为，又有多少真正能经得起时间考验？

我时常想象，如果今天有两个农民在田头拉话儿，他们会怎么说。我敢断定，这位农民决然是不会再要全村的粪了，因为现世种田或者说诚实劳动并不是最佳的致富门道。他应当会说："我要当了蒋委员长，村支书、村长、会计都要是我家人的，别家人谁也不能抢。"若干年后的人一旦知道了，肯定也会当天方夜谭笑出声来。

值得一提的是，《史记》中陈涉那两句话的可信度是颇可怀疑的。打短工的陈涉，其想象能力与那位陕西农民实在不会差得太远，什么"苟富贵，勿相忘"等等明显是后代读书人润色过的话头。至于陈涉当时是怎么说的，无法起他老人家于地下拷问究竟了。另一位修成正果的草莽英雄朱元璋，有一次与大臣私下议论时说漏了嘴："当初只想沿途打劫，不意今日弄假成真！"起首时仗着拳头大臂膀粗只想打家劫舍，后来有了明火执仗真刀真枪，杀人渐多，地盘渐大，终致弄假成真，不仅粪都是他的，连茅坑带拉屎的人都是他的了。到那时，当初的打家劫舍便也成了替天行道解民于倒悬，"直娘贼，留头不留钱，留钱不留头"就成了等贵贱均贫富。史册中只见后者，真相却要到民间去寻。

相信朱元璋年轻时在陇上也曾有过"全村的粪都是我的，谁也不能拾"的念头。未必一定说出口，可想想总会有的。

（原载《大公报》2001年2月24日）

"常有理先生"

刘洪波

从最近一期的《教师之友》杂志上,读到关于中学历史教材争论的新闻报道集纳。有人为中学历史教材指谬,我是知道的,用个耸人听闻的说法,上个世纪就知道了。集纳的好处是使我比较明白地看到双方观点的来回。

根据集纳,先是去年陕西师范大学《中学历史教学参考》连续刊出了数百名历史教师及历史学家对中学历史教材的质疑和商榷意见数百条。然后人民教育出版社(即教材的出版者)出来"喊冤",称"小错在所难免",又称所谓"错误","包括'硬伤'、历史学者见仁见智的意见和子虚乌有的东西",指谬者有炒作嫌疑。随后《中学历史教学参考》杂志辩白绝非炒作,是求真求实。再后来,"37位历史学权威人士"就出场了,认定指出的错误达几百条,"确为炒作,极易扰乱中学教学",核实错处在总数两百万字中只占万分之零点三二,建议人民教育出版社"采取相关措施,以正视听"。接着"以正视听"的会议就召开了,人民教育出版社会议一致认为,"编写中学历史教材一定要坚持以马克思主义为指导",教材"在指导思想上是正确的",有些不准确之处,要采取"适当措施修正"。

争论最终定于"一定要坚持以马克思主义为指导",想来是出乎许多人的意料之外。出人意料,不是因为争论之前和之中,大家表态一定不要坚持以马克思主义为指导,而是一场完全在常识和学理范畴内的争论,却被替换出一个政治性的结论,好像指出谬误的人、登载这些意见的杂志,在政治上是犯了什么错误似的。我想,倘若没有归入于"大逆不道"的意思,所谓"一定要坚持"云云,岂不是一点"针对性"都没有吗,没有针对性的话,也就是废话一句了。出版社为"以正视听"采取的这个"相关措施",实在是妙得很啊。

再看看双方的阵容,指谬的多是教师,当然不如历史学家了;指谬的历史学家呢,又没有谁来戴"权威人士"的头巾。所以"权威人士"达到了37位的一方,定然是胜利了的,至少他们在"指导思想"上认定了谁,谁就得胜回营了。至于"硬伤",也是"在所难免",这就相当于说"世上无完人嘛",所以身上有"硬伤"的,是比指出这"硬伤"的人更加可爱的,人家就没有说你们有什么毛病,尽管根据"无完人定理",你们的毛病肯定多得很。

教材有"硬伤",就相当于所有受教育的人都得长"硬伤",谁不照着它长"硬伤"都不行,考试指挥棒一动,全国独根苗的教材在威力上相当于"最高指示"。这算得了什么呢,它教给学生"爱国主义、集体主义和社会主义"了,哪怕这些正确的思想建立在常识错误的基础上也没有问题。一个小学生指出教材上最小的数是零的说法不正确,教授都出来说确实不严谨,想必就是因为数学没有教这些主义的缘故,要是教了这些主义,说不定那小学生为何如此胡思乱想就得先打一个问号。

有一年春节联欢会上,赵本山在小品中说宋丹丹"你以为穿上马甲我就不认得你了",很逗人的。在教科书领域,好像把"指导思想"的好马甲一穿,认得出也不能认了。"意见可以提,但要讲个方式方法",恼羞成怒的人从来没有错。现在呢,有错且九年不改的什么都好,指错的反而是"干扰中学教学"。

"指导思想"好了,人就只能"犯正确",就变成"常有理先生"了。谁说他有错,过去叫诬陷,叫专看那一根烂指头,叫用心何其毒也,现在帽子轻一些,叫恶意炒作,至于"指导思想"大大地坏了,却只隐约其辞,而不照直掼来,这乃是"常有理先生"的一点"让步政策"。

(原载《齐鲁晚报》2001年2月27日)

"要是国家背叛了她的人民呢?"

束学山

2000年8月23日,营救俄罗斯"库尔斯克"号核潜艇上118名官兵的行动彻底失败了。俄罗斯人民沉浸在无比悲痛之中。当天,总统普京在国家电视台上说:"我问心有愧,我觉得自己要负全责,对悲剧深感罪疚。"俄国防部长谢尔盖耶夫也向遇难艇员家属表示了"请原谅我们"的道歉。此后,俄全国下半旗致哀。尽管总统普京的道歉是真诚的,俄军方也是认真负责的,然而,这一切都无法抹去遇难者家属的悲痛之心,无法抚平俄罗斯人民由悲痛转化为愤怒的情绪。22日,俄北方舰队总部北莫尔斯克海军基地群情激愤,甚至高级军官也公开表示气愤,不满政治家和军方司令未能挽救"库尔斯克"号核潜艇上的官兵。

原因很简单,这次营救行动的失败,是俄罗斯政府和军方的保守和官僚体制造成的。俄罗斯政府和军方坚持"冷战"思维,在自己深海救援技术和能力不足的情况下,拒绝西方国家的救助,以至浪费了救援时间。连挪威潜水员的军事指挥官都批评俄罗斯官僚体制延误了对被困在海底核潜艇的营救。一位名叫阿维兰的母亲对政府起初拒绝外国援手的做法很心寒,她愤怒地说:"我真想把普京塞进一艘小船,然后送它到海底,让他尝一下那是什么滋味。"她进一步质问:"人们若是背叛国家要受惩罚,但要是国家背叛了她的人民呢?"(搜狐网新闻)

没有人能回答她的质问。普京总统没有回答,俄罗斯官兵没有回答,俄罗斯人民也没有回答,全世界仿佛都没听见这位死难者母亲的声音。我却被这一振聋发聩的声音惊讶了。是啊,我们从小就被教育要"爱祖国、爱人民",可从来没有人指出国家也要爱她的人民。谁背叛了国家就要成为千古罪人,可从来没有人想到国家也会背叛她的人民。大汉奸汪精卫,尽管他追随孙中山先生立志推翻封建王朝，1910 年，他暗杀大清摄政王载沣，一时也是民族英雄，然而，只要他背叛了他的国家，背叛了人民，投入日本侵略者的怀抱，堕落为可耻的汉奸，他就是千古罪人。北宋的秦桧，卖主求荣，陷害忠良，他的铜像至今还跪在抗金民族英雄岳飞墓前，连他的后人也耻于姓秦。可见，人民对她的国家是多么热爱，对背叛她的国家的罪人是多么憎恨！

然而，千百年来，我们为什么一直没有想到，国家也会背叛她的人民呢？

国家是什么？是万里江山还是生活在万里江山之内的亿万人民？或是还有其他所指？其实只要查一查字典就知道。《现代汉语词典》的解释有两条：一条是指一个国家的整个区域。另一条是指阶级统治的工具，是统治阶级对被统治阶级实行专政的暴力组织，主要由军队、警察、法庭、监狱等组成。显然，作为"一个国家的整个区域"的国家，不可能背叛她的人民，这是一个无行为能力的概念，她是指一个国家之内的天空、大海、江河、陆地的形体，她不可能背叛她的人民。那么是谁具有背叛她的人民的能力呢？只有"统治阶级对被统治阶级实行专政的暴力组织"的"军队、警察、法庭、监狱"了。因为"军队、警察、法庭、监狱"等组织是有行为能力的，"国家背叛了她的人民"就是指"军队、警察、法庭、监狱"等组织背叛了人民。军队不能保家卫国、抵抗外国侵略，就是背叛人民；警察刑讯逼供、残害百姓、枪杀群众，就是背叛人民；法庭不能秉公执法、营私舞弊，就是背叛人民；监狱关押无辜，就是背叛人民；官员行贿受贿、大肆侵吞公款、大搞钱权色交易，就是背叛人民；重大自然灾害发生，比如沉船、垮桥、地震、洪水、干旱等等，对人民的生命财产构成了巨大威胁，政府官员不能及时有效地组织抢救受害人民，就是背叛人民……

然而，作为"工具"的国家组织，很容易被掌握该"工具"的人利用，为自己谋取私利。印尼前总统苏哈托上台以来，利用至高无上的权力，独断专行，大肆侵吞国家和人民的财产，他的所作所为就是背叛了人民。当国家掌握在独裁者手中时，国家就变成了独裁者推行自己所谓"主义""思想"打击异己者的"工具",他以"国家"的名义,挥舞手中的"工具"砍向无缚鸡能力的人民。斯大林在前苏联大搞独裁,视人民的生命如草芥,使几千万苏联人民死于"敬爱的领袖"手里,就是国家背叛了她的人民。抗日战争初期,蒋介石放着日本侵略者在东北烧杀抢掠的暴行而不顾,却推行"攘外必先安内"的卖国政策。把枪口对着自己的同胞,这也是国家背叛了人民。古今中外,千百年来,那些以"国家"的名义的个人或组织背叛人民的都受到了人民的憎恨和唾弃,永远被钉在历史的耻辱柱上。

"要是国家背叛了她的人民"该怎么办呢?俄罗斯总统普京代表国家向遇难者家属和全国人民道歉,主动承担责任,俄罗斯国防部长、海军参谋长及北海舰队司令提出辞职(普京总统暂没同意),在强大的国家暴力工具面前,人民的声音有时是非常微弱的,但是。俄罗斯这位母亲的质问,毕竟发出了那一针尖锐的刺激。

(原载《四川文学》2001年第2期)

防患于何时

刘洪波

"防患于未然",这是典型的文言,可见说得很有年头。这个话又一直说到现在,可见也像我们国家一样,是"古老而又年轻"。

我在很多地方,都看到"预防为主"的说法,贯穿的就是"防患于未然"的精神。举凡一切不好的东西,都要"预防为主,防×结合",这是公式,相当于公理,不言而自明。搞消防,抓治安,反腐败,扫黄毒,治脏乱,无不如此。

话是这么说,做法又不同。齐人淳于髡提醒邻居,厨房的烟囱要弯,柴草要远。这"曲突徙薪"的防患建议,是没有收效的,邻居一定要等失火后表彰救火英雄,请他们吃大餐。这个故事乃是现在许多事故发生和处理的标准范式。鉴于这一"工作规范"的长期有效性,淳于先生的邻居应当隆重载入"中国事故处理学"中,人文初祖,当也算他一个。

评价当代的一切,又有公式,乃是继承古代优秀传统,又有合乎时代的新发展。验之以防患术,便是继承了患不可防和表彰救急英雄的传统,又发展出了专司防患的机构。淳于髡是没有什么权力的,他只能好心提醒;而现在的防患机构,权大得很,不许开业,不发通行证,限期整改,乃至"绝不手软地严肃处理"。

然而,如果这些机构能够顶得了大事,又怎么能经常进行"大力表彰"的活动呢。所以楼塌房烧,桥垮堤溃,腐败要成窝成串,治安要常有大案,环境要黑水横流,"官僚主义和形式主义"要常把人害死,恶势力要坐大成黑社会,搜刮地皮要达到出现"群体事件",也是"防患"以后必不可少的。

祸患常出,这些"防患"机构有什么问题吗?好像是没有。无论出了什么事，负有防患之责的机构总能拿出"多次提出了整改意见"、"进行了多次教育"之类的证据，于是就没有责任了。当代防患术的奥妙，就在这里。每一种坏事情，都有专门的机构在"防患"，然而每一种坏事情都不会与这机构相干。一个地方失一次火，追究的只是失火单位，失一百次，追究的仍然只是失火单位。一个地方一人腐败，追究的只是腐败分子，几百人成窝腐败，追究的仍然只是腐败分子，专门"加强干部管理"的人安在哉？

防患之术在当代的另一个发展，乃是对祸患的认定有所扩大。现在有所谓"防火防盗防记者"之说，流传有多广尚未可知，但做法遍用国中却是无疑的。只要哪里出了个事，记者前去了，必定有专门的人员出来增加一些采访的难度。古代自然是没有记者的，所以祸患出现之后，怎么防止泄露消息，需要专门考证。现在的办法是防记者，文明办法是"全程陪同"，不许乱问乱答，野蛮办法是收胶卷、收采访本、打人。河南一个地方做得更"稳妥"，不仅记者采访不能接待，所有寄往中央机关反映问题的信件也全部扣查。前两年新华社记者调查一个恶霸村官，感受是"如同敌后武工队一样，做地下工作"。

防患防患，祸患已经出现了，防范这才开始。所谓"防患于未然"，已经不是防范祸患之出现，乃是防范祸患的消息曝光。祸患是不妨有之的，消息走漏以致官帽子发生危机，却是万万不行的。崇祯皇帝反腐，态度不可谓不严厉，却收效甚微，因为官员考虑的不是如何把手脚弄干净，而是怎样使手脚看起来很干净。祸患之大，无过于当不成官。官当得成当不成，全在上面一句话，不在于他所管辖的人如何说。这样，出了祸患无所谓，重要的是不能让外边知道，就没有什么可奇怪的了。

这种搞法能够预防祸患，除非你让我相信鸡蛋长在树上。

（原载《周末》2001年3月30日）

"执法产业"使腐败公有化

胡一刀

一般所谓腐败，也即以权谋私，到处皆有，算不上中国独有。有没有中国特色的腐败呢？

前些时候《中国青年报》有评论讲道：在某县法院的中层干部竞争上岗演讲会上，竞争者无不以当选后完成若干创收金额为首要保证，该院领导表示，此乃发展"执法产业"需要云云。这种"执法产业"绝非个别现象，在一些地区甚至已成主体产业，除公、检、法之外，工商、环保、审计、土地等部门也是"执法产业"的大户，其特征是以案件或行政指标为资源，以执法或行政审批为手段，如公安部门通过内线聚众赌博以收缴赌资、通过妓女拉客下水以罚款，工商部门拖办工商登记同时以无证经营为由进行经济处罚……各显神通，借此为机关乃至为地方广开财路。

央视"焦点访谈"报道：黑龙江克东县是国家级贫困县，县检察院年经费总共不过50万元，却建成两座门面堂皇的办公楼和宿舍楼，哪来的钱？罚款！可据《中华人民共和国刑事诉讼法》，检察院根本没有罚款的权限！该院院长承认："利益驱动，克东县检察院做过违法的事情，如越权办案，（对嫌疑人）超期羁押，或者先拘留后立案。"

这不是腐败，又是什么？

官员个人以权谋私固然是腐败，但机关集体如此以权谋"公"不也是腐败？在通过滥用权力以攫取非正当利益这一最关键特征上，二者实为一丘之貉，区别仅在于前者是直接中饱私囊，后者是集体分赃；"执法产业"不过将腐败变得公开化、日常化、官方化，也就是将私有化的腐败变成公有化的腐败，如此而已！

这是腐败的社会主义化吗？

现时舆论的焦点都在以权谋私的腐败上，但这种以权谋公的腐败，其实是更坏的腐败。

首先，以权谋私是个人犯罪，有犯罪主体，仍可能惩罚罪人，罚没赃款；而以权谋公却是集体犯罪，也就是机构犯罪，没有明确的犯罪主体，一般较难受到法律惩治。无法惩治的腐败岂不是更可怕的腐败？腐败的公有制性质使这种腐败行为制度化了，这对行政体系和社会的腐蚀和破坏作用更大。

其次，以权谋私多是通过受贿方式，即消极地接受不正当利益，以利于贿赂者达到获取非法利益的目的，这种行为未必有明确的个体受害者（最终遭受损失的是国家和人民），可谓腐败者和贿赂者皆大欢喜的双赢结果；而以权谋公大都是通过非法的执法方式积极地攫取不正当利益，使执法的主体得益，使接受执法的对象受损，这就造成了明确的个体受害者。人民受损害不是比政府受损害更可怕吗？而且，作为个体的人民所受的损害总是双重的：不仅是钱财方面无辜遭受剥夺，肉体乃至心灵也不免创巨痛深。

对于造成政府损失的以权谋私者，政府还可能大开杀戒；但对于只造成人民损失而未造成政府有形损失（政府的损失是无形的信誉损失）的以权谋公者呢？

有新闻报道为证。还是《中国青年报》载：安徽利辛县孙庙乡干部林明、袁志东、李鹏等人，私设牢房，以种种任意罪名拘禁、毒打二百余名乡民，交钱后才放人；据司法机关调查，被拘禁者没有任何违法行为。而当地法院对这几名干部的判决，不过有期徒刑一至三年，且都是缓期执行。这是较极端的事例，不那么离谱的类似现象就更普遍了。随手举一例，广州《新快报》载：一外来工在买销赃自行车时被拘禁43小时，最后结果是："叫你家送600元钱来，你就可以出去！"——对方没有给任何票据。人放出来，就不错了，还想有什么结果？

如果说以权谋私的腐败是巧取，是暗偷，则以权谋公的腐败就是豪夺，就是明抢了。那些收钱放人的乡镇干部或公安机关，与强行勒索的黑社会大佬有何区别？

（原载《华声》2001年第3期）

泛行政主义

岳健国

我老家的县城里把打扑克叫作"学文件",这几年没听到,几乎忘了。前些天出差和住在同一宾馆的同行打扑克时,这个名词又从他们的口里"蹦"了出来,使我觉得亲切而有趣。没事时胡乱想想,不料又想出许许多多借用与行政有关的名词来制造幽默和表达事物的例子来。

同事间相互通报情况,见面第一句话很可能是:"给你汇报一件事,"而对方接着就说:"请指示";我们想奉承某个人时,也会用官的特征来做比喻,他的个子高大魁梧,我们就说他像个大官,有"官相";我们称说一不二的独生子女为"小皇帝";家电厂家为了表明自己产品的高贵和权威,要起一些显示最高级别的名字,如"小王子"、"王牌"等等;小偷团伙也不甘示弱,某团伙就在其内部设立了"侦察科长";另一诈骗团伙更绝,竟然内设"外交部长"一职!

与行政毫不相关的事为什么总要扯到行政语汇上去呢?我觉得这种"泛行政主义"倾向与我国的文化渊源有关。以上列举的只是无关痛痒的小小例证,属于一笑了之的内容,但我又发现"泛行政主义"的影响绝不止这些,它还在更大的范围和对国家、百姓举足轻重的岗位上产生着很大的副作用,这就不能一笑了之了。如各行各业的协会、学会、研究会的会长总是由行政部门的头头来担任,这是将民间行为官方化;我们年年用大兵团的方式植树,这是将个体行为"运动"化;工厂的厂长经理要由政府人事部门来任命,这是将企业行为政府化;农民下一季种什么作物必须由乡里统一决定,这是将个人行为文件化;电信部门打着国家旗号旁若无人地"欺行霸市",这是将市场行为"计划"化;向农民收取提留款应是双方互惠条件下的合同关系,但却变成了单方面的强行摊派,这是将平等的契约行为权力化；我们习惯于把外企在管理或产品上的违规现象上升到"辱我国格"的高度，这是将经济行为意识形态化；等等。

　　因为用行政方式解决问题的办法简单易学，事半功倍，"泛行政主义"目前还在进一步泛滥，借用、挪用它的人也越来越多。校长不是个啥官，可他也会用下"文件"的办法收费；住宅小区的物业管理部门本是业主的"下级"，可他们也会这一套，自己炮制个"文件"，在小黑板上一公布就让你交钱，而不提任何服务承诺；还有许多有偿出书的、推销纪念品等等的商业策划公司，更是懂得行政的奥妙，他们会采取无数多的公关方式，让某些行政部门的领导们给其签个字、盖个章，然后以联办或经办的方式，炮制出大头衔的红头文件，把一个小巷里仅有10平方米房间的公司变成堂皇高楼的厅局级部门，把非法的勾当变成合法的业务，把不可信的骗局变成可信的服务，把不可能赚钱的生意变成赚钱的机器等等。

（原载《武汉晨报》2001年4月22日）

也说"两个世界"

鄢烈山

前不久《中国经济时报》报道,著名经济学家、中科院暨清华大学国情研究中心主任胡鞍钢教授在其新著《地区与发展:西部开发新战略》中提出了"一个中国四个世界"的分析。他的研究表明,上海和北京两市人口虽然只占全国总人口比重的2.2%,但1999年上海和北京人均GDP(按照平均购买力计算)分别为15516美元和9996美元,明显高于世界上中等收入国家水平(8320美元),它们是中国的"第一世界";天津、广东、浙江、江苏、福建、辽宁等沿海省份人均CDP均高于世界下中等收入国家水平(3960美元)而低于上中等收入国家水平,它们是中国的"第二世界";东北、华北中部部分地区人均GDP均低于下中等收入国家水平,是中国的"第三世界";中国约有一半以上的地区位居世界第140位之后,人口约6.3亿,占全国人口总数的一半,它们是中国的"第四世界"。把他的这种分析加以简化,就是本文所说的贫富差距悬殊且日益扩大的"两个世界"。

"两个世界"人们的诉求当然是不一样的。一个世界的人要满足最基本的需求,有饭可以吃饱,有房可以栖身,有钱治病,有钱供小孩识字;另一个世界的人追求的是高品位的生活,宽敞的住房、幽雅的环境、快意的娱乐。两者都是合乎人性的期望。对于从事文化体育娱乐业的商家,根本没有购买力的低收入人群,当然不是他们服务的对象。所以,我们的电视剧场景不是豪华排场的皇宫大宅,就是风景秀丽的山川旷野;时尚杂志则不厌其"新",玩酷玩得花样百出。这也没什么奇怪的,它们赖以养命的广告投入商本来就是要刺激那些营养充足、精力过剩、钱多得"烧包"的人的消费欲望嘛!

这种状况也常常让我们联想到当下隐隐可以听到的两种观点截然相反

的声音。举凡大的城市建设项目、文体活动项目和经济调控措施,总是有人兴高采烈地欢呼,有人旗帜鲜明地反对。

比如:听说要在北京投资数十亿元建国家歌剧院,有人十分不以为然:"有那么多钱干这种点缀升平的事,怎么不拿去补发久欠的教师工资?"听说要请帕瓦罗蒂等三大世界著名歌唱家在故宫午门前演出,票价已炒到两千元(美元?)一张,有人比被扒手掏了自己的腰包还悻悻然:"知不知还有许多农民以卖血为生?"最高人民法院负责人提出要让法官"高薪养廉",财政部长宣布要给公务员加薪,都有不少人表示不满:"比起农民和下岗工人来,这些旱涝保收的人日子够好过的了!"

诸如此类的"反弹",显然都是从下层贫民视角看问题的。其关注弱势群体生存状态的情感,在人变得越来越"自我中心"的如今,无疑弥足珍贵;但是,假如根本无视中国存在"两个世界"的现实,不能正视贫者与富者不同发展层次的需求,前述种种愤懑难免无的放矢,乃至不近人情。难道因为有人穷困,就得举国愁眉苦脸?倘若不认为回到"共同贫穷"是正当有益的选择,"先富起来"的人们愿意掏钱买高价票听音会又关别人什么事?

在这里,为难的是政府。因为政府不仅是富人的城里人的政府,也是穷人的乡下人的政府,它的职责是提供一个人人有希望因而能和平相处的公共秩序,它必须兼顾不同阶层人们的利益诉求。城市的人不仅要建设美轮美奂的高楼大厦,要有歌剧院、体育馆、会展中心之类"标志性建筑"、"形象工程",还要有四季盛开的鲜花、清脆悦耳的喷泉和参天拔地的大树——花几百万上千万元从山里移几株来做点缀也在所不惜——那么穷乡僻壤的人呢,他们要求子女有一座遮风避雨的教室难道不是天经地义的?他们到城里打工一样照章直接或间接纳税,为什么子女就不能像城里孩子一样上学?

如果贫富"两个世界"在地理上可以像中世纪欧洲的城堡一样用深沟高墙分隔开,或在政策上像计划经济年代一样用森严的城乡户口分隔开,我们也不妨实行发展目标上的"一国两制"。但这显然行不通,因为今日一些人能先富起来，正是放弃计划经济管理模式推行市场经济的结果。

倘若我们不想造成"两个世界"的尖锐对立，就必须加快对城乡分割二元体制的改革步伐，真正重视处于弱势地位的贫民阶层的诉求，尽可能给他们提供公平竞争的机会，给他们以切实帮助，让他们在困厄之时得到起码的救济，这对中国的发展前途关系太大了。因为那些不幸沦为游民、流民的人们，若使他们对浮华世界与自身处境的反差的感受日益强烈，他们的屈辱感、绝望感无法排遣和消除，则势必铤而走险，谋求自身的"超常规发展"。这样的人一多，势必会影响社会的稳定。

这不是什么危言耸听的预言，而是我们回避不开的现实。

（原载《大河报》2001 年 5 月 17 日）

小窗口的傲慢

张戬炜

记忆中,"逢窗低头"曾是我过去生活中的一项必修课。所谓"逢窗低头",就是在你有求于人时,必须在一个下沿高约1.3米,大小不超过100平方厘米的小窗口前,低下平时你自以为非常高贵的头颅,向窗内那个能给你帮助的人诉说你的请求。

在21世纪坚持小窗口服务的,恐怕只有医院和人称"铁老大"的铁道、公路客运部门了。

每当站在这种小窗口前,我都有点委屈,低下头来接受服务的时候,就像一个强迫症患者一样,主动为他们想想——

1. 因为社会治安形势严峻,不能排除某些歹徒越过工作台抢劫的可能。

2. 据说许多疾病通过空气即可传染,小窗口可以缩小接触面积,最大限度地保证为人民服务的服务员的健康。

3. 某些国人的礼貌意识不足,而服务业是社会主义精神文明的窗口,用小窗口、低柜台,让某些趾高气扬之辈在接受服务时顺便温习一下鞠躬礼仪,也是倡导精神文明的手段之一。

可每次接受服务以后,我都觉得有什么地方不对。这医院、公路、铁路是属于《反不正当竞争法》中明文规定的"依法享有独占地位的公用企事业单位",是有可能侵害消费者利益的企事业单位,是靠为消费者提供服务而生存的单位;我与他们之间的关系,是花钱购买服务,是消费者在养活他们,凭什么要消费者向他们鞠躬?中国民航历来因服务质量遭人诟病,但卖飞机票的地方,却是标准的吧台式服务!

想来想去,只有一条理由是千真万确的:计划经济年代养成的那种优越感，在"依法享有独占地位"的情况下，"扫帚不到，灰尘照例不会自己跑掉"。

医院（铁路、公路）等单位要顾客"逢窗低头"的现象，其存在的社会心理基础是大众对这些行业的特殊需求，保证其至今还能生存的机制是"依法享有独占"的地位。正因为这一点，其中蕴含的傲慢与歧视意味，才不容易被人们省觉。

面对窗外低头哈腰的顾客，窗户里那个以最舒服的姿态坐着的人，是不可能把外面的人当作上帝的。每当从小窗口听到通过扩音机传出的为我服务的"仆人"的声音时，我常常会想：里面坐着的那个人是什么人？我和他之间的距离，已经遥远到必须通过扩音设备进行电子传播吗？

事实上，每当在小窗口前，看着许多反应不够灵敏的老人、文化程度不高的市民和外来工们，低着头，一遍一遍地向窗内询问，被动接受那里面传出的、略带不耐烦的"玉旨纶音"时，我总是从心底里涌出一种按捺不住的冲动：我要控诉这种傲慢，这种与现实社会发展格格不入的、行将就木的浅薄的傲慢，以及在这种傲慢的心理基础上派生的对人格的轻蔑和对人的歧视。

（原载《齐鲁周刊》2001 年 5 月 22 日）

下访究竟要访什么

何三畏

报载,当前有些地方,领导干部要变群众"上访"为自己"下访"了。在下面的要"上访",在上面的要"下访",然而,群众"上访"是何等美差?他们为什么要"上访"?弄明白了这个问题,"下访"才能有的放矢。

可以说,最痴情的恋人也赶不上守候等待的"上访族",虽然他们都是想见到自己"最想见的人";最狂热的追星族也赶不上"上访族",虽然他们最大的理想都是获得自己"心中的偶像"的"签名";最执着的狗仔队也赶不上"上访族",虽然他们都是打算向自己守候的人物提些问题,但"上访族"既不是去了解领导的私生活也不敢提任何大众关心的问题,"上访族"只带着一个关于自己生存的很底限的问题。

当然,"上访族"跟恋人、追星族和狗仔队还有一个不同,就是颇为让人"心烦":他们影响市容,有碍观瞻;他们破破烂烂,身上有一股汗馊味儿;他们带的那一摞摞复印材料谁看得过来;他们不体谅领导,仿佛不知道领导都是日理万机;他们难缠,"不通情达理"。卫生部公布的中国有1600万精神障碍患者的庞大数字包不包括他们?

我们知道一种说法叫做"门难进,脸难看,事难办",这虽然也够受了,但用来描述"上访"却是不够的。对于"上访"者来说,他们的困难往往是"摸不着门",是被遣送回籍!要是能"进门",能"办事",哪里还管得上什么脸色呢?特别是那些农民"上访"者,从家乡到县城省城京城,可能是第一次出远门。他们下定决心,排除万难,甚至包括讨口叫化,宿街边,卧墙角,东投西诉,哀哀告告,受冷眼挨呵斥。

是啊,"上访"的成本那么高,一般来说,非到万不得已,谁愿去"上访"？一个人如果既有公民意识，又想保持个人尊严，既想讨公道，又会计算精神成本，他恐怕不会轻易踏上"上访"路。所以，往往是那些一无所有或走投无路的人才不得不寄希望于"上访"，才百折不挠地坚持"上访"，哪怕成为"老上访户"，心在"上面"，身老路途，把一生搭进去。

现在好了，"上访"的和"下访"的都上路了。我看新闻报道的意思，好像还有点担心他们半路上失之交臂。这是怎么个讲究？

深入群众，调查研究，原是领导干部的一件法宝。

其实，一般意义上，我们的干部还是喜欢"下访"的。即便坐着车子转，隔着玻璃看，也是老百姓乐意看到的一道靓丽风景。

现在，虽然领导"下访"来了，但限于交通管制和治安保卫等接待规格，拦轿喊冤的成功率肯定要比在"上面"喊还低。当然，也有"下访"解决了问题的，不是说古装戏里的微服私访，而是最近的新闻报道，报道说，有群众再次跑到省城去了——这回不是去"上访"的，而是去请媒体报道他们的"下访干部"的"先进事迹"。

这个新闻可能是真的，因为"我们的群众是多好的群众啊"。"下访"有这样的神功，说不定要像"郑重承诺"和"责任制"一样，要蔚然成风的。

变"上访"为"下访"，应是好的工作作风。关键是群众遇到事了，才去"上访"的，而领导干部也应该随时掌握一点民情，让人民苦有所诉，冤有所伸。否则，你便个个是仙女下凡，人们也懒得苦苦求访。而"上访"也罢，"下访"也罢，能解决什么问题，领导干部应该心知肚明。

（原载《大河报》2001年5月24日）

百姓之"累"

悦 华

"忙"和"累"是许多成功人士挂在嘴边上的名片,本人草民一介,却在此胡扯什么"忙"和"累",邻人王大牙得知,估计将齿冷三天。

有一句格言是这么说的:"觉得生活很累,一小半缘于生存,一大半缘于攀比。"这话说得很智慧,像是苏格拉底坐在澡盆里悟出来的名句。不过参照草民我的生存状态,本人倒觉得这话一小半像是格言,一大半像是邻人王大牙发烧41度时说的胡话。

直接的证据是,作为一个尚有一点自知之明的小百姓,本人既未妄"攀"薪水不多但拥有豪宅豪墓的某些"公仆",也没有瞎"比"靠偷逃国家税款或制伪售劣而一夜暴富的新贵。然而,日淡风清,不"攀"不"比",本人却仍感其累无穷,甚至是焦头烂额心力交瘁。

"累"什么呢?当然不必为以巴冲突不断升级,巴勒斯坦建国遥遥无期;也不必为《京都协议书》遭布什抛弃,南极上空臭氧层洞开,世人将统统得皮肤癌。虽然这都是匹夫之"累",但那毕竟远了点。草民我所"累"者,尽是一地鸡毛。譬如高高兴兴上班去,期望能平平安安回家来,而不会成为张君之类恶魔"练枪"、"练胆"的靶子;去剃头店理个发,发落而人回,不会被警察逮进局子里,弄出个"处女嫖娼案"或割掉半截舌头而无法向老婆孩子交待;日啖三大碗萝卜块白菜帮,仍能打嗝放屁,而能幸免口吐白沫一命呜呼死不瞑目;十年寒窗,一朝破壁之大志,不至于被一支冒牌铅笔所扼杀。

这些"累"你道是天方夜谭么?请看许多报纸刊载的一篇题为《一支铅笔毁你前程》的新华社电讯。这篇电讯说,一年一度的高考即将来临,上海中国第一铅笔股份公司总经理石力华先生提醒考生,谨防使用假冒伪劣铅笔而断送你的美好前程。文章特意交待说，石力华的提醒并非危言耸听，去年青岛有个区的应届考生进行高考模拟考试，统一使用中华2B铅笔涂写选择题答案。由于这批2B铅笔是假冒伪劣产品，导致计算机无法正常读卷，结果，这600名考生的标准试卷成绩都为零。

呜呼，倘若那是一场正式考试，倘若你恰恰是那600名考生之一，倘若你现在正有孩子坐在事关前途命运的考场里，你会不会立刻手脚冰凉，四肢抽搐？

前几天，本地的晚报又登出一则消息：《"洗菜试纸"帮你忙》，说是由于蔬菜上残留的化肥、农药等肉眼无法看出，得用"洗菜试纸"来测试。有关人员还热心地介绍了这种名为"农药速测卡"试纸的产地、功用及使用方法。所幸这种测试方法比居里夫人当年发明新元素简明扼要多了，不妨抄录如下，以供公民们参考：

"洗菜试纸"的具体使用方法是：滴1—3滴洗脱液到菜叶正面近叶尖部位，用另一片菜叶在滴液处轻轻摩擦，然后取一片速测卡，将菜叶上洗出的水滴一滴在白色药片上，静置10分钟后，再将速测卡反折，用手捏3分钟，打开速测卡，白色药片变蓝色为正常反应，不变蓝或呈淡蓝色说明有过量有机磷农药残留。

瞧瞧，咱小百姓多有福气，只需这么简便的化验程序，一碗白菜汤就可以做出来了！

石先生的用意是好的，记者的社会责任感更是让人肃然起敬，但是我却为自己身为一个小百姓活得这么累而深感悲哀。上菜市场买菜，为防奸商短斤缺两不当冤大头，我腰上得揣把弹簧秤；想买斤肉解解馋，我得练就一双孙大圣的火眼金睛，以免误把用瘦肉精喂大的猪肉拎回家让一家老少死得不明不白；双休日邀三五好友喝上一杯，那更得有化学分析大师的扎实功底，否则喝着用工业酒精或者敌敌畏勾兑的劣质白酒还以为品着茅台了哩。

咱老百姓到底招谁惹谁了？过河得担心踩着"彩虹桥"；躺在家里还得想想自己这楼别是豆腐渣；到医院做手术得牢记吩咐医生，缝合创口时别忘了把剪刀纱布取出来；到银行取钱时，识别假币的本领还得比银行职员高出一截……不知咱们能不能小心问一句：纳税人用血汗钱养着的那些职能部门，他们在干什么呢？

报上说，"洗菜试纸"进入寻常百姓家将为期不远。哎呀，届时刘仪伟们掂勺做白菜汤之前得先做一番化学实验，想必这可以大大培养公民们的科学素养。试想，千百万小百姓的小厨房将成为千百万个实验室，千百万厨娘将成为千百万准科学家，那是多么让人热血沸腾的壮观景象啊！

（原载《周末》2001年6月15日）

关于"火车"的对话

毕淑敏

与一位经济学者聊天。他说,我以前是很喜好文学的,但我已经很长时间不看任何文学刊物了,你能告诉我,好的小说家都干什么去了?

我说,依你这话,好像有一些天生的好小说家,躲在什么地方,等着人们去把他挖掘出来,仿佛多年老山参似的。

他笑了,说,不管怎么样。文学家和经济学家是很不同的。

他说,整个社会就好像是一列火车。经济学家考虑的就是火车怎样开着更快,又不致颠覆。比如效率和公平,如同两根肋骨,对立着,缺了谁也不行。是支撑也是矛盾。当我们太强调公平的时候,就牺牲了效率。但是,如果社会的冲突太尖锐了,就会引起混乱……经济学家是最讲平衡的。

我说,我是搞形象思维的,所以我习惯具体化。我在国外坐过那种很先进的火车,速度之快先不说,单是那份舒适,就令人流连忘返。还有便捷与豪华,座椅旁有电脑上网的插孔,车厢顶部是全玻璃幕的,看得见星斗和云霞。列车夜晚在旷野上行进,宛然一尾发光的炮弹壳。我也坐过中国东北和西南那种恨不能每5分钟就停一站的慢车,整个车厢都弥漫着多年粪便沤积出的阿摩尼亚气,其浓烈程度几乎可令一个中度昏迷的人骤然清醒。地上的瓜子皮或是甘蔗渣能没过脚面……

经济学者说我想知道的就是——当列车行进的时候,文学家在哪里?做什么呢?

我说,在看风景。看车窗外的风景和车窗内的百态。车子平稳运行的时候,他们也会欣赏音乐,但是通常不会打盹。也许会到餐车看看,或呆在自己的硬座席上等着吃盒饭。他们不会太好脾气,如果送的饭质次价高或是不卫生不新鲜的话,没准会大声叫屈。车子开得太快,车身剧烈颠簸的时候，他们会发出呼唤和抗议，那不仅是他们自己感到很不舒服了，车上的妇孺的呻吟更让他们受不了。日出或是日落的时候，窗外的风光格外美丽，他们会痴痴地趴在窗上，看人类亘古不变的景色，想一些和速度之类无关的问题。入夜以后，也许整列火车上绝大部分人都睡着了，但是他们不睡。这种时刻他们虽在人群中，却是异常的孤独，许久许久，他们在迷惘与思索中蒙胧睡去。突然听到有人啼哭，他们会披衣起身，来到那个老妪或是孤儿身边，倾听他们的故事，或许还会流下眼泪，当黎明到来的时候，他们就下了决心，把这个故事写下来……还有很多时间，文学家也在为自家的事操心，比如屋子和孩子，比如职称和金钱，当然了，还有文人最常见的感情纠葛。

经济学者点点头说，好了，我大致知道文学家在车上会做些什么了。但是，你想过没有，文学家要站到车头上去，看司机怎样执掌方向，看司炉怎样添煤烧水，听呼啸的风声，看弥漫的大雾。

我说，文学家通常是在想象和判断中完成这些工作的，对于一个社会来说，强者的声音总是响亮的。而弱者，那些卑微和细碎的生命的权利，容易被忽视和淡忘。但整个人类的质量，是一个整体，记得看过一种团队的比赛，并不是以第一名到达目的地的时间来决胜负，而是以最后一名的到达时间为整个团体的成绩。文学家的目光，因此会永远特别地眷顾那些平凡如草的生命。

（原载《中国文化报》2001年6月22日）

364天怎么过？

雷抒雁

过去把节日叫"节"。春节、妇女节、情人节、青年节、儿童节、母亲节、父亲节、愚人节、狂欢节……虽然有的也只过一天。但不叫"日"叫"节"。

现在，正经有了一个"日"。如某月某日，是世界"无烟日"；某月某日，是世界"住房日"；某月某日，"禁毒日"；某月某日，又是"关心老人日"，或者"关爱残疾人日"。

逢节，好办，放假。单位富点，领导胆子大点的，便发钱，要不，每人分点鸡呀，鱼呀，饮料呀，回家享受一番，算是过"节"。滑稽点的节日，如愚人节，就编两个"弥天大谎"，比如说"昨天抓住个外星人，大脑袋、细胳膊"什么的，让你震惊一家伙。总之，"节"是快乐的，轻松的，当然也是疲劳的。

"日"，又不同，常常是带有明显的主题。比如明天是"无烟日"，前三天，就得印好宣传材料，组织好宣传队伍，通知各烟店烟摊那一日不卖烟，等等。到了"这一日"，成百上千宣传员上街说着唱着，蹦着跳着，又散发些红红绿绿的材料，好不热闹。下午，三四点钟，这一"日"也就算过去了。该抽烟的，憋了半天，找个地方好好过一通瘾。"日"是快乐的，只是忙碌些，当然更是疲劳的。

掐掐指头一算，一年里除了"节"去了"日"，正经时间没有几天了。说没有几天，再过那"节"，那"日"，差不多又得364天。这364天如何过？

其他都好过。比如，"情人节"，送了鲜花巧克力，并非364天不再见，倒是这一送礼，反倒更加如胶似漆，天天都是"情人节"了。比如"无烟日",半天不抽烟,有的人差点憋出眼泪,这一天过去,364天里,谁还会记得要"无烟"。再比如"无车日",大不了这一天不出门,全当车子坏了,其余364天,依旧车水马龙。

难的是"3·15"。这一天,人们都记住了,叫"保护消费者权益日"。买了具热水器,煤气熏死人,等这一天;买了双鞋,三天不过,脚趾头伸出来不想回去,等这一天。"3·15",不像别的"日"那样难以说清某月某日;更重要的是和每个消费者几乎都有关系,加上这一日,宣传力度大,缉捕的、罚款的、哭诉的、或曝光、或暗访,给人留下难忘的印象;所以,人人记着每年的"3月15日"。

可俗话说,年好过,月好过,日子难过。3月15日之外,尚有364天等着,你随时会和假、冒、伪、劣遭遇;随时会被某一次"消费"气得半死。如要等一年,不"全死"才怪。

公正点说,这几年各级、各地技术监督部门都负起了应有的责任;消费者协会也在不断受理投诉。可是,你要真想天天都是"3·15",那是天天想过"年",妄想吧!

就说买房缺斤少两,这又不是买青菜,这家秤不准,可以别家找个秤再称称。房子缺斤短两少尺寸,一般人也量不来,只好听开发商的,他说多少就多少,想买,就照数掏钱,别啰嗦!等你明白过来、想投诉,想打官司,就等着吧,旷日持久;甚至,注定你的官司输!等吧,等明年那个"3·15",纠集左邻右舍,去找"焦点访谈"曝曝光。可这364天,你天天找了张三找李四,吃了哑巴亏,自个儿跟自个儿较劲。夜里睡不着,白天犯迷糊;一阖上眼,就做噩梦;一做梦,就说胡话;早晨起来,回头一看,枕上落发一大把。想一想,还是人重要,叹一口长气,忍了!

有了"节",有了"日",很好!把365天的工作,用一天凸现出来;这一天,是其他364天的集中宣传,更是其他364天的榜样。如果这一天过得平淡,其余364天补上来,那是天大幸事;如果这一天热闹,其余364天冷冷清清,那才是灾难。比如,过了"妇女节",老婆照样挨打受气;过了"无烟日",照样天天吸烟。这一天节日,反倒成了一种假相。那热闹之下，不知藏了多少罪恶和污垢！同样，如果364天，造假的依旧造假，卖假的依然卖假，消费者依然被悄悄地掠夺，甚至被伤害，"3·15"又有何用！

别管什么"节"，什么"日"，干坏事的人，是想躲过这一天，还有364天，机会有的是；百姓却是要过日子的，不只要过这一天，364天长着哩，谁也不知哪一天里埋伏着倒霉！

（原载《今晚报》2001年7月25日）

城里人的"精神自慰"

张金岭

最近我随手从本埠的生活类报纸上剪下一篇不足千字的小文,堪称是"晚报体"文章的代表作。

这篇显然是城里人写的小品文是这样的:"咸菜烧黄鱼进行到一半的时候,煤气用完了",此时,"窗外已暮色四起",所以,再像往日一样把换煤气的活儿当成"一次不折不扣的体育运动"来干,实在有点太晚了。于是便打了送气电话,对方表示"马上送到"。可一刻钟过去了,还没有"马上送到",城里人便很不高兴了,因为"那条黄鱼仍静静地躺在锅里"等着呢!"身材矮小、脸色憔悴"的"送煤气的男人"终于来了,不但扛来了煤气,还扛来了满脸歉意,一个劲儿地说"真对不起,让你久等了"。当城里人了解到"送气的山西人"原来是因为"天色暗了已看不到门牌号"才没有"马上送到"时,"刚才心里的一丝愠怒早已抛到九霄云外去了"。城里人又了解到,"这个外地人""送一瓶煤气只能赚一块五毛钱的劳务费,倘若再扛上去按每层五毛计算";至于今天送的这趟气,"只能赚一块钱了,刚才因为找不到地方打了一个电话花了五毛"。于是城里人不但"愠怒早没了",还"开始同情起这位外地人了":骑了两公里的路送来一瓶 30 公斤重的煤气才赚一块钱,实在太辛苦了。最后,城里人从窗口瞥见了那个"送煤气的男人"正骑着自行车飞快地向小区门口驶去……因为他还要利用晚上时间去送城里的人们离不开的纯净水、牛奶……在这则小品文里,"送煤气的男人"给城里人送来的不但是煤气,还送来了供城里人"精神自慰"的看得见摸得着的理由:这些生活在城市背面的"外地民工"(但愿这个词以后会消失)们生计的艰辛,使得城里人通过"横向比较",很快能稳定都市人常有的焦虑、焦躁的情绪,告诉自己别再不识好歹,看人家民工是怎么过的。民工对城市的贡献真大！可是，如果这位城里人在自己"愠怒"的时候看到的不是"送煤气的男人"，而是"先富起来"的大款和神采奕奕满面红光的新贵们不但"现代"而且已经"后现代"了的生活，他那一晚上还会有一个好心情吗？还有兴致写出这么优雅的"晚报体"吗？

我相信大多数城里人都会觉得这样的文章写得很美，因为毕竟他们有着大致趋同的生活状态，常能看到为自己服着务的"外地人"。他们会说这样的文章是好文章，因为能引起自己的"共鸣"。如果让"送煤气的男人"来读这则小文，他们会作何感想呢？他们会如城里人希望的那样，因为自己的存在给城里人带来了好心情而感到"奉献"的快乐和自豪吗？果真如此，那这些"外地人"也算有了"精神自慰"的良方子；果真不如此，那这些"外地人"也就只能像"贫嘴张大民"一样去寻找自己的"幸福生活"了。

根据"换位思考"的方法论，假若这则小文让"送煤气的男人"来写（又假如他们有这样的闲情），会是一番什么样的情形呢？我想他们大概写不出什么好心情。

城里人喜欢田园风光和农家生活的"情趣"，那是一种远距离的审美需求，可如果把别人近在眼前的苦难生活也变成精美的小品文且进行"精神自慰"，那这样的文字该算得上是一种罪恶。视苦难为平常，这大概就是中国人颇有忍耐力的原因吧。

（原载《城市早报》2001年8月21日）

暂住证的另类价值

韩 湖

在城市流动人口中实行暂住证制度，有利于治安管理和综合治理。有关部门执行这项制度时，大都依法行政，文明执法，这是主流。但也有支流，用流行话说就是另类。

广西青年农民张森离奇死亡，时间：在被收容期间；地点：从广州市收容站到指定的"盲流"收治医院。所以如此，就因为他没有随身携带暂住证而被收容（8月27日《中国青年报》）。一年前，在深圳打工的湖南青年张正海也因为没带暂住证，在东莞一下汽车立即被当做"盲流"送进该市樟木头收容所，后又被转送至广东乐昌市坪石收容站，不幸卷入一场5人死亡、4人失踪的逃跑事件，"活不见人，死不见尸"（2000年9月6日《中国青年报》）。一张小小的暂住证，竟引出一起又一起恶性事件，不禁引起人们对暂住证另类价值的思考。

对于留置张森的广州市白云区某派出所来说，这张暂住证也就值200元。张森死前在派出所给其叔父张德裕打电话，要他带200元到派出所领赎，由于未能及时赶到，才被送到广州市收容站。对广州市收容站来说，这张暂住证也就值800元。张德裕如果接到电话火速送上800元，也许还能挽救侄儿的生命。对于张森来说，这张暂住证就是一切。它关系着比生命可贵、比爱情价高的自由，没有它就会因被收容而失去行动自由。它又性命攸关。张森死亡的原因即便如广州收容站大尖山分站医务所会诊，是急性阑尾炎，但如果不是被收容，他可以自己上医院，而不是由收容站送进医院；他可以上普通医院，而不是上卫生局指定的"盲流"收治医院；他可以用自己存折上的钱交医药费，而不是由医院打电话让其叔父送来；他还可以向朋友同事和工作单位求助。总之，以今天的医学水平和医疗条件，小小的阑尾炎本不至于夺去一条年轻健壮的生命。此外，这张小小的暂住证还是张森年逾花甲的父母的指望，他们本来要靠他养老送终；它还关系着张森没有开花结果的爱情……

一张小小的暂住证，还关系到一些人的生活资料和一些单位的工作条件。收容站靠什么生存、发展？据收容张正海的坪石收容站的上级领导、韶关市民政局局长李新华证实：该收容站30来名在编人员的工资由财政差额拨款，不足部分按省里规定适当向被收容人员收取费用。该收容站新建了极为气派的宿舍楼，站长办公室里有高级老板桌和皮制老板椅。这一切，靠每年20万元左右的财政拨款想必捉襟见肘。对此，韶关市政法委社会综合治理办公室有关领导一语破的"你们的指导思想有问题，是在搞创收！"收容站要"创收"，就要多收容。收容的"资源"，就是那些没有暂住证，或虽有暂住证却没有随身携带的人。

一张小小的暂住证，还能使收容站成为上级主管部门争相摘取的"桃子"。收容站本来是财政的负担，上级主管部门向外推还来不及，但因为能创收，反而成了"香饽饽"。据坪石收容站副站长李某说："本来是韶关市民政局管，但省民政厅也想管，乐昌市又认为，收容站建在我们地盘上，所有的设施都搞好了，凭什么让他们来'摘桃子'？"该收容站如果不是"效益"好，怎么能形成上级部门争相管理的局面？"效益"从何而来？就来自用一张张小小的暂住证划分出来的"盲流"。

暂住证的另类价值，缘于有关部门的另类作风和有关人员的另类思维。这另类怪胎，是行政和"创收"结合的产物。

（原载《中国青年报》2001年9月6日）

速成时代

蒋子龙

前年，上海的中学生韩寒通过作文大赛一夜成名，然后就出书、退学，引发了一场波及全国的关于"寒流"的讨论。有人对"韩寒现象"击节赞赏。说当今文豪出少年，雏凤清于老凤声；也有人说这是揠苗助长，会毁了孩子。应该让他先把学上好，过几年再出名也不迟。

在出版业的一个座谈会上，主持会的人一定要我也说说自己的看法。我记得当时是这样讲的：现在是一个速成的时代，蔬菜水果不管季节，药物一下想叫它什么时候熟就能什么时候熟，鸡鸭猪羊更是几十天或几个月就可长得够了刀。人也一样，过去谈恋爱需要三五年才能完成的程序，现在一个晚上就可以解决问题，如果是网恋则更省事，不用见面，只需几分钟就"搞定"。现代人走路像去奔丧，吃饭风行快餐，要不麦当劳、肯德基怎么会在一个向来讲究细嚼慢咽的国家发了大财呢？现代人就是一切都要快，晚一步就没有你的份儿了。所以人们才天天大讲要抓住机遇……怎么大人抓住了机遇就是本事，少年人抓住机遇就要被说三道四呢？眼下韩寒能出本书，能成名，还能赚到一笔钱，为什么非要叫他再等几年呢？几年后谁能保证他还能写出书，还能赚到这笔钱？在这样一个急功近利的时代，谁看见了能够抓到手的名利还会有耐性再等下去呢？等不了，别人也甭想让他等，更甭想要挡住这种速种速收、速做速吃的势头！

果然，继韩寒之后，很快又出了一批少年作家，黄思路、金今……年纪一个比一个小。"速成"风刮到今年，从天而降的少年天才就更多了。9月，江苏少儿出版社出版了6岁儿童窦蔻的12万字长篇小说《窦蔻流浪记》，紧接着是8岁小儿高靖康写的8万言长篇童话《奇奇编西游》，更有一个12岁少女出版了她的第二本小说《正在发育》……

我尚未有见到此书，只在报纸上读到这位少女的一段话："人一结婚，不出5年，男的就不敢仔细地完整地看自己的老婆了。即使看了，也不会仔细看第二遍。然而，我找男朋友，是大大地有标准的。要富贵如比哥（比尔·盖茨），潇洒如发哥（周润发），浪漫如莱哥（莱昂纳多），健壮如伟哥（这个我就不解释了）……"

——好个"不解释了"！

厉害吧？看来少年作家一夜成名有个共同点：说成人话，说成年人不敢说的话，还要玩深刻，玩尖刻，玩俏皮。

套用一句流传很广的话说："每个速成天才的背后都站着他们的家长和传媒。"窦蔻7个月大就被父母背着到处打工，2岁半父母就给他制订了学习计划，4岁半开始写日记。《奇奇编西游》的编辑朱研婷认为，8岁神童高靖康"有很强的文字功底，书的内容也很充实，在此基础上加商业炒作是正常的。出书是对其才能的鼓励，对其以后的发展也有好处"。据报载："《正在发育》的书后，附有小作者的妈妈记录女儿'发育'历程的文字，以及这位母亲对中国教育的深刻反思和独到见解……在女儿7岁的时候，是当母亲的萌发了让女儿当作家的念头，并立即着手训练。女孩很快就树立起目标：18岁前买匹马，20岁前买部车，25岁前买别墅……这位母亲的经验，可供想把孩子培养成作家的父母们借鉴。"

——这话说得再明白不过了，若想让孩子当作家就赶快培养。"速成时代"，作家的确可以"速成"！"速成"再加上传媒的炒作，一个小天才就能应运而生！

但，也不能不估计到，这种"速成"法会给现代人已经相当浮躁的心态发酵，因此，"速成时代"绝不是只速成作家，还会速成其他一些少年"天才"。据报载：9月6日，上海闸北第三责任区刑警队破获了一个黑帮团伙，其"老大"竟是一个姓黄的14岁少女。河南登封市的13岁少年杨某，拐卖3岁幼童。辽宁葫芦岛市一姓方的9龄童，能开着其父的"皇冠"轿车在闹市兜风。黑龙江宾县的6岁男童冬冬，深夜蹦迪，将睾丸蹦过位，向左侧扭转了180度，不得不入院手术矫正……可见在当今的"速成社会",歪才并不比正才少。

不管怎么说,"速成"时代都是人才辈出。"人精"也多,何谓"人精"?即人小鬼大,有妖气,而不是神气,故有别于"神童"。"小鬼当家"——可不是一句闹着玩儿的话。

(原载《今晚报》2001年9月20日)

童工的命运

潘多拉

近一段时间，上海、南宁、武汉等地媒体先后披露了一些企业非法雇用未成年人，肆意榨取他们血汗的种种内幕，令人万般震惊。特别是7月10日，在武汉市汉阳月湖畔的一家个体服装作坊，年仅17岁的打工妹刘丽，在高温下连续做工16小时后不幸中暑身亡，这一鲜血酿成的悲剧事件，更是激起了世人的强烈愤慨。

黑心企业主为了最大限度地降低成本，必然会产生雇用未成年人的冲动，只要政府劳动与保障部门查处不严，他们就敢将这一冲动转变为实际行动。这是童工劳动力市场"求"的一方面。"供"的一方面则来自于广大农村的贫困家庭。出于为父母分担困难以及为自己今后成家立业打基础的考虑，这些质朴而坚强的农家孩子往往过早失学，义无反顾地外出打工挣钱。这几乎是他们在严酷的现实生活面前所能做出的惟一选择。据说有个母亲在听到女儿过劳死的噩耗后，悲痛欲绝之际只是一个劲儿地哀叹女儿的"命不好"，可是我们又有多少理由责怪他们的愚昧与冷漠呢？命运安排他们的儿女继承了他们的农民身份，在当今中国国情之下，也就基本上决定了儿女们无法像大多数城市孩子那样完整地享受到诸多权利，而必须过早地接受生活的磨练和社会的打压。像刘丽那样的农村孩子生来就"命不好"，显然是一个无法否认的事实。

三十年代初，冰心写过一篇小说《分》，说是医院里有两个刚出生的婴儿，一个是知识分子家庭的儿子，一个是屠户家庭的儿子，因为邻床，两人成了知心好朋友。但两天之后，屠户的儿子就得回家交给六十多岁的祖母带，他只好向知识分子的儿子道别："你真美呀，这身美丽温软的衣服！我的身上，是我的铠甲，我要到社会的战场上，同人家争饭吃呀！"知识分子的儿子也倍感悲凉，"我们从此分开了，我们精神上、物质上的一切都永远分开了!"冰心笔下的"分",在今天的中国依然比比皆是,像刘丽那样的农村孩子,如果不是因为"命不好",因为"要到社会的战场上,同人家争饭吃",又何至于小小年纪就背井离乡,主动跑到城镇和城市的黑心企业主那里去遭受剥削与压榨呢?

当前不少农村地区经济发展滞后,农民增收困难,交不起逐年见涨的学杂费,农村儿童失学现象严重。这是一些农村孩子被迫外出打工并沦为童工的最重要的背景。要避免农村孩子成为童工,必须将他们吸引回学校,必须让他们上得起学,如果他们家庭有困难,就应该让他们享受完全免费的义务教育,这在一些国力尚不如中国的发展中国家也已经成为现实。有人算过一笔账,以江西等地"希望工程"1+1助学行动的标准,资助一名小学生每年只需人民币100元,资助一名中学生只需200元,国家每年只需拿出不到200亿元,就可以保证全国的农村孩子顺利念完小学、初中甚至高中。2000年中国国民生产总值已达89404亿元,200亿元仅占其中的0.223%,与这些年全国每年用于吃喝的2000多亿元公款、用于购买和维护小轿车的约1000亿元公款相比,简直就是小菜一碟(《北京青年报》2001年9月3日第30版)。

不要以为提这个建议是在故意让政府为难,因为已经有政府在这样做了。那是在广东省,他们决定从今年起,每年拨出3亿元专项资金,用于免收人均纯收入1500元以下的农村困难家庭共约77万子女义务教育阶段的书杂费,其中小学生每人每年免收320元(杂费260元、书费60元),初中生每人每年500元(杂费360元、书费140元)。广东省能做到的,其他地方似乎没有理由做不到。当前各地不都在积极改善政府形象、努力取信于民吗,我看政府大大方方地掏钱替农村穷孩子交学费,帮助他们用知识改变命运,彻底摆脱"命不好"的阴影,成长为有尊严、有追求的共和国公民,无疑将是最积极、最有效的一个亲民措施。一个负责任的政府,只有一个负责任的政府,才是改变童工命运的最终保障。

(原载《西部商报》2001年9月21日)

感谢"血浆经济"

朱健国

一个朋友告诉我,他觉得新世纪很不吉祥——大大小小的事故正如雨后春笋,在神州大地争先恐后。不管各地领导怎么在电视中认真学习"三个代表",不管国务院发了多少安全检查紧急通知,不管各地怎么坚决贯彻,爆炸、塌方、火灾、翻车等等"事故造反"还是我行我素。近来又爆出丑闻:河南省因十年大力发展"血浆经济"——鼓励贫困农民卖血致富——出现9000万人的中原大地艾滋病空前严重。

我怀疑朋友对形势的看法太偏激、太片面了,完全不懂马克思主义辩证法。在我看来,何以近年各类"特大事故"如此多发不断?须知这是中国新闻舆论监督力量加强之故。互联网的普及,"笔记本"的盛行,一有事故,"伊妹儿"瞬息传至天下。如今是"事故举报有奖",好多传媒都设有"报料有奖"电话,纵然有人想捂,也叹手长莫及。"南丹事件"就是最好的证明。即便河南"血浆经济"风波,从长远来看也是利大于弊,必将撬动连锁反应。

河南省在1992年至1997年期间大规模发展"血浆经济",全省各地争相兴建官办血站(最巅峰的时期,整个河南省血站超过230家,以供商家制造血液制品),而后又任凭无数地下血站蔓延,导致出现河南省上蔡县文楼村那样的艾滋病村。即将死去的文楼村艾滋病重病者程建中坚决地说:"必须有人为我们的病负责。"村民们希望提出诉讼,但不知道该把谁推上被告席。"血浆经济"难道找不出责任人了吗?我们共产党早有规定,一个干部如果不是真正为广大人民的根本利益办事,不论他官有多高,权有多大,丑事隐瞒有多久,哪怕是跑到天涯海角,也要对其应负的责任一追到底。若能由"血浆经济"而发现我们官员选拔上的漏洞,从而亡羊补牢,岂非快事?!

  "血浆经济"风波带来一条举世皆惊的新发现:艾滋病在中国的传播蔓延,并非吸毒、嫖娼为主渠道,其真正的主渠道是"血浆经济"带来的非正常采血卖血。艾滋病研究专家高耀洁教授说:"在中国,血液是艾滋病最大的传播途径,绝大部分艾滋病患者都是采血问题的受害者……99%都是血液传播。"这就为中国大多数艾滋病患者平反昭雪了:他们并非道德沦丧而患艾滋病,他们只是某种"特色经济"的受害者。不管我们是通过"血浆经济"去处理一批贪官庸官黑官,还是由此更彻底地进行体制改革,"血浆经济"风波都会最终给我们带来新的希望——面对中原大地触目惊心的艾滋病现状,面对13亿人的中国都可能受到"血浆经济"之类的困扰,再麻木的人也会发出声音,有所行动。

  如是,我们又岂能不感谢"血浆经济"呢?

(原载《武汉晨报》2001年9月23日)

"小小的"考

狄 马

媒体记者面对社会不公,仗义执言、为民请命是值得提倡的,但媒体记者在抨击社会时弊时所使用的批评标尺有时却令人难以苟同。比如,一个乡长因为收粮打了村长或农民,媒体就说:"一个小小的乡长,竟敢如何如何。"我不是一个官本位主义者,我对时下的一些"骑着摩托扛着枪,村村都有丈母娘"的恶乡长也是深恶而痛绝的,但我每次从电视上或报刊上听到这样的议论,总像吃饭时吃出了苍蝇一样恶心。

这种议论隐含着一个危险,那就是说,乡长打人不是因为他触犯了国法,而是因为他级别太低,如果他是一个"大大的"省长或部长,将人打伤仿佛就成了合理了似的。但在我看来,乡长之所以错,是因他滥施职权,侵害了别人的人身权,与他的官位大小没有关系。

我发现,在这里,批评者与被批评者在对待生命的观念上,其实没什么区别。在一个记者眼里,乡长是"小小的",而大小从来是相对的,乡长之所以敢肆无忌惮地打人,不就是在他眼里,村长是"小小的"么?依此类推,在一个村长眼里,农民是"小小的";在一个农民眼里,妇女是"小小的";在一个妇女眼里,孩子是"小小的"。

暴力、歧视、压迫就是这样产生的。它不认为人与人是生来平等的,相反,它认为人自出生的第一天起,就是有等级规定的。离开了对一个人的出身、性别、职业、官爵的考虑,它是没有办法认识这个人的。

但现在是到了这样的时候了,那就是说,必须把"平等"作为一种原则强调下来。要让每一个人都知道,人的生命是从上天那儿得来的,它天然地拥有说话、定居、追求幸福和不受伤害的权利。细想一下,人类历史上有多少阴谋、杀戮和战争是由这个"小小的"观念导源出来的?雅典法庭为什么要判无辜的苏格拉底死刑？因为他是一个"小小的""民办教师"，却竟然大张旗鼓地教育青年；犹太祭司为什么要将耶稣钉上十字架？大概在他们眼里，基督只是一个"小小的""赤脚医生"；秦始皇为什么要焚书坑儒？大概在他看来，那四百六十个儒生不过是些"小小的"文人；元帝国为什么横冲直撞，吞灭了那么多的国家和土地？大概在铁木真看来，"小小的""宋"或"伊朗"实在不算什么东西；希特勒为什么那么快地发动二战？大概在他看来，波兰、奥地利这些国家实在太"小小"，小到不配享国……

其实，不光是人类，如果我们将眼界放宽，地球上所有生命的弱肉强食、物竞天择都可能由于这"小小的"观念在作祟。老虎吃人时，大概在想，小小的人，竟也配走？人伤兔子时，不总是说，小小的兔子，竟然跑得那么快？而兔子吃大白菜时，可能也满嘴生香地说，小小的大白菜，竟敢那么绿？于是相互残杀、陷害，土壤沙化、动物绝种，生态平衡遭到了严重破坏。

文章写到这里，抬起头来看电视。电视上说，美国的一个天文机构发现了一个比地球大得多的行星，上面有可能有"智能生命"。我听了不禁暗自庆幸。庆幸他们要么是没有发现地球；要么是发现了，但那上面的生命没有像我们一样，说，哼，小小的地球，竟也敢胡转！

（原载《三秦都市报》2001年10月24日）

是谁让孩子如此懦弱

李桂枝

据《南方周末》报道，淮南矿业集团新庄孜矿第三小学6年级学生石雅云等9名同学因小事被班主任叫到讲台上，当着全班同学的面，用自带的小刀刮脸，并被警告要刮出血来才行。班主任的意思，是嫌这些孩子脸皮厚，希望他们给刮薄点儿。

事件一经报道，舆论一片哗然。大家震惊于老师的残忍，但是，却很少有人看到这一事件中学生表现出的懦弱。

刮脸事件中的这些孩子，已上小学六年级，有的快满14岁了，对于当众刮脸这种人身权人格尊严皆被严重损害的惩罚，没有丝毫反抗意识和反抗行为。让他们刮，他们就刮，是不是因为他们已经习惯了"听老师的话"？甚至不敢问一问，这"话"到底是对是错、是合理还是无理。也许，在他们所受的教育中，"听老师的话"，就是"天经地义"。没有一个孩子，在现场指出老师所作所为不对，或者跑出去找其他的老师和校长报告。

这9个受了人格侮辱的孩子，竟然还受到同学的歧视，认为他们不听老师的话，丢了班级的脸。我实在想象不出来，这些没受罚的学生坐在台下，是以一种何等的"杀头？好看！"之类的心态在欣赏着这一切！我们的孩子们，是生活在怎样一种惊心动魄的教育氛围之中！

所有这一切，都折射出一个残忍的事实：这些已经十几岁的孩子，原来连一点点维权意识和最起码的维权能力都不具备。

我们这里一个11岁的小男孩，经常挨父亲的打，后来学了一招，其父一动手，他就威胁：你再打我，我就打110报警！这被当作笑谈流传，恰恰说明这类自我保护行为的稀少。

孩子们的这种懦弱，其实源于师生关系之间极端的不平等，也是中小学教育中民主教育长期缺失带来的后果。大家都在谈未成年人权益保护。众所周知，权益保护是双向的，一个是不得侵犯他人权益，一个是自我权益保护。未成年人的权益保护怎能依赖于成年人对未成年人施舍性的单向保护之上？学生群体法盲，一旦遭遇一位个体法盲老师，类似的恶性事件还会发生。

所以，权益保护最重要的一环，是未成年人对自身权益的清醒认识和自觉维护。可这一切，该由谁教给孩子？

联想起前一阵子的报道，孩子们上课忘了带老师规定要带的泥巴，老师问怎么惩罚，其中一个忘带泥巴的孩子出的主意竟是自打嘴巴，老师这时候还真听取"群众意见"，孩子们于是就自打嘴巴了。在这些孩子们心中，竟然认为，打嘴巴是完全应该的和常见的惩罚！

奴才犯了错，不等主人开口，就跪下自赏嘴巴。这种奴才心态，又是怎么传染到我们的孩子身上的？

我们的教育，有义务教给孩子作为一个人最基本的权利意识，这也许要从基础的民主教育起步。

（原载《中国青年报》2001年11月30日）

一部当代农村的百科全书
——读李昌平的《我向总理说实话》

徐迅雷

"农民啊我的父母/为哺我长大付出多少辛苦！/出风入雨不知春秋/披星戴月不避寒暑/农民啊我的亲人/不知怎样才能表达我一颗赤子之心……"这是李昌平在《我向总理说实话》一书中引用的诗句。

感谢光明日报出版社，在2002年初乍到的时候出版了这本《我向总理说实话》；感谢李昌平，终以非凡的忏悔态度写出了这本震撼人心的作品。

作为曾经的"中国最著名的乡党委书记"，李昌平因为给朱总理写了一封信，说"农民真苦，农村真穷，农业真危险"，结果"一举成名"，然后"一败涂地"——由于各种压力，他不得不"自愿"辞职，成为一名南下的打工者；尽管他被《南方周末》评为2000年度人物，但他在南方也呆不下去，到北京在《中国改革》杂志社谋得现职。李昌平在经历了人生的暴风骤雨之后，我看见他依然静坐在农村和农业的深处沉思。他的良知深含情感的泪水，他的责任饱蘸关爱的血液。在书中，我们不仅看到一位七尺男儿的血性，更能读懂一位经济学硕士的智性。

这是一部报告文学，真实地层现了当代中国农村变革的艰难，农民生存的悲怆，农业潜在的危险。

这是一部长篇小说，情节的起伏跌宕是所有坐在书斋里的作家所无法虚拟无法想象的。

这是一部情感诗篇，血脉里如果不是流淌着农民的血，那是无法抵达对农民的情感的沸点的。

这是一部农村社会学专著，所有研究中国农村问题乃至中国问题的专家学者，都不应该错过这本书。

这是一部良知哲学，让我们明白良知是责任，是德行，是关爱，是人性……

这更是一部当代中国农村的百科全书。它涵盖了乡土中国经济和社会的方方面面，从现实到体制，从农民到干部，从土地到粮食，从债务到贫穷，从变革到颠覆，从实践到思考……

当代中国农村，是失血最多的地方。在那里，土地失血，经济失血，农民失血，更要命的是领导农村建设的带头人的"失血"——失去了"造福一方"的血，失去了"人文关爱"的血，失去了"敢说真话"的血……

敢说实话真话真的太难太难。一句话说出来就是祸，一句话说出来点得着火。——这样的话一定是真话实话。李昌平在序言里说："而我，农民的父母官，应该下无数次地狱！"我们看到，农村与城市一样，不少人特别是"造福一方"的地方官在喧嚣声中匆忙而堂皇地登场，于是"良知在财色的诱惑中被出卖；权力在贪婪的欲壑中变形；德行在私欲的膨胀中扭曲；操守在享乐的放纵中崩溃……"在这个时候，在这个世界，太需要有一个人站出来，有一群人站出来，有更多的人站出来，站出来振臂呐喊，呼唤责任的担负，呼唤良知的回归！

笔者也曾是一位乡镇的党委书记，1996年由组织下派到青田县海口镇任镇委书记，1999年毅然"弃政从闻（新闻）"。李昌平和李昌平所经历的，我在自己的身上也能找到一点影子。在现有的体制环境中，本质依然是书生的智识者，如果进入"政坛"，大抵有两条路：要么被同化，要么被排斥。我现在是主动作出选择而离开了农村，但对"山那边人家"——农村和农民依然有着无法割舍的深切感情。但我非常遗憾地听到，现在"农民"这个词都成了城里人骂人的词了！

我国作为一个农业大国，农民占总人口的80％以上，"农民"一词曾经是淳朴的劳动者的象征，但不知道从何时起，城里人骂一个人土气，"农民"！骂一个人邋遢，"农民"！骂一个人不识时务，"农民"！甚至骂一个人老实，也是一声"农民"！连相声小品也老喜欢拿农民开涮。在这样一个人文环境中，有良知的"城里人"更应该读一读李昌平这本有良心的书。德国哲学家海德格尔曾说：接近乡村就是接近本源。所有现在的贵族或假贵族，所有现在的小资或伪小资，所有现在的城里人或住在城里的人，都不要忘了，你的祖先无一例外都是农民！

"两三个繁华大都市并不代表中国，就像喧闹的纽约并不代表美国一样。"乡土中国的情形只有在农村摔打多年又跳出农村的智识者看得最清楚。入世之后，中国最令人放心不下的就是农业、农民、农村。但这样的智识者太少了。而像李昌平这样的良知未泯的智识者所处的生存环境越严酷，越能说明农村的真正大变革已经迫在眉睫。

一本书，不是一个人的总结，更不是一个时代的终结。相信由李昌平开局的这盘棋远远没有结束。此时此刻，让我们记住那封著名的信的开头：

　　总理：我叫李昌平，今年37岁，在乡镇工作已有17年，现任湖北省监利县棋盘乡党委书记。我怀着对党的无限忠诚，对农民的深切同情，含着泪水给您写信。我要对您说的是：现在农民真苦，农村真穷，农业真危险！

（原载《青年时报》2002年1月20日）

我深深地爱上了封建王朝

瓜 田

余生也晚，封建王朝没赶上，它到底是个什么样子，只能从书本上略知一二。书上说，封建社会是个专制独裁的吃人社会，生灵涂炭，水深火热。有的书上还说，由于中国的封建社会太长，把近代化和现代化都耽误了。于是我暗自庆幸，一条有限的生命好歹避开了这个吃人的社会。可近几年由于看了数不清的反映封建王朝生活的电视剧（这可比书本直观形象多啦），我就忒为没赶上那美妙的封建社会而遗憾，而惆怅。

我爱上了皇帝。秦始皇、汉武帝、唐太宗、唐玄宗、武则天、朱元璋、康熙、雍正、乾隆、慈禧，在电视剧里，不管是"戏说"还是"正说"，那是个顶个地精明强干。那经天纬地的韬略，那勤政爱民的作风，不能不令人产生相见恨晚的感慨。远的不说，就说最近播映的《天下粮仓》吧，那少年乾隆面对着赤地千里的灾情，忧心如焚，杀掉手下的贪官，决不手软，比现在的那些腐败干部强多了。连历史上人们诟病最甚的雍正，也在电视剧《雍正皇帝》中洗心革面，改弦更张，工作起来，夜以继日，呕心沥血，成为难得的英主。这种优秀的领导干部，就是现在也不是谁都能碰上的。难怪现在老百姓在赞扬自己喜爱的领导干部时常说：这位领导那股勤政廉政劲儿，真有点像雍正爷呀！电视剧对皇帝们能这样"化腐朽为神奇"，又教我如何不爱他？电视剧的主题歌希望皇上再活五百年，太保守了，干吗这么小里小气的，只让活五百年？本来就是应该"万岁万万岁"的么。皇帝这么好，有人如果居心不良，盼他早死，老百姓是不会答应的，起码像我这样爱上皇帝的观众不答应。

官吏我也喜爱。电视剧中，杰出的封建官吏实在是数不胜数。那高远的政治眼光，那清醒的大局意识，那明知道是皇帝为了搞平衡，使自己吃了大亏的一个权术,却仍然积极配合、引颈就戮也在所不惜的自我牺牲精神,都令人叹为观止。最近,我对《天下粮仓》中的刘统勋、米河、顾琮、卢焯就颇有好感。你看他们为了把皇帝的"江山坐在百姓心上",有的一会儿河南,一会儿浙江,飞来飞去,挽狂澜于既倒,解灾民于倒悬;有的同灾民一起打井劳动,手上磨起了老茧;有的吃秕糠和河泥,拉不出屎来。这些,对现实中的干部作风建设都很有启发意义。

爱屋及乌,我现在对清朝的大辫子也生出了喜爱之心。武官发狠要动手时,把辫子一口咬在嘴里;文官义无反顾冒死进谏时,摘掉红缨帽,把辫子一甩,动作都十分潇洒好看。我还记得,《天下粮仓》中米河率领杭州城的文武官员出城接应灾民时的镜头。只见排列整齐的官员方阵浩浩荡荡开出城外时,视死如归的官员们手托官帽,把大辫子齐刷刷地往后这么一甩,嘿,那简直帅呆了,酷毙了!相比之下,现实生活中,或者反映现实生活的电视剧,如果表现一个干部或者一群干部要揪出一个腐败分子,下决心时,既没有官帽可摘,也没有大辫子可甩,派头怎么也表现不出来。你就是想甩,一个头发不多的脑袋瓜,能甩出什么名堂来?所以,你顶多也只能拍拍桌子,扯着嗓子喊几声:"舍得一身剐,也要把你拉下马!"那还能好看吗?我坚信,再搞上几年清官戏,大辫子肯定能流行开来。原来我最看不上眼的,就是清朝的朝服。我认为这可能是全世界最丑陋、最窝囊、最拖泥带水的干部服。现在看惯了,也觉得好看,官员们走起路来,摇曳多姿,顿生一种飘逸之美。这种干部服还有一个好处,就是身份清晰,一望便知。你是文官还是武官,是七品还是二品,只要看看胸前的"补子",立马了然于心。不像现在,你必须在名片的"总经理"后面加一个括弧,人们才知道你是享受副处级待遇。清朝的官袍由于面积大,能做你想象不到的文章。比方说,《天下粮仓》中的卢焯,拿起剪刀,用官袍制作灾民进城领粮的入场券,这大袍子就很管用。如果卢焯穿的是西服,这入场券就做不了几张了。

在电视剧的熏陶下,我现在对封建王朝,对皇帝,对官吏,对当时的生活,全都一往情深。晚上,如果关于封建王朝的戏没占上五个电视频道,我就睡不好觉。有好几个中年作家,王乾荣、彭俐者流,要"质疑"皇帝剧,说"皇风"浸透我们的骨髓,说这是"奴性教育","舆论导向"有问题。这显然是故作耸人听闻之语,而且要得罪量大得可怕的观众。如果说国人对资本主义还比较陌生的话,对封建主义可就熟悉多了。再加上电视剧多年的反复强化,像我这样的封建王朝的爱好者自然是越来越多。当然,光观众喜爱看还不行,还得有一大批编剧导演乐此不疲喜欢拍,一大批管钱的人愿意拨钱,一大批管电视台的人喜欢天天播出,这才能造成今天这样一种烈火烹油的空前繁荣局面。所以,吾道不孤。我准备把这些同道团结起来,搞一个"封建王朝爱好者基金会",筹集款项,以备拍摄资金匮乏时(这可能是杞人忧天啦),王朝戏能继续运转,形成可持续发展的大好态势。

最后,我还要向同道者中的编导、策划(据说每年都有策划会议确保重大题材的比例)郑重提出建议。在保护环境和矿产森林等资源方面,我们批评了"吃祖宗饭,造子孙孽"的错误做法,强调给子孙后代留下点儿家底儿。在考古界,连皇帝的坟都不轻易刨。而对皇帝题材的使用上,现在却有些竭泽而渔的倾向。编导们把有戏的、好看的皇帝题材打捞净尽,甚至咏叹再三,这就很自私,很不为后代着想。毫无疑问,后代子孙肯定不乏封建王朝爱好者。中国总共也就几百个皇帝,你们都给写完了,就让后代的编导演们英雄无用武之地了。虽说江山代有人才出,各村都有自己的高招,但毕竟增加了人家的创作难度。因此,我向电视艺术家们大声疾呼:千万别拍光了,给子孙后代留几个皇帝吧!

(原载《文艺报》2002年3月2日)

奇书《下级学》
牧　惠

多谢《南方周末》介绍，得知"吹、卖（官）、嫖、赌、贪"五毒俱全的原中共湖北天门市委书记张二江，有一本大作《下级学》。过去无缘、今后恐怕更难读到这本书。《南方周末》用一段话给我们介绍了据说是体现出张二江官场哲学核心的内容：

在"下级的晋升与成功"一章中，作者写道："与上级领导关系如何，是下级晋升成功与否的一个十分重要的因素。有些人单纯地认为，是太阳总会发光的……而不屑顾及与上级关系如何，这是一种十分幼稚而不切边际的想法。"至于如何赢得上级的好感，作者提供了许多技巧和方法，有些探讨得相当细腻。比如"在你赞美上级时，要掌握一定的技巧和原则"，"首先，要选择上级最喜欢或最欣赏的事和人加以赞美"，"不要在赞美上级的同时赞美他人，除非是上级喜欢的人，即使你赞美他人也是给上级作铺垫而且要适时适度"，"赞美最好由第三者尤其是上级最信赖的人转达效果更佳，而且也显示了你对上级的尊敬"……

《南方周末》还印出这本由湖北科学技术出版社出版的《下级学》封面和部分目录。其中第五章《处理上级关系的方法艺术》分成九节、包括《理解与沟通艺术》、《观察与积累艺术》、《分寸与角色艺术》、《期望与节欲艺术》、《一视同仁与"等距"艺术》、《有限克制艺术》、《有所不受艺术》、《防挫艺术》，从题目也可见作者思考的细致和经验的丰富。说它是一本新时期的另类"干部必读"，并不过分。反过来说，对负责考察和使用干部的组织人事部门，也是很有参考价值的书。这本书出版了七八年，竟没有引起注意（既没有推荐的文章也未见否定的审读意见），应当说是有关人士的失职。

从实践上，张二江的《下级学》有成功的一面。"很讨上面喜欢"，是许多人对张二江的评论。读大学时，他就担任了武汉大学学生会主席、全国学联委员，基本上达到了一个学生干部所能做到的极限。毕业后，他从省冶金局团委书记一步步爬到副处长、县委副书记，然后又从省里下放到县级市丹江口当市长、市委书记。尽管后来发现丹江口"全面脱贫"的政绩是假的，数字是吹的，他在丹江口和天门市卖官、玩弄女人早已众人皆知，揭发他的举报信络绎不断。但是，他仍稳坐在省直管市天门市委书记的宝座上。这一切，足以证明他在省城有过硬的人际关系，他"处理上级方法的艺术"确有精到之处。

　　但是，我敢肯定，对于张二江，嗤之以鼻的人也会不少。首先，如何讨上级欢心得以升官，有如扒手把别人的荷包弄到手之类的"艺术"一样，只宜言传身教，只限于教自己信得过的徒弟。不知道是为了赚版税还是臭显摆，张二江竟然把这一套写成文字，公开出版，便是极不明智的蠢招。张二江的终于被揪出来，也说明他的"下级学"仍有不少漏洞。同那些直线上升的人比，张二江在官场上混了十多年仍只不过是一个大概是地级的市委书记，连个省级干部、全国政协委员之类都没捞到手，也说明此人太嫩太嫩，混得比他强而且仍在保护伞下活得很舒服的人肯定有。

　　最精彩的，应数根本未形成文字的"下级学"。

（原载《今晚报》2002 年 4 月 12 日）

恶俗在伤口上开花

郑　萍

你到过圆明园吗？

当然不是现在的人流如织花红柳绿的著名旅游景色的圆明园，当然更不是140年前连着烧了三天三夜大火之前的那个金雕玉砌堆香叠翠的万园之园的圆明园，而是这两者之间的一百多年之中一直在荒凉和寂寞中静静地陈列的那一堆废墟——那一堆像断开的白骨一样的石头，以它的残缺和破损触痛着每一个人的神经；那些像被凌辱之后未及掩上衣衫的少女裸露的肌肤一样惨白的石头，以它的羞愤与凌乱提醒着一个民族永远难以平复的屈辱和创伤。

十几年前的圆明园是静穆的，也是凄凉的，它的西边，是一片宽广的白杨林，宽广得似乎永远也走不到林子的另一边。白杨树都有十几米高，没有规则地随意散布使我一直猜想它们不是人们有意栽种的，而是像野生植物一样自己顽强生长出来的。那时林子里没有人工修筑的道路，只有一尺来宽的小路在漫过小腿的草丛中静悄悄地蜿蜒伸展。草丛里，小路边，时时可以看见散落的石块，像是被撕裂的动物的碎骨。城市和现实的喧嚣被这片树林远远地隔在外面。那时来圆明园的人不多，至多三三两两，没有人在这里说笑喧哗，更没有人在这样的悲怆面前对着照相机搔首弄姿。

我曾经在无数个黄昏里静静地与这一堆中国近代史上最著名的石头久久地无声相对。是的，去圆明园应该是在黄昏，去看看那金属般色泽的夕阳覆盖下的沧桑。我也曾在月华如水的夜晚，在这里倾听，听到在母亲的手一样温柔的晚风的轻抚下那些伤口无声的呻吟。

那时的圆明园是深沉的，往日的苦难和耻辱在时间的河床上沉淀下来，沉静下来，沉默下来。

但是今天成为著名旅游景点的圆明园早已不复昔日的宁静，标志性的大水法遗址被圈起来，想走到近前，需要在园区门票之外再买一张价格不菲的票（原来整个圆明园都是不收门票的）。每一块仍旧亮着断裂茬口的残骸上，都有排队等着照相的人，熙熙攘攘。离大水法不远处的黄花阵遗址大概因为是完全的砖石结构，所以在那场浩劫中得以幸免，算是保存得比较完整，这里更是人头攒动热闹非凡。在大水法附近，新开设了许多游乐设施——有卡丁车场、儿童乐园、恐怖魔鬼山洞等等，宽阔的福海当然也是不能幸免于这种堆砌出来的繁华的——满湖都是雕龙画凤的游船和风驰电掣的快艇。

1860年10月17日的夜晚，对于一位姓胡的圆明园的护工一家人来说，可能是整个家族谱史上最黑暗、最寒冷、最恐怖的一夜，这家忠诚老实的唐山人全家四口在烛天的火光中跳进了已经凉得刺骨的福海，全部殉园而死。而同一个秋夜，对于远离家乡的法国上尉巴夏里来说，可能是他在中国作恶生涯中再普通不过的一个片段——是他在圆明园的北部最先点着了整个世界文明史上最野蛮的一场大火。

姓胡的护工和法国军人巴夏里都不会想到，导致并见证了他们不共戴天生死永隔的圆明园，在经历了一百多个花不红柳不绿的惨淡春秋之后，却在今天被抹上了厚厚的脂粉，扭捏起令人齿冷的妖娆来。那些近在咫尺的欢声笑语，那些粉饰出来的现代化的光怪陆离像是在一个几乎致命的伤口周围插上了姹紫嫣红的鲜花——对一个有着五千年文明历史的古老民族来说，140年不能算久远吧，我想，那家胡姓义士的英魂还聚在福海周围，我似乎还能看见巴夏里在火光照映下狞笑的脸忽然对今天的圆明园充满了迷惑和不解。

我不知道带领孩子在游乐场嬉戏的父母们是以怎样的心情给孩子介绍圆明园的，我更无法想象对圆明园只留下卡丁车和翻斗乐的印象的孩子长大之后除了知道这里是一个公园之外，还会不会知道与这些奇怪而狰狞的石头有关的历史——也许，那时连历史这个名词本身也已经非常轻佻和妩媚了——因为当我们的圆明园一天比一天妖娆妩媚的同时，已经有人悄悄地试图在历史教科书里将"侵略"换成"进入",面对南京30万具白骨,有人居然敢于明目张胆地想将一场惨无人道的屠杀轻描淡写地粉饰过去。——在怒斥那些政客们可耻的欺骗和抵赖的同时,我们是不是也该思索一下,难道不正是我们对自己的苦难和仇恨的淡漠纵容了他们给了他们敢于耍弄历史的胆量吗?

我们是一个很豁达的民族,我们可以不要战争罪犯的战争赔款,我们可以在外交政治的考虑之下对日本领导人参拜靖国神社保持令人郁闷的克制,甚至,我们可以忘记仇恨,忘记伤痛,忘记苦难,但我们不应该忘记耻辱,因为一个民族对待自己过去的耻辱的态度在一定程度上决定着这个民族对自己的未来能够承担的责任和能力。

圆明园,曾经是一个民族被凝固了的呻吟和恸哭,但是今天,这些呻吟却被谱上了低眉顺眼婉转千回的曲调,在风花雪月中浅唱低吟。

一个巨大的历史的伤口上,艳俗的鲜花怒放,你可看见那鲜艳欲滴的其实是不曾干透的血?

(原载《北京纪事》2002年第7期)

"典型"的制造过程

张爱国

连日记都未写过的炊流中学数学老师张三,看县报上的新闻多了,一日无事,鹦鹉学舌般地凑了一则"新闻":

炊流中学近年来十分注重校园环境建设。如今,校园绿树成阴花艳鸟鸣相趣,使人仿佛置身于花的海洋鸟的世界……

几天后,这则"新闻"还真的出现在县报头版。张三老师拿着报屁颠屁颠地去向校长讨功。不料校长兜头就说你张三老师是吃饱了撑的怎的?你不见这几年学校各项都老末?你睁大眼看看校园里还有几棵树?除了猪粪牛粪渣白菜油菜花,还有什么花?这要是传出去还不是自讨没趣?

正说着,镇长来了,说好啊,王校长,太好了,我们镇已多年没在报上露脸了,这次你们总算为咱镇做出贡献了。我们一定要抓住这个,树个典型。

正值植树季节,镇长亲自送来大批树木花草苗,全校停课三天,师生齐上阵,还真的把校园搞得像县报上所说的那样。

不久,县长来了。一行人在校园转了一圈后,县长指示县里各宣传媒体与张三老师密切配合,再接再厉,加大宣传的深广度,务必树好这个典型。

此后不久,市报上又有一条消息:炊流中学狠抓后勤建设……如今,学校食堂学生持卡微机售饭菜,学生寝室全公寓化管理……

不过仨月,在全县上下的支持下,这个偏远的农村小镇出现了一道亮丽的风景线:原来食堂的两间低矮瓦房变成了一座新的大厦,学生的油印纸质饭票成了一张张精美的磁卡，师傅们清一色雪白制服，学生寝室俨然星级宾馆……一切都比市报上所说的有过之而无不及。

县里的几家宣传媒体多日来不厌其烦地报道。镇长校长频频露面，娓娓地谈论经验。

时间不长，市长来了。在听了县长镇长校长等人的书面汇报后，市长说再穷不能穷教育，指示从吃紧的市财政拨款，进一步完善学校建设。譬如，建一座现代化教学楼，购置电脑，让学生能上机操作，市长要求全市人民都来努力，务必使这个典型有更大的影响力。

近日，省报上的消息说：在该市各级领导的亲自关怀下，地处农村的炊流中学，不仅硬件建设一流，软件建设也硕果累累，大力推行素质教育，在稳定升学率100%的基础上，学生的综合素质更有了质的提高……

据如今已是副县长（原镇长）秘书的张三老师私下透露：目前市县领导正在忙于迎接省主要领导即将对炊流中学视察的准备工作。

（原载《新聊斋》2002年第7期）

美国人的英雄观

张心阳

美国一家公司与媒体联手，以"谁是你心中的英雄"为题，对民众进行调查，选出你心中的二十位英雄。评选结果榜上有名的有：耶稣基督、现任国务卿鲍威尔、前总统肯尼迪、林肯、克林顿，其中还有十位"生活中的英雄"，尽管我们不太知其名，但他们的"英雄壮举"很耐人寻味，我们不妨了解一下：

有一个名叫休·汤普森的军人，1967年参军赴越南作战，为了使美军包围圈里的9个越南平民免遭屠杀，他把枪口对准自己的战友："你们开枪，我也开枪！"他的行为在当时遭到非难并受到官方调查，但后来五角大楼授给了他越战纪念章。他在"生活中的英雄"排行榜中列第二。

再一位也是参加越战的军人，叫约翰·麦凯恩，自1967年起他在越南整整呆了6年，但这6年他并不是在战场上厮杀，而是呆在越南人的战俘营里。就是这样一个战俘，回国后不仅受到英雄的礼遇。而且还当上了"干部"（走上了政坛）。他在排行榜中列居第六。

再一位是黑人女士，名叫罗莎·帕克斯。1955年12月1日，帕克斯乘坐拥挤的公共汽车下班，疲惫的她坐在白人专座上并拒绝为一个粗暴的白人男子让座。她因此被送上法庭。后来引发了一场全国性的黑人民权运动。她在排行榜中列第九。

必须承认，以上我的列举是有选择的，为美国公民所首肯的也有"烈火中的英雄"和战场上的"孤胆英雄"。可毕竟上述几位英雄人物也能从千百个英雄中脱颖而出，名列英雄榜中。

关于英雄，记得早在十多年前人们刚刚可以"自由论坛"的时候，由全国文化名人和军事专家组织起来的"军事文化论坛"，就讨论过这个问题，笔者有幸忝列其中，谈了自己的拙见：曾几何时，我们的英雄必须是悲壮的惨烈的，而不是思想的快乐的幸福的。如果英雄只有悲壮和惨烈，那无异于崇尚死亡。英雄应具有多样性标准，职责有限，贡献无限；追求真理，坚持真理；挑战自我，超越自我；在美好的目标面前不居于人后，等等，何尝不是英雄？

愚以为，在现代文明社会，英雄观应该有很强的人性色彩、人本色彩。上述几位被美国人推崇的英雄就具有这样的特色。年轻的汤普森虽然服从国家的调遣，投入了对越南人的作战，但他并没有把自己当作战争的机器，逞匹夫之勇，而是从人性和人本的角度来审视战争。战争的目的是为了和平，和平的目的是为了人的生命安全，战场上伤害任何一个无辜者的生命，都是与战争的目的相违背的。他的思考打破了狭隘的爱国主义，打破了世俗的战争观。富有强烈的精神感召力。

按照狭隘的英雄观，麦凯思好像也算不上英雄。他既没有舍身炸碉堡、以身堵枪眼，也没有拿一捆手榴弹或爆破筒与敌人同归于尽，他仅仅是个俘虏兵。在很多人的观念里，一旦当战俘，终生是耻辱，遑论英雄？

比照起来，我更倾向于理性化、人性化的英雄观，而不是动辄就献身、就义、壮烈。尽管献身也不失为英雄，但决不能认为只有献身才是英雄。如果只有拿生命才能博得一个英雄称号，那无异于像鲁迅先生说的，教人去送死。

黑人女士帕克斯被推举为英雄，则更意味着人们对人性、平等、自由、博爱和真理的追求。她其实没有什么惊天动地之举，甚至可以说，她仅仅为了使自己疲惫的身子得到小憩，甚至可以说是带有一定的自私心理的。但人们从她"自私"的另一面看出了她维护个人权利、挑战种族歧视和追求人的平等的一面。

我们也有许多英雄，他们大多数的品德和精神无疑也是难能可贵的。但也不难发现绝大多数属于献身型、拼命型、勤奋型、苦干型和无私型的，很少听说哪位因为真理而斗争、为自由平等而斗争而当选为民族英雄。新中国成立五十周年的时候，文艺舞台上曾推出一大批共和国英雄，但却没有陈独秀，没有马寅初，没有张志新，没有遇罗克，没有林昭，没有俘虏兵，也没有1976年天安门广场事件中站在纪念碑前演说的青年。我不知道是不是我们这个民族不习惯推举这种为真理而斗争的英雄？但我们也不要混淆了英雄与英雄行为的概念，换句话说，诸如堵枪眼、拦惊马、斗歹徒，此类行为很大程度上只能算是一种英雄举动，而离作为一名英雄的标准尚有很大的距离。罗曼·罗兰说："世界上只有一种英雄主义，便是注视世界的真面目——并且爱世界。"英雄之举和英雄是不可同日而语的，若将英雄之举当做英雄，这实际上是对英雄的小视、矮化和将英雄庸俗化。

在美国这次评选的二十个英雄中还有一个特点，那就是他们获得荣誉时都是活着的，没有一个是奋不顾身、英勇捐躯，或累死、病死在"工作岗位上"的。我不知道这是巧合还是故意。如果是后者，我想他们在推举英雄这件事的本身，就彰显着一种人本思想，体现着对人的生命的珍重。美国人不想推举为英雄壮举而死去的人。其用意大概正是为了不主张人们为完成某一义举去献身吧？这种英雄观不能让人佩服——活着比完成英雄壮举更重要。

（原载《广东工商报》2002年8月30日）

做人的另一种成本

张心阳

做人当然也是要有成本的。这成本应分为两部分，一是必要成本，诸如知识积累、技能培养、体质锻炼等，另一种则属于无效成本，即做了不应有的投资。

这个话题是我日前看到人民网的一则报道想到的，报道的题目是《察"颜"观"色"行家教你选月饼》。我不怀疑写这篇报道的记者的一番好意，但又想，我花时间去了解这方面的知识，再花精力按图索骥去挑月饼，这等于增加了我购买月饼的成本。按说付出成本是要有回报的，可是哪家月饼厂商因为我花半天时间学习了采购月饼的知识而降低售价呢？所以为活着或为生活，这一笔成本的付出等于是白费的。

按常理讲，在商品交换过程中，就是一手交钱一手交合格产品，无须再去学习防伪防劣知识。那么是谁让我们增加了这笔无效成本呢？当然是一些不法厂商，但最终还应归于社会管理者特别是有关职能部门，因为他们的渎职、不作为，使得伪劣产品充斥市场，招摇过市，从而逼得消费者不得不为生存付出不必要的成本。所以从媒体上也好，从书籍中也好，看到诸如教消费者如何防止为假冒伪劣所害的报道和文章，作为与之相关的政府职能部门的官员应该为之脸红、羞愧，感到是一种罪过。因为这正如鲁迅先生所说的，无端空耗别人的时间无异于谋财害命。

推开说去，其实在人的全部生活过程中，又岂止为购物付出不必要的成本？还有如为搞人际关系，求人办事，维护自身权益，甚至打赢一场官司，等等，都常常要付出量更大、质更高的不必要的成本。这些年哪儿都兴吃喝，这其中一部分假以饮食，商量一些问题，达成一些协议，也算有效益；而更多的则仅仅为搞人际关系，因为很多正常的办事渠道不通，个人交情大于法规、制度和原则。因此，一个人要想在某个领域办成一件或几件事，就不能不先将人际关系理爽了，而这一过程实际上就是增加办事的成本——除了经济成本不说。如果说过去办事无需拉拉扯扯，而现在办事必须拉拉扯扯外加吃吃喝喝、跑跑送送，这就等于说现在人们办事的成本增加了，所以无怪乎人们成天都喊忙喊累。

在我们这个社会中，关于一个人一生需要付出多少这种无效生存成本，经济学家完全可以作为一个重要课题来研究，看看发达国家是多少，咱们是多少；过去是多少，现在是多少。研究研究这个问题很有好处，它一方面让我们每个人明白一生都做了些什么，另一方面可以找找问题的症结所在。但不论如何计算，我想有一点是完全可以肯定的，即生存成本与体制不完善、制度不合理、职能部门不作为是成正比关系的。而与社会发展速度、人们的生存质量和愉快程度则成反比。现在我们成天喊着与发达国家差了多少年，怎么能不差呢？人家购物用不着成天学防伪知识，打官司、做手术用不着花大半天时间请法官、大夫吃饭，买房也用不着三趟五趟地拿着皮尺去丈量，更用不着为个人升迁、晋职成天想着如何巴结别人。人家的精力大都放在求知上、研究问题上、发明创造上，要么出去旅游，愉悦精神、开阔视野、强身健体。一句话，人家生存无效成本低，付出的精力大都转化为效益了，就像胡适先生提到的法国科学家马斯德，他一个人用一台显微镜所做的发明就偿还了法国被普鲁士战败后的五十亿法郎的赔款，拯救了一个国家。如果马斯德成天要去学习不买伪劣面包、伪劣服装的知识，还有精力做那么大的事吗？

使一个民族振兴的条件是多方面的，降低人们无效生存成本，提高每一生命的有效性，无疑是重要的途径之一，也是巨大能量的来源。很难想象一个为吃块月饼、买条裤子、购一袋粮食都要学习专业知识的民族，能以什么样的速度去追赶飞速发展的世界。

（原载《今晚报》2002年10月30日）

当媒体面对他人的痛苦和生命

何三畏

媒体自觉不自觉地轻薄他人的痛苦和生命,似乎已经成为一种习惯。

前不久,某报以《贫困让她丧失自信》为题报道一位母亲下岗、姐姐没工作、父亲退休的女大学生,正以"三陪"供自己读书。某报转载时就配发了一篇《用好贫困这笔财富》的评论说,"贫穷对于他们来说,就是动力和鞭策,他们不仅拥有这笔财富,而且还在不断升值",还"请善待和用好这笔财富"。

卖淫不对,这不用说,报道中的该女生本人也知道。可贫困是什么?贫困什么都可以是,但绝不能是财富!更何谈"善待和用好这笔财富"!

当然,这里可能还与"饿死事小"的道德冲动搅在一起,说来复杂。但联系到以前报告贫困大学生的《落泪是金》出来的时候,媒体上也有《大学生需要磨难》的评论,"磨"而到"难"都是大学生;"需要"的,那么,将贫困作为"财富"当不是灵感突发,而是其来有目的了。

不过,这还不算。有的媒体除了漠视和嘲弄他人的痛苦,甚至可以在别人的生死关头喝倒彩。当有人失恋跳楼,有民工讨工资"跳楼",有媒体称之为"跳楼秀"。此说的立足点是,他们多半不会真跳!一年前,我就在一张发行量不小的报纸上,看到记者对层出不穷的"跳楼"表示"心烦",说是接到消息,去也不是,不去也不是,抨击说,媒体被"作跳楼秀"的人"策划"了。

是的,失恋者可能最后没有跳下去——可你为什么要"希望"人家跳下去呢?而"跳楼讨工资"本来就意在"讨工资"而不在"跳楼",他们都是非常吃苦耐劳的"草根",最大的愿望是生存下去,"跳楼"一事,不过是由于他们的权益长期不被人所关注,以此乞怜——他们怎么愿意真跳呢?

在这种情况下都不给以体恤的媒体,是很令人齿冷的。人类历史上,也许曾经有过这样冷对"跳楼"的个别人甚至阶层，但作为现代传播工具，这样表达"公意"，则可能是"开风气"的事情；尤其民工"跳楼秀"之前和之后的生存状况，有的媒体并不过问，却对"跳楼"给以如此的冷嘲。

这样"轻薄"他人的痛苦和生命，几等于明目张胆地"鼓励牺牲"。这样一路轻薄下去的逻辑结果是，民工们会被迫选择另外的、也可能是更反叛的攻击性的方式。而这绝不是什么美妙的事情。

这还不算，还有另一种对牺牲的"鼓励"，更加理直气壮。

某报两次报道了一位叫陈凤的年仅 26 岁并怀有 5 个月身孕的女青年，为保护她打工的超市的 10 万元现金被歹徒杀害的事迹。该超市的老板在追悼会上说，她"是我们购物中心的骄傲，是我们江油（事发四川江油市）的好儿女"。同时，该商场"已经着手向有关部门递交报告，申请追认陈凤为烈士"了；而陈凤白发苍苍的母亲的话也跟董事长如出一辙：老人家"泪流满面地说，幸好钱没抢走，我为女儿的壮举感到自豪"。

显然，根据人之常情，对于这样的惨祸，该超市老板应该负有责任并感到痛心，而不是什么"骄傲"；而按照通常的人性，陈凤的母亲则应有永难平复的悲，痛而不是什么"自豪"。

然而，"骄傲"也罢，"自豪"也罢，虽然是"借他人之口"说出来，却应该说正是这些媒体的所谓"导向"所指。媒体本应去追问该商场，在当前的治安环境下，银行转一次款都是特警护卫，而该超市却每天让一位孕妇去存款，惨剧发生之后，该负怎样的责任，更应去追问一条（应该是两条）生命的价值。难道为了塑造一个新的烈士，就不能这样追问？

最后，我想这样提问：**你愿意"拥有贫困这笔财富"吗？你愿意去玩一把"跳楼秀"吗？你愿意手无寸铁地与持刀歹徒搏斗吗？你愿意用你的生命去换他人的 10 万元吗？**

如果所有这些答案都是否定的，我们是否可以说，作为社会公器的媒体，如此从容不迫地藐视他人的痛苦和生命，该是怎样一种可怕的堕落？

（原载《南方周末》2002 年 11 月 7 日）

局部的公平

方益波

龚建平案件使我想起前不久在报纸上看到的一个故事。

某地一位女记者夜行，被人持刀劫财，掏出十元钱后，女记者准备再掏剩下的硬币，那人嘟囔了一句"够吃饭了"就拔腿欲走。女记者一把拽住对方，"我是记者，你有什么困难也许我可以帮你"。那人被感动，竟跟着女记者吃了几口热饭后回到报社，在记者编辑们的谆谆教育下深深忏悔。

原来，这个年仅18岁的年轻人家在农村，欠了十多万元的债，整天被人家逼债，父亲和他打工的钱加起来还不够还利息；母亲患有心脏病没钱治，还得拖着病体打杂工；姐姐在江西上大学，每天用辣椒当菜……为了让姐姐上学，他小学时就辍学了。出门打工，原本幻想为家里减轻一些负担。结果钱没有赚到，还衣食无着。饿着肚子在公园露宿了几天后，他一咬牙捡了瓶酒灌了几口，拎起刀就走上了街头。

记者们听了这个故事都很同情。那位女记者陪同小伙子回到了家乡，孩子的母亲感激涕零。好心的记者在村党支部书记兼村委会主任的陪同下，把孩子送到了公安局。公安局的同志表示对这样特殊的个案，在不违反法律程序的前提下，给予特事特办，实施取保候审。记者临走前看到孩子家里剩米不多，又买了两袋米悄悄地留下了。

记者们消除了社会治安的隐患，也及时地让孩子悬崖勒马，从情理和法律上都刀切驴粪蛋——两面光，或者用时髦的话说是"双赢"了。从整个情节上看，记者们一点都没有错，他们采取的行为兼顾理性和情感，无懈可击。但是我读完这个故事，不知道为什么，总是有一种不舒服的感觉。

我在想，记者们完成了自己的任务，回到城里后还会定期不定期地去看望一下那个可怜的孩子和他的家人，再放下几袋大米，或许从此也就不再联系。可是那个家庭，在原本窘迫的境遇下，又有一个孩子"犯法了"，在警察那儿摁了手印了。那个孩子，原来是为了减轻家里的负担出门找活儿干的，现在却成为家里的负担，或许，还成为全家人在村里、在亲友之间的一个笑柄。孩子的父母还有钱治病吗？孩子的姐姐还读得起书吗？没有钱，他们的生活怎么办？他们会走上怎样的道路？

这个"女记者挽救失足青年"的佳话会给这个孩子的人生、给这个家庭今后的生活带来什么呢？我不知道。

但是假如你问我，还有怎么样的结局能够比这更好呢？难道要放纵这个孩子从此成为暴力成员吗？我也不知道。

巨大的悲剧感就蕴涵在"不知道"之中。

从故事本身来看，每个人物都表现得很完美，这是一个正义得到充分体现的案例。然而从生活本身来看，我们没有感受到正义得到伸张的满足感，故事的正义性离我们似乎很远。

这是局部的公平，但却是全局的不公平。

很多人在关注中国的农村。在一些地方，人们过着毫无尊严的生活。这样的生活不是他们选择的，他们似乎命该如此。很多人在研究贫穷的根源，有很多制度性的建设意见被提出。这些是政府的事，是很多社会元素的事。在这些很好的意见被落实之前（实际上很多意见是否被采纳都还是个问题），从根子上说原本不应由农民自己负责的悲剧还在继续上演。

这些悲剧的产生根源来自社会性的缺陷，来自全局的不公平。其解救的根本途径也应从全局入手，进行结构性的建设。但是这些缺陷和不公平以及解救思路在某种程度上却被局部的、个案的公平所淹没，被记者们放下两袋大米后离去的背影所淹没。

局部的公平和全局的不公平之间的关系还体现在很多方面。

比如说龚建平案件。从案例本身来看，足够公平，他确实是收取了不义之财，确实是谋取了不正当利益。但是我们也要看到，他也是整个圈内少数较有良知的裁判，他忏悔了，退回了部分贿款。根据宋卫平的说法，正是他的这一"忏悔"，使他在面对法律的质询时陷入两难境地——说，圈内人将视其为叛徒；不说，法律面前难以过关。可悲的是，他小看了司法介入的力量，作出了错误的选择。

从这一事件看，龚建平本人的缺陷是悲剧产生的重要因素，但是更重要的因素，来自于社会性的缺陷，来自于黑色的"行规"。

假如这一事件仅以龚建平伏法为终结，将是一个充满黑色幽默意味的结局。其客观效果是——黑色行为可能会有所收敛，但是恐怕也再没有人会去"忏悔"，会配合这种完全来自民间毫无靠山背景的"扫黑"。要坦白也得对能给你政策，能对是否处罚你说了算的人坦白呀。人们会发现，干了别说比"良知未泯"更重要。

正如本文开篇的故事，人们会得出结论，抢劫要受惩罚，但人们也可能会得出一个十分错误并且后果严重的结论——抢了十块钱之后千万不要相信"女记者"，跟着去做什么忏悔。干了赶紧走去弄口热饭吃比什么都重要。

局部要公平，但是全局的公平更重要，在全局的公平环境下就不可能有局部的不公平，而在全局不公平基础上的局部公平绝非真正的公平。

（原载《三湘都市报》2003年1月31日）

混沌言富

张　鸣

中国在很长一段时间里，大约 2000 多年吧，使用的货币是一种外圆内方的铜钱（可能从秦五铢就开始了）。将钱做成这副模样，当然有浇铸之后方便加工的意思，但也暗含着国人对宇宙的认识——天圆地方，晋人鲁褒《钱神论》言，"体圆应乾，孔方效地"，此之谓也。不过，这样一来虽然气魄够大，也有麻烦，因为宇宙在中国人认识中还有另外一副模样，那就是混沌，所以连这种财富的表征，也不免混沌起来，也就是说，财富的所有权含糊不清。

拿传统中国人认为最稳定的土地所有权来说，虽说早就有了土地的自由买卖，张家买李家的地，请来中人，写好契约文书，方位标志一清二楚，连一个垄沟都不错，地契在谁那里，地就是谁的，哪怕你多年不在，地还是你的。明清之际江南盛行永佃权，田地权（所有权）和田面权（使用权）分得清清楚楚，可以分别典卖，按说物权是清晰的了吧？可是一旦到了更高的政治层面——"普天之下莫非王土"，国家看上了谁家的土地，二话没有，你就得让出来。仁慈点的还有点补偿，横的主儿，连象征性补偿都没有，好在这种事情并不太多。但至少在理论上，古代中国的土地所有权是含糊的。

连脚下最坚实的土地都如此，其他财产的边界就更糊涂。中国人一向号称以农立国，但几乎人人都爱经商、也会经商，巨贾不消说，农夫村妇也推着挑着家什来赶集。挣来的钱虽然在一般情况下是自己的，但如果倒霉赶上了贪官暴君，那可就说不定了，要不然怎么会有"破家县令"这个说法呢？秦汉时候皇帝一有急需，就拿有"市籍"的商人开刀，商人的钱就变成了国家的钱。

后来"市籍"这种贱民称号消失了，但商人地位依然不高，家产还是不保险。于是讲究一点的赚了银子就买地，变成地主，然后课子读书，考试进入仕途；性急的干脆大把银子买个官当，直接混入捐班行列。但做了官就可以确保家产无忧吗？好像未必。政坛风云，宦海沉浮，一不留神，罢官抄家也是司空见惯寻常事。石崇富甲天下，连皇帝帮着自己的舅家王恺跟他斗富都斗不过，风向一变，照样家产籍没，身首异处，最心爱的歌妓绿珠也受连累跳了楼。当然，如果都像清朝的三朝元老曹振镛一样（此公有盐商的家庭底子），天天多磕头少说话，安享富贵的可能性要大一点，但同样不等于进了保险箱。比如和珅吧，虽然被说成天下第一巨贪，好像十恶不赦，其实此公八面玲珑，不光只讨乾隆皇帝的欢心。钱多出于人家的主动孝敬，比起眼下我们某些领导干部来，格调显然高多了。然而，和珅多年攒下的家当，都被后来的皇帝嘉庆拿去了。原因呢，当然有十大罪状，但真正原由大概就像朱维铮先生说的，连年剿五省白莲教起义剿得国库空虚，害得嘉庆心里空落落的，只好来个"和珅跌倒，嘉庆吃饱"。

最要命的是，相当多对私有财产的剥夺，都有相当正当的理由。因为我们的文化里有道德意味过于强大的"公"与"私"的概念。那个出过"何不食肉糜"笑话的昏君晋惠帝，听见蛤蟆叫，问道"为公乎，为私乎？"看来他并不是真糊涂，王朝政治的要害就是这么点事，这种政治结构下，国家不言而喻地体现着"公"的一面，由公而剥夺私，即使手段不光明，道理上也可以自圆其说。可说到底，那个时代的"公"，其实也掺了八九成的"私"，皇帝以天下为家，但沛上无赖刘邦一做皇帝，就跟他老子吹牛，说你从前老说我没有家业，不如兄弟，现在看谁家业大？

古往今来，老百姓都知道这个道理，无论是汉朝还是唐朝，都认为那是刘家和李家的天下，也认可刘家和李家对他们土地财产的征用。当然，当官的更是认可来自皇权的"公"的肆虐，落难倒霉的时候，无论多大脾气，都只能眼睁睁地看着家产被抄走。明朝万历年有过不小的作为，也捞了不少钱财的张居正，得意时日食万钱还说"无下箸处"，死后家产被抄，一家十几口人被关在一间屋子里活活饿死，竟没人想点办法。

其实，就是在私的领域，财产权也不那么清楚，一个人只要有点出息，家族负担马上加重，人人都认为可以沾光。手里有点银子，需要"照顾"的人就多。几乎每个做官的，后面都要照顾一大家族的人（叫他们怎么做清官！），利益均沾的结果，财产权多少也就模糊了。

中国有《易经》，总是变易，按老百姓的话说是"富不出三代"，用贾府里小红的话来说就是"天下没有不散的宴席"。对于文学艺术可能倒是有点好处，不然《红楼梦》怎么出来？可这样下去，社会资产却总是难以积累起来。西方的历史短，但人家有几百年历史的资本家族，连日本也有三菱、三井这样绵延几百年的老商社。而我们的老字号，充其量也不过是卖卖鞋袜、烤鸭和剪刀，汉、唐、宋甚至明代都有过的大规模手工业工场，一个个都灰飞烟灭了。古罗马多数时候也是帝制，不过《罗马法》却把物权界定得清清楚楚，罗马皇帝可以砍大臣的头，想没收财产可就难了。关键是，人家文艺复兴接上古代的茬，由市民社会走向现代，现在我们要遵从人家的游戏规则。可是，人家规则的基石就是物权，即私有财产权，我们怎能在这个问题上含糊其辞？

我看，实在没辙，咱们回去算了，套一件大号长衫，连头带脚裹起来，保管混沌。

[原载《南风窗》2003年1月（上）]

"到州政府方便一下!"

苏中杰

一辆载有十多个游客的小中巴正在美国的内华达州行驶着,突然,一位游客要求导游停车。导游问那位游客有什么要求,那位游客说他别的要求都没有,现在很需要方便一下。他这一说,有些游客也提出相同的要求。于是客车在适当的位置上停了下来,可是周围没公厕,到哪里方便呢?正当大家目光在扫瞄可方便的去处时,一位美国游客发话了:"别找了,别找了,喏——喏,不是州政府吗?到州政府方便一下!"大家经这一提醒,都说:"啊呀,不到这儿方便还到哪儿方便呢?""方便处在眼前,还找啥呢?"于是,一群人如同赶庙会一样,说说笑笑,大摇大摆地到州政府解决个人的排泄问题去了。

需要方便的人群中有一位是中国人,他带着"竟敢到州政府拉屎撒尿"的惊疑尾随在后,要看一看堂堂的美国内华达州政府如何让这些只为屎尿而别无任何"公务"的"盲道"进去。他眼看着这群人进去了,如同进商场一样。为什么那么容易?因为这样的政府大门前,没有威严的卫士持枪而立,也没有人盘查,没人拦住欲进入者要求出示证件,看不出任何为"防止坏人破坏"而搞的有关设施。没有铁栅,没有高墙,如果说进居民住宅还要通报或按门铃的话,这里则比进入自己的家还容易,可以"长驱直入",因为进自己的家有时还要取钥匙开门呀。我们的中国朋友难以理解:美国的州政府官员为什么如此大胆,没有一点"防敌"意识(要知道,"下面来的人"有多少是不放心的啊),把什么人都放进来,即便是没有"坏分子"威胁首长安全,进来一些不讲理的"刁民"缠住首长,严重影响首长工作和休息如何办?更让我们的中国朋友惊异的是,内华达州的最高首长(不知美国叫不叫首长,州长的级别有多高)的办公室就在州办公楼大门一侧，一进门，第一个能找到的就是州长。没有秘书挡驾，七盘八问把你往外赶，或是让你找"有关部门"，或是说"首长正忙"，"你要以大局为重，先回去吧"，更没有把找州长的人架住"扭送司法部门"。也没有找一间又小又暗又不干净的小屋子当"信访办"，专门对付"闹到政府来的人"，以免"难缠的人和事"粘到"首长"身上。任何人，只要想找州长，直接去好了。州长是一位女性，和蔼地接待每个来访者。中国朋友问她："这样不影响你工作吗？"她说："我的工作，就是为公民办事。服务嘛，先要方便公民。"经了解，这个如此方便公民的内华达州政府，全体吃皇粮的干部才70多人，还不如我们有些乡政府干部多。

显然，美国的"干部"，很适合"公务员"这个称谓，因为谁为谁服务，到底公务员是主人，还是公民是主人，是公民高于公务员，还是公务员高于公民，在这里是很清楚的。不信？那请听那位提议"到州政府方便一下"的美国游客是如何解释自己带头去"官府"拉屎拉尿这一行为的："这个政府，是我们纳税人的钱修建的，到这里方便一下，也是我们的权利！"

什么是主人？这就是主人！他们居高临下，认为政府应为自己所有，认为官员应为自己役使——你如同小保姆一样，是为我服务的，我依法要求你办事，你就得认真办，快些办。如果说人类历史有"翻天覆地"的变化，这才真的是。不然。他们如何敢把政府当成自家的卫生间呢？

（原载《湘声报》2003年2月28日）

质疑"非法同居"

邓江秀

《中国青年报》1月10日报道,重庆某大学因去年"怀孕事件"开除两名学生的行为惹上了官司。日前,这两名大学生就母校的决定向法院提起行政诉讼。据报道,本案女原告于去年10月1日被校医诊断怀孕,学校得知后,于10月9日对该女生及其同为该校学生的男友给予勒令退学处分。学校在有关文书中对这对男女同学的性行为描述使用了"品行极其恶劣,道德败坏"的字眼,并认定为"不正当性行为"。

从我们曾经和正在接受的道德伦理观念看来,学校的行为似乎无可厚非。因为学生的婚前同居,都与中国教育一直所提倡的"校园道德"背道而驰。

但现在的问题是:非婚性行为一定是非法的吗?对这个问题,学校没有作正面回答。在开除学生的时候,它也没有说明为什么学生的婚前性行为是"不正当的",为什么认为那是"错误"。

显然,在校方的观念里,隐含着这么一种逻辑:只要不是正儿八经结婚的男女,同居就是不正当的。

其实,这样的逻辑不仅是校方的观念,它还在现实生活中无所不在。比如说,公安机关在查房的时候,只要没有结婚证的男女同宿一房,就被说成是"非法同居",严重的甚至被屈打成卖淫。可以说,在中国社会,"非法同居"的概念就等同于"非婚同居"。如果将时间倒转20年,就更能发现这个词的可怕——只要男女不是经过正儿八经的结婚而住到一起,就被扣上"非法同居"和"道德败坏"的帽子,从此再难翻身。

正是这种逻辑,让学校的管理者找到了开除学生的理由:既然非婚性行为是非法的,是不正当的,学校当然要处分。

其实,"非法同居"的概念本来就是一个非常荒诞的提法。按照法律的基本原则，对公民而言，法律没有禁止的，公民就可以做。就性行为来说，从来没有任何法律禁止没有结婚的男女发生性行为，因此，男女之间的婚外性行为，只要不是出于以金钱为目的的卖淫嫖娼以及聚众淫乱，就都不是非法的。

但在过去，中国社会长期存在一种法律观念：法律没有准许的，做了就是非法。正因为法律没有明确说男女之间可以有婚外性行为，因此，婚外性行为就是非法的，于是，"非法同居"的说法便产生了。

也许有人会说，学生同居，至少是不道德的，因此学校有必要管教。我想，什么叫"不道德"，这同样是个非常重要的问题。道德是人们长期形成的某类生活准则。就性行为而言，只有乱伦、通奸等行为，才是违背道德的性行为。人类道德，包括中国人的道德，从来也没有认定所有的婚外性行为都是不道德的。

校方的这种逻辑，实质就是基于中国社会男女授受不亲的禁欲主义思想，只承认婚姻内性的正当性，除此以外的性行为都是非正当的。这样的认识，直到上世纪 80 年代早期仍然盛行。改革开放后，当人们的思想从禁欲主义中解放出来，意识到性是人的基本权利的时候，上述逻辑才开始受到批判。

但令人遗憾的是，人们一方面批判男女授受不亲的思想，一方面却仍然口惠而实不至。中国社会总是以种种名义，限制和歧视公民的性权利。对于非婚姻关系的性接触，哪怕是接吻和拉手，许多人仍然视之为洪水猛兽，前述事件中一位"老同志"认为承认学生的性权利就是"鼓励性自由，导致性泛滥，引起社会堕落"的看法，就是典型的表现。

受这种思想的影响，我国社会长期以来一直以打压而非引导的方式对待学生的性权利。比如说，禁止在校学生恋爱，禁止男女同学间略显亲密的接触，等等。但是，法律依据呢？

值得特别指出的是，即使法律禁止"非婚内同居"，也并不意味着未婚同居者就"道德败坏"。对一个人的操行评价要慎之又慎，否则，很可能会草率地毁掉一些原本很美好的东西。

（原载《法律与生活》2003 年第 Z1 期）

不怕"黑帮"就怕"帮黑"

舒 展

被最高人民检察院重点督办的号称《中原打黑第一案》——河南登封王松黑社会性质组织覆灭的报道,刊登在 2002 年 6 月 21 日《检察日报·明镜周刊》上,该报记者尹铮和通讯员对这个大黑帮之所以形成气候,所列举的事实和进行的揭露,真是触目惊心。

王松,河南登封市人,原系河南嵩峰集团有限公司董事长,他有两件华丽的外衣:登封市政协委员、登封市宣化镇人大代表。1994 年,王松在蔡沟村开了一家小煤窑,赚了一笔钱。1996 年,王松又承包了白沙湖水库,成立了"登封嵩峰集团总公司",下设水产公司、南颖避暑山庄和蔡沟村煤矿等经营部门。王松从 1996 年以来,专门在水产公司保安部招募以"两劳"释放人员为主的"工作人员",一帮有劣迹的社会渣滓如蝇逐臭,麇集到他的门下充当打手,这个黑帮就此形成了。巡逻队的打手们身着警服,手持猎枪及警械,驾驶喷有"110"警用字样的汽艇,打手们只要发现有人在湖边钓鱼捞虾,抓住不是一顿暴打,就是拘禁、罚款或实施酷刑。

1996 年 4 月 29 日,村民赵苟到地头的湖边洗手,被驾着汽艇在湖面巡逻的"庄丁"发现,把他当作偷鱼人举枪射击。当场毙命。事后,王松让凶手一走了之。1998 年 1 月 19 日田家沟村民侯小卫与未婚妻王跃玲在湖边谈恋爱,"庄丁"用望远镜看见,当即用手铐将这对恋人铐在一起,强行拉到汽艇上,进行轮番殴打。因汽艇超载,艇上的人全部翻落湖中,这对无辜的恋人因双手铐在一起被活活淹死,事后,王松仅赔了侯、王两家 3 万元钱就算了事。王松在湖中孤岛上私设公堂——"治安室",动辄把无辜的群众抓进去殴打用刑,还要罚以重金才能放人。自 1996 年以来,该团伙多次绑架、敲诈勒索、非法拘禁、殴打白沙湖水库沿岸登封及禹州两市群众

177人，致死7人，重伤2人，轻伤13人；先后作案88起，涉及十多项罪名。但老百姓知道王松与政法部门有着"特殊关系"，谁也不敢报案。

王松在其避暑山庄白沙湖内建造了一红一白两艘大船。白船专门组织容留妇女卖淫，船上设施齐全，一时名噪郑州、洛阳、许昌等地，每天到此嫖宿者多达上百人。1999年至2000年，王松指使嵩峰集团下属的嵩颖水泥厂和避暑山庄采取虚假申报税款办法，偷逃税款近120万元；自1997年以来，王松以嵩峰集团的名义，向中国农业银行郑州绿城支行非法承兑资金，给该行造成1450万元的损失。据检察机关认定，王松领导的黑帮涉嫌票据诈骗4750万元。据郑州市检察院起诉书指控：被告人王松自1996年初承包登封市白沙湖水库水产公司后，以巡逻护库的名义成立了带有黑社会性质的犯罪组织，招募40余人充当黑社会打手。王松为这些人购买了枪支、弹药、匕首、手铐、"110"摩托艇等作案工具，指使他们进行故意杀人、故意伤害、敲诈勒索、寻衅滋事、非法拘禁、组织赌博、卖淫、偷税、票据诈骗等犯罪活动，涉及罪名16项，犯罪事实100余起。故意杀死1人，重伤2人，轻伤10人；非法拘禁47人，致死2人；偷税漏税119万余元；票据诈骗4750余万元。郑州市检察院在忍无可忍的群众联名举报下，依法向郑州市中级法院提起公诉。

由于公安机关在侦查过程中介入及时，郑州市检察院从接到案件到提起公诉，仅用了短短18天时间就完成了46万字的审结报告。在长达10天的开庭中，有6000余人次参加了旁听，河南省内的电视台对庭审实况进行了录播。

王松团伙被打掉之后，省、市、县三级检察机关侦查中发现，登封市法院存在巧立名目、违法收取所谓"缓刑考察费"的问题。王松黑社会组织的诸多犯罪嫌疑人就是因为向法院交了"缓刑考察费"，才得以逍遥法外平安无事。专案组经过细致审查，认为登封市法院原副院长王某、刑庭原庭长李文灿均已涉嫌枉法裁判罪，遂由郑州市检察院对两人进行立案侦查。另外，与王松集团有牵连的登封市公安局预审科科长崔二清、副科长杜占怀也被正式逮捕。

嵩峰集团这个大案启示我们：王松从一个小人物，疯长成为规模巨大的黑帮老大，其教训是极为深刻的，登封市法院，搞的这种"缓刑考察费"，对于无罪者无异于横征暴敛巧取豪夺；但对于黑帮众多的犯罪分子则打开了花钱消灾，逃脱法律惩罚的一扇宽敞的"太平门"。不论罪犯犯了多大罪恶，哪怕你血债累累，十恶不赦，只要你向登封市法院交出"缓刑考察费"，那么这些黑帮，就可以变成无罪的人。他们就可以变本加厉继续作恶，更加猖狂地在犯罪的道路上，浩浩荡荡阔步前进。

宋代，苏辙说过："法行于贱而屈于贵，天下将不服。"（《上皇帝书》）英国十七世纪古典自然法学派的代表人物、杰出的政治理论家霍布斯在他的代表作《利维坦》中说："良法就是为人民的利益所需而又清晰明确的法律……没有必要的法律不是良法，而只是聚敛钱财的陷阱；这种法在主权者的权利得到承认的地方是多余的，在没有得到承认的地方则又不足以保护臣民。"（商务版第 270—271 页）

中世纪罗马教廷为了弥补亏空，想出了一个榨取信徒的荒唐"绝招"，发售赎罪券。1476 年教皇宣布：信徒生前行为不端者，死后要先入炼狱，因此生者也应为他们购买赎罪券以减轻他们的痛苦。这种特殊的赎罪券，可以使购者享受特别恩惠，称之为大赦年赎罪券。销售券的所得一半落入了大主教的腰包。登封市法院竟敢违反国家"法的制定"的规则，别出心裁，搞法外"立法"，其恶劣效果就是鼓励黑恶势力肆无忌惮地去犯罪；罪案越大，法院的"创收"就越多。他们搞的这一套，说白了不过是"以罚代法"的乱收费乱罚款执法犯法的勾当而已。登封市的老百姓总结王松黑帮横行乡里称霸一方，为何达六年之久时，只用了一句精炼的语言："不怕'黑帮'，就怕'帮黑'。"苏辙有云："去民之患，如除腹心之疾。"（《上皇帝书》）如今登封市这一心腹之患已被除掉，人心大快！使那些正在作恶的"黑帮"与"帮黑"们看到：你们的末日也快来了。

（原载《特区警官》2003 年第 2 期）

值得尊敬和警惕的"吕日周现象"

子 曰

德国社会学家马克斯·韦伯有一个理论,几乎被所有政治学者引用过:统治的合法性分为三种类型:传统型,指一个规则被遵守、被接受是因为它已行之多年,大家也就不再深究它合理与否;法理型,成员服从是因为认定此规则是合理的,其制定程序是适当的,它的权威基础是众人接受的合理性;个人魅力型,也即"奇里斯玛(charisma)"(所谓奇里斯玛,本义是神圣的天赋)型,成员服从领袖人物的非凡魅力。当然,三种类型在政治实践中往往交叉混合。

依照这个理论判断,吕日周应该是一个法理型、个人魅力型兼具,以个人魅力为主导特点的"奇里斯玛"型领导。

吕日周离开长治赴任之际,数万群众送行,并有人高呼:吕书记你不要走。

这证明吕日周在长治留下了深深的个人印记,也证明了吕日周在长治的个人魅力。这一切,随着2月20日吕日周的离开,正逐渐变得清晰。当事人离开现场,为我们冷静地剖析"吕日周现象"提供了诸多便利。我们认为,吕日周是一个值得尊敬,也值得警惕的名字。

吕日周值得尊敬之处很多:勤政爱民,政务公开,严惩腐败。他骑着单车下乡调查,在雨中与群众开对话会;他以群众对干部的测评决定官员命运;他把市委常委会的内容向全市公开;他把警告黄旗挂在了分管卫生的副市长办公室;他把市委、市政府的大门拆掉,对百姓不再设防……

当然,吕日周对全国来讲,其最有示范意义也最具影响力之处还是其"吕式舆论监督"。在吕日周自上而下地直接干预和推动下,《长治日报》成为了"中国舆论监督第一报"。从2000年2月至2002年12月,《长治日报》

及其子报《上党晚报》共刊发舆论监督稿件1100余篇，日报日均一篇多，晚报平均两三日一篇，涉及市级干部35人（包括现任的市委副书记和副市长），县处级干部106人，因此而撤职、免职、降级和经济处罚的干部269人，并有15人被移交司法机关处理。吕日周对报纸的批示发人深省："从这张报纸看，长治没有问题，大家都是好东西。可爱的总编，你们骗得我多高兴，长治形势没问题，不需要监督。如再不纠正，谁看这张报？"

这一切，为吕日周带来无数赞誉，也招致无数争议。但是，官员的评价体系中公众无疑占有最重和最终发言权。换成官方话语就是，要看"群众满不满意和答不答应"。因此，看看前去送行的数万群众，听听百姓挽留的呼声，就必须坦承，吕日周在当下的中国，不是太多了，而是太少了。他为我们成功地提供了一个体制内变革的可能路径选择。这样的官员无疑值得尊敬。

但是，在依法治国的当下，在加快法治进程的中国，吕日周这样一个带有"人治"含义的名字无疑也是值得警惕的。

吕日周说："只要我不批示，(《长治日报》) 稿子就变样，就没有新闻监督的内容。"

吕日周说："我在长治进行的改革，是一场一个人试图移动一座大山的改革。"请注意，是"一个人"的改革。

一位出租车司机说："吕日周走了，市委大院的灯也黑了。"

一首民谣说："吕日周要调走了，舆论监督要瘫痪了，官僚主义抬头了，懒散作风又来了，所有的计划成空了，长治的希望泡汤了。"

我们且不论这些判断最后是否成立，仅仅是其指向，在一个推崇法治的社会，在一个依赖制度的社会，把一个城市的命运系于一人，就是一种危险的信号。这种"奇里斯玛"型权威，在中国这样一个有着数千年封建专制历史的国度里，往往有着浓重的"人治"色彩，它带给人们的常常是"清官情结"和"救星情结"，从而与法治社会背道而驰。因此，在百姓呼唤更多"吕日周式清官"的同时，我们不能放弃寻求制度为民创造福祉的努力。在为吕日周感动的同时，我们需保持一分现实的清醒，不能忽略制度的建设和对制度缺陷的理性批判。

　　一面是勤政为民，政务公开，舆论监督，一面却是威权政治，清官政治，人治政治。吕日周，将政治的两极高度集于一身。无怪乎，他在社会上产生那么大的争议，有人欲为其真诚下拜，有人却对其大加挞伐。吕日周已经成为中国政坛的一个标本。认真地分析这个标本，无疑有着重要现实意义和历史意义。

（原载《经济导报》2003 年 3 月 5 日）

打肿谁的脸？

朱铁志

一直以来，领导干部吹牛浮夸的报道不绝于耳。有些地方的统计数字像冒气泡，想怎么冒就怎么冒，想冒多少就冒多少；有些干部的政绩像捏面团，想怎么捏就怎么捏，想捏多大就捏多大。捏来捏去，统计数字上去了，领导政绩出来了，干部自己提拔了。而直接面临的结果是：产值既然那么高，利税当然也水涨船高；产量既然那么大，摊派给农民的各种税费自然也同比增长。群众把某些干部这种不负责任的吹牛浮夸行径形象地比喻为"打肿脸充胖子"。

问题的关键在于，打肿谁的脸？是干部自己的？是他们三亲六故的？还是他们狐朋狗友的？全都不是！而是他们所辖地区工人农民和无数普通百姓的！浮夸之风，往往以群众的受苦为代价。前任领导把数字吹上去了，把自己也吹上去了，继任者十有八九不能不吹。不吹，就显得自己没本事，就晋升无门，因而必须接着吹，把已经脆弱不堪的肥皂泡继续往大了吹，直到吹破为止。不幸的是，每吹一次，老百姓的各种负担就加重一次，人民群众对政府的信任就减少一分。

去年初，河北省审计、财政等部门共抽调300人，分赴11个市，对94户国有工业企业实施市际间的交叉审计。结果令人大吃一惊：这次审计共查处各种违规行为金额17亿多元。根据企业报表，94户企业中有65户盈利，29户亏损，然而经过审计核实，实际盈利企业只有40户，企业实际盈利额只是自报盈利额的77%。共有68家企业提供的会计资料不可靠，基本准确的仅占28%。94户企业的平均资产负债率达到150%，21户企业已经资不抵债，然而只有9家企业在自报材料中承认了这一点。

打肿的是别人的脸，捞到的是自己和亲朋的好处，这样的买卖，真是算得精明、干得漂亮、来得实惠。

　　干部之所以敢"打肿"百姓的脸，是因为不必为此承担任何风险。不仅不承担风险，打好了还有晋升的机会，还可以得到无尽的好处。只要我能"上去"，管你企业关门倒闭，管你百姓穷困潦倒。

　　干部之所以敢"打肿"百姓的脸，是因为他们只需向上负责，不必向下负责。在相当长的时间里，我们的干部考察工作是很看重数字的。数字即政绩，政绩即数字，正所谓官出数字，数字出官。下级干部向上级显示政绩要靠报数字，上级要了解下情要看数字，下级的好数字就是上级的大政绩，上级要获得更大的政绩，就需要下级更高的数字"全力支持"。上有所好，下必甚焉。而"上"者乃是更上者的"下"，"下"者是更下者的"上"。如此上上下下，就必然造成一种恶性循环：面对明显浮夸的数字和政绩，最好的做法当然是心照不宣，睁一只眼闭一只眼，稀里糊涂，共存共荣；太明白了，反而两败俱伤，不利于"共同进步"。

　　在不少人的心目中，吹牛浮夸是无法根治的顽症。从1958年到现在，一会儿"土跃进"，一会儿"洋跃进"，跃来跃去，无非违背客观规律，吹牛浮夸。新时期以来，情况有好转，但玩弄数字游戏的干部依然大有人在，热衷制造虚假政绩的领导还经常可以得逞。这种情况不改变，就很难取信于民。其实，根治浮夸数字、虚假政绩真的有那么难么？有些明摆着胡说八道的"政绩"也能冠冕堂皇地在电视上乱吹，老百姓凭常识就能听出来，难道"有关部门"听不出来？上级领导听不出来？鬼才相信。问题在于，百姓听出来没用，领导听出来不说。这就难免让人灰心丧气。

　　在我看来，根治吹牛浮夸说难也难，说易也易，把评价统计数字和干部政绩的权力真正还给百姓、还给群众、一切都简单了。领导真要知道一亩地里究竟能打多少粮食，不必去问书记、市长，也不必去问什么缺乏良知的所谓"专家"，只需要问问田间地头的普通农民就行了。任何一个老实巴交的农民都不会说出"从理论上讲，一亩地应该可以打两万斤粮食"这种祸国殃民的屁话。问题是，究竟让谁来问百姓、问群众？问了自然好，不问又如何？又当付出怎样的代价？所谓"群众满意不满意、高兴不高兴、拥护不拥护"究竟应该怎样落在实处？能不能先做到一票否决假数字干部、假政绩干部？如果能，则充满希望；如果连这一点也做不到，那就什么都别说了，免得贻笑大方。

（原载《南方日报》2003 年 3 月 6 日）

告别英雄

王跃文

从来都说时势造英雄。时势者何？乱世也！英雄辈出，必然血雨腥风。相反，英雄无用武之地，实是苍生享太平之日。又所谓成也英雄，败也英雄；更所谓成者为王，败者为寇。那么，王也英雄，寇也英雄。

秦始皇扫六合而吞八荒，可谓顶天立地的大英雄。他的头是怎么顶到天上去的呢？原来他脚下垫着数百万生灵的头颅。史载，秦国破韩，斩首24万人；灭魏，斩首13万人；败赵，斩首45万人；而杀人10万以下忽略不计，史家算账真是阔绰！须知当时华夏大地人口并不多，几万几十万地砍头，经不得几下砍的。难怪百姓古来自称草民！其命如草，割了又长！庆幸中国百姓命贱，不然早被英雄们砍光了。

成功了的英雄，哪怕成就了霸业，仍然还要杀人的。秦始皇活埋儒士300多人，这不是简单的杀人，而是搞文化事业。历代开国皇帝，登基后要做的头等大事，就是大杀功臣。不管是否帝制，只要是专制，概莫能外。哪怕治平之世，杀人仍是家常便饭。比方要开疆辟土，比方要削藩平乱，比方要搞文字狱。君王们需有这些文治武功，才配得上英主尊号。此等成者英雄，被正史、野史和民间传说渲染千百年之后，神武直追天人，叫野心家效法，让老百姓敬畏。也许最敬畏这类英雄的，反倒是皇帝们最爱杀的文化人。康熙、雍正、乾隆很重视文化建设，他们的重大举措首推砍文化人脑袋，杀戮之酷更甚于秦始皇。但是现在的文化人或许同当年被杀的文化人没有血缘关系，才把这三位皇帝捧为千古难寻的圣明之君，单说他们是英雄还嫌大不敬。我们只要打开电视机，就会看见康雍乾们龙行虎步，威风凛凛，爱戴之情，油然而生。

败了的英雄，远古如蚩尤、夏桀、商纣，晚近如李闯王、洪天王。远者古渺难考，近者如洪天王，史料汗牛充栋。洪秀全本想认真考个功名，做做官的。可是他资质太差，多次科考都名落孙山之后。最终精神失常，幻想自己是上帝之子，理应君临天下。于是装神弄鬼，纠合些愚顽无赖之徒，横行天下，打家劫舍。但凡洪秀全的所谓义军到过的地方。无不流血漂橹，哀鸿遍野。洪天王和他的太平天国英雄了十四年，而死于英雄伟业的百姓当以百万计算。仅石达开兵败大渡河，就有十万喽啰灰飞烟灭。不管死掉的是"天兵"或是"清妖"，无非是张大娘的儿子杀死了隔壁李大娘的儿子。此类同抢龙椅有关的战争，成与败，正与邪，都只是所谓英雄们的事，百姓们只有流血的份儿。

汤因比眼中，英雄无异于野蛮。他说：蛮族驰骋在前一个文明的破碎山河之间，享受了一个短暂的"英雄时代"，但是这种时代没有开辟文明史的新篇章；尽管蛮族的神话和诗歌热情赞颂这种英雄业绩，几乎使后人无法弄清历史真相。汤因比作为历史学家，他的目光是冷峻的。他承认蛮族从历史舞台上清扫了僵死文明的碎片，但它作为英雄存在的任务仅仅是破坏。困扰中国历代王朝的五胡乱华、匈奴人席卷罗马帝国、蒙古人马踏欧亚大陆，等等，都让野蛮人拥有过昙花一现的"英雄时代"。而野蛮的"英雄时代"，则是文明社会拱手奉上的。倘若文明社会自己没出问题，蛮族是不大有可能趁势而入的。倭寇之患，明清为盛，就因为古老帝国自己渐渐露出了可欺负的地方。这里似乎走了题。我不管哪种文明优劣与否，只是排斥涂炭生灵的英雄们。

或许拉登们也正在创造着英雄时代？不管汤因比是否将英雄时代打上引号，我关心的只是流血。我怀疑一切嗜血如狂的所谓英雄。某种意义上讲，21世纪是以邪恶的方式开辟纪元的。战争作为人类最残酷的游戏，原本仍是有规则的。而拉登和他的"9·11"事件把这种罪恶游戏之中残存的一点点儿人性的东西都破坏了。本该神圣的宗教被亵渎，虔诚的教民被蛊惑，不论老人、妇女和儿童，都被送到了枪口之下。充当人肉炸弹残害无辜的宗教狂徒们，竟被拉登和萨达姆们赞赏为英雄。

老百姓不需要英雄，他们只想过太平日子。文明理性的社会，只有芸芸众生，只有安静平和，只有爱和自由，只有对勤勉无私的国家管理者的尊重，没有英雄和对英雄的崇拜。

（原载《湘声报》2003 年 3 月 7 日）

"迷人的品质"

魏文彪

唐师曾胖乎乎的脸，一副很可爱的样子，但他说的话有时更显得可爱。他在回答国内某报记者采访时说：伊拉克人朴实狂热地爱戴他们的领袖。萨达姆有很多迷人的品质，比如比较清廉，比如他会开着汽车送一个普通的孩子上学，或者突然到一个普通百姓的家里吃一顿便饭。

从最近媒体披露的一些情况看，"比较清廉"的说法是要大打折扣的。在美国《财富》杂志所列的世界十大国家元首富豪中，萨达姆名列其中。最近又有瑞士媒体披露，萨达姆个人总资产至少超过300亿美元。自1997年以来，伊拉克年均石油出口收入为60亿美元，虽然大部分钱被用于购买人道主义物品，但仍有一小部分落入了萨达姆的钱包。住的方面，萨达姆总统有"行宫"78座，"一般来说，每个金碧辉煌的行宫占地20平方公里，里面有700多座各类建筑"（转引自刘洪波《七十八座行宫》）。另外，"长达6小时的萨达姆总统的传记纪录片《漫长的日子》，由政府出资近亿美元，搬来了专拍007系列影片的英国名导演特伦斯·杨，在伊拉克一拍就是两年"。

尽管深藏着巨资，但这并不妨碍有些领导人表面上一副清廉的模样。有的是因为平时根本没有用得着钱的地方，所以表面上显得对钱很淡薄，贪钱在很大程度上是为了以后万一流亡之需。有的是极端独裁，反正整个国家都是自己的，难道还"自己贪自己的"？当然还有一些人是为了掩人耳目，故意装出一副清廉的嘴脸，就像我国的"挎包局长"、"解放鞋主任"之类一样。

即便退一万步讲，有些独裁者真的清廉又怎样？不可否认人是具有多面性的，所以难免的确有独裁而又清廉的"领袖"，就像一个对民众极为残忍的暴君，却也可能在儿女面前像绵羊一样温柔、慈爱。关键是他表面上是清廉也好、表面上慈爱也罢，他对绝对权力的迷恋使他不惜一切代价，这就足以将他所有"迷人的品质"都完全抵消掉还绰绰有余。有的绝对权力迷恋者面对百姓的困苦或会掉下泪来，但另一方面他又可能会为了保住极端权力不惜将整个民族推入灾难当中。当其处于前面那种状况时是"迷人"的，但他对绝对权力无止境追求时又非常卑鄙、龌龊，什么都做得出来。他的一些表面上"迷人的品质"使得人们冲淡了对其龌龊一面的憎恨。但历史终会得出自己的结论，就是这样一些"领袖"的表面上"迷人的品质"在他因迷恋极端权力而生的卑鄙、龌龊面前完全被忽略不计，表面上"迷人的品质"在历史对他的严苛定性前纷纷落地。

历史评价一个人着重于从其性格之大者、其最根本的本质入手。普通民众却是容易，为其一些表面上"迷人的品质"所迷惑的。现在的帝王剧都立足于歌颂封建帝王的，津津乐道于封建帝王的惩治腐败、"爱民如子"等等"迷人的品质"，而忘记了封建帝王本质上的反人民性，忘记了极端独裁、杀人如麻、酷刑、文字狱。对于近代一些领袖人物，各类作品也多是着眼于他们的一些"迷人的品质"，却忘记了思索，既然领袖们的品质如此"迷人"，何以还会使民族发展倒退几十年。

迷人的品质只有建立在本质的迷人基础上才是真正迷人的，否则对这种表面上"迷人的品质"的迷恋会使人永远看不清真相。

（原载《人民法院报》2003 年 3 月 21 日）

别拿农民开涮,行吗?

焦国标

在当下的文化描述里,中国农民基本上有两个形象:一个是受难者的形象,一个是滑稽、丑陋的角色。

相声和小品是人精和人渣的艺术,搞好了是人精的艺术,搞坏了是人渣的艺术。相声里的农民基本没有受难者形象,而多半是小丑、小赖、小孬的形象。赵本山先生是小品王,他作品里的农民形象也基本上不属于前者。本山今年做了全国人大代表,辽宁方面让他占知识分子的名额,他说他要占农民的名额。占什么名额都不打紧,倒是今后塑造几个受难者的农民形象最要紧。

电影、电视剧作品里当下的农民形象也是丑陋可笑者居多。那些室内电视剧里出现的农村小保姆、民工、进城来的农村亲戚,一律都是滑稽可笑、佝胸偻背的角色。做这种电视剧的人,居住在北京的时间一般都在两代以上,当初祖辈父辈进京所凭借的营生,文武商之类,他们不愿再干,转以胡拼乱侃为业。于是两三代做城里人养成的优越感,便高屋建瓴地倾泻到了民工、小保姆和乡下穷亲戚头上。

如果拿《纽约时报》的做法作对比,北京的四开小报许多都大可挑剔。"在新闻报道中,特别是与犯罪有关,或有不好形象或具有否定性的新闻报道中,应避免故意提及肤色、种族与宗教等背景。"这是《纽约时报》切实履行的许多细则中的一条。可是你瞧北京街头的四开小报,"在新闻报道中,特别是与犯罪有关,或有不好形象或具有否定性的新闻报道中",是怎样做的!它们一定要指出这个小偷是某省打工的农民,那个抢劫犯是某市无业人员。打工的农民已经够窘困的了,还得另外受媒体捎带的歧视;无业人员够不幸的了,还得另外蒙受媒体渲染的种种不名誉。

大约两年前读到《四川文学》一篇文章，说为什么中国农民都是驼背？因为他们的压力太大，主要是精神压力，谁都欺压他们，让他们抬不起头，挺不起胸，开不得心颜，日久天长，养成驼背。客观地说，农民有其丑陋处，可是如果你把丑陋理解成苦难的外化，情感就大不一样。你笑不起来，滑稽不起来，调笑调侃不起来。

中国农民的受难者形象，是近年杂文和言论作者们用心反映的一个现实。所谓受难者，是指农民在半个多世纪以来，一直在代替其他阶层为整个国家的发展支付代价。

在我的阅读眼界里，最早从历史的角度揭示农民这个处境的学者是秦晖先生，最早从经济学角度着手的学者则是党国英先生，二位都蒙着学术的外衣，而最早以杂文和言论的形式直来直去戳将过去的人则是不才，时当1997年。1998年底，《读书》发表了我的《营造第三个话语中心》。大意是：改革开放以后，中国舆论界曾经形成过两个话语中心，一个是右派平反，一个是老干部昭雪，而实际上中国农民受伤害的烈度和普及度都远远大于前一者，他们饿死三千多万，他们现在还有几千万未脱离贫困。从今以后，我们应该营造第三个话语中心，那就是农民作为受难者的话语中心。

先是过去几年杂文家和时评家鸡一嘴鸭一嘴制造"第三个话语中心"的努力，接着就有了湖北监利某乡党委书记李昌平放言无忌为"三农"向总理抱屈，他的那本《我向总理说实话》铺遍大江南北，在"营造第三个话语中心"的战役中战功卓著，在彰显中国农民受难者形象方面功不可没。

五年过去了，在各方好汉的努力下，"第三个话语中心"真的是营造成了。从文体上看，杂文、散文、小说、诗歌等等都在关注农民的不平等地位。五年前的趣味读物兰州《读者文摘》上面，五年前的情调刊物天津《散文》上面，你见不到为农民"鸣冤叫屈"的东西，现在你再看，有可能一期就有两三篇。从媒体上看，报纸、杂志、广播、电视从业者都在向我们的农民爹娘献孝心。从社会阶层看，从普通人到国家领导人，都在关心"三农"，朱镕基总理曾说为农民睡不着觉。

现在我们关心的是："第三个话语中心"虽然形成了，可是农民受难者的现实地位何时才能真正地改变？作为都市人取笑和"教育"对象的农民丑角形象，何时才能在媒体上彻底消失？"给农民以国民待遇"，这既是一个政治经济层面的问题，也是精神文化层面的问题，它实际上吁求的是农民与市民从人格到权利的真正平等，它实际上是要求我们把农民看成真正休戚与共的骨肉兄弟。市民同胞们，你们做好准备了吗？

(原载《北京日报》2003年3月23日)

马燕的漂流瓶

符 号

　　马燕是谁？马燕是濒临失学的宁夏女孩。马燕终于没有失学，因为她有三本用练习本写的日记。母亲把日记交给了一位叫韩石的法国记者，记者写成了通讯在法国发表。读者来信涌进了记者的信箱，人们纷纷捐助，一家出版社出版了《马燕日记》，版权被转售到欧洲多个国家和日本……

　　据说水手在海上有抛漂流瓶的习俗，将心愿或希望，寄托于毫无希望的拾取者。马燕的母亲把女儿的日记交给素不相识的异国记者，就像是把一只漂流瓶抛向了大海。然而几十万、几百万分之一的"机缘率"，落到了马燕的头上。"蚂蚁掉进蜂糖罐"，马燕从此成了"名人"。

　　"掉进蜂糖罐"的当然不止马燕。苏明娟因为记者拍了她的"大眼睛"，如今读到了大学；主演了《一个都不能少》的魏敏芝，如今举家迁居到石家庄，自己也进了师范；《美丽的大脚》中的孩子们，因为遇上了一位志愿者老师，能够去一趟北京，住进了老师四星级宾馆式的家中，亲历了一次"天堂"生活……然而靠"漂流瓶"改变命运，未免过于玄乎，靠"漂流瓶"完成义务教育，也太缺乏了保障。如果法国记者没有去到那个偏远的村子，如果马燕的日记（全国该有多少这样的日记！）没有交到记者的手中，故事又该怎样结局！马燕15岁的堂姐辍学一年，下个星期就要结婚，那不是马燕最大的"机遇率"？

　　"妈妈说你怕这是最后一次上学了。我就睁大眼睛望着妈妈，您怎么会说出这样的话来呢？"——马燕睁大的是苏明娟式的眼睛！"今年我上不起学了，我回来种田，公（供）养弟弟上学。我多么想读书啊，可是我家里没钱……""我读书就是不想象（像）爸爸妈妈那样生活。那样的生活太苦了。"——浅显得掉渣、深刻得让人心颤的道理！

　　"我要读书"四个字从电脑键盘上敲出，网上即出现两万六千多"我要读书"的条目,依稀有高玉宝的声音!新华社记者发有一组"我要读书"的照片:穿着破旧的孩子伏在木匠做活似的粗糙条凳上作业;顶着千疮百孔的"天窗"的孩子在起劲地朗读着课文;几十个孩子席地而坐、用小板凳当成了课桌;深秋时节女老师牵着一串女孩高卷裤腿淌过滚水坝……那该是"主流"外的"涓流"。

上个世纪末,我们即已宣布"基本普及九年制义务教育",但其中颇有水分。笔者所在地的两个土家族自治县,五年前即主动提前"普九"验收,原因是上半年如不"验",下半年就根本无法"验"成,只好等到五年以后。因为随着人口生育高峰,新学年全县要净增上百个班,师资、面积、设备、图书、投入等,通通无法"达标"。县、市、省层层签订了责任状,大家都不好交代,连总理向世界的承诺也只好落空——结果,上半年皆大欢喜地提前"验收达标",大家都可以交代了……

由城乡、地区发展的不平衡导致的教育机会不均等,贫困地区适龄儿童失学辍学现象有愈演愈烈之势;城市化的背景下"宏志班"的开设,是城乡、阶层差距的佐证;而流动人口的子女在身份及户籍壁垒下,其明天也实在令人担忧!

倪萍主演获四个奖项的《美丽的大脚》,其实只是"半部好电影":前半部以冷峻的真实再现了西北山村的现状,有强大的心灵震撼;后半部不过摊了一张甜甜的画饼:徒有四壁的教室连基本教学设备都没有,居然要添置电脑,真如衣衫褴褛的穷汉要配上一条高级领带。而这种漠视"雪中送炭"式的"锦上添花",其筹款的方式又是靠张美丽灌下整瓶烈性烧酒换来的"大款"的"开恩"……难怪导演最后要让美丽莫名其妙地撞车死去,那真是一个带象征意义的结局!

网上如今流行所谓"祈愿漂流瓶",那是将祝福撒给素不相识的人们,一种充满浪漫气质的"四海之内皆兄弟"式的友善。教育的"漂流瓶"如果进入到这样的层次,那当是另一种意义的福音!

(原载《今晚报》2003 年 4 月 7 日)

在全国盗版工作者大会上的讲话
莫　言

主席先生，各位代表：

十分荣幸地受到邀请参加你们这次荟萃了全国盗版精英的大会。在我的猜想中，盗版者召开的会议，应该是在肮脏的小旅馆里，鬼鬼祟祟地开，但没想到你们的会议竟然在本市最豪华的五星级酒店召开，你们去机场迎接代表的车辆竟然是加长林肯和卡迪拉克。在我的心目中，盗版者都是一些衣冠不整、獐头鼠目的奸商，但到了这里一看，发现一个个都是衣冠楚楚、儒雅风流，分明是一群高级知识分子嘛！

正如主席先生在大会的主题报告中所说，中国的盗版事业在短短的二十年内，在各位代表和广大盗版者的积极努力下，已经取得了举世瞩目的成绩，而且还将取得更为辉煌的成就。

主席先生在报告中英明地指出了，在中国人的潜意识里，古来就有"窃书非盗"的观念。一个人去掏了人家的钱包，大家会鄙夷他；一个人拦路抢劫，即便没抢到多少钱，也会被认为是大案要案；但如果一个书商盗版了一本书赚了一百万，大家并不认为他是贼、是强盗。公安会冒着生命危险去破一个拦路抢劫案或是入室偷盗案，但很少见到公安把一个盗版的案子当大案要案来破。当然也有一些极个别的例子。

主席先生在报告中，对进一步发展和壮大盗版事业提出了组织上和技术上的要求，这就是，建设全国性的，乃至全球性的盗版集团，用民主的手段选举产生各级领导班子，建立常设性的领导机关和信息中心，充分地利用现代通讯手段，建立自己的网站，筹办《盗版者日报》，交换信息，资源共享，互相帮助，共同提高。我相信，有了组织上的保证和技术的支持，你们的事业一定会更加壮大。主席先生在他的报告中要求你们，不要被眼前的蝇头小利诱惑,应该最充分地利用现代科学技术,提高盗版质量,要向制造出的赝品比真货还要漂亮的假烟假酒集团学习,使你们制作出来的盗版图书比正版图书还要美观。你们要让利给读者,你们的书既漂亮又便宜,就会使正版书卖不出去,这样,看起来你们少挣了钱,但从长远的利益来看,你们就会挣更多的钱。而你们的钱越多,你们就会有更大的手笔,把更高级的干部团结到你们周围,争取到更大的生存空间。你们就会有更大的实力购买最先进的机器,雇用到最有天才的工作人员,制作更多更好的盗版书,赚取更多的金钱。直至把所有的官办出版社挤垮。

我在参加你们的大会之前对你们这些人恨之入骨,但听了几位代表的发言之后,心中的气不知不觉地消了大半。诚如代表所言,那些被屡屡盗版、对盗版者口诛笔伐的作家们——包括我在内,谁家里没有一大堆盗版的光盘?我们的书之所以有人盗,归根结底是因为有人买盗版书,这跟之所以有人盗版光盘,归根结底是有人图便宜买盗版盘同理。我们在买盗版盘时难道没想过,这行为也是在助纣为虐吗?我们在看盗版盘时想没想过那些电影制片人的利益?我们在使用盗版软件时想没想过软件开发商的利益?——代表们的发言让我十分惭愧,使我感到你们的事业很有点正义感。

这几天我一直在想,如果我是个书商,我盗版还是不盗版?听了主席先生和各位代表的发言,我终于明白了,如果我是个书商,我也要盗版。因为在中国盗版被抓住的几率就跟买彩票中大奖差不多,而盗版的利润又跟开机印钞票差不多,既然盗版几同于安全地印钞票,如果我不盗版我就是一个傻瓜。就像你们说的一样,盗版既给盗版者带来了丰厚的利润,又会促使出版社提高印刷质量,降低书价,这对广大的读者是有利的。盗版者会提供更加精美和便宜的出版物,这对读者更是福音。盗版者会使作家的作品更多地售出,扩大作者的影响,提高作家的知名度,这对作家也是一件好事。

在这次大会上,我见到了好几个原来就认识的人,其中有政府部门的官员,有官办出版社的工作人员,这让我大吃一惊又让我恍然大悟,原来"到处都是我们的人"啦!我已经明白,如果你们想盗谁的版,高山大海也难以阻挡。为了表示对你们的敬意和畏惧，我在此宣布，感谢你们过去盗我的版，欢迎你们继续盗我的版。

祝你们的大会成功！祝你们的事业兴旺发达！

（原载《今晚报》2003 年 4 月 16 日）

别临时摆动舌尖

刘心武

接到三十年前教过的学生的电话,他说刚从牙科诊所回到家里,我笑问他:"你怎么牙齿有了问题会想起我来?我可不是牙医啊!"他那边笑得更欢,说:"您还记得吗?有一回在课堂上,您出了一个问题后,跟我们说:谁也别临时摆动舌尖……"

打电话来的那位,属于所谓的"小三届",就是在因"文革"突然爆发而滞留在学校的"老三届"都被安排上山下乡,以及刚进校门课椅还没坐热就被匆匆打发到"生产建设兵团"的"六九届"离校以后,到"文革"结束之前,进入中学的那几批学生。教"小三届",一方面在"知识无用"的社会氛围里难以施教,另一方面,毕竟校园里的狂暴局面暂告一段落,像我这样的青年教师,也就尽量本着良心,钻些空子,争取多给学生一些有用的知识。记得那时上自习课,可温习的知识并不多,我就会去口头出一些问题,游戏似地活跃课堂气氛,或者用蜡纸铁笔刻写、油墨滚子复印出篇子,上面会有一些浅易然而令当时学生觉得无比亲切有趣的问题,这些口头或纸面的问答都是不计分数,而且我跟学生相约"勿与外人道"。有一回,我就问他们:"谁能准确地说出来,自己嘴里有多少颗牙齿?"一时竟无一人举手,我就接着说:"对自己的身体都缺乏了解,这怎么行呢?谁也别临时摆动舌尖,去舔着算牙齿的数目!"同学们全笑了,最后,我允许他们同桌之间互相张嘴点数,得出数目,然后又告诉他们门牙、犬牙、前磨牙、臼齿的区别,让他们自己分析每种牙齿的功能。三十年后打电话来的学生,在电话里回忆出更多的例子,比如我发给他们的篇子上,印出阴历初一到三十的三十个格子,让他们在每个格子里画出当夜月亮的形状;又让他们把从自己家到学校的一路上所看到的植物,在"乔木"、"灌木"、

"草本"的三个格子里加以填写；还有一回是问他们知不知道自己的十个手指的指纹有几个"箕"几个"斗"，竟都从未注意过，于是我跟他们讲到群体的共同性和个体的差异性，讲到破案时指纹的重要性，等等。那三十年后事业有成的学生在电话里对我说："感谢您，能在那么个时候，给我们这样的启蒙，这些年老同学碰到一起，聊起来，都觉得那些看起来非常浅显、零碎、细枝末节的小知识，实际上在我们的青春发育期，起着非同小可的作用，我以为，那就是最原本的人文情怀的熏陶！"他的评价似乎是太高了，但他的电话引出了我更多的回忆与思绪。也是教"小三届"的时候，有一回一个男生干部对几个女生不出操跑步、跨越障碍"学军"非常气愤，对我居然准予她们休息更怒不可遏，有个本也该请假的女生则因为"一不怕苦二不怕死"去参加了激烈的军训操练，裤腿里流出了经血，那男生干部竟斥责她"军训还揣瓶红药水，真是假革命！"这事情发生后，有天在自习课上我就问他们："为什么你们有的被叫做男生，有的被叫做女生？"这问题一出口，不啻爆响一声惊雷，后来我自找台阶下台，课后"工宣队"领导找我谈话，还算理解我的动机"并非耍流氓"，但严正指出我那样做的效果是"腐蚀青年"，这就是三十年前的世道人心。

三十年河东，三十年河西。河西是开放的空间，到处是革新的足音。但是朴素、浅显、本原而且似乎属于细枝末节的启发性知识，仍然具有魅力，比如洪昭光教授的养生讲座，会把许多人从对宏大的前提、深奥的理论、神秘的功法、玄妙的偏方的盲目迷信中一下子解脱出来，原来要想健康长寿，首先要像少年先知道自己有多少颗牙齿一样，把自己是怎么回事弄清楚。当然，当前的社会，尤其需要不仅弄懂自己，而且还要弄懂他人，弄懂群体，弄懂时代，而所有的弄懂都必须从最朴素、浅易的起点上自觉地及早入手，"别临时摆动舌尖"。

（原载《检察日报》2003年4月18日）

尊重咱们自己的公民

张心阳

常常有这样一种感觉,就是在咱们国家,自己的公民往往不如外国人那样受到礼遇和尊重,比如在北京故宫,就专设了"外国游客入口处";在某城市的酒吧街,专设了外国人的如厕间;在商场酒店,服务人员对外国人说话客客气气,对自己的同胞一处没对劲就甩出几句国骂;外国人在咱们中国游玩发生了问题,总是调遣最现代化的交通工具和最高明的医生去营救和救治,而国人则未必有这般福气。国内不论翻车沉船,还是洪灾震灾,死多少人,没听说过什么人公开地对遇难者表示哀悼;而外邦的火车出轨、大桥坍塌,死个几十人,我们又是问候,又是致哀。

你不能不奇怪,咱们中国人好像自己都瞧不起自己似的。可人家老外不这样,自家的公民最受优待。在美国空港入口,美国人总是优先,外国人靠后。检查行李,对本国公民态度极好,对外国人既严肃又严格。日本也这样,那里的空港,日本国民的进港通道有七八十来个,给外国人的只一个。嫌太挤,那好,等日本人全部走完了,他转换过牌子,你再进来。他们就是把本国公民放在第一位,尊重自己人比尊重他人为重。你以为是人家发达了看不起人吧?不!他们懂得,无论是总统还是职员,是军官还是失业者,他们所享受到的福利大都是由本国公民创造的,本国公民才是自己的衣食父母。你怎么能让人家对自己人麻木不仁呢?相形之下,我们的一些人的衣食住行好像都是外国人白送的,恭外而倨内。

前些天从网上看到浙江大学博士、教授郑强的一个演讲稿,说及此事他的血管似都暴跳了:"中国人为什么这些年都往外跑,最重要的是要让国民自己爱自己国家。在广西,美国人的骨头埋了几十年,还叫中国农民去找,把美国人的骨头找到了,放在棺材里,送回到白宫,举行隆重的仪式、行军礼，这怎么能让美国人不自豪？反之，当找美国人骨头的中国农民在寻找时摔了一跤，骨头摔坏了，给200元钱就打发回家了……一个日本的农民跑到峨眉山去玩，骨头摔断了，你就用中国空军的直升机去救他，而在日本大学一名中国留学生在宿舍里死了7天才被发现；名古屋大学的一对中国博士夫妇和孩子误食有毒蘑菇，孩子和母亲死了，父亲则是重症肝炎，在名古屋大学医学院的门诊室等了12个小时，也没有一个日本教授来看望！而你们为什么还要这么友好，以为自己很大度，实际上是被人家耻笑，笑你的无知！你们这个民族贱！"自尊者人必尊之，自贱者人必贱之。你首先把自己人看重了，人家才把你看重。几年前发生的一个美国青年在新加坡撒野而将受鞭刑的事，我觉得这两个国家都了不起。一方面总统亲自出面替本国公民求情，可见国家对国民的重视。另一方面偏不理这个茬，鞭子照抽。因为这涉及到国家的尊严，你抽了，人家才拿正眼看你，不抽，人家反而看不起你。这事要给咱们怕早就"下不为例"了。

曾几何时，我们总是强调集体主义，蔑视甚至抹杀个体公民价值和作用。其实抹杀了个体公民的价值就等于抹杀了民族价值。英国国家石油公司安装输油管道，要从一老太太别墅底下穿过，老太太就是不让：国家怎么能侵犯个人利益呢？的确，没有个人利益哪有民族利益？最后国家认输了，输油管道只好绕开走。真正的马克思主义者并不是只重国家和集体而轻视个人价值，马克思曾把黑格尔颠倒了的国家与人的关系重新倒过来，认为国家不是人的存在基础，"国家的职能等等只不过是人的社会特质的存在和活动的方式。"认为"人是人的最高本质"。就是说，国因人而存在，而不是人因国而存在。国家怎么可以凌驾于人民之上，甚至可以不尊重他的人民呢？一个民族的精神首先体现在国家对待国民的态度。一个缺乏自爱或不把自己的人民放在眼里的国家，人民不会爱这个国家，别人也看不起这个国家。

我不是民族主义者，但我相信一个不知道民族自爱和政府应该如何尊重他的人民的人，也绝不是国际主义者。现代文明认为："国家的作用是保护人身安全和健康；保护人身自由和私有财产；抵御任何暴力侵犯和侵略。一切超出这一职能范围的政府行为都是罪恶。"（路·冯·米瑟斯《自由与繁荣的国度》）

(原载《四川文学》2003 年第 4 期)

纸老虎

潘多拉

自 3 月 20 日伊拉克战争爆发，到 5 月 1 日美国总统布什宣布伊拉克境内的主要战斗结束，前后不过 40 来天。在战争中，特别是到了后半段，美英联军长驱直入，几乎没有遇到什么像样的抵抗，就一阵风似地迅速攻占了伊首都巴格达。某些看走了眼的军事学者一边嘟囔，"怎么会这样呢"，一边说什么"我相信萨达姆是通过一条秘密的地下高速公路，把共和国卫队转移到了他的老家提克里特"……

在这种军事学者的思维中，萨达姆政府有强大的军事能力和动员能力，加之实行全民皆兵战术，普通老百姓也可能出其不意地向敌人放冷枪，或者发动自杀式攻击，而美英对一个主权国家发动侵略战争，可谓"失道寡助"，防不胜防，要想取得战争胜利，必将付出惨重的代价。可是学者们万万没有预料到，不但伊拉克老百姓没有自发组织起来开展大规模的游击战、麻雀战、骚扰战，而且共和国卫队也没有在巴格达和提克里特与美英联军展开殊死决战；相反，在伊军队一批高级将领被美国中央情报局暗中收买的同时，大部分士兵也逃回家中，脱掉军装，扔下武器，消失在平民当中，因为"他们不愿意为萨达姆卖命"。

其实，早在伊战爆发之前，一些有见地的中国学者就警告说，萨达姆一再声称"我们已经决意而且制定好了击败入侵者的计划……那些入侵者将在巴格达市门前被消灭"，不过反映了他在权力幻觉中对国内局面的一种错误估计——他执掌伊拉克权柄 30 年，看到的、听到的都是支撑权力的正面信息，负面的信息都作为错误的信息被清洗过滤掉了，因此他相信在他的领导下，伊拉克军民一定能将侵略者就地消灭。还有一种假设是，独裁者萨达姆和在他残暴统治之下被迫做"紧跟"状的广大军民，其实也并不怎么相信伊拉克必胜，但他们却都必须装出一副坚信不疑的样子，目的就是要相互欺骗——萨达姆利用对军民的欺骗维持独裁统治，军民利用对萨达姆的欺骗苟且偷生。在相互欺骗的过程中，萨达姆早就做好了鞋底抹油溜之大吉的准备，所以当美英联军向巴格达大举挺进的时候，他老人家已经携带着伊拉克人民的十多亿美元逃之夭夭；而除了一小撮心腹和死党尚在负隅顽抗，大批军政要员、士兵和老百姓，此时也用实际行动表达了他们的真实意愿——停止抵抗，拒绝继续为独裁政权卖命。

毛泽东说过，一切反动派都是纸老虎。一切独裁者也都是纸老虎。萨达姆独裁政权在国内杀人、吃人，是活老虎，铁老虎，真老虎，但在全球化时代，在一个国家的国内事务与国际事务、国内政治问题与国际政治问题再也无法截然分开的全球化治理背景下，国际社会怎么可能容忍一只真老虎在某个国家长期杀人？怎么能不担心一只在某国内嗜血成性的真老虎有朝一日跑到国外来杀人、吃人？现在，伊战基本结束，伊国重建开始，真老虎终究转化成纸老虎，即将成为"历史的事实"。

善哉。

（原载《周末》2003 年 5 月 15 日）

千古赌场

王跃文

因为老是失眠,在乡下老家调养了些日子。记忆中的乡下是宁静的,晚上更是万籁俱寂。可我仍是睡不着,通宵群狗狂叫。乡村没有警察巡逻,家家户户都养着看家狗。只要有人走动,狗就会叫起来。一狗领衔,众狗唱和。我问母亲:怎么整夜都有人来来往往?母亲说:赌博的。我每夜都得熬到天亮,才朦胧有些睡意。妈妈知道我夜里没睡好,叹道:乡下一年到头都在打牌。日里打,夜里打,没个了断!我说:城里也一样。

我的朋友都知道我不会打牌,三缺一肯定不来叫我。有时他们整天玩牌,只是临吃饭了,叫我过去。待吃过饭,他们又调侃道:你回去搞你的精神文明,我们要搞物质文明了。我便嘴巴一抹,打拱走人。

同胞们喜欢麻将或扑克,我不想褒贬。只是有些事会让我联想,心里就有些不安。早年西方基督徒向中国人传播主的福音,中国人教会了西方基督徒打麻将。据说麻将曾在美国风靡过,但很快就销声匿迹。如今往美国居住区走过,碰巧也许仍会听见麻将牌撞击的脆响,但那屋内的主人肯定不是基督徒,而是黄皮黑眼的唐人。

自信的中国人不屑于西方理念。他们依然无限热忱地守着四方桌,稀里哗啦打麻将。农民闲工夫实在多,有什么好干呢?打麻将吧;工人闲工夫尤其多,有什么好干呢?打麻将吧;干部闲工夫特别多,有什么好干呢?打麻将吧;小资们闲工夫格外多,有什么好干呢?打麻将吧。

时下人们言必称文化,酗酒是酒文化,嫖娼是青楼文化,那么赌博应该称之麻将文化。谓之赌博文化实在不雅。而赌博二字,实则点出了麻将文化的精髓。赌博在中国,冠以文化,当之无愧。

中国人自古机会很多。没有世袭贵族,也没有种姓制度,真有些自由民主世界的意思。只要愿意发奋,平头百姓可以晋身三公九卿。很多西方学者对此大加褒扬,古代中国仿佛天堂。弄得我这现代中国人,恨不生在汉唐时。冷静想想,古人所以自强不息,奥妙全在一个赌字。只要敢赌,总有赢的希望。

先人们只要肯读书,就有希望出人头地。家里供得起,八九十岁还能考状元,考试制度比现在还要人性,而我们直到最近才放宽大学考试的年龄限制。家里穷也没关系,凿壁取光、囊萤映雪的例子不是没有。哪怕终身不第不仕,因为识得字,还可以当郎中,做先生,最差也能看相算卦。好歹是智力劳动,乃圣人所谓劳心者,马马虎虎也算治人者流。可见,舍得用一生作赌注,风险的底线亦是保本有余。

胆量更大些的,就用脑袋做赌注,不怕皇帝龙椅到不了自己的屁股下面来。退万步讲,就算最终抢不到龙椅,也算叱咤风云了一番,好不风光!何况只要是个草头王,自有美人相伴,夜夜弦歌。做个穷百姓,只娶得着一个老婆。一个老婆还不能长得太漂亮,不然就滚到西门庆床上去了。

敝乡方言好用赌场行话。有种最简单的赌法,就是拿枚硬币,弹得飞转,用碗一盖,赌币的正反。此戏谓之弹宝。拿碗将飞转着的硬币啪地盖住,叫掴盖子,揭晓叫揭盖子。那些坏而滑的庄家,掴盖子有特殊技巧,能左右币的正反。所以庄家总是赢,下注参赌的总是输。官场作弊,流行的文雅说法是暗箱操作。敝乡说起这种官场特技,绝不会说暗箱操作,而是说掴盖子;比方某丑闻早在民间流传,却被人秘而不宣,也不叫掩盖真相,而是掴盖子;而此事大白于世,也不叫曝光,而是揭了盖子;某事久经策划,最后隆重出台,也说是揭盖子了。

(原载《三湘都市报》2003 年 5 月 28 日)

孙志刚替我而死

李昌平

在广州打工的湖北籍青年大学生孙志刚被惨无人道的收容制度打死了！我没有震惊，因为三年前我在《我向总理说实话》中揭露过据称是中国最文明的地方——上海，是怎样残害千千万万被收容的农民工的；后来，我到了首都北京，编发过国务院小城镇办公室关于"农民工在北京受到不公正待遇"的系列调查报告；再后来，来找我诉苦的被收容过的农民工越来越多；再再后来，我无奈了，失望了，常常想到可怕的暴力革命和"911"恐怖主义。但当我得知孙志刚被打死的消息的时候，我还是失声痛哭，因为孙志刚是替我而死的。

我 2001 年 9 月来北京打工，刚到北京时，口袋里总是带着《中国改革》杂志社发的工作证，走在北京的大街上总是小心翼翼，担心自己被收容。2001 年 12 月 21 日早晨 7 点多钟，我担心的事情发生了，我从清华园刚出来，就看见城府路上一大帮穿制服的人在拦截行人检查证件，我的第一反应是退回清华园，因为我的包前一天在餐馆里丢了，身上什么证明都没有。但很快我又拿定主意：收容了正好，可以写一篇"李昌平收容记"的长篇报道。我大步走向检查站，只见三才堂（写字楼）的墙边已站着 47 个举着双手面向墙壁的农民工。我站到一个穿制服的领导模样的人身边，看着发生的一切，不到 20 分钟，墙边站着的农民工超过了 80 个。我有些沉不住气了，和那穿制服的领导聊起来。他说快到元旦了，为了保证北京节日期间的稳定，全市要集中一个星期收容遣送一批非法农民工。我问怎样确定非法农民工，那位领导说看他们是否有身份证、暂住证、健康证、计划生育证等。8 点 12 分，收容的人数超过了 100 人，领导叫来了一辆囚车，命令举着双手的农民工"滚上车"。我有些激动了，对那领导说，我也是一个农民工，你们也把我收容吧！那个领导盯了我好一会，缓缓地丢给我两个字——"无聊",凛然转身指挥农民工"滚上车"去了。

后来,我有了记者证,在北京我很少将记者证带身上,我希望有一天被收容遣送,这个愿望很强烈,但一直没有人收容遣送我,"李昌平收容记"也没有写成。我把这个遗憾说给我的同事听,他们都说我太胖,像个腐败分子,谁敢收容腐败分子呀!

听到孙志刚收容致死的消息,我就觉得他就是替我而死的。因为孙志刚的死告诉我,假如我被收容了,也可能被打死,这突破了我"希望被收容"的底线,我们总以为收容的对象是农民工、小县城的下岗失业者,但孙志刚是大学生,他被收容突破了收容对象的底线,明天被收容的可能是大学的教授;这样下去除了带警衔的、穿制服的和我这样腐败模样的人有安全感外,其他人还有生命安全可言吗?孙志刚的死,唤醒了我们活着的普通人的警惕;孙志刚用他的生命给那些"被卖了但还在替人数钱的知识分子"一记响亮的耳光;孙志刚用生命警示我们:这个社会存在另一种"非典"——无法无天的权力,时时刻刻威胁着我们。所以孙志刚替我而死了,也是替老百姓而死了。

过去收容遣送是一种救助制度,对象是无助的农民工,现在的收容遣送是一种什么样的制度了,而且对象扩大到了大学生,这是从来没有过的;过去只有城乡二元,现在,你是武汉的市民,你到北京、上海、广州一样被收容遣送。我们这个社会正在破碎成无数个政治经济权益体,少数人成为政治、经济利益的既得者后,就利用法律、条例、制度、职权、国家机器,维护、扩大自己的既得私利,千千万万的农民工,千千万万的下岗工人,千千万万的大学生,他们在寻求生存和发展机会的过程中,还将有多少个孙志刚啊!

"非典"夺去了少数人的生命,但战胜"非典"要靠人类的共同奋斗,否则,"非典"将会夺去更多人的生命。

孙志刚今天替我们死了,如果我们漠视孙志刚之死,明天就是我们的死期。

(原载《百姓》2003 年第 6 期)

学者什么时候需要宽容?

党国英

前不久,读过季羡林先生的一篇旧作,沉吟再三,不免感慨、自责。他写了他所喜欢的三个女孩子,她们对季先生的崇敬引得季先生发了这样的感慨:我常常信口开河,说了许多并非深思熟虑的话,让这些孩子们认真了,但这些话一定会让同行专家们很不以为然甚至恼怒的。好像季先生对于受同行批评并不在意。但往深里想,季先生的话包含了对学者们的所谓批评是有看法的,但这不是因为他以为自己讲得无懈可击,而是觉得同行们不知道宽容。

我的确领教过季先生的"信口开河",例如他大概说过,中国人使筷子是"综合",西方人使刀叉是"分析",还说过"一句'论语'治天下"。这些话当然是可以认真计较的。分析和综合大概难以分割开来;一切理性的思考都既要综合,又要分析。比较起来,倒好像是中国人的思考多了一种浪漫主义,而西方人的思考则更多的是理性主义,但这种差异不是来自所谓民族素质的差异,而是来自制度环境对思维的影响。至于"治天下",从来是利益集团纷争的结果,最终与什么"至理名言"无关。如果一个民族的历史进程走歪了,那不是因为缺少孔子或苏格拉底这样的天才,而是因为缺少把天才用起来的社会条件。有了这样的看法,我当然不肯承认季先生的话了,好像自己比这位大牌学者的学问更好,还好像季先生有点名不副实。

再思考,我发现自己荒唐,根本就不必去计较谁对谁错。就人文学科来说,把那些名头最大的论著搬来,与真理之间也不是"零距离"。盖学问不过两种形式而已,一是发现一般人难以发现的事实,另一是对各种事实发生的机理给出解释。做这两件事情,人们之间会有一个水平的高低,但高的也高不到哪里去。一个发现，一个解释，我以为只要人们闻所未闻，又符合人的思维逻辑，就应该受到尊敬。一个学者好像不必让自己背负发现真理、普度众生这样的过于崇高的使命，花些时间做点"苦事"是应该的，但常常来一些天马行空、风马牛不相及一类的思考，也很不错。苦思冥想未必正确到哪里去，异想天开也未必荒唐到哪里去。再说，荒唐十次所引发的一次智慧之光之闪现，也要比一百次的平庸思考更有价值。但求思考，勿论真理，也许更值得学者遵守。我们会在不经意中接近真理。

　　诺斯在他的名作《经济史上的结构与变迁》中说：在充满着大量信息的当今世界，学者们对假说提出明确的验证的能力是非常有限的，何况解释连续几个世纪变化的假说是大量的、复杂的。我相信诺斯讲的是真话，但这不妨碍诺斯写出一部又一部受人欢迎的著作。我注意到世界大牌经济学家大都有类似认识，也大都勤于思考，勤于著述。

　　有了上面这样的认识，学者会变得宽容一些。让学者在学术问题上有一种宽容的态度，先树立类似季羡林先生那样的认识态度，恐怕是最重要的。也许有人不同意这种看法。常听到一种说法，认为知识界人士最当紧的问题是道德，还说知识分子互相倾轧的时候比别类型的人更加残酷，而举的例子则是上世纪五六十年代的事情。我怀疑这种说法，也不赞成总拿知识分子的道德来说事。现实生活中的知识分子本来不是一种单一的角色，相当一些人只是出身知识分子，后来便进入了其他领域，例如进入了政治领域。所谓"残酷"，是那些进入政治领域的知识分子的行为，他们的行为由那时的政治规律来决定，他们的道德也不比别人更坏。而政治家的行为在总体上处于一种什么样的状态，恐怕是由政治体制决定的。我注意到，上世纪极左狂热结束、政治渐显清明之时，倒是有不少离开政治的知识分子能够对自己的行为忏悔，而其他领域该忏悔的人士则不肯忏悔。说这番话的意思，是说那些真正从事知识的创造和传播的人士有一种宽容的态度，既是应该的，也是可能的。

　　宽容不是说不与别人争论，而是不在争论中拿对手的能力和人格开涮。宽容也不是谨小慎微，一味迎合别人。很多杰出知识分子常强调自信对于知识创造的意义,甚至有高斯那样的数学家把"骄傲"看作一种"伟大的心灵"。他们乐于和别人去争论,某些人的个人风格还可能难以被别人接受。但是,也就是这些大学者常常悲天悯人,在总体上看轻人的智慧以及这种智慧在人与人之间的差异。

讲宽容应该有一个边界,因为有的愚蠢不是智力低下造成的,而是利益关系作祟。我们自然想到鲁迅先生。在那个特殊的时代,鲁迅选择了特殊的岗位——专门找一些不可饶恕的愚蠢与私心与之交锋,终生战斗不已。他在临终的日子,也说他决不饶恕那些论敌。这与"宽容"精神并不矛盾。宽容有一个底线:不饶恕那些危害社会、包藏祸心的东西。混迹于知识界的一些人并不在做学术,他们把学术作为一种进身阶梯,完全为一己私利经营"学术"。在那种严重缺乏民主自由的社会环境里,对这种人讲了宽容,学术界真正的宽容就无以存在了。

上一世纪上半叶,美国著名学者房龙写了大量通俗作品,赢得了世界性声誉,他的几部作品对中国同时代学者也有很大影响。他的《宽容》一书,被人评论为"法典"式的著作。他这样定义"宽容":容许别人有行动和判断的自由,对于不同于自己或传统观点的见解的耐心公正的容忍。但在1940年他的书再版的时候,正值法西斯横行世界,房龙发出感叹:"宽容这个词从来就是一个奢侈品。"是的,如果把握不好,我们会为宽容付出沉重的代价。

(原载《文汇报》2003年7月23日)

西滢"闲话"有镜鉴
宋志坚

西滢先生的声誉不好,鲁迅与"现代评论"派的论战,在"现代评论"派方面,首当其冲的便是陈西滢。他是"某籍某系"的发明人,女师大风波,"三一八"事件,几乎都站在学生的对立面。我是由读鲁迅而知陈西滢的,一说到陈西滢,就想到他的"闲话",就想到"正人君子"与"叭儿狗"。但事隔七八十年之后,无意中翻到西滢先生的一篇"闲话",却对这位"闲话"专家萌生了些许敬意,西滢"闲话"并非都是垃圾。至少至少,亦有这样的篇什明如镜鉴。

这篇"闲话"写于1928年,题为《共产》。西滢先生在文章中说,"苏俄之外,中国可以算第一共产大国了",不同的只是,中国的"共产"是"富人去共穷人的产,官僚去共平民的产"。他举了许多例子,比如平民百姓进公园都要买门票,这门票的收入是维持公园的经费,你要是个"阔人",只要"胸口挂上一块牌,就可以摇摇摆摆的进门";平民百姓装了电话,"两三个月不交钱就得出乱子",但"阔人"装了电话,"不用你出半个钱"。不仅如此,"只要你是个阔人,你点的电灯不用你花钱,你打的电报不用你花钱,你坐的轮船火车不用你花钱。你愈阔,你花钱的地方也愈少。你做了顶阔的人,就不用花一个钱"。

读了这篇"闲话",免不了要与我头脑中的那个西滢先生相对照,于是发现有较大的反差。西滢先生并不赞成共产主义制度,但他并不认为共产主义制度,就是这种"富人去共穷人的产,官僚去共平民的产"的制度,他说"中国可以算第一共产大国",乃是对于当时中国黑暗现实以及极力反对共产制度的"阔人"们的一种绝妙的讽刺。可见,他是具有平民意识的,并非总是在阔人面前摇尾巴,并非总是"为王前驱"。

读了这篇"闲话",又忍不住要同现实中的某些负面的东西相对照,于是发现大有"何其相似乃尔"之处。就像西滢先生说的那样,"你愈阔,你花钱的地方也愈少"。某些官员或许还为此沾沾自喜,以为这才有身份有派头,或许还暗暗认为他们已经超前进入了"共产主义"呢。

共产主义之所以理想,是因为它要让天下人共同富裕;实现共产主义之所以艰难,是因为要做到天下人共同富裕,需要共产党人"吃苦在前,享乐在后",需要几代人的共同努力。倘若只是一部分"阔人"——无论是官人还是富人——"共同富裕",倘若只需"富人去共穷人的产,官僚去共平民的产"便可实现,那实在是太容易太简单因而也太恶劣了——对于共产主义的任何亵渎与糟蹋,大致都莫甚于此。

当然,现在没有人会这样说,即使心里这样想的,也是只做不说。

(原载《今晚报》2003年7月25日)

明天我们说什么
国　秀

当今世界，啥都在变，变化最快最好玩儿的当属语言了。

似乎在一夜之间，语言便变得面目全非，照相叫写真，表演叫作秀，家具写成家私，厕所尊为洗手间，吃不下饭叫没有食欲，吃饱了没事儿满世界乱转叫休闲，飞车攀岩地玩命儿叫挑战极限，一时间，新词语如黄河之水天上来，据专家统计，每年呱呱坠地的新词语就达到880个，而且呈逐年上升的趋势。翻开《新华词典》，凡例中说词典所收的单字只有一万二，词不过两万六千，由此算来，一年出生新词880，十年出生8800，照此繁衍，三十年后就能编一部全部由新词语组成的新《新华词典》。

新词语大量繁衍，与时代相关，时代变化越快，新词语出生率越高。

五四时期，出现了一大批新词洋词，"德先生""赛先生""费厄泼赖""布尔乔亚"；解放初，政治用语遍地开花："三反五反""打老虎""割尾巴""洗澡"；再有就是"文革"，新词语层出不穷，几天不出门不看报不听广播，就会产生"不知有汉，无论魏晋"的茫然，"早请示""晚汇报""三忠于""四无限""造反派""保皇党""坐飞机""关牛棚"……据称，国外翻译中国"文革"时期的作品，就像咱们读古文，作品后的注释有时比正文还长，比如"麻酱条儿""副食本""农转非""五七干校"，甭说老外，就是让如今二十郎当岁的本土青年弄明白是咋回事，也要唾沫星子乱溅地讲上老半天，要么说中国文学走向世界难呢！

时下的新词，有的是音译词，"作秀""酷毙""的士""巴士"；有的是音译或洋文中文的混血儿，"大巴""打的""打面的""汀克夫妻""卡拉OK"；有的是地方语言的传播，像带港台腔的"买单""写真""好好看"，还有西北"王木犊"的憨直，东北大馇子味儿的"忽悠"；有的是信息语言计算机语言的扩散,"拷""呼""下载""复制""伊妹儿""网址"。在办公室里,听到过这样一段对话,一位女士要做一个妇科手术,担心术后再不能生孩子,她说:万一黑客入侵,生殖区域死机,我就做不成妈妈了。男同事点击她:那就先生出几个孩子来,备份着!有的是金融和商业用语的社会化,"炒作""清盘""牛市""熊市""品牌""盘点"。有位股民给姑娘介绍对象,说:那小伙子不错,是绩优股,你要是把他套牢,将来肯定能升值!有的是专业用语的普及,像体育方面的,"热身""拼搏""冲刺",医学方面的"艾滋病""SARS病毒";还有,就是性语言的公开化,例如"坚挺""疲软","爽"和"快感"。过去说到这些词儿,总有几分犹抱琵琶半遮面的羞涩,如今,一个挺文静的女孩儿会在大庭广众前高谈阔论:这两天金融股疲软,可信息股坚挺,我一下子买了五千股,哇噻,好爽好快感哟!

新词语出生还有种种因素,有些表现当代的某种思潮,如"人性化""人文关怀""绿色食品";有些具有鲜明的时代特征,像"托福""雅思""在职教育""白领丽人""9·11""反恐";有些是过去上不得台面儿的村言俚语转化为正式的书面语,像"火""三陪""包二奶""大款""大腕儿";再有就是老词的扩充翻新,如同旧瓶装新酒,像"提高"变为"提升","实践"改为"践行",还有就是把原本挺严肃的事儿平民化趣味化,比如照规矩办事儿称为"游戏规则",比如管电脑目录叫"菜单"……

看时尚杂志,听摩登青年说话,有时如闻天书,于是就想,若是一觉睡上二十年,醒来时,看着新新人类穿露脐装吃三明治喝太空饮料蹦的士高到网吧网恋在虚拟的家庭中生一大堆孩子,讲的是由一水儿的新词组成的新新汉语,那会儿,如果没人把他们的话翻译成传统汉语你就不知他们所云何物,想到此,不禁有些担心:将来我们说什么,汉语言还会咋样变?

(原载《今晚报》2003年7月26日)

单位人
牟丕志

我是一个有单位的人，在某局上班。作为一个单位人，我最大的感觉是有靠山。单位是我的衣食父母，单位是我的上帝，我把自己的身家性命交给了单位，单位是我的一切。我的全身上下都打上了单位的烙印，我不知我是单位，还是单位是我。

我太爱我的单位了，在这个世界上，我惟一崇拜的东西是我们单位。因为单位给了我一切，工资、职称、房子、地位、名声等等，就连我老婆也是当初相中了我的单位才嫁给我的。要不是我有一个好单位，就是我这个乡巴佬，要想在城内找个对象，那简直比登天还难。人家找对象，眼睛是雪亮的，你一没有钱，二没有房，想讨老婆，做黄粱美梦吧。正是我有一个好单位，人家才肯嫁给我，以求将来单位把一切问题都解决了。果然，我的单位帮助我解决了很多难题，比如，分房子、报销医药费、报销取暖费、组织旅游等。所以，我对我的单位感激不尽。我在单位里，我就有一种踏实的感觉，一天不在单位，我心就发慌。在双休日，我常莫名其妙地去单位看一看，其实并没有什么事情。可门卫却向领导反映，说我经常到单位里加班。为此，我的领导曾在大会上表扬我，说我有无私奉献的精神，要求大家向我学习。可我心里为此一直不安，我去单位并不是去工作，而是去享受一种快感，如果连这个都受到赞赏，那么受之实在有愧呀。我生怕别人会弄清真相，那我就不好解释了。

在单位，我最盼望的是长工资了。单位工资长得不快，但我总是对此充满了希望。我经常到人事部门打听工资的情况，一听说要长工资，我就彻夜不眠，我实在是太激动了。一般来讲，从得到消息到实际长上工资，一般需要半年时间，在这半年时间里，我总是兴致勃勃地和大家讨论这个话题，百谈不厌。每长一次工资，就会给我带来无穷的乐趣。再就是发奖金，也是我最高兴的日子。一听说发奖金了，我就如百米短跑运动员听到了发令枪，于是就像箭一样冲向财务科，赶紧找到自己的大名，龙飞凤舞地签上字，便美滋滋地接过财务人员递过来的人民币。一拿到奖金，我就高呼万岁。我想我是爱钱爱得发疯了。一个有单位的人，怎么变成了这个样子，一点风度都没有了。我还对单位发东西特别感兴趣。一到年节，我们单位就开始发些东西，比如，一袋面粉，一桶豆油，十斤鸡蛋等。由于过于关心，有时也闹出笑话。一次我出差回来，已经是年关了。当我回到家时，发现有一位同事手里提着一大包东西。于是，我便问，是发的吧。说完我才发现，人家手里提的是垃圾。我这个不好意思，真想找个地缝钻进去。

我很喜欢聊天，一天不聊天，我就难受得要死。聊天时，国际国内大事可以谈，社会奇闻怪事可以谈，家长里短也可以谈，至于张三养了小姘，李四患了艾滋病，更是热门话题。由于聊天，时间就显得过得快，否则，那时光可真难打发。我聊天实在是太投入太专注了，简直是如痴如醉。一次，我在火车站候车，我便同一个不认识的人聊了起来，越聊越起劲。当那人说再见时，我才想起候车的事，可一看表，火车已经开走两个小时了。于是，一不做，二不休，干脆在火车站候车室找人聊天，等第二天的火车。当回到单位的时候，领导问我为何晚回来一天，我急中生智，说遇到一个想自杀的人，我陪他聊了一宿，终于说服了他，使他放弃了自杀的念头。我们领导半信半疑，就这样蒙混过关了。我发福了。我身高一米七，可体重却达到了一百七十斤。我手无缚鸡之力，上六层楼便气喘吁吁，上气不接下气。我妻子说我们单位是育肥工厂。只要身体没有什么大病，育上个二三年，保证让你大腹便便，成为一个大胖子。老婆说我在我们单位工作二十年，除了体重和年龄增长之外，其他方面我没有任何长进。我一寻思，老婆说得有道理，在单位干了二十年，真还没学到什么东西。单位成了我的拐杖，一旦离开了它我不知道如何是好。平时，我最怕的是听到下岗二字，一听到这两个字，我心里就发抖。我不知道我何时下岗，一想到我可能下岗，离开我那最可爱的单位，我心里如同刀割一样难受。我不知道我为何变得如此脆弱。为此，我近来经常失眠，我做梦下岗了，成了无单位可归之人。我常常向佛祖叩拜，要求佛祖保佑自己。可不知道这是否管用。

由于身体不舒服，我去了医院。一位老医生听了我的介绍，说我患了单位综合症。他说，现在患这种毛病的人太多了。我问如何治疗，他无奈地摇了摇头。

（原载《联合日报》2003 年 7 月 29 日）

贪官发财秘诀

朱铁志

多年来考察各类贪官发财规律，纵横爬梳，左右比较，颇有一得。尽管贪官多狡猾，但狐狸再狡猾，也逃不过好猎手。不管在位时多么不可一世，一进"笆篱子"，个个乖巧得跟小猫儿似的，叫说什么，就乖乖地说什么。他这一实话实说，不才就从中咂巴出不少味儿来。对于一朝权在手，如何把财发，竟然概括出几条秘诀——

一曰"令"。俗话说，一朝权在手，便把令来行。对于清官来说，那"令"，自然是"替天行道"，为百姓办事。而对于贪官，那"令"就大有讲究了。在为人民服务的名义下，可以"妥善"行使行政审批大权，发号工程承包之令，也可对主管、分管部门"适当"施加影响，将自己秘不宣人的指令巧妙发布给"明白人"。可别小看这一"令"，人嘴两张皮，上下一合动，对于百姓是吃饭说话，对于贪官，就是一言九鼎！有这一"令"，原本不是你的批文，拿到了；原来不是你的工程，到手了；原初不该你赚的钞票，大把大把地赚到了！当然，有这等本事的"你"，肯定不是个不开窍的傻蛋。"令"的价值与价格，要不了多久就会与贪官兑现。

二曰"庆"。所谓"庆"，乃各种名目、五花八门之庆典也。立项要庆，开工要庆，剪彩要庆，竣工更要庆。凡是庆，当然就要有个喜庆的气氛烘托，就得有个把体面的人物莅临。谁莅临？自然是一定级别的领导干部。如今能张罗点儿庆典活动的，哪个不猴精猴精的：领导同志日理万机，能够"在百忙之中"赏光，那是对本次活动的巨大支持巨大鼓舞，总不能让人家白白付出巨大努力吧？于是乎，什么纯金做的小剪子了，什么夹在材料中的出场费了，什么产自巴黎、伦敦的"土特产"了，就自自然然地进了领导的口袋。如若中央反腐倡廉抓得紧，下属单位不敢"庆"的时候，就设法搞点家庭小庆。什么老太爷八十大寿了，什么犬子犬女燕尔新婚了，什么黄口小儿满月百日了，等等。如果嫌名目不够用，那也好办，给老太爷祝完寿，不妨再给老太婆办一个；父母大人忙活完了，也该给泰山泰水弄一个吧？如果还嫌少，那就阳历办完办阴历，老子办完办自己，自己办完办儿女，子子孙孙，生生死死，只要不是天生的笨蛋，那一个"庆"带来的好处您就慢慢享用吧。

三曰"病"。做官做到一定级别，总得多少有点病。想想看，哪个领导不是"日理万机"、"夜以继日"？哪个头头儿不是"呕心沥血"、"死而后已"？忙到这份儿上，竟然贵体一点毛病没有，那不是尸位素餐是什么？所以无论是想在前途上再上一个新台阶的，还是意欲在"钱途"上有所作为的，都得时不时"病"上一场。只要这一"病"，怀着各种动机、各种想法的探视者就会趋之若鹜。不管是真情实意还是别有用心，探视病人总不能空着两手大大咧咧就来吧？对于贪官而言，"疾病缠身"之日，正是"钱途"无量之时。不仅如此，还可趁机察言观色，看谁忠心耿耿，谁三心二意。这一"病"真可谓一石二鸟。

四曰"性"。请别误会，这里的"性"不是男女苟且之"性"，而是书法绘画、打牌钓鱼"性情"之"性"。一个把全部心血扑在工作上的领导干部，即便有点个人爱好，但由于尽心竭力忙工作，大都无暇发展那爱好。贪官就不同了，他们不仅善于在工作中"分解任务"、"举重若轻"，而且特别刻意培养自己的"业余爱好"。一方面显得雅，另一方面也为敛财别开蹊径。如今有一种特别有心的人，专门研究领导同志的性情爱好。连美国佬的"斩首行动"，都要求中情局研究萨达姆的嗜好。现在适销对路的产品多着呢，什么上万元的鱼竿了，什么镶嵌宝石的文房四宝了，什么金箔的麻将牌了……用行贿者的话说：不怕官员不开窍，就怕他们没爱好。

朱某不才，粗浅的概括一定让贪官污吏笑掉大牙吧？概括虽然不免粗浅，但并非没有透露一点个中奥妙。所以我想再啰嗦一句：尽管官员也是人，但毕竟不是一般人，在这个意义上，还真不能把自己混同于一般老百姓，而应该有更高的道德追求和行为规范。老百姓不能做的事情，官员自然不能做；老百姓能做的事情，官员也不一定都能做。具体到上述各端，我以为官员虽然也有三亲六故、七情六欲，但遇事必须从人民的利益出发多想一层，能不"庆"的尽量少"庆"，能不"病"的最好不"病"。至于个人爱好，最好止于"个人"范围之内，不要四处张扬，刻意表白，唯恐人家不知道。如此，则做人可能做得更正些，做官也做得更理直气壮些。有了这两"些"，不消说，群众对阁下自然也会更加尊敬些、信服些。不知诸位以为然否？

(原载《明镜》2003年第7期)

新新人类的旧旧思维

亦 杰

环顾生活圈内外,我发现有些自诩新新人类的思维方式和行为方式似乎比我辈"老老人类"还陈旧、迂腐,谓予不信,试列几端。

庸俗的进化论。在新新人类眼里,人老天然落后,人少天然进步,把老者戏称为"出土文物"、"活着的兵马俑",将坚持优良传统的老人斥之为"老正统"、"马列主义老太太"。这种单纯用年龄作为划分先进与落后的标准的思维,是一种庸俗进化论,它解释不了为什么年事已高的邓小平会成为中国改革开放的总设计师。

可悲的少顽固。风华正茂的青年,迷信鬼神比老年人更甚,庙宇的香火很大程度上是新新人类助旺的。他们虔诚地信奉"生死由命,富贵在天"。富了,是"祖宗保佑";穷了,是"命中注定"。出行要看皇历,结婚要测八字,盖房要请风水先生,电话号码和车牌号码要选吉祥数字,车名不吉利不接新娘,说什么奔驰不能领头桑塔纳不能在尾,以避"奔桑(丧)"之嫌。羡慕旧社会的三妻四妾,我有位自诩新新人类的女学生公然说:"当大不如当小,当小不如当妾。"有的女青年把自己最宝贵、最隐蔽的东西摆出来按部位论价出卖,还美其名曰"开发自身价值"。对少顽固,屠格涅夫说得深刻:"老顽固不足惜,因为他们是一个快要进坟墓的东西,为害不久。假使'少顽固'太多,就是新社会莫大的障碍。"

颠倒的荣辱观。有的新新人类认为,搞特殊、高人一等,那才叫有身份、有地位、有面子、有本事。凡事守规矩、廉洁奉公、一尘不染的人,是"低能"、"脑子进水"。他们信奉"人的本质是自私的"、"人不为己,天诛地灭"。他们主张"今朝有酒今朝醉"、"过把瘾就死"。这种颠倒的荣辱观,如果变成社会的风行意识,就是腐败的民间基础,那是非常可怕的。

畸形的崇偶派。目前，在新新人类中流行崇拜偶像。一是崇拜帝王将相，把康熙、乾隆皇帝看得比孔繁森、焦裕禄还有人民性。二是崇拜萨达姆式的"英雄"。有位女青年，身着萨达姆文化衫，说嫁人就要嫁给萨达姆这样的人。三是崇拜明星。据团中央调查显示，60%的被调查青少年崇拜港台明星，模仿明星唱歌、着装、饮食。大连有位16岁的少女，因母亲没有给她买偶像张国荣的CD碟而自杀。她在日记中写道："在我的世界里只有张国荣，我只为他而活。"温州一位17岁的初中生因没钱亲见偶像赵薇而服毒自尽。魏明伦认为，偶像崇拜现象是一种倒退，是一种奴才意识，绝不可取。

我想，在多元人生选择的社会，出现一个新新人类没有什么不好。新新人类其实属现代人，不管是常类还是另类，都应该具有现代人的素质，应该是思维新、观念新、行为新，不然，就是怪类了。

（原载《西安晚报》2003年8月27日）

从容就义的猪

狄 马

近年来由于环保形势的日益严峻,关于"动物权"、"动物福利"的讨论甚嚣尘上,有些激进的西方人士甚至提出了"动物的生存权"问题。但不管是主张给牛铺干草,还是给猪洗澡,给鸡圈装空调,我总觉得这些提法都透着人类特有的虚伪。比如从本原上讲,地球上的每一个生命都来自上天的赐赠,人类作为其中的一类生命绝没有剥夺其他生命的资格,那么,蚊子怎么办?苍蝇怎么办?老鼠、跳蚤、屎壳郎是不是都不能随便击毙?再比如,动物如果与人一样拥有各种不可侵犯的权利,那么"财产权"当是题中应有之义。且不说挤牛奶是否构成了对母牛的性骚扰,单是吃牛奶的资格就大可怀疑。众所周知,牛奶是牛妈妈给小牛预备的天然食品,我们既不是牛妈妈的公子,也不是她的爱女,凭什么吃人家的奶?鸡蛋也一样,它不仅是鸡的"私有财产",而且是母鸡未来的儿子或女儿,我们不由分说地从她的翅膀下拿走,是不是等于让人家强行堕胎?

《北京日报》2003年3月14日有一条消息,说京都某屠宰场,为了避免猪在被宰时产生惊恐、慌乱、拼命尖叫等过激反应,有意在屠杀时播放克莱德曼的钢琴曲,以安抚其狂躁的心情。听说效果很不错,这些猪在听了《献给爱丽丝》、《绿野畅想》以后,一个个步履坚定、神态自若,大有"我不入地狱,谁入地狱"的派头。

让猪听着音乐挨宰,比起棍棒齐下、人喊马叫地将猪抬到肉案上,吓得屁滚尿流,当然是一种进步,但我总觉得还要看此举的动机如何。如果是推己及人(猪),替猪考虑,彰显天理和人道,那么,这种做法就令人钦敬;但如果还是为了满足一己之私,像给孔雀"壮阳开屏"一样,那么,此举的真诚感人程度就大打折扣。因为随后我就在这则报道的中间,发现了这样一段话:"因为屠宰前烦躁、惊恐的猪甲状腺会大量分泌,同时会大量失水，影响肉的质量。"

　　看起来这和"人道"、"猪道"、天理、慈悲都没有关系，不过是为了屠宰以后的肉更加可口。反过来说，如果猪在挨宰时的惊恐、烦躁不会影响肉的质量的话，那么会不会让猪死到临头还听音乐？问题是猪作为一个有血有肉的生命，面对绳索、棍棒、明晃晃的刀具，它怎么能做到不"惊恐"、不"烦躁"，视死如归？这家屠宰场给出的答案是，让猪听音乐。而听音乐的目的仅仅是让它忘记作为一个生命最本能、最直接的反应：嚎叫或竭力挣脱，然后从容就义。那么我的问题是，对猪来讲，究竟是清醒而反抗着死去好呢，还是被人麻痹，蒙在鼓里，至死不悟好呢？简单地说，就是对于人做的播放音乐这件事，在上帝眼里，是视为善，还是视为恶呢？是更人道、更符合天理和公义，还是更残忍、更虚伪、更不可饶恕呢？我不知道。我只知道如果我是那只被宰的猪的话，我不愿不明不白地死去。我的生命哲学是"即使徒劳，也要抗争"，如果敌人有一天必得置我于死地，那么我愿意像我崇拜的英雄威廉·华莱士（电影《勇敢的心》）一样，吐出爱者赠送的最后一滴麻药水，歌尽而亡。

　　这就是现代环保的悖论，人与自然的二律背反。也就是说，就人目前的进化程度而言，还根本无法脱掉动物的自私性。尽管他的智慧可以高度发达，但他的肉身仍然不过是生物链的一极——因而我们所想的，我们做不到。

　　比如，我们因为沙尘暴的袭击，而禁止滥伐森林；因为酸雨的降临，而禁止向空中排放毒雾；因为捕鱼的需要，而不许向河流倾倒垃圾；因为治病入药，而不能将老虎和麋鹿杀尽……那么，反过来就是说，如果没有沙尘暴，我们就可以滥伐森林；如果不下酸雨，我们就可以向空中排放毒雾；如果有鱼吃，我们就可以向河流倾倒垃圾；如果身体健康，我们就可以将老虎和麋鹿杀光。而依据佛家"众生平等"的原则，人不能屠杀、伤害别的物种，不是因为这些物种"珍稀"、濒临灭绝，而是人根本没有资格和权利践踏别的生命，不管它对自身有益还是有害。

（原载《湘声报》2003年8月29日）

华西村的"化石"意义

张　立

在8月7日《南方周末》的《华西村换帅背后》报道中有这么一句话："或许，不读建国54年来的政治史，就无法理解华西村的发展逻辑；同样，如果不锁定吴仁宝的农民身份，也无法读懂华西村的今天和过去。"

这句话其实表达得比较隐晦，实际上，华西村可以说是一部浓缩的54年政治史，是一块可以看到历史得失的"镜子"，而中国作为一个有几千年农耕文明的国度，吴仁宝身上体现了农民的极端智慧与历史的局限性。这两者的相遇，给我们留下了一个具有"化石"意义的华西村。

吴仁宝热衷于政治，除了个人兴趣外，更由于他所处年代的"政治挂帅"。在几番沉浮后，这个聪明的农民对官场可谓大彻大悟，在他不遗余力地创典型过程中，其实重要的原动力之一，是他认为在中国政治资源可以随时转化为经济资源，而且是一种最便捷、最有效的途径。所以我们看到他对官场上的大小人物一律热情、却又保持一定距离，游走于政治漩涡边缘却又绝不卷入，而他获得的大量银行贷款、政治要人特批股票上市，以及大规模投资国家限产的炼钢厂，这些如果离开政治的助力，根本无法实现。

政治为经济所用，是华西村的一个最大特点。外来的游人，往往看到华西村土得掉渣的农民景观、浓厚的政治氛围，不免心里在嘲笑吴仁宝，但这些聪明的"看风景"的人，不远千里来到华西，乖乖地掏钱消费，不知是不是也成了吴仁宝眼里的"风景"。

不过吴又只是个农民，他天性聪明却从没上过学，他因此选择了一个"绝对正确"而且是唯一的学习管道——新闻联播，仿照中央的模式和方法，来管理华西村。一位社会学者因此感慨，华西村最微观地浓缩了中国的政治体制。

在华西村,从农民公园到二十四孝亭,从千米巨龙到万米长廊,我们可以感受到一个农民把自己的理想,放大到一个村的表现形态,不可否认吴一直坚持华西村要共同富裕,但这更大程度上是因为吴的角色已经变成了"大家长":吴在道德上力求自己成为楷模,从不顾家、不徇私情、简朴克己,这是"修身";吴的子女的个人发展和婚姻大事,全部出于他的规划和控制,这是"齐家";华西村的村民要按吴制定的严厉的村规民约来统一行动,这是"治村"。

这一治理模式的核心实际上是人身控制,这里姑且不作价值判断,从其逻辑来看,单个的农民事实上缺乏竞争力,而要将他们聚合起来,首先就要求抹杀个人意识,以集体意志为统一意志,而谁是集体意志呢?是吴仁宝,以其能人智慧,来代替大家思考,以思想政治工作和样板戏来统一思想,再由其率领来与外界竞争,每个村民,发挥的是"螺丝钉"的功能而已,如果用电影《黑客帝国》的话来说,吴是"母体",而村民是"电池"。

从这个意义上来看,华西村村民没有"自我",甚至人身自由也受到限制,在这里,吴仁宝提出的人选,可以在175个人的党代会上,以100%的赞成率当选,这可以生动地说明吴的控制力。

在华西村,有个性的人难以存活,例如吴的三儿子吴协平,长得最像父亲,却是个任酒侠义之人,喜交朋友,直言无忌,他是吴的子女中,唯一没当一把手的人,曾因一瓶酱油被父亲撤职。在长达十多年的"三子夺嫡"中,他却早早被排除在外。

值得欣慰的是,华西村的人身控制目前已大为放松,这其中卫星电视、互联网、汽车起到了推动作用,而新的一代人成长并进入领导层是决定因素。但华西村同样折射出很多问题:例如庞大的公有财产,要不要转制?以高贷款投入的"积极财政政策",经济增长质量是否存在泡沫?以人治为核心的管理模式,如何转向法治?经济的繁荣与满足,是否可以取代个人的自由和权利?

如果今后不会再产生类似华西那样的村庄，那么华西村今天存在的"化石"意义，将可期许为历史的进步。

(原载《湘声报》2003 年 8 月 29 日)

"权位激素"是个伪命题

王乾荣

男人都是孜孜以求于地位、权力的吗？或者说，他们都是人们平常所谓的"官迷"吗？他们为什么会这样呢？美国《新闻周刊》的一篇文章说："我们一直在建立等级制度，并运用手段获得较高的社会地位……这是因为科学家正在揭示的真相表明，它是男性的心理特点——一种生物学上的本能冲动，是由激素和大脑化学物质控制的。"所以，"这个世界上到处都是潜在的独裁者"。

这个论断有点令人恐怖。身为蠢笨的男人，我对同性的这类"激素"和"大脑化学物质"毫无所知，但是我略微了解一些事实，因此便对研究这个学问的科学家产生了一点大不敬。

温家宝总理在本届人大会上答记者问时说："在我当选以后，我心里总默念着林则徐的两句诗：苟利国家生死以，岂因祸福避趋之。这就是我今后的工作态度。"林则徐作为清帝钦差大臣有丰功而遭贬谪，但他考虑的不是官位和权力的丧失，而是发誓只要对国家有利之事，不论生死，他都要干到底。他这话甚至成为共产党人的座右铭。

还有一个海瑞，官至明王朝督察院右督御史，正二品。他的反腐改革因官僚集团极力反对而失败，万历皇帝念他刚肠烈火、清正廉洁而仍让他留任，以便"镇雅俗，励颓风"；但是海瑞一连七次提出辞呈——老子不做这个鸟官了。

这两位都是古时高层官场人士，难道他们"向上爬"之时，内分泌系统里充满了权位激素，而失败以后，这激素也随之丧失了吗？到底是激素激发了爬高的野心呢，还是权力地位决定了激素的有无？

"像天才一样思考，像常人一般生活"的爱因斯坦，若论科学地位，似乎无人可比，但他根本无意于政治。林则徐和海瑞的官位，毕竟不是至高，或许可以舍去；可是爱因斯坦呢，以色列国请他担任万人之上的总统，他都不干。即使对送上门来的重权尊位，爱公似乎也丝毫没有承而受之的"本能冲动"，更别说一味追求了。谁能怀疑爱因斯坦身上，不具备一个真正男子汉所应有的激素和大脑化学物质呢？

赵本山给自己几种角色打出的分数是：演员70分，人大代表80分，董事长50分，父亲、丈夫10分。这当然不无矫情成分——如果他的父亲、丈夫角色只有10分，他现任老婆早跟他劳燕分飞了；而演员如果只有70分，他的名噪全国便说不通；他虽然认可人大代表角色，但那毕竟不是真正的权位。我觉得他的董事长得50分，倒是恰如其分的——他仅仅是在岸边玩一把票，搂草打兔子顺便赚点儿钱，哪就是为了一个带"长"的职位呢？你看他的激素和大脑化学物质将如何分配？是用来激发"官欲"，还是落实到当一个声名显赫的艺术家，以及一个称职的父亲和丈夫上？

上述那杂志还说，权力可以成为人"自身的心理奖赏"。这话只说对了一半。权力，难道不会成为一个人的心理负担吗？比如一个人当了至高无上的皇帝，他怕外患，帝国倾覆；怕大臣功高镇主，大权旁落；怕内亲外戚篡位，当不成皇帝……他大概多半时间都惶惶不可终日。俗话说皇帝和乞丐的苦乐相当。而乞丐"一人吃饱了全家不饿"的快乐，可是皇帝老儿所能体验得到的？

也许，人的脾气秉性与激素不无关系；但是不同之人的激素，总会有所差别，张三所热衷之事，不见得李四也会趋之。就说权力欲，同是男性即有如上差别，似乎也不能以男女划强弱，这从武则天、叶卡捷琳娜、江青的例子便可得知。如果激素决定着人的志趣，那志趣也是多样的。如果激素令男人都以"官"而安身立命，甚至欲当独裁者，那么让谁当老百姓、谁干别的事呢？我看这一是对妇女解放的一个反动，二是把男人放在火炉上烤，世界就不会有安生日子。因此我断定，就像西方的"犯罪基因"说一样，"权位激素"说也是一个伪命题。我相信，民主社会限制了权力的滥用，即使存在所谓"权位激素"，其参数肯定也会低下去。

（原载《检察日报》2003年10月8日）

城市拆迁的动力为何如此巨大

刘　健

据 11 月 5 日《北京娱乐信报》报道，11 月 4 日，暴力拆迁犯罪嫌疑人王某和李某被北京市丰台检察院批准逮捕。据悉，该案性质之恶劣是北京市多年来罕见的，而因暴力拆迁被丰台检察院批捕在该院尚属首次。在目前城市违法拆迁现象极其严重、几乎没有一个被拆迁户打赢官司的情况下，这则消息让我们长期压抑的心有了一丁点安慰。但这又引发我想起这样一个问题：城市拆迁的动力为何这么巨大？

多年来，城市拆迁成为城市工作的重中之重，自上而下都在大搞特搞，包括每一个县城和乡镇，据说许多城市的主要领导都把 80％ 的精力放在拆迁上。这项工作范围之广、持续时间之长、后劲之充足，在政府其他工作中绝对是前所未有，其动力之大让人不解。你说来自上级吧，可中央从没下发过关于必须拆迁的指令性文件，上级财政也不对此进行投资，更没有对拆迁进度进行检查和评比；你说来自群众呼声吧，也不是，如果说有呼声，那都是被拆迁户声讨非法拆迁的呐喊；你说这件事干着容易吧，更不是，你到拆迁现场看看，这绝对是最最难干的一项工作，阻力大得很，比起城市如厕难问题、地下供水系统不畅问题、下岗职工待遇问题来，其难度不知大了多少倍。

巨大的动力必然来自巨大的利益驱使。据我推测，拆迁的巨大动力主要来自三个方面。一是官员有利可图。城市是上级官员视察时最先和最容易看到的地方，把脸面搞得漂亮一些是孕育形象工程、政绩工程的空气和土壤。拆迁又能和开发商们打交道，这里面的猫腻可能比形象工程诱发的动力更大；二是政府职能部门有利可图，比如土地、城建部门、拆迁办等。《中国经济时报》11 月 5 日的一篇调查文章说，拆迁领域的违法犯罪一般发生在土地出让、房屋估价、项目规划、安置补偿费等方面，比如通过伪造文件骗取规划、拆迁和建设等许可证，虚假或随意评估被拆迁人房屋价值，或通过剥夺私房土地使用权和用划拨土地进行商业开发谋取暴利⋯⋯这一切，如果政府职能部门不支持、不得利，哪一项能办得成？三是开发商有利可图。只要他愿意与官员"共同致富"，寸土寸金的城市土地就可以廉价买到，只需一转手，暴利就进了腰包，投资就有了巨额回报，这比搞其他产业赚钱快多了，于是他们全力以赴采取种种办法圈地、拆迁、建房！

明显是违法的事，可有些官员、部门和开发商为何总能心想事成呢？原因可能很多，但归根结底，是他们沾了国家制度缺陷的光，钻了法律漏洞的空子。我国没有私人财产法，土地是国家的，也就是说，在十三亿中国人中，没有一个人拥有一寸私人土地！在官员和政府部门眼里，国家不包括人民大众，他们自己才是国家，只有他们才有权力按照自己的意愿随意支配国家的土地，即使是他们非法剥夺了百姓的土地，那也是国家行为；他们还会这样想：你过去一直住在国家的地皮上，已经沾了不少光了，现在国家要你搬走，你不搬说得过去吗？不服气？你告状吧，哈哈，连私人财产法都没有，你告的又是"国家"，能打得赢官司吗？拆迁的动力今后会不会减弱？我不知道。据说我国有望近期内将国家承认私人财产这一内容写入宪法，如果这是真的，拆迁势头到那时才会减弱一些吧！

（原载《联合日报》2003 年 11 月 18 日）

要不起的权利算是什么权利

练洪洋

11月19日《法制日报》报道,江西有关方面为了拧紧煤矿安全生产这根弦,规定干部要带头下井。他们不但对各级别的煤矿干部下井天数作了具体的规定,而且还有一条"硬措施"——干部不下井跟班,矿工可拒绝下井作业。

这敢情好,官、民从此成了同一条绳上的蚂蚱,看你们还敢不敢像过去一样——平时把安全生产不当回事,能省就省不管事,出了矿难就特别会来事,遮掩隐瞒好像没有那回事。矿工从此可以高枕无忧了。

可是,这不对啊。反过来想:要是干部不下井,矿工敢不下井吗?敢,如果那些矿工不要这个饭碗的话。要是可以赚到别的钱,谁还愿意下井玩儿命呢?因此这个权利是画在壁上的权利、吊在半空中的权利,要不起。别说伸手要,就连吱个声,恐怕也要掂量一下后果才行。

要不起的权利算是什么权利?看看下面这些事:

某地为了整顿警风警纪,规定交警对违章的司机进行纠正与处罚时,必须先敬礼,否则司机有权拒绝处罚。交警与违章司机是什么样的关系?司机敢为了少敬一个礼而拒绝接受处罚,扬长而去么?

为制止学校乱收费,有些地方规定:如果学校再出现乱收费情况,家长可以拒付。什么费用是乱收的,家长能说得清吗?即使说得清,孩子总得上学,投鼠总要忌器吧?

自从中央作出决策减轻农民负担之后,不少地方都行动起来出台相应的措施来落实。有的地方就规定如果提留款超出年收入的百分之几,农民可以拒付。百分之几是条高压线,但年收入可以夸大,你拒得了吗?抗拒就牵猪拆屋抓人,看你的胳膊壮,还是我的大腿粗。

与上述有异曲同工的规定还有：民工工资被拖欠多少个月之后，可以向资方索取欠额 3 到 5 倍的赔偿。

当权责关系双方的地位严重不对等，一方完全掌握着另一方的软肋甚至是命脉，你要求他来监督自己命运的主宰者，争取自己的权利，这可能么？

制定这类政策者的视角就有问题。可以说他们很少站在弱势的角度设身处地来考虑问题，而是推己及人。站在煤矿管理官员的角度，官员要矿上的干部下井，他们当然不敢不听，可矿工做得到吗？如果真站在矿工的角度，矿上不要惟利是图，加大安全生产的投入与制度的建设，难道不比干部下井更有意义吗？其次，出台这种政策彰显了决策者形式主义的定势思维——出了问题，不问原因，也不想长治久安，拍拍脑袋想个临时的对策应付了事。

几十年前，我们党就意识到了形式主义的危害性，可惜至今仍未绝迹，可谓顽症矣。

（原载《中国青年报》2003 年 11 月 21 日）

全球第一妙语

刘 齐

萨达姆被俘时,现场气氛高度紧张,搜捕者险些向地洞投掷手雷。瓮中之鳖出人意料,自报家门,并要求谈判。这时,一位美国士兵向他说了句更加出人意料的话——

美国总统布什向你致意。

在地铁读报读到这里,我不禁放声大笑,周围的人看我像看傻子。我想忍着,忍一忍又笑。若有人号召,评选近期全球妙语,我肯定推举这句话为第一名。再看照片,那口吐莲花的士兵眯缝着笑眼,一付"坏小子"模样,弄得脑袋上的迷彩头盔也有所感染,不好意思继续森严。

我们,我,和其他地铁乘客,都是中国好人,亦即按规矩办事之人,什么场合说什么话。送客出门,我们说慢走。慰问病人,我们说多喝开水。短兵相接,千钧一发之际,我们说:不许动!举起手来!缴枪不杀!

万万想不到,地球那边的鬼佬士兵,竟冒出这么一句异想天开的怪话。

来得真够快的,你也是玩脑筋急转弯长大的吧?

胆子也不小,面对的是敌方老大,打出的是总统旗号。

总统是何人,是三军统帅呀!谁让你代表他的?你个大头兵!而且,居然向万恶的敌首问候,凭什么呀?谁授的权?屁股想往哪边坐?有何背景?你们连长叫什么?

虽然出了这件奇事,但目前我们尚未听说,花旗国有何处理意见。要处理,现成的办法多的是,比如,开一个会,下一个文儿,申明大义,批评教育,吸取教训,注意影响。奇怪的是,官方对此并没有什么反应。相反,民间倒是反应多多。听美国回来的朋友讲,那小子一言既出,立刻成了讨人喜欢的人物,许多美眉恨不得马上跟他约会,让他对自己也说几句妙语。

没有证据表明，他是事先背好的台词。这小子一定是脱口而出。言为心声，他那颗心是怎么长的？吃什么补品了？开玩笑不等于不敬业，萨达姆照抓不误。但是，这句话却给搜捕行动平添了一层俏皮的新意，让地球人一下子记住了他。

美国不可能下文件指责该士兵，因为当官的也匪夷所思，频出怪招儿。比如，拿着不严肃的扑克牌，当严肃的通缉工具，满世界严而不肃地散发。

美国老百姓给人的印象，似乎也是松松垮垮，嘻嘻哈哈。即使国庆游行、纪念盛典那样重大的活动，也鲜见整齐划一、横平竖直的阵容。但令人忿忿不平的是，这并没有耽误他们当世界第一强国。据我的观察，美国人最爱说的两句话是：Relax——放松点儿；Take easy——从容点儿，或可译，悠着点儿。

美国不下文儿，咱们下一个吧。需要注意的事项太多，一时说不过来，单说说创新行不？创新太难，说说国民性行不？国民性太复杂，说说心态行不？应该向那些临事而惧、容易紧张的人员，比如面试人员、大会发言人员，国脚人员、上电视人员、晋见首长人员、写社论人员、竞选（含选美、主持人大赛、大学生辩论）人员，外松内紧人员，经常压抑自己的人员，总想严肃对待别人的人员，不太会笑的人员，委婉忠告一声：你们，不要紧张。

还是别下文儿的好，长期形成的问题不从根儿上解决，单下一个文儿可能更糟。一句"不要紧张"，看文儿的人去伪存真，去粗取精，映入眼帘的仍然是"紧张"。

（原载《沈阳日报》2004年1月4日）

教育成暴利行业

黄 波

教育收费之乱几乎是人人感同身受的，中小学教育是一种暴利行业也不是什么新闻了：早在2002年，南京的一个调查结果就表明中小学教育进入暴利行业，接着在权威媒体当年公布的"年度最赚钱的十大行业排行榜"上，中小学教育位居第九。所以当中小学教育在2003年再度"荣幸"地进入"十大暴利行业"榜，而且跃升到榜眼（第二名）的位置时，已经没有多少人大惊小怪了。这种不以为怪本身是非常让人诧异的，因为教育收费问题关乎每一个家庭的切身利益，人们怎么可能会漠然置之呢？但事实是，人们面对中小学教育这种新型暴利行业，除了摇摇头嘟囔几句，还得按它的游戏规则办。对教育暴利的见怪不怪，这其中蕴藏了多少无奈！

反思教育成为暴利行业，打破资源垄断、建立监督机制等等是最容易被提及的话题，但在我看来，这种认识还太表面化，偏于细枝末节，如果思想仅仅停留于此，即使准备对暴利教育进行整顿，也注定是零敲碎补无益大局，甚至可能出现一边整顿一边暴利更多的怪现象——2003年度教育暴利较2002年更上层楼已经昭示了这一点。窃以为，在教育这个百年大计上，整个社会，无论政府还是民间，都应该树立这样一种观念：教育成为暴利行业是国耻！

其实这并不是什么新观念，在任何一个国家里，教育，尤其是作为基础教育的中小学教育都是一种公共产品，公众纳税，然后国家以财政的形式对这一公共服务领域进行投资。实质上，对基础教育进行投资，国家和社会也是最大的受益者，因为它收获了一群高素质的国民。任何一个国家，只要不准备彻底地"空心化"，它的教育尤其是基础教育就绝对不能容许任何个人及团体大肆圈钱，否则只能让国家蒙羞！

"教育产业化"常常是教育界某些人士心安理得牟取暴利的挡箭牌，他们的一句口头禅是"教育应该由受益者自行购买"，仿佛这才符合市场法则。且不说"教育产业化"的提法本身的破绽（教育本就属第三产业），就以近几年对这一口号的实践来看，也不能不让人忧心忡忡：不是说教育应该由受益者自行购买么？于是贫寒子弟无钱上学，底层子弟通过教育进入精英阶层的通道被阻断；富家子女上大学分不够钱来凑，名牌学校乃至热门专业都可以通过金钱购买……所谓教育产业化一变而成商业化，严重亵渎教育公正平等的精神。"国家投入不足"是牟取教育暴利的又一个天然借口。应该承认，当前国家对基础教育的投入的确有限，有待提高，但是仔细考察就会发现，国家投入不足和教育敛财并不是一种必然的因果关系。一些教育专家保守测算，10 年的教育乱收费从中小学生的口袋里搜走了 2000 多亿元。试问：如果敛财是由于国家投入不足，那么这多收的 2000 多亿元是都用在了教育上吗？答案是否定的。据《中国青年报》所属的《青年时讯》报道，北京市的一所普通中学，仅 2003 年查出的一笔教育乱收费就高达 700 多万元，几名校领导私分了这笔钱成了百万富翁。我们耳闻目睹的事实是：几乎每一起教育乱收费后面，都有腐败行为。教育腐败是最让人痛心疾首的腐败，它和国家投入充足与否并没有必然的联系。教育腐败一日不除，教育便永远是暴利行业。

教育是民族的未来，是各项事业的基础，一个让教育成为暴利行业的民族将元气尽失，难有光明前途。"知耻近乎勇"，当"教育成为暴利行业是国耻"的观念在我们心中扎根的时候，教育将回归本体，成为社会每一分子改变命运的希望所在。

（原载《济南时报》2004 年 1 月 7 日）

从除夕"撞钟权"被拍卖说起

郭松民

又到除夕，又可以去听听那深沉洪亮，代表吉祥如意的 108 响钟声了。佛经中有"闻钟声、烦恼轻、智慧长、菩提增"的偈语。江苏镇江金山寺的高僧心澄法师曾说，钟既是报时之器，也是佛教中智慧的代表，108 响钟声，寓意着去除人生的 108 种烦恼，获得吉祥、安乐。

听钟声自然是要在万籁俱寂的时候最好了，所以"夜半钟声到客船"才会成为千古名句。但是如果钟声和点钞机"兹拉、兹拉"的声音混在一起，那该是件多么令人感到败兴的事情？因此当我听到天津荐福观音寺以 32888 元的价格将猴年第一记前三响钟声卖给了一家酒楼老板时，我不由得一声叹息——以天下之大，已经再也找不到一方嗅不到铜臭的净土了！

佛祖慈悲，要普度天下众生，我相信他是绝不会只眷顾有钱人的。但寺庙的直接管理权并不在佛祖手里，从这个意义上说，荐福观音寺的处境倒是与现在的许多国有企业的处境相类似。除夕撞钟据说可以祈福，但你没钱就祈不了福。最便宜的后几响的落锤价也颇为可观呢！

在大步迈向市场经济的中国，资金始终是一种紧缺资源。所以只要有了钱，就什么样的人间奇迹都能够创造出来。还记得去年春夏之交的时候，一位膝下有子、离异的富翁通过几大媒体，寻求没有性经验的妙龄女子为人生伴侣，成了当时和伊拉克战争、SARS 疫情并立的三大盛事之一。当时就有论者怀疑："中国新兴的有产阶层是不是正在以一种咄咄逼人的气势，以财富交易着道德的平等，置换着我们一直所强烈呼吁的公平呢？"不过这件事如果和岁末年初在黑土地上发生的"刘涌案"和"宝马案"相比，根本就是小巫见大巫了。这两件事才真正让我们尽情地领略了金钱的恣肆和张扬。

刘涌当然还是死了，但不能说他没有创造奇迹。他能够请到全国一流的法律精英为其辩护，在其他人根本不可想象的钓鱼台国宾馆召开"论证会"，由全国最顶级的 14 位法学教授为他出具"法律意见书"。刘涌之死，其实只是一个偶然。在他上路那天，执行法院充满温情地购买了价值 40 万的豪华注射死刑车来表达依依惜别之情。他的亲属更用 10 辆"挂满白花"的奔驰为他送行。10 辆奔驰，价值近千万，相当于一个下岗职工 500 年的收入。财富支撑下的强烈的行为语言传达出的信息再清楚不过了！

"宝马案"如果不进入再审程序，这个案子就算结了！死者的丈夫代义权已经和苏秀文和解了。他说："这官司根本没法打。我用 1 毛钱，人家用 1000 块钱，谁会打赢？"如果没有偶然，我们将再次目睹金钱创造的奇迹。

奔驰在法场外示威，宝马在大街上撒野——"霸道，你不得不尊敬"——难道这真的是我们社会的新规则吗？我不知道！我只知道，我们应该赶紧着手把我们的社会从对金钱的疯狂追逐和对金钱力量的滥用中解脱出来，让财富惠及每一个贫弱者，让正义荫及所有的社会阶层，让穷人能够平等地与富人一道站在法律的面前。不然的话，中国社会两千多年来不断循环的历史宿命就有可能再一次重演——"如果你要有个美好的将来，那将是与他人共同的将来"——每一位"成功人士"都应该清醒地认识到这一点！

对社会来说，除夕的钟声，卖了就卖了吧。但公平和正义不能拿出来拍卖，以自由的名义也不行！

（原载《经理日报》2004 年 1 月 15 日）

为穷人领奖

张田勘

在人人都想致富的今天，人们怎么使用和消费劳动所获的财富，包括奖金，外人当然无权置喙，可是有一种在今天已经很稀缺的东西——被叫做"感动"的，却可以从如何使用奖金上体现出来。不过，最使我感动的是特蕾莎修女对奖金的使用。

1979年当诺贝尔奖评委会宣布把当年度的诺贝尔和平奖授予特蕾莎修女时，她似乎感到了某种困惑，因为她从未想到过获奖，而且做梦都没有想到过自己有一天会突然成为富翁——这是一个今天人们梦寐以求的生活理想。由于没有充分的准备，而且似乎自己并不适宜于当一个富人，特蕾莎修女本能地迟疑着，而且想拒绝这个奖项和这一大笔一夜之间就可以让她富起来的奖金。但是，诺贝尔奖评委会的颁奖理由却让她发现了自己应当领这个奖和怎样用这笔巨额奖金的理由或思路。

评委会说，"她（特蕾莎）的事业有一个重要的特点：尊重人的个性。尊重人的天赋价值。那些最孤独的人、处境最悲惨的人，得到了她真诚的关怀和照料。这种情操发自她对人的尊重，完全没有居高施舍的姿态。"而且，"她个人成功地弥合了富国与穷国之间的鸿沟，她以尊重人类尊严的观念在两者之间建设了一座桥梁"。

作为毕生贡献于穷人和以照顾关怀世界上的弱者为一生己任的特蕾莎修女并非为这样的美誉而陶醉，而是通过这样的话语启示了她的思路，为什么不接受这个奖项和领取这笔巨额奖金呢，不是为她自己，而是为穷人、弱者和需要帮助的人。

于是在挪威奥斯陆那金碧辉煌的市政厅，特蕾莎修女郑重地对全世界说：这项荣誉，我个人不配领受。今天，我来接受这个奖项，是代表世界上的穷人、病人和孤独的人。随后她既对人类这个世界做出了入木三分的剖析，又对自己的行为原则做了诚实的解释：我既不说，也不讲，只是做。人类缺少爱心是导致世界贫穷的原因，而贫穷则是我们拒绝跟别人分享的结果！其实，这番对全世界的人讲的话已经在为她怎样使用这笔奖金作解释和注脚了。

没错，很多人都估计对了，她是要把这笔奖金全部捐赠出来，用到那些穷人、病人和孤独的人的身上。但是，特蕾莎修女似乎对此还不满足，而且对金钱还有更多的一丝"贪婪"。当她知道在颁奖仪式上为全体来宾所准备的国宴需要花费不菲的资金时，不禁黯然神伤，眼角溢出了闪光的东西，那是一种感伤的泪。正如几年前教师节上，当贫穷山区来的教师在北京招待他们的一次高规格宴会上得知这一餐饭的饭费比他们一年的工资（而且常常是无法按时拿到）还高时，不禁当着摄像机泪湿满衣襟。

特蕾莎抹去了眼角的泪，带着深深的不安对诺贝尔奖颁奖仪式的主管者发出真诚的柔弱的，但又几乎是难以拒绝的请求：客人们能不能不享用这次盛宴，而把这次国宴的钱连同诺贝尔奖金一起赠给我。因为……因为……吃这餐饭却可能是一种浪费。一顿豪华国宴只能供100多人享用而已，如果把钱交给我们仁爱传教修女会使用的话，却可以让1500名印度穷人吃一天饱饭。特蕾莎说这番话的时候带着深深的不安，因为她的请求可能让很多尊贵的客人无法享用这次风光无限的大餐，而且甚为扫兴，那里不仅有法国鹅肝酱、法国牛排、挪威鹿肉等世界名菜，而且还有全球名流、著名学者、头面人物、政要的济济一堂的荣耀与风光。但是，为了穷人，特蕾莎修女豁出去了。

出乎特蕾莎的意料，她的要求并没有得罪当年的高贵客人，反而深深地打动了他们。他们一致同意，取消那一年的国宴，把办理国宴的6000美金（一说7100美金）的餐费统统交给特蕾莎修女。特蕾莎修女遵守了自己的诺言，为穷人和孤独的人领奖，连同这笔国宴费和当年的和平奖奖金192000美金，一并捐作麻风病防治基金之用。

我相信特蕾莎修女应当是天底下最让每个捐赠者放心的人，可以不让她打收据，更不用让她报告奖金、捐款的用处（当然这与现代管理理念不合），因为钱都会用在穷人和贫困者的身上，她决不会挪用一分一厘，因为她只代表着和想着穷人。她一生只有三套简单的换洗衣服（修道服），只穿凉鞋，连袜子都舍不得穿。

我不是在鼓励人们都像特蕾莎修女那样使用奖金，而且我们普通人做不到也没有机会做到。但是，我们只要记着，有这么一位修女使用的奖金的行为和过程就足够了。因为，这至少会让我们的心灵有一些知足并且平和、安宁。

（原载《文汇报》2004 年 1 月 19 日）

三字酒令

晋　军

正月的一天，我到朋友老张家吃饭，有幸与当地几位小文人同桌。东道主老张提议要来点有文人特色的酒令，比如"过年好年好过过好年"。我一听连忙表示不敢奉陪。老张说那你就做酒官，谁的酒令不好、不通，就由你下令罚酒；有妙的酒令，大家同饮一杯。想到这是平生第一次做"官"，我只得表示盛情难却。这样，东道主便出了第一句：

"拍马好　马好拍　拍好马。"

小王："脸皮厚　厚脸皮　厚皮脸。"

老李："收红包　红包收　包收红。"

"什么叫'包收红'！"我正要行使酒官权力，老李辩解说"包收红"一可作收了你的红包你就成了领导眼中的红人；二可作"包收的红了眼"解。大家认为有点道理，于是，我只得罚自己一大杯。接下来是小王："发横财　横发财　发财横"小王主动解释说，发了财的人都"横"，连走路都是横着的。

老张："出大名　大名出　大出名。"

小王："假大空　空大假　假空大。"

老李："放狗屁　狗放屁　放屁狗。"

老张："鬼见愁　见鬼愁　愁见鬼。"

小王："龙戏凤　凤戏龙　龙凤戏。"

老李："三陪女　女三陪　陪三女。"老李怕被罚酒，强词夺理说有些人吃饭时，身边有三四个小姐为他夹菜、敬酒、撒娇，所以"陪三女"也是通的。

小王："毒大米　大毒米　米大毒。"

老张："黑厚学　黑学厚　厚学黑。"
老李："大贪官　贪官大　官大贪（指在某些地方——笔者注）。"
小王："瘦肉精　精瘦肉　瘦精肉。"
老张："酒兑水　水兑酒　酒水兑。"
老李："上瞒下　下瞒上　上下瞒（指某些地方——笔者注）。"
小王："注水肉　肉注水　水注肉。"
老张："黑心棉　黑棉心　棉心黑。"
老李："打假办　假打办　办打假。"

"'办打假'是什么玩艺儿？罚酒！"我下达了命令。老李很不服气，说我连"办打假"都不懂，不配当酒官。说在某些地方，打假办与造假者铁得很，谁敢去打假就办谁。

至此，我已醉意朦胧，以下的酒令越来越不像话，记不清了。

（原载《中国经济时报》2004年2月11日）

苍凉的背影

孔　飘

大学时代的一位朋友来上海出差，便约我去喝酒。席间，我看他西装革履、谈笑风生，显然是混得不错。我们好久没有见面了，话越谈越投机，酒也越喝越多。不一会儿，他已是八分醉，我也有三分迷糊了。忽然，不知为了什么，我的朋友嚎啕大哭起来。我大惊失色，连问为何，他犹豫了片刻，随即一把眼泪一把鼻涕地告诉了我他的一段心事。

他说：今年春节的时候，我本不想回家。因为家里催得紧，我也就硬着头皮，回去了一次。我出生在陕北一个非常贫穷的村子，祖辈世世代代都是农民。有一段时间，我非常讨厌我的出身，认为那是我一辈子都无法抹去的污秽。大学四年，我从一个山沟沟里的野孩子成长为一个时尚的北京青年。我变了，我的思想是城市人的思想，我的生活方式是城市人的生活方式。我靠我的努力取得了北京的户口，在一家投资公司做，月薪有八千块，还和一个女医生同居。我觉得自己活得很好，而且这都是靠自己的双手挣到的。可是，我的贫贱的家庭背景却始终是我内心深处的一个隐隐的痛处。

春节在家呆了两天后，我就受不了了。我讨厌村里人的愚昧、无知、落后，我讨厌没有酒吧、霓虹灯、单调乏味如同沙漠一样的日子。初二那天，我找了个借口，下定决心要走。中午吃过饭，我就动身了。父亲说要送我，我推脱了几次都未成功，只好同意了。后来，我和父亲坐在一辆骡车上，赶了几十里的山路，到了一个小镇。我准备从小镇搭公共汽车到县城，再从县城到省会坐飞机回北京。

到了小镇我就劝父亲回去，父亲说等见我上了车就走。我们就沉默地站在站牌底下，谁也没说话。是的，我当时的确无话可说，我巴望的只是尽快离开这里，包括离开这个执拗地一定要送我上车的父亲。忽然，父亲说，我去解个手。父亲就往一边走去。我看他找了个墙角，径自就尿了起来。

我点燃一支烟，默默地望着他瘦小而穷酸的背影。一阵风沙吹过我的眼，不知道为什么，突然，我感到全身发冷，我的心里仿佛一下子塞满了冰块！我的鼻子一酸，眼泪扑哧扑哧就滚落了下来。过去，我看过父亲无数的背影，却似乎从来没有过怎样的感动，更没有这么感动过。我不知道为什么，在暮色苍凉的小镇上，一个瘦小的西北农民的背影会让我如此地战栗！我的眼前哗啦一下就浮现出了父亲送我第一次去县城念高中时的情景；还有往昔过年时节，父亲带着大哥、二哥、我和小妹，我们一起挤在一辆骡车来小镇上买年货的情景；我的眼前也浮现出在大雪纷飞的时候，父亲带着半袋米、一篮子鸡蛋来教室看我的场面……我忽然觉得自己很可耻，我在心里抽打自己的耳光：你为什么要讨厌这些呢?！是他们亏待了你吗？不，不是。是他们，用亲情和恩情哺育了你啊！可是，我现在已经被城市的男欢女爱、灯红酒绿吞噬了，已经分辨不出什么是舐犊情深，什么是永远不会变的亲情。我已经好久不再回忆那段时光了，因为我曾错误地认为那是污秽，是低贱的……

鹅黄的夕阳下的小镇飘满了漫天飞舞的沙尘，父亲在苍凉暮色中的藏青色的背影如同一把剪刀，深深扎在我的心里。我怆然登上了破旧的公共汽车，泪水一直伴随着我到北京……

夜深的时候，我送烂醉如泥的朋友回宾馆。在出租车里，望着霓虹妖娆、华灯璀璨的子夜都市，我想起了日本著名作家芥川龙之介的一篇小说。那小说讲述了几个坐火车去旅行的高中生，肆意侮辱一个在铁轨旁行走的男子。其中一个高中生侮辱得最起劲，因为他是同学们公认的"损人专家"，他正要好好发挥他的"语言才能"，可当火车经过那个男子的时候，他蓦然发现那个男子正是他当铁道工的父亲。

其实，这个具有警世意义的小说确是我们生活中的故事，也许或多少就是我们自己的,只是我们不够坦白,不愿意承认罢了。人性中都有卑微的一面,假如有一天我们能够认识到了,那我们也许就真的找到了灵魂的归宿。

(原载《新民晚报》2004 年 3 月 2 日)

爱国家与爱事实

张金岭

最近,英美有几个和"当地政府"对着干的人,其言行琢磨起来很有意思。

一个是美国曾负责武器核查的戴维·凯。此公曾在不同场合明确表示,他所领导的为期6个月的武器搜寻工作表明,在美国对伊动武之前,伊拉克并没有大规模杀伤性武器。这简直是和白宫对着干。

另两个是英国女人,其一是英国间谍凯瑟琳·冈,该女士向一家报纸透露了有关美国方面要求英国协助窃听安理会代表的内幕,并称自己这样做的目的是,希望阻止对伊拉克的"不道德战争"。其二是因反对对伊开战而退出布莱尔内阁的英国前国际开发事务大臣克莱尔·肖特,此人向英国媒体抖出猛料:在伊战爆发前,英国情报人员曾经对联合国秘书长安南进行窃听,以便了解他在伊拉克战争问题上的立场。

这事要是搁到另外一种类型的国家,那可就奇了怪了!有很现成的说法:拿着胳膊肘往外拐,明摆着是在"卖国"嘛!这几个洋人,竟然不忠诚于政府,那当然是不忠诚于国家,不忠诚于国家,那自然就是卖国了嘛!

内在的逻辑是这样的:你如果不忠诚于政府,那你对自己的良知、职业的使命和法律的忠诚,就根本一钱不值,甚至你对国家的忠诚都不成立。

可是在他们各自的国家里,他们不但没有被视作"卖国",还获得了人们道德上的褒奖,这如何解释呢?

我感觉到,这至少反映出这样一个值得思考的问题:一个公民当然要忠诚于自己的国家,但首先要忠诚于自己的良知,忠诚于国家的法律,忠诚于自己的职业使命;否则,对国家的忠诚便可能成为愚忠,视愚忠为当然为天然为必然,一个国家的政治生态,便会成为蛆虫翻滚的茅坑。爱国,大概也需要某些基础条件。

有一个反面的例子，可为佐证。希特勒治下的第三帝国时代，德国的军官团宣誓效忠于他个人，而不是效忠德国，效忠于宪法。纳粹德国最终蹈入死地，从根本上说，是军官团的爱国没有了基础条件。当然，在没有建立起现代政治文明规范的国度里，这几个执着于事实的洋人，很可能会被视为不爱国，必将从肉体上消灭之而后快。不愿为皇帝起草继位诏书的方孝孺，只因认准了新皇帝是个篡权者这个事实，被灭十族；索尔仁尼琴，执着于苏联的事实，只能流亡天涯。在他们的时代，爱国家和爱事实是水火不容的！他们失去的，是爱国的资格。

在现代社会，公民和政府一样，都是对国家负有法律和道德责任的独立政治主体。也就是，公民和政府这两者，爱国的资格是平等的。公民的爱国和政府的爱国，应该统一于对事实的尊重，对法律的崇仰，对良知的维护。否则，爱国就成为表演，成为游戏。政府和公民对社会公共事务协同治理和共同承担责任，这就是"平面政治"（相对于传统社会的"垂直政治"）。这应该是我们的常识。

记得多年前在《文汇报》上读到过钱谷融先生的一则短文，题目忘记了，但内容大致还记得。大意是说，自己的人生理想，其实很简单，那就是能够"自由地奉献"。当初对这样的人生理想很不理解，现在想来，这实在不是一个轻松的话题。有时候，你如果太执着于事实，太执着于自己的良知，很可能会被视为另类，从而失去爱国的资格，"自由地奉献"的资格当然也会随之而失去。

爱国家与爱事实，这是一个多么沉重的话题。

（原载《联合日报》2004 年 3 月 11 日）

北大到底是谁的北大

童大焕

高考的公平一直被认为是中国多年来所有社会领域中最公平的一块净土，人们对高考公平的关注也一直停留在全国是否应该统一录取线、高考移民、评卷公平等方面。事实上，这些都是细枝末节。目前的高考状况，不论是全国统一命题也好，还是分省命题也好，最终决定录取线高低的，其实是一只背后常人看不见的手，那就是招生计划。

大家都知道，其实在每年的高考之前，各高校在各省的招生计划就已经做好，并且面向全国公开。惟一没公开的是招生计划的制定过程和理由——这才是真正的要害之处。具体而言，就是国家历年大量投资的部属院校以及历史上留存下来的部属名牌质优院校相对集中于发达或较发达地区，这些院校的招生指标被大量地分配给院校所在地，而没有实现全国范围内的公平分配。当然，各高校肯定要有自己的招生计划，不可能无限招生。但这样的招生计划必须做得公平合理，而不能厚此薄彼。除非你是私立院校。而且，分配的理由必须公正，过程必须公开。

以北大为例。有网友问：北大清华还是40％的考生来自北京么？北大招生办的老师回答说：北大历年来的招生计划，北京的人数占10％左右。但是当年，北大在北京地区的计划招生数却是500人，占13.83％。笔者从北大招生网上仔细地统计了一下北京大学2004年的招生计划。2004年北大招生计划总人数是2599人，分配如下：北京713人（其中有290个医学类专业只向北京招生，含220个专科名额）；天津市75人，河北省74人，山西省64人，内蒙古42人，吉林省63人，黑龙江省74人，上海市54人，江苏、浙江各109人，安徽52人，福建省71人，江西省69人，山东省98人，河南省97人，湖北省98人，湖南省86人，海南省18人，广西自治区41人，四川省99人，重庆市69人，贵州省28人，云南省46人，西藏自治区10人，陕西省71人，甘肃省36人，青海省16人，宁夏24人，新疆维吾尔自治区40人（其中10人为医学预科），辽宁省89人，广东省64人。北京的生源占到27.43%。而在这一组数字的背后是，上述包含的全国30个省、市、自治区，随便拿出一个地方，当地的人口总数和每年参加高考的考生总人数都远远高于北京。北京不过才是1000多万人口的城市啊！

打个比方：2003年，北京市共有考生9万人，北大、清华共分配给他们1112个招生指标，约81个考生得到一个指标。而具有50万考生的河南省仅被分配了168个招生指标，约2976个考生得到一个指标！悬殊如此之大，岂是高考相差几百分所能比拟？

那么我们不禁要问：北大到底是谁的北大？是全国人民的北大？还是北京市的北大？北大、清华是集全国之人力物力财力堆积起来的全国最高学府，仅仅为了其所谓的争创世界一流，中央政府就额外拨款达18个亿人民币。可是，这些成果，最后绝大部分都"近水楼台先得月"了，请问：这公平吗？

在这里，我郑重建议：不要统一高考，但要统一全国的高考录取比例。

（原载《杂文报》2004年4月20日）

没有信仰，人人都得为道德沦丧买单

蓝　艺

一觉醒来，报纸上、网络上，铺天盖地都是大头娃娃的照片，171个婴儿初来乍到人间，就接受了假劣奶粉的洗礼，并付出了13条生命和无法估量的后遗症的沉重代价。

出现这样的事情，我们真的很意外很吃惊吗？

——想想也不。我们从来就生活在造假里，早习惯了假冒伪劣的伤害。

这一次，是假奶粉

从八十年代末到现在，我见证了这样一个时代变迁：假烟成灾，假酒泛滥，假种子坑苦农民，假药害人无数。早餐我不敢买油条，怕是潲水油炸的；有人敲门，我不轻易开门，怕他不是真的查户口的；见到街头乞丐，我不敢给钱，因为不知道他是真的残疾还是被人弄来专门充当赚钱工具的；碰上兜售菩萨像和收取建庙捐款的和尚尼姑，我不敢施舍，因为我不相信他们会是真的佛门弟子……看到报纸刚登出来大桥通车的喜讯，我不敢马上跟着高兴，因为也许很快我就会在电视上看见大桥倒塌死伤人的画面；报纸今天刚宣传新股发行，我不敢确定是否跟进，也许明天就通缉圈钱的庄家；早晨看见官员正在制定发展战略，不敢相信是个好决策，晚上就在网上看见了他受贿潜逃的消息……很多年轻人不敢结婚，因为爱情兑了水；结了婚的人不敢相信婚姻，女人怕老公背叛她，男人则怀疑孩子跟他没有血缘关系，原来最原始的爱情和亲情，也无法信靠……

这时代怎么了？

我生于六十年代末，从小听的就是父母讲他们1957年怎样听毛主席的话，提意见，然后又是怎样差点被引蛇出洞打成右派的；讲"大跃进"的时候他们是怎样砸锅卖铁勒紧裤腰带进入所谓共产主义的；讲"文革"时候同事间的伟大友谊是什么样的……现在我知道了从前和现在的区别是什么。不错，从前的东西是很纯，很真，没有假货，但伟大友谊很假，"大跃进"很假，百花齐放百家争鸣也很假。现在则是在那个假的基础上，不仅继承和发扬了精神世界的作假本领，还发掘出了物质世界里的造假能力，有多大的利益驱动，就有多大的造假想象力和创造力的发挥。于是，从假水泥到假钢材，从假烟到假酒，从假药到假种子，从毒瓜子到毒大米，从潲水油到假奶粉，从假发票到假学历，从买官卖官到假意上市真心圈钱，从假执法到假评估，从假 GDP 到假政绩，从假爱情到假婚姻……中国，终于完成了从官员至商人、从学者到农民、从精神到物质再到精神的普假教育，使做假害人之风气得以最大程度地彰显。

所以我们对这次事件很快就见怪不怪：只不过，这一次是假奶粉而已。

冰山到底是谁？

对于曝光了的事情，大家都习惯用冰山一角来形容其黑暗的广度和深度，可是，对于深受假冒伪劣产品伤害的民众来说，冰山是谁？

以前，我们看到更多的导向指向政府官员，指向无良商人，但是，这还不够，我的结论是，官员、商人和经常受到伤害的民众自己加在一起，构成完整的冰山。

我的家乡在黑龙江省齐齐哈尔地区，这次有七家不合格奶粉出自那里。我没有去过那些厂，也不认识那些人，但我知道他们可能就是我同学的父母，可能就是好不容易留在岗位的勤奋工人，可能就是不久前受到国人同情的、被日本遗留下来的毒气伤害过的人的亲友，可能还是每天烧香拜佛的信徒……我的意思是，生产害人奶粉的人，生产伪劣产品的人，可能就是跟我们很近很近的那些亲友，那些没有权势的弱者，那些普普通通的民众。他们是一个个的个体，汇聚成一个个小的利益团体，就融入我们中间，甚至和我们血肉相连，但我们却分辨不出来。他们就像一把双刃剑，一方面从来是社会伤害的承受者，另一方面也是道德沦丧的推波助澜者，向正义和良知低头的伪劣商品的制造者、经营者。

当太多来自官方腐败的丑恶开始掠夺我们的善良时，加入这个双刃剑群体的人也就跟着越来越多，自觉和不自觉、有意识和无意识相结合，终于导致了整个社会自上而下又自下而上的集体麻木和对生命尊严的漠视与践踏。好比众人都砍了一刀的话，谁也不用为死者负责一样。因此，不会有多少人会在良心和道义上背负沉甸甸的负罪感。

当河南整个村庄开始制造假药的时候，当安徽整个村庄开始经营职业乞丐的时候，当湖南整个村庄开始操练假学历的时候……当学者著书立说为垃圾股的重组摇旗呐喊的时候，当大学生背信弃义对企业不尽职责的时候……你还能说道德的沦丧完全是政府的过错，没有民众的责任？在造假说谎的过程中，你我没有添过柴加过火？

有些事情是关乎人性的，关乎良知的，谁都不应该推诿。

人性向恶需要突破两道防线：道德和法律。当社会道德彻底沦丧以后，法律就会变得相当脆弱，纵然死刑再保留一万年，又能吓倒几个人？这次奶粉造假事件，可不可以唤醒我们对生命意义的反思？难道我们还没受够、社会丑恶还没危险到即将毁坏一切的边缘吗？在推动政府反腐倡廉的同时，传媒应该在民间组织一次自我意识形态的反省和清理。因为官员偷鸡并不构成民众摸狗的充足理由。我们必须看到，贪官污吏的伤害是纵深的，而民间的伤害则是广泛的；贪官污吏是可数的，而民众的数量则是不可估量的。

我们需要信仰

对于国人的造假能力，我相信从来就没有人敢给出一个底线，说道德或人性到了这里就肯定是最坏的程度了，决不会再堕落下去了。没有。因为谁都不敢肯定。相反，每个人的心里都有这么一个判断：说不定哪天，还会弄出更坏的结果出来呢。没有人知道下一次会是什么时候，是什么东西。但我们都知道，肯定还会有下一次的！

——可是，我们是怎么走到这样一条没有诚信、没有声誉、没有畏惧、没有神圣、人人都要为道德的沦丧买单的绝路上来的呢？

如果我们肯认真面对现实，我们就会正视这样一个答案：因为人们没有信仰。中国，既承受着信仰缺乏的伤害，又面临着信仰需求的饥渴。

信仰本是精神文明的一个基础，旨在解脱人心灵上的障碍，为实现人格的圆满提供条件，是人类调节自身和环境关系的必要手段。而现在，过度强调物质文明的独大比照出精神文明的弱小，不讲大道理，不用精神文明做主导，物质文明能真的文明吗？

没有信仰的人就是什么都不信的人，一个精神上什么都不信的人就只有相信感官上的欲望了，金钱、肉欲、名利因此成了疯狂追逐的载体。于是做什么都不再需要规矩、不再需要负责任、不再需要畏惧。当一个人什么都不怕就是最可怕的事。因为没有信仰，我们在别人眼里、最后在自己人眼里，渐渐异化为可怕、胡来的代名词，并因此受到沉重伤害。看看我们前面提的付过的代价，看看我们今天面临的危机，我们多么需要一个坚定的信仰来做我们内在的法律，来统一我们的价值观，世界观；来告诉我们坚持什么，摒弃什么；教我们学会敬畏，懂得规矩；帮我们坚定意志，平息不忿，化解疑虑，安定人生。

（原载《凤凰周刊》2004 年第 13 期）

不仅在危难时想起人民

曹　林

除了写时事评论，在响应政府的号召上，我也绝对算个一等爱国良民。

从爱国卫生运动到捐款捐物支援灾区，从节约水资源到向英模人物学习，再到拉动内需，政府一号召，我就积极响应，态度那叫不折不扣。对于最近政府倡导的节电运动，那更是虔诚的不得了：打开窗户忍受不开空调的工作环境，在家衣服全是手洗，没事就关电脑绝不待机，睡觉之前把所有的插座都关掉减少"待机能耗"——咱理解政府号召的苦衷，客观存在的电量供求矛盾确实是社会不可承受之轻。再说政府已经都已做足表率了，又是绿色办公，又是采购节能产品，咱老百姓还有什么好说的！

想起三年自然灾害时期，政府号召全民勒紧裤带咬紧牙关共渡难关，中国的老百姓善良、淳朴、通情达理得让人想流泪。这些精神在当下的社会中依然留存，相信这一场政府牵头的全民节电运动会获得百姓的普遍的社会认同。

不过这种善意的动员也许会遭遇到一些人的抵触。比如说沈阳市的一位居民就可能不屑这种动员，他在前一段时间的拆迁中遭遇到"被封死在自己家中长达二十余天！期间不许送饭、每天用砖头砸窗户、用烟熏、时常用推土机摆出作势推房的架势"的待遇——以"政府强制"为关键词进行搜索可以搜到近万条相关新闻：甘肃一乡政府强行拆房，为维权一家四口被拘；政府强行砍树征地，农民果园被毁违抗者被拘；汉阴平梁镇政府强行让干部销蚕种，卖不完扣工资；海口市政府强行关闭水果市场被告上法庭——每一个词条下面都蕴藏着一种不容置疑的霸道。有理由相信每个遭遇过政府强制的百姓都有可能不屑政府的动员：

政府怎么只有在危难的时候才会想起跟人民协商，那些强制行为发生时把人民放到哪里去了？

不要回避这种置疑，无坚不摧的推土机中所包含的"刚"与非常时期动员全民节电中所包含的"柔"形成强烈的反差，这种反差让那些承受过"刚"的人如何能心甘情愿地迎合"柔"的动员期待，如何不产生被抛弃和被利用的复杂遐想？

当下，"人民"应该也算一个在当下被频繁使用但含义却最模糊的词汇，"人民"到底是什么呢？一位诗人悲情地描述：人民是什么？人民是旗帜，需要的时候将它顶出去，不需要的时候将它卷起来；人民是什么？人民是矛和盾。向敌人进攻时用它作矛，防御敌人时用它作盾。用这句"诗"来描述当下一些地方政府和官员执政行为中的专断和霸道是恰如其分的：谁影响嘉禾发展一阵子，我就影响他一辈子——多么不可一世的发展逻辑！不种烤烟就被政府强制毁田，为了"形象工程"不顾百姓死活大肆圈地，没有协商和讨价还价的余地。强制中损害的是一个个具体"人民"的具体利益，而向上级汇报政绩时，铺陈的是一条条抽象的人民利益。

谈到社会团结时，涂尔干区分过机械团结和有机团结，而动员最本质的目标是追求社会成员在遵守某个共同规则上的团结。可以这么说，如果一种动员没有互相的尊重作为前提，这种动员所达到的团结最多只是机械团结而非有机团结——日常事务的决策中很少跟"人民"协商与合作，危难时刻需要人民了才在动员中协商，人民的团结如何能有机？具体到对节电的全民动员中，我想问问，一些地方政府在不顾现实乱上马高耗能工业时，有几个跟"人民"好好地协商过？一位网友在评论此次节能运动时说：高耗能工业是能源紧张的关键。很多地方都在上马能赚钱却高耗能的项目，好比电解铝、小钢铁等。这些耗能企业、污染企业早就该整顿、治理、关闭。如果对这些企业治理到位，中国现在不会缺电。

不仅在危难时想起人民，同百姓合作与协商应该成为政府执政行为中常态的东西，常态的协商与合作才能造就政府和社会和谐的关系，在这种和谐之中政府遇到困难而进行动员时，百姓的回应才是理性的回应。谈到公共问题的治理时,常有人说现在不少百姓缺乏公共道德和公共精神,对此我们有没有认真反思过:政府是公共性之源,如果没有一个常态的政府和社会协商与合作氛围,社会的公共道德何以能形成?

(原载《中国经济时报》2004 年 6 月 11 日)

在爱国名义下的一记耳光

王彬彬

这几年，在咱们这"泱泱大国"里，常发生着那种让我哭笑不得的"涉外事件"。这类事件总发生于"民间"，而往往又成为"国际问题"，以至于不得不由两国的政府官员出面斡旋、解决。日本人的"珠海买春"、西北大学几个日本留学生的所谓"辱华行为"，都闹得沸反盈天。动静小些的，还有去年南京的"T恤衫事件"。去年六月初，一名白种的外国男子在南京一家不大不小的饮食店消费时，遇上了不大不小的麻烦。这名男子身穿的T恤衫背部，印着十条对中国人的"告诫"，诸如"对外国人收费与中国人同等"、"不要说移民留学或换钱的事"、"不要跟老外讲你晚上没地方睡觉"，等等。这些文字激怒了也在就餐的几名中国男子，他们觉得不能放过这捍卫中国人"尊严"、表现"民族气节"的机会。于是，他们走上前去，愤然要求这名外国男子"道歉"，并要求他立即脱下这件衣服。此事马上惊动了警察。警察将这名外国男子带到派出所，也要求他就"公然"对中国人民提出"告诫"一事"认错"——这类事情，我以为近乎闹剧、笑剧、丑剧，更是"近乎无事的悲剧"。

南京是我生活的城市，对这里发生的事，我自然更关注些。"T恤衫事件"发生后，我就想，如果我当时在场，看到那T恤衫上的"告诫"，会有怎样的反应呢？我想，我也许也会有瞬间的愤然，但紧接着，我应该感到羞愧，应该脸红得抬不起头，而绝不敢气壮如牛地去与人家理论，因为那对咱们中国人的十条"告诫"，实在没有半条是诬栽。这"T恤衫事件"过去整整一年了，我之所以旧事重提，是因为昨天听说的一件事，让我又想起了它。

我所任教的大学，有不少韩国留学生。我也带着一个韩国研究生。他此前曾有留学日本的经历，日语说得极流利，相形之下，汉语的口头表达则不十分顺畅。好长时间不曾见面了，昨天，我约他到学校边上的一家餐馆谈谈。半杯啤酒下肚，他对我说："老师，我有一件事，想对你说。"我以为是学业上的事，于是在侧耳倾听的同时，准备好了对他进行"指导"。但听完后，我却只能沉默无语，并且脸上微微有些发烧。他告诉我，有一次，他与一名日本留学生在一家餐馆吃饭，两人用日语交谈，突然，一个喝得有些醉意的中国男子走上前来，打了他一耳光。他和那日本学生也立即明白了他挨打的原因：他被当成了日本人。于是，那名日本学生便不绝声地向他道歉。他所说的这个日本学生，是个女生，以"高级进修生"的身份在中文系进修，旁听过我的课，汉语流畅得让我惊讶。我想像着那名同胞的阿Q式的勇武，又想像着那个日本女生的日本式的道歉，我还想到了侵华日军南京大屠杀期间的一些场面。那常常是一两个、两三个日军，押着数百中国人，到"合适"的地点用机枪扫射。而这些中国人，则一个个老老实实，驯顺地走向死地。我仿佛看见敢在今日的南京餐馆里打"日本人"的那个男子，就走在当年的队伍里，而且显得特别卑怯和服帖……

这个韩国学生在与我谈论中国人对日本人的态度时，一再使用"看不起"这三个字，这说明他对汉语中的"看不起"并没有准确的理解。中国人如今的这样一种狭隘的民族主义情绪，原因当然很复杂，但其中并没有"看不起"的成分。至于对日本人的态度，原因就更是一言难尽了：有历史的原因，也有现实的原因，有政治的原因，也有经济的原因，有政府方面的原因，也有民间方面的原因。我的这位韩国学生在南京餐馆里被误打，当然并不是无端的。我为那个同胞的行为而羞愧，但我又实在不能说，他的行为绝对不可理喻。

作为这个韩国学生的中国老师，我应该当即指出他对"看不起"这句汉语的误解，但我却终于什么也没有说。不过，我想对我的同胞说：我们应该懂得历史与现实的区别、国家与个人的区别、国家与国家的区别、个人与个人的区别、自尊与自卑的区别、自尊与无耻的区别、正当防卫与过度反应的区别、捍卫名誉与讳疾忌医的区别、"义和团"与"义勇军"的区别、无可奈何的"告诫"与栽赃诬陷的区别、并无恶意的玩笑与存心侮辱的区别、临阵杀敌与虐待俘虏的区别、政治与生理的区别、强奸与通奸的区别、小偷与强盗的区别、民族复仇与自己寻开心的区别、无畏与无聊的区别——我们还应该懂得，在今日的中国餐馆里扇外国人耳光，与阿Q的拧小尼姑脸，没有区别。

（原载《教师报》2004 年 7 月 4 日）

今夜无人道歉

小　川

　　北京不过是下了场雨，就成了报纸电视广播网络的大新闻。我是当天大雨北京交通"半身不遂"的亲历者，所以特别关心这几天的大雨新闻。前年那场雪不过下了铜钱似厚，北京的交通就全瘫痪了。这回是半瘫，往南往西的主干道瘫痪，所以谓之"半身不遂"。看了三天新闻，从中央电视台到北京地方报，不少水务的、防灾的、交通委员会的、气象的官员专家接受采访，大家都在解释大雨为什么会成灾，就是没人说谁该对堵在路上五六个小时的行人，误了火车的几千位旅客，汽车掉到大坑里的车主各色人等说一声对不起。普契尼有著名咏叹调名《今夜无人入眠》，北京大雨之后唱的是"今夜无人道歉"。

　　主干道瘫痪赖立交桥，立交桥积水赖排水系统，排水系统堵塞赖垃圾，下水系统不灵了赖规划，规划赖建设单位不按规划施工，防灾的赖气象预报不准。最后如我等只能听懂该赖老天爷。尤其有防灾的老总说：人不能跟水斗。此话在理，从大禹老祖就教导我们说，水宜导不宜堵。可是7月10日的北京大雨就是导不出去了，并非堵不住了呀！1998年抗洪，千军万马跟水斗，不也赢了吗？一句"人不能跟水斗"，不能说明人就得听天由命。要不人有病了还吃药干什么？大雨成灾，确实不是城市的哪一个系统哪一个部门能解决的，可是也不能那个部门都说"这是个系统工程"，就都不必反省自己了。我因此想起电影《南征北战》里国民党军的参谋长在吃了败仗以后跟军长说："不是我们无能，是共军太狡猾。"就算不是你们无能，你们也败了。这种赖"共军太狡猾"的托辞，实在不好使。那最招人骂的立交桥赖谁呀？只能赖蔡国庆了，谁让他唱《北京的桥》来着？还唱立交桥跟城市的彩虹似的，其实立交桥就是城市的阑尾，动不动就发炎。

南方同胞看了北京的雨，曰：就这点儿雨也值得大惊小怪？也就是在北京。也是，南方同胞年年斗台风，见的多了。北京的雨平均 23 毫米，确实不太大，灾情也不太重。但是北京的交通半瘫痪了，这是给北京挂了个预警的红色风球。对北京这样的超大型城市，交通瘫痪了是最大的灾害。我被堵在北京的西三环路上，看见有急救车闪着灯鸣着笛寸步难行，看见消防车也闪着灯鸣着笛寸步难行。我念叨着最好火灾被大雨扑灭，病人转危为安。同时也深深担忧咱们大都市的脆弱。万一敌人整个人工降雨，交通马上瘫痪，后果不堪设想。

有专家说，每次灾害之后，我们都要反思。重复反思到何时？我看如果反思总是赖别人，赖别的部门；如果反思总是反思出"这是个系统工程"来；反思总是反思出"共军太狡猾"来；那不反思也罢，省得开会，省时间省人力省电。反思别人不叫反思，叫正思。

（原载《中国青年报》2004 年 7 月 14 日）

虚构阿房宫

阮　直

　　谎言都是虚构的，但虚构的未必就是谎言，就如这世界的艺术舞台上最伟大的悲剧、喜剧大多是虚构的，但它们恰恰因为"虚构"才更有震撼人们的灵魂、启迪人们心智的伟大力量。因为这样的虚构是概括了千头万绪的社会表象之后而从中结晶出来的本质。

　　几日前，央视的科学教育频道报道，史学界有专家对秦王朝的阿房宫真实性提出了有根有据的否定。基本上已认定，司马迁在《史记·秦始皇本纪》中说到的"阿房宫"为子虚乌有，即便往大了说，也仅仅认为那是个没有完工的"烂尾工程"。

　　听到这个消息真让我好伤心，我伤心的倒不是司马迁"造假"，而是我们当今的史学专家们，干嘛非要戳穿这个比真实都更真实的谎言呢。阿房宫在中国朝野的所有人心中就是秦王朝暴敛民脂民膏的见证，阿房宫就是秦始皇行淫寻乐的天堂，阿房宫就是秦王朝走向灭亡的墓穴。

　　因为有了司马迁笔下的阿房宫，才让历代的王朝在夺得江山后大兴土木、兴建宫殿的狂欲有所收敛。司马迁告诫历代王朝，强大的秦王朝覆灭，虽然不全是阿房宫惹的祸，但在这祸水之中，绝对有阿房宫的一瓢水，这已让历代帝王和谏官们都深信不疑，并成了一个王朝在巩固自己的地位，教导徒孙们的一面镜子了。

　　到了唐代，杜牧的《阿房宫赋》这篇文学作品使司马迁那寥寥的笔墨一下子就丰润饱满了，这篇作品的史学警诫价值远远大于它的文学审美意义。

　　杜牧凭着他的文学天赋，极力铺叙阿房宫建造的豪华，"五步一楼、十步一阁"（能有这么密的建筑吗？）"廊腰缦回，檐牙高啄"，"覆压三百余里，隔离天日（太夸张了）"，从骊山一直建到咸阳，遮蔽了天空和太阳。一天之内，一座宫殿里，竟有不同的气候。杜牧这样竭尽笔力渲染阿房宫的奢华，其目的就是要告诫后人，这样穷凶极恶地暴殄天物，就是为自己掘墓。"秦人不暇自哀，而后人哀之，后人哀之而不鉴之，亦使后人而复哀后人也。"这才是杜牧写《阿房宫赋》的目的。

别小看了这两篇虚构的文字，它们在某些时候真能起整个封建王朝想大兴土木时的一个"诽谤木"作用了。这可不仅仅是几句简单的告诫，因为那伟大的文字后边，还有个强大王朝的覆灭作了注脚。哪个皇帝都不怕诅咒和谩骂，但哪个皇帝不怕自己的江山动摇呢？所以中国的历代封建皇帝在建造宫殿时，没人再敢超过那个虚构的阿房宫了。这不仅是皇帝宝座的万幸，也是老百姓的万幸，伟大的虚构如此看来也是有力量的。因为虚构的是细节，真实的却是事物内在的本质，否则谎言怎么会有力量呢。

中国的儒家文化中没有忏悔的宗教性质内存，为了限制皇权的无边，调控人的欲望膨胀，文人们便美好地虚构了许多神话、寓言，来拐弯抹角地劝诫帝王，甚至包括平民。虚构的阿房宫，我想就是其中的一个范例吧。

这个虚构的"寓言"性质的作品，就成了封建社会里帝王们大兴土木之前的一个"舆论监督"的报警器。专制暴政的帝王，当然不会从老百姓的角度考虑自己的行为，但他们不能不从自身的利益上来思考历史上的教训。

如今再打破这个"虚构的阿房宫"已不会让更多的人悲哀和痛心了，因为我们现代的政治体系中已有了相对能彼此制约一下的力量了。否则谁要先戳穿阿房宫这个"虚构的谎言"，那一定会遭到众人更多的咒骂。

（原载《文汇报》2004年8月10日）

张维迎"站"在哪里说话

鄢烈山

有人欢呼,大陆的经济学家终于"站出来"回应郎咸平"炮轰格林柯尔"的一系列关于国企改革的言论了。网络上的争论我不知道,我看到的传统媒介上最先"站出来"的是经济学家张文魁,见 8 月 23 日出版的《21世纪经济报道》,标题是《国企产权改革方向不容否定》。也难怪,人家是国务院发展研究中心企业所副所长,是官员,"站"在维护政绩的立场讲话很合乎身份的,只是修辞上略欠"与时俱进"。

张维迎是北大的教授,中国著名的经济学家,他"站出来",当然是秉持社会责任感,出于"学者的独立性"发言了。奇怪的是,他不是像郎咸平"站"在大学里演讲,而是"站"在"中国企业家论坛首届深圳高峰会"开幕式的主席台上演说。人民网 8 月 28 日报道说,与会的是 40 多位活跃在当今经济舞台上的华人企业家代表。来宾里中国农业银行行长杨明生可算半个企业家,唯一的非企业家就是这位张大学者了。张教授的发言不负"中国企业家论坛"所望,号召我们"要善待对社会作贡献的企业家"。别说这是一句废话(理应善待对社会作贡献的一切人,企业家、职员、农民、教师、清洁工等等、就是对囚犯也要善待而不要虐待),其基本倾向却是十分鲜明的,就是为"中国企业家"代言。

不论其演讲的内容如何,张先生发言首先就"站"错了地方,大大地有损张先生作为"学者的独立性"。你要回应郎咸平,就在你的光华学院多好,何必千里迢迢飞到深圳这么个会上呢?站在什么地方很重要吗?很重要!这就像打官司,判决是否符合实体正义是后话,第一位的是程序要合乎正义。你既然选择与企业家们"站"在一起,叫人怎能相信你发言的"独立性"呢?六七年前我到深圳参加一个企业主办的会议,邀请了国内一些大牌经济学家,他们的出场费是每人一万元。如今的行情呢?两个月前,一位经济学家亲口对我说,他的演讲出场费低于2万元免谈。

我晓得,张教授要骂我"用妓女的心态看待所有的性关系"了,但你不"洁身自爱"地守在你的"学术深闺"里,跑到那种场合去回应郎咸平,还大讲什么"经济学家的社会责任",这不是很滑稽很令人起疑吗?

最令人不解的是,张教授对大众舆论的深恶痛绝。他怒斥"舆论环境已经到了1992年以来最不好的时候。最近在社会上,舆论界兴起了一股妖魔化、丑化整个中国企业家队伍之风"(《南方都市报》8月29日A14版《企业舆论环境十年来最坏?》)。其实,"大众舆论"对"中国企业家队伍"绝没有他说的这么"情绪化",将他们统统"妖魔化";也很好理解,皆因贫富差距拉大,社会的两极分化日趋严重,而社会上出的贪官一串串(比如一批交通厅长"前腐后继"地落马),再弱智的人也会推断,有不少工程承包商、房地产开发商,通过权钱交易"吃"进不义之财的大头而暴发了。

尤其奇妙的是,张维迎教导人们:"你们应该知道,在这个网络时代,学者能独立于大众舆论才是最不容易的事。对一个真正的学者来讲,最难做到的不是你骂政府、骂企业家,而是你敢不敢站在大众舆论的对立面,坚持自己的观点。"(《经济观察报》8月30日第42版张的长篇专访)也就是说,他对自己敢于"站"在"大众舆论的对立面"是颇为自豪的。在中国,学者反对大众舆论真的比"骂政府,骂企业家"还需要勇气吗?至少,我是不敢承担"骂政府"的恶名的。众所周知,中国的大众传媒,家家都标榜自己是"主流",像张先生一样拒斥"情绪化"的恶谥,而标榜"理性"、"建设性"。

张维迎先生这么鄙视大众传媒,却一回京就接受《经济观察报》与《证券市场周刊》的联合采访,而且滔滔不绝,光"学者需要独立于大众的情绪"这个小题目就讲了一大篇,码起来有两千多字。张受访时说别人有"妓女心态";我看他倒有"嫖客心态":虽鄙视大众传媒却忍不住要跟大众传媒来往。

张维迎轻蔑"大众舆论"的一番话,叫人想起"无顾天下之议"的商鞅与鼓动"反潮流"树"白卷英雄"的江青。《商君书·更法篇》说"民不可与虑始，而可与乐成"。这个专制变法的英雄，为对付老百姓创造了保甲连坐法；这个精神在秦统一后发展到为管制大众舆论而实行老百姓"偶语弃市"（两个人在一起议论国事就杀头）的苛法。张维迎继承了这种反民主的思维，却偏要说"邓小平的许多改革措施一开始许多人都不理解，这正是他的伟大之处"（《经济观察报》8月30日）。恰恰相反，"文革"后邓小平复出，不论是具体的行政措施如恢复高考、平反冤假错案，还是涉及国家大政方针的，彻底否认"文革"、在农村推行包产到户责任制、解散人民公社制度……都是顺应民意的。甚至他的复出，也可以追溯到"四五"天安门运动"大众舆论"的支持。我相信，邓小平提出让"一部分人先富起来"，同时强调社会主义的本质和根本原则是"共同富裕"，也是大众舆论所支持的。"大众舆论"反对的只是以权谋私、权钱交易，形成吞噬国家财富的特权利益阶层。

我想忠告张教授：一个著名的学者，若不避嫌"站"在某一个阶层之中，若太自负，以"站"在"大众舆论"对立面自雄，他标榜"独立性"是没人相信的，他对社会发言的每句话都可疑——哪怕他有时不乏真知灼见。

（原载《南方都市报》2004年9月1日）

难能的"离朱"

符 号

离朱是古代传说中的人物。黄帝游赤水之北,登昆仑之丘,丢失了玄珠,黄帝就命离朱去找寻。因为他"能视于百步之外,见秋毫之末","察针末于百步之外"。《庄子》、《孟子》、《慎子》、《淮南子》以及诸多史书中,都有记载。《庄子·骈拇》篇,记庄子的师长让他学"儒家之礼、墨家之辨、师旷之琴、工倕之技、离朱之目",离朱,与孔子、墨子并提。《孟子·离娄》篇首句"离娄之明",离娄即是离朱。嵇康、李白的诗文,甚至日本文人的作品中,都有过"离朱之明"典故的引用。

传说中人物反映现实中人们的意愿与需求,现实中其实是不乏离朱式人物的。他们见人之未见,察人之未察,具有超人的眼力。他们的某些判断与主张,往往令常人大感不解,甚至被视为大逆不道。然而时间总是站在他们一边。

比如这样三位就堪称"当代离朱"。一位是预言如不控制好人口"新中国将会背上一个极其沉重不易摆脱的包袱"的北大校长马寅初。面对数百篇围剿文章,"虽年近八十,明知寡不敌众,自当单枪匹马,出来应战,直到战死为止,绝不向专以力压服不以理说服的那种批判者们投降"。几十年过去,当中国由"一个很小的问题,乘以13亿,都会变成一个大问题;一个很大的总量,除以13亿,都会变成一个小数目",当"DGP"人均指数迄今仍居世界一百二十多位时,我们不能不叹服于这位历史预言家的"离朱之明",难怪宋庆龄要称他为"我们中华民族难得的瑰宝。"

另一位是50多年前提出"保留北京旧城另建政治中心"的梁思成,清华园里的第十二座雕像。当今日北京交通拥堵,家住四环五环的市民每天潮水般涌进涌出于老城,当破"堵"的难题成为媒体热点、市民谈议中心、人大重点议案、国际奥委会关注的焦点，人们不能不记起他的主张："如果能将政府行政区设在旧城以外，不但保护了旧城的格局，也让市内有足够的空地绿化游憩，也可以避免交通的难题。"可惜方案遭弃人挨批。

还有力排众议反对三门峡工程被打成"右派"蒙冤23年的清华教授黄万里。当水库变成"泥库"，上游泥沙淤泥，堤高水涨，黄水回流，土地碱化，连当年工程主持人张光斗、前水利部部长钱正英接受央视采访，都不得不呼吁三门峡立即"停止蓄水、放弃发电"，当贺敬之责令李白改诗句："黄河之水'手中'来！清风清水走东海。""幸福闸门为你开"的《三门峡——梳妆台》竟成"西游大话"，你不能不对这位"一死明知素志空，九州行水失斯翁"的老人崇仰折服。难怪赵朴老要赞他为"禹功钦饱学，不祇是诗才"。

"愚者暗于成事，智者见于未萌。"20世纪50年代的三位学人。在三个不同的领域，作出超前的科学论断，岂止在其"明"，不更在其"勇"、在其"诚"、在其"韧"么？

所谓"塞师旷之耳，胶离朱之目，削曾史之行，钳杨墨之口"，"迷离变眩，非离朱之明未能深烛也"。黄帝慧眼，在识得离朱，善待离朱，器重离朱。你没有"离朱之明"也罢，不必苛求，但你应有"自知之明"、"兼听之明"。不能轻率断定人家是妄说，是厥词。更不能歧视、排斥与加害。

历史的"显影"常常要花上几十年上百年，然而当我们将几十上百年当作"压缩版"阅读，又是何等清晰确凿。然而一味的"马后炮"代价未免过高，总不能老重复于"当年经验终成教训"的轮回。在倡导科学发展观的今天，在处于哈勃望远镜、高能加速器既可看到浩瀚宇宙、又可看到原子质子粒子的时代，离朱的命运理该掀开新的一页，离朱的辈出理当顺理成章难于遏阻。

（原载《今晚报》2004年10月6日）

俄国饭局

李国涛

在一家晚报上读到《各国特色饭局大比拼》,讲各国饭局特点。其中说到俄罗斯饭局是"酒的代名词",以酒为主,有酒万事足,然后歌之舞之。我没去过俄罗斯,不过在影视上见过这场面。但说他们"喝口酒,吃口面包,来一小口奶酪就是一桌绝佳的饭局",却与我以前读俄国小说所得的印象相去甚远。

我看俄国贵族的酒宴也同《红楼梦》里的一样豪奢。到了苏联时期,也是这样。饭局和千年养成的文化心理是一致的,不会在短时间里改变。大约现在俄国的饭局还是这样的吧。不过饭局在一个社会的各个阶层会大不相同。有钱的大吃,没钱的怎么吃呢?有钱的而不大吃,不摆排场,仍显穷酸的,也有,听说瑞士这样的国家就是这风气。还有其他一些富国,也有这种"穷"习气。我不说这些。我想到两本书里所记当年苏联的酒宴,一在1936年,一在1938年。我把那时的饭局情况抄写在这里,读者也许会惊讶,因而有些兴趣。

法国作家纪德1936年访苏,回到法国写了《访苏归来》,揭露一些真相。此书近由广西师范大学出版社出版,在108—109页上记那时的作家协会之类招待他的饭局,当然,公款吃喝,我们懂得。法国人可是最讲究吃的,但是纪德也受不了:"几乎天天有宴请,冷盘就那么丰盛,还未等上主菜,一个人有三个肚子也塞饱了;主菜有六道佳肴,要吃上两个多小时,把人搞得筋疲力尽。多么靡费呵!"他记另一次饭局:"八点半开始。到九点一刻先上的冷盘还未上齐。……到了九点半,我看见又摆上汤匙,端上蔬菜鸡块汤,还报了随后上的虾尾圆馅饼,配以蘑菇圆馅饼,还有鱼、各种烤肉、各种蔬菜……"罗曼·罗兰的《莫斯科日记》记1938年事,所记饭局有点特殊，因为那次虽是家宴，却又不一般，但也还是饭局，不是国宴之类。原来那天，1938年7月4日，他在高尔基家与斯大林等四位高级领导人和高尔基的家人等共进晚餐。"桌上摆满了丰盛的食品：有各种冷盘、火腿、成鱼、熏鱼、鱼冻；有小虾加鲟鱼烹制的热菜；有奶油榛鸡等菜肴。他们喝得很多，高尔基更是当仁不让。"请大家注意，那个时代是苏联经济很困难的时代，不少人饿死。当时高尔基受到的是特优待遇，高尔基吃的也是公款，他家里的饮食同高级领导人是一样的。罗曼·罗兰也为高尔基家的食品浪费感到吃惊，并且不满，毕竟他有很强的正义感。不过，纪德回国就写下他的看法，而罗曼·罗兰的日记却按他的遗嘱，过了五十年才发表。我们总算读到了。

以上二位作家都从饭局上看到了某些问题，表现出不满，甚至可以说是反感、憎恶。也是在那个时期，鲁迅因病曾有去苏养病的打算，或至少在朋友间是有过这种考虑的。我就想，如果鲁迅去了，当然同样会受到这种招待。以鲁迅的敏感，大约在这种饭局里吃上一餐两餐，一天两天，他就会发现问题，从而思考整个的苏联体制。如果那样，他在写《我们不再受骗了》这类文章时，其内容就会大大不同。但这都是我的想入非非。近来不是有"假如鲁迅活着"的思考吗？我这是"假如鲁迅当年访苏"。从饭局说到鲁迅，扯得有点远了，打住。

（原载《杂文报》2005年1月7日）

无告者的声音

何怀宏

莫泊桑的小说大都短小精致,你会吃惊,在仅仅几页的篇幅里,他就能给你展现一个精彩的故事或者人物,就像他的一生,也是短而精致,他只活了43岁,但给我们留下了6部长篇小说,306篇中短篇小说和3部游记。

圣诞节这天,外面铺着大雪,使节日的气氛更加浓重了,孩子们喧闹和欢笑着。我在家里读着莫泊桑的小说。莫泊桑写到一个弃婴,他十几岁的时候被一辆大车碾断了双腿,从此就只能拄着双拐求乞,而且除了周围的三四个村庄,他不敢走远。他害怕外面陌生的世界,尤其害怕大路上成对走着的宪兵,当他远远望见他们,便会很快从木拐上出溜下来,跟一堆破布似的落在地下,把身子缩作一团,变得非常小,而他那一身棕色的破衣服也跟土色不相上下,简直就看不见他了。

于是他老是在周围这几个村庄乞讨,人们已经厌烦他了。12月的一天,天气阴冷,大家的心情都不好,他已经两天没有讨到任何食物下肚,又奔波了许久,再也走不动了,就溜到一个农家院子的一角,像是要等候一种神秘的援助。但什么也没有。突然,他看见了一群鸡,他的手还很灵活,丢出一块石头打死了一只。他想用火来烤,这时被鸡的主人发现了,于是被众人一顿殴打。他流着血,饿得要命,而宪兵也被叫来了,把他带到镇上。他一句话也不说,因为他已经弄不清楚发生了什么事,思想已经混乱,况且已经有那么多年没跟人说过话。他被丢到牢里,第二天当宪兵要来审讯他时,看见他已经死了。"多么出人意料啊"——谁都没有想到他也要吃东西。

莫泊桑也写到一个瞎子,他是一个乡下人,父母在世时,还有人照看他，可二老一去世，尽管他姐夫把他那份遗产夺到自己手里，却连汤也舍不得给他多喝。他是不是有智力、有思想、甚至有感觉，是不是对自己的生活有清醒的认识？谁也没想过这样的问题。凡是他的失明使人想到的残忍的恶作剧都被想出来了，尤其是在他吃东西的时候，人们把小猫、小狗放到他的食盆边来捉弄他，和他抢食，或者故意给他塞瓶塞子、木屑、树叶甚至垃圾，然后在一边哈哈大笑。

还是在一个冬天，下着大雪，他姐夫一早把他带到很远很远的一条大路上去求乞，这一天他再也没有像往常一样自己回来。到初春解冻的时候，人们发现一大群乌鸦在平原上空不停地飞翔，然后时而像一阵阵黑乎乎的雨点集中落在同一个地方，人们在那里发现了瞎子残缺不全的尸体。

莫泊桑的故事也使我想起我小时候遇到的两个人，一个是一位瘦骨嶙峋的长身少年，他成分不好，父母又死了，他就帮着别人干点杂活，有一顿没一顿地吃点东西，睡在一个牛棚里。他曾经给小孩子们做过精致的风筝。后来好久不见他了，听说是病死了，但谁也说不清病因。另一个人们叫他"癔子"，他在我读书的镇上出了名，有时遭到人们捉弄，就气得边在街上走边口吐白沫地大叫，这时还会有一些孩子躲得远远的用石头投掷他。也是在他未出现很久以后人们才说起，他大概也是死了。

这是一些最弱势者，一些哀苦无告者，他们甚至已经发不出自己的声音。我们在莫泊桑的笔下感到了对这些最弱势者最强烈的同情，他使他们留下了自己的足迹，还有几位恰恰也是短篇小说名家的契诃夫、欧·亨利也是如此。我们要感谢这些使窨哑者"说话"的作者。

莫泊桑的故事是发生在他生活的 19 世纪下半叶，离提出"自由、平等、博爱"口号的法国大革命已近百年，我看到的那两个人是在 20 世纪的 60 年代。这样的悲剧发生有普遍穷困的问题，也有导致冷漠甚至残忍的观念问题。一个历史名家巴尔赞在其最近的巨著《从黎明到衰落：1500 年至今的西方文化生活五百年》中说，现在西方不再有围在疯人院周围哄笑取乐的闲人了。在我们自己的祖国，情况也肯定有了很大改善。但是，在今日的大雪中，是不是还有无家可归的人们呢？而我们是否也要在合适的时候给快乐的孩子们讲述这样的故事,并且告诉他们:永远不要戏弄和侮辱那些已经不幸的人们。无论如何,莫泊桑的小说提醒我们:还需要更仔细地聆听那很容易被喧闹和欢乐声盖过的微弱的悲惨之声。

(原载《南方周末》2005年1月13日)

下不来台

潘多拉

我的同事陈徒手要将北京青年报《专栏作家》版上的文章结集出版，我帮忙整理一些资料，得以读到蓝英年先生的文章《在梁漱溟家过夜》。文章谈到1983年蓝先生和一个朋友去看梁漱溟，梁显得衰老，但谈话仍很有精神，他说，"我的错误是让润之下不来台，但我的话并没错。"

梁漱溟说的"让润之下不来台"，是指在1953年9月8日至18日召开的政协全国委员会常委会扩大会议以及随后转为的中央人民政府委员会扩大会议期间，身为政协委员的梁漱溟公开向毛泽东"发难"，包括批评当时的工农业政策，说"近几年来，城里的工人生活提高得快……有人说，如今工人的生活在九天，农民的生活在九地，有'九天九地'之差，这话值得引起注意。"毛泽东雷霆震怒，当即发起了一场深揭狠批梁漱溟的运动，将他贬斥为"反动透顶"的"骗子"、"野心家"、"伪君子"、"用笔杆子杀人"的"杀人犯"，断言"他的路线是资产阶级路线"，"他说他比共产党更能代表农民，难道还不滑稽吗？"

上述任何一顶帽子，都足以置梁漱溟的政治生命于死地，但梁漱溟犯上了桀骜不驯的牛脾气，死活不肯认错。在18日的大会上，他再一次挺身而出，朗声质问毛泽东："我还想考验一下领导党，想看看毛主席有无雅量……因为党常常告诉我们，要自我批评，我倒要看看党的自我批评是真是假！"结果毛泽东还没来得及显示他的"雅量"（毛说，"你要的这个雅量，我大概不会有"），梁漱溟就被会场上一阵阵狂暴的呐喊"不听梁漱溟胡言乱语！""民主权利不给反动分子！""梁漱溟滚下来！"淹没了……

与毛泽东同庚且曾交情匪浅的著名民主人士梁漱溟，就这样在中国的政治生活中消失了。按照毛泽东的命令，梁漱溟的政协委员照当，工资照发，但这一切都是建立在梁从此深居简出，对国事、天下事缄默不语的基础之上，以至于1957年的反右运动竟然因此与他无缘。30年后，人们听到他的自我批评"我的错误是让润之下不来台"，其实更大的可能是，在1953年9月18日那天，他怀着一个当代大儒的非凡勇气和尊严，完成了1949年以来最激烈、最辉煌的一次知识分子犯颜最高领袖的壮举之后，就像被人醍醐灌顶一般幡然醒悟，明白了自己让毛泽东在党和政府最高级别的议政场合当众"下不来台"，无论如何也要算是一个错误，甚而是一个天大的、不可饶恕的错误。这个推测可以很好地解释梁漱溟一夜之间从"狂士"到"哑巴"的巨变。而有人认为他的变哑，是被毛的大批判彻底吓破了胆，我看这是对梁的误读甚至侮辱——倘若其是出于恐惧，他一开始压根儿就不会放大炮，至少，在18日之前的多次批斗会上早就该魂不附体了，又怎么敢在18日的会议上再次冲冠直言呢？

梁漱溟敏于学问，24岁就当上了北京大学的教授（那时毛泽东只是北大图书馆的一个小职员，他们的第一次见面是在杨开慧的父亲、北京大学教授杨昌济家。据说梁造访杨家，毛为梁开门，梁对毛较傲慢，令毛十分反感)，又勤于实践，自信"吾曹不出如天下何"，在上世纪三四十年代是名满天下的哲学家和社会活动家，1950年应毛泽东之邀从外地赶赴北京，颇有一些与新政权"共和"的自诩之意。但就是这样一个倔强耿直"有恃无恐"的书呆子，居然也很快懂得了不能让领导人"下不来台"的硬道理，并心甘情愿地承受了让领导人"下不来台"的代价。梁漱溟的沉痛教训说明，在中国国情之下，说话要有分寸，办事要讲艺术，别说对位高权重的大人、要人，就是对卑微渺小如贫嘴张大民一样的普通人，也不能哪壶不开提哪壶，不能照着人脸一巴掌就扇过去，活生生让人下不来台。

想起了一则官场传闻：某地举办一个露天庆典活动，非常荣幸地请到了上级领导××长。主席台设在一个高台上，××长正中就座。当地一名主要领导站在主席台下主持仪式，一旁的礼仪小姐展开红色绸缎，只听该主要领导一声高喊：下面，请××长下台剪彩！……就这一句致命的口误，让××长当众下不来台，也很快让当地那名主要领导头上的乌纱帽搬了家。

是啊,领导也是人,也要"活一张脸",你若让他"下不来台",看有你好受的;可是领导本在"台上",你若要请他"下台"(剪彩或干别的什么),不同样也是让他"下不来台"吗?能有你好受的吗?

啊?

(原载潘多拉著《瞒不住了》,台海出版社2005年1月版)

"权力狂人"与"文学巨匠"

周士君

历史上诸多"权力狂人",往往爱以"文学巨匠"自居,中国如此,外国亦然。伊拉克前总统萨达姆·侯赛因就属此种情形,其任内经济衰败,百业凋敝,其生活照样骄奢淫逸,甚至用可怜的进口指标买进"宫廷用品"。就是这样一个活宝,在任内竟还著书立说了。

萨达姆的著作不光动辄大部头,还很高产,其寓言小说《扎比芭与国王》刚刚脱稿,战争题材小说《设防的城堡》即迅即问世。其长子乌代掌管的《巴比伦报》当时报道说,小说《设防的城堡》是一部描述战争的"伟大的艺术作品"。想想当年的萨达姆也真不容易,除"英美帝国"常年骑在头上拉屎拉尿不说,国内饿殍遍野的惨状也足够他忙以终日了。但萨达姆总统日理万机,仍不坠青云之志,终于使自己的两部大部头"巨著"破土问世。于是,萨达姆就不光要以"武略"传世,还要以"文韬"服人了,甚至足可以"文学巨匠"的美名而流芳千古。他甚至幻想,500年后的萨达姆,也就不再是一个只会舞刀弄棒、穷兵黩武的武夫,还将是一位文笔盖世、才华横溢的儒将呢!

如此疑问就来了,依照伊拉克当时国内之惨状,萨氏即使真有创作方面的冲动,也该克制一下,并把精力用在治国安邦、励精图治方面才是。若确有当作家的抱负,到颐养天年之际奋笔疾书也为时不晚。可转念一想,若下台后,总统大人即使有那份精力,还有那份心情吗?如今大权在手,正是呼风得风、要雨得雨的好光景,故不光不乏创作精力,更难得的是这份好心情!一旦下台,其作品别人叫不叫好是一回事,而《巴比伦报》归不归大公子乌代掌管,恐怕就是另外一回事了。再者,撇下"政事"不管不问,却"埋头"著书立说,萨氏属不属于"不务正业",恐怕还得具体情况具体分析。若当年伊拉克国强民富，经济繁荣，国际地位显赫，总统忙里偷闲，搞出点堪称为"文学巨著"的东西，自然是锦上添花。可当时的伊拉克不光经济凋敝，民不聊生，许多老人和儿童因缺医少药而死于非命，作为总统的萨达姆，却照样文如泉涌。当然，假若萨氏的创作是在"开启民智"倒也罢了，可单凭当时萨氏在国内的"威望"，跺跺脚墙上就掉土；放个屁，便有人能闻到异香，又有何必要借助寓言小说来拐弯抹角地表达其领袖的宏旨大愿呢？

由萨氏的"作秀"情怀，还不禁令人想到前苏联领导人勃列日涅夫，这位既是政治家，同样也是"小说家"，他相继问世了中、长篇小说《小地》《垦荒地》《复兴》等，在当时同样是好评如湖。与萨氏所处情景几乎毫无二致，第一书记的小说，质量自然属一流，先是杂志刊登，后有各种单行本流行，并被列为"党的教育系统的必读书"，当时大牌文艺评论家们连声叫好的书评更是铺天盖地。作家协会也提名候选当时苏联国内文学最高奖"列宁奖"并颁发了奖金。于是，当年的勃列日涅夫便与萨氏一样，成为其国民心目中名副其实的"文学巨匠"了。而当勃列日涅夫下台后，真相也随即暴露，其本人"实际的教育程度很低，甚至没有多少学识"。而那些"伟大的作品"的诞生，竟也是靠"有文学才华的笔杆子"住在秘密的地方根据女速记员记下他本人的口述，而后编成所谓的伟大作品了。

类似的超级笑料告诉世人，在一个集权的国度，站在权力金字塔塔尖上的那一位，无论其欲成就怎样的大事，乃是不用费吹灰之力的。

（原载《西安晚报》2005年3月28日）

假如真的取消高考

吴 非

我们不妨来做这样一个假设：假如真的取消了高考——或者说得准确一些，取消了现行的高考模式，社会将会乱成什么样？

有同行说，如果一下子就把奴隶制废除了，你让做惯了奴隶的奴隶往何处去？他将怎样生活？如果没有高考的皮鞭，校园里会乱成什么样？高考是教师的生存线，社会之所以对教师保有敬意，很大的成分是因为教师有办法把学生送进大学。教师的工作方式、生活方式乃至思维方式，都以高考为核心，尽管大家厌烦现行的高考模式，但是吃惯了馍，让大家改吃面包，别扭。

如果取消高考，有相当一批教师会就此失业。在我所知道的一些评比考核中，很多教师的"专业发展"已经不是所任学科的教学，而转为该学科的高考。听一位教师诉苦，他曾连续11年教高三，后来回到高一，不会上课，非常痛苦。因为他只会讲解高考题，不会指导阅读，也不会正常指导学生作文。现今有的"名师"说话理直气壮，他们可以全然不知道"课改""课标"，只会亮出纹了龙虎的膀子，摆开场子"死揪"，四周围着一群喝彩的家长——他们满足于这样的生活，他们在这样的生活中寻找快感。

有校长私下说：每年都要为高考升学率提心吊胆，平时"死揪"，考前不惜一切代价套取信息，和高校拉关系，考后忙着算分数，打听其他学校的平均分和升学率等，如此周而复始。问他：如果取消现行高考，你高兴吗？校长说：那也不行；如果没有升学率，和一般学校相比也就没有任何优越感。——他没说出来的话是：升学率是校长的政绩。有位同行说得好，高考考出的高分是什么？是爸爸妈妈向别人炫耀的资本，是班主任和任课教师的奖金，是学校的招生广告和一些教师的家教广告，是校长局长升官的阶梯。话虽然说得有些绝对，但也是事实。

你以为学生最渴望取消高考？恐怕也未必。是啊，如果取消高考，和人家一比高低的机会也就此失去，会有一些学生失落到走投无路。某校高考数学试题比较容易，一些名校的学生考完后站在考场门口失声痛哭，只因为他的优势没显出来。我看了那一幕后心冷齿寒，永远难忘。看到有学生在作文中说"这次我考了第一，出了一口恶气，报了一箭之仇"，我就觉得这种教育只能培养残忍，我无法去爱这样的学生。有一年南京取消小学升初中考试，本以为全民欢呼，不想有一群家长愤怒无比，到处告状，原因是他们的孩子为了有资格考某名校，从小学一年级就请了家教，为了这场考试已经准备了六年。

出版社一资深编辑有孙子上小学，他因孙子作业过多而咒骂学校。但是学校不遗余力地推荐出版社的教辅"天天练""课课练"，为出版社赚了大钱。问他：课程改革、高考改革后没有这么多教辅书可出，你有什么想法？编辑正色道："那不行，我们出版社肯定垮掉！"——出版社效益好靠的就是宰杀儿童，否则就得喝西北风。健康学家在电视台讲营养学，说到吃荤菜，动物越小营养价值越高，最有营养的就是小鱼小虾，我听着走了神，想到了出版界流行的"要发财，吃小孩"。

我对"家教市场"所知甚少，如果取消高考，家教市场立刻要萎缩下去。如，教师某甲生性愚钝，多年不能正常教书，在家受够太太的教训。后来混入家教市场，如鱼得水，半年致富，现在转而天天在家教训太太。如取消高考，此公又得吃二遍苦，受二茬罪。

有鉴于此，的确不能取消高考，现在让我们来喊几句口号：

坚决粉碎课改！

坚决拥护现行高考模式！

高考万岁，万万岁！

（原载《语文学习》2005年第3期）

追忆逝者：并非为盖棺论定

许纪霖

生平最怕之事，乃是出席追悼会。悲哀尚在其次，最恐惧的是那一套仪式：由单位出面主持，放哀乐默哀三分钟，有关领导致悼词，家属致答词，全体三鞠躬，绕遗体一圈告别，大家作鸟兽散。

这，仿佛已经形成了当代中国的丧葬文化。这套千人一面的葬礼仪式，究竟哪个年头开始形成，有待考证。我推测，一定是与中国人的单位化有关。早一二十年，一个中国人离开了单位，简直寸步难行，那个时候，还没有身份证，出门一定要有单位证明，否则就是盲流或逃亡地主，要被抓起来。即使不出门，平时的吃喝拉撒，包括出生入死，也要靠单位给你安排。单位管着每一个职工的计划生育，还全权负责他的丧葬仪式。假如没有单位，一个人便生如丧家之犬，死无葬身之地。

这套仪式的最核心部分，乃是由单位所正式拟定的悼词。从中央首长，到平头百姓，千篇一律地从死者参加工作报起，历数其职务、职位、政治身份，有关奖惩，最后由单位作总结性的政治或道德评定。这就是所谓的盖棺论定。统一的格式、统一的语言，冷冰冰地，毫无个性，更无丝毫人情味。碰到有争议的人物，家属还会为一两句关键措词与单位争得不可开交。仿佛一个人活了一生，就是为了这两句话。

究竟谁有资格为一个人盖棺论定？有没有必要盖棺论定？假如你今天还是一个单位人，你的一生意义只是国家机器中的一颗螺丝钉，那么你不得不翘首以盼组织上对你的最后裁决，你将因此进天堂或下地狱。假如你不再是一个单位人，你就是你，你属于你的亲人、你爱的或者爱你的人，要这么个死后的结论还有甚用！

好坏自有人心在。写在纸面的风一吹就过了，惟有人心中的是非，才是真正的历史。还是臧克家写得好："有的人活着，他已经死了；有的人死了，他还活着……把名字刻入石头的，名字比尸首烂得更早；只要春风吹到的地方，到处是青青的野草。他活着别人就不能活的人，他的下场可以看到；他活着为了多数人更好活的人，群众把他抬举得很高，很高。"一旦人们从这套国家化了的丧葬文化中解脱出来，无论是生者还是死者，都将获得真正的自由，我们将看到各种各样的丧葬仪式：充满个性的、灵魂升华的、富有人情味的……

在国外，我们可以看到不同宗教、民族和风俗习惯下的葬礼，体现着丰富的历史文化和人性的内涵。2001年我在美国访问的时候，一个陌生人的葬礼曾经给我留下深刻的印象。那年秋天，我到威斯康辛大学麦迪森分校访问。接待我的著名中国研究学者弗里德曼教授告诉我，他们大学有一个教法国文学的犹太老人去世了，他要去参加葬礼，问我是否愿意一起参加。我当然愿意去感受一份异国的风俗。葬礼是在大学附近的一块墓地举行，前来送行的都是她的同事和朋友，让我略感惊奇的是，她的女儿穿了一件绛红色的风衣。人们自由地走到前面发言，一位白发苍苍的老教授用法语为死者诵读她生前喜爱的诗歌。最后，大家一起用犹太文为老人的灵魂祈祷，并排队为她送上最后一掬土。

虽然我与死者素不相识，但分明感受到国内追悼仪式上感觉不到的人性、友情和灵魂的安宁。那是对一个人的最后送行，而不是去聆听言不及义的盖棺论定。

一些国外朋友对我说，他们最喜欢看的报纸版面之一，就是讣告版。在那里，他们不仅可以了解人们的生生死死，而且是一种文字的享受。很多讣告写得风趣、含蓄或别致，犹如一篇篇隽永的散文。美国一个著名文学家幽默地说："每天早上我醒来的第一件事，就是坐在床上，看报纸的讣告。假如哪天在那里看到了自己的名字，就永远不必起床了！"

我们中国的报纸哪一天也能开出一块讣告版，让死者的亲人、友人们以自己的智性和性情为所爱的人送行？

（原载《中国新闻周刊》2005年4月11日）

都市里的情场

蒋子龙

居住在湖北恩施五峰山革命烈士陵园附近的居民,投书《楚天都市报》,说现在的情侣们竟把陵园当做幽会的场所,或嬉戏于烈士的墓穴之间,或在树木、阶石乃至墓碑、墓穴上乱刻什么"某某爱你一万年"之类的昏话,或公然坐在烈士墓碑上谈情说爱、拥抱接吻……这,真是成何体统!

可话又说回来,现代城市越建越大,房子越建越多,围墙和栏杆越来越多,保安也越来越多,惟独供情人们活动的亲密空间却越来越小,你叫那些热恋中的男女到哪儿去亲热?清静,私密性好,若有树木遮挡或靠山临水就更妙,说实话,现在要找这种地方恐怕也只有去陵园了……

天津烈士陵园就建在全市最大的公园——水上公园的里边,或者说是水上公园建在了烈士陵园的里边。后来在烈士陵园旁边又毁掉一片茂密的林子,建起了周恩来和邓颖超纪念馆。

今年的天津啤酒节就在水上公园靠近烈士陵园的一侧举行,为了好下酒,还要炒菜,还要烧烤,每天人山人海,成千上万张台子以及花草树木中间摆着流水般的宴席,烟熏火燎,大吃大喝,喝多了就大喊大叫、大闹大笑。各商家为了吸引顾客,都在自己的地盘上搭起舞台,请来各种档次的演出队,那真叫唱对台戏:你冲着我吼,我冲着你喊,敲当面锣,打对面鼓,比着看谁的声势大,谁能吸引更多的人。摇滚乐砸得地动山摇,"美女野兽组合"唱得鬼哭狼嚎,又正赶在三伏盛夏,台上三点式,游客薄露透,台上疯唱,游客跟着哼哼,台上疯跳,游客跟着跺脚,越到晚上越热闹,每天都闹到下半夜。应该说啤酒节办得非常成功,我曾询问过一个卖烤羊肉串的小贩,他说每天至少能卖一万串。若五角钱一串,一天就是五千元！商家获得了丰厚的经济收益，老百姓过了半个月的狂欢节，只是有点搅扰周总理夫妇和先烈们。倘他们泉下有知却未必会怪罪，老百姓的日子过好了不也是他们的遗愿吗？

现代城市生活无论多么节奏紧张、竞争激烈，人的天性中爱热闹的因子还不至于都丢光，生活不能天天凑热闹，可也不能全无热闹。没有热闹生活就会死气沉沉、缺少活力，该热闹的热闹一下，能给城市人的生活增添乐趣、焕发生机。所以，城市里不能没有供老百姓免费热闹的地方。

海河流经天津市中心一段的西侧，紧靠着一条马路，这条马路边上从早到晚都坐满了人，下棋的、打牌的、拉胡琴的、唱戏的、举着牌子找工作的、或坐或站看热闹的……中心广场大草坪上的动物雕塑，也常被玩耍的孩子们毁坏。北运河边上的滦水园微缩景观，更是屡遭破坏……这是为什么呢？恐怕跟能供人们热闹的场地太少了有关。因为人们要寻找热闹的劲头是限制不住的，特别是现在城里闲人很多，下岗的多，退休的多，老人孩子多，这么多天天没事干的人，你叫他们去哪儿呆着呀？

但也有人想出了绝招，在草坪上十字交叉拉上了铁丝网。本来是美化环境的草坪，却让人感到不那么美，甚至不舒服，容易联想到战争年代的封锁线、地雷阵、敌占区，产生恐怖和厌恶心理。所以越是新区，越是好地方，越缺少人气，到处都悬挂着"禁止入内、违者必罚"的大牌子。那么，人们不禁要问：城市建那么大、弄那么洋气，到底干什么用呢？说白了城市不就是住人的吗？就该照顾到居民的兴趣和需求，让人感到居住的方便、实用和快乐。

这让人想到早在1857年，曼哈顿还没有塞满摩天大楼和小汽车，美国的园林建筑师奥姆斯特德就预见到纽约人将来需要在市中心有个休息的地方，于是在寸土寸金的黄金地段修建了阔大的中央公园。公园建成后奥姆斯特德特意在纽约各地张贴示意图，指明去公园的路径和方向，鼓励穷人和病人到公园去，无论贫富都可以在里面游玩，公园里的草地不会让任何人有受歧视的感觉。在中央公园每个人都受欢迎，以后的事实也证明每个人都愿意去。他成功地将风景变为城市建筑,并成为城市建设的经典。

城市生活无非就是三大块:商场、情场、官场。城市就该有情,环境也要有情,建筑更应该有情。

(原载《经营与管理》2005年第4期)

改 名

顾 土

名字可以用来识别人和事物，当然以不改为宜，并且，赓续持久的名字表明历史绵延不绝，古老陈旧的名字显露稳定和自信。名字一旦要改，无论自愿还是被迫，大概都到了改头换面的时刻，不改不行，而这样的情形上个世纪好像特别多。

有很多长辈因为要迎接新的政治生命于是主动改了名字，改后的名字往往由繁至简，并且都显得铿锵有力。也有些人改名字是因为环境所迫，不改就站不住脚，像崇儒、效礼、奉贤一类，在批林批孔和评法批儒的运动中有可能贻人口实。改人名算是比较难的一种，昨天还是张三，今日忽然换为李四，在人们的心目中一下乱了套，没有狠心恐怕难以实现。但是改店铺名、工厂名、街巷名，在二十世纪下半叶对许多人来说似乎就很容易，那个年代不讲品牌、传统、资源，只求推倒、砸烂、扫除，不改就可能成了封资修，反正改的也不是自己，所以人人争先恐后。

改革开放以后，改名又形成了浪潮。改错的、胡改的，当然要恢复原状；没文化的、不雅驯的、太直白的，也想改得好听一些。到了上个世纪九十年代以后，改名再掀高潮。因为经济发展了，实力增强了，小的就想升大，单个的也想扩充，那个时候，改人名的大多是为了隐瞒什么，于是实名制风行一时；改地名的原因则是五花八门，有的说市比县显得现代化，有的说地盘膨胀后名字不能不扩大，于是两个地名各取一字拼凑在一起，或者谁更能赚钱就以谁命名，成为首选。改企业名，恕我愚钝，一直不大明白，为什么改成公司才算是市场经济，为什么公司改为集团才算是规模经营，并且后来集团纷纷改成集团公司究竟又为了什么。至于学校改学院，学院改大学的结果，我比较清楚，其实就是新名字之后再加一个括弧罢了。

在几十年的改名风雨中,我最难忘的是这样几类。

六必居有几百年的历史,三十多年前被改成了红旗酱菜厂,当时我就觉得这样的搭配是笑柄;后来才知道连马桶也改成了胜利牌,只好无话可说。看来,不管打着什么漂亮的旗号,只要丧失了理性,最终都是自取其辱。二十多年前,老字号又恢复旧名,改了回来,但人们都说不像,这个像就是神似。家族企业靠的是精神赓续,没有了代代相沿、口传心授,哪来的精神?所以,改过去的东西也可能一去不复返。

我家门口有条马路叫张自忠路,以后改为工农兵东大街,再改为地安门东大街,最后又改回张自忠路。这种改法,在生活中举不胜举,就我所见,还有反修路、反帝路、破四旧路、立新路等等。为什么只有如张自忠路这样的名字无可替代?大约就是因为其具体含义有长远的价值,不是一时兴起,也不是头脑发狂,更不是蒙昧加愚蠢。

小区、社区、物业,是近些年引进的时兴叫法,遍地开花,可是谁也不明白这和过去的总务科、管委会、维修处、保卫处、家属院、向阳院、大杂院的真正区别在哪里,惟一的不同大概就是门口的传达室看门老大爷换成了制服人员。我住的这座楼因为居民与物业视如水火,所以两年都是自己管自己,只雇了一个看电梯的、一个扫楼道的、一个门卫,比从前的物业管理不多也不少,却省去许多开支。因此我也想到有些叫公司叫集团叫集团公司的,是不是无论改成什么,该亏的还是亏,该长官意志的还是长官意志,该计划经济的还是计划经济。改名原来就是换汤不换药!

(原载《新民晚报》2005 年 5 月 23 日)

被权力毒化的日常生活

张 鸣

在中国的历史上,当有权者行使权力毫无规则、不讲道理的时候,一般老百姓会有什么反应?最常见的有三种,一是忍着,只要能活下去就忍,将一切归咎于自家命不好;二也是忍着,但想法找机会熬成有权者,将现在忍受的一切加倍赏给后来的无辜者;三依然是忍着,然后找机会寻求体制以外的权力,比如黑社会,以最横暴的方式将目前受的还回来。

不消说,不管是暴君还是暴官,无一例外地向往第一种结果。不过,实现这种结果大抵需要有宗教,在中国,婆罗门教没有影,佛教也总是变不成国教。于是,后两种反应,就愈发多了起来。第三种结果看起来相当可怕,以暴易暴,虽然可以说是黑社会存在的土壤,但毕竟过于赤裸裸,而且歪门邪道,一时半会难成气候。

最危险的其实是第二种反应。设法使自己变成压迫者,这种近乎卧薪尝胆的努力中,实际隐藏着一种怨毒,一种对社会的报复。这报复一般都落不到那些原来欺负他的人的头上,就像从前受了婆婆气的小媳妇,等熬成婆婆了之后,怨气都落在后来的小媳妇身上。所以,这些人的理想实现之日,势必是劳苦大众倒霉之时。

处女被诬为卖淫,校园接吻被开除,在自己家里看黄碟被逮到局子里这样的倒霉事,也许不是每个老百姓都能碰上的。但走在大街上,无缘无故被查证件;坐车去什么地方,突然路被拦住了,要求你改道;某个场所突然不让进,或者进去了玩得正高兴,突然被要求离开;去求职明明考试名列前茅,人家就是不要你;好不容易有个假期,领导就是让你加班,不告诉你任何理由;你的护照或者身份证丢了,想去挂失,可是人家要丢失处的派出所证明,到派出所办证明,人家又说,谁能证明你是在这一带丢的?

不是每天都这么晦气，也不是每天都这么倒运，但这样的事情对每个人来说，却是司空见惯。

不知道为什么，权力总是横着使，没有一点道理，即使有道理，也不屑跟你解释，理解要执行，不理解也要执行。每个老百姓都被要求像是军队里的士兵，奉行无条件服从主义，时刻准备着生吞横咽下若干你很不情愿的东西。

可悲的是，我们的日常生活就这样被毒化了，每日被生咽下去的东西并没有变成粪便排泄掉，而是变成毒素渗透到了我们的血液。我们的空气和我们脚下的土地。从这个环境出来的人，只要有了权，就只会横着使。我们的日常生活已经变得异样，我们的为人处世，追求和理想，陷在怨毒和嫉妒的旋涡里还不自知。我们只想着刻意追求成功，却无法体味平常的快乐，品味日常生活的幸福，还自以为超凡脱俗。

一些刚进入大学的学生，就纷纷在学生会和班级里操练起权谋，争当各种"长"和委员，我的比较优秀的学生，谈起理想，往往必是要进入政界，获得权力，生活在社会的中心。童年和少年遭受权力伤害的阴影，早就深深地烙在他们的心灵深处！作为老师，我只能眼睁睁地看着他们中的某些人在进入官场之后，一天天变得庸俗不堪，利欲熏心。

我们已经不会爱，不会用关切的角度来看待周围的一切。当我们抱怨衙门门难进，脸难看，事难办的时候，想没有想过，当碰上陌生人求自己的时候，自己是个什么面孔？

现在，人们对政府权力的滥用，对有权者的跋扈，已经有了更多的警惕，可是，大家对权力的怨恨，却远远高于对弱者的同情，当网上每每爆发针对强权侵害弱者的声讨时，你无法辨别这其中有多少是对权力所有者的怨毒，有多少是对弱者的同情。

而这种怨毒，实际上被嫉妒浸泡着，凡是网上出现北大清华的负面报道和评论的时候，无一例外地会遭到一窝蜂的炒作，而那些针对教育主管部门的同样的报道和评论，大家的热情却要差了很多。很多事情，责任更大的其实是后者。

显然,关心这种事情的网民中的大多数,都是受过高等教育的,但却是非北大和清华出身——恐怕不少媒体的从业者也是如此,当年高考和求学时的那点不平衡和小嫉妒,一直没能消散。

(原载《中国新闻周刊》2005年第26期)

做一头有尊严的豪猪

狄　马

说起杀人，我们很自然地会想起砍头、枪毙或车裂、凌迟、五马分尸等种种骇人听闻的酷刑，其实有时杀人倒并不一定要从一个人的肉体下手，比如你可以通过改变一个人的居住环境来达到杀害内心的目的。茨威格有一篇很有名的小说，叫《象棋的故事》，里面写到一个对象棋并无特别爱好的B博士，被盖世太保抓到集中营，坐单人牢房。一天二十四小时不给他的眼睛以任何可以观赏的东西，后因一个偶然的机会，这个人得到了一本棋谱，他便疯狂地钻研起来，并日夜在脑子里与自己鏖战，结果患上了"象棋狂热症"。这是通过无聊或孤独杀害一个人的极端例子。

还有另一种谋杀是通过热闹或公开一个人的私生活来完成的。

我曾有很长时间居住在西安南郊的一个村子里，这个村子几乎所有的筒子楼都是当地村民为出租而盖的。租住他们房子的主要有三类人：一是盗贼，二是妓女，三是穷文人。每天当我拖着疲惫的身体回到我租借的院子里时，楼里几乎所有的住户都伸出头来，或将鼻子贴在窗玻璃上压成扁平的橡皮模样来观看我手里或自行车后架上的东西。以至当我每次走出或走进这个院子的天井时，我都感到在窗玻璃后藏着的不是一双双眼睛，而是一把把刀子，它们全都伸出来要刺向我。这种心灵受难的结果是，多少年过去了，我仍然不能改变一种看法，那就是市民与市民的关系，其实并不像乐天家说的那样温暖，有时实际上是一种谋杀关系。在无数的谋杀与被谋杀之间则是一片广大的灰色地带，人们在这个地带吃着、喝着、拉撒着、嫉妒着。一般来说，他们所有人的命运都是不幸的，但一旦有谁掌握了某种优势，立马就会转过来折磨别人，这就是他们的宿命。

前苏联有一个很古怪的词，叫"公共公寓"，专指斯大林时代，几家人合住在一起的公房。厕所、厨房、阳台、走廊全是公用的，房子里面则被隔成三块、四块或更多，并且是有学问的和有学问的住在一起，弹钢琴的和弹钢琴的住一起，说得冠冕的理由是"便于管理"，但如果照实说来，全不是那回事，不过是"便于告密"。大家住一起，而且是专业相同的人住一起，那么，谁访问过谁，谁一天吃几餐，便溺几次，全都一览无遗。公共厨房更是人们发泄不满的好地方。谁对谁有意见，只消等他离开时，在他们锅里加点盐或味精便大功告成。如果还不能解心头之恨，那么就等他离开后，往他的壶里吐口水。方法是趁主人离开，揭开壶盖，飞流直下。要诀是，不能太早，太早主人会因听见而返回；也不能太迟，太迟可能导致主人恰好下班，逮个正着，痛打一通。还有，脑袋离壶口不能太低，太低容易溅伤自己，太高又不容易百发百中。当然最重要的是，不能在关键时刻打喷嚏。

看来吐口水也是一项技术含量很高的活儿。不如中国式的打架或辱骂来得痛快。去年在学术界闹得沸沸扬扬的钱锺书夫妇与林非夫妇斗殴一案就是显著例证。居住在"公共公寓"的钱锺书、杨绛，没有像人们通常预计的那样温文尔雅，在人的生存空间被逼窄到难以抽身的地步时，再大的学问和理性也不能阻止他拿起木棍向胆敢入侵的"男沙子"动粗。他们当然没有往林家水壶里吐口水，但想一想一个弱不禁风的知识女性用牙猛啃"女沙子"的情景，就令人忍俊不禁。除了佩服杨女士不怕弄得自己满嘴沙子的英勇顽强外，再令人陡生感慨的恐怕就是极权政治对人的尊严的最后剥夺竟然是从收缴人的居住空间开始的。

萨特有一个剧本叫《禁闭》，写在一座地狱的禁闭室里，三个生前分别有过恶德的男女，在牢房里相互纠缠、折磨的痛苦情景。最后，借主人公加尔散之口，这位存在主义大师说了一句名言："提起地狱，你们便会想到硫磺、火刑、烤架……啊，真是莫大的玩笑！何必用烤架呢，他人就是地狱。"

其实不光是"他人"，自己也是地狱。这一点你可以在茨威格的B博士、退休的官吏、无聊的贵妇、白天的妓女身上看得一清二楚。对于闲着的人来说，无所事事比胡作非为更不堪忍受，久站不动比长途跋涉更无法容忍。你对一个坐长途车的旅客说，我给你提供世界上最好的食品和饮料，条件是你不许打牌，不许说话，不许眼睛向外，那你肯定要挨耳光。

这就是人的真实处境。一方面，人是孤独的，绝对地孤独；另一方面，人又渴望群居，渴望归属。一方面，人无法容忍和自己以外的任何一个人完全共享生活；另一方面，人又渴望活在群体目光的适度注意里。

叔本华有一个著名的寓言，说在严冬的一天，一群豪猪挤在一起取暖，但很快便感觉到了对方身上的硬刺，于是嚎叫着离开。过一会儿，寒冷又使它们走到了一起，倒霉的事于是不得不又重复一次。最后，几经周折，养猪的人终于将它们隔开，但隔得不远也不近，距离是恰好能吸取对方的热能，同时又不被刺着，这次豪猪们终于相安无事。

这个故事给我们很多启迪。那就是豪猪们要过上有尊严的幸福生活，就必须在豪猪与豪猪之间制造适当的距离。否则，一切文明、教育全都靠不住。当然，最低的期待是，那个养猪人不要故意将它们关在一起，或完全隔绝，单独关开，像一切古代和现代的奴隶主通常做的那样。

（原载《教师报》2005年7月6日）

除了考试，他们不会推理，不敢提问题，不愿动手
——清华工程物理系教授呼吁全社会救救这些只会考试的孩子们

程曜

清华大学关心学生的老同事，希望我能对清华学生的学习，写一些具体的看法。因为我刚从台湾过来，对一些在中国内地已经习以为常的行为，不会视若无睹。的确，内地学生的行为和欧美甚至港台学生的行为，大大的不相同。我们虽然不忍苛责。但是我们还是得认真研究，作为时代的见证。学生就像一面镜子，反映了中国的社会现状。优秀的学生可以先知先觉，在这个大变化的时代领先群伦，改变社会现状。在全世界的瞩目下，中国和平崛起已经是毋庸置疑的事实。同时，全世界也正注视着这些国内一流大学的学生，看看他们到底有什么能耐，来面对20年后的中国。我们当然理解，年轻人个人的问题，随着年纪的增长，一定会适当解决。而该思考的是，清华学生的特殊现象，以及普遍不正常的行为。我们在国外一流大学的学生身上，都能见到那种与众不同的行为，甚至是一种被鼓励的傲慢和自大。到了中国，这种精英似的傲慢轻狂，往往混合着更多瓦解的道德观。

一对对牵着小手闯红灯不以为意

这个时代的中国，最显著的问题就是混乱的价值观。我们可以在清华大门口的街上，看到有些对红灯视若无睹的清华学生，一对对牵着小手闯红灯，优哉游哉漫游过街，可以让百辆车子紧急刹车而不以为意。难道这就是我们要训练的新中国一流大学生吗？2003年夏天我回台湾时，遇到了我的老师刘达中教授和作家陈映真。他们都问了我一个相同的问题："中国的中产阶级形成了吗？"我的回答如下，城市里的中国人有钱了，他们很注

意自己的利益是否受损，但是要他们为公众利益付出一丁点儿，他们就不愿意了。当这些人没一点共识，没有一点共同价值观时，我们如何称之为中产阶级呢？这种中产阶级如果兴起，只能给中国带来更大的灾难，万万无法代表中国的发展和进步。再回到被惯坏的清华学生身上，他们一样具有全世界中产阶级斤斤计较的特性，却又不肯好好学习。总以为考上了清华，只要稳扎稳打，不犯大错，总有一天能飞黄腾达。知识的殿堂，不再尊重知识，正是中国高等教育的耻辱。

课本里没有的他们不会

我们在这里举出一些实际的例子，进一步说明为什么有些学生不要知识。大部分学生上课的时候，只留意老师放了什么资讯，可能要考什么。很少理会一堂课内所教的内容之间的关联性。这件事非常容易证明，只要上课明白说出的一句话，好像会考，他们就会回答。如果需要综合两句话的推理思考，他们就不知所措。即使心里明白，也不敢把心里明白的事情写下，或者尽量写得模棱两可，多拿一点分数。如果不给公式，学生不会算，也不敢推导公式。他们上课，不理会老师推导公式的思路，大都死记最后公式的结果。上学期我上完光学，考试第一题如下："如果你的近视眼很严重，不戴眼镜能看清楚显微镜的影像吗？"这样的问题，100个修课的学生内，有一半以上的学生不会答，还有四分之一答错。这个问题，起码清楚表现了两件事：一、课本里没有的他们不会；二、他们不看显微镜，也不看望远镜，只会使用全自动对焦的照相机。也许还有其他的原因，不过有一点我确定，他们不会将上课的知识应用到日常生活上。这些知识只是用来考试，让他们踏进大学之门。剩下25%的学生之中，才有一些是愿意知道，喜欢知道的人。上个世纪美国著名的教育哲学家杜威，提出生活即教育的概念。我思考这句话30年，回到祖国后，突然发现中国的现状和100多年前的美国非常类似。当年的美国，被欧洲人瞧不起，认为美国人没有文化。虽然教育水准低落，却有欣欣向荣的活力。杜威说生活即教育，让美国的教育和实际结合起来，也去除欧式教育中的矫揉造作。中国的现代教育，应该吸取这个宝贵的意见。事实上，杜威为胡适的老师，正是胡适当年在大陆宣扬杜威的教育观，延续到台湾。而我回祖国后，见到学生的问题，似乎又回到胡适在北京的时代，100年来没有多大的改变。

学生们不敢问问题

学生们不敢问问题。我花了很长一段时间去理解这个现象。当然，我们在台湾对这个现象并不陌生。可是我们又可以看到，他们听一些演讲，如果授课老师不在场，他们喜欢在同学面前大放厥词，表现自己的能力，而往往不知道，问的问题和演讲有任何关系。只有这样，我们才能理解，他们为什么不问问题。一、根本不知道有什么问题；二、怕在老师面前暴露自己的无知，影响分数；三、再次验证学生对知识不感兴趣。知识只是一个工具，一个妆饰、和一个自己都不相信的模糊记忆。竟然有学生辅导员对新生说，你们尽量背，考完就忘记掉，不然无法应付接踵而至的课程。清华大学怎么能让这些不懂事的孩子扮演大人的角色，在学生内部流传一些不入流也不正确的观念，培养了一群自以为是的井底之蛙。

以分数作为一切评价标准

清华的学生还有一个特色。正是因为当年高分考进清华，受到了很大的奖励，从此就对分数特别感兴趣。学生之间，以分数作为一切评价标准，有了高分就高人一等。拿不到高分就去修更多的学分，来解释自己为什么拿不到高分。甚至有大学3年半修了180多学分的例子，平均一个学期26个学分。这样的学生，往往对所修习过的课程一无所知。清华大学应该降低必修学分，严格把关控制品质。前些日子，我亲耳听到一位北大附中的老师说，现在4月正忙，过几个月学生进了大学就好了，只要交钱就能毕业。言下之意，大学教育不如高中教育辛苦。我想，这个看法在学生之间是普遍的，念高中比念大学辛苦。有的学生不但不认真念书，还敢来恐吓老师。我就碰到几个例子。清华大学严进宽出，已经是有名的了。这件事再不倒过来做，明显和经济崛起的中国发展方向背道而驰。中国放松人民币汇率和管制，已经箭在弦上，是多久才能完善银行体系的问题，是能忍受多少关税报复才开放的问题。经济发达后，中产阶级检查自己口袋和堵车的时间，远比思考的时间多。学生花脑筋赚钱的时间，远比思考的时间多。学生已经没有政治的热情了，学校不必太担心，应该好好的抓学业。混文凭不该毕业的，千万不要妥协，尤其是研究生。

除考试，他们几乎什么都不会动手

几乎所有的学生，都不喜欢动手。不但千方百计逃避动手，还会去耻笑动手的同学。作为老师的我，千方百计地强迫他们动手，甚至不惜以退学要挟这些学生。我必须承认，即使这样，仍然所获不多，或者面临损坏设备的风险。我们发现，学生有各式各样的理由不动手。背后的原因往往很简单，除了考试，他们几乎什么都不会动手。为什么会这样？首先，中国传统士大夫的形而上观念，根深蒂固。在整个学习过程中，很多老师也不知道如何动手，由小学到大学一路因循下来。再者，现代的电脑普及，又有很多网络新贵产生。这种弄不坏、不必负责任的玩具，反而给了他们很大的动力。还有，动手的分数通常不好评价，老师会送分。学生花很大劲学习动手，不如一个计算所得数字的成本效益高。老师不重视动手评价，学生当然不会重视动手。系里和老师的研究室里，没有摆满手册和厂商零件目录，学生当然除了玩软的不能玩硬的。学生最常找的不动手理由，就是设备不够好或者没有设备。我们发现，最好的设备给他们，他们也不用，更何况让他们自己建造设备和修设备。最好的创新科研，绝对没有配套的设备。往往在设备不足的情况，才能激发想像力，开发出前所未有的科研方向。国外学校经常有一些竞赛，鼓励学生在有限的资源下，把所学知识运用来创造新的小发明。我们也该认真地考虑，采取类似的措施，释放学生的想像力和能量。

完全不思考答案的荒谬性

有一次，我在课堂上问学生，当光照到物质上，多少时间之内光电子会被释出。几乎所有的学生都一起回答：一个纳秒。这件事让我吃惊万分，他们可以由一个老师或某本教科书上得到错的答案，完全不思考这个答案的荒谬性，和教学的内容完全不一致。上学期在期末考时，我问了一个问题，什么是科学方法，物理学和你所就读的学科方法有何不同？竟然有一个生物系的学生回答，物理有很多要背，生物也有很多要背，非常不容易同时记住。我宁可相信他在和我开玩笑，不然我如何自处，到底是怎么教的。中文的教科书有几个大弊病，略举两点如下：一，不与时俱进，不能不断再版，更正错误和更新知识；二，没有良好的索引和参考文献，学生学完之后，无法一辈子用来翻阅。学生宁可花钱买手机、电脑和配件，不肯花钱买一本好书珍藏，太令人失望了。好的外文教科书，都有中文翻译本，但是这些翻译本的再版往往跟不上时代。在中文教科书完善之前，我们只能大量使用外文书籍，而且减少学生使用翻译本的可能性。

救救这些只会考试的文盲

如果大家不认为上面列举的现象是我捏造的，不免要问，中国该何去何从？这些清华的大学生像是会考试的文盲，不但对知识不感兴趣，对文化也十分陌生。虽然可以随时琅琅上口一些专有名词，似乎学习了很多。但细究之下会发现，他们就像"文化大革命"里的样板戏，架势十足好看，内容简单易懂，却不深刻。我必须要说，这不只是清华大学一个学校的责任，应该是全体中国人的责任。我必须呼吁大家来救救这些孩子，把他们的思想紧箍咒拿掉，让他们开始思考。我们不能再纵容这些自以为是的清华学生。要让他们知道，如果不能够创造更进步的文明社会，就不配走出清华大门。要让他们知道，再聪明的人，也需要严格的锻炼。要让他们知道，世界不只有海淀清华园。

（原载《新华每日电讯》2005 年 7 月 10 日）

你同意在"慰安所"喝茶？

刘方志

慰安所建筑多为侵华日军征用的民房。当历史的风云散尽，这些民房又将承载什么样的命运？是永久地背负历史的耻辱，还是还原为与"事"无争的一栋物理意义上的建筑？谁能轻松地回答这样的问题？

但是，现实的情况却是，当慰安所不成其为慰安所后，就很早地归于民用，或是原房主世居，或是改头换面，生发出多种用途来。对物质的继承掩盖了精神上的耻辱。慰安所的恶名似乎只成了一种遥远的传说。

而且，这种看似自然的继承，越来越有一种生发歌声与休闲的可能。我们听到的最新消息是，在日军占领时期曾做过慰安所的南京市常府街细柳巷福安里5号现在已改造成一家茶社。

我很奇怪，你同意在"慰安所"喝茶？如果你知道那里曾经发生过一些非常无耻和残忍的事情，你还会安之若素地在那里品茶吗？然而，我相信一定有人有足够的定力，可以使自己坦然地"扬弃"，在扭曲的环境中笑看云淡风轻。

世界上最可怕的事情莫过于此！

我们有太多的理由要为"后慰安所"的命运做一番推测。上海师范大学中国"慰安妇"研究中心历经13年深入研究，近日披露了最新发现："上海有史料或证人证明的慰安所有149个！"

这149个慰安所是被发现的，也就是说，这些物质还没有作为一个文物被保护起来，其物质的使用功能历经半个多世纪仍未丢失。在寸土寸金的上海，可想而知，这些建筑的民用性质还是很强的。既言民用性质，那么，它将遭到的命运，无非是继续利用下去，或者消失，它的身份的尴尬，使得它们必须面对太多的不确定性。

眼前的例子，正如我们现在所知道的，世界规模最大的南京利济巷慰安所遗址群惨遭拆迁。家住杭州国货路的罗望向早报反映，泗水新村为杭州仅存、国内为数不多的一处"慰安所"旧址，但它的现状堪忧：一些居民把阳台改为厨房，在二楼乱搭建。人们车来车往，好像对城市的前途更有信心，因为他们的脸上的表情无疑是轻松的。无法想象的情理冲突，无法声张的悲哀。

在"慰安所"喝茶，在"慰安所"做饭，在"慰安所"买菜……我们已经感受到了什么，但我们不知道下一步还会发生什么。

旅日华人朱弘的"将朴永心老人曾经惨遭禁锢的利济巷2号建筑建设为世界上最大的'日军慰安所制度展览馆'，向全社会免费开放"的建言，也就只能飘荡在风中。这类的建言此起彼伏，我以为也包括着那些被发现或没有被发现的慰安所。这些让人警醒的思想还没有促动那些"有关部门"吗？我不责怪那些没有房子住，或者为了继承祖产，而不得不委身于斯的平民，我只是在责备这种在所谓的命运的安排之下，表现出的满不在乎，问题是，这种满不在乎已经形成一种文化的惯性，让人无法思考。

历史不能复制，思想也不能复制。但是短视、"钱景"和虚欢可以复制，包括在"慰安所"喝茶的人，一代一代，总可以复制。拆迁的理由总是关乎经济，喝茶的理由总是关乎民生。

那么，你同意在"慰安所"喝茶？

（原载《中国商报》2005年8月16日）

"一生都像是在'否定'里生活"

黄 波

读了陆耀东著的《冯至传》（北京十月文艺2003年9月第一版），我才知道著作等身的冯至先生还写过这么一篇奇特的"自传"，"自传"是一首诗，诗曰：

三十年代我否定过我二十年代的诗歌，
五十年代我否定过我四十年代的创作，
六十年代、七十年代把过去的一切都说成错。
八十年代又悔恨否定的事物怎么那么多，
于是又否定了过去的那些否定。
我这一生都像是在"否定"里生活，
纵使否定的否定里也有肯定。
到底应该肯定什么，否定什么？
进入了九十年代，要有些清醒，才明白，人生最难得到的是"自知之明"。

冯至先生生于1905年，此诗写于1991年，也就是说直到80多岁的高龄上，诗人才终于对自己有了个合乎事实的评价和认识，才终于不像过去那样轻易否定自己了。其实不仅冯至先生是这样，不断地否定自己，"一生都像是在'否定'里生活"，这堪称一代中国知识分子生活的一种常态。

"实迷途其未远，觉今是而昨非"，用陶渊明的这两句话来描述现代中国部分知识分子的心境颇为贴切，不过，陶渊明那是逃出污浊官场的真情告白，那种欣喜是发自内心的，而现代知识分子的"觉今是而昨非"的情况恐怕要复杂得多，否则其中的不少人就不会在暮年痛定思痛，对当年的自轻自贬来个否定之否定了。

觉"昨非"，这本来是人类在物质和精神领域里一种积极的追求，正如迅翁所说，不满是向上的车轮，可是这种积极的追求不应以自污、自轻、自贱为代价，尤其对创造精神产品的知识分子而言，否则势必带来人格的沦丧和全面的历史虚无主义。觉"昨非"，中国现代最为彻底的当属梁启超，他不断地用"今日之我与昨日之我战"，每到一个新的时段，梁启超就会在思想和观念上有一个新的变化，被世人称为"善变"，可是梁启超的"善变"是一种水到渠成的结果，他对学术、社会和现实有了和以往不同的认识，否定过去乃成不得不然之举，所以，梁启超颇为自己的善变而得意，视为自己永远不失进取之心的标志。对照梁启超，现代史上另外一些知识分子同样喜欢否定自我，但令人奇怪的是结果却大不相同，梁启超总能从不断地变化中找到自我，而另外一些人士却总是迷失自我。其故安在？仔细审视，二者区别有二：一是梁启超在对旧我的否定中没有自污，相反他在《清代学术概论》等著述中对自己在特殊时代所起的启蒙者的作用感到自豪，而在另外一些人士那儿，自污却是屡屡上演的节目，仿佛要把自己说成是不齿于人类的秽物才好。很难想象，一个自轻自贱的人能创造出多么卓越的精神产品；二是某些人士往往从觉"昨非"出发，落脚点是觉"今是"，梁启超则不然，他与昨日之我战，但并不认为今日之我就是最好的，今日之我时刻有沦为新的战斗的对象的可能。如果总是以痛骂"昨非"开始，以颂扬"今是"结束，其中追求真理还是追逐势利的成分居多？一言以蔽之，梁启超和某些人士的区别关键在于，前者的变化和否定自我是独立思考的产物，而后者的变化和否定自我往往是一时政治气候、社会风尚迫和诱的结果。

葛剑雄曾记其师谭其骧晚年一事："他又为一次运动的结束写了一份小结。我见他写得很快，不像写其他文章要拖上好几天，不禁感到惊奇，他长叹一声道：'咳，解放以来这样的东西不知道写过多少，无非是骂自己吧！'"谭先生的这一声长叹包含了多少内容啊。

（原载《中国社会报》2005年8月19日）

赵燕和李秀珍

童大焕

评论，最好要求机锋饱含冷静，笔墨不带感情。然而这一篇，我是噙着眼泪写的。

读《中国青年报》9月14日包丽敏文章《户口照耀不到的地方》，心情难以名状。"即使去往天堂的路上，你也千万不能忘了带上户口。问题是，你要是没有呢？"

上月，一位叫李秀珍的女人，在北京近郊一间平房里病逝。然而这位67岁的逝者没有户口本也没有身份证，于是，医院无法开具死亡证明，殡仪馆也不能火化。几经周折，老人的灵魂才得以安息。

早在30年前，举国上下大"割资本主义尾巴"，李秀珍的丈夫、皮匠李殿洲被视为"单干户"和"社会主义绊脚石"，全家被游街3天。随后，在没有落实户口接收地的情况下，黑龙江省"双城县公正公社康宁大队革命委员会"大印一摁，强行将一家人的户口迁出。从此，李秀珍一家8口，陷入漫长的贫穷、恐惧与黑暗之中。在那个粮票、布票、肉票、煤票、油票、豆制品票……样样离不开户口的年代，一家人漫山遍野采摘野菜，露宿街头，靠捡破烂为生。一家人瘦得皮包骨头，有时饿得扶着墙根儿走路。一直熬到1979年，拨乱反正，他们一直找中央，等待他们的，仍是一如既往的"等等吧"、"再等等吧"。

这一等就是30年，两代人的光阴、两代人的青春、幸福、尊严和希望一晃而过：

老二李贵仁15岁那年捡破烂，一个醉酒的司机开着汽车辗上垃圾堆，轧断了他的右腿。老三李贵才，不幸成了一桩谋杀案的受害人，但因没有户口和身份证，最终连死尸都没能认领。

因为没户口，老大李贵锋这位当年的"尖子生"不得不放弃高考。不仅如此，即便去找个临时工，用工单位也会要求"看看你的身份证"。谈过一次恋爱，但终因没户口，女方离他而去。42岁的李贵锋，至今无业，跟残疾的二弟一起打光棍。

老四会开汽车，但因没有身份证拿不到驾照，只能开"摩的"养家。

两个女儿因没户口领不到结婚证，只能跟男友"非法"同居。35岁的大女儿已经流产三次：因为丈夫所在的国企坚持不许"未婚生子"。27岁的小女儿至今不敢要孩子，因没户口，拿不到生育指标。

更糟的是，因没户口，他们连暂住证也不能办。每个孩子都曾被收容过。不过，因为没有原籍可以遣返，他们被允许继续在北京流浪，继续"反映问题"。

接下来的难题已经关系到第三代，老四的大孩子已经上小学六年级，没有户口，他将无法升入初中，面临失学。

我们知道，如今在许多国家和地区，比如咱们的香港，孩子只要一落地就拥有当地"户口"，而不管其父母来自何处；我们知道，如今在许多国家和地区，哪怕是非法移民，也享受到许许多多的权利保护，即使"国家"袖着手，仍然有各种各样的民间组织在帮助他们。可是我们眼前这一家三代，整整30年的非人生活，就像无根的浮萍；甚至连无根的浮萍都比他们幸福自由，他们却只有不断被抛弃的命运，无力自主，也无人替他们做主。

30年对于一个国家太短，对人的一生来说已太漫长。然而这30年里，一个国家已经经历了"极左"、拨乱反正、改革开放、追求民主与法治的巨大变革，而这一家三代人的命运却似乎丝毫未变！

我们可以说这是历史的错误，但是今天的人们不去纠正，那就是今人的耻辱；我们可以说这是户籍和身份制度的错误，但你何曾见过一个人的身份证明居然可以被剥夺？更何况，30年来，在同样的户籍和身份制度之下，多少"不合政策"的人体体面面地改变了户籍和身份！而在户口之外，在工作、婚育、认尸等任何一个环节、时代和人的接骨眼上，30年里我们同样没看到照耀在李秀珍一家身上的哪怕一点点人性闪光。

所以，真正令人悲哀的，不仅仅是不合理的户籍政策这样的"小制度"，而是有什么样的更大的制度环境，使我们那些掌握政策、执行制度的人一个个都变得如此铁石心肠，当他们面对"无权利者的权利"时，是如此的冷酷无情。30年里，这一家三代阅尽了怎样的人间脸色，尝尽了怎样的人间冷暖？讨说法磨破了嘴，跑断了腿，各有关部门总是不冷不热一句话："待解决。"这一切，或许仅仅是因为他们只需而且必须对上负责？

请记住：只要人性不灭，再恶劣的环境下人类都能抬起自由高贵的头；但是，如果有那么一种制度环境，把置身其中的人都变成了缺乏人性人情味的冷血机器，那么，只要一个小小的政策漏洞，都会被放大成一千倍、一万倍的恐惧和灾难。而人类理性的局限，根本不可能制定出一个完美无缺的政策。

思想家拉贝莱有一句名言："学术无良知即是灵魂的毁灭，政治无道德即是社会的毁灭。"

我想，政治的良知和道德，需要的是点滴细微的具体构建，而不是宏大高远的口号。它要解决的是当下的具体现实，而不是虚幻的理论和理想。越具体、越实在，越与人情、人性息息相通的政治，就越是好的政治。

此时此刻，一场无数国内媒体瞩目且令他们慷慨激昂的官司正在大洋彼岸开庭——赵燕被打案在美国纽约州布法罗市联邦法院审理。这个案件其实是两个案件：一是美利坚合众国政府在布法罗市联邦法院起诉罗伯特·罗兹，罪名是他涉嫌过分使用警力，侵犯了赵燕的公民权利。另一个案件是"赵燕诉美国政府"，赵燕为精神和肉体上所遭受的损失向美国政府赔款提出1000万美元的诉求。目前后面这个案子刚刚向法庭提出，还没有开始审讯。而前面的案子虽然陪审团判决罗兹无罪，但检察官里特费尔德在庭上说的一番话，仍然值得我们一再回味。他说，尽管赵燕是外国人，但是她的公民权利仍然享有美国宪法赋予的保护。

一个人一瞬间被殴打和两代人整整30年被边缘化，这是一个尖锐的刺激。什么时候,我们的媒体也能把"高远的目光"放到坚实的大地上,也为李秀珍们的不公正遭遇,一齐发出惊天动地的呐喊?

(原载《中国保险报评论》2005年9月16日)

在"第二代穷人"和"第二代富人"之间
何三畏

前些天有一个关于"富家子弟"的议论。据说是学者陆学艺先生在北京城市志愿者论坛上说了这样的话:"应像引导企业家和高收入者参与光彩事业一样,组织富家子弟做义工",并称"富裕人群子弟多帮助弱势群体,不仅有助于缓和社会矛盾,还可以帮助富家孩子树立正确的价值观"。这大概只是一个"场面话"而已,富人子弟去不去做,是另一回事。但这里隐含的两个问题就很有意思:一个是对富家子弟的"道德关怀",另一个是"缓和社会矛盾"。

目前很多文章在估量中国社会由贫富差距造成的社会矛盾。基本观点是认为中国社会的财富高度集中,穷人太穷太多。阶层的差距产生生活的隔离和心理的不平衡以及情绪的对立,以至形成了一个世人深信不疑的说法:"仇富心理。"另一方面,也有人认为,可能还存在一种"仇穷心理"!于是,每当有某种极端事件出现,人们就归结到这种社会心理。

而中国穷人的另一大特点可能还在于,他们正在被世袭着。

走过旧体制的上一代穷人已经老了,他们除了等待社会给予最后的体恤,对社会提不出自己的要求,他们即便是有一种"仇富心理",也不足以构成现实的忧虑。那么最值得关心的,应该是"第二代穷人"与富人的对立了。

所谓第二代穷人,是指在中国经济高速增长的年代里,被隔离在社会经济和政治生活主渠道以外的贫困劳动者的后代们。他们可能是城市下岗工人的子女,也可能是新一代农民工。他们的童年可能被高额学杂费门槛阻拦在义务教育的大门之外,而今天,他们不认识电脑键盘,无法享受和谐社会的政治清明和科技进步的巨大实惠。他们只能进血汗工厂,他们的劳动可能挣不到国家规定的最低工资。他们只能跟穷人结婚组织一个贫穷的家庭，他们看不到新的希望，一番艰苦的奋斗之后，又只能回到原点。

所谓第二代穷人，基本是这样"世袭"而来的。不要低估了他们的人数，单是一亿城市民工，就可能摆给社会五千万个第二代穷人。

与此同时，第二代富人也自然形成。他们与穷人的生活有很大的隔离，不知道、不理解，甚至不同情。这当然不能怪他们，一个社会性的价值观不能由年轻人自己负责。但自然也就产生了陆先生所提到的"对富二代的道德关怀"。

富人应该世袭，而贫穷的世袭化是可怕的。世界是我们的，但归根到底是"穷二代"和"富二代"们的。将来的社会是他们生活在一起，他们将怎样和谐共存，应该存在很多诱人想象的可能性。因此，未来社会最基本的目标是要实现"贫富和解"，"和解"是和谐的前提。

要实现这样的目标，要做的事情很多，但相对地说，帮助富家子弟进行道德建设，应该还在其次。再说"富而好礼"应该产生在第三代，这事情忙也忙不起来。可现在的问题不是"组织富人子弟去做义工"，相反，倒是穷人们常常在城市里"做义工"，他们完成城市里最苦的活，到头来往往血汗钱拿不到，只得带着冤屈和忿恨回家生闷气。当然，如此欺压他们的当然不只是城市富人，而是权势阶层跟富人结成的联盟，或者说富人与权势者们也不是故意的，而是政策失灵。但总而言之，目前在城市"做义工"，是远远轮不到富人子弟的。现在最首要的问题是必须马上消除明显的歧视和不公，使第二代穷人感到公正是可以追求的，感到生活毕竟有一些奔头，感到他们的下一代有希望摆脱世袭的贫困。

（原载《燕赵都市报》2005年9月28日）

兔子的博导究竟是谁

柔　草

有则寓言说，兔子坐在山洞口，狼来了，要吃它，兔子说，别慌，等我做完博士论文，老师在里面等着哩。狼很是瞧不起：就你这小样？兔子说，你进去看看吧。狼进去了，就再也没出来。过一会儿，狐狸来了。兔子又说它在做博士论文。以狐狸的聪明，当然更不信，兔子便带它进去证实。狐狸看见了一头狮子趴在那里，嘴上沾着狼毛。结果可想而知。寓言本意是，不在于你是谁，而在于你的老师是谁。后来人们从不同角度做了种种诠释，却未得其精髓。只有那些官迷，竟能从中悟出谋官之道，且活学活用，屡试不爽。

曾见一只兔子发表竞岗演说，先抛出这个寓言，然后话锋一转：我为什么能做出成绩？我不过是只兔子，而在座的领导们，就是狮子啊！于是，领导们立即狮心大悦，高兴得口水直流。有狮子做博导，天底下还有做不成的事？为了证实学生不衰，老师立马封他一顶处级乌纱帽。在多数中国人眼里，一个人衰不衰，看他头上乌纱帽有多大是也。不过，据说后来这兔子有负狮望，那点看家本领漏底不说，还常常偷吃窝边草。吃着吃着，一不留神吃到狮子身边去了。狮子不高兴了，一爪子将兔子的乌纱帽给撸了。

中国历来道行高深的兔子不少，严嵩要算一只。不仅皇上理所当然是他的伟大导师，连给皇上提尿壶的太监，也都成了他的博导。凡皇上有事派太监找他，"嵩必执乎延坐款款"。一个堂堂中央部长（礼部尚书），见了皇帝身边的奴才，就像小粉丝见了大明星，媚眼乱飞，深情脉脉地握着人家的手半天不放，屁颠颠地又是让座又是上茶的，还不忘交点学费——"密持黄金置其袖"。宰相夏言却不会这一套，麻烦就来了。太监们时不时到皇帝佬儿朱厚熜跟前放夏言的坏水，把他慢慢搞臭。这天深夜朱厚熜找夏言有事，传话的太监报告说夏言已经睡了，喊不起来；严部长倒是没睡，深更半夜在学习您老人家的批文哪，随后就到。朱厚熜心中越发对夏言不快，尽管夏言本事和功劳都大大，事后还是寻了他个不是，将宰相宝座挪给了严嵩。夏言那晚到底睡没睡，小太监有没有去喊，都是历史悬案。有一点可以肯定，太监博导关照部长学生，暗中做了小动作。也活该夏言倒霉，搁现在，视频电话一开，你夏言睡没睡，一目了然。

中国的官场环境极适合兔子繁衍，所以它能生生不绝，而且与时俱进。有只兔子酒后吐真言：搞定狮子，其实容易得很。你只要当着他和大家的面，说某事是按照他的意图做的，然后再说这事如何牛逼冲天，比爱因斯坦发明相对论都伟大。实际上，他可能对这件事狗屁不知。但是，高帽子已经给他戴上了，这件事做得再狗屎，他也不会当众批评，只会拼命表扬。因为表扬你就是表扬他自己。表扬多了，假的也就成真。你根本就不用出劲，更不用担心做砸。你就等着提拔吧！

兔子常常得手，说明狮子是冒牌货，博导名不副实。问题就在于，他原先或许也是从兔子来的，可是，别人封他为狮子，他便会忘了自己是谁。或者充其量不过是狐狼之辈，既然以狮子自居，上了当，也不会承认，因为他有了狮子的感觉，不仅天下第一聪明，也从不犯错。

兔子的博导，只是人性的弱点而已。

（原载《现代快报》2005年10月6日）

有很多顾准

黄一龙

有几位学者曾经就顾准的《商城日记》和《息县日记》里存在的明显矛盾，讨论究竟这算不算得存在"两个顾准"的证明。论辩双方说得都有道理，我的学养不够，也不想无力掺和进去。这里只是借他们的题目，讲另外的内容。

在马克思主义的发展史上，以至在人类思想史上，中国共产党贡献了一个顾准，我以为是本党很值得自豪的事。一个半世纪以来，"马克思主义者"多矣，但是真正能以马克思主义的精神把马克思主义推向前进者，除了循例计入的领袖人物以外，鲜矣。而顾准就是鲜有的一个，假使不是唯一的话。

党史 ABC 告诉我们，中共自准备建立时起，就年年月月天天在全国传播马克思主义，从 1921 年算起，已经八十几年了；几亿（后来是十几亿）人口学习马克思主义凡八十多年，何以只出了个把可以当之无愧的马克思主义思想家，原因实宜探究。

依我的研究，其实顾准这样的人，曾经是很多的。

他们在哪里呢？

顾准死于"文化大革命"末期。他偷偷摸摸写下的主要著作，实际上是与其表弟陈敏之的通信。当然不是所有的思想家都有这样一位既有理论素养、又可推心置腹的亲戚，其人出现的可能性应该很小；最多不过十分之一吧。可是这个"十分之一"是什么意思呢？它表示至少那时还有另外九个"顾准"，满肚子和顾准一样可贵的马克思主义，因为找不到人交流，找不到人对他的著作秘密保存于当时和整理发表于以后，而湮没无闻了。于是我们得到了十个顾准，到"文化大革命"收场的时候，其中的九位，连思想的痕迹都未曾留下。

而在此以前，十位顾准都生活于"文化大革命"的"全面专政"之下，头上悬着"公安六条"之剑，稍有异端思想，就有刑狱之灾、杀头之灾。像他们那样把思想包装得严严密密，滴水不透，在遍地鹰犬的眼睛鼻子底下，居然未被发现，这样的可能性又该有多大？又算十分之一吧。那十分之九的人即90位可能的顾准哪里去了？被"全面专政"了啊！我们现在还知道姓名的，就有张志新、王申酉、遇罗克诸位，他们都是与顾准站在同一高峰的伟大思想家。那么请记住，当"史无前例"的那场动乱开始的时候，我们中华民族至少能有一百位顾准！

还没完呢。这一百位顾准，乃是经历了20世纪50年代的历次政治运动洗礼而继续思考的头脑。从"《武训传》批判"开始年年不断、到1957年的"阳谋"达到高峰、专整知识分子的政治运动，其实乃是在大批知识精英里面选拔杰出精英的运动。群众揭发，领导排队，深挖细查，批倒批臭，层层上报，党委定案；凡此种种，无非是从大批具有独立的思想自由的精神的人士里面，选出特别诚实而坚定的人来。须知自由、独立的品格再加上诚实而坚定，正是成为伟大思想家的必要条件。几次运动下来，这些人士纷纷落网。唐太宗当年开科取士，看见赶考的生员手捧纸笔鱼贯入场，大喜曰"天下英才尽入吾彀中矣！"我们的政治运动，乃是另一种使"天下英才尽入彀中"的高招，而且成绩斐然，仅"右派"就选出五十多万。五十多万精英分子自然不可能都达到顾准的水平取得他的成就，但是再在他们当中百里挑一也有五千多位、千里挑一也有五百多呀。五百乃至五千多"准顾准"为何到了"文革"以前只剩二百了？这就是当时和唐朝不一样的地方了。把一时才俊通过运动选拔出来，不是为了发挥其才智，而是为了摧残之，办法就是"杀""关""管"。——虽说搞运动的规则里，上面有言"一个不杀"，但是也像有"言者无罪"之言一样，说说而已，不算数的。仅我所知，就有两位风华正茂的女杰，从大学里面被选成右派以后杀掉了。一是北京大学学生林昭，她的惨案已经遮盖不住，如今广为人知了；另一位的事还被藏着掖着，乃是四川大学学生冯元春，关进监狱以后又被拉出去"公判"死刑,行刑办法是让"贫下中农"用锄头砸死。其他被处死的,记得还有;未"处"而劳改累死的病死的,就一定还有而且一定不少。至于捡得一条命的人,对他们或关或管,实行长期的肉体折磨和精神折磨,以便树立依赖的思想服从的精神,养成虚伪而懦弱的品格。在这些法宝的摧残下,像吕荧、路翎这些才华横溢的人物,只好发疯。其他的多数,也就好歹苟全性命于治世,不敢闻达于官方了。这就是好几百甚至好几千"准顾准"的下场!

毛泽东当年曾经希望,中共党内能有上百个"真正的马克思主义者"。如果他所指真是按照马克思主义的精神,无畏地探讨人类解放道路的思想家如顾准者,那么当他宣布"中国人民从此站起来了"的时候,中国或中华民族,至少已经拥有好几百甚至好几千潜在的伟大思想家。如果不对他们实行逆选拔逆淘汰而让他们也"从此站起来",我们早就会迎来一个诸子百家蜂起,鸿篇巨制纷呈的伟大的"有中国特色的"文艺复兴,又何至于只剩下孤零零的一个顾准偷偷摸摸研究"希腊城邦",何至于麻烦那么些博士博导偷偷摸摸抄袭外国论文去"繁荣学术研究"!

(原载《上海文坛》2005年第10期)

月黑风高夜的一丝星光

吴兴人

唐山作家张庆洲经过长时期的调查后，最近写了一本《唐山警世录》，向世人透露一个令人震惊的消息："震撼世界的 1976 年 7 月 28 日唐山大地震，震前曾被准确地预测出来了。"

最早预测出唐山大地震将来到人间的是开滦马家沟地震台的预报员马希融。从 1976 年 5 月 28 日开始，马希融发现，一直平稳的地电阻率出现了急速下降的现象。他一边加紧观测计算，一边观察地下水和动物变化。为慎重起见，他还与其他地震台进行沟通，最后确认监测结果无误。7 月 6 日，马希融正式向国家地震局、河北地震局、开滦矿务局地震办公室发出短期将有强烈地震的紧急预报。在月黑风高之夜，这是一丝微弱的星光，虽然尚未照亮前面的道路，但随着时间的推移，它越来越放射出人类智慧的光芒。

职位不能给人以智慧，真理有时在一些不起眼的小人物手里。可悲的是，有些位高权重的"大人物"对马希融的严正警告置若罔闻。在时隔八天之后，即 7 月 14 日，国家地震局才姗姗来迟地派来了两位分析地震室负责地电的专家，他们检查了设备、线路后指出："地电阻率值下降是干扰引起的。"他们对地电阻率出现急速下降的现象视而不见。

人类本来可以有效地躲避一场空前的大灾害的机会，却因这两位"专家"的误判而失之交臂。当时，国家地震局里假如也有一位马希融式的人物，唐山市人民的生命财产就能减少许多损失。可是，这一切后来都成了"假如"。《唐山警世录》记录了这一天马希融与地震局专家的对话：

专家：如果按照你的意见，唐山不就在地震中毁了吗？

马希融：我是这个看法。

专家：如果真是大震，发生前将有许多小震。

马希融：如果先发生大震，后发生小震群呢？

专家：世界上还没有这样的震例。

马希融：昌黎后土桥是专业地震台，为什么近两个月来曲线形态和我台那么一致？

专家：后土桥地震台内外线很乱，现在也承认是异常了。以后我给你寄一些资料来，你好好学习学习吧。

"世界上还没有这样的震例"，在时隔十四天后就发生了；突然袭击的大震使按常规办事的两位专家铸成大错。"唐山不就在地震中毁了吗？"这一点，被马希融不幸而言中。我们今天重读这段对话，依然令人感到惊心动魄，又感慨万千。看起来，需要"好好学习"的，不是开滦马家沟地震台的预报员马希融，而是这两位"过于执著"式的"专家"（如果他们今天还活着，再读这段对话，不知作何感想）。挂着"专家"头衔的人，一不好好向实际学习；二不过细地研究他预报的种种非常明显的异常的现象；三不虚心听取预报员马希融的警告，结果坐失良机，导致几十万唐山市市民坐以待毙。7月26日、27日两天，唐山地电阻率再次急剧下降。思虑再三，7月27日18时，马希融再次拿起电话，向开滦矿务局地震办公室发出强震临震预报："地电阻率的急剧变化，反映了地壳介质变异，由微破裂急转大破裂，比海城7.3级还要大的地震将随时可能发生。"此时距唐山大地震发生仅有九个小时。但是，马希融的警报再次被那些玩忽职守的官员们置之不理，束之高阁，举世罕见的人间悲剧终于急风暴雨式地降临人间，二十多万人的生命财产毁于一旦。马希融的警告虽然已成历史，但他的贡献依然不可磨灭。我想起了俄罗斯无名烈士纪念墓上有这样一句话："虽然你的名字不为人知，然而你的功勋永垂史册。"而那些被捂着地震预报、玩忽职守的地震局的官员及"专家"们，将永远被钉在人类自然史的耻辱柱上。

重新回顾人类这悲剧的一页，我们的话题还应转到相关的政治上。1976年7月，正是"四人帮"覆没的前夕，中国政坛也处于一个月黑风高之夜。林彪的"不说假话办不成大事"的"名言",左右了千百万人的行动。但是,凭借科学家的良心的马希融,却敢于反潮流,大胆地一而再地说出了真话,但是,在当时的政治的氛围里,有人却以为他的神经有毛病。他的警告不被国家地震局领导所重视,乃不足为怪。不过,更不能容忍的是,在唐山大地震的震后,曾被马希融准确地预测出来的真情,又被种种原因当作"机密"隐藏了二十几年。唐山大地震已矣!但是,再把这件事包起来,实在是大可不必的。这本来就不是什么"机密",而是一种人为的不可原谅的重大失误。

(原载《南方周末》2005年11月25日)

"鼓掌"也要打假

石 飞

社会转型期衍生出不少"灰暗"、"不雅"乃至"丑陋"的"潜行当",尽管不为主流认可,也为民众所不齿,却不乏市场,抑或被某些群体追之捧之,譬如"性工作者"、"鼓掌工作者"等。"性工作者""娼盛"不少年了,就免谈了罢。而"鼓掌工作者",对于我来说,则是新鲜玩意儿。

日前我去某县级市采访,参加当地县、乡、村三级干部大会,"一把手"的"重要讲话"慷慨激昂,不时爆发出热烈掌声。突然"重要讲话"中止,只见报告人嘴巴微张,眼睛愣愣地瞧着听众,像是中风失语,又像是在期待什么。会场顿时惊愕:"大老板怎么了?"人们在残酷的压抑和焦躁的熬煎中一分一秒地等待着,等了四五分钟,只见我那位老同学、县委秘书科长急匆匆地跑上主席台一隅,高举双手,使劲地拍,随之满场掌声骤起。显然,这鼓成了"倒掌"。他小子吃豹子胆了,这不是要轰"一把手"下台吗?只听麦克风里一声断喝:"休会十分钟!"看来,"重要讲话"者已经意识到了掌声的反常。十分钟过后,大会继续,依旧不时掌声热烈。这玩的是哪一出把戏?莫名其妙!

事后,我那位科长同学给我看了"重要讲话"的原稿,并一吐隐秘和苦衷。该"重要讲话"堪称奇文,每隔几行就标着一个"(鼓掌)"。讲稿有两个版本,印发给与会人员的是"公开版本",不标"(鼓掌)";标"(鼓掌)"的是"秘密版本",只打印四份,一份交报告人,以便其见了"(鼓掌)"就嘴巴暂停,留出鼓掌间隙;一份交主持人("鼓掌诱导员"是也),以便其见了"(鼓掌)"就率先拍手,诱导听众鼓掌;一份交"鼓掌计时员",以便其见了"(鼓掌)"就按码表,记录鼓掌时间长短,额外鼓掌者另计;还有一份留存"鼓掌脚本编写员"处备查。上述闹剧的问题出在会议主持人内急如厕,"(鼓掌)"处因没了"导鼓"而哑场,我那位科长同学("鼓掌脚本编写员")越俎代庖,充当"掌托"救场,弄巧成拙搞成了"倒鼓",落个挨累不讨好,被一顿训骂,还要写检讨。

"鼓掌脚本编写员"、"鼓掌诱导员"、"鼓掌计时员"成为体系,被统称为"鼓掌工作者"。这个序列在国家编制法规和各级"红头文件"中虽然查无出处,可是,据说"鼓掌工作者"在一些地方的官场上已经"时尚"多年;现在我终于明白,为什么某些地方媒体在发布领导人作"重要讲话"的新闻中能准确无误地报道鼓掌的次数和鼓掌的时间,原来可能是"鼓掌工作者"的默默贡献。这样做,无疑会极大地刺激权力者对于鼓掌次数和时间的追逐和攀比,以及对"鼓掌工作者"的青睐和偏爱。

其实,在民主和法制尚不健全的社会大环境下,权力者的任何讲演和报告,即便是大话假话空话废话鬼话,也是少有人敢说不重要的,心里嘀咕反对嘴巴绝不敢出声;也是少有人敢不鼓掌的、心里不情愿巴掌也得应付,否则,就等于自我暴露,公开声明自己是另类和异端,傻冒才会这么蠢,甘做倒楣蛋。我并不一概反对鼓掌,只是希望掌声都是真实的、真诚的,能"情动于中发于外"。

鼓掌也要打假,也要尊重民意,即还鼓掌的自由于民。而要做到这一点,首先就要摒弃旨在阿谀哗众的"鼓掌工作者"这个"潜行当",不要再有令人作呕的"导鼓"和"掌托"招摇作祟。

(原载《南方周末》2005 年 12 月 1 日)

"悬赏出殡",还善什么后?

刘洪波

哈尔滨停水事件刚过,七台河煤矿又传爆炸,近日黑龙江真是祸不单行。这些事故,当然都非人之所愿,不过祸事既出,如何处理却是可选择的。停水事件是如实相告还是说说"善意谎言",爆炸的善后工作怎样进行,都存在取舍的空间。

众所周知,哈尔滨停水事件中"善意谎言"的插曲,已被舆论责问。不过,怕只怕"善意谎言"成为应对公共危机事件的习惯,而七台河矿难善后中的"出殡优惠政策",则属于一种创造,只是这种创造连"善意"都不复存在了。

新闻是这样说的,"遗体辨认后当天出殡的,补贴一万元;两天内出殡的,补贴七千元;三天内出殡的,补贴五千元",这是事故善后处理组制定的一项"优惠政策"。实话说,我都不知道"优惠"是个什么意思了。人死天塌,惨极痛极,死者何以告慰,生者何以心安,这是根本问题,怎么遗体处理就像街头叫卖似的,还有"优惠"可言呢?

我愿为这项关于出殡的"优惠政策"正名,这就是"悬赏出殡"。尽管"有关人士拒绝和记者讨论制定这项政策的初衷",但从这项悬赏政策可能达到的效果看,有关人士希望尽快将遗体处理完毕的心态是明显的。尽早让亲人入土为安,也是难属的愿望吧。在这一点上,难属与"有关人士"应该并无冲突。但有关人士可能更加担心难属们"情绪相互影响",使得"善后工作"难度增加。

现在正提倡传统美德,中国人的一个传统美德就是慎终追远。慎终,就是人不能草草掩埋,人死不可复生,但生者对死者要有追思、有悼仪,早日入土为安并不是心急火燎。当天出殡补贴一万元,次日出殡补贴少三千元，第三天出殡减半，"优惠"所向，无非是让人草草"擦干血泪，掩埋尸体"，去领那"赏"银。这是"出殡"？是"安葬"？还是救火？是赛跑？这是在让人"重死生，重亲情"？还是在让人"向钱看"呢？

正如我不知"优惠"为何意，我也不知"善后"是什么意思。把遗体处理完毕，使亲属各自散去，这就是"善后"的意思吗？如果是这样，那么"悬赏出殡"，然后再一一按"最高赔偿标准"（大概也可以说是"优惠标准"）发给二十万元的赔偿金，就可以了。只是这样的"善后"，到底妥当不妥当，良善不良善呢？

后事处理当然是需要支付费用的，但并不是"按规定支付费用"就妥善了。死难是一切的终结，一个人哪怕终身赚不到赔偿金那么多的钱，他的生命仍然重于一切，生活仍然不可替代。如果支付赔偿、给予安葬，这就等于善后，以为这样就可以问心无愧，岂不成了实质上的"生命收购"？善后需要有赔偿、有安葬，更重要的是需要有愧疚、有悲伤，有对死者的痛惜，有对生者的体恤，需要释放善意、表达善心，善后应是一个体现良善的过程，而非一场"花钱摆平"的买卖。

善后是给予生命以尊重，而不是"解决麻烦"。生命是第一位的，人是第一位的，"悬赏出殡"将遗体的存在和难属的情绪当成待处理的麻烦。必欲以火箭速度"恢复正常秩序"，是把"秩序"的价值放到了人的价值之上，是把官员的少"麻烦"放在了死者亲人的感情之上。

是否慎重地对待死者，在考古学上是作为一个种群是否出现文明的标志的，"悬赏出殡"则货币化地鼓励着对死亡的草草了事，连文明与野蛮都不在乎了，还善什么后？

（原载《燕赵晚报》2005 年 12 月 4 日）

如果上帝也随身带着手机

大　卫

作为现代人最常使用的生活用品之一，手机已扮演着越来越重要的角色。

早些时候，手机是身份和地位的象征，我就亲见一个主儿，洗澡的时候站在热雾腾腾的浴池里光着屁股打手机，那时手机个头都不小，如果不是有人声传出来，我真以为那哥们儿手里攥着的，是一块大运河牌香胰子，他在不停地搓耳根的灰泥。

在手机愈来愈平民化的今天，只要你给别人留下一个手机号，那么，也就意味着你有随时被别人呼叫的可能，这使我想起万恶的旧社会，地主老爷喊一声：阿贵……你这厢一定得即时应答：老爷，有何吩咐？

我的一个朋友，有一次酒喝高了，逞能，非要开车兜风不可，一不留神撞树上去了，当时他被挤在驾驶室里动弹不得，那是一个前不着村后不着店的所在，想喊也没人听见，难道就这样等死不成？忽然他想起了口袋里的手机，等他把120拨通了，人也快不行了。后来他被抢救过来，直想给手机叩三个响头，如果没有手机也就没有了他。

"大舜"号在沉没之前，一个女乘客在绝望之中拨通了家里的电话，就在海风狂啸海浪猛掀的时候，就在寒风锥骨泣啼撕耳的当口，她的手机成了她触摸丈夫心跳的惟一通道，而她的丈夫，也通过那个手机听到了妻子留给这个世界的最后喘息。当那个女子被大海永远地收留，她的那个手机肯定被她的爱人一次又一次地拨叫，在那个悲痛欲绝的男人耳边，惟有手机的振铃声才可以模拟爱人的心动。我有一个很傻的想法，如果船沉的时候，那个女乘客拨通的不是自家的电话而是上帝的手机，那么，仁慈的上帝肯定会以最快的速度（至少不是在事发七个小时之后），让一只诺亚方舟靠近"大舜"号，让所有的人都有救。

是的，如果上帝随身带着手机多好，一有困难我们就找他，那么，再也不怕歌舞厅失火，烟花厂大爆炸，也不怕桥垮了船沉了楼塌了……但，上帝之所以至今没有手机，可能是嫌我们现在的手机话费太贵，且是双向收费。再说了，天堂与人间肯定不一样，天堂自有天堂的规矩：即使尊贵如上帝者也不能用公款报销话费。

这是开个玩笑，上帝怎么会掏不起话费？我想他至今没有手机的真正原因，可能是怕我们啥事都找他，什么猪肉注水了，蔬菜残留农药了甚至公鸡不打鸣了、母鸡不下蛋了、两口子吵架了之类的破事也去烦他老人家，他不是不想帮助我们，而是因为他相信，人类足以用自己的智慧处理好自己的事。

（原载《人民日报·海外版》2005年12月6日）

从"李宇春是国资"看国资的人格分裂
曹　林

这是一个在许多问题上容易走极端的社会。就说对"国资流失"吧，曾几何时，社会对捍卫国资完整的概念是多么麻木，成千上万亿的国资就在这种极端的麻木中流失。好，那就防止国资流失喽，可防着防着又走向了另一个极端，对国资的"防卫过当"。

你瞧，那个借"超女"大捞一笔的天娱老总刚说"李宇春是国有资产"——我们是国有企业，不用光靠艺人来挣钱。这些艺人都是国有资产，卖了她们，那叫国有资产流失；媒体又在讨论"机长集体辞职，算不算国资流失"的话题了——国家培养一名飞行员尤其是机长要花很长的时间和巨额的费用，一些航空公司将飞行员的跳槽视为"国有资产流失"，千方百计设槛阻拦。

通常，我们都是在消极意义上使用"国资流失"这个词。说到国资流失，总对应着一个弱者的身份和受害者的形象。而在"李宇春是国资"和"飞行员是国资"的话语中，我们则看到一个强悍、霸道、排他的国资形象，摆出国资身份不是想防卫什么，而是表明一种特权。说"李宇春是国资"，是冠冕堂皇地为天娱公司前段时间被炒得沸沸扬扬的八年霸王合同辩护；而说"飞行员是国资"，则是旗帜鲜明以霸王合同阻止飞行员在市场上自由流动。

说李宇春是国有资产，还洋溢着这样一种国资优势：作为国有控股公司的天娱公司，它有着其他民营娱乐公司望尘莫及的资源，和湖南系列电视台的兄弟关系，为旗下艺人的炒作提供平台；与湖广集团及湖南广电局的父子关系，又获得了宽松的政策环境，这种与生俱来的背景和得天独厚的条件，决定了天娱公司一进入市场就获得了竞争优势。（12月12日《东

方早报》）

正如有评论者指出的是，在 2005 年之前，"国资流失论"还是颗脆嫩咸鲜的莲花豆，富有正义感的盐加上嘎嘣脆的口感，嚼着都有种畅快淋漓的惬意。但是进入 2005 年后，"国资流失论"已经逐渐开始变成"怪味豆"了，在有关固定电话月租费是否该取消的讨论中，"防止国资流失"成为电信部门拒绝取消月租费的借口。手机双向收费也在"国有资产保值增值"的旗号下铿锵有辞，银行、铁路、电力等垄断行业都挥舞起"防止国资流失"的大旗，捍卫那些不正当的垄断利润。

原来一提到国资流失，人民总会有一种切肤之痛，而如今"防止国资流失"从一些人嘴中说出来，人民同样感受到一种割肉之痛——这是非常中国式的理论异化。本是防卫和消极意义上的"防止国资流失"，如今怎么变成一种积极伸张特权的工具？

难道是因为我们的国资已经保护得非常好，监管制度如铜墙铁壁，"防流失"理念深入人心，以至到了矫枉过正的苛刻程度？如果真是这样，人民倒也认了，可为什么现实中国资流失的漏洞并没有堵住？为什么权贵合谋掠夺国资的丑闻不断出现？国字头企业的巨额亏损连绵不断，郎咸平的警告不断得到印证，冰棍论、吐痰论、烟灰缸论等"掠夺理论"你方唱罢我登场。

这些问题的反思中，我们看到了国有资产人格分裂的两张脸：一张脸对着内部人，它是弱者形象，因为监管制度的缺失和产权制度的混乱，它常常成为被瓜分和掠夺的对象；一张脸对着外部人，它是强者形象，因为政策的保护，它常常是一种特权的象征，挂着国资的名号，意味着优先权、被保护、垄断身份、享受补贴等权利。人格分裂的两张脸下，国资作为防守型的盾时，它是弱不禁风不堪一击的，轻易成为权贵的俘虏；而作为进攻性的矛时，它强悍无比霸气十足，轻易让某种霸道的要求合法化。

国资是强大的，相对其他形式的草根资本而言；国资又是软弱的，相对于掌握着国资的那些内部人。显然，天娱老总说李宇春是国资，航空公司说飞行员是国资，是内部人站在家里向外喊话时的态度，是把国资当作矛,是主张一种霸权。至于在这些国有企业内部,制度对内部有权处置资产的人是否如此严格,鬼才知道!只有在流失发生之后,国资另一张脸才会哭丧似的露出来。

但是,只有对内那张脸强悍起来,国资流失的漏洞才能堵住啊!毕竟,内部人才是威胁国资最大的敌人。

(原载《中国青年报》2005年12月15日)

由"带血的善款"想到"肖申克的救赎"

单士兵

"这些善款本身就不干净,都是带血的。重要的是,我希望通过这种方式,去唤醒社会的良知。"这是一个化名叫做"李存田"的张医生所说的话。整整三年,他不愿暴露真实身份,把收受医药回扣的钱每个月都寄给了安徽省妇联儿童部作捐款,少则数百,多则数千,捐助贫困失学儿童近百名,金额达四万多元。(1月19日《第一财经日报》)

这些年,张医生把自己单位触目惊心的医药回扣情况,不断写成材料投诉、举报,招致从领导、医生到药商的痛恨,在单位被骂为"叛徒",受到来自四面八方的巨大压力,处境越发险恶。他说,他收取回扣,就是为了收集证据,证明他所在医院的问题。而这些回扣,就是他所说的"带血的善款"。

"带血的善款"在我的心灵掀起了无限感动的波涛。在无数老百姓看不起病、吃不起药的今天,在医疗卫生机构已经成为"腐败重灾区"的今天,这些"带血的善款"就像是黝黑的夜晚里渗出的一丝光亮,让我们看到医疗卫生这个"系统内"、"体制内"自我觉醒的可贵。而这样的光亮产生的希望与价值,是极其难能可贵的。

之所以如此看重"带血的善款"的价值,是因为我始终觉得,某一个行业、系统和领域内出现种种污垢和肮脏现象,尽管离不开外部力量的解剖与治疗,同时更离不开内部的自省和自救。毕竟,这些行业、系统和领域出了问题,有外部环境侵染的原因,同时也有内部"自我腐烂"的原因。现在,许多医疗卫生机构之所以"出了问题",原因也不例外。这自然需要来自这个系统内部的自我"救赎"。

这里,我用了"救赎"这样的两个字,是因为我同时想到了一部极其著名的美国电影《肖申克的救赎》。剧情讲述的是一个叫安迪的银行家，被当做杀害妻子和其情夫的凶手送上法庭，误判为无期徒刑，进了固若金汤的肖申克监狱。在狱中，安迪获知了典狱长贪污、受贿的内幕，监狱长决意不再让安迪重返人间。面对狱中腐败，安迪只有越狱才能讨回清白，找到生路。他的才能、智力和人格魅力使他赢得了狱友的帮助，终于越狱成功。典狱长收到安迪投寄的典狱长的罪证之后，畏罪自杀。安迪也因此重获自由。

《肖申克的救赎》是一部揭露美国司法黑幕的巨片，是一幅用友谊和希望描绘的生命画卷，是一部寓含人生哲理的喻世之作。尽管我们每个人都对自己的生活充满美好的预期，然而，我们又很容易处于影片中那种肖申克的体制控制之下，在这样的背景下，许多人已经离不开"体制化生存"了，肖申克的救赎，实际上就是意味着只有打破旧的体制范围，才能重新摆脱罪恶，拥有自由和正义。

从美国司法腐败的黑幕，到今日医药回扣的黑洞，《肖申克的救赎》中的主人公安迪，和那个捐出"带血的善款"的张医生一样，都集不幸、坚忍、智慧于一身。我以为，那位张医生捐出"带血的善款"，就是在当前医疗卫生体制存在严重弊端的现实背景下，来为那些随波逐流能混则混的"医疗体制内的人"注入一针清醒剂。他的举动，也必然催发更多的"外部力量"关注医疗系统这个可怕的"病躯"，最终为打破旧的落后的体制桎梏形成内外合力。

(原载《三秦都市报》2006年1月21日)

很多时候，人们尊重的不是人而是背景

徐怀谦

满妹在《思念依然无尽》中讲了这样一段往事：1989年4月，胡耀邦去世后，正在西雅图进修的她接到爱人从北京打来的电话："你马上和旧金山领事馆联系，想一切办法尽快赶回来。外交部可能已经通知他们帮助你了。"

当她与领事馆联系的时候，接电话的人嗓音倦怠，极度不耐烦地说："现在已是星期五晚上10点多钟了，你知道吗？都下班了！"满妹解释说："我是中华医学会的副秘书长，是受组织的委派赴美学习的。我家里出事了，希望能得到帮助，尽快回国。""自己想办法吧。如果每个回国的人都找我们帮忙，那领事馆就别干事了。"对方冷冷地答道。接下来，满妹希望与总领事取得联系，对方说不行；问什么时候可以找到他，回答是"你不知道周末不办公吗？星期一再说吧。"电话啪的一声挂断了。

第二天，领事馆的一位官员打来电话解释说："对不起，昨天我们那位同志不了解情况，当时你也没提你的背景。"满妹问："有这个必要吗？难道我们在国外的中国人，非得有背景才能得到自己政府的帮助？"

我之所以对这段往事感兴趣，并不是因为满妹是原中央总书记的千金，这样的事情发生在她身上本身就具有戏剧性，而是因为这一事件的象征意义：在国外，在一个中国公民最需要帮助的时候，他能否得到尊重，依然取决于他的背景而不是他的公民身份。就是说，和国内相同，你有背景有来头，你就是大爷；你没背景没来头，哪怕你是什么副秘书长，也还是孙子。

在很多时候，背景比一切身份、财富、荣誉都重要一千倍。什么是背景？这是很多中国人津津乐道而外国人却莫名其妙的东西。其实，说白了，背景就是权力。这个权力不是中华医学会副秘书长这样的权力，而是每个中国人都心领神会的那种权力。这样的权力，在胡耀邦看来，是人民赋予的公权，所以在任何情况下，他都不允许自己的孩子借用这一权力；而在有些人手中和很多人的眼中，它们却变成了特权，变成了无所不能的强权，变成了一路畅通的霸权，变成了神秘莫测的极权。这种背景崇拜，就造成了这样一种现象：某领导新到一地或一个单位，人们关心的不是他是否有真才实学，而是先打听：他有什么背景？

在今天这样一个社会转型期，官本位和钱本位并重，所以背景崇拜中既有权力崇拜，也有金钱崇拜。现在考量一个人是否成功，常常问：开什么车或住复式还是别墅？你有钱，你开名车，你住豪宅，那么你就会赢得惊羡的目光；你没权没钱，却要谈艺术谈精神，多半会被看作神经病。

表面看来，中国人比以前更自尊，更尊重别人，以人为本嘛，其实不然。在很多时候，人们尊重的不是人而是背景。人们只尊重那些有背景的人，那些体面的有权有势的人，而没有回归到人自身，没有把人当一个纯粹的人来尊重，就是说，要去除人身上的一切附属物，比如他的家庭、他的学历、他的职业、他的财富、他的名气等等，只把他当成一个同胞，当成一条生命来尊重。打一个比方，有谁真正尊重过一个衣衫褴褛的乞丐，一个卖苦力的民工，一个家徒四壁的下岗工人，一个公共汽车售票员，一个超市售货员？或者，有谁真正尊重过一个妓女、罪犯？总之，有谁真正尊重过一个境况不如自己的人？如果没有，那么其实你还没有学会尊重（即使是对有背景人的尊重，也不是真正的尊重，只是势利眼而已）。在这种情况下，所谓以人为本，就要受到诘问：以哪些人为本？

（原载《教师报》2006 年 2 月 1 日）

过分的优待和颠倒的伦理

吴 非

2006年春运期间,铁道部门发出紧急通知:为做好返乡学生运输工作,固定客车(非临时列车)要预留足够有座车票供学生始发和中转使用,做到中转学生不过夜,随到随走。关心学生,保护学生,尽可能做到让学生安全返乡,动机很好,是有关方面关心青少年的体现,群众能理解。但是我也有些不解:对大学生如此优待,是不是有点过分?特别在今年春运高度紧张之际,这种对大学生的特殊优待就值得商榷。

春节前,我曾为买一张车票伤透脑筋,白排了队,也托了人,连站票也买不到。和青年学生比,我这样五十多岁的年纪是应当得到照顾的(至少我还算是他们的老师吧,至少我还是纳税人吧),但是我的学生有条例、规定或通知必须优待,我没有。在购票处的人山人海中,看到无法计数的妇女儿童和老人苦苦地等待一张回家的票,看到成千上万辛苦劳动了一年的民工兄弟好不容易拿到工钱,却又被堵在火车站,我就认为上述"紧急通知"固然照顾了大学生,但是于理于情都说不太过去。如果铁道部门在春运中已有措施或条例能照顾到残疾人、老年人、妇女儿童和军人,再照顾到学生,我相信群众也无所谓。大学生已经是成年人,在需要他们关注社会关注民生,建立社会责任感的时候,把他们作为弱势群体保护起来,对他们的成长能有什么好处?是不是真的把大学生当成"天之骄子"了?这样的教育后患无穷。

看着那些盼望买到一张火车票的父老乡亲的眼睛,想到安坐在列车上对社会还没有作出什么贡献的青年学生,心里不免一阵沉重。为什么总是有那些本末倒置的事?

颠倒的事还有,今年竟有教师上门给学生拜年的事。据《武汉晨报》

报道，武汉一所中学的初中教师春节前集体到该校初三年级学生家中拜年，因为这些学生是学校的"学习尖子"，教师希望他们在今夏毕业时能报考本校高中。据称老师此次拜年的对象为初三年级排名前二十名的学生，拜年团由政教主任、年级主任、学生班主任及相关任课老师组成，学校还为每名学生准备了一份礼品。这是为即将开始的"生源大战"开展的"情感攻势"，因为这些初三的"尖子"学生经常是各高中争夺的对象。

教育民主，师生平等，和重教尊师也并不矛盾，但是长幼有序论资排辈还是要保存的吧，教师那已经很脆弱的社会地位还是应当受到尊重的吧。记得"文革"旧事，中学生下乡劳动，刷标语时写"革命生师"，贫下中农虽有实施"再教育"的资格，仍不忘根本，有贫农大骂红卫小将："混账东西，你和你爹妈是称'父子''母子'还是称'子父''子母'呀？"真是礼失而求诸野。如今老师给学生拜年，仅仅是因为学生要另栖高枝。往岁学校为了争生源，不收学费，倒贴食宿费，甚至给初中生送电动车，2006年一开年就有了教师向学生拜年的颠倒事，今年的高中招生肯定又会出一批新花样了。

去岁末得知的一件事余响未绝。有位老工人白芳礼，蹬三轮车几十年，将积蓄起来的几十万血汗钱全捐给了贫困学生。我不知道学生家长和学校校长们能否了解那每一元钱背后的艰难！1994年，白芳礼老人在他八十一岁生日那天，又把整整一个冬天蹬三轮车挣的三千元钱交给一所学校，校长代表全校三百名贫困生向他致敬，当时白芳礼曾感叹：缺钱的学生这么多，靠我蹬三轮车救不了几个娃呀！不知道接受白大爷捐赠的那些大学生和中学生内心是否坦然。

鼓励或默许白芳礼老人用血汗钱为教育捐款，是社会的耻辱。学生家长和学校校长不应当接受他的钱，社会也不应当鼓励像他那样的老人捐款。我们的社会常说的是"再穷不能穷教育"、"再苦不能苦孩子"，但是更不能苦了白芳礼那样的老人啊，教育界能否想到在教育中须有"再穷不能穷老人"的内容，我以为很重要。

为了每个人的幸福，为了社会能保持公平公正，教育不但要教会学生如何学习,更要教会学生如何生活,如何做人。当民工兄弟辛苦一年只能站着回家时,大学生能心地坦然地坐着吗?那样的大学生能成为社会栋梁吗?

(原载《南方周末》2006年2月9日)

"零拨款"下的"公民零权利"

毕 舸

国家教育督导团日前发布的《国家教育督导报告2005》显示,当前义务教育地域发展不均衡的矛盾仍然存在。最直接的例子,是截至2004年年底,全国还有163个县的小学,142个县的初中生人均预算内公用经费拨款为零,维持学校的运作基本是靠向学生收杂费。(《新京报》2月24日)

在老谋子刻画农村教育的电影《一个都不能少》中,学生张慧科因家里欠债无力偿还,不得不失学到城里找工。老师魏敏芝打听到张慧科在城里的住处,单身一人踏上了进城之路……

张慧科迫于家庭的重负,学会扛起生活的重担;魏敏芝为了寻找张慧科,独自面对茫茫人海。在痛苦的挣扎与进退中,他们都在寻找某种权利的回归:张慧科需要继续生存的权利,魏敏芝想帮助张慧科重获教育不被中断的权利。"一个都不能少"就是"一项权利都不能少"的表征,权利并不因写在殿堂法文之上而神圣,而是活生生于现实常态中而真实。

163个县的小学,142个县的初中生人均预算内公用经费拨款为零,直白无疑地向社会传递着一个信息:在这片广袤的土地上,不知道还有多少个老师魏敏芝、学生张慧科面临"零拨款"下的"公民零权利"。

这是中国城乡二元制积弊下的深刻不平等。这种不平等体现在三个方面。一是权利的不对等,即城乡的不同受教育者享有权利的不对等。同为求知若渴的孩子,城市的孩子大多能享受充裕的教育经费拨款、优越的教学设备和条件供给、雄厚的师资保证。农村的孩子则在"零拨款"的威胁下,无一日不为可能丧失的学堂生活担惊受怕,破旧的校舍都仰仗于农村家庭的自力更生,也更加摇摇欲坠。

二是义务的不对等。在以往"穷国办教育"的认知下,义务教育由国家一力承担转向为民众与政府共同担负，已经是民众所付出的额外牺牲。"零拨款"则折射出政府和民众为义务教育发展筹措所需资金出现了巨大分野，所有的成本转嫁到农村家庭头上，公共教育沦为农村家庭"自己教育自己"的"私塾"。"零拨款"的农村学校就像政府视野之外的孤岛，无人过问。

三是政府和民众获得收益和所承担风险的不对等、不平等。农村家庭从小学一直"义务"到大学的支出，在如今的学生就业难、民工打工难等一系列问题中显得益发得不偿失。"零拨款"让国家免费获得了充足的人力资源，却让农村家庭"教育致贫"的风险概率成倍加大。

教育的首要宗旨是让每个孩子懂得，人生来而平等，先天条件有所差异者可以通过自我的奋斗、教育的普及获得向上的力量。"零拨款"则在颠覆这一基本理念，它使义务教育中的义务与权利对等关系无法理顺，政府失位与官员失职问题的治理被搁置，成为对农村义务教育体制改革深化、新农村建设的最大障碍。"零拨款"下的"公民零权利"就像一个巨大的问号，也是一道倒计时的时代命题——"零拨款"何时被终结，进程需要多长久的时间，关系着已经启动的义务教育改革、新农村建设的成败得失、公道人心。

（原载《燕赵都市报》2006年2月25日）

历史要永远当心"戈培尔第二"

雷 迅

新华社北京1月6日电：林彪、江青反革命集团案主犯姚文元因患糖尿病，于2005年12月23日病亡。"姚文元，男，74岁，于1976年被最高人民法院特别法庭判处有期徒刑20年，剥夺政治权利5年。1996年10月刑满释放。"

在2005年，习惯所称的"四人帮"中，两个人的生命到达了终点，此前是88岁的张春桥病亡，时间是4月21日。至此，"四人帮"中的每一个人都走完了自己的生命历程。江青是1991年5月14日在囚禁中上吊自杀的；次年的8月3日，年岁最轻的王洪文病死。算起来，姚文元过了出狱后近十年的"公民生活"，算是最幸运的了。

用最简单的话说，这四个人是"祸国殃民"者。当然，他们祸国殃民的"特长"不一样。姚文元是浙江诸暨人，发迹于文坛，上海是被巴金怒斥过的"姚棍子"，后来这个把别人的肋骨当作"向上的台阶"的刀笔吏，进入了"中央文革"，成了"中央首长"，成了"舆论总管"，在"四五"天安门事件中，他真正成就了"戈培尔第二"的"美名"。

今年1月8日，是周恩来总理逝世30周年纪念日。众所周知，当年的"四五"运动是群众悼念周总理的行动，悼念周总理的同时，拥护邓小平、反对"四人帮"。在当时这很让"舆论总管"姚文元着慌。《报刊文摘》2005年12月14日转摘《党史博览》的一篇文章中提到，姚文元1976年倒台前曾收到两封信，都扣了下来。其中一封是《人民日报》编辑部于1976年4月12日收到的匿名信，信封正面写着："《人民日报》总编辑收"；信封的背面写着："请戈培尔编辑收"。读者看到了"戈培尔"，可见群众的眼睛是如何的雪亮。信封里面装着的是4月8日出版的《人民日报》，报上登有《天安门广场反革命政治事件》一文。寄信人在报头"人民"二字上打了一个大黑叉，然后加上两个字："造谣"。而且，寄报人在报纸空白处写了如下批注："令人震惊！党报堕落了！成了一小撮法西斯野心家、阴谋家的传声筒！……你们演的这场'国会纵火案'实在不高明，一篇混淆视听的假报道就能骗得了人民群众吗？从今改为：法西斯党机关报。打倒野心家、阴谋家张、江、姚！！！"此信后来被送到姚文元手中，姚文元将信锁进了自家抽屉。从姚文元后来的交代看，他预感到"四人帮"要垮台，自己也要出事。把信藏起来，说明他的一种"心慌"和"意乱"。

当时真正的"戈培尔编辑"，其实就是姚文元。他的指令不仅直接体现在《人民日报》上，还反映在内部刊物《情况汇编》中。《情况汇编》当时是直送病中的毛泽东的。传记作家叶永烈在他的《姚文元传》中评论说："在姚文元的把持下，《情况汇编》变成了《谎报汇编》。"向下欺诈、向上谎报，正是"戈培尔"式的伎俩。

姚文元的"焊接术"很是了得。他将"欲悲闻鬼叫/我哭豺狼笑/洒泪祭雄杰/扬眉剑出鞘"这首诗，改了其中的"洒泪"，为"洒血"之后，焊接到另一首诗上，后面是"中国已不是过去的中国/人民也不是愚不可及/秦皇的封建社会已一去不返了"。这首诗被认为是天安门诗歌中"最最恶毒"的一首，定为"001号反革命诗词"。姚文元亲笔加了"这伙反革命分子把矛头指向伟大领袖毛主席"等等按语之后，《情况汇编》送到毛泽东手里，"戈培尔"式的想象力终于发挥了最大效用：毛泽东看了这个有"001号反革命诗词"的《情况汇编》，"果真震怒了，把天安门事件定为反革命事件"（见叶永烈著《姚文元传》）。

"戈培尔第二"通过"戈培尔"式的谎言制造法影响核心决策者，是其最大能耐。然而"戈培尔"们通常不明白这样一个道理：谎言暂时欺骗一个人容易，要用它来长久欺骗广大的人民群众，却绝无可能。"戈培尔"式的欺骗闹腾不过半年，姚文元自己就跟着"女皇"锒铛入狱了，一切的疯狂，随即烟消云散。

在纳粹阵营中，戈培尔作为纳粹党的意识形态专家，是希特勒最忠实的鹰犬，至死陪伴自己的"元首"。他对希特勒竭尽美化之能事，给他套上"一贯正确"、"主宰世界"、"能够预测未来"等等"神圣光环"。当了12年纳粹宣传部长的戈培尔，是纳粹这部历史倒车中一个重要的驱动轮，他炮制种种"第三帝国不可战胜"神话的能力，一点不比希特勒差。

"戈培尔"们通常都是通过对舆论的"硬控制"、对主子的"软控制"来借刀杀人、戕害世界的。姚文元病死的消息发布后，许多网友跟帖发布评论，有的问"姚文元是谁"，有的说"这是一位老人的逝世"。这是一群不知道"文革"，不晓得"四人帮"的年少者。他们身上没有"伤疤"，没有"疼痛"。

遗忘是容易的，重现是可能的。历史要永远当心"戈培尔"，警惕"戈培尔第二"，提防第N个"戈培尔"的出现。

（原载《同舟共进》2006年第2期）

《卖火柴的小女孩》是写给谁们看的？

梁晓声

由于职业的原因，我在不少场合谈到过《卖火柴的小女孩》——而以某些人士的耳听来，一个与文学发生了近三十年直接的亲密关系的人，动辄谈论一篇一百七十多年前的外国的童话，实在是很浅薄的。

其实，我之举《卖火柴的小女孩》为例，乃要说明，对文学作品的误读误解现象，在中国曾是多么普遍的现象。而由于主流意识形态的强力导向，误读和误解现象，往往成为中国几代人的共同而又偏激的记忆。

比如《卖火柴的小女孩》，自从建国以后，在相当长的时期内曾经是小学生六年级课本中的一篇重要课文——许许多多的小学语文老师们曾在课堂上强调它的"基本思想"是安徒生对资本主义社会的"含泪的控诉"。既是控诉，且含着泪，那么对于控诉的主体亦即资本主义照马克思的话说，"批判的武器不能代替武器的批判"——于是乎只有革命。或用毛泽东观看京剧《白蛇传》时霍然而起大声所说的一句话是——"不革命行吗?!"

毫无疑问，《卖火柴的小女孩》确是安徒生的含泪之作。对于人世间的不平，它也确是一面镜子。但是它所要唤起的并不是憎恨和革命；而是同情和国家人道主义。

"武器的批判"亦即革命可以推翻一个旧的国家；但是人道主义却并不能随之自然而然地在新的国家里成为全社会的共识和国家道德。往往，还会被反感地推开去，视为异己者说。一个不争的事实乃是——1949年以后，在我们这一个社会主义国家，稍有主张人性和人道主义的声音，即遭严厉呵斥和气势汹汹的批判。以至于到了"文革"时期已全无半点儿话语空间。甚至，在到了八十年代后期的时候，连周扬这样一位每每在党的文化思想领域兢兢业业的最高层领导人物，痛定思痛，对"异化"和人道主义问题发表小心翼翼的探讨观点后，仍遭文字批评……

对于一个民族也罢，对于一个国家也罢，人道主义是必不可少的教育。

没有同情的人道主义不是人道主义。

没有人道主义的人文文化不是人文文化。

我只知道那不是。坚信那不是。至于究竟是什么，说不大好。

安徒生是懂得以上道理的。

否则他不会写《卖火柴的小女孩》、《柳树下的梦》、《依卜和小克丽斯汀》、《老单身汉的睡帽》、《沙丘的故事》、《丑小鸭》……

王尔德也是懂得以上道理的。

否则他不会写《快乐王子》。

麦加菲也是懂得以上道理的。

否则他不会在写给美国孩子的《成长的智慧》一书中，将同情和善良列为第一二章，且为一二章写了全书最多的短文……

否则，屠格涅夫不会写《木木》和《猎人日记》

斯陀夫人不会写《汤姆叔叔的小木屋》……

托尔斯泰不会写《午夜舞会》……

契诃夫不会写《伊凡的信》……

高尔基不会写《在底层》……

雨果不会写《悲惨世界》……

左拉不会写《萌芽》……

纵然一向以笔做投枪和匕首的鲁迅，大约也不会写《祝福》的吧？

而柔石则肯定不会写《为奴隶的母亲》……

一个人的头脑里不会天生就产生出以人道主义为人性之最高原则的思想或曰作为人的基本情怀来的。

人需要人道主义的教育。

一个国家的治国理念也不会自然而然地形成以人文主义为核心的自觉。

国家也需要人文主义的教育。

文化和文学艺术通过它本能又用心良苦的方式教育人接受以人道主义

为前提的人文主义的思想；而这样的一些人，只有这样的一些因接受过人文主义教育的人成为国家的公仆以后，国家才是幸运的，人民才是幸运的。

否则，对于国家和人民，实乃不幸；反之，国家和人民，没有公仆可言。

那么，《卖火柴的小女孩》究竟是写给谁们看的呢？作为童话，它当然是首先写给孩子们看的；但它绝对不是首先写给卖火柴的小女孩们看的。

卖火柴的小女孩们买不起安徒生的一本童话集。

《卖火柴的小女孩》是写给不必为了生存在新年之夜于纷纷大雪之中缩于街角快冻僵了还以抖抖的声音叫卖火柴的小女孩们看的。基本情况差不多是写给生活不怎么穷的人家乃至富人家的权贵人家的小女孩们看的。通常，这些人家的小女孩晚上躺在柔软的床上或坐在温暖的火炉旁，听父母或女佣或家庭女教师读《卖火柴的小女孩》给他们听。她们的眼里流下泪来了，意味着人世间将有可能多一位具有同情心的善良的母亲。而母亲们，她们是最善于将她们的同情心和善良人性播在她们的孩子们的心灵里的——一代又一代；百年以后，一个国家于是有了文化的基因……

这是为什么全人类感激安徒生的理由。

同样——屠格涅夫的《木木》和《猎人日记》并不是写给农奴和农民看的；《汤姆叔叔的小屋》不是写给黑奴看的；《午夜舞会》不是写给被冷酷拷打的士兵看的；《伊凡的信》不是写给孤苦伶仃而又不得不给地主老爷做童仆的小伊凡们看的；《在底层》不是写给人生陷入无望困境的失业者们看的；《悲惨世界》不是写给让·阿让们看的；《萌芽》不是写给当牛做马似的矿工们看的；《祝福》也不是写给祥林嫂们看的……

以上一些书的及时问世，及时地体现着文化的良知。

当文化也没了良知，集体朝理应被同情的阶层和人们背转过身去佯装未见的时候，那样一个国家也就向和谐的宗旨背转过身去了。

而打压文化的良知，乃是打压全社会最底线的良知。

而连文化的同情都获得不到的一部分民众，乃是最不幸的民众。

一个国家最不幸的民众渐多，这个国家的稳定也便接近底线了。

我以我眼看世界，凡经济发达国家的文化，其文化之意义曾体现于特别重要的两个方面——启蒙了穷人和教育了富人；从而，文化了国家。

我认为这是比革命伟大的意义。

文化当然绝不仅仅有以上两个方面的作用。但倘竟从来没有好好地起到过以上两个方面的作用，其文化的品质，无论怎样提升了来进行评论，都是可疑的。

于是联想到了"希望工程"，据有关资料统计——它的绝大多数捐款者，乃是小学生中学生和退休了的老人们。

我们中国的老人和孩子们还具有同情心和善良，这实在是中国的安慰。

我以我眼看中国，我们的孩子们和老人们，并不是人文主义的文化首先要进行教育的对象。

自然，旁人们也不必首先接受此种教育。

心灵中没有吸收过饱满的人文主义教育的人，不配当公仆。因为他不可能有什么人文主义的情怀，非当也当得很冷漠——对人民的疾苦……

心灵中没有吸收过饱满的人文主义教育的人，纵然富了，也不可能是一个可敬的富人。因为他将宁肯赠豪宅和名车给女人，哪怕仅为一夜风流；但却不太会捐出区区一百元而帮一个穷孩子上得起学……

人文主义文化在教育西方国家的公仆和富人方面，真的不可谓不成功——起码是比较地成功。

中国在这方面，需要多少安徒生们呢？需要多少个时代呢？……

（原载《艺术评论》2006年第2期）

康熙讲崇祯的笑话

李国文

据清代史料,玄烨对明朝宫廷侈靡之风、对崇祯皇帝,很不以为然。

康熙四十八年十一月,与大学士谈明季史事,谕曰:"明朝费用甚奢,兴作亦广,其宫中脂粉钱四十万两,供应银数百万两,宫女九千人,内监至十万人,今则宫中不过四五百人而已。明季宫中用马口柴、红螺炭,日以数千万斤计,俱取诸昌平等州县,今此柴仅天坛焚燎用之。"

他在那次与大学士的谈话中,还讲了两则关于崇祯的笑话,一是崇祯修大内建极殿,从外地采买来的巨石,经运河,由水路运抵通县,再人挽马拉,移至紫禁城前。耗时费力,不计其贳。谁知石大门狭,无法进宫,运石大监只好启奏崇祯,说这块石头不肯进午门,请示陛下,该如何处置才好?崇祯当即吩咐:这真是岂有此理,朕要用为良材,竟敢抗命不从,那好,将它捆起来,打六十御棍!

皇帝的话,金口玉言,怎敢抗命,只好着人去打那块巨石,御棍哪有石头坚硬,打了一顿以后,石头依旧,御棍却断了不少。

二是崇祯学骑马,因为当时边关战事吃紧,朱由检要偃文修武,要身先士卒,兵部尚书自然建议他先掌握御马之术。打不打仗无所谓,检阅三军,皇帝骑在马上,接受山呼万岁的场面也很壮观。崇祯动了心,决定要练骑术。这当然是大事,择了个好日子,选了匹良种马,找了位骑师,习练那天,两人执辔,两人捧镫,两人扶靴,七八个太监,或蹲或趴,或捧或抬,刚刚将他送上马背,还未坐稳,就滑落下来。尽管被人接住,并未摔着,面子上过不去的崇祯,气急败坏,发出御令,将此马打四十大鞭,然后罚往苦驿当差!

石头打六十棍,纹丝不动,但无辜的御马被抽四十鞭,直尥蹶子。讲到这里，康熙不禁感叹："马犹有知识，石则何所知乎？如此举动，岂不令人发一大噱？总是生于深宫之中，长于阿保之手，不知人情物理故也。"玄烨还说，这是他从宫中当年留下来的明代太监那里听来的。没有调查研究，没有发言权，所以，他讲得振振有词。

应该承认，玄烨在位六十一年，平定三藩，收复台湾，抵制沙俄，巩固边疆，使大清王朝达到全盛状态，是一位比较杰出的君主。而且他本人好学敏求，勤于政务，"未明求衣，辨色视朝"，早年和壮年，还是一位有为的皇帝。但到了晚年，精力不逮，暮气日盛，吏治渐弛，纲纪不振，因而，官员腐败，贪风日炽，税赋失征，国库虚空。等到雍正接班上台，康熙留给他的固定资产，是一个幅员广阔的庞大帝国，但只有区区七百万两银子的流动资金，真可以说是到了入不敷出、难以为继的程度。雍正在位十三年，就是想法搞钱，苦熬苦挣，精打细算，才有了五千万两存银的积累。

近几年写大辫子的清代电视剧最津津乐道的事，莫过于雍正这笔攒下的银子。说来可笑，最具有讽刺意义的是，康熙最看不上的那个崇祯，当他在景山上吊的时候，他国库里的存银，是康熙死时的十倍，为七千万两，比雍正的五千万两还多出许多。看来，姓朱的亡国之君，要比姓爱新觉罗的这两父子，号称盛世帝王的康熙、雍正，捆在一起，腰还更粗一些呢！

说别人的笑话，最好别让别人再讲自己的笑话。

（原载《同舟共进》2006 年第 3 期）

无用的禀赋

陈丹青

小女孩爱美,照镜打扮之外,还喜欢画美人。我们若是留心察看小女孩的私房"画",十之有九画的便是美人的脸。有道是"人同此心,心同此理":我闺女幼儿时终日涂抹古装仙女,她母亲呢,幼儿时的勾当也无非画美人。

小女孩长成大姑娘,若是有志画画而还在孜孜不倦画美人,可就稀罕了。当我得识本院工艺系的吴雯同学,她已经四年级毕业,画的全是大美人,捧来给我看,而且郑重宣布:那美人不是凭空痴想,而是以班中的同学做原型,百画不厌画了好几年。

我于是郑重地看,看到波蒂切里、拉斐尔、毕加索、马蒂斯怎样地在一位青岛姑娘的铅笔、炭笔下变成她所崇拜的那位忧郁美丽的女同学:线条十二分敏感,造型八九分简约,模样五六分相像,作者的心地,则百分之百忠诚:忠诚于她的美人,她的美人画。

我喜欢看美人画,但是不会画。不料吴雯同学郑重地要来考我工作室的研究生。

学生的画路,我是没要求的。你画美人或丑八怪,画写实或抽象,画油画或随便什么画,或者随便什么都不画,只想做装置,玩观念,弄行为,都没关系——只要你喜欢。你得像譬如吴雯同学那样,百分之百忠实于你的喜欢。你喜欢不喜欢,我一眼看出来,哪位孩子这也不学,那也不干,偏要学画画,为什么呢,就是他喜欢。

我于是对吴雯同学说,你来试试吧。

磨难开始了。2002年,吴雯同学以外语、政治各差一分的考试成绩落榜。这是每年全中国千万名艺术考生司空见惯的老把戏,她自然是哭了,虽然没有当着我的面。此后一年，她租房在京，花钱上课，三百六十五天专攻外语和政治，这也是全中国千万艺术考生司空见惯的老把戏。三百六十五天后，她再次赴考，再次落榜：政治分过了，外语考得太紧张，仍未及格。哭了没有呢，不知道，只记得她事后照旧拿了一叠美人画，走来给我看。

我给吴雯同学绘画作业的分数都很高，两次均是九十分。她画不来学院素描的明暗块面，画不来考场上千篇一律的冷暖色彩，但是她敏感于优美的鼻梁、眉宇、颈项与嘴唇，在乎波蒂切里或马蒂斯的形线怎样地弯曲而盘旋——她当然还要学，刻苦练，长见识，开思路，她的路还长，所有想要走进艺术学院的青年，不就是想要好好学，好好练么？不行，在学会优美地将线条在纸上弯曲而盘旋之前，且慢，外语和政治还差一分。

我不能以我当知青的自学经历劝解她，因为当年的艺术学院全部关门。我也不能说波蒂切里和拉斐尔从未上过艺术学院，因为他们活在文艺复兴的意大利。我不想怂恿吴雯同学再试第三次，以我的脾气，决不愿接受当今考试制的荒谬与侮辱——是的，对一位想当艺术家的青年，今日的考试是不折不扣的荒谬与侮辱——我更不能以我在西方的所见告诉她，在西方，人们尊敬或无视一位艺术家，只看作品的优劣，从不在乎学位与学历。我甚至不同情吴雯同学，这一半是因为麻木：落榜者太多太多了，同情不过来；一半，则因为巨大的现实：就算她考取了，就学、升学、求职、升职，她还是躲不开考试，更要学会钻营种种人际关系，以吴雯同学的木讷朴实，她会不会钻营？怎样钻营？她该知道，在中国，人际关系比考试还要关键，还要难。

巨大的现实使我麻木，我期待所有的落第者们尽快麻木，麻木，是中国做人的良药。还有别的漂亮话么，譬如，奋斗不止，自强不息，就都是对落第者的漂亮话。落第者的一再赴考，已经在奋斗，已经很自强，而艺术不是奋斗，不是自强，艺术只是喜欢。

喜欢艺术，多么无用的禀赋！吴雯同学获得高分的图画在考场上形同废纸,但她喜欢画画,喜欢画美人。对这份无可救药的喜欢,不知当今在朝在野的艺术家还有什么管用的忠告。

(原载《知识文库》2006年第4期)

眼睛里流出来的文明

许博渊

四年前,悉尼召开世界华人反独促统大会。其时,我正在澳大利亚工作,应会议组织者的邀请,充任新闻顾问,和代表们厮混了两三天。闲聊的时候,来自墨尔本的一位华人对澳洲人的眼睛发表了一番感慨。他说:澳洲鬼佬的眼睛透明,眼光像刚出山的泉水,不含一点杂质;在中国,只有三岁的小孩有这样的眼神,再大一点就没有了。他把白人称作"鬼佬",却居然以诗一般的语言由衷地赞美他们。我原来只是觉得澳洲白人总体上比较友好,比较热情,并没有特别注意过他们的眼睛。从那以后,我就开始观察他们的眼睛了,发现从那里流出了不同的文化,也流出了澳洲人的文明。

白人的骨骼和黄种人不同,特别是面部,高的地方高得突出,低的地方凹得明显。他们的眼睛大,尤其是姑娘,眼珠子大大的,蓝蓝的。由于眉骨突出,眼眶凹陷,那大眼珠子显得很安全,你不必担心它会从眼眶里掉出来。那深邃的眼珠子里似乎蕴藏着巨大的能量,配合发达的面部肌肉,能把内心的喜怒哀乐表达得十分到位,甚至有点儿夸张。他们可能从来没有接受过"端庄文静"、"笑不露齿"一类的教育,而总是让内心的情感一股脑儿地从眼睛里流出来。

在我们这里,陌生人相遇,他们的眼睛必定是呆滞的,面部肌肉是绷紧的。"视同陌路",就是这个意思。如果你对他微笑,和他说话,他的眼睛里会露出怀疑和警觉,他会怀疑你是否有精神方面的疾患。在我们的文化里,陌生人是毫不相干的人,因此也是不可信赖的人,不必招惹的人。但在澳洲,素不相识的人,不论男女,狭路相逢,四目相对,他们的脸立刻像花朵一样绽开,眼睛里发射出喜悦的光,满面春风地问候,那样子好像遇到了多年失散的老朋友。看那眼神，可以知道他们的心不设防，不仅不设防，还有亲和力。他们把社会看作一个大家庭，一个部落或者氏族，这个大家庭的成员，不管认识与否，都是相互关联的，可以信任的，是应该互相尊重、互相帮助的。

  人多的地方，当然不必与陌生人一一打招呼。这时候，他们的眼神是平和的、舒展的、自然的、本色的，像山里流了来的小溪，平静和顺，一派天籁。你丝毫看不出他们有炫耀自己的门第、财富和地位的企图。如果你发现自己挡了他的路，让在一边，他必定道谢，他的眼神也同时传达出喜悦和感激来。这种神情，只有在一个平等意识占据了统治地位的社会才能有。在这样的社会，谁都没有权利傲视他人。如果有什么人这样做了，会被众人鄙视，人家会觉得此人是一个没有教养的人，档次不高的人。这就很没有面子了。

  在我们这里，常常有一类人，到了公共场所，总要刻意表现出自己仿佛是一个有地位、有身份的上等人，睥睨群伦，昂昂然如入无人之境。或者，确切地说，是一个上等人不幸偶尔进入了下等人的场所，生怕别人不知道他的贵族血统，不知道他是鸡群中的凤凰，百兽中的雄狮。你给他让路，他一扬头过去了，毫无逊谢的意思。在他看来，下等人给上等人让路，乃是理所当然，天经地义。但有时候，他可能什么都不是，刚刚从低矮逼仄的住处钻出来。他只是在一种虚拟的环境中体会上等人的荣耀和自得罢了。这是数千年等级社会的余绪。我们的同胞太不能抵御帝王、贵族、豪门一类的诱惑了。

  我们有一类同胞，如果他们不满意某个人，他们的眼睛就像刀子一样锋利。钢铁的刀子可以伤人皮肉，眼神的刀子则伤人的心。这类人恰恰就喜欢从别人因刀而痛苦中获得快感。这就不仅仅是等级观念，而是市井流氓心理作祟了。

  通常情况下，笑模样总是友好的使者。也有例外，最近有报道说，一位法国游客在新西兰游览毛利人住地时，因为忘记了导游事先的警告，不自觉地露出了笑容，结果被愤怒的毛利人用脑袋撞断了鼻梁骨。据说，毛利人之间传达友好的媒介物是脚下的一根羽毛或者树枝，而不是笑容。笑容被理解为嘲笑。这样的文化冲突太极端了。一般来说，只有恶毒、鄙视的眼神才会引起冲突。报纸上不止一次地报道，某人仅仅因为看了别人一眼，就被人打死了。其中一次，还发生在北京一所名牌大学。我想，行凶者固然野蛮，理应得到惩罚，但反过来一想，被害者的眼神是否太锋利了些，使凶手感觉受到了伤痛？

在澳洲，我没有遇到过锋利如刀的眼神，即使当我失礼的时候。

记者俱乐部每年举行一次聚会，内容是品酒。会员凭票入场，可以品尝几十种葡萄酒，下酒的是各种精致的小点心。酒和点心都由厂商赞助。活动中途的抽奖是高潮，大家都很兴奋，纷纷把自己的名片放进一只纸盒里。有一年聚会，当主持人讲话的时候，一个二十岁左右的姑娘手持纸盒在一旁等待。我无意间看见她在纸盒里翻动着，不知不觉就把眼光停住了。她仿佛预感到人群中有人在注意她，突然抬头，发现我正在看她。这时，我有点心虚。因为，用眼睛直盯盯地看人是不礼貌的。根据在国内的经验，对方一定会不高兴，给你一个白眼，意思是：看什么看？流氓！但是，出乎我意料，她对我调皮地一笑，还做了一个鬼脸。她丝毫没有怀疑我有什么不良的揣测，也不想借此表现自己的贞洁和高贵。她笑得那么自然，那么纯真，表达的是她对人毫无保留的信任与友爱。

科学家说，再深沉老练的人，他内心的秘密也会被他的眼睛泄露出来。以色列人已经据此研究成功了利用眼神测谎的仪器，据说比传统的测谎仪更灵，更准。我想，人类学家和社会学家应该从中得到启发，将人的眼睛列入研究范围，从中发现一些重要的信息，比如社会的文明程度与和谐程度。

（原载《文汇报》2006 年 6 月 6 日）

美联航 93 号航班坠毁前的表决

袁晓明

第一部直接关于美国"9·11"事件的电影《美联航 93 号航班》在美国公演了。这部电影以纪录片的风格描述美联航 93 号航班从起飞到坠毁的全过程，从恐怖分子劫持飞机、乘客们与地面的通话，到乘客决定并冲进驾驶舱与恐怖分子搏斗、最终飞机坠毁在宾夕法尼亚州的一片荒地上，机上的乘客与四名恐怖分子同归于尽。在恐怖分子劫持的四架飞机中，美联航 93 号航班是唯一一架没有达到恐怖分子目的的飞机。

如今，尽管美国人对"9·11"后的反恐尤其是伊拉克战争有不同的看法，但美联航 93 号航班的乘客却毫无疑问是今天美国人眼里和心中的英雄，因为他们与恐怖分子的同归于尽避免了更大的伤亡。"9·11"后，有许多的书刊、网站等纪念美联航 93 号航班的英雄们，最近，更有国会议员提议联邦政府出资在美联航 93 号航班坠毁的地方建一个纪念碑，电影《美联航 93 号航班》上演无疑再一次引发美国人对这一悲壮事件的追思。

2001 年 9 月 11 日的清晨，由于机场跑道的拥挤，美联航 93 号航班推迟了 42 分钟起飞，正是这奇妙的 42 分钟的延迟让乘客们有时间与地面联系，了解到两架飞机撞入世界贸易中心大楼，一架飞机扎进五角大楼的信息，使他们得知恐怖分子的劫机计划，最终他们采取了行动，迫使飞机坠毁。如果美联航 93 号航班正点起飞的话，就可能是完全不同的结局了，也许美联航 93 号航班已经飞进了华盛顿的国会山。

鲜为人知的是，根据美联航 93 号航班乘客与地面的通话记录。在发起与恐怖分子搏斗前，乘客们对是否对恐怖分子发起攻击进行了一次投票表决。据乘客 Jeremy Glick 给他妻子的电话记录，投票的结果是所有的男乘客一致通过向恐怖分子发起攻击的提议。接着，乘客 Todd Beamer 告诉地面电话公司的接线员，他们计划先冲向那位自称绑有炸弹的恐怖分子，地面所听到的 Todd Beamer 的最后一句话是他发起攻击的号召："Are you ready guys? Let's roll"（"哥们，准备好了吗？动手吧"）。在"9·11"后的美国，"Let's roll"成了一句纪念美联航 93 号航班英雄们的著名话语，Todd Beamer 的妻子 Lisa Beamer 写了一本纪念丈夫的书，书名就是"Let's roll"。

那么，为什么美联航 93 号航班上的乘客们在行动前要投票表决？在我看来，即便在飞机被劫持极端异常的情况下，这些乘客们也没有放弃平等、自由、民主的理念和程序。

乘客享有平等的权利，尤其是在这性命攸关的事情上，每个人应该有同等的权利为自己作主，尽管乘客们有不一样的能力，所受的教育程度的不同，有乘头等舱和经济舱之分，但任何人都没有高于其他人的权利，去为别人作主。假设，如果有一个乘客碰巧受过特殊反劫持的训练，他也没有更大的权利来替别人作出决定是否要向恐怖分子发起攻击，坐在一等舱的人可以喝上经济舱不供应的高级葡萄酒，但在要是否向恐怖分子发起攻击上却没有更大的话语权力。

人可以按自己的自由意志做出选择，虽然美联航 93 号航班上的乘客的人身自由已经很大程度的受到被劫持飞机空间的限制，但他们仍然在思想和意念上有同意与反对向恐怖分子发起攻击的选择自由，而这种自由意志的选择并非完全由对与错来管制，而是由个人自身选择并承担责任和后果。平等和自由的观点要通过民主的准则和程序来作出决定，所以，美联航 93 号航班上的乘客们在如此非同寻常的情况下，仍要以投票来决定是否向恐怖分子发起攻击。

在生命攸关的时刻，美联航 93 号航班乘客们以平等、自由、民主的原则作出了他们一生中最后一个重要决定，他们不仅是牺牲自己生命去保全别人生命的英雄，也同时展现出他们所拥有的平等、自由、民主的思想理念。显然，美联航 93 号航班乘客们作出的民主投票并非是一时的念头，而是因为他们长期生活在一个追求平等、自由以及民主的制度和人文环境之中，并有机会和权利参与民主过程的决定。

（原载《上海证券报》2006年6月6日）

不均权　难共富
——从发廊女苟丽说起
笑　蜀

报载，中共中央政治局近日召开会议，拟议改革收入分配制度，以缓解收入分配差距扩大的趋势。读到这个消息，我想起了发廊女苟丽的故事。

家处西北穷困山区的苟丽，一年种地收入总共不过2000来元，只能勉强维持家用，而一次婚宴，就让她欠下三万元债务而且包括部分高利贷。全家不吃不喝至少十五年，才可能还清债务。无奈，苟丽夫妇只好选择了移民，跟一亿三千万农民工一样选择到大城市，寻找改变自身命运的机会。

非法生存是苟丽夫妇进入大城市之后的基本生存状态。但这并不是他们的初衷。最初，苟丽夫妇力图通过合法劳动来换取自己的生存资源。但出乎他们的意料，此路不通。"一开始，苟丽在一个服装批发市场找了份月薪300元的工作，陈小林在一家工厂找了份月薪350元的工作。夫妻俩算了笔账，房租50元，其他费用最省也得100元，一年下来只能落下5000元左右。'债什么时候才能还完啊？'"

逐水草而居是所有活物的天性。既然合法的雇佣劳动水草匮乏，被债务压得喘不过气来、急于突围的苟丽夫妇不能不另做打算。丈夫陈小林辞掉工作借钱买了辆旧摩托车，跑起"摩的"生意。记者没有告诉我们"摩的"生意的收支状况，只是告诉我们跑"摩的"很累。但从苟丽宁愿背着丈夫主动跳进卖淫火坑这样的决断来看，跑"摩的"不止是"很累"而已，收入也应该非常微薄，以至让苟丽彻底失去了耐心。非法生存就这样发端。

苟丽夫妇的收入略有增长，但风险成本也随之节节攀升。星级宾馆的性服务早就是公开的，尽管也属于典型的非法生存，但因其服务对象往往是社会上流阶层，所以有或明或暗的法外保护而颇具安全度。面向弱势群体的性服务就没这么幸运了，弱势群体不可能付得起高昂的保护费，因此必然构成选择性执法的最重要的目标之一。苟丽未能幸免，很快就在"严打"中被抓，被收容长达四个月。城市生活非但没有改善苟丽夫妇的生存状况，反而雪上加霜。为此，与妻子重逢仅一天的陈小林只得改去"水草"较丰的北京打工，留下来的苟丽则只能重入卖淫火坑，并最终覆没。

通过苟丽夫妇沉浮轨迹的回顾，不难看到苟丽夫妇的生存空间是多么的窄。合法的雇佣劳动不是他们的出路，非法生存则更是他们的死路。向公共服务型政府转型是当下政府改革的主题。而政府公共服务的首要对象，应该是像苟丽夫妇这样最缺乏自我保护能力的弱者。他们正是因为缺乏自我保护，在面对强势的资本时力量完全处于劣势，单靠个体自身根本没有跟强势资本讨价还价的资格，往往只能被迫接受强势资本的单边协议，而这种单边协议对像苟丽夫妇这样的弱者显然是绝对的不公平，劳动力价格和福利水平甚至低于生存底线。要求一个比较公正的劳动力价格和福利水平，没有一个有利于劳工权益保护的法治环境是不可设想的。而众所周知，建设这样的法治环境尚任重道远。这种情况下，像苟丽这样的弱者要么只能听任强势资本的宰割，彻底放弃突围的人生计划；要么狠下心来，拒绝雇佣劳动，成为个体劳动者。

但是，大都市并没有给苟丽夫妇腾出任何从事合法个体劳动的空间。对像苟丽夫妇这样既无特殊技能又无资金的弱者，城市管理者事实上只给他们提供了惟一一个合法选项，那就是接受资本雇佣。除此而外，几乎所有可行的选项都是非法的。一无所有的苟丽夫妇只能作城市苦力。但苦力又恰恰为城市管理者所深恶痛绝。尽管城市的就业空间，尤其是底层人民的就业空间越来越小，自由劳动自谋生路原本是缓解就业压力的一个最佳选择，但底层人民的生计似乎没有大都市表面上的繁荣和光鲜来得重要。于是，几乎所有大城市都对底层人民的自谋生路设置了尽可能高的门槛，甚至干脆赶尽驱绝。城管如刀俎、个体劳动者如鱼肉的景致，便像一部没有尾声的连续剧，不断在所有大都市反复上演。自由劳动自谋生路的风险成本因此高到极致，收益则降到极致。这种情况下，陈小林必然跑黑摩的，而且必然入不敷出以至让苟丽绝望，让苟丽铤而走险。

城市形象高于底层人民的生存权，这种现象在"以人为本"已上升为社会主流话语之当下不仅仍然存在而且非常普遍，其怪诞程度超出了人的想像力。正是这种怪诞，彻底堵死了底层人民除接受资本雇佣而外的其他的出路，彻底葬送了苟丽夫妇依靠自己的力量改变自身命运的可能性。

这里我们看到，像苟丽夫妇这样的底层人民，他们的贫困不仅是劳动技能和物质财富的贫困，归根到底是权利的贫困。正是权利的贫困，使得他们在进入城市社会时，在面对强势阶层时，没有任何权利庇佑，没有任何屏障使他们能够防范来自四面八方莫测的风险。接受合法的雇佣劳动，逃不脱资本的敲骨砸髓；拒绝雇佣作个体劳动者，又逃不脱权力的围追堵截。怎么选择都是错，怎么选择都无法突围。强者愈强而弱者恒弱，生存资源的配置格局如此顽强，似乎不可撼动。

因此，当弱势群体的苦难终于导致社会生态失衡时，当社会公正终于成为我们再也无法回避的问题时，当我们不得不面对这样的尴尬局面，不得不关注弱势群体的救济，我们切不可把我们当施主，而把弱势群体当我们的施舍对象，只侧重如何从强者的残羹剩汤中舀几勺子倒给弱者。弱者原本依靠自己的力量，在经济上自立。他们现在之所以做不到这一点，不是懒惰和无能，而仅仅是因为权利的贫困。他们既缺乏与资本谈判的权利，也缺乏自由劳动自谋生路的权利。这最大限度地加剧了他们的生存风险，抬升了他们的生存成本。

这就是说，弱势群体最需要的救济，不是物质层面的救济，而是权利上的救济。权利创造机会和财富，创造尊严，没有权利就没有一切。权利的贫困才是终极意义上的贫困，最可怕的贫困。物质意义上的两极分化其实不是问题的本源，物质意义上的两极分化只是果，权利意义上的两极分化才是因。要抑止两极分化，根本的突破口是改变传统的权利结构，只有改变传统的权利结构，才能改变传统的利益结构，包括传统的收入分配秩序。第一优先无疑是弱者的权利保障。"授人以鱼不如授人以渔",仅仅从物质财富的分配角度来解决两极分化,只能在一时一地起作用;必须通过均权实现富裕,通过均权基础上的共同富裕,实现社会的均衡和和谐。这,才是真正的长治久安之道。

此种长治久安之道无疑很艰险,很曲折,但是,舍此我们别无它途。

(原载《经济观察报》2006 年 6 月 12 日)

一句话改变了美国

李兴濂

2005年10月24日,非洲裔妇女罗莎·帕克斯在睡梦中安详去世,享年92岁。经美国国会提案通过,帕克斯女士的遗体安放在国会大厦圆形大厅供民众瞻仰,她是获此殊荣的第一位女性,这种特殊礼遇通常只有美国总统像林肯、约翰·肯尼迪等卓越政治人物才能享有。布什与夫人和其他白宫高层官员于10月31日前往致哀。布什并且下令在11月2日罗莎·帕克斯下葬当天,全国下半旗,以示哀悼。这项命令还扩及美国驻外大使馆、军事基地及驻防在外的军舰。

罗莎·帕克斯,这位瘦弱、满头白发、戴副大眼镜的黑人老人为什么会获得如此之高的荣誉?

罗莎·帕克斯1913年出生在阿拉巴马州的塔斯奇基。父亲是木匠,母亲是老师。父母亲把她送到蒙哥马利的女子工业学校读书。19岁时,帕克斯嫁给一名理发师,她的丈夫热衷争取黑人民权和投票权。罗莎·帕克斯后来上了一所小型的黑人大学,并在蒙哥马利选民联盟工作,这是全国有色人种促进会的青年组织,她也在其他市民组织和宗教组织服务。1943年她被选为全国有色人种促进会蒙哥马利分会的秘书。接下来的20年,罗莎·帕克斯为了帮助家计,在家做缝纫,做过家庭打扫,也当过短暂的保险经纪人。

1955年12月1日,罗莎·帕克斯在蒙哥马利一家店里做完缝纫工作,搭城市公共汽车回家。她坐在11排,在特别为白人乘客保留的座位区的后面,当时蒙哥马利市的种族隔离法规定黑人坐在11排以后的区域,但是这个城市的法律也说,如果前10排坐满了,白人乘客也可以要黑人让位。当时汽车很拥挤,几个白人上车后,其中有一名白人告诉司机说他需要一个座位。司机于是要求帕克斯和其他 3 名黑人乘客让出座位。其他黑人不情愿地站了起来,但是累了一天的帕克斯拒绝让位。司机说,你不让座位,他就要叫人逮捕你。帕克斯对司机说,那就逮捕我好了。汽车司机果真把警察叫来了,对警察说,有白人乘客需要座位,可是这个黑人不站起来。警察问帕克斯为什么不让座位。帕克斯说:"我不认为我应当站起来,你们为什么欺辱我们?"警察说:"我不知道,但是法律就是法律,你被捕了。"帕克斯说,她不让位是因为想得到体面和有尊严的对待:"我不希望受到这种待遇,因为我付出的车费跟那个男子一样多,他没有比我多出一分钱。我工作了一天,很厌烦,很累。我也决心以这种方式来表示,我认为不论是在这个汽车上还是在任何别的地方,我都应当受到体面的对待。"

令人想不到的是,罗莎·帕克斯的被逮捕促成一场大规模的黑人人权运动,也没有人能够预料到,"我受够了让出座位!"罗莎·帕克斯的这一句话竟然改变了美国。

帕克斯的教区牧师就是著名的美国民权领袖马丁·路德·金博士。帕克斯的非暴力不合作原则,得到金牧师的立即响应,他率领黑人民众展开了 381 天的抵制该市公车的行动,并引发了轰轰烈烈的民权运动。1956 年 11 月 13 日,美国最高法院裁决种族隔离违宪,美国的种族歧视制度被正式废除。这股风潮一直延伸到六十年代,在民权运动的大力推动下,少数族裔、妇女等各种弱势群体的权利,也开始逐步得到法律的保障,美国的社会宽容与人权意识得到极大的深化和巩固。

可以说,美国的今天,在很大程度上就是六十年代形塑出来的,帕克斯也因此被美国国会命名为"民权之母"。罗莎·帕克斯后来担任密执根众议员约翰康叶尔斯的秘书和行政助理。几年后,成为民权运动议题的发言人。

后来,几所大学颁赠帕克斯荣誉学位,她还获得民权运动组织颁发给她的不同奖章。底特律市用帕克斯的名字命名了一条街道。1989 年一个著名的美国歌唱团体写了一首歌《罗莎姐妹》献给罗莎·帕克斯。歌中说"谢谢你罗莎小姐,你是火花,你点燃了自由运动"。

罗莎·帕克斯说，她希望人们记得她是"一位想要自由以及想要其他人自由的人士"。

最感激帕克斯的当然首先是获得能够和其他人一样拥有尊严的美国黑人。美国国务卿赖斯在帕克斯的追悼仪式上说了一句最有代表意义的话："没有帕克斯，我就不可能今天以国务卿的身份站在这里。"

在美国，帕克斯深受黑人和白人民众热爱，因为她为黑人争取权利的运动同时塑造了美国的社会正义与公正精神，为所有美国人争取到了一个平等、宽容的生活环境。美国民众呼吁将每年12月1日定为"罗莎·帕克斯日"，以纪念这位"民权之母"。波士顿已于2005年10月26日率先通过决议，将此日定为罗莎·帕克斯日。

《洛杉矶时报》记者艾·马丁尼写道："在历史的关键时刻，有人面对邪恶的力量敢于挺身而出，从而改变了历史和文化。这就是罗莎·帕克斯遗留给我们的精神财富。"

（原载《西安晚报》2006年6月19日）

真相难求

贺卫方

近年来，媒体或者网络揭露了一些事实方面很有争议的案件，当事人对于司法机关或者本地政府对于案件所作结论提出质疑，甚至认为官方参与制造虚假的结论，因而不断地投诉或上访。这类案件中最典型者如：湖南的黄静案、河北的聂树斌案，以及刚刚被揭露的发生在湖北襄樊市的高莺莺案件。

高莺莺案件提供了一个地方权势者极力掩盖事实的标本。根据《民主与法制时报》的报道，2002年3月15日，高莺莺在她工作的宾馆"坠楼"身亡，与一般自杀者不同，她身体多处被抓伤，一个乳头被咬坏，喉部有被掐的手印，手腕有黑紫色勒痕，上衣纽扣少了好几粒，腰带和鞋子不见了，裤子拉链也没有拉上，家属暗自藏起的白色内裤上还检验出了精斑。在她离奇死亡后，公安人员对现场既不保护也不查看，第二天就定性为"自杀"，法医随便看看就走，而后又动用公安和武警抢夺尸体，通过抓人、软禁、连坐等手段威逼家属签字火化，火化时将衣物全部烧毁一件不留……这起疑窦重生的事件能够掩饰四年多，直到襄樊市的官场"地震"之后才曝光于媒体，当然也是令人感叹的。不过，下一步，包括法院在内的有关部门能否给冤死的高莺莺和近年来不断上访的高天虎夫妇一个公正的说法仍然是疑问。

在司法过程中，面对案件事实方面的争议，律师、检察官以及法官就必须力图通过证据来复原本来的情节。各种人证物证的及时搜集和保全乃是查证案件事实的重要前提。为了确保证据与案件之间的紧密关联，还需要对于某些传来证据加以排除。某些时候，对于证据的判断涉及到一些专业领域，例如医学、物理学、枪击案中的弹道学等等，法律职业者往往不具备这类知识领域的权威判断能力，又必须依赖相关专家。不过，专家也是人，他们所得出的结论也会因为种种因素的影响而在可靠性上出现问题。在黄静案里，包括省公安厅、最高法院、中山大学法医学中心在内的多家权威机构出具了多达五份的鉴定书，但是就黄静的死因却是相互矛盾，令人不知所从。一审法院依据最高法院鉴定下判，但是，显然还是无法平息当事人对于事实的疑虑。

实际上，法庭上的证词本身也可能是虚假的，甚至目睹过某些案情发生证人也会作出虚假陈述，而这种虚假可能有意为之，也许是因为时间推移导致原始记忆模糊所致。这样，法庭中的质证就变得异常关键。律师需要精心地设计询问技巧，机敏地揭露证人言词的自相矛盾之处，或者通过归谬法让作伪的人陷于难以自圆其说的窘境之中。所有这些，都是一个法庭律师的基本功。19世纪美国著名律师威尔曼（Francis L. Wellman）在他的《交叉询问的艺术》一书里指出："笨拙的证人在作伪证时常会以不同的方式露出马脚：声音、茫然的眼神，在证人席上紧张扭动的身躯，尽可能复述事先编造故事的精确措辞的明显努力，尤其是与其身份不符的语言的使用。"无论如何，法律职业者所发展出来诸如交叉询问这类职业技能对于揭露事实真相相当重要，虽然它们并不能在实体上确保所有的案件都真相大白。

当然，如果借鉴一下接受美学的观点，对案件事实的揭示也可以从当事人接受的角度去设计和构思。司法程序本身是否"科学"固然重要，如何让当事人心悦诚服地接受有关结果同样值得研究。文化的因素在这里会发生某些影响，不过，裁判者的超然中立、相关证人都必须受到另一方当事人及其律师的质疑却是超越文化差异的底线准则。观察一些争议案件，对于结果不服的当事人几乎毫无例外地对于法官的中立性表达了怀疑，甚至有很多迹象表明司法受到某些不正当的干预，不少案件审理之前已经作出判断，上诉之前上下级法院已经就结果串通一气，致使一审或上诉审都成为过场，这样的司法由于本身的正当性丧失殆尽，其判决无法令当事人接受乃是必然的。可怕的是，当司法与正义相背离成为常态，危及到的将是整个政府管理的合法性；在法院无法获得正义的人们就只能把法律操在自己的手中，个别案件的不公正解决带来的怨恨就会成为社会不稳定的因素。

我们可以看到，一部司法制度的历史记录了人类为了揭示争议事实真相的宝贵努力，同时也展现着人类自身的局限和无奈。为了让证人陈述真相，人们不断地进行质证、鉴定、测谎……但是，这些技能和技术的运用还是无法完全避免伪证和冤案，于是"尽人事"之外，还需要"听天命"——在积极的层面上，让证人对神发誓，以求神力震慑之下，证人不敢作假，败诉者也能够宽宥证人的率真之言。在消极的层面上，当人们无力在所有案件里实现正义的时候，也只好把终极的正义交付给神来完成。米兰达因为以他的名字命名的证据排除规则而免受法律的制裁，不出数年，他就在一次歹徒械斗中死于枪击。

冥冥之中，善恶终有报应的。我们可以理解，为什么查士丁尼钦定《法学阶梯》开宗明义第一条即说："法学是关于神和人的事物的知识；是关于正义和非正义的科学。"

（原载《法制日报》2006年7月13日）

一百种理由抵不上一颗良心

徐迅雷

时光过去了整整 30 年。1976 年 7 月 28 日的唐山大地震，是一道划在神州大地的深刻的痛。24 万逝者是我们的亲人，时光不会忘记，生者永铭祭奠。然而，有人却把"纪念"变成了"商机"：一家公司弄了座刻名收费的"地震纪念墙"，"正面每一姓名 1000 元，背面 800 元"。（7 月 17 日《北京青年报》）

你不能不惊叹某些人发现"商机"的能力。年初的时候，在北京居庸关就出了个"爱情长城"刻名收费项目，情侣花 999 元即可认购一块城砖刻字，结果被叫停了；而此前，那里就曾折腾什么"宣言墙"，铭刻所谓"英才宣言"，一块砖面收费 3000 元。面对此等情形，被称为世界上最会做生意的犹太人都要自叹弗如，因为在耶路撒冷哭墙的建设中，他们是想不到"刻名收费"这一招的，建设资金来源主要是慈善捐助者或者基金会。"慈善捐助"是掏钱，"刻名收费"是赚钱，两者霄壤之别。

与那个对准长城文化遗产挖掘"商机"不同，这个地震纪念墙，是赤裸裸朝着不幸遇难者的遗体"掘金"。他们那投入产出的算盘可以打得哗啦响："投入"的无非是几块花岗岩石板，而 24 万人每人收你千儿八百，那是两亿多元的收入啊，想想也口水滴答响。对于如此"刻名收费"，有关方面理由很多，有"建纪念墙收费是商业行为，不是政府行为"、"免费刻名，谁也说不准什么时候会节外生枝"、"对军人、五保户等等免收和减收"云云，让你听着似乎要连喊"善哉善哉"。

但是，一百种理由也抵不上一颗良心！这个世界上，不是什么都可以变成商机、什么都可以拿来赚钱的。对于地震死难者的"刻名收费"，是一道划在伤口上的伤口，这个伤口更细更小，但更深更痛，它是精神的创伤、良知的伤口。正如大仲马所说的："精神上的创伤有着这种特征——它可以被掩盖起来，但却不会收口，它是永远痛苦，永远被触及就会流血，永远鲜血淋淋地留在心头。"

让稀缺良心的商人们如此有机可乘，背后是公共职能的缺位和社会慈善的稀薄——这是看不见的"痛源"。地震纪念墙应该是公共物品，它与商业无关，它的公益性不容置疑。这个世界上，是没有非公益性的地震、战争等纪念墙的。美国著名的越战纪念碑，是经美国国会批准建立的，1982年建成，当时二十出头的华裔女孩林璎的设计方案在1421个应征方案中胜出：纪念碑的黑色花岗岩墙壁上铭刻着58296名阵亡和失踪者的名字，那一截大理石墙，二十六个字母，便把这么多青年的名字嵌入历史。

在美国，还有一个著名的"口碑"，它不是花岗岩、大理石建造的，而是无形的，那就是每年的9·11纪念仪式上，诵读2801名死难者名字，年年如此，一次不少。人的生命永远是第一位的，这样的"口碑诵读"，就是"把生命刻进声音"的"口碑"。美国总统布什在第一届9·11纪念仪式之前这样说："虽然他们死于悲剧，但他们不会白白送命。今天，整个国家向9·11遇难者致敬。我们纪念每个名字、每个生命。"

阳光打在墙上，良知刻在心里。尊重死者，也就是尊重生者。如果我们从心里、从心灵深处纪念唐山大地震24万死难者，那么，就应该让他们的名字安宁地刻入绝不收费的纪念墙，或者，在每年纪念仪式上诵读他们的名字，每次诵读24000人，十年就是一个轮回。

（原载《中国经济时报》2006年7月18日）

乾隆搞调查

刘诚龙

中国大概有一种"盛世情结",只要经济略为好转,人民碗里有那么几粒米,或许标准高一点,有那么几点肉末,往往就要贴一个盛世的标签,历史教科书对此特别津津乐道,什么文景之治,贞观之治。土豆加牛肉,就是进入了共产主义。于是皇上就要百姓歌舞升平,百姓就要对皇上山呼万岁,而此时此刻,皇上就在虚幻的海市蜃楼中独自陶醉,最听不得的就是那种乌鸦嘴似的"盛世危言"了,这或许是中国盛世总是昙花一现而危世常常呈现神州的一大原因吧。被电视编剧们吧唧吧唧含痰长道的康乾盛世,就有这种味道。

且说乾隆晚年吧,盛世大概盛得不得了了,乾隆在77岁就成立了以和珅为"领导小组组长"的80大寿大庆典的领导班子,历时3年,那庆典比慈禧太后60大寿更加奢华,街上搞起了壮丽的"形象工程"就可窥一斑:"夹道左右,彩棚绵亘,饰以金碧锦绣。"人家举全国之力,做了3年准备啊,总之豪华得很。那般盛世盛景,不说也罢。而在这时,偏偏有个不识相的内阁学士尹壮图充当揭穿"皇帝新衣"的不谙人事的"小孩子",很是不合时宜,讲了真话,扒开了糜烂疤子上的"灿烂乳酪":"各督声名狼藉,吏治废弛,臣经过地方,体察官吏贤否,商民半皆蹙额兴叹。各省风气,大抵皆然。"在尹壮图这里,民意不支持率超过了五成,哪是什么盛世,分明是衰世末世啊。都是喜鹊叫喳喳,忽然冒出了一只乌鸦,怎么不让人大倒胃口?把皇上的脸抹得一团黑?乾隆心里起了恨意,"你叫我一时不高兴,我就叫你一世不高兴"。

但乾隆毕竟是一个伟大的英明的领导,他可不干那些暴君事,他杀人总要杀得让人心服口服,这样才是明君啊。你说得天下"糟得很",那就去调查，让事实说话。乾隆于是派了以侍郎庆成为钦差大臣的"调查小组"。乾隆选这个人当组长，当然经过了精心挑选，庆成是满族大员，又是盛世的"歌者"，而且是爱好"旅游"的大玩家，到得山西第一站，先是饱览祖国大好河山，这可不是钦差大臣吊儿郎当，他闲着，为的是让干部们不闲着，好做迎接检查的准备嘛；之后与官同乐，投入"宴收工作"之中，听了有准备的汇报，看了有布置的现场，哪里是"糟得很"？国家形势"好得很"！尹氏除了认罪，无话可说，他便向乾隆上疏，说过去的话"朽言乱政"，向乾隆请求"可否恳恩即令回京待罪。"但乾隆是乾隆，不是隋炀帝。"不不不，你还可看看嘛。"要他继续同庆成一起往直隶往江南往山东各省盘查，把调查搞得"真得很"。但怎么保证不露马脚？乾隆下了一个"专项通知"，通知上明确了此次调查的"宗旨与目的"："若所盘查仓库毫无亏欠，则是尹壮图以捕风捉影之谈为沽名钓誉之举，不但诬地方官以贪污之罪，并将天下亿万兆民感戴真诚全为泯没。"得得，这个"通知"，让官场老油子一看，一眼就能领会其中"深刻的指示精神"：这次调查，不是为了查知盛世真相，而是为了证明尹某有罪，你不能拿证据证明其有罪，那么就证明你是贪污犯，那就是你在帮尹某说我皇上不圣明，简单点说，这次调查"指示精神"有三点，证明尹某有罪，证明官僚不贪，证明皇帝盛世不假，怎么迎接调查，你看着办！乾隆还知道，他的话虽然说得这么明白，但肯定会有一些庸吏傻得很，不会办事，甚至连文件都不会看的，于是在尹壮图每到一地之前，安排专人提前500里的路程通知官僚，务必不能出漏洞。考虑如此周详，布置如此周密，自然一点漏洞也没有，神州处处莺歌燕舞，一片升平景象。尹壮图能说什么？回京以后。乾隆问他是否看到"商民半皆蹙额兴叹"，他便说："所过淮扬以及苏州省会，正当新年庆贺之时，溢巷摩肩，携豚沽酒，童叟怡然自乐。"乾隆终于完成了对尹壮图的洗脑，完成了其"思想改造"，也完成了帝国在"嘴巴上"或者历史书等"纸质媒体"上的"盛世绘"。

  剩下来就是对尹壮图如何处理了，刑部想当然的自以为理会了乾隆的意图，拟定按挟诈欺公妄生异议之律，坐斩立决，但没有想到乾隆见识又是高人一着，"谓壮图逞臆妄言，亦不妨以谤为规"。竟然不加治罪，命左授内阁侍读。好个以谤为规！给了天下人"天下多么盛世"的"明白"；给了乾隆"创造盛世不是假的"的"清白"，这个调查、乾隆真是自鸣得意，办得好啊。有人讲，乾隆既然事先已经给调查定了调子，又有刑具在手，直接定案得了，何必多此一举？花费人力物力去搞什么调查。也许在以前，比如商纣王或者秦始皇是不可能走这个程序了，但乾隆是明君啊。这么去调查，成本高了点，皇帝的新衣价格却要高才行啊，贵衣服"有品牌效应"。把天下人的嘴巴全封上，再高的价格也是值得的。调查本来是明了真相的方法，但是也可以是掩盖真相的手法啊。你看，这么一来，乾隆就轻松穿上了两件"皇帝的新衣"，一件是皇上圣明的新衣，一件是乾隆盛世的新衣，乾隆穿着，那感觉比安徒生笔下的皇帝好多了，安徒生笔下的皇帝听到小孩说"皇上什么也没穿啊"，顿时很不自在，表面虽气昂昂内里却心虚虚，赶忙回宫了。乾隆的自我感觉却一直良好。中国历史上许多皇帝，体制内的"小孩"把他穿帮，他是根本不放在眼里的，要等到农民用锄头梭镖来给他穿帮，那时他才急。

（原载《教师报》2006年7月26日）

原生态说

张　勇

第十二届央视青歌赛，首开原生态唱法比赛，令人耳目一新。之所以如此，是因为原生态作为一种艺术状态，久久远离都市的人们。其实不仅是作为艺术状态，推而广之，作为一种生活状态，原生态也远离我们久矣。

所谓原生态，是自然赋予人的最本原的一种生活状态，是人和自然最亲密的一种生活状态。它远离复杂性、远离装饰性、远离技术性、远离功利性、远离雕琢性、远离时尚，它是简略的、淳朴的；它的美学意义，李白的两句诗是最好的注脚：清水出芙蓉，天然去雕饰。

只可惜，如今都市生活中已很难找到"清水芙蓉"的原生态了，它被湮没在诸多的复杂中了。是不是越复杂、越功利、越雕琢、越技术、越时尚，就越有意义、越有感觉呢？未必。比如吃，它的一个重要功能，是满足食欲、享受味觉之美，而最能让人得到这种感觉的，不是铺排复杂的豪华盛宴，也不是格式化技术化的麦当劳肯德基，而是饥饿时的一碗鸡蛋炒饭，是馋极时的一碗红烧肉，甚或是一根香喷喷的烤玉米。这就是吃的原生态，它往往能达到食欲味觉的最大满足。而整天锦衣玉食者，面对海鲜大餐、满汉全席，却往往味觉麻木，食欲大减。如今常忙着赴公款饭局者，总说吃饭"太累，太苦"，那倒也不是矫情的假话；他们离吃的原生态太远了，因而也就失去了口腹之欢，只剩下了口腹之累。据说慈禧在皇宫里每顿饭有一百多道菜，却苦于没地方下筷子，吃得很不开心；庚子年八国联军打进来，她于逃难途中，在穷乡僻壤吃了一回农家饭，连呼味道好极了。老佛爷终于也晓得了原生态的好。又比如爱情婚姻，它的原生态，应是男女之间出于本能的吸引，是心跳脸红的情动于中，是李清照词描述的"见有人来……和羞走。倚门回首，却把青梅嗅"。这种情爱是一种最美好的心理状态和生理状态，单纯得和水晶一样。本是和物质、和利益、和门第风马牛不相及的。可如今被一些非情爱的东西物化得越来越复杂、越来越功利了，看看那些征婚广告吧："某男，大学本科学历，现供职于某单位，月收入××××元，有三室两厅住房，欲求……之女。""某女征偶条件：男方身高应在多少多少以上，须在行政事业单位或外企工作，月收入多少多少元以上……"这里还有爱情原生态的影子吗？不得不承认，功利的力量有时比爱情原生态的力量要大得多，这里也说不上孰是孰非。原生态是一种自然存在，它当然是合理的；功利性是一种社会存在，它自然也是合理的。

食色之外，还有许多原生态与我们渐行渐远：高科技生产大批肉肥个大的洋鸡洋蛋，味道鲜美的土鸡土蛋却成了稀罕之物；城市里霓虹灯越来越璀璨，却再也看不到萤火虫了；天上的飞机和人造卫星越来越多，却难以看到大雁了……幸耶？不幸耶？

当然，人类生活的复杂化、技术化、雕琢化、时尚化乃至功利化，也不能不说是人类的进步，但建设性往往同时具有破坏性。如果我们不缩小和限制这种破坏性，就会对自然的本原、对人类的本原，也就是对原生态造成越来越大的伤害，这种伤害会使很多进步和建设走向异化。而原生态是人类一切进步和建设的精神牵挂。离开了对原生态的呵护和照看，一切进步和建设都会变得索然无味。

我们人本身呢？不论是今天西装革履、满腹经纶的绅士，还是穿金戴银、施朱着黛的女士，其原生态都是未经包裹、寸缕不挂的赤子。随着我们的长大，我们不能不改变原生态的赤子之体，但不可完全舍弃原生态的赤子之心。在我们的精神领域，要有一片永远的原生态之地。孟子说，人之初，性本善。这就是人心的原生态，难道能随着我们的长大，去破坏这种"善"的原生态吗？在我们心灵这块属地，应该永远有萤火虫，有大雁，有奔跑的藏羚羊，有一片纯净的青藏高原。

（原载《长沙晚报》2006年8月31日）

江湖不是讲道理的地方

黄　波

"白衣秀士"王伦是《水浒传》中的一个尴尬人物。论地位，他曾贵为山寨之主，可是却全无立威之术，以致这个寨主之位不过是纸糊的桂冠，吹弹即破，最终枉送了卿卿性命，还落得个"妒贤嫉能"的恶名。

说起来王伦的心术还不能算坏，他固然有自己不能不打的小算盘，害怕林冲、晁盖等人抢了自己的宝座，必欲排挤之，可是从头到尾，他都只会用些小孩子过家家式的办法，诸如给人脸色看，故意为难别人一下，或者希望破财送神等等，这些都不出普通人的思维定式。我常常奇怪，王伦虽是一白面书生，但在江湖行走已久，他难道不知江湖险恶，不知弱肉强食的江湖法则？为维护一己之权位，他难道从来就没有想过要用阴毒的方法，对威胁自己地位和利益的人来一个"彻底解决"？须知林冲、晁盖等人固然勇武过人，但毕竟人少势单，强龙难压地头蛇，且初来乍到立足未稳，局势还全然在王寨主的控制之下，这个时候，他只要稍稍动动歪脑筋，甚至也许只是接风宴席间一杯酒的事，结局都将判然有别。对于一个老江湖来说，这些都不过是雕虫小技，王伦焉能不知，可是他最终摈此而不为，究竟顾忌什么？江湖的名声？还是对英雄多多少少存有一种怜惜之意？这已经是一个谜了。

反观另一个阵营，却是全然不同的路数。晁盖等人到梁山的第一个晚上，王伦设宴洗尘，当夜吴用就定下了"教他本寨自相火并"的计策，并如愿以偿引诱林冲堕入计中。当此之时，晁盖等一干豪杰中并无一人对此表示异议，也没有人担心会因此而落下江湖骂名，相反个个欢喜莫名跃跃欲试，并各自为火并做了精心的准备。到了林冲和王伦正面交锋的时候，吴用等人无一言无一行不是刺激林冲当机立断痛下杀手，可怜的王寨主终于在林冲"量你是个落第穷儒,胸中又汉文学"的斥骂声中倒下了。吴用虽号称"智多星",其实诱使血性林冲火并之计并不高明,但他们毕竟是成功者。

历来读《水浒传》的人都说是小肚鸡肠害了王伦性命,这都是皮相之论。其实在晁盖等人踏上梁山之始,王伦的命运就已经注定了。只有全无城府一派天真的人才会认为,如果王伦肯容纳晁盖等人,他就仍然能够安安稳稳地做他的寨主。试想一下,晁盖等人胆子大手段辣,更兼好身手,这种人岂能长做池中之物?其实在火并之前吴用的一席话已经透露了天机,他对晁盖说这一回定叫晁盖做山寨之主,这就表明这一干人的目的绝非仅仅在梁山栖身,而是早有雄图大略的。至于林冲火并之后,吴用等人虚推林冲做寨主不过是使这出好戏多了层滑稽色彩罢了。

追根溯源,王伦的悲剧不在于他气量狭小容不得人,而在于他本是一落魄秀才,文不得武不得,且脸不厚心不黑,不会使阴辣招数,却偏偏坐在了让那些刀尖上讨生活的人个个垂涎的寨主宝座上,"匹夫无罪,怀璧其罪",所以王伦血溅聚义厅就是一种逻辑的必然了。

当日林冲手提尖刀,怒斥王伦:"量你是个落第穷儒,胸中又没文学,怎做得山寨之主!"金圣叹在"胸中又没文学"句下批道:"即有文学又奈何?"此批妙绝,江湖哪里是讲文学的地方?其实,江湖同样也不是讲道理的地方。

(原载《文汇报》2006年9月12日)

希特勒的伎俩

邵燕祥

从晚报上读到新华社专稿,赵卓昀先生报道了希特勒的一件旧事:阿道夫·希特勒1939年在欧洲发动侵略战争的同时,设立了所谓神学研究中心,篡改《圣经》,不但把所有关于犹太人的内容大砍大删,把"摩西十诫"改成了"纳粹十二诫",更抹去耶稣的犹太人身份,篡改为跟德国人一样的"优等民族"雅利安人。

这本纳粹版《圣经》改名《德国与主同在》,跟希特勒自传《我的奋斗》并列为当时德国人必读的两本书。这还不够,1941年又送往当时纳粹统治下欧洲各地的教会,推进教会的纳粹化。

在希特勒以纳粹意识形态进行精神控制的进程中,连在教堂里吟唱的赞美诗也难以幸免,因而在顶替《摩西十诫》的不伦不类的《纳粹十二诫》中,塞进了"尊敬你的元首和主人"和"快乐地为人民工作和牺牲"就不奇怪了,前者是要你做"元首和主人"的恭顺的奴才,后者是进一步要你去为"人民"(应读为元首和主人)作"牺牲",并且是"快乐地"!

读到这则报道,感到似曾相识。原来这并非希特勒的首创,早在十四世纪中国明代的开国皇帝朱元璋就这么干过。古代中国的孔孟之书,就是当时的圣经贤传,而朱元璋看不惯孟子书中的一些话,如"民为贵,社稷次之,君为轻"、"君之视臣如草芥,则臣视君如寇仇",便充分动用他手中的皇权,加以大砍大删,不能禁绝之,乃以《孟子节文》行世。我读古书不多,这件轶闻,是二十年前从高旅先生文中得知的。

难道希特勒读过中国野史、清人笔记,从那里找到了学习的榜样吗?当然不是。仅由这一件看似雷同的小事,就见出古今中外大权在握的独夫寡头们,是"心有灵犀一点通"的。

这些权力者相信自己掌握的权力，要用这份权力控制人们的心理、思想、感情等全部精神世界。他们向往的是登高一呼，天下响应，万众臣服，众口一词。希特勒觉得《圣经》妨碍他消灭犹太人的大计，朱元璋觉得《孟子》有些话挑战他的权威；他们不是不想从根本上把《圣经》、《孟子》消灭，但大独裁者的希特勒也无法在一夜间改变德国人以至全欧洲人的基督教信仰，心毒手辣的朱元璋也无法完全消除"亚圣"孟轲在读书人以至老百姓中的影响，于是不得已而求其次，一个是不能消灭就"纳粹化"，一个是不能消灭就加以删节，总之是篡改吧。那些统治者最怕的是遭遇异己者的"篡权"，但他们对形诸文字的异己思想，却又动用"篡改"的刀斧。一个"篡"字，几重意义，因人而异，功能不同。

　　然而，这样由上而下雷厉风行的篡改，收效怎么样呢？据说这本1941年由德国魏玛一家出版公司印刷送往欧洲各国的纳粹版《圣经》，战后多半已被销毁。引起这一话题的，是最近偶然发现了其中的一本。至于明版的《孟子节文》，世上不知还有存货否也。

　　寄语当下热心收藏的朋友们，请留心中外古今篡改历史、篡改历史性经典的各类版本，大多数人会嫌恶而唾弃之，但它们作为文物，肯定是会在收藏品市场上不断升值的。

（原载《北京青年报》2006年9月16日）

枣的悲哀

肖复兴

如今枣的品种很多,但味道却不如以前的甜了,就像罗大佑歌中唱的:"苹果的价钱卖得比以前高,味道却不见得比以前好。"

现在,又到了枣上市的时候了。不止一年听到,今年依然重蹈覆辙:黑心小贩将枣先用糖精水浸泡,再在太阳底下晾晒,因为有糖精的作用,枣的表面自然就甜;由于阳光一晒,枣皮就变红。卖不动的梨枣就这样变魔术一样焕然一新,让人吃着看着都心满意足,以为枣真的重新找回了自己的本色和心地。

因此,城里人买枣一般都提高了警惕,对卖枣的小贩大多也侧目相看,印象不怎么好。

其实,很多是城里人的偏见,将枣的味道的退化,都推诿给了从乡下来的小贩;将个别用糖精水浸泡过的假冒伪劣的枣的罪过,不分青红皂白地都推给了无辜的小贩,城里人对枣的态度,很像是如今城乡或曰城里人与乡下人的差别与矛盾的一种象征,乃至内心冲突的一种隐喻。城里人要想吃枣,必须依靠乡间小贩从乡村里把枣运进城里,城里人却十方百计地像防贼似的,防范着这些小贩,甚至限制(有些地方乃至驱逐)这些小贩。于是,在这样的矛盾对立中,卖枣的小贩的出路,一般有两条,一是用糖精造假,一报还一报,欺骗城里人,不老实的小贩便在城里立下了足;一是遭到城里人的欺负,老实的小贩无可奈何地离开城里,再不到城里来卖枣。

最近看到这样一则新闻,河南洛阳一个叫李年红的农民,家种了七分地枣,拉着一车一百多公斤的枣进城来卖,却屡屡遭到阻挠,农贸市场不准进,街头又不让卖,刚刚停下车卖,就遭遇抢秤和罚款的命运。做贼似的东躲西藏地卖了一天的枣，只卖出三斤枣，收入可怜巴巴的四块五毛钱。气得他将这一车一百多公斤的枣，都倒进河里。他甚至绝望地说："城里头不是俺呆的地儿，俺就是饿死也不进城卖枣了！"

看到这则新闻，看到李年红将一车枣倒进河中的照片，心里很不是滋味，比吃到用糖精水浸泡过的假枣，还要让人惊讶和难受。

枣的味道的变异，其实，是人心的变化所致。城市的建立，最早都是从集市的建立而开始的，也就是说，没有集市，没有农民进城卖东西，也就没有城市最初的建立和以后的发展。城市和农村的关系是相互依存的，无法想像有一天城里没有了小贩的存在会是一种什么情景？那将会是和断水断电一样的灾难，那将会是和没有了农民工而只剩下了上地的脚手架一样的荒诞派画面，在我们国家步入小康社会的城市建设中，没有一天可以离开过从乡间来的农民，而且可以这样说，我们城市的马路楼房等基础建设发展，城市日常的生活用品，相当程度是依赖于农民，不说是对农民廉价劳动力的剥削，起码是占了农民的便宜。更不要说我们对教育医疗福利等公共资源的占有，其实是对农民的不公平。

如今，我们的城市却这样对待农民，让一个叫李年红的小贩愤怒却无奈地将一车红殷殷的枣全部倒进河里。

其实，允许并帮助小贩卖枣，对于城市而言并不是多么难的事情，我们的城市愿意花钱建造那么大而无当的广场、附庸风雅的剧院，甚至规模更巨大却荒芜的所谓开发区，也愿意出让地皮给外国人做大卖场，却不愿意腾出点儿地方，为我们的农民兄弟进城贩卖点儿枣提供方便。其原因，并不仅仅是因为高高在上的城市本位的思想在作祟，更多的则是缺乏对农民的感情也缺乏对城市建设以及城乡之间关系的深刻认识与理解。不说别的，只看李年红三斤枣才卖了区区四块五毛钱，一斤枣只值一块五毛钱，还有比这更便宜的东西吗？如果连这样一点微薄的收入都不能够保证，难怪李年红要把一车枣，倒进河里了。我在美国一些城市里，比如在威斯康星州的州府麦迪逊市，就曾经看到每逢周末，州政府特别把自己门前的广场提供出来，开辟为集贸市场，让附近的农民到这里摆摊卖货。卖菜卖花卖水果卖蜂蜜卖自制的蛋糕点心的，琳琅满目，不仅不收一文我们这里常见的管理费，而且，这里卖的东西因为是直接从乡间而来没有污染的纯绿色，卖的价钱一般都要比超市上卖的贵一些。这样来保证农民的利益，同时也维护着城乡之间的和谐关系。

  想来，不是做不到，而是做不做。尽管我们和美国国情不同，但是，关于农民的利益和城乡之间的和谐发展，这应该是我们共同切实关注的问题。因此，枣的悲哀，其实是人的悲哀；枣的问题，其实是我们自身的问题。

（原载《金融时报》2006 年 9 月 22 日）

上海差生赴美成天才的启示

童大焕

> 当教育异化为考试，也就意味着"王楠子"们是废品，如何回归教育本原，紧迫而棘手。

"在国内他被教成水泥脑袋"的初二学生，无奈之下赴美读书，却被老师夸为天才。8年后，当事人王楠子已是费城艺术学院的大四学生并屡获奖学金，通过在动画领域的开拓，他已在美国贷款买好了一幢三层小楼，并于最近成了全美动画比赛个人组冠军。两种截然不同的结果，促使他的父亲向国内教育现状发难。（早报昨日2版报道）

世界上的事物总是如此，普遍性往往通过特殊性表现得更淋漓尽致。客观地说，如果没有国内求学的不愉快经历，赴美后王楠子的学习生涯同样可能平淡无奇，而不会有那种格外的欣喜若狂，从而萌发如此强烈的自我学习的无穷动力——如今王楠子已经成为学校里动画专业最出色的学生，每天都为学习和工作忙碌。

同时，我们也不认为他在初二时的调皮捣蛋上课爱讲话等等是值得鼓励的好习惯，毕竟，中学时期已到了习惯养成的人生阶段，也是要培养规则意识和纪律观念的时期，如果一味讲求个性自由，而影响他人和基本教学秩序，这是不值得鼓励的。教育固然要以鼓励和夸奖为主，但没有批评的教育，或者说不让孩子为自己的不良行为承担后果的教育，同样不是完整的教育。但是，如何讲究批评和约束的艺术，是粗暴地打断和惩罚？还是在鼓励中以平等的方式规范孩子们的行为？

从王楠子的遭遇上，值得我们反思的地方的确太多了。

首先是关于重点学校。从报道来看，王楠子初二时所在的学校是所非常了得的重点中学。很多人认为，孩子上了重点中学就像进了大学的保险箱，事实不然。教育的关键在老师，老师的一举一动，都有可能改变孩子一生的命运。就是在这所重点中学里，王楠子却由于上课爱讲话，爱接小茬，爱开玩笑，课外爱踢足球，且屡教不改，逐渐成为老师心中标准的差生，并且受惩罚和冷落，从而对学习渐失兴趣，成绩也从全年级前20名一直往下掉。而在美国，接茬、开玩笑、迷恋运动等等王楠子过去的致命缺点，根本不属于美国老师批评学生的原因，相反是受到鼓励的。在美国，他从未受到过老师的批评。最突出的例子是，一次他像过去在国内一样插嘴，当堂纠正了美国中学老师的一个错误，没想到，老师当场就说：你真是个天才。"太受鼓励了。"王楠子感叹。正是那些记忆犹新的鼓励促使他真正开始自觉地学习和奋斗，使他开始彻底摆脱了原来差生的自卑心理。对于这样的转变，王楠子表示，除了基础还可以外，学校氛围和老师对学生态度的截然不同是很重要的原因。

对此，家长和老师们都应该反思：是重点学校重要，还是一个关注孩子心灵成长、尊重孩子人格尊严的老师重要？

第二，是给孩子们灌输知识重要，还是培养孩子自觉学习的习惯和动力重要？教育的全部目的，应该像美国的那位老师一样，一句话，一个眼神，让孩子从此信心倍增自觉发奋努力。其中，鼓励的价值是不言而喻的。让每个孩子都在老师的鼓励中找到自己，难道不是教育的真正目的所在吗？如果我们的教育、我们的老师都能做到这一点，则孩子们不管能不能考上大学，每个人一定都能找到自信、自尊、自强、自立的路。

很可惜，长期以来，我们往往只注重孩子知识的灌输，而有意无意地忘记了他们的心灵培养，甚至为了所谓的教育秩序和师道尊严，武断地抹杀了孩子们的个性，有时甚而不顾及他们的人格尊严。在这方面，高考竞争激烈不应该成为托辞。要知道，高考竞争在哪里都存在，而且到目前为止，即使在最发达国家，也还没实现100%适龄青年都考上大学。

可以这么说，当前教育的最大迷失，更核心的是心灵的迷失。孩子们满脑子知识，心灵却一片荒漠，或者杂草丛生。简单地把心灵教育等同为道德和理想教育，是可笑的而且也是可怕的。美好心灵、自信人生的培养和教育，需要的是民主、自由、平等、博爱的教育理念和方法。

(原载《东方早报》2006年9月26日)

潜·歧·视

周云龙

公交车在城市的交通干道上不紧不慢地前行。到了闽江路站，挤上来一位老者和一个抱小孩的妇女，司机习惯性地按响了身边的语音设备：乘客同志们，请给老人和抱小孩的乘客让个座，谢谢。

语音提示尽管有些机械刻板的味道，可是听上去常常有一种清风拂面的感觉。车子继续前进，到了鱼苗塘站，又上来一群农民工装扮的年轻人，这时，司机又按响了语音设备（习惯性?）：请保管好您随身携带的钱物，以防扒窃……

不知怎的，这样的提示让挤在车厢尾部的我，越想越感到有些刺耳：因为在那温馨的语音提示背后，隐藏着司机对农民工群体的一种身份歧视，其实不过是一种形象歧视。也许在他们的经验里、直觉中，那些衣衫不整的乘客，都难免有小偷的嫌疑。作为公交车司机，他们能做到的就是，一旦发现可疑身份的乘客，及时地给其他乘客以必要的安全提醒。

一个人的衣着、口音乃至学历、属相、姓氏，与他的品德、能力、前途有关系吗？我出生在苏北农村的一个农民家庭，苏北、农村、农民，所有这些背景，都是受人歧视的要素。父辈们曾经亲口告诉我，苏北人过去在上海是很被人看不起的，上海人只要一听到你是苏北口音，就会不屑地甩给你一个"白眼"：江北佬。而我印象最深刻的一件童年往事是，一次生产队长的儿子跟我干仗，年龄稍长的他三下五除二就将我打败了，可是我不肯服输，想扳平一局，结果，队长的老婆来了，看到我们揪扭在一起，恶狠狠地骂了她儿子一句：你怎么跟……他……打起来了？——那口气我至今还记得，好像我一个农民的儿子被生产队长的儿子打，都不够资格。

人，生来都是平等的；人的一生，所有的努力，其实都在追求平等。

而人们只要对平等"上下而求索",就意味着歧视现象的广泛存在。不过,现在口头上、书面上那种显而易见、明目张胆的歧视性语言、文字已渐行渐远,而隐形的、潜在的歧视现象却从未消逝过,甚至已经积淀为一种文化,演变成一种习惯。

女作家、女企业家、女市长、女歌手、女……社会上、媒体上往往称呼功成名就的女士,都有一个习惯性的性别前缀,首创者的初衷可能是要突出说明女性成才、成功的艰难,可能是想强调"男同志能做到的,女同志也能做到",而动不动缀以一个"女"字,其实是对整个女性群体的一种善意的歧视。

农民歌手、农民诗人、农民外交家、农民画家、农民……冠以农民前缀的,可能是真正意义上的农民,而多半不过是曾经生在农村、当过几天农民的市民,在真实身份前缀以"农民",不过是试图营造一种强烈的反差,意在说明成才、成功的来之不易。然而,此举一方面也许突出于歌手(诗人、外交家、画家……)的成就,一方面却是对整个农民群体的一种歧视、一种贬低。

那天看电视,中央台的一档新闻节目里,北京一个著名的专科医院的院长在接受记者采访时称,"作为一名女院长,我感到……";另一档综艺节目里,一位来自西部基层文化部门的青年选手,在镜头前自我介绍时说:"我是一个农民歌手……"从如此习惯性的歧视与自我歧视中,可以看出,歧视已成为我们文化的一部分,我们已经熟视无睹,对此,我们也已经心安理得。

(原载《文汇报》2006年10月8日)

我们为什么需要鲁迅

钱理群

为什么要选这么一个题目？还是先从一件小事说起。一位同学告诉我，他看了在学校放映的电影《鲁迅》，非常感动。我对这部电影的印象也很不错，能拍成这样，是很不容易了。在拍摄过程中，编剧和导演曾经征求过我的意见，因此我注意到编剧的一个陈述，即强调鲁迅"兼有'儿子'、'丈夫'、'父亲'、'导师'、'朋友'等几重身份"，整部电影也是围绕这五方面来展开的，着重从日常生活中展现鲁迅情感的丰富。同学们看了电影以后，觉得亲切而感人，这说明电影是成功的，它有助于年轻一代走近鲁迅。但我可能受到鲁迅的影响，喜欢从另一面来看来想，于是，就有了这样的疑问："今天我们花了这么大的人力、物力拍这么一部大型彩色故事片，难道仅仅在于告诉今天的观众：鲁迅是一个好儿子、好丈夫、好父亲、好朋友吗？"这其实就内含我们今天所要讨论的问题：历史与现实生活中，我们中国并不缺少好儿子、好父亲、好丈夫，但我们为什么需要鲁迅呢？这正是我们所要问的：鲁迅对于现代中国、对于我们民族、特殊的、仅仅属于他的、非他莫有的意义和价值在哪里？

提出这样的问题，并不是无的放矢：因为在当下的思想文化界、鲁迅研究界就或隐或显地存在着一种倾向：在将"鲁迅凡俗化"的旗号下，消解或削弱鲁迅的精神意义和价值。这又显然与消解理想，消解精神的世俗化的时代思潮直接相关。

幸亏有了鲁迅，才形成某种张力

是的，鲁迅和我们一样：他不是神，是人，和我们一样的普通人。

但，鲁迅又和我们，和大多数中国人不一样：他是一个特别因而稀有的人。因此，我们才需要他。

强调这一点，并不是要重新把他奉为神，重新把他看作是"方向"，"主将"，"导师"——这些说话，恰恰是掩盖了鲁迅真正特别之处。

鲁迅从来就不是任何一个现代思想文化运动的"主将"，无论是20年代的五四新文化运动，还是30年代的左翼文学、文化运动，他都是既支持、参加，又投以怀疑的眼光。

鲁迅从来就不是，也从来没有成为"方向"，他任何时候（过去、现在和将来）都不可能成为"方向"，因为他对任何构成"方向"的主流意识形态，以至"方向"本身，都持怀疑、批判的态度。

而且，鲁迅还向一切公理、公意、共见、定论提出质疑和挑战。画家陈丹青按胡塞尔的定义："一个好的怀疑主义者是个坏公民"，断定"不管哪个朝代"，鲁迅"恐怖都是坏公民"，这是确乎如此的：鲁迅就是一个"好的怀疑主义者"和"坏的公民"。

鲁迅也不是导师。从古代到现代，到当代，绝大多数的中国知识分子都有一个"导师"和"国师"情结，这可以说是中国知识分子的一个传统。鲁迅是指出质疑和挑战的少数人之一。他在著名的《导师》一文里说，知识分子自命导师，那是自欺欺人，他提醒年轻人不要上当。但他又说，我并非将知识分子"一切抹杀；和他们随便谈谈，是可以的"。在我看来，他也这样看自己：他不是"导师"，今天我们读者，特别是年轻读者如果想到鲁迅那里去请他指路，那就找错了人。鲁迅早就说过，他自己还在寻路，何敢给别人指路？我们应该到鲁迅那里去听他"随便谈谈"，他的特别的思想会给我们以启迪。是"思想的启迪"，和我们一起"寻路"，而非"行动的指导"，给我们"指路"：这才是鲁迅对我们的意义。

而鲁迅思想的特别，就决定了他对我们的启迪是别的知识分子所不能替代的，是他独有的。

鲁迅思想的特别在哪里？从我刚才连说的三个"不是"——不是"主将"，不是"方向"，不是"导师"，就可以看出，鲁迅在整个现代中国思想文化体系、话语结构中，始终处于边缘地位，始终是少数和异数。

他和以充当"导师"、"国师"为追求的知识分子的根本区别,就在于他从不看重(甚至藐视)社会、政治、思想、文化、学术的中心位置,他也不接受体制的收编,他愿意"站在沙漠上,看看飞沙走石,乐则大笑,悲则大叫,愤则大骂"(《〈华盖集〉题记》),他就是要在体制外的批判中寻求相对的思想的独立与自由。当然,他更深知,完全脱离体制的控制是不可能的,独立和自由极其有限,他甚至说,这是"伪自由":他连自己的追求也是怀疑的。

而对于中国这样一个大讲"正统"、"道统",同化力极强的文化结构与传统来说,这样的"好的怀疑主义者",这样的体制外的、边缘的批判者,是十分难得而重要的。我们甚至可以说,中国现代思想文化,幸亏有了鲁迅,也许还有其他的另类,才形成某种张力,才留下了未被规范、收编(这里所说的"收编"是一个含义广泛的概念,不只是指体制的收编,也指文化,例如传统文化和西方文化的收编)的另一种发展可能性。

今天需要鲁迅这样的文化"苦工"

那么,这样的中国现代思想文化中的少数、异数,对今天的我们有什么意义呢?

首先,它是一个检验。我非常同意王乾坤先生的一个意见:能否容忍鲁迅,是对当代以及未来中国文化发展的宽容度、健康度的一个检验。而我们这里所发生的,却是人们争先恐后地以各种旗号(其中居然有"宽容"的旗号)给鲁迅横加各种罪名,尽管明知道这种不相容是鲁迅这样的另类的宿命,今天的新罪名不过是鲁迅早已预见的"老谱袭用",但我仍然感到悲哀与忧虑,不是为鲁迅,而是为我们自己。

当然,任何时候,真正关注以至接受鲁迅的,始终是少数:一个大家都接受的鲁迅,就不是鲁迅了。我曾在《与鲁迅相遇》里说过:"人在春风得意,自我感觉良好的时候,大概是很难接近鲁迅的,人倒霉了,陷入了生命的困境,充满了困惑,甚至感到绝望,这时就接近鲁迅了。"换一个角度说,当你对既成观念、思维、语言表达方式深信不疑,或者成了习惯,即使读鲁迅作品,也会觉得别扭,本能地要批判他,拒绝他;但当你对自己听惯了的话,习惯了的常规、常态、定论产生不满,有了怀疑,有了打破既定秩序,冲出几乎命定的环境,突破自己的内心欲求,那么,你对鲁迅那些特别的思想、表达,就会感到亲切,就能够从他那里得到启发。这就是鲁迅对我们的意义:他是另一种存在,另一种声音,另一种思维,因而也就是另一种可能性。

而鲁迅同时又质疑他自己,也就是说,他的怀疑精神最终是指向自身的,这是他思想的彻底之处、特别之处,是其他知识分子很难达到的一个境界。因此,他不要求我们处处认同他,他的思想也处在流动、开放的过程中,这样,他自己就成为一个最好的辩驳对象。也就是说,鲁迅著作是要一边读,一边辩驳的:既和自己原有的固定的思维、观念辩驳,也和鲁迅辩驳,辩驳的过程,就是思考逐渐深入的过程,在鲁迅面前,你必须思考,而且是独立地思考。正是鲁迅,能够促使我们独立思考,激发我们的想像力和创造力,他不接受任何收编,他也从不试图收编我们;相反,他期待,并帮助我们成长为一个有自由思想的、独立创造的人——这就是鲁迅对我们的主要意义。

鲁迅同时又是一个能够将自己的思想追求变为实践的知识分子。他的前述边缘的、异类的反体制的思想立场,注定了他在现实社会结构中,必然站在社会底层的"被侮辱和被损害者"这一边,为他们"悲哀、叫喊和战斗":这正是鲁迅文学的本质。同时,他又怀着"立人"的理想,对一切方面一切形式的对人的个体精神自由的侵犯,对人的奴役,进行永不休止的批判,因此,他是永远不满足现状的,因而是"永远的批判者":这也正是鲁迅思想的核心。鲁迅曾提出一个"真的知识阶级"的概念,其主要内涵就是以上所说的两个方面:永远站在底层平民这一边,是永远的批判者(《关于知识阶级》)。这也是鲁迅的自我命名。这样的"真的知识阶级"的传统,在当下中国的意义,是不言而喻的。这是我们今天需要鲁迅的一个非常重要的方面。

有人在贬低鲁迅的意义时,常常说鲁迅只有破坏,没有建设。他们根本不理解鲁迅思想本身，就是对中国思想文化的建设性贡献，是 20 世纪中国和东方思想文化遗产中最重要的组成部分。而就具体操作的层面，在我看来，也很少有人像鲁迅这样为中国的文化建设和积累而呕心沥血：这自然是否定者视而不见的。鲁迅早就说过："我已经确切的相信：将来的光明，必将证明我们不但是文艺上的遗产的保存者，而且也是开拓者和建设者"（《〈引玉集〉后记》）。鲁迅是把这样的信念化作日常生活具体行为的。早在 20 年代，他就提倡"泥土"精神，提出"不要怕做小事业"（《未有天才之前》）。直到 1936 年去世之前，他还呼吁"中国正需要做苦工的人"（《360318 致欧阳山、草明》）。他自己就是文化事业上的"苦工"，仅 1936 年生命最后一段历程，他就以重病之身，编校了自己的杂文集《花边文学》、《故事新编》，翻译《死魂灵》第二部，编辑出版亡友瞿秋白的《海上述林》，编印《〈城与年〉插图本》、《〈死魂灵〉百图》、《珂勒惠支版画选集》，还参与编辑《海燕》、《译文》等杂志。他的生命就是耗尽在这些点点滴滴的、具体琐细的小事情上，但他生命的意义，也就体现在这些在鲁迅看来对中国、对未来有意义的小事情上。这倒是显示了鲁迅"平常"的一面：鲁迅经常把他的工作，比作是"农夫耕田，泥匠打墙"（《徐懋庸作〈打杂集〉序》），这正是表明了鲁迅精神本性上的平民性。这是鲁迅的平凡之处，也是他的伟大之处。在我们今天这人浮躁、浮华、空谈的时代，或许我们正需要鲁迅这样的文化"苦工"。

（原载《同舟共进》2006 年第 10 期）

"取消信号灯"离我们有多远

马少华

最近，荷兰小城德拉赫腾和英国的泽西岛因为一项交通管理改革引起关注——取消路口的信号灯。英国《每日电讯报》的一篇报道援引运输研究实验室的话，"信号灯保证安全是一个神话"，"信号灯是低效率的"。该报甚至援引英国交通部的话说，"信号灯是可以避免的"。这引起了我对于我国城市信号灯现状的关注和思考。实际上，当我无数次等候在信号灯面前的时候，都不免感慨：在所有的交通设施中，没有比信号灯更能集中地体现交通管理的价值取向、利益的平衡、资源的限度（道路空间、人的时间），以及人类分配这些资源的良苦用心。信号灯，我们离得开吗？

全世界的交通管理都有两个共同的价值取向：安全与效率。信号灯就一身承担着这两种价值。但是，取消信号灯或增加信号灯，在不同的社会环境中的实际效果可能完全不同。在德拉赫腾，取消信号灯使危险事故明显降低。由于没有硬性规则可以依赖，人们开车更自觉、更小心，也更慢，却大大减少了停车等待的焦灼。在泽西，这种"无管理系统"被称作"轮流通道"，"它允许谦让之德在这里引导车流。行人呼吸着更清洁的空气，他们被看作是平等的道路使用者，而不是路上的障碍"。——唉，这一幅和谐浪漫的交通图景实在离我们太远！

我们苦恼的现实问题是资源问题，在路口，就是人们在道路空间和等候时间上的矛盾。解决这个矛盾，一是开拓资源：比如北京为解决路口拥堵问题正在进行三十个路口的改造工程。另一个途径是调整资源分配：比如信号灯的时间分配。开拓资源面对的是极限问题：还有多少潜力可挖？分配资源则是价值问题：它是"得失相等的游戏"，你多出来的，正是我少了的。近年来市民对行人等候红灯时间过长和虽有绿灯难过路的批评，就反映了弱势交通使用者的价值取向，正在对信号灯的改进形成压力。

比如上海从今年五月起在繁华的淮海路口试行每隔一个信号灯周期，四个方向对行人同时亮起绿灯，三十秒内行人可以任意穿行，无需避让转弯的车辆。但一个人如果只需直接走到马路对面，却要比原来多等一倍时间。显然，"任意行"其实是以"多等会儿"为代价的。这项改进虽然有人性化的价值因素，但基本上还是在交通效率方向上的合理化探索。

为保障行人通行权，许多城市在过街的斑马线上增加了行人信号灯。更突出的则是手动按钮行人信号灯。在西安，它就是行人手里的信号灯开关，一按灯就变，汽车乖乖停；而在北京、上海、大连、兰州等更多城市，这种按键只是"请求绿灯"的信号，不会马上变灯。许多行人不习惯于"请求"，却习惯于干脆闯过红灯。人们也许根本不相信自己会有让信号灯变色、汽车停下的权利！这个权利太特殊了，在我们的公共管理中，何曾赋予过一个普通人这样一种权利？我们的人与人、车与人之间何曾建立过这样一种信任？结果，即使在西安，这种"人性化红绿灯"仍然造成了交通混乱。而在更多城市的普通路口，在人们"无视红绿灯"而不是"取消红绿灯"的情况下，不仅没有安全，也没有效率。

现在可以看出我们离那个荷兰小城和英国小岛有多远了。对于那里取消红绿灯的交通实验，国内外的报道都谈到"谦让"，似乎把它看作一个美德实验了。其实那个实验依赖的是信任。信任不是美德，而是一种长期积累的社会资源。这种被国际著名学者福山称为"自发社会力"的社会资源，可以在人与人之间自动产生秩序。而秩序，不正是人们在交通管理上孜孜以求的目标吗？它不就是在空间和时间资源之外的另一种交通资源吗？

我们不可能取消信号灯，而是会继续增加信号灯。但是，我们的许多人身伤亡的恶性事故却发生在信号灯下的斑马线上。这是因为我们的信号灯还不够多吗？

（原载《北京青年报》2006年11月27日）

别说你是为了我好

柳絮飘浮

哥哥对我说：我开了间小工厂，我要拼一次，免得老来后悔。行了就挣点钱发点小财，失败了大不了就再去打工。离儿子上大学还有八年，为了他吧，我也得试一试。

我说：你这话说得真委屈，你要是为了你儿子上大学，大可不必去开厂，实在没钱了，贷款上大学也行。说到底，你还是为了自己。别给自己找冠冕堂皇的借口，难道你不想过那种有钱人的生活？

男人一说到努力赚钱，多数是说为了老婆，为了孩子，惟独不说为了他自己。外人说得好听些，你是真正的男子汉，知道自己的责任；说得不好听的，可怜的男人，被贪钱的老婆和不争气的儿女，逼得一头栽进了钱眼里。

我和儿子一人一个雪糕，他的先吃完了，我的那个才刚开始吃。我看着他的馋样儿，就说：这样吧，我吃一半，然后给你。

他一面吃一面把脸贴到我的脸上：妈妈你真好，我下次一定给你考个一百分回来！得！又是一个为了别人的愿望而努力的高尚家伙。

我说，儿子，一百分要是你考给我的，你得个大零蛋我也没意见，我的分我小时候早考过了。你考不好了，认识我的人最多说一句，她儿子真笨。被说笨的是你，可不是我。你呢，你同学就直接说你笨，你还拿什么去吹牛？以后怎么去研究太空？（这都是他极度喜欢的事。）儿子赶紧说：为我自己考，为我自己考。

我和孩子爹边吃零食边看电视，吃到最后，剩下一个。我说，那个你吃了吧。他说：你吃吧，你喜欢吃我省给你吃的。一句话说得我恨不得把刚吃下的都吐出来还给他。

我说你要吃就吃，不想吃就直说，只别说自己舍不得吃省给我吃的。我不但不领你的情，还会记着凡我名声不好的地方，都是被你败坏了。

儿子的爷爷把钱往我手里塞，说是留给我儿子读书用。一方面自己也爱钱，一方面被他逼不过，我收下了。他就开始说：我要钱有什么用？还不是给你们这些儿孙。现在挣钱不容易，不能乱花啊你别看我给人钱很大方，我自己平时都是很节省的（这是事实）。你能把我孙子的学习抓好，别欺负我孙子，就行了。

我心里惶然，好像做了什么亏心事一般。有时想给自己买点什么，都会有犯罪感。明明是三个受益者，独我成了理亏的人。

在我心里，纪念着对我有过点滴好处的人，记恨着对我很多坏处的人，最最不愿面对的，是那些对我好过而又满腹委屈的人。他们对我的好，变成一座座大山压过来，让我无以回报。我会有很深的愧疚，人家帮助了自己，自己却伤害了别人。

真的，如果觉得委屈，你真的不必对我好。哪怕人人都说你有这个责任。

(原载《南方农村报》2006年12月12日)

粗糙型社会中的留守问题

徐迅雷

这是一幕"留守家庭"的惨剧：在安徽宿松，一位留守母亲因常年有病猝死床上，两岁的留守儿子被困身亡！（12月10日《新华网》转载《安徽商报》报道）

这个丈夫常年在外打工的家庭，留守在家的妻儿在"失踪"十多日后才被亲戚发现死在家中。这是悲惨得让人潸然泪下的情景："母亲死后，无人照料的两岁小孩，爬到门边去开门，无奈打不开。由于门窗紧闭，小孩哭声微弱，没能引起邻居注意，天已寒冷，孩子连饿带冻离开了这个世界。"

我们应该严重关注留守家庭了！在我国农村约一亿人口的留守群体中，"留守儿童"、"留守妇女"和"留守老人"分别高达两千三百万、四千七百万和一千八百万。留守群体，就这样成了新农村建设的新难题，尽管"两岁小孩惨死家中"这样的悲剧只是个案。

孩子毕竟是孩子，在离开父母之后，各种问题会显露出来。当都市多少有点无病呻吟地流行"爱无力"的时候，农村的留守家庭恰是普遍存在结结实实的"爱无力"。曾经有极端的例子：由于父母双双在外务工，四川省富顺县镇一个十三岁的初一女生小英，在无人知情的情况下生下一个孩子，尚未成年的女孩懵懵懂懂中就当上了母亲——留守孩子又增添了一位"留守孩子"。

当农村最主要的劳动力投入城市之后，城市在坐享其利，而留给农村的，是许多空巢家庭空巢村。这是最大的城市向农村的"抽血"，城市是愧对农村的，因为城市没有给农村的孩子以基本的"市民待遇"，没有为接纳留守孩子创造充分的条件，没有充分帮助他们和父母同居于一个城市。

从总体上看，让外出的父母回到农村是不现实的，因为外出打工、到相对发达地区谋生挣钱，这对于欠发达地区的农村来说，是一条最直接的"生存之路"和"扶贫之路"。那么，从现实出发，我们必须"两条腿走路"：一方面，让留守的孩子能够"和谐留守"，平安美好地栖居于乡村；另一方面，要尽可能让留守的孩子转变为城市的孩子，融入城市、共享城市文明。

我们尚处于粗糙型社会，这是现实，与理想中的和谐型社会还有不短的距离。"留守儿童"背后的逻辑演进是这样的：表面上是家庭分离的亲情问题，实际上是教育公平问题；表面上是教育公平问题，实际上是市民待遇问题；表面上是市民待遇问题，实际上是社会体制问题——即迁徙后定居自由问题。

"留守儿童"问题，本质上就是权利利益问题。在今天，"留守儿童"已不仅仅是一时一地的问题，而是已经让世界瞩目：联合国就出台了"留守儿童社会干预项目"，以此来关心留守儿童问题。而早在半个多世纪前的《世界人权宣言》中，就有专门关于"母亲与儿童"的条文："母亲和儿童有权享受特别照顾和协助。"

在有的农村，已经建立了"留守儿童温馨家园"；但是，仅仅让孩子在留守中"不再孤独"是远远不够的。这是政府的明确要求："要关心进城务工农民子女和'留守儿童'的教育问题。流出地政府和流入地政府要相互配合，继续落实以'流入地为主、公办学校为主'的政策，保障农民工子女接受义务教育的权利。"这样的要求不能成为一句空话。

（原载《中国经济时报》2006 年 12 月 12 日）

每一分一毛里都有民生之重

杨耕身

先秦有歌:"日出而作,日落而息。凿井而饮,耕田而食。帝力于我何有哉?"但农耕社会这样的一派自给自足式的存在,终于解体于市场社会的供求关系之中。百年以降,市场经济焕发出的物质文明的空前繁荣,已令有关专家惊呼"中国正处于三千年来最大的盛世"。然而盛世也吹"复古"之风,被市场供求裹胁的人们,重新以自给自足来寻求自我救赎。这情状,真是"帝力于我何有哉"了。

先看"凿井而饮"。"水井悄然走俏了",本报昨日长沙新闻报道说,因为听说水价要涨,开福区赵家坪的居民们开始凑钱修水井。再看"合作建房"。12月8日的本报新闻报道,一位名为"笛清唱晚"的"红网"网友在湖南省内首次发起合作建房。这仅仅是新近发生在长沙的消息,通过新闻我们也看到,合资建房在上海、温州等地也都出现。而在一些农村地区,很多家庭照明则重新启用了蜡烛。

现代技术是以对人的解放为追求的。谁不知自来水更方便卫生?谁不知向市场选购房屋更能称心如意?谁不知电灯比烛照更安全明亮?因此在居民生活领域这种"返祖现象",只能是源于一种被动的理性:"凑钱修水井"的背景是在居民用水几次涨价之后又一轮的上涨消息,"合作建房"无疑是房价虚高的现状使然,至于舍电而取蜡烛,根本原因则在于不能承受电价之高。由此,民生之状也就可知了。

民生何在?就在那一分一毛里,在充满市井之气的斤斤计较与讨价还价之中。永远不要高估民众的承受能力,永远别以为民众只会敏感于数额巨大的房价,其实每一分一毛里都有民生诉求,都有生存之累。或许在有人看来,水电价格再怎么涨,无非多了几毛块把,却不知民生之重已然就在其中了。电价涨了，水价涨了，房价涨了，油价涨了，气价涨了，能涨的都在涨，惟独工资不见涨，让普通大众屡屡堵心的事情，也正在于此了。

然而总有人笃定地说，涨价没什么影响。发改委未开听证会调整邮政资费，招致质疑后公开表示的是，"邮资上涨对人们生活影响不大"。近一个月来，全国各地的粮油价格持续上涨，一些专家如出一辙地称粮油涨价"对老百姓生活影响不大"，但是调查却显示，77.1%的人表示粮油涨价使他们的"生活压力增大"。而以我们起码的现实生存经验来看，如果真是影响不大，那么何以致"凿井而饮"、"秉烛夜游"之地步？怎样才叫有影响呢？

重新看水价上涨的消息。这一消息正在"红网"论坛上受到热议，有兴趣者不妨移步以观，余不赘言。但我们也并不因此说，水价上涨有何不妥。对于水价调整，相关部门也会有充分的理由，这些理由也应当得到公众的重视。这里面有基于理性的博弈与妥协。长沙市物价局负责人也曾表示，将让老百姓有充分时间对水价调整发表意见和建议。所以我们也希望，能将水井走俏的现象视为一种意见。当然与此同时，也更希望相关部门再思考一下，在提交涨价建议之前，是否真的已经穷尽了一切可以不涨价的手段。换言之，应当首先基于民本立场而非其他。

在广州禁摩禁电争论中，曾有论者指出："请给穷人们一点阳光"。这是这场争论中最令人难忘的声音。《论语》也曾有道"若得真情，哀矜勿喜"。意思是说，如果能弄清他们的情况，就应当怜悯他们，而不要盲目乐观。这些正是一种民本立场，就是要让民众共享发展成果，而不是重新回到农耕时代。

（原载《潇湘晨报》2006 年 12 月 12 日）

面　子
韩少功

　　山里人请客吃饭，一定要上门恭请，决不会用一个电话，或一个口信，来替代这一隆重程序。在更重要的宴请之前，主人（至少由主人的儿子作代表）还得"办书"，即制作和呈送请柬，多次上门一请再请，以求礼数的周全。

　　若按都市人习惯，一个电话就召人来吃喝，那无异于呼鸡唤狗，以残汤剩饭打发乞丐。无礼至此，足以引起严重的事故。

　　上门与不上门的区别，在于给不给面子。面子在这里并不抽象，是一种物质性要件，即人脸的真切到位。同理，凡商谈重要事务，捎口信和打电话的方式都太嫌轻率。当事者须登门面谈，才能使对方感受到诚恳和郑重。凡非议什么人事，一般也不能当面发作，否则就是"破面子"、"撕面子"、"剥面子"，无异于一种语言凶案。这样，除了少数毛深皮厚的刺头，大家在熟人范围内（这一界限极为重要）的非议，大多是弯弯绕，顾全当事人的情面。

　　山里同样有很多利益之争。但大多数的冲突被情面磨去锋芒，不表现为硬性拼打，而是柔性挤压。即使一时激化为拼打，也大多会返回挤压。嘀嘀咕咕，交头接耳，话里听音，点到为止，指桑骂槐，隔山打锣，三百里外骂知县……就是他们的挤压方式，不一定为外人所习惯。所谓低头不见抬头见，他们不到万不得已之时，决不会挖洞寻蛇打，不会一刀子捅进去再搅三圈（贤爹语）。家里的羊丢了，一路寻去，得靠路边的知情人指点方向。田里遭旱了，要开沟引水，得靠上丘田的主人给个方便。在集镇上一时短钱，碰上某个乡亲，就是救急解难的宝贵机会。更不说山里人的亲戚关系缠结如网，张三牵着李四，王五绊着赵六，遇红白喜事大家总要碰头，逢祭祖祈神大家总要见面。盖个房子，架个便桥，免不了还得互相帮工。在这一种定居农耕的生活里，几乎所有乡亲都是利益关系人，至少是间接或更间接的利益关系人，岂能说翻脸就翻脸？岂能只顾前途就不管后路（庆爹语）？

古有"乡原"一说，多年来歧释不一。其实，因"乡"而"原"之，意通原谅和原宥，差不多也是因"乡"而"圆"之：圆滑，圆顺，圆通，圆融，是乡民们必要的处世之法。做人即使"内方"，在乡邻圈里不能没有"外圆"。

近来省里某部门想了解下情，派一些人员下乡暗访。这当然忙坏了乡干部。参照邻乡的经验，乡政府紧急部署，派出各种伪装成农民的游动哨和瞭望哨，互相用手机密切联络。消息树和烽火台的可能性肯定也被他们想到了。一旦发现面目可疑的山外来客，"尾巴"立即不远不近地跟随，既不能暴露身份，又不能丢失目标，必要时高声咳嗽一二，以示自己耳目在此。

这种"吊尾线"已经足够，足以让受访男女的嘴里干净许多。"你要是不跟在那里，不得了，不得了，他们连屎渣子也要给你翻出来！"一个干部事后说得心有余悸。

"哪个乡镇没几个破篓子？总结你的成绩就上北京，总结你的问题就判徒刑！"另一个干部理直气壮。

有些农民对此不满，常来我家抱怨，说他们没机会说真话。他们的真话内容包括上面的摊派多，退耕还林款不到位等等。某户人家只是与干部关系好，就把一个好端端的娃崽说成聋哑，又骗得生育指标，也算是一条。

我对他们说："你们都是大活人，都有一张嘴，有意见就对上说啊！"

他们吓得面色发白，连连摇头，说使不得，使不得的。

"那你们找我做什么？"

他们支支吾吾，相视而笑，大概是想要我去代言，或者也没打算求我，只是闲来嚼嚼舌头，一泄胸中的闷气。

我能痛恨他们的懦弱吗？我是一个局外人，没有进入他们恒久的利益网络，可能有点站着说话不腰痛。但他们的懦弱如果不被痛恨，不加扫荡，这个穷山窝哪还有希望？

（原载《今晚报》2006年12月13日）

媒体大批"啃老族",欠妥

孙焕英

自从"啃老族"出现以后,一些新闻媒体,本来不屑却又不放,嘲而又讽,谴而又责,似乎这些不肖子孙十恶不赦!

我看"啃老族",是基于以下这样一个事实:中国的过剩劳动力,1400万!也就是说,中国1400万有劳动能力者,是铁定的"啃"族。这是个常数,你不"啃",反正得有人"啃"。这些你、我、他,是个变数。

假如没有"啃老族",中国将会是什么情况?

假如没有"啃老族",一种情况,是出现"老啃族"。另一种情况是:出现"妇啃族"或者叫"啃夫族",就是用在业的妇女们来置换现在的"啃老族"。

一些媒体讨伐"啃老族",客观上掩盖了改革中出现的问题。邓小平早就提出警告:改革要有新思路。但是,我们的某些改革理论家,明知道改革的某些旧思路有问题,偏要一条道走到黑。例如教育改革,不少高校(为了赚大钱?)不顾中国的现实,搞起了扩招大跃进。当扩招带来的问题已经暴露出来以后,他们还是不改弦更张,沿着改革的老路子走下去。结果,弄得不少毕业生走出了学校大门,就进了过剩劳动力的二门,至少是他们找不到学有所用的就业机会,成了高级"啃老族"。改革,抛弃了"低工资、广就业"的老模式,可是,它又没有及时拿出高工资、广就业的新模式,结果,是上不着天、下不着地,广就业就成了悬空状态。本来是改革中的失误或如某些人所说的"改革的阵痛"导致了"啃老族"的出现,却反过来抱怨"啃老族"的存在,一些新闻媒体在对待"啃老族"的问题上,失去了客观公正的原则。

一些新闻媒体讨伐"啃老族",客观上还推卸了社会的责任。就"啃老族"整体来说，它绝不是懒汉族、无能族。且不谈报效祖国，最实际地说，有几个青年人不愿意挣钱发财？本来是《宪法》规定了公民有劳动的权利而社会没能够完全落实，本来是社会劳动力过剩没有给"啃老族"提供就业的机会，至少是没有给他们提供施展才能学有所用的机会，反过来却谴责"啃老族"啃老，一些新闻媒体在对待"啃老族"问题上，仍然是失去了客观公正的原则。一提起就业问题，就会有人说：中国的人口太多！有必要指出：这是一个遁词。衡量一个国家的人口负载力，不能只看国家人口多少，而要全面地看国家人口和国土资源的关系，即人口密度。人们不是常说中国地大物博么？中国的人口密度，比某些国家小得多。也就是说，中国的人口负载力，比某些国家大得多。一提就业就拿"人口太多"来搪塞而回避人口密度，这不过是一种数字游戏。

"啃老族"是现阶段中国有1400万过剩劳动力情况下不可避免的存在，或者说是社会最佳选择。要彻底解决，也只能是功夫在"族"外。观察的角度错了，评判的立场错了，在那里指手划脚，于事无补，只能是添乱。

（原载《青年记者》2006年第19期）

我只是讨厌屈服

柴 静

10:03，北京市第一中级人民法院。

郝劲松坐在原告的位子上开口说话："审判长，通知我的开庭时间是 10:00，被告迟到，我是否能得到合理解释？"

审判长看他一眼，说："现在你先听从法庭的程序。"冲书记员挥了下手。

书记员立刻跑出去大声叫："北京地铁公司！北京地铁公司！"

片刻，两位男士夹着公文包，匆匆入门，在被告席上落座。

原、被告双方目光交会的一刹那，法庭非常安静。我明白了郝劲松为什么说"不管你有多强大，包括一个国家部委，当你被告上法庭的时候，你是被告，我是原告，大家坐在对面，中间是法官。你和我是平等的"。

这是一场关于五角钱的官司，他在地铁站使用了收费厕所，认为收这五角钱不合理。所以把北京地铁公司告上法庭。

两年多，他打了七场这样的官司——他在火车餐车上买一瓶水，要发票。

列车员都笑了，"火车自古没有发票"。

他于是起诉铁道部，国家税务总局……一次一次。

"在强大的力量面前人们往往除了服从别无选择，但是我不愿意。"他说，"我要把他们拖上战场，我不一定能赢，但我会让他们觉得痛，让他们害怕有十几二十几个像我这样的人站出来，让他们因为害怕而迅速地改变"。

"钱数这么小，很多人觉得失去它并不可惜。"我说。

"今天你可以失去获得它的权利，你不抗争，明天你同样会失去更多的权利，人身权、财产权，包括土地、房屋。中国现在这种状况不是偶然造成的，而是长期的温水煮青蛙的一个结果，大家会觉得农民的土地被侵占了与我何干？火车不开发票，偷漏税与我何干？别人的房屋被强行拆迁与我何干？有一天，这些事情都会落在你的身上。"

"但是一个人的力量能改变什么呢？"

"看看罗莎·帕克斯，整个世界为之改变。"他说。

帕克斯是美国的一个黑人女裁缝，1955年12月1日，在蒙哥马利市，四十二岁的她在一辆公共汽车上就座。按照当时的惯例，美国南部公共汽车上实行种族隔离，座位分为前后两部分，白人坐前排，黑人坐后排。

那天晚上人很多，白人座位已占满，有白人男子要求坐在黑人部分最前排的她让座，遭到了拒绝。

当司机要求乃至以叫警察恐吓黑人让座时，坐在前排的其他三个黑人站了起来，惟独帕克斯倔强地牢坐不起。

如果是一个孩子或是老人，也许她会站起来，但这次，她厌烦了她和其他美国黑人每天在生活中所受到的不公平对待。

她说："我只是讨厌屈服。"

她成了50年代美国第一个拒绝给白人让座的黑人。然后她因公然藐视白人而遭逮捕。

她的被捕引发了蒙哥马利市长达381天的黑人抵制公交车运动，组织者是当时仍名不见经传的一名牧师马丁·路德·金，这个名字后来被冠以反种族隔离斗士和诺贝尔和平奖的荣誉。这场运动的结果，是1956年最高法院裁决禁止公车上的"黑白隔离"，帕克斯从此被尊为美国"民权运动之母"。

事实上，她并没有组织或领导五十年前那场民权运动，她只是在适当的时刻表现出了一个平凡人的勇气，而这种勇气迫使整个国家重新审视并改变了原有的社会道德体系。

50 年后，美国国务卿赖斯说："没有她，我不可能站在这里。"

"你以谁的名义在诉讼？"我问郝劲松。

"公民。"

"公民和普通人的区别是什么？"

"能独立地表达自己的观点，却不傲慢；对政治表示服从，却不卑躬屈膝。能积极地参与国家的政策，看到弱者知道同情，看到邪恶知道愤怒，我认为这样才算是一个真正的公民。"

他打赢铁路发票的官司后，很多人以为他会和铁路结下梁子。

但他说起他乘车时，乘务长会亲自端来饭菜，问他："发票你现在要还是吃完再说？"

呵呵。

"你靠什么赢得尊重？"我问。

"靠我为了自己的权利所做的斗争。权利是用来伸张的，否则权利只是一张纸。"他说。

我停顿了一下，问他最后一个问题："你想要一个什么样的世界？"

这个 34 岁的年轻人说："我想要宪法赋予我的那个世界。"

（选自新浪网博客频道编《那时花开：名人网络日志里的人生镜像》，北京燕山出版社 2006 年版）

民不举为什么官不究

王重旭

"民不举，官不究，"虽然不是法律的规定，却是官场的约定俗成。只要没有举报信，只要没有群众上访，这个人就是再不廉洁，也不会出问题。至于被别的什么案子牵扯进去，则另当别论。

也许有人说，你说的不对，我们国家每年惩处那么多的腐败分子，难道都是等老百姓举报之后才查处的吗？

空口无凭，我有证据。2005年6月，新华社一篇报道的标题就是《海南近七成腐败案由举报发现》。文章说："据海南省人民检察院透露，去年以来，全省检察机关立案查办的贪污贿赂、渎职侵权等职务犯罪案件共303起，涉案共345人。而群众举报，为这些案件的查办发挥了重要的作用。据统计，在这303起职务犯罪案件中，线索来源于群众举报的占67.1％。海南省人民检查院在专门举行的主题宣传周重申，今后处理职务犯罪案件线索要做到三个一律；不管什么人举报，不管举报什么人，一律认真负责地受理和办理；凡署真实姓名举报的，一律要在初查前与举报人见面，进一步了解举报的具体情况；署真实姓名举报的案件结案后，一律要当面反馈查处结果，认真听取举报人意见。同时，检察机关对举报人保密，对举报有功人员予以奖励。"

从这篇不算长的报道中，我们至少可以发现这样几个问题：一、大多数腐败案其线索来源于群众举报。那么，海南如此，全国三十几个省和直辖市，大概也是概莫能外。二、过去有关部门受理举报要看是什么人举报。这个我始终没有搞明白，是看这个人的历史？还是看这个人的职务？或是看这个人的现实表现？三、受理举报要看举报什么人。这个不敢乱猜，但忍不住要联想，是不是有重大政治背景的，可能就不受理，或轻易不能受理？如果没有什么背景，又不会牵扯到别人的，可能就要尽快受理？如果上级领导没有明确批示的，就暂时先不受理？如果上级领导有严肃批示的，就从快从严，认真处理？四、有不为举报人保密的现象存在。如果不保密，举报人受打击报复在所难免。

从我们知道的情况来看，群众举报还是很艰难的。新华社的文章中没有提到那些因举报而受到打击报复的。但是我们完全可以推测，这近七成的举报当中，有多少人是一剑封喉，一封信就解决问题的呢？举报慕绥新的周伟和举报程维高的郭光允，都被劳教过。如果没有一种舍得一身剐，敢把皇帝拉下马的劲头，贪官是告不倒的。所以，因为举报成本太高，怕倒霉而放弃举报的，还不知有多少。

其实，很多贪官每时每刻都在自己举报自己，他们并不十分遮掩，要想查一下，并不是很难。比如企业为什么亏损？某某为什么升官？某某为什么老是出国？他的亲属为什么干啥都赚钱？他孩子为什么都在国外？他住的高级别墅是怎么买的？他每天抽的烟为什么超过工资？这些人的腐败信号已经路人皆知，有目共睹，为什么还等群众举报呢？

仔细想来，这里面有诸多因素。

其一，拿领导者来说，后任对前任的腐败，其实是非常清楚的。但是，如果后任来了就查账，就整治，就会在官场无法立足。如果我能为他遮掩，揩净屁股，不但他会感谢我，别人还会敬佩我。这是一个规矩，我让前任顺利过渡，我的后任也会让我顺利过渡，保护他人就是保护自己。官官相护，此之谓也。

其二，主要领导对自己下属腐败，也应该是最清楚的。但是，如果毫无顾忌地对自己的下属动手，也会在官场无法立足，班子不团结，钩心斗角，不但自己要承担领导责任，一旦拔出萝卜带出泥，自己脱不了干系，弄不好两败俱伤。所以，还是一团和气为好。人生苦短，官场不易，相互体谅，共荣共升。但如果到了势不两立，你死我活的地步，对不起，那就各使手段，鱼死网破，顾不上许多了。

其三，下属对自己上司的腐败也是比较清楚的，但是，作为一个副手，对一把手的腐败只能是睁一眼闭一眼。那些看开一点的把好处分给你一点，看不开的也许好处自己独吞你也不要生气。如果整起来，没有人说你立党为公，一身正气，而只能说你道德品质有问题，说你想当一把手，说你心术不正。即便把上司告倒，也没有人敢提拔你，没人敢重用你。

其四，中国人是讲究仁义的，官场亦然。你不仁，我不能不义。拿一个地方来说，连举报都没有，你就去查这个查那个，搞得鸡犬不宁，人心惶惶，这不是为官之道，人家会说你打击报复，排斥异己。再说，一个地方有大量的重要的工作要做，反腐只是其中的一部分。所以，安定才能团结，团结才能稳定，稳定才能发展，发展才能升官。

其五，腐败现象太普遍，认真查起来也没完没了。不能把我们的干部全部否定，不能把我们的干部全部拉下马。要以教育为主，要以完善制度为主。但是，如果有了群众的举报，对不起，不是我要整你，是你自己不小心，是群众不答应。所以，有了举报，使得反腐败名正而言顺。

现在有一个词叫"不作为"，其实，民不举，官不究就是一种不作为，而不作为本身就是一种渎职，就是一种犯罪，就是纵容，就是袒护。

其实，老百姓对反腐信心不是很高的原因，关键就在于"民不举而官不究"。老百姓这里急得火冒三丈，他那里稳坐钓鱼台，啥也不知道似的，无动于衷，这就必然会失去人民的信赖。所以，不要等老百姓举报，要建立一种不是领导批示的，不是群众举报的，而是主动出击的自我运转的反腐机制。民可以不举，但官不可以不究。这样，才能真正恢复老百姓的反腐信心。

（原载王重旭著《读史质疑——戳破历史的华美外壳》，中国传媒大学出版社2006年版）

高尔基为什么说谎

汪金友

国内某出版社 2005 年出版的《人文随笔》，有一段高尔基"说谎"的故事。

上世纪 20 年代，苏联的索洛维茨岛劳改营有一个叫马尔扎夫的犯人成功地从岛上逃走，不久，他在英国出版了一本自传式的书《在地狱岛上》。此书披露了大量虐待、侮辱劳改人员的状况，在欧洲引起了极大反响。为了消除影响，苏联领导决定派一个政治上可靠、国际上享有盛誉的作家赴岛上视察，然后用他的证言驳斥"那本卑鄙的国外伪造出版物"。他们相中了高尔基。

1929 年 6 月 20 日，高尔基带着儿媳，在国家保卫总局官员的陪同下，来到了索洛维茨岛。监狱当局作了精心安排，岛上的环境以及能看得见的设施均为之一变，例如衣不蔽体的犯人被全部集中起来，用帆布罩住，远远望去就像一堆废弃的堆积物。尽管被伪装，高尔基还是看出了问题。躺在长椅上休息的犯人，手捧报纸津津有味地读着，可是报纸全是倒拿的，他们想以此示意这位"无产阶级艺术的最杰出的代表"：他在劳改营所看到的全是假的。高尔基只是默不作声地走到他们身边，将报纸正了过来，什么也没有说。

令监狱当局意外的事情还是发生了：在参观儿童教养院时，一个 14 岁的小男孩突然从花团锦簇的迎宾队伍中走出来，用甜甜的嗓音说："高尔基先生，你看见的都是假的。想知道真相吗？要我告诉你吗？"

高尔基吃了一惊，他让随从人员都出去，单独听小男孩讲了整整一个半小时。男孩把监狱里的饥饿、阴谋、鞭打和苛待都告诉了这位瘦长的爷爷。高尔基出来时泪流满面。索洛维茨岛的劳改人员都为小男孩的勇敢叫好,并庆幸高尔基终于知道了他们痛苦的劳改生活真相。

但谁也没有想到,知道真实并不等于忠于真实。回到莫斯科,高尔基就在苏联和世界各大报刊上发表文章,以"雄鹰"和"海燕"为名,宣称"犯人们在索洛维茨岛生活得非常之好,改造得也很好。无论任何人,拿这个劳改营来欺骗和恐吓人民都是毫无根据的"。尤其令人痛心的是,高尔基刚刚离开海岛,这个 14 岁的小男孩就被枪毙了。

高尔基为什么要"说谎"?面对确凿的事实,面对期待的目光,面对无辜的亡灵,他为什么要颠倒黑白,把"残暴"说成"慈善",把"痛苦"说成"快乐"?多少年来,一直有人研究和探索这个问题。

在一代人的印象中,高尔基是一个纯粹的、真正的、坚定的革命者,而他的这段故事使我对人性的复杂有了更新的认识。黑格尔在《法哲学原理》一书中说过:"人既是高贵的东西,同时又是完全低微的东西。它包含着无限的东西和完全有限的东西的统一,以及一定界限和完全无界限的统一。人的高贵之处,就在于能保持这种矛盾。而这种矛盾是任何自然东西在自身中所没有的,也不是它所能忍受的。"

高尔基为什么要"说谎"?是否可以从黑格尔哲学中找出三个答案:第一,任何人都不是完人。高尔基也一样,他身上既有"高尚",也有"卑微"。第二,为了生存。当说假话就可能上天堂、说实话就必然进地狱的时候,很多人都会选择说谎。第三,难以承受的政治压力。高尔基当时所面对的是一个强大的国家机器,如果他说了真话,那将是怎样的后果?可想而知。

(原载《同舟共进》2007 年 1 月 1 日)

老派知识分子

谢 泳

费孝通先生晚年写文章回忆他的老师，喜欢用"老派知识分子"这个词。现在也有人用"老派共产党员"来称那些模范共产党员。

我喜欢"老派"这个词。旧比新好，这是我过去判断许多学术问题的一个基本看法，对中国的知识分子，无论左右，我也这样看。

我岳父上世纪三十年代末参加共产党，我从他身上看到了一些老派共产党员的特征，有两点印象特别深刻：一是无神论思想，一是公私分得很清。他遗嘱中连死后烧香叩头这样的事都不让做，他是真不信鬼神。他从不占公家的便宜，但该自己得到的，再小他也计较，他文化不高，但我很佩服他的表里如一和从一而终。

人的一生无论新旧，也无论左右，最后都要落在道德上。当制度落后的时候，我们曾经迷信制度，以为好制度一来一切都好，其实不是这么回事。无论从政、经商还是治学，最后还得过道德这一关。虽然道德高尚的人最后总是吃亏，但我们还是不能没有道德，陈寅恪在《元白诗笺证稿》中就讲过这个意思，特别是移代之际，最能看出一个人的品质高下。

在我读书的印象中，潘光旦先生就是一个品质非常高尚的人。上个月，我收到中国近代史所吕文浩兄寄来的《潘光旦图传》，读过之后，想到了这个老派知识分子的许多事。

这几年为中国自由知识分子写传记的不少，但很奇怪，为潘光旦写一本传记，我印象中，吕文浩这本还是第一部。前些年，老朋友孙珉早就做了很多准备，但后来可能他公务缠身，就放下这个工作了，我感觉我们应该有多部潘光旦传，有专业性的传记，也要有通俗性的传记。文浩兄这本书，为潘光旦的研究工作打下了非常好的基础。

很多年前，在昆明纪念西南联大的一次会议上，我认识了潘光旦先生的女儿潘乃穆，从她身上，我能感觉到"家风优美"是什么含义。她编过一本书：《中和位育——潘光旦百年诞辰纪念》（中国人民大学出版社，1999年）。这本书我看过很久了，但有一个细节不能忘记。

这本书里选登了潘光旦先生1949年的几则日记，从这些片断的日记中，我多少能理解为什么潘光旦先生在当年"三反五反"的时候，面对自己那么多朋友和学生对自己的批判，而在心理上仍很难认同当时的一些做法。我想当时许多做人做事的方式，在潘光旦先生的道德里是过不去的。

潘光旦先生在1949年的一则日记中说："与沈衡老谈其孙来清华旁听事；此事衡老徇其孙之请，转托高教会对清华指令办理，于法绝对不妥，清华自二十年前起不收旁听生，余在教务长任内曾以词折服军阀刘镇华之秘书长不遣刘子二人来校旁听，今衡老以人民最高法院院长之地位，作此强人违例之举，不第对清华不利，对己亦有损令名，而高教会肯以指令行之，亦属太不检点；余旨在劝衡老收回此种请求，渠似不甚领悟，甚矣权位之移人也。(12月28日) 午后沈衡老嘱其孙××携书来，仍商来校旁听事，余就此举对各方面之不利剀切言之。高教会徇私人之托，随意指令其附属机关，终将受人评议，不利一也；清华奉指令行事，破其二千年来良好之规则，不利二也；衡老为法界前辈，向以法治领导群伦，今又膺最高人民法院之重寄，今乃视一校之章则与优良习惯为无足轻重，必招物议，不利三也；沈君而入校旁听，同学必将指摘曰，某某之文孙始获此特殊待遇，何外此无它例也？此不利四也。余以此语沈君，请其孰权利害，自动撤回申请，并归于老人陈之。青年人有理想有热情，以词折服，宜若容易，此事看来可以了结，至余或因此开罪衡老，开罪于当今之大理，则不暇计及矣。(11月9日)"（第355页）

此事后来的结果我不清楚，但从中可以看出一个老派知识分子做人做事的思路。潘光旦先生服务于清华多年，始终维护清华制度，不顾虑因此开罪于人。他在清华和西南联大做过教务长，是他那一代知识分子当中既能治学还能治事的人,他们不光有能力,还有道德。

  时代在变,但总有一些东西是恒久的,不能变来变去。道德上的多变其实就谈不上道德了。在中国,做人做事,比较看重从一而终,有时感觉这很落后,但至少对成年人来说,我以为这是一个基本的道德。

(原载《南方周末》2007年1月11日)

"只为苍生说人话"

陈鲁民

近日，86岁的台湾杂文家柏杨宣布封笔。他最后的作品是为《柏杨曰》作的序，以一句"只为苍生说人话"戛然结尾，掷地有声。

何谓人话？解释颇多，见仁见智。我觉着，一个正常人说的话，不违反人性、人伦、人道、人情的话，就可叫"人话"。而与此相反的话，即那些有逆人性的话，有违人道的话，或可叫"鬼话"？

《论语》中有这样一个故事，马棚失火了，孔子退朝后，有人向他禀报，孔子急问"伤人乎"，而不问马，这就是典型的"人话"，用今天的话来讲就是以人为本。

春秋战国时，乐羊作为魏国的将领攻打中山国。当时他的儿子就在中山国内，中山国国君把他的儿子煮成人肉羹送给他。乐羊端着肉羹一口气喝完后，便大举进攻，灭了中山国。魏文侯称赞说："乐羊为了我的国家，竟吃了自己儿子的肉。"众大臣齐声附和，睹师赞却说："连儿子的肉都吃了，还有谁的肉他不敢吃呢！"睹师赞在历史上籍籍无名，但他应该永垂不朽，因为他说了句"人话"。

晋惠帝糊涂颟顸，说了不少"鬼话"，譬如那句著名的"何不食肉糜"，但他也说过颇为感人的"人话"。西晋"八王之乱"时，嵇康之子嵇绍随晋惠帝出征。兵败，护驾的群臣兵将纷纷逃命。作鸟兽散。最后，只剩下嵇绍一人，拼死保护晋惠帝，敌方将领冲上来要杀嵇绍，已经身中三箭自身尚且难保的晋惠帝竟拉着敌将的手高叫道："他是忠臣，杀不得！"敌将不容分说，一刀砍下嵇绍的脑袋，鲜血溅了晋惠帝一身，晋惠帝当时就昏了过去。后来晋惠帝脱险回朝后，就一直穿着这件满是血污的龙袍不肯脱，大臣们劝他脱下来洗洗，他大嘴一咧就哭起来："这上面是忠臣嵇侍中的血，千万不能洗呀！"（《水经注》卷9）

人之将死，其言也善。曹操一辈子"鬼话"连篇，"宁使我负天下人，不使天下人负我"，便是其中最典型的一句，不过，在他临终前的遗嘱里，颇有不少"人话"，可圈可点。他说我这一生。做了很多的事情，有对的也有错的，犯的小错误发的大脾气不值得你们效仿。接着就唠唠叨叨地讲一些家务事，房间里的熏香要用掉，让老婆丫头们继续住在铜雀台，葬礼从简，不要浪费……没有豪言壮语，没有政治功劳，没有励志大话，但却是近人情、合人性的"人话"。

"吃人饭不说人话"，是国人骂人较狠的一句。古代圣贤、名流虽然说了很多"人话"，但也说过不少"鬼话"。朱熹就说过"存天理，灭人欲"；"饿死事小，失节事大"也是宋儒的发明；"不能流芳百世，宁可遗臭万年"，则是东晋野心家桓温的名言；慈禧老太婆的"宁赠友邦，不与家奴"，更是可恶之极。"鬼话"流毒甚广，害人不浅。

即使今天，此类"鬼话"仍时有耳闻。十二年前克拉玛依大火时，竟有人高喊"同学们别动，让领导先走"，丧心病狂啊，几百个花一般的少年葬身火海。《法制日报》几年前曾登过一条消息。农民刘福民因妻女被拐卖找到镇派出所，要求惩治罪犯而屡遭毒打，其所在县的相关负责人分别在刘的上访材料上批示："到银河系找外星人解决"、"到月球找秘书长处理"等。竟有对老百姓说这等"鬼话"的人！

再譬如，"中国穷人上不起大学是因为收费太低"、"国有资产即使是'零价格'甚至负价格转让，国家也不一定吃亏"、"起征点太高就剥夺低收入者作为'纳税人'的荣誉"、"医生收红包可令医患关系更和谐"、"房价骤降房地产崩盘，中国所有人将付出沉重代价"等等（可参见 2006 年 12 月 29 日《中国青年报》），虽然大都是出自专家之口，但都是不折不扣的"鬼话"，有违良知，有悖常识，有渎人道，有逆人性。

当然，不说"鬼话"说"人话"固然重要，干"人事"更重要，还要多干顺民意、得人心的好事，否则就是口惠而实不至了。

（原载《文汇报》2007 年 1 月 15 日）

身份与文化

熊丙奇

最近关于刘翔是否有文化的话题，让诸多人浪费了很多口水。起因是一个"文化人"，以大多读书不好的人才去搞体育，搞了体育又没有多少时间读书为基本理由，推论出刘翔没有文化。

我以为，这个"文化人"所表现出的，恰恰是"没有文化"。因为一个人有无文化的"证据"，不光是这个人的身份高低、学历高低、读书多寡，而首先是他的为人处世，是否具有平等意识、同情心、关爱心，简单地说，是不是好好地做人。以读书多寡，来区分人等，或推崇，或贬低一个人，其价值观念中，就没有平等的人文思想，就是自身没有文化。

身份不是有文化的证据，高官、大款、大腕、教授、专家，不一定就有文化，为官不廉、为富不仁、为师不尊，谈何文化？学历不是有文化的证据，谁能说不认贫穷父母、忘记自己姓甚名谁的博士，比斗大的字不识一筐、却孝敬父辈、吃苦耐劳的文盲有文化？记得一位清华教授告诉我，在他看来，清华园中，不少工人比很多教授有文化，工人上门修理水电，大热天不喝一口水，不多收一分钱，干得满头大汗，从不说声累，出门把维修现场弄得干干净净，还说下次坏了随叫随到；而有的教授虽西装革履，却在校园随地吐痰，推走自己自行车时任其他自行车哗啦啦倒下，乘校车争先恐后挤占位置，上课在学生面前牢骚满腹，申请课题时夸大其辞争名夺利。

看一个人有无文化，要看他的具体行为。我们不能以刘翔是世界冠军，打破了世界纪录，就判断他有文化，虽然在竞技体育中做到出类拔萃，需要坚韧的毅力、出色的心理、科学的锻炼，但这些与文化无关；我们也不能以刘翔在体育世界冠军之外，还是华东师范大学的硕博连读学生，就判断他有文化无疑，知识多寡并不代表文化高低，今日没有良心、为人冷漠、唯利是图的读书人不是个例；我们更不能以刘翔是搞体育的，因训练而较少学习"文化知识"，就说他没有文化，有知识和有文化从来就不是一个概念。现实之中，据有关信息显示，刘翔十分孝敬父母，也与师傅关系甚好，还把奖金捐出来给特奥运动会以及设立奖学金等——这些行动，正是他"有文化"的表现。

　　长期以来，我们的价值观念，是鼓励一个人去追求身份、追求学历，并由此获取社会地位，获得生活享受，获得出人头地的感觉，这是一种不注重"文化"的价值观念，这种价值观念，扭曲了人们对文化的认识。而真正注重"文化"，是将目光对准每个人——在教育中，要从小进行做人的教育，教会每个公民懂得平等与关爱，而不是像现在，在学生进学校的第一堂课上，就用"努力争第一"的口号把同学树立为竞争对手，让同学们展开为期12年在升学道路上你死我活的竞争；在社会中，要引导每个人，抛弃特权意识，做一个平等的公民，以实现个人对社会的价值为骄傲，而不像现在，将奢侈享受作为资本进而显摆、将拥有特权作为骄傲进而炫耀，成名成家的标杆被树立为财富、特权、享受，而不是做了有益于社会的事。

　　放弃用"身份"为依据来判断一个人有无文化，而注重一个人的实际行动，这是我们建设文化、发展文化中需要树立的新的价值观念。无论你的身份如何、学历如何、读书多少，懂得自尊、自立、自强，懂得同情与关爱，就是一个有文化的人。反之，再高的身份、再高的学历、再多的知识，也无法积淀出文化，这样的人多了，可能更有害于文化的健康。这就是我的文化观。

（原载《文汇报》2007年1月21日）

父亲严文井关于人性的思索

严欣久

1995年11月的一个周末,八十岁的父亲向我这个接近天命之年的女儿郑重地道了一个歉。我离父亲家远,一个星期来看他一次。那天,我把给他带来的吃食塞进冰箱,像以往那样坐下来跟他聊天时,发现他若有所思,好像有什么心事。于是我东拉西扯,跟他讲起刚上大学的儿子仍喜欢玩电子游戏……他突然打断我,问我还记不记得小时候,他曾狠狠地打过我?

我不禁愕然。父亲打过我吗?别说打,就连大声呵斥也很少有过。再仔细想想,隐约记得六岁那年,手心上曾挨过他一戒尺。那是因为我和哥哥为芝麻大点的事,吵得天翻地覆,搅得他无法写作,才出来教训我们一下。可那把戒尺的起落极有分寸,手心上的疼既不是剧疼,也不是微疼。即便是"文革"我造过他的反,给他贴大字报,称他为修正主义老爷,他也未雷霆大怒。父亲,你打过我吗?真的打过我吗?他见我记不得了便说起事情的缘起。那时你才两岁,一天偏偏不肯好好吃饭,非嚷着"妈妈喂喂"。我不让你妈喂,你就大声地哭,想让我们屈服。我急了,就狠狠地打了你。打完你,我仍让你自己吃饭,你却说,爸爸,我吃不下了。说完你就睡着了。对此我心中一直不安。打你是为了教育你,可你对这顿打毫无印象,还害得你没有吃晚饭,可见打孩子是粗暴的行为,并且是无济于事的。现在我郑重地向你道歉!

我听了默默无语,泪水早已模糊了双眼。我一直以为,打孩子对父母来说不是天经地义的事吗?儿子长这么大,我也打过他啊。更何况我妈妈说,小时候我是个极爱哭的孩子,且哭起来极有韧性,一哭就一个钟头,年轻的父亲自然会有冲动暴躁的时候,这顿打挨得并非十分冤枉,可为什么他会把这不起眼的事缠绕心头四十多年呢？特别是事后他还对人说过："虽然我八十多岁了，每当想到这件事我还是禁不住流下了眼泪。"并在搁笔前的一篇文章《我欠的债》中再度提到这件事。

在他去世后，我读到屠岸先生怀念父亲的文章《一次关于人性的谈话》之后，才解开他不仅向我道歉还反复提到这件事之谜。

1980年4月，父亲在与屠岸商讨人民文学出版社拟出版儿童刊物《朝花》的编辑方针时，特意强调了"应该对少年儿童讲人性和人道主义。"他认为，"讲人道主义就是要弘扬人性，人性的对立面是兽性和神性。""如果否定人性，势必肯定兽性和神性。"他对屠岸说，他曾看到一群孩子，为了取乐把一窝小猫打死了，母猫不干也被打死！这是非人性。接着他说起自己打孩子的事，并严肃地说，这也是非人性。并说："鲁迅爱老鼠，似乎有些特别。其实他是同情弱小。同情弱小有什么不好？同情心，恻隐之心，是人性的重要部分。那一群为取乐而虐杀小猫的孩子们，如果他们的这种性情继续发展下去，那么他们就将会变成残酷的人，残忍的人，残暴的人。如果他们当上了支部书记或厂长之类，那将是非常可怕的事！所以，我们要教育孩子们勇敢，也要教育孩子们富有同情心。要让孩子们懂得：恃强凌弱，欺侮幼小，是最可耻的。"

原来如此。经过历次运动的磨难，乃至"文革"的终极折磨，父亲悟出"恃强凌弱，欺侮幼小"是非人性的最可耻的行为。他为自己曾有过的"欺侮弱小"而感到羞愧与耻辱。他是在用自己的实际行动，自己的真诚呼吁人性的回归。而他把这一缠绕了心头四十多年的道歉向女儿郑重道出，又该需要多大的勇气啊！

（原载《大公报》2007年1月31日）

新农村建设与农民失语

洪巧俊

叶敬忠终于说出了真心话:"农民作为新农村建设的主体和最终受益者,却在这场关乎自己家乡建设和自身利益的新农村建设中集体失语了。"我想,这句话也是农民最想说的。

要说出这句话不容易,要有底气。如果叶敬忠没有半年的深入农村走访,手中掌握了大量的资料,他就没有这样的底气敢说。伟人说过:没有调查,就没有发言权。

叶敬忠还说,如果几个月前有人问他"新农村"是什么,他可能会和很多人一样,马上就能给出答案,而且看起来会非常恰当。可是,现在他不敢了。为什么不敢?因为"农民视角的新农村建设研究"课题组从2006年2月开始,历时八个月,走访了江苏、湖南、河北和甘肃四地,共收回农民的有效问卷四百八十份,这让课题组组长叶敬忠对新农村建设有了和其他学者不同的观点。那些专家关于新农村的描述其实和农民、农村的情况相距甚远。社会主义新农村到底应该是什么样子?农民才最有发言权(2006年11月22日《中国青年报》)。

有一句话农民说得很经典:"让农民住别墅,牛也住别墅?"建设自己的家乡、建设自己的家,按理农民最有发言权,从理论的角度来说,他们应是新农村建设的主体,但是这个主体却难以发出声音,因为专家学者和政府官员成了他们建设家乡的"代言人",是这些强势的声音把他们的声音淹没了。"当前的现状是,丧失话语权的农民不可能真正参与新农村建设,没有农民声音的新农村建设也必定是纸上谈兵。""不管是研究人员还是决策层都有必要知道,农民是如何理解新农村建设的,他们面临着什么困难,在新农村建设中他们的期望和真正需求是什么。"叶敬忠的这个忠告值得深思，这在实践中已经显露出某些端倪。我们总不能老是"好心办坏事"。

住着"豪宅"却愁米下锅，是建设新农村的怪胎。这事说起来似乎是天方夜谭，但这确是发生在我们生活中真真实实的事情。西安北郊麻家什字村二百四十二名农民盖起了"豪宅"，但不少村民却因没有后续产业从此断了生路，有的村民守着"豪宅"开始为米面发愁。姚芳香住上了上下两层新房，由于把钱用在建房和治病上，钱花光了，迫于生计，带着辍学的孩子挖野菜。这是《中国青年报》对福建漳州市西坑村最著名的别墅群落的描写：果树、竹林掩映中的别墅群格外醒目，四十多幢黄白相间的小别墅排列整齐，大理石柱、绿化草地、停车场、升旗台……乍一看，颇像一个旅游度假之地。这样好的环境为什么没有给村民带来幸福的生活？原因是村民们背着沉重的债务，这四十三户老实巴交的农民光欠漳州市平和县阪仔镇农村信用社的钱就达八十多万元（2006年2月14日《中国青年报》），沉重的债务压得他们抬不起头来。广东省英德市高塘新村的四十二户农民就更是"爽死外母哭死女"。为建英德市"第一个别墅式农民新村"，村民负下一百六十万元的建房债（《北京晨报》）。具有讽刺意味的是，当乡干部要这些农民还款时，他们并不积极，乡干部说："我们帮你们建了新房，你们应主动还款。"一老农反问："当初你们帮我们建新房，问过我们吗？"

"农民视角的新农村建设研究"课题组调查问卷中的两组数字显示，农民认为新农村建设最重要的：生产发展46％、生活宽裕34％、管理民主8％、村容整洁6.3％、乡风文明4.7％；农民最关注的生活问题数据表明依次是：收入增加、教育条件的改善、就医条件的改善，然后才是居住环境的改善；应该说这些数据表明了农民最希望什么样的新农村了。

建设新农村，执政者必须倾听农民的声音，加强农民对公共决策的参与，放大农民兄弟们的声音，绝不能让他们集体失语。

（原载《人民文艺》2007年第1期）

"掩耳盗铃"解

邵燕祥

"掩耳盗铃",怎么讲?

倒没仔细想过,因为一向不求甚解。

陶渊明,他的诗,没法学,他的"不为五斗米折腰",学不了,所以,就学他的"好读书不求甚解"吧。

其实,什么叫"甚解",我压根儿也不甚解。还是从郭沫若那儿听说,指过分求深之解。

《现代汉语词典》是面向一般读者的,应该没有刻意求深之病了。那上面的解释是:"把耳朵堵住去偷铃铛,比喻自己欺骗自己",似乎简单得很。

再一想,不对了,偷东西,首先是怕别人发现,不是怕自己发现。偷铃铛,怕铃铛响,也是因为一响就惊动物主了。他知道铃铛会响,要防患于未然,于是自掩其耳,他以为自己听不到,别人也就听不到,所以他的"自己欺骗自己",目的在于欺骗别人,所谓"自欺欺人"是也。

总之,说的是一个笨贼,还自以为聪明,而终于只能自欺,却不足以欺人。其失手也必然。

不过,我不关心他在哪里被抓,是现场,还是离现场不远。

我在想,如果一只手盗铃,一只手掩耳,则只能掩住自己一只耳朵,铃铛一响,没掩的那只耳朵还不是听得见?

要用两只手掩耳,怎么腾出手来盗铃呢?

可见,掩耳盗铃而不被人抓住,实在很不容易,除非你真有"三只手"!

掩耳盗铃的都是"三只手"!

乃知民间把小偷叫"三只手",就是考虑到他们要掩耳盗铃的也。

从造词的角度看，这个成语，以虚拟的"三只手"，盗了虚拟的铃，执其一柄，不可坐实，也算是以短语浓缩寓言的手法吧。

（原载《同舟共进》2007年2月11日）

民工子女拿什么与城里孩子比明天

朱述古

今年春晚最感人的节目可能算是诗朗诵《心里话》。三十个据说是从三千八百名外来务工者子女中挑选出来的孩子，用质朴而稚嫩的童声诉说着民工子女的今天和未来。随着诗句"别人与我比父母/我和别人比明天"的铿锵上扬，观众席爆发出热烈的掌声，主持人也不禁潸然落泪。

这一刻，我的感受是欣慰与忧心交集。欣慰的是，民工子女小小年纪就有如此雄心壮志；忧心的是，这些孩子是否真正懂得，他们能拿什么"和别人比明天"呢？

明天是今天的延续。和别人比明天的自信，无疑应建立在今天相对优越的竞争条件上。但是，民工子女的真实处境，是"我们的校园很小/放不下一个鞍马/我们的教室简陋/还经常搬家/我们的教室很暗/灯光只有几瓦/我们的桌椅很旧/坐上去吱吱哑哑"。办学条件如此恶劣的民工子女学校，其实比农村学校并没有多少进步，师资水平和教学设施，也无法与城市学校相提并论。城市学校的学生总体成绩，肯定会比民工子女学校优秀。无视巨大的办学水平差距，让幼稚童声喊出"我们的成绩不差"，不是有些自欺欺人吗？

事实上，城里孩子和民工子女一样，他们都是纯洁无瑕的。尽管生活条件和就学条件比民工子女优越得多，但城里孩子并没有刻意要和民工子女"比父母"。与其说城里孩子因为父母的庇荫过得比民工子女幸福，倒不如说是长期形成的不合理制度，让城里孩子享受到了更多的公共福利。具体到教育资源的分配上，因为政府厚此薄彼，方才使城市学校占有了绝对多数的优质教育资源。

民工子女学校的出现，确实在一定程度上满足了民工子女入学的需要。

但在我看来，蜗居于城市边缘的民工子女学校，依然是城乡二元结构的代表性符号。民工子女学校的诞生过程艰难，公共财政投入严重不足，教师待遇难以保证，生源无法相对固定，学生成绩自然在城市学校之下。民工子女学校"另册"化生存状态，实际上可以视为民工"二等公民"化生存状态的一种缩影。

更为关键的是，不要以为兴建了民工子女学校，就解决了农民工的后顾之忧。其实，绝大多数农民工，是没有能力让孩子到城市来读书的。即便想尽办法把孩子带进城里，在照顾上也颇为不便。

幼小的民工子女可能还不懂得什么叫平等的受教育权，不懂得自己栖身的条件恶劣的学校，本身是歧视的产物。民工子女当然应该拥有美好的理想，包括和城市孩子"比明天"的信心，但是，民工子女学校毕竟不是宏志班；民工子女的成长，不能建立在缺乏现实支撑的豪言壮语上。

（原载《中国青年报》2007年2月27日）

还我自由自在身

季羡林

一般人的印象是，我比较淡泊名利。其实这只是一个假象，我名利之心兼而有之。只因我的环境对我有大裨益，所以才造成了这一个假象。我在四十多岁时，一个中国知识分子当时所能追求的最高荣誉，我已经全部拿到手。在学术上是中国科学院学部委员，即后来的院士。在教育界是一级教授。在政治上是全国政协委员。学术和教育我已经爬到了百尺竿头，再往上就没有什么阶梯了。我难道还想登天做神仙吗？因此，以后几十年的提升提级活动我都无权参加，只是领导而已。假如我当时是一个二级教授——在大学中这已经不低了——一定会渴望再爬上一级的。不过，我在这里必须补充几句，即使我想再往上爬，我决不会奔走、钻营、吹牛、拍马，只问目的，不择手段、那不是我的作风，我一辈子没有干过。

我现在想廓清与我有关的几个问题。

辞"国学大师"

在某些比较正式的文件中，在我头顶上出现"国学大师"这一灿烂辉煌的光环。这并非无中生有，其中有一段历史渊源。

约摸十几二十年前，中国的改革开放大见成效，经开飞速发展。文化建设方面也相应地活跃起来。有一次在还没有改建的大讲堂里开了一个什么会，专门向同学们谈国学，中华文化的一部分毕竟是保留在所谓"国学"中的。当时在主席台上共坐着五位教授，每个人都讲上一通。我是被排在第一位的，说了些什么话，现在已忘得干干净净。《人民日报》的一位资深记者是北大校友，"于无声处听惊雷"，在报上写了一篇长文《国学热悄悄在燕园兴起》。从此以后，其中四位教授，包括我在内，就被称为"国学大师"。他们三位的国学基础都比我强得多。他们对这一顶桂冠的想法如何，我不清楚。我自己被戴上了这一顶桂冠，却是浑身起鸡皮疙瘩。这情况引起了一位学者（或者别的什么"者"）的"义愤"，触动了他的特异功能，著文说，提倡国学是对抗马克思主义。这话真是石破天惊，匪夷所思，让我目瞪口呆。一直到现在，我仍然没有想通。

说到国学基础，我从小学起就读经书、古文、诗词。对一些重要的经典著作有所涉猎。但是我对哪一部古典、哪一个作家都没有下过死工夫，因为我从来没想成为一个国学家。后来专治其他的学术，浸淫其中，乐不可支。除了尚能背诵几百首诗词和几十篇古文外；除了尚能在最大的宏观上谈一些与国学有关的自谓是大而有当的问题比如天人合一外，自己的国学知识并没有增加。环顾左右，朋友的国学基础胜于自己者，大有人在、在这样的情况下，我竟独占"国学大师"的尊号，岂不折煞老身（借用京剧女角词）！我连"国学小师"都不够，遑论"大师"！

为此，我在这里昭告天下：请从我头顶上把"国学大师"的桂冠摘下来。

辞学界（术）泰斗

这要分两层来讲：一个是教育界，一个是人文社会科学界。

先要弄清楚什么叫"泰斗"。泰者，泰山也；斗者，北斗也。两者都被认为是至高无上的东西。

光谈教育界。我一生做教书匠，爬格子。在国外教书十年，在国内五十七年。人们常说："没有功劳，也有苦劳。"特别是在过去几十年中，天天运动，花样翻新，总的目的就是让你不得安闲，神经时时刻刻都处在万分紧张的情况中。在这样的情况下，我一直担任行政工作，想要做出什么成绩，岂不戛戛乎难矣哉！我这个"泰斗"从哪里讲起呢？

在人文社会科学的研究中，说我做出了极大的成绩，那不是事实。说我一点成绩都没有，那也不符合实际情况。这样的人，滔滔者天下皆是也。但是，现在却偏偏把我"打"成泰斗。我这个泰斗又从哪里讲起呢？

为此，我在这里昭告天下：请从我头顶上把"学界（术）泰斗"的桂冠摘下来。

辞"国宝"

在中国，一提到"国宝"，人们一定会立刻想到人见人爱憨态可掬的大熊猫。这种动物数量极少，而且只有中国有，称之为"国宝"，它是当之无愧的。

可是，大约在八九或十来年前。在一次会议上，北京市的一位领导突然称我为"国宝"，我极为惊愕。到了今天，我所到之处，"国宝"之声洋洋乎盈耳矣。我实在是大惑不解。当然，"国宝"这一桂冠并没有为我一人所垄断。其他几位书画名家也有此称号。

我浮想联翩，想探寻一下起名的来源。是不是因为中国只有一个季羡林，所以他就成为"宝"。但是，中国的赵一钱二孙三李四等等，也都只有一个，难道中国能有十三亿"国宝"吗？

这种事情，痴想无益，也完全没有必要。我来一个急刹车。为此，我在这里昭告天下：请从我头顶上把"国宝"的桂冠摘下来。

三顶桂冠一摘，还了我一个自由自在身。身上的泡沫洗掉了，露出了真面目，皆大欢喜。露出了真面目，自己是不是就成了原来蒙着华贵的绸罩的朽木架子而今却完全塌了架了呢？

也不是的。

我自己是喜欢而且习惯于讲点实话的人，讲别人，讲自己，我都希望能够讲得实事求是，水分越少越好。我自己觉得，桂冠取掉，里面还不是一堆朽木，还是有颇为坚实的东西的。至于别人怎样看我，我并不十分清楚。因为，别人写我的文章我基本上是不读的，我怕里面的溢美之词。凭自己那一点自知之明，考虑自己学术上有否"功业"，有什么"功业"，我尽量保持客观，态度。过于谦虚是矫情，过于自吹自擂是"老王"，二者皆为我所不敢取。

（原载《广州日报》2007 年 2 月 28 日）

这个时代还需要神话吗

迟子建

在浸会大学，一个午后，我去黄子平先生的课上班访。所谓班访，就是座谈。黄子平出了个题"好山好水好文章"，我落座后对了一句"废水废气废都城"，学生们笑起来。讲演之前，我对学生说，我高考时，作文写跑题了，因为我没有抓住中心思想，得了最低分，所以我接下来要讲的，可能会背离主题。

果然，一开始，我就信马由缰地从童年所听到的神话讲起。我说，我生长的那个地方，是个小村子，非常寒冷，每年有多半年在飘雪。那时候不通电，没有电视，冬天黑得早，我们吃过饭，就搬着小板凳，围聚在火炉旁，借着炉火的光，一边喝茶一边讲故事。说故事的都是老人，他们讲的，大都是神话故事，什么年画中的姑娘每天从画中下来，为贫穷的小伙子做饭；什么赶考的秀才在夜晚的花园遇见花神，花神护佑秀才，使他中了状元；什么一对无儿无女的老人在种菜时，收获了一个大倭瓜，把它切开，里面竟然蹦出来一个活泼的男娃娃……这样的神话，使寒冬变得温暖，使黑暗变得光明。当然，也有恐怖的神话，比如借尸还魂、狐仙害人一类的，但结局总会蹦出一个孙悟空似的圣人，能够清除妖孽，惩恶扬善。可以说，我最早的文学启蒙，就是这些神话。

我由此谈到了自己的新长篇《额尔古纳河右岸》，我说其中的一个情节，就是老人们讲给我的，他们说那是一个真实的故事。当地有个无儿无女的猎人，有一次进山打猎，忽然看见一只怀孕的狐狸。猎人很高兴，因为狐狸的皮毛很值钱。猎人举起枪，朝狐狸瞄准。然而未等他扣动扳机，狐狸却像人一样站直了，它抱着两只前爪，给猎人作个揖，叫着猎人的名字，说，某某某，我知道你好枪法！狐狸作揖已让猎人手软了，再加上它说的那句话，更是让他心惊胆战，猎人知道自己遇到了得道成仙的狐狸，连忙放下猎枪，跪下。狐狸转身朝密林深处去了，猎人回到家，把他的奇遇说给左邻右舍听，从此他放下猎枪，以种地为生了，猎人变成农夫后，日子过得安闲，他一天天老了。终于有一天，他平静地过世了。在他的葬礼上，忽然来了一对如花似玉的姑娘，她们一身素白，为他吊孝，当地人都不认得她们。她们为农夫守灵，直到把他送到墓地。农夫入土后，那双女孩突然间无影无踪了。村里人这才反应过来，那对女孩，一定是当年猎人放过的有身孕的狐狸，她是带着她的孩子，为老人送终来了，以报答猎人当年的不杀之恩。

我从神话，又讲到大自然，我觉得神话的诞生，离不开这样的"好山好水"。我的文学，我的世界观，与神话是分不开的。然而我刚讲完，一个女生就举手咄咄逼人地提问，说："来自东北的女作家，你讲得也太夸张了吧，狐狸怎么能开口说话呢？再说了，现在是一个科学的时代，这些神话都是糊弄人的，有什么意义呢？"她很激愤，仿佛我是一个卖狗皮膏药的江湖骗子，愚弄了她。

我笑了笑，心平气和地对她说，看你的年龄，也就二十上下的样子。你生长在香港这样一个国际大都市，从小享受到的是丰富的物质生活。你眼中只有一个世界，这个世界是由摩天大楼，跨海铁路，高速公路，汽车，电脑，电话构成的，你们所受的教育，使你对科学无比信赖。你们没有可能听祖辈人讲故事，而书本的神话故事又不如时髦的流行读物更能吊起你们的胃口。你们这一代人，既没有听神话的环境，也没有接受神话的情怀了。所以，你们丧失了与另一个世界沟通的可能性。

我得感谢这位女生，她很坦率地讲出了她这一代人的心声。他们眼里的神话，也许是克隆人、无土栽培的植物、纳米技术产品、航天飞机、掌上电视。孟姜女哭倒长城，在他们眼里一定是荒谬的；宇航员没有发现月球有生命的迹象，那么他们一定认为嫦娥奔月的故事也是荒诞的。总之，所有的神话，在"科学"的手术刀下，都经不起解剖。可是，仅仅活在一个物质的世界里，人难道不就成了一块蛋白了吗？

全球化、城市化的进程，在渐渐消解神话；大自然的退化，也在剥夺神话产生的土壤，我不敢想像，再过一个世纪，有多少神话会就此失传？我们这个时代，难道真的不需要神话了吗？人类因为对万事万物有悲悯的情怀，所以才一路走到今天，我想如果有一天神话绝迹了，人类就到了消亡的边缘。

也许我的一些话触动了那位女生，她再次提问："你怎么让我们相信神话呢？"

我说，人生对你们来讲仅仅是开始，等你们将来年岁大了，想着自己的肉身会灰飞烟灭时，也许对神话就有认同感了。

在我眼里，能给生灵以关爱，给大自然以生机，给人以善良的神话，是万古长青的！

（原载《黑龙江日报》2007年3月7日）

中国家长的身上藏着十把刀

魏书生

中国家长身上藏着十把刀,有些家长往往在不知不觉中使用这十把刀,使孩子天生纯真的品性一步步受到伤害。

第一刀:砍去民主,种下家长专制的种子

在传统的中国式家庭里,家长说一不二,强行决定孩子应该怎么样,不能怎么样。现在的孩子不用下跪了,但在家庭生活中我们有没有做到最基本的民主呢?比方说涉及孩子利益的事情,家长有没有征求过孩子的意见?当家庭内部出现争执的时候,无论有没有道理,家长总是习惯于用简单粗暴的办法,以"都是为了你好"的名义来代替孩子做出决定。而这种行为的结果就是一刀砍去孩子脑子里的民主意识,让他们觉得强权就能战胜一切。

第二刀:砍去爱心,种下自私的种子

当你为如何赡养年迈的父母与你的兄弟撕破脸皮,为分父母的那点遗产与你的姐妹大打出手的时候,有没有注意到有一双惶恐的眼睛正疑惑地看着你的表演?

当你看到小偷在撬邻居家的门,而你拉着儿子匆忙离去的时候,有没有发现儿子的另一只手握成拳头?当女儿告诉你小区花园的水龙头坏了,你是提上工具去修理或者立即给物业打电话,还是告诉她别多管闲事?你假装没有看见公共汽车上站不稳的老人,当孩子想起身让座的时候,你却用眼神制止了他。你的这些行为是对孩子潜移默化的家庭教育的一部分,你的每一个举动都在一刀刀砍去孩子的爱心,而在他幼小的心灵里种下自

私的种子。

第三刀：砍去诚实，种下说谎的种子

孩子一旦明白说谎就可以不挨揍、不挨骂，或者可以让皮肉之痛迟一些来临的时候，他就可能慢慢变成说谎专家。小孩子说谎都是被逼出来的。如果我们说实话可以得到实惠，那谁还愿意冒险去说谎呢？很多孩子都有一个困惑——为什么大人可以说谎，而小孩子就不能呢？小孩子在思考这个问题的时候说明他已经发觉了大人是经常说谎的。我们给孩子的解释往往辩解说我们的谎言是"善意"的。但对孩子来讲，善意的也好，恶意的也罢，那都是谎言！

第四刀：砍去冒险，种下平庸的种子

孩子要下河游泳，成人不是教会他怎样在水中保护自己，而是简单地拒绝——理由当然是危险。孩子要登高也不被允许，当然也是由于安全的原因。

孩子都十多岁了，还不敢一个人到门口去买东西，因为大街上是危险的，不会自己削苹果，因为刀子是危险的，二十岁的孩子还不会开火做饭，因为煤气是危险的。

是啊！现在的社会有些乱，出门有危险，在家也不安全。但就这样一直抱着，他们又如何能长大呢？一点点危险都不能经历的孩子肯定是平庸的。危险处处存在，躲是不能解决问题的，关键是要教会孩子识别危险，处理危机。

第五刀：砍去守纪，种下违法的种子

孩子自己过马路很少会闯红灯，孩子骑车也会规规矩矩地在自行车道里行驶。孩子在幼儿园的时候就背"红灯停，绿灯行"的口诀。可是当他们跟父母一起上街的时候，总是被大人拉扯着不走人行横道，不走地下通道，也不走人行天桥，而是翻栏杆，横穿马路。大人的借口是忙，需要赶时间。殊不知这一刀让孩子体会到：规矩是可以不遵守的，自己的利益大于规则的严肃性。很多人开车时带着孩子，脑子里没有交通规则，眼睛里没有交通标志，在街上横冲直撞，只有看到警察才会收敛一些。这就教会了孩子：人治大于法制。在法规的执行者看不见的情况下，可以为了自己的利益而肆意践踏法规。

第六刀：砍去善良，种下恶行的种子

古人云：勿以恶小而为之，勿以善小而不为。我们不愿意带着孩子去为灾区捐献衣物，因为我们交过税了，那是政府的事；我们不给街角的乞丐一点施舍，因为他们肮脏。

当孩子想给交不起学费又体弱多病的同学捐款时，你问：是不是学校规定必须这样做的？还会问：规定最少捐多少？你在一点一点砍去孩子善良的本性。买东西时别人多找了钱，你拖着孩子快速离开。同事得罪了你，你指使孩子偷偷拔掉他自行车的气门芯。家里做饭少了几根大葱，你不去找邻居借，而是叫孩子走到廊里"拿"几根。你又一点点地在孩子身上播种着恶行的种子。

第七刀：砍去自然，种下破坏的种子

在公园游玩时你带着孩子去攀摘花。离开的时候，孩子要带走垃圾，你说不用管，有清洁工收拾。为了让孩子高兴，你违反规定向笼中的猴子投喂食物。喝完饮料，你随手扔瓶子；抽完烟，你随地扔烟头。孩子的天性是热爱自然、喜欢动物的，我们当着孩子的面杀掉了他喜欢的鱼，杀掉了他喜欢的鸡、鸭。让伤心的孩子再也不愿吃这些动物。

我们在劝说孩子的时候用的是"万物为我所用"的逻辑。告诉孩子的是为了人类自己的生存，可以戕害一切生灵。

第八刀：砍去创新，种下机械的种子

我们可怜的孩子在学校和家长的双重压力下，已经不懂得什么是创新

了。当孩子多问几个为什么的时候，我们或许会因为自己工作劳累而懒得回答，或许因为他问的问题已经超出了我们的知识范围而敷衍。我们惯用的伎俩就是："等你长大了就懂了""这个不需要掌握，你记住就行了！""这个是不会考的！没有为什么！"等自以为聪明的说辞。殊不知这会让孩子慢慢变成考试机器，脑子变得机械，不会思考。几十年应试教育的恶果，使我们在为孩子选择学校的时候，首先考虑的就是它的升学率。不管学到了什么知识，只要能上清华、北大就好！

第九刀：砍去欣赏，种下嫉妒的种子

孩子小的时候总会毫不掩饰对一个人或者一件东西的欣赏，会毫无顾忌地表达自己的喜爱。孩子告诉家长某某同学多么优秀时，家长总是拿孩子的短处跟他崇拜的人比较，要么说看人家多聪明，多努力啊！哪像你这么懒！要么说要向他学习啊，给父母争光！这种批评式的比较很容易挫伤孩子的积极性，伤害孩子的自尊心。

最初，孩子会说："我要比他还棒。"可当他一次次地超越不了自己欣赏的对象，又被父母奚落以后，孩子那良好的欣赏的心态就会变成糟糕的嫉妒心了。嫉妒，这个人类的一大公害就被天真的孩子学会了！

第十刀：砍去竞争，种下仇恨的种子

竞争本来是社会发展的动力。一个没有竞争的社会将会失去向上的动力。人都是在这个竞争的环境中生存的。人类本身就是在动物的竞争中优胜出来的，所以人天生就有竞争的意识。一个再正常不过的事情，就是失败者要学会握着优胜者的手真心地向他表示祝贺。

我们可能会在单位被同事超越，在生意场上被对手打败。回到家里，我们不是客观地分析失败原因，争取下次胜利，更多的是找客观理由，辱骂竞争对手。别以为你的孩子还小，听不懂大人的事情。他已经从你的身上学会了仇恨超越自己的人。我们每个做家长的人都应该反思：在我们指责社会的不公、指责教育的失败、指责别人道德沦丧的时候，我们自己又在怎样培养孩子?收起你手里的刀,让我们的孩子能够健康茁壮地成长。保留他们天生的优良品质,给社会以希望。

(原载《中国青年报》2007年3月14日)

央视比郭德纲更会演相声

椿　桦

央视的3·15晚会越来越好看了，去年他们曝光了一"假洋鬼子"，今年则拿明星开刀。曾因拒绝上央视春晚而轰动一时的著名相声演员郭德纲，这回"被迫"上了央视晚会，扮演了一回十恶不赦的反面角色。对此，"郭德纲写博客回应被曝光做虚伪广告，称拒上春晚遭央视报复"（《北京晨报》3月17日）。

不用怀疑，郭德纲这回实在是亏得慌。他代言的"藏秘排油"减肥茶和他本人的形象，被央视免费且理所当然地搬上晚会供观众欣赏，成了最解恨与最具观赏性的节目。看上去，郭多么像一个讨厌法庭却又偏偏被法官传唤的不法奸商（事实上，央视也正需要营造如此效果）。由此不难看出央视的高明之处：既扮演了法官角色，又使3·15晚会增色不少。为了表明自己并无报复之意，"央视领导称郭德纲的反驳是炒作和推卸责任"（人民网3月17日）。双方你来我往的阵势，越看越像是同台演绎相声段子。根据我的欣赏眼光，真正的炒作者是央视，而非郭德纲，央视的表演水平明显是技高一筹。

今年央视3·15晚会的口号是"责任·和谐"，但在我看来，拿个别并不典型的名人来炒作，并且把发现已久的问题藏藏掖掖地拖到3月15日才公布，这些举动是谈不上责任与和谐的。

咱们国人喜欢看热闹，同时又迷信大牌与大腕什么的。央视显然算得上一个大牌，由大牌物色一个大腕，然后"曝光"之，就像过去搞批斗一样，必然会有轰动效应，广大群众必然会大呼过瘾。当"万恶"的郭德纲被揪了出来，节目的精彩程度自然是不言而喻，央视对广大消费者之"功德"因此又上了一个新台阶。

郭德纲代言问题商品而遭谴责，纯属自掘坟墓，不值得同情。但是，包括批判郭德纲在内的群众也承认，郭德纲远不是情节最恶劣的明星，但他却是央视最早开刀的明星。我不知道郭德纲代言的那个什么减肥茶是否在央视做过广告，但我知道，在央视广告上说过"共享幸福共享团圆，尽在孩子纯真的笑脸"的两位明星，央视没有"曝光"过；声称"一口气上五楼不费劲"实则根本无力爬楼的李老爷子，继续着他言不由衷的吹嘘；曾被方舟子多次发难的由"38名著名科学家"代言的那个什么"核酸"，则在3·15晚会上反复出现在插播广告中。

看来，央视用来炒作的明星，是有选择性的，用来曝光的对象，也有避重就轻之嫌。去年的"欧典地板"的洋品牌面目，被3·15晚会揭开，但对于假洋品牌为何能够连续六年使用"3·15"标志的背后原因，则没有提及；今年，郭德纲到底是不是骗子，本不好下结论，郭德纲说他服用了减肥茶减了6斤体重，并没有证据表明他说的是假话，同时也没有权威机构来排除，控诉郭德纲和减肥茶的那几个人，是90%有效率之外的那些人。可以肯定地说，包括郭德纲在内的明星们，是担当不起产品技术审查之责的。这些产品为何能登上电视的大雅之堂？质监、工商甚至央视自己，是否也应成为被曝光的对象？

事实上，央视3·15晚会自策划者应当是一个擅长写剧本的人，无论影视作品还是相声作品，他们都表现出了超高的设置悬念的水平。央视领导也说了，"藏秘排油"早在去年就被工商查过。但消费者并不知情，3·15晚会准备了几个月，他们硬是把保密工作做得滴水不漏；欺骗消费者多年的"欧典地板"事件，也被央视秘密"留用"了很长时间。消费者在不知情之前是否继续上当受骗，似乎并不重要，重要的是3·15晚会一定要给广大观众创造"猛料"。

可见，郭德纲与央视之间的争议，完全可视为相声表演，所谓责任与和谐，只是一种幽默的说辞罢了。我敢肯定，观众看完了他们的表演，很快就会像忘记一个相声段子一样,将其抛诸脑后,购买商品上当受骗现象还会继续。

(原载《信息时报》2007年3月19日)

巩俐穿什么其实很重要

郭松民

去年的两会，巩俐委员因为缺席而遭到"炮轰"，今年的两会，巩俐委员又因为提案的标题过于浅白而遭到嘲笑。真是来也不是，不来也不是，做女人难，做名女人更难，做名女人而参政简直是难上加难。不过也难怪，巩俐一边要拍戏，一边还要从政，难免会顾此失彼。国外虽然有由明星而州长而总统的，但人家一般在从政后就不再拍戏了，心无旁骛，自然就好一点。这是题外话，打住。

之所以要提到巩俐穿什么的问题，是因为有记者问她："有网友提出您有张照片上穿的是皮草衣服，怎么还提环保，这是不是矛盾呢？"巩俐的回答，表明她在这个问题上确实是糊涂的："我觉得这个没什么意义，他并不知道我穿的是什么东西，而且那个也不是重要的问题！"（3月15日《青年周末》）

错！巩俐穿什么其实很重要，为什么呢？因为她是一位超级大明星，一举一动，举足轻重。如果她要是偏爱皮草，自然就会影响到无数的"粉丝"来效颦，这自然就会使皮草的市场需求大大增加，这样一来，许多不幸长了一身好皮毛的动物，也就难逃厄运了。

在市场经济条件下，需求是一种巨大的力量，凡是有支付能力的需求，就能够自动创造出供给。但需求也是一种野蛮的、毁灭性的力量，这种力量在推动人类获得表面上物质进步的同时，也使我们面临资源最终匮乏，生态严重恶化所导致的大崩溃。

一个让人忍不住要潸然泪下的例子是藏羚羊，这种温和美丽、精灵般的小动物，之所以差点遭遇灭顶之灾，源自它有一身"帝王绒毛"。这绒毛制成的"沙图什"（意为"绒之王"，特指藏羚羊绒制品）像婴儿的肌肤一样柔软，如蛛丝般轻薄，一条大披肩竟能从一枚戒指中穿过。在欧美市场上，一件"沙图什"的价格从4500美元到1万美元，是富人、名人追求的时尚——影星用它包裹新生儿，社会名流把它披在夜礼服之外。因其绒极短，不能像山羊绵羊那样剪，只能把毛从皮上扒下来，藏羚羊就因此遭到了大规模的屠杀。

许多人把愤怒指向了偷猎者，是的，偷猎者是可恨的，但在我看来，欧美上流社会那些温文尔雅、光艳照人的名媛贵妇，才是真正的终极凶手。所以如果巩俐真的是身穿皮草而又大谈环保，那就不仅是矛盾，而且是矫情，是虚伪了。

其实，因为需求的不恰当而导致环境被破坏的例子，又岂止是藏羚羊呢？比如发菜，因为与"发财"谐音，便在城市的餐桌上大盛，价格随之猛涨。发菜纤细，搂发菜的钉耙齿又密又长，一耙下去，别的植物一并"株连"，"桌上一盘发菜，沙化几亩草地"。在上个世纪的最后3年内，约有190万农牧民进内蒙古草原搂发菜，他们涉足的2.2亿亩草原中，1.9亿亩已遭严重破坏——需求的力量竟如此之酷烈！现在每到春天，北京等大城市的居民都不堪沙尘暴之苦，城市的舆论往往指责当地人不爱护环境，却不愿意承认这正是自己的需求所导致的。

明星引领时尚，时尚制造需求，需求又是一种巨大的几乎无法控制的力量——从这个意义上说，明星的穿衣戴帽及其他消费方式，都不纯粹是他们自己的事。报道说巩俐今年的提案是"保护环境，从我做起"，我觉得这个提案不仅一点都不"小学生"，而且简直是再恰当不过了——只要明星们能够真的从我做起，文明消费，绿色消费，并由此影响和辐射到社会，那就是对环保的最大贡献！

（原载《济南日报》2007年3月23日）

我们应容忍最牛拆迁户继续存在

曹　林

一个被挖成十米深大坑的楼盘地基正中央，孤零零地立着一栋二层小楼，犹如大海中的一叶孤舟，随时都有倾覆的危险——重庆近日这座被炒得沸沸扬扬的"史上最牛的拆迁房"将很快消失。3月19日重庆九龙坡区法院举行听证后，裁定支持房管局关于搬迁的裁决，并发出限期履行通知，要求被拆迁人在本月22日前拆除该房屋，如不履行，法院将强制执行。为抵制这个判决，房主于21日住进这座孤楼，还在楼顶升起国旗以表决心（3月22日《扬子晚报》）。

这是悲壮的一幕：孤岛中央的孤楼，孤楼顶上的国旗，一个公民为保护自己的房屋升起了国旗——这让我想起前几年某地拆迁中的一幅同样悲壮的场景，一个年逾古稀的老人举着《宪法》挡在推土机前，抗议当地政府和开发商的强制拆迁。

新近高票通过的《物权法》给了公众无数的权利承诺。在公众沉浸于《物权法》带来的私权自信，沉浸于《物权法》将成为人们私产保护的法律支点，沉浸于民法专家梁慧星"物权法将终结强制拆迁"的时候，这个号称"史上最牛的钉子户"将被法院强制执行拆除。法院将强行终结一个公民对自己虽破旧不堪但却是合法私产之房屋的所有权，为开发商的楼盘开发彻底扫清道路。这可能会给舆论对物权法的热情期待浇下一盆冷水：在开发商、地方政府、法院强大的拆迁既得利益面前，民权太弱小了，再牛再强的反抗，可能最终也逃脱不了被强拆的命运。

首先，"钉子户"这个词就让人非常刺眼！一个公民依法维护自己的权益保护自己的私产，没得到公正的补偿就不搬迁，凭什么称其为"钉子户"？审视我们的社会话语可以发现，在公权对私权、公益对私利的压制下，公权制造了一批话语，对敢于捍卫自身权利的公民进行污名化的称呼，比如把不服从命令拆迁的百姓称为"钉子户"，把不听官员话、善于使用法律维权的人称为"刁民"。这些对百姓带着"恨其不顺"厌恶感的侮辱性称呼，这些会进一步激化官民冲突的话语，应该从某些官员的辞典和观念中删去了。要知道，公民在权力和官员面前唯唯诺诺的时代过去了，这是一个民众权利感和法治意识越来越觉醒的时代，理性的政府和理智的官员，应学会以平等的姿态与公民在利益上进行沟通和博弈，应该习惯公民在法律框架中对自身权威的挑战，习惯于公民对自身利益的斤斤计较和对政府服务的苛求。

被挖成十米深坑的楼盘地基中央，孤零零地立着一栋小楼——显然，"孤岛"是开发商针对"钉子户"采取的另一种拆迁暴力，迫使房屋陷入孤立无助，等于断了房子的水、电、路、通讯等生活通道，迫使你最终不得不接受拆迁。"孤岛图景"见证了开发商的强势，从另一个角度看，也在某种程度上体现着一种法治进步：这种钉子拆迁户如果在以前，早就被不择手段的开发商用无坚不摧的推土机强拆了，不是经常发生开发商以火烧、烟熏等方式逼走住户的新闻吗？

"孤岛图景"在某种程度是一幅容忍"钉子户"、敬畏法律的图景。即使只剩下一个"钉子户"，开发商也不敢采取非法手段强制拆迁，政府也不敢强制拆毁一个公民的合法住所，只能容忍孤岛的存在，只能依据法律程序一步步地与其进行沟通和谈判。在西方法治史上，有不少这样的"孤岛中的钉子户"成为法治和民权的象征：德皇威廉一世在波茨坦建了座行宫，附近有座磨坊影响了形象，威廉一世便想出高价把磨坊买下来拆掉，可老磨坊主坚决不卖！皇帝盛怒之下把磨坊拆了，老磨坊主告上法庭，法院判决威廉一世必须"恢复原状"，这座老磨坊已成为德国司法公正的一个象征。在美国华盛顿，因为房主斯普瑞格思拒绝搬家，开发商只能重新规划了设计，在斯普瑞格思先生小楼的三面和上面建筑开工，"孤岛"成为敬畏民权的象征。英国、日本也都有类似例子，容忍这些"孤岛"，成为这些国家广为流传的法律佳话。

如果重庆这座"孤岛"能够继续存在下去的话，也可能成为产国法治进步的一个标志，可法院强制拆迁的判决终结了这个标志。不顾公民权利的轻率裁决，不能不让人怀疑，其中纠缠着公权、开发商、政绩强大的既得利益。

(原载《中国青年报》2007年3月23日)

澡堂子引发的血案
李敬泽

当上了国王，快乐无极，但乐是快的，快才能乐，有些事必须快必须趁热，所以汉高祖刘邦急煎煎摆起仪仗赶奔老家，把昔日偷鸡摸狗道儿上混的兄弟们请了来暴撮一顿，他当然不是为了吃饭，他要看看当年的兄弟们惶恐卑下的脸，他认为这很快乐。

所谓富贵不还乡如锦衣夜行，咱们后来有点小家当就急着回村里或者母校显摆，其实是和刘邦一样，要把臭脚放到老朋友或老对头的脸上。

刘皇帝固一世之枭雄，酒喝高了，唱一曲《大风歌》慷慨悲凉，于大俗中见出了格调。相比之下，春秋时齐国有位国君，谥号懿公的，登了基也是快哉乐哉，办的事却很不靠谱：把吵过架的对头从坟里刨出来"断其足"，这种报复令人发指，而结梁子的缘由不过是当年围猎，一只中了箭的兔子或野猪被对方抢先一步占了去。这位懿公的思路是，你不是跑得快吗？现在看你还跑不跑！

其实，跑得慢些，死得晚些，才能当上国王，懿公大可不必翻这笔旧账；但这位主子是不讲理的，他认为当国王的主要乐趣就是不讲理，所以接着又做了件没理可讲的事：委任那老对头的儿子叫丙戎的做了他的马车夫。懿公怎么想的，暂且不表，且说这位丙戎，你以为他会怎样？他会拒绝？或者答应下来然后屈身忍志伺机报仇？

我们所能看到的是，丙先生乐颠颠接了差事，从此后勤勤恳恳狐假虎威人五人六地当了一名快乐的车夫。

如此这般，平安无事，直到丙戎碰上了庸职。这位庸职也是来历不凡，他太太是美女，不知怎么被懿公觑见，如前所述，懿公是不讲理的，所以把美女抢进宫去，然后给美女的老公派了个工作——做他的"骖乘"，也就是坐在马车上的贴身随从。

情况很明显,懿公乘坐的是一辆极其危险的车,但这是现代人的看法,事实是,很长的时间里,丙和庸都没什么心怀异志的迹象,似乎他们已经忘了爹和老婆,毕竟,国王只有一个,国王的车夫和骖乘也只有两个,生活美好、快乐。

但是,有一天,懿公驾临郊外的离宫,当然那两位也跟着去了。懿公在园子里游玩,估计还带着庸职的前妻,总之没有车夫和骖乘的事了,丙和庸采取了一种现代的休闲方式,他们一起去洗澡。他们很快乐,在澡堂子里开玩笑,拍拍打打,但是,玩笑开过了,拍打劲儿大了,两人翻脸了,庸职骂道:"断足子!"丙戎一听就急了,指着他喊:"夺妻者!"

过了几天,懿公坐着马车去竹林闲逛,在竹林深处,丙和庸掏出了刀,国王死了。

听起来,这是一个复仇故事。但这个故事中有个问题令人困惑:他们为什么等那么久?他们又不是哈姆莱特,似乎不必为活着或死去沉吟数年,作为贴身的侍从,他们本来有无数机会复仇。

司马迁的眼光是毒的,他断定这桩血案完全是个意外,一切都是因为他们向对方说出了那句话:"断足子!""夺妻者!"

也就是说,如果那天他们没去洗澡,如果他们没在洗澡时闹翻,如果闹翻了他们没说出那句话,那么,他们将洗得干干净净,像婴儿一样睡去,明天醒来依然是忠顺的仆从。但是,澡堂子引发了血案,人脱得赤条条,他们忘形了放纵了,指着鼻子把话说出来了,脸面子撕破了,他们别无选择。

其实别的选择是有的,比如杀了对方而不是去杀仇人,或者丙戎上衙门递状子告庸职诽谤。但这也是后来人的想法,春秋时的人没来得及进化得如此复杂。

至于那位不讲理的懿公,他也是一个谜,一国之君可以从千万人中选择仆从,他却偏偏挑了丙和庸,他究竟是大智还是大愚?懿公肯定是无耻小人,但他肯定不愚蠢,他是在齐桓公死后多年的血腥残杀中登上王位的,他对人性必有阴暗的洞察，我相信他是满怀轻蔑地打了一个赌：没事的，寡人了解寡人的臣民。

他本来会赢的，如果没有澡堂子。

（原载《当代青年》2007年第3期）

从希拉里唱错国歌说起

黄一龙

准备问鼎美国总统宝座的前第一夫人希拉里，在拉票活动中自铸一错：当众唱国歌时居然忘词走调，闹得舆论大哗，粉丝大恸，对手大喜。这是一月间的一条不大不小的新闻，到了我们这里，也可证明"美国民主"体制下竞选人的素质，也未必很高。

由此想到我们的国歌。有过很长时期，在正式场合，她是只兴"奏"的：奏而不唱，恭敬肃立，不言不动，倾听如仪。那样做的好处，至少是不会出希拉里事件，有利于大家保持尊严。后来不知何时又唱了起来，我私自揣想，可能和干部年轻化的形势有关。开会的人年轻了，记忆力和对于记忆力的自信都相应增高，几句歌词，没有什么对付不了的。执行以来，甚为顺利，全国大大小小的正式会议每年月日总有若干起，唱得虽非人人字正腔圆，但是尚未听说出过希拉里。说明至少在唱国歌上，我们的人比她高明。

可是近年来又听到一些议论，和国歌的歌词有些出入。议论大半是有资格参加正式会议唱国歌的人议出来的，先是说"汉唐以来未有之盛世"来了，继之以各种崛起的态势相标榜，然后就是这大国那大国了，总之我们已经告别了阿Q先生以"我们先前"如何如何自慰的年代，庆贺我们现在如何如何了。面对这些议论，我就怀疑论者是否真正赞成他们唱得一字不差的中华人民共和国国歌。

我说的是国歌的这句歌词："中华民族到了最危险的时候。"现在是什么时候？不是强盛的时候崛起的时候泱泱大国的时候或（谦虚一点说）和泱泱大国平起平坐的时候吗？"危险"？"最危险"？还存在吗？要是不存在，那就虽然口唱"最危险的时候"，心里想的却是最强盛最辉煌最安乐最了不起的时候。从对于国歌的态度来说，说他口是心非或口非心是，并不过分。比起大洋彼岸的希拉里把"那星条旗"唱成"我们的星条旗"，我们这边的问题显然更离谱了。

　　其实不赞成这句歌词的意见，早在1949年中国人民政治协商会议选定《义勇军进行曲》作为国歌的时候，就已有了。那时正是她的词作者田汉本人发表意见，说新中国即将成立，帝国主义反动派被赶跑，歌词中"中华民族到了最危险的时候"提法过时，应该改掉。此见受到一些知名人士的赞同，且由郭沫若等人提出了修改稿。而由于周恩来等的力主维持原词，才没有改。不改理由大致是这首歌在历史上曾起过巨大的作用，尽管现在新中国成立了，但令后还可能有战争，还要居安思危。当时《人民日报》发表过一篇新华社答读者问，对此有所说明："《义勇军进行曲》是十余年来在中国广大人民的革命斗争中最流行的歌曲，已经具有历史意义。采用《义勇军进行曲》为中华人民共和国现时的国歌而不加修改，是为了唤起人民回想祖国创建过程中的艰难忧患，鼓舞人民发扬反抗帝国主义侵略的爱国热情，把革命进行到底。这与苏联人民曾在长期间以《国际歌》为国歌，法国人民今天仍以《马赛曲》为国歌的作用是一样的。"

　　从这段史实看来，当初保留"最危险的时候"，为的是其"历史意义"，为的是"唤起人民回想"，除此以外，还因为"今后还可能有战争"即外敌入侵的"危险"。可是从那时以来积几十年之经验，却说明"最危险的时候"除外敌捣乱以外，我们自己稍不小心，也会险起萧墙，成为现实。当然，每一次"最危险"都在全民的努力下转危为安了。可是每一次转危为安以后，在忙着高唱"从此走向繁荣富强"的时候，却总有人忘了"最危险的时候"。现在国力空前，经济总量列世界前茅；民力也空前，先富起来的人们大摇大摆游遍全球。在这样的时候，有多少人还时时悬想着下一次"危险的时候"？

　　不说下一次，摆在我们眼前的"危险"就有一堆，并且总是和"繁荣富强"搅在一起，如影随形。我们成了"世界工厂"，产品覆盖全球，可是空气污染，河流污染，食品污染，到了什么时候？我们的财富大增，可是分配不公到了什么时候？我们的执政能力不断提高，政绩工程到处落成，可是公权滥用，公权私用，公权腐用，到了什么时候？这是就全局而言，至于落实到具体的群体具体的个人，看不起病的，上不起学的……在我们这样一个十几亿人的大国，每天不知有多少。所以，我们没有理由陶醉于最辉煌的时候最安乐的时候，而不去想想"最危险的时候"。

　　这就是我们不仅用嘴，而且用心高唱中华人民共和国国歌，并且不唱错的理由。我以为。

（原载《文汇报》2007 年 4 月 9 日）

反思钢水杀人：除了人，还能牺牲什么

张　灏

这是新中国成立以来中国钢铁行业罕见的一起事故：整整一锅刚出炉的钢水，温度高达摄氏1580度，重达30余吨，在吊运过程中，不慎跌落。倾倒出来的钢水将下面工作间内交接班的32名工人彻底掩埋，准确地说，应该是销毁，最后这一炉钢水凝固成一个面积达70平方米的超大铁饼子。这一幕发生在辽宁铁岭某钢铁厂。

相关责任人现已经被控制并将追究刑事责任。以事故为教训，随后在全国会展开一次安全大检查，查找并整改各地钢铁企业的安全隐患。通过前两年频发的矿难，这样一套处理程序我们是相当熟悉了。但在非技术的，甚至有些抽象的层面，对事故的思考却刚刚开始。网络上已经发出声音，要把那铁块做成纪念碑，作为中国安全生产的警世钟。仅仅从安全生产的角度理解那块铁未免太肤浅了，那其实是当代中国人生存状况的真实写照。

那一炉钢水是什么？其实就是所谓的"先进生产力"，是GDP，联想到大跃进时期中国人对钢铁的崇拜，那也是中国富强、中国工业化和现代化的象征；而那炉钢水吞噬的不是别的，正是活生生的中国人自己。

如果在特定时代，国家的强大要以个人的奉献和牺牲为代价，并有其合理性，但在社会日益开放自由的今天，则有必要在社会发展和人的发展二者之间，寻找到一种平衡。有理由要求，经济的增长以及财富的积累，最终都要落实到人生存状况的改善上。

"以人为本"的执政理念，我一直是这样理解的，简单说，就是每一个人都要活得像人，应该是全社会都来享用进步的成果，而不是只有一部分人活得像人；他们富裕了，发达了，他们充分享用改革开放的成果，而另一部分人只是他们的工具，甚至更卑贱些，不过是那炉钢水所熔化的一堆肉体。

　　曾被报道在大陆工厂剥削劳工的台湾富士康公司面对媒体的指责，是这样为自己辩护的：其实许多时候我们并没有强迫工人加班，而是工人主动要求加班，要多赚钱。不久前《中国青年报》报道几个湖南师范大学的学生深入湖南30多个小煤矿调查，为什么煤矿的生产状况极端恶劣，还有人不怕死下井采煤？文章的标题是这样的："贫穷比矿难还可怕。"铁岭那家钢铁厂明显存在安全隐患，高温钢水怎么就能在人头顶上晃来晃去？难道是厂里没有钱给工人建个安全的工作间？不，那家企业效益相当好，是当地的纳税大户。可能的解释是：没有必要！不仅厂主认为没有必要，他所付的工资只要让工人能活下去就足够了，不值得他额外投资，让工人活得更安全，也更有尊严；同时，在那里工作的工人也认为没有必要，否则，他们也不会天天顶着一锅岩浆工作而没有任何抗议。

　　不可否认，不把别人当人，也不把自己当人，现在已经成了许多中国人工作时的潜意识，这真是非常的讽刺。

　　难道为了经济的发展，就要以牺牲人为代价？中国真的是人多，牺牲几个无所谓？国富民强的最终目的，难道不是让每一个人都有价值有尊严地生活吗？

（原载《中国青年报》2007年5月1日）

要钱的文化
薛 涌

中国的大学在烧了几年钱后，现在开始为钱发愁了。据说有的已经濒临破产。乃至教育部新闻发言人出来下安民告示：高校不会因两千亿的贷款而破产。

世界上的大学，数美国的最富。同是一流名校，哈佛的捐助资金为280亿美元，耶鲁是180亿。相比之下，牛津才71亿，剑桥仅59亿。这里的一大区别，就是美国人有要钱的文化。

钱不要是不会自己来的。美国大学富有，是其要钱系统发达使然。要钱的对象不是政府，而是校友。比如我刚离开耶鲁，校友就会追上来，先是填写通讯表格，接着校友杂志就寄来了。另外，在波士顿校友会有各种集会，都会及时通知。与此同时，电话、信件就接踵而来。目的是一个：要钱。学校的官僚打电话来还好拒绝。可是，人家有时候派一个本科生打电话，讲起学校的情况，讲起他或她在校园里的生活，讲起你常去的图书馆，勾起你的感情来。面对这样一个天真无邪的后辈，不给钱心里实在过意不去呀。

结果是，美国大学校友捐款率极高，平均达12.4%。排第一的普林斯顿，校友捐款率竟达43.1%，耶鲁是33%，哈佛是24%。再看英国，大部分大学的校友捐款率仅1%，牛津剑桥也才11%，还比不上美国的平均水平。

可是，光有要钱的政策没有要钱的文化还是不行。想想看，如果你要跑到一位大款那里说："我们需要您的支持。具体地说，我们希望您能给我们五百万镑。"这话要让美国人说，他会坚定不移，神气十足，还不忘讲一通捐款后的税收优惠。那架势是你非给不可。要是换英国人，没说半句就不好意思了，即使不把话吞回去，最后也会说："实在对不起，这确实太多了。您考虑一下，不行也没有关系。"这样钱还会来吗？

这种不同的文化，并不仅仅限于大学。美国人对慈善事业的捐助，是其GDP的7%，英国才1.8%。这并不仅仅是美国人慷慨大方，也是因为人家募捐如同逼债，你不给也不行。比如公共广播电台，募捐就是通过广播向你喊话："我们从政府得到的资助远远不够。没有听众的帮助，根本无法维持。想想看，每天我们给你的生活带来了多少信息！当然，你不捐，我们也会存活，你还会收听。不过，这就好像别人付钱给你白听了。想一想，你愿意做这样的人吗？"我一边开车，一边听着这样的唠叨。七岁的女儿在后座上早坐不住了："爸爸，我们捐了吗？""没有。""可是我们在听呀。你知道'己所不欲勿施于人'的黄金定律吗？"看看，我要是再不捐，就和小偷差不多了。甚至当地的警察也来要钱。说警察的工作很危险，保护着你们的生命和财产。可是我一看报，一个交通巡警一年竟挣十几万美元，比我工资多一倍多，他们应该给我捐才对。这回我终于痛快地说了"不"。

看看我的小女，从小就学会为学校募捐，别人对她的行为又支持又尊重。这么长大后，要钱就大大方方。不这么长大，像这样要钱可不容易。

中国的大学，不学这种要钱文化是不行的。不过，日后要想要钱，现在就要把学生当作学校的主人。如果人家毕业后只觉得被你宰了一刀，以后谁还会给你钱？

（原载《今晚报》2007年5月14日）

"吃肉骂娘"的旧话重提

宋志坚

"吃肉骂娘"的旧话重提，乃是因为最近发表在《人民日报·海外版》的一篇文章。作者王东京说："改革开放后，人们丰衣足食，不承想，不满足的人反而多了，端起碗来吃肉，放下筷子骂娘。"这话听着耳熟，记得在上个世纪八十年代曾经风行过一阵子，意思也没有多大的变化："吃肉"者，得到实惠也；"骂娘"者，批评时政发泄不满也，其潜台词无非是"娘"让你吃到了"肉"，你干吗还要"骂娘"？对于这样一种意识，我曾在一篇叫做《论"朴素的感情"》的文章中说过："肉"不是"娘"（如果有这样的"娘"）给吃的，人们不必为"吃肉"而去感恩戴德，更不必为感恩而去讳言失误甚至掩饰腐败现象。"吃肉骂娘"的说法，归根结蒂，还是一种"救世主"意识的折影。

王东京所谓的"骂娘"，其侧重点已稍有不同，指的主要是人们对于贫富差距加大，收入分配不公这种时弊的不满与针砭。他将产生这种"吃肉骂娘"的原因归结为"比较的参照变了"，而且联系自身实际说："我现在做教授，月入数千，比之从前心满意足；但若硬要我去跟那些日进斗金的明星大腕比，岂不郁闷得要跳楼？"这说的是所谓的"横比"与"纵比"，也是上个世纪八十年代的旧话。王东京是主张"纵比"而不赞成"横比"的，他甚至回想起"文革"前的"忆苦思甜"，说是"于今回顾，当年的忆苦会，我受益良多。至少，在当时缺吃少穿的年代，感觉自己是幸福的"。按照他的主张，人们只要不断地开"忆苦会"去"忆苦思甜"，就会有一种无边无际的"幸福感"，永远都感到自己生活在"幸福"之中。按照他的逻辑，人们想永远生活在"幸福"之中，就得切忌"横比"。因为有"横比"，就会有不满；有不满，就会失去他的这种"幸福感"。然而，他似乎忘了，在马克思那边，还有"相对贫困化"之说，这"相对贫困化"好像就是"横比"比出来的；他似乎也不知道，鲁迅还说过"不满是向上的车轮"，因为"不满"，才想改革。假如中国人一直都陶醉在他所说的"幸福感"之中，会有"改革开放后"的"丰衣足食"吗？

学界中人，念念不忘学界的责任，作为中央党校经济学部主任的王东京也不例外。他说："对暂时不能脱困的低收入者，学界应做的，是引导人们正视现实，而不是过度渲染'差距'，助长不满。那样除了博得掌声，对社会和谐有害无益。"其实，收入"差距"之大，是用不着"学界"去"过度渲染"（王氏还有一说为"过度张扬"）的。即按他自己所说，假如"月入数千"的他，"去跟那些日进斗金的明星大腕比"，就会"郁闷得要跳楼"，那么，"月入数百"的低收入者与"日进斗金"富豪们去比，岂是"跳楼"二字便可了结？影响社会和谐的一个重要因素，就是这种颇为悬殊的贫富差距，而不是对于这种贫富差距的揭示；"引导人们正视现实"，也应当"正视"这种贫富差距，而不是再让人们陶醉在王东京所说的那种"幸福感"之中。据此，缩小贫富差距才会成为构建和谐社会的题中应有之义。现在得出"两极分化"的结论或许为时过早，警惕"两极分化"却是适得其时。至于王东京为"当下学界关注的重心，似乎只在收入差距方面"感到"遗憾"，却是冤枉了"学界"的。"学界"（尤其是经济学界）之中，也有种种学者，其"关注的重心"和"博得掌声"的声源各自有别。只想对低收入者"乐善好施"而讳言分配不公，只想要低收入者永远陶醉于"忆苦思甜"的"幸福感"中而厌恶"吃肉骂娘"，甚至不惜倒过来把缩小贫富差距的社会诉求当作构建和谐社会的隐患，这样的学者远非只此一家而别无分店，他们也会有人拥戴，照样可以"博得掌声"。

如前所说，有关"吃肉骂娘"的文章我早已做过，如今虽是旧话重提，却也想说出一点新意，于是咬文嚼字，居然发现这四个字的内涵相当丰富——"吃肉"是物质生活层面上的，意味着一种生存权；"骂娘"是政治生活层面上的，意味着一种发言权，"吃肉骂娘"现象能从上个世纪八十年代持续至今，恰恰说明中国社会在人权方面的进步，与难得"吃肉"又忌讳

"骂娘"的那个岁月相比,这种进步尤为明显。这样一来,喜欢把它当作使人泄气影响和谐之消极现象的思维,反倒使我感到百思不得其解了。

(原载《福建日报》2007年6月4日)

"坑农"，以大学的名义

吴重庆

今年3月14日清晨6点钟，为了赶上从贵阳回广州的早班机，我随车穿行于盘山凿洞的贵（阳）开（阳）高速路上，车灯刺不透黎明的雾霭，但这并不妨碍农家学子借着一路擦肩而过的车光灯影，借着本非为他（她）们铺设的高速路上的紧急停车带，在白日世界尚未来临之际，赶往位于城镇的学校里晨读。我想，他（她）们当是迎接高考的应届高中毕业生，在这忽明忽暗的路途上，他（她）们也当怀揣着不灭的大学梦。车窗外的寒风，吹醒我年轻的梦。26年前，自己也曾是如此行路赶考的他（她）们中的一员。但今天，当他（她）们走出清晨微暗中的这一段路途之后，我竟越来越怀疑是否有光明大道在前面接引。

30年前，国家恢复高考制度。那时，虽称"千军万马过独木桥"，但只要过了独木桥，就是天高海阔——知识，真正改变了一代人的命运，高等教育，确实推进了一代人的向上流动。30年后，大学急速膨胀扩招，结果却是，知识改变命运、高等教育推进农家学子向上流动的可能性被大大稀释了。

每一代人都有其平等以及不平等的起点。30年前，有人哀叹青春被耽误，但考生却拥有虽匮乏却基本平等的教育资源；30年后，有人欢呼大学录取率的大幅提高，但城乡之间教育资源的（政府）配置和（社会）聚积却已日趋严重地不平等——作为一部高考机器，乡镇高中无论如何都竞争不过城市里的高中。本来，竞争败阵也就作罢，农家子弟可以现实地选择打工（所谓"读完初中，可以打工"），不幸的是，大学扩招及高等教育产业化的主张，使三四流高校纷纷眷顾乡镇高中里的农家子弟。在农民传统的观念里，再不入流的大学好歹也是大学，加上"知识改变命运"口号的鼓动,农民砸锅卖铁送儿入大学,"一个大学生拖垮一生"也在所不惜,更有因筹不足高额学费而自杀的农民兄弟。

本来,有付出就有回报,有投入就会有收益。为什么农家供送子女上大学会成为一桩失败的家庭投资,并导致"因教致贫"?如果接受高等教育是购买一种高额消费品的话,那么,大可准确而严重地说,三四流高校的盲目扩招是在向社会兜售不合格的教育产品,因为这些高校本不具备生产的资质。犹如仿冒名牌的伪劣种子、化肥、电器、化妆品侵入农村市场一样,三四流高校也在打着"大学"的神圣旗号,在农村兜售伪劣的教育产品。伪劣种子导致农民颗粒无收,伪劣的教育产品同样导致农家子弟毕业后工作无着就业无门,农家将十余年不吃不喝(而非"省吃俭用")的全部收入,付诸流水;伪劣种子耽误农时,伪劣的教育产品同样导致农家子弟付出四年的"机会成本";尤其严重的是,伪劣种子一经发现,尚可及时铲除改种他物,而一个农家子弟,一旦自认为大学毕业生,哪怕失业,也不愿走回头路加入打工的行列,宁愿在城市的边缘底层徘徊。至于他们的父母,则悔不该当初,开始怀疑并且否定教育的价值。所以,伪劣的高教产品对农民的坑害,远甚于伪劣种子。

尼采说:"只是为了服务于将来和现在,而不是削弱现在或是损坏一个有生气的将来,才有了解过去的欲望。"我国高考制度的恢复已届"而立之年",在大学也可以"坑农"的今天,对 30 年前的过去的了解,的确应重新成为展望我国教育未来的起点:教育应提供给底层的农家子弟实现社会向上流动的合适台阶,避免以"大学"的名义稀释他(她)们的希望,幻灭他(她)们的梦想!

(原载《南方都市报》2007 年 6 月 7 日)

一斤九两重的吃喝欠条

吴 非

少年时代,人的记忆最好,教育学家主张在这一阶段记诵一些终生有用的东西,比如读一些古诗文、经典作品,记一些定理、原理等等。我上小学时,教科书和课外读物基本为红色教育,有些内容,即使没在意,也忘不了。比如,说长征时红军路过什么地方,群众跑了,家家户户锁上门,红军找不到吃的,快要饿死了,这时无意挖到了老乡们埋的粮食,不得不吃了,但走时埋下两块银元和一封致歉信;还有,饿得要倒下了,不得不吃了老乡两个萝卜几个山芋,也要在地头放下几个铜板……这些故事看多了,我们那一代人受到了很深刻的教育。

上面说的是长征,是非常时期。日常生活中,吃饭付钱是天经地义的事。吃饭不给钱,算什么事?民间吃白食的都是些什么人?少年时代,从旧时代的史料上看到,上海滩的流氓天津卫的青皮,满脸横肉,牙上包金,吃完了嘴巴一抹就走人,后来又有电影《小兵张嘎》,里面有个胖翻译官,吃西瓜不给钱,一举成为全国人民都知道的反面形象。

谁知道那些"典型"全活成当世的"非典型"了。如今,勒索点吃的喝的抽的用的,仿佛都算正常;那些一尘不染遵纪守法的,反而成为典型。

就说公款吃喝,我们每年都能看到乡镇干部把饭店活活吃垮的事。6月初,河南《大河报》报道,开封市通许县大岗李乡的万国生自1992年6月承包乡政府食堂后,乡政府历任书记、乡长都曾在此吃饭签单,有的已经调到别的单位任职,但仍有欠款未还。万国生为讨债奔波各地,目前仍有六百九十八张欠条,约一斤九两重,欠款近人民币七十万元。报道称,乡政府已与万国生协商还款计划,每年还一万元。对此,万国生表示,自己今年都已五十六岁,七十万元的欠款,即使不算利息,等欠账全部要回来，也得活到一百二十岁。

　　读到这样的新闻，往往一笑了之。这种事太多，多到令人厌烦。比起巨额贪污受贿、携款外逃之类，吃饭欠账至多是无赖行径，够不上犯罪。平心而论，这个乡政府有一点尚须肯定：毕竟他们留下了一斤九两重的吃喝欠条，没有耍无赖，也没有砸店打人。他们的毛病在于管不住自己的嘴，穷了还要吃，欠账也要吃，这种风气太坏了。自己吃饭自己付钱，为什么这种简单到极点的规矩在中国官场一直培养不起来？王蒙自传第二部《大块文章》中记一轶事，作为文化部长参加在中南海的会议，看到喝茶要交五角钱，不交钱的只能喝白开水。可是出了中南海，京城未必通行这个规矩；到了外省，更是闻所未闻。否则王蒙何至于要把这点点事写到自传中去？

　　网上有篇文章，真实度比较高。中国军人访问美军基地，基地司令邀请共用午餐。餐毕，来了一名军士，对基地司令说："长官，你们的餐费是每人七美元。"司令掏出钱包，取出了七美元付了钱，其他的军官也纷纷掏出钱包，互换零钱，交给军士。中国代表团也集体交了餐费。——有谁会讥讽美国人穷酸？有谁会指责那位基地司令"没教养"？值得反思的恰恰是我们。想一想吧，每天从早到晚，从城市到乡镇，从豪华宾馆到乡村鸡毛店，有多少"各级各类"干部在饭桌旁吃喝啊！他们花的是公款。公款用光他们便以政府的名义欠款，宁可这样也不肯自己掏腰包！那么，他们准备到什么时候还呢？他们真以为自己也是"北上抗日"，想等到"革命成功"再还钱？

　　前一段时间，舆论针对国人海外形象问题发表了许多有价值的见解和建议，但我认为，干部的"吃饭不付钱"比随地吐痰、随处喧哗的恶习更为不堪，特别是在一个走向法治、走向文明的社会里。

　　我想，七十年后，一百二十岁的万国生先生有可能还会拎着这半斤或八两欠条，因为不是每个欠账人都能活到一百二十岁的。那时，他可以把这些欠条送到历史博物馆去，让后代看一看，我们这个时代好玩的事。我的朋友说，存放在历史博物馆的得是稀罕物件，这种欠条随处可见，不值钱。而今连民工的工资都敢拖欠，一拖欠就是好多年，把债权人拖得倾家荡产，拖到老病而死的都有，像这种欠七十万元饭钱的可能真不算什么。

（原载《南方周末》2007 年 6 月 14 日）

由钱基博批五十九分想到的

裴毅然

钱基博（1887—1957）乃钱钟书之父。钱穆晚年说平生所见治学最勤用力最劬的学者便是钱基博。上世纪三十年代初，钱基博执教于上海光华大学，任国文系主任。一次，他批给穆时英"基础国文"一科的分数为59分，需要补考。穆时英去求钱基博加分，钱不买账，坚持原立场，气得穆时英啼笑皆非。

这位穆时英虽为光华学生，但已成名，写有短篇小说《南北极》，发表于当时最负盛名的《小说月报》，蜚声一时，被誉为崛起的青年作家，十分吃香，各家杂志争相约稿。后来，穆时英果然进入现代文学史，成为"新感觉派"的头面作家，其小说《公墓》、《夜总会里的五个人》均为名篇。偏偏这么一位成名作家，国文成绩居然不及格，而且只差这意味深长的一分，可想穆时英那会儿的郁闷。

作为大学教师，每学期都要给学生批分数，不禁想到自己能不能批出这59分？或曰敢不敢批59分？结论是：不会也不敢，不会是因为不敢。首先，只差一分不给人家及格，似乎太不厚道，太有惩罚性，相信不会获得周边任何人的赞同，包括自己的老婆孩子。其次，教务处那里也会啧有烦言："你看，这人，59分还不给人家及格！"作为教师，说句坦白的老实话，别说59分，就是58分、57分，甚至56分，我都不大批得出手，本人一般给出的不及格都在55分以下，就是差一二分也要拉至55分以下，以免学生怪我太刻薄。

尽管我没有做过专题调查，但有把握推断当今大中小学老师绝少会批出59分。缘由同上。可见，一个时代的共同性还是很强的。钱基博先生批出59分在当时也不是绝无仅有的个例。1943年西南联大历史系的吴晗先生，教授"中国通史"，批出的成绩也有 59 分，最低的只有 12 分。学子今评："说明吴先生一丝不苟，毫不容情。"

钱基博用"59 分"敲打一下已有文名的穆时英，告诫其不要以为发表几篇小说就如何如何，您的国文基础还欠火候。想来，也正因为穆时英有代表性，钱先生才枪打出头鸟，警告一下那些不用功的学生。当然，钱基博先生对当时的新文艺也有一点自己的看法。那时的文化人温梓川晚年评穆时英："他下笔很快，行文也有他一股的幼稚口气。"穆父最初也对儿子的小说不以为然。

至于我们如今的不会与不敢，其实比那"一分之差"还意味深长，因为背后矗立着我们这代人的"时代共性"——不如老辈知识分子有个性，说穿了，骨头没有他们的硬，不敢通过个性化行为淋漓尽致地表现自己的立场与见解。其中原因，或可归结为"打怕了"、"站惯了"。我们这一代知识分子的心里，"何必"、"何苦"之类的声音是很响的，行为的主旋律是不要成为"出头鸟"。然而，有的事是需要通过"个性化行为"来体现的，尤其有的立场与见解非通过"个性化行为"便无以表达，一代知识分子缺乏个性化，最终会使时代失去多元化与丰富性。你想想，如果最爱表现也最需要他们表现的知识分子都失去表现的欲望与可能，历练得城府似海心机深织，那么全社会还会有更多的表演者么——除了那些影视歌星？再往远了说，我们这一代知识分子还能留下聊可一嚼的"人文花絮"么？

不敢批"59 分"，更深层次的原因是各级学校并不鼓励这种"个性化表现"，一般会怪"个性教师"多事儿。校纪松弛、躲避矛盾、仁慈无边，缺乏敢于自认"梅特涅"（奥地利独裁首相）的梅贻琦。缺乏为个性老师撑腰的校长，缺乏鼓励个性的社会大环境，缺乏……一滴水的成分总是拴连着大海。

随着岁月的流逝，那个年代的知识分子已成为一道过去的风景，数点那时的深具个性的人物，总会使我们自叹不如，心慕前贤。历史之所以可成为社会的推动力量，便在于它会告诉今人许多值得借鉴的东西。

（原载《文汇报》2007 年 6 月 17 日）

人人都应享有免于匮乏的自由

常梦飞

深圳女工熊绍敏，因为和同事吵架而被剥夺了加班的资格，这件事竟然让她情绪激动以至于脑血管爆裂，她为什么会如此激动？

原因是显而易见的：她不是出于对工厂的热爱，也不是出于对忘我劳动的神圣情感的激发，而是出于一个简单而务实的理由：不加班，就不能获得加班费，而这100多元的加班费，差不多相当于一个月的伙食费。

熊绍敏的遭遇，用一种类似黑色幽默的方式再次提醒我们：一个人，如果不能享有免于匮乏的自由，则他的其他任何权利，都不能得到保障，即便他在法律上拥有这些权利，那也不过是聊胜于无，并没有多少实际意义。

以熊绍敏为例，难道她不知道在八小时以外，她有休息的权利吗？我想她应该知道，因为自从1886年，美国芝加哥工人在大罢工中提出"八小时工作，八小时休息，八小时归自己"的口号之后，每天八小时工作制，就成了社会的一个基本准则，而且这一点也已经明确载入了我国的各种劳动法规；难道她不愿意利用这些时间和她同在深圳打工的丈夫团聚吗？我想这正是她所渴望的，因为除了丈夫，她在深圳举目无亲。但迫于匮乏的压力，她把这些权利和亲情，都"自愿"地放弃了。

熊绍敏的遭遇，也让我们警觉到，一个人的自由，既可能因为暴力强制的原因而被剥夺，也可能因为非暴力强制的因素而被剥夺，而非暴力强制之所以能够得逞，就是因为匮乏的存在。这些年来，人们对暴力强制充满了警惕，但是对非暴力强制——由于其往往被认为是一种"自由交易"——我们了解得却不够多，对其警惕性也不够高。

熊绍敏们哭着喊着要求加班也就不难理解了。显然，这种"自由交易"，其实是一种"用形式上的自由掩盖着的实质上的不自由"。

如果我们把视野放得更开阔一点，我们还会发现，匮乏所导致的非暴力强制，还会造成其他的人间悲剧。犹记得去年12月，深圳警方公开处理涉黄人员，当时包括笔者在内的许多人，都为警方侵犯这些"小姐"的隐私权而不平，但稍微深入思考一下就会发现，如果我们承认卖淫是一种非常不人道的社会现象，是对女性的一种欺压和凌辱的话，那么我们更应该追问的问题就是：为什么会有这么多的女性走上了卖淫的道路？答案无疑是：和熊绍敏一样，她们中的绝大多数，也是受到了非暴力强制而被迫走上这条道路的，一个女孩被迫卖淫和一个女工"自愿"放弃休息的权利及与亲人团聚的机会而强烈地要求加班，并无本质的区别。

在一个真正做到了以人为本的社会里，应该人人享有免于匮乏的自由，享有了这种自由，人们才能在免于暴力强制的同时，也免于非暴力强制，这样的自由，才是一种消极自由和积极自由相统一的真正的自由。

要使得人人都享有免于匮乏的自由，最重要的是要让劳动者能够用组织起来的力量来和资本博弈。最终我们应该确立这样的信念：人人都享有免于匮乏的自由，是国家责无旁贷的义务，也是每个国民与生俱来的权利。

（原载《中国商报》2007年6月19日）

文化是什么,文化在哪里

龙应台

曾经有一个特别难忘的场合,我被要求当场"简单扼要"地说出来:"文化是什么?"

文化?它是随便一个人迎面走来,他的举手投足,他的一颦一笑,他的整体气质。他走过一棵树,树枝低垂,他是随手把枝折断丢弃,还是弯身而过?一只满身是癣的流浪狗走近他,他是怜悯地避开,还是一脚踢过去?电梯门打开,他是谦逊地让人,还是霸道地把别人挤开?一个盲人和他并肩过路口,绿灯亮了,他会搀那盲者一把吗?他与别人如何擦身而过?他如何低头系上自己松了的鞋带?他怎么从卖菜的小贩手里接过找回的零钱?

如果他在会议、教室、电视屏幕的公领域里大谈民主人权和劳工权益,在自己家的私领域里,他尊重自己的妻子和孩子吗?他对家里的保姆和工人以礼相待吗?独处时,他如何与自己相处?所有的教养、原则、规范,在没人看见的地方,他怎么样?

文化其实体现在一个人如何对待他人、对待自己、如何对待自己所处的自然环境。在一个文化厚实深沉的社会里,人懂得尊重自己——他不苟且,因为不苟且所以有品位;人懂得尊重别人——他不霸道,因为不霸道所以有道德;人懂得尊重自然——他不掠夺,因为不掠夺所以有永续的智能。

品位、道德、智能,是文化积累的总和。

提问者事后告诉我,他以为我会谈音乐厅和美术馆,以为我会拿出艰深的学术定义。

我当然没有,因为我实在觉得,文化不过是代代累积沉淀的习惯和信念,渗透在生活的实践中。

否则,我想我会慢条斯理地继续说:胡兰成描写他所熟悉的乡下人,俭朴的农家妇女也许坐在门槛上织毛线、捡豆子,穿着家居的粗布裤,但是一见邻居来访,即使是极为熟悉的街坊邻居,她也必先进屋里去,将裙子换上,再出来和客人说话。穿裙或穿裤代表什么符号因时代而变,但是认为"礼"是重要的——也就是一种对自己和对他人的尊重,却代代相传。农妇身上显现的其实是一种文化的底蕴。什么叫底蕴呢?不过就是一种共同的价值观,因为祖辈父辈层层传递,因为家家户户耳濡目染,一个不识字的人也自然而然陶冶其中,价值观在潜移默化中于焉形成,就是文化。

小时候我住在台湾农村,当邻家孩子送来一篮自家树种出的枣子时,母亲会将枣子收下,然后一定在那竹篮里放回一点东西,几颗芒果、一把蔬菜。家里什么都没有时,她也要将篮子填满白米,让邻家孩子带回。问她为什么,她说:"不能让送礼的人空手回去。"

农村的人或许不知道仲尼曾经说过"尔爱其羊,吾爱其礼",但是他可以举手投足之间,无处不是"礼"。

希腊的山从大海拔起,气候干燥,土地贫瘠,简陋的农舍错落在荆棘山路中,老农牵着大耳驴子自橄榄树下走过。他的简单的家,墙漆得雪白,墙角一株蔷薇老根盘旋,开出一簇簇绯红的花朵,映在白墙上。老农不见得知道亚里斯多德如何谈论诗学和美学,但是他在刷白了的墙边种下一株红蔷薇,显然认为"美"是重要的,一种对待自己、对待他人、对待环境的做法。他很可能不曾踏入过任何美术馆,但他起居进退之间,无处不是"美"。

在台湾南部乡下,我曾经在一个庙前的荷花池畔坐下。为了不把裙子弄脏,便将报纸垫在下面。一个戴着斗笠的老人家马上递过来自己肩上的毛巾,说:"小姐,那个纸有字,不要坐啦。我的毛巾给你坐。"字,代表知识的价值,斗笠老伯坚持自己对知识的敬重。

对于心中某种"价值"和"秩序"的坚持,在乱世中尤其黑白分明起来,今天我们看见的巴黎雍容华丽,一如以往,是因为,占领巴黎的德国指挥官在接到希特勒"撤退前彻底毁掉巴黎"的命令时，决定抗命不从，以自己的生命为代价保住一座古城。日本战机的炮弹在梁漱溟身边轰然炸开时，他静坐院落中，继续读书，思索东西文化和教育的问题。两者后果或许不同，抵抗的姿态却一致，对"价值"和"秩序"有所坚持。抵抗的力量所源，就是文化。

（原载《中国社会报》2007年6月27日）

大寨修了一座庙

张心阳

在中国修寺建庙的地方不会少,但如果听说当年被誉为社会主义建设"三面红旗"的昔阳县大寨村如今在虎头山上修起了一座庙,就不能不觉得是个新鲜事儿了。

这座被称之为"普乐寺"的庙经一年的大干快上,于今年农历四月初八举行了开光仪式。据介绍,这虎头山上早年也曾有过一座小庙,1963年的一场特大洪水将这座小庙冲得无影无踪。40多年过去了,没人觉得失去了什么,也没人想起它什么。但如今已成为亿元村的大寨人找回了过去的记忆,由现任大寨党组主要负责人之子、某集团公司总经理投资3000多万元修建起这座庙(若全部建设完工约耗资一亿元)。此次寺庙修建规模之大,方圆百里无以与之比肩,曾经带领百姓垒建层层梯田的大寨人偶像陈永贵换成了如今的观世音菩萨。有报道说,此庙开光之日很是热闹,不仅有不少上级官员和外地僧侣前来助兴,而且作为大寨村的党组主要负责人也是热情高涨,她向记者坦言,此庙是人们当年求风祈雨的地方,十分灵验。大寨光吃名饭看来有点空。她在开光仪式上声称:"这是一件非常大的好事",是"大寨红色旅游的一个延伸",希望,大家"不要把大寨甩到历史的后面"。

这位负责人一番激情洋溢的话或许已道出了修建这座庙的因由。原来大寨这些年是风不调雨不顺,五百多人丁的大寨人需要一个求风祈雨的地方。我不知道风调雨顺的年景以什么标准来衡量,如果能以经济产值和人们的物质生活水平作标准,那就不妨回想一下,当年这虎头山上也是有庙神佑的,当时人们的物质生活水平到底有多高?任何一个有良心的人都不能否定这样一个事实,如果没有当年政治上给大寨的造势并留下影响至今的无形资产,没有执政党的现行改革开放政策,没有大寨人的艰苦奋斗,光靠寺庙怕是扯淡。若有寺庙便能呼风唤雨，确保风调雨顺，那当初的大寨早已是世外桃源人间仙境了，何须面朝黄土背朝天，开山垒石造梯田？

把建庙作为"红色旅游的延伸"，就更让人看不懂了。当年来这里参观者每年以百万计，就是如今也有不少人慕名而至。人们来看什么？无疑是要领略当年大寨人披星戴月、战天斗地，改造"七沟八梁一面坡"的精神，希望在这里得到精神的滋补、意志的焕发、信念的培养。当然，我们不能说今天的大寨人延续这种精神还要去战虎山、斗龙滩，但可以开发自身特色经济，可以在梯田中科学经营，可以在提高人的文化素养上下工夫。进而言之，若真的有钱没处花了，还可以建更好的学校、更好的图书馆、"大寨博物馆"、"大寨生态园"之类。至于通过修庙建寺来延伸红色旅游，这不只是要让人喷饭，还要让人喷血。果不其然，有位前来观瞻的游客在下榻的当地宾馆里就作了这样的留言："没有庄稼，没有梯田，没有风光，关键是没有精神，这还是大寨吗？"一位网友也说："原想放假带着孩子去大寨看看，现在修起了庙，我想已没有必要了。"是的，要是看庙，还是上五台山、九华山的好。

至于"不要把大寨甩到历史的后面"的说法，同样让人莫名，莫非是不建庙宇、不拜神仙就被历史淘汰了，立起菩萨，匍匐在地，就引领了时代潮流？也许这是一个政治环境宽松的时代，人们信仰自由的时代，但无论如何也不能说建庙拜神就领先历史，否则就被"甩到历史的后面"。这话近于滑稽，还是不议了罢。

大寨，不管怎么说也是个"福寨"，它比多少村寨都幸运得多。这一方面是大寨人自己奋斗来的，另一方面也得益于当年那个不正常的政治运动。这种政治运动对全国人民是灾难，但对大寨人却是福星——没有当年的政治运动便不可能有现在的大寨。作为亿元村。如果说华西村、南街村等完全是靠自己双手奋斗出来的，那么大寨则不完全是。做人不能忘本，要讲点忠诚，讲点信守。大寨吃名饭会有点空，吃神饭就不会空？

大寨人修起那座庙，真的不知会对得起谁？

（原载《教师报》2007 年 7 月 11 日）

新出炉的"文化遗产"

沈嘉禄

在今天，世界文化遗产或非物质文化遗产受到政府、学界与老百姓们史无前例的重视，这当然是好事，亡羊补牢比亡羊不补好得多。但如果政府主管部门仅仅将其当作一个搞政绩工程的题目，仅仅将其当作可以撬动经济发展的杠杆，一种可以拉动消费的旅游资源，那就不仅会出现失误或误导，还可能成为灾难。

如果有人告诉你，你眼前的文化是复制的、移植的，甚至是一件精致的赝品，你将作何感想？

前不久，我的朋友朱乐耕和他太太方李莉来寒舍聊天。朱是从景德镇走向世界的陶艺家，此次来上海做一个学术讲座。方李莉原本也是陶艺家，作品在全国美展摘金夺银，但后来北上京城，拜在费孝通门下，在中国艺术研究院做学问，专攻人类学，研究艺术与人类行为的关系。她曾出过好几本专著，深得费老的肯定。一个知识女性，餐风宿露地做田野考察，非常不容易。

去年春节，方教授是在陕北一个村子里过的，她放了助手的假，却把朱乐耕从北京叫到身边，名义上是团聚，其实是让他当了一回助手，拍照时扛家伙，打灯光，做口述实录。这个村子里的乡土文化遗存特别丰富，这几年在政府和有关方面的支持下，整理出不少，比如面花（用馍馍做成动植物与娃娃的造型，被称为小麦的雕塑），还有剪纸、年画、信天游、民间故事等，连当地农民信奉的多神教，也在新修的庙里被供养起来，外人难以识别的山神、风神、雨神、牛神、羊神、关老爷、灶王爷等，挤在一起享受香火。除夕夜，吃过水饺，放过鞭炮，他们还跟随一个腰鼓队串村走镇地演出。一路上同吃同住，腰鼓队在某个村子扎下演出时，他们夫妇俩是最最忠实的观众，鼓掌比谁都起劲。

同行或许是一道风景，同吃也能对付，同住却成了问题，常常是一个大炕睡七八人，男女混杂，农民撒尿都不避人，这对大学教授来说，对早已过惯了城市文明生活的知识分子来说，心理障碍颇大，但他们出门前彼此立过"军令状"的，所以再有疑似跳蚤在身上蹭着，也只能两眼一闭，和衣而睡。

一混七八天，彼此有了感情，农民的戒心也消除了，就把方教授当自己人，什么话都敢说了。于是方教授惊愕地发现，这个村子现在被"保存"下来的那些民俗文化，其实都是前几年由一个大学教授带了一个小组，将一些陕北各地的民俗搜罗过来，手把手地教给当地农民。农民本来就有点灵气，很快学会了剪纸、做面花、雕木版印年画，信天游嚷嚷也会了，只是民间故事记起来颇为伤神，本来识字就不多嘛，好在可以画符号死记硬背，最后都成模样了。经过一阵鼓捣，"湮没"多年的"本土文化"恢复了。接下来，村子里的"非物质文化遗产"上了报，上了电视，城市里的游人就纷至沓来，看新鲜，听新鲜，吃农家乐，把当地的知名度炒上去了，每年光旅游收入就有好几百万，几十年来一直靠政府救济的村子一下子脱贫了。

"但是，这种历史文化信息是不真实的，是文化作伪，文化欺诈！"方教授气愤地说，"其实，从农民的姓氏、语言等因素考察，这个村子很古老，但延续了几千年之久的民俗，在'十年动乱'时已经被破坏得荡然无存。随着最后一个老辈原住民去世后，集体记忆也就丧失殆尽。现在的所谓挖掘、恢复其实都是一个美丽的谎言。连农民腰鼓队穿的衣服都是参照秦腔的戏服复制的。"

但是，农民富了，这似乎是压倒一切的成绩，是最现实的学术成果。一个人类学教授为了证明自己的学术良心和成果，能出来戳穿这个谎言吗？

方教授无奈地说："我无法选择。但是若干年后，子孙后代知道有一个研究人类学的人在这里与农民同吃同行同住过，等于承认了这种'文化遗存'，他们会怎么说呢？"

（原载《文汇报》2007年7月13日）

合影"百科"
符 号

偶然的机会，得知五十年未通音讯的一位同窗的消息。电话打过去，对方竟什么也想不起来。提及当年一起当少先队辅导员的合影照，对方则立即尖叫起来，历历往事顷刻鲜活……合影就这般地神奇，让中断多年的线瞬间连接，让尘封久远的事迅即复活。

余光中说："忙碌的现代社会，谁能叫世界停止三秒钟呢？谁也不能，除了摄影师。"摄影师将时空凝结，让刹那化为永恒，让合影成为忆起逝去岁月的触媒，人生道途的履痕，亲情、友情、爱情的见证。数以亿兆计定格于薄薄相纸上的各式合影，留住了这个斑斓的世界……

合影其实最后都成了"老照片"，褪色残破的老照片则成了历史的宠儿，博物馆、展览厅、档案馆的宝贝，家庭、团体、国家、民族的文物。

毛泽东与蒋介石、与斯大林、与尼克松的合影，记录着风云变幻的史页；鲁迅与肖伯纳，梅兰芳与卓别林、与斯坦尼斯拉夫斯基，徐悲鸿与泰戈尔，张大千与毕加索，张张合影显现的是大师的风采……

合影常常传出佳话。周恩来总理同文艺家香山合影，居然站到了最后一排的最左边；温家宝总理看望季羡林，合影中一站一坐，颇富人情味儿。而侯耀华跪着给三十六年跪着为孩子们授课的陆永康老师颁奖，那合影的画面真令人唏嘘……

合影曾给不少人带来过无边的酸甜苦辣的体验。"文革"中为"划清界限"，不少人暗地里剪掉、焚毁可能受到牵连者的合影；董希文的油画《开国大典》，随时势变幻对历史人物"合影"多次进行增删；离奇的"换头术"，让陈毅元帅的身子长出另一个人物的脑袋，这时你可以看到荒诞年月的林林总总……

然而也有人无缘享受合影的"殊荣"。比如黄继光生前连登记照都不曾有过一张，又何况"全家福"；今日频发矿难中不少遇难矿工的家，竟然也找不着一张全家的合影照；甚至大学生杀人犯马加爵，贫穷的家里也不曾有过一张全家的合影……

不过眼下"合影资源"的开发则是炙手可热、与时俱进的。谁跟具有土地、贷款等生产要素决定权的人关系密切，谁就有可能获得生产要素而一夜暴富。在这样的背景下，合影已充当了介绍信、通行证、保护伞、护身符、垫脚石、敲门砖、"生产力"的角色。不是有小学水平的农民凭伪造的与中央领导的合影，编造出子虚乌有的机场工程而诈骗千万之巨吗？不是有某北京女，凭一张偶然的合影冒充高官的"干女儿"，一路绿灯走南闯北卷走了两百多万资金吗……

那豪华酒店、宾馆的大墙上，一字儿排开悬挂着老板同各式大人物亲切合影的大彩照，那是让大人物屈尊当托的广告；有巨商初次见面即递上多幅同政要合影的彩印大张，那是气粗财大的自荐；还有升迁的官员，将同领导人物合影的大照挂满办公室的一面墙，那是在宣告自己的来头与资历；一位名气不小的作家赠我以大作，前十几页竟是几十幅同政要名流的合影，由此我窥到了作者企图增加作品分量的良苦用心……曾经听一位给不少"款"们策划拍摄此类合影照的摄影师，讲述个中的古怪离奇，足可写成厚厚的一部小说……

而另一种合影的病态，也令我们惊诧。比如前不久一个叫杨丽娟的疯狂粉丝因为没有同刘德华合影，其父愤而跳海；昆明动物园用游客同老虎合影作"生财之道"，活活地让一个六岁女童命丧虎口……

合影呵合影，你真是个大观园、大百科哟！

（原载《北京日报》2007年7月23日）

穷人需要一个保底的尊严

何三畏

用"便宜鸡蛋"四个字上网搜索，会令你吓一跳。下面是我挨次抄下来的新闻标题——

成都8月1日消息："五百人疯抢鸡蛋，四太婆被踩伤"；西安8月1日消息："超市促销鸡蛋引来老人排队秩序太乱苦等五小时"；西安4月25日消息"这便宜鸡蛋，买得不容易（因空气憋闷险些致长时间排队的老人发病）"；去年劳动节前夕沈阳消息："坐十一站车，沈阳众老人超市外憋尿排队买便宜鸡蛋"；4月21日《半岛都市报》报道本地消息："为买便宜鸡蛋大打出手"……没必要抄下去了，这么说吧，"便宜鸡蛋"引发骚动的消息，每一个城市都接二连三地发生着，因为有那么一两家全国连锁超市，常常用将"便宜鸡蛋"扔向蜂拥而至的市民的招数做广告。

"便宜鸡蛋"能便宜到哪里去？8月1日成都媒体的消息报出了商家的海报："保证超低价，每人每卡限购一千克，特价每斤三元二角。"西安的消息说，每人限购三十个，差不多也是一千克。根据目前的市面通价，一个人排一次队顺利的话，能"占到三元多钱的便宜"。

也许有人觉得这有点不可思议。同在一片蓝天下，穷人有多穷？我所在的城市，据说非常宜居，一年前，这个城市的媒体上搞了一次新闻策划，叫做"一个都不能少"。意思是，让每一个小学生每天都能吃上一个鸡蛋！也许和这里讨论的"便宜鸡蛋"一样，是商业在操纵新闻。但是，如果所有的孩子每天都能吃上一个鸡蛋，这个商业策划也就没有基础了。当然，时间又过去了一年多，穷人的处境应该好些了吧，但也还在为三元钱的便宜就能导致一场"血拼抢购"（8月1日《华西都市报》）的地步。

穷人有的是时间，赶十多站车不算啥，起大早苦等五小时不算啥，可是，穷人的生命还是同样的生命。成都媒体介绍了一位太婆的"血拼"经历，说她"脸上又红又肿，一只鞋印赫然印在脸上"，她自述道："好多人从我身上踩过去哦，再有一分钟我肯定就被踩死在那里了！"另外一个案例是，2004年11月25日，常德市城区某大型超市"一元钱买五个鸡蛋"，年过七旬的钱姓大爷被踩倒在地，致左股骨、颈骨骨折，构成七级伤残，近日，法院判决商家赔偿老大爷四万两千五百零四元四角。

经过多次试验，商家很有把握，"一千克便宜鸡蛋"能准确地导致一场轰动一时的新闻。这就是商家需要的。成本很好核算，一吨鸡蛋可以打发一千个穷人，比在媒体投放商业广告划算。而媒体只管跟在商家后面亦步亦趋地报道。公众只看到商家的"慷慨"，看不到被踩伤的都是些什么人，他们日均消费多少，日均热量摄入多少。这就是经济的暴力，一个残酷的游戏。据说我们的社会已经很富有了，但是，财富在某些人手上，就成了戏弄穷人的道具。

你可以责备穷人说，你虽然穷，但是你应该有秩序地排队，这不就没有事故了吗？是的，道理是这样的，可是，事实证明，一旦想买一千克便宜鸡蛋的穷人挤到一起，情形就是这样，有什么办法呢？我想起一个很老的段子，说是三位伟人讨论如何让猫吃辣椒。给它塞进嘴里，这是武将的办法；让它饿，饿到无所不吃，这是政治管家婆的思路；但是，政治家兼谋略家说，都不好，要让猫自觉去吃才好——把辣椒塞进猫屁股，它必定感到不舒服，必定会自觉去舔。那一千克鸡蛋，就相当于放在那个让每天都在精打细算着购物的穷人们心痒的地方啊！

话虽这么说，我还是真心实意地想，要是穷人们虽穷也能葆有"不理睬"一千克便宜鸡蛋的尊严，可以不去排那个鸟队多好啊！而商业也应该讲道德，不要去挑衅穷人的尊严和伤疤，更不应该在自己酿成的伤残事故背后窃笑。我还觉得，在必要的时候，法律也应该过问。

（原载《南方都市报》2007年8月4日）

物欲是一种什么病

熊培云

《新周刊》杂志最近做了一期有关成功的专题，指出现代社会有三粒毒药：消费主义、性自由和成功学。在我看来，这里的三粒毒药实际上是两粒。如果将成功学与消费主义合二为一，就是"流行性物欲症"。

几年前，我在《美国化与法国病》一文中谈到美国化背景下的"法国病"。现在有必要谈谈"美国病"了。不可否认，和世界上许多国家一样，中国同样受到了美国文化的深刻影响。影响有好有坏。好的是价值，坏的则是病。当然，后者有很多种，在这里我们只谈"物欲症"。

什么是物欲症，格拉夫等《流行性物欲症》的作者们进行了很好的剖析。在中世纪，欧洲人的精神支柱是高耸入云的哥特式大教堂，而在当今的美国文化里，惟一能和哥特式大教堂比肩的，便是超级购物中心。像是得了"精神上的艾滋病"，面对琳琅满目的商品，人们在意志力方面纷纷丢盔卸甲，丧失了免疫力。

一位美国医生说，"贪婪已经感染了我们的社会。这是最糟糕的感染"。不过，在欲望高涨的年代，糟糕的并不只是贪婪，还有害怕。害怕在别人眼里显得不成功，害怕自己赶不上邻居。关于这一点，相信不少中国人也深有体会。如《新周刊》所说：按照现在的成功学逻辑，如果你没有赚到"豪宅、名车、年入百万"，如果你没有成为他人艳羡的成功人士，就证明你不行，你犯了"不成功罪"！

有人将中国人分为两种：一种已经做稳了房奴，另一种想做房奴而不得。没房子的自然想着有房子，身心焦虑当属正常，奇怪的是有房子的人同样忧心忡忡，因为他们想着更大的房子，如果周围能有片牧场更好。美国人就是这样想的，只是他们心知肚明的是，如果全世界都采用美国式生活标准，得再多几个地球才行。

物欲症对美国社会的损害是显而易见的。在《哪儿都不像哪儿的地理现象》一书中，作者康斯特勒说，"在过去的60年里，我们从公民转变成了消费者。"大家想到的是"独自打保龄"，而将公民责任扔到了一边。与此同时，贫富分化使个人阶层重新出现。"伴随着社会的两极分化，低三下四的经典姿势偷偷摸摸地回来了。"

每个人擅长谋生，却不会享受生活。自从变成物质人类以后，睡觉和做爱都得先吃药片才行。在美国，每个孩子一年收看近4万条电视广告，平均每天110条。商人的目的就是给孩子打上烙印，消费儿童。美国的教育专家因此抱怨"孩子们被当成了可以收割的商品作物"。

最关键的是，物欲症偷走了人类的时间。美国人不会认同欧洲人的闲适生活，因为他们放弃了时间而选择金钱。人类学家英格力希·鲁克说，"从表面上来看，一个3岁的孩子似乎与我们的文化没什么联系，但当这个孩子回过头对他的妹妹说，'别烦我，忙着呢'，这就值得我们深思了。"起早贪黑，仿佛大家每天都很忙，就像《爱丽斯漫游仙境》里的小兔子一样不停地看表，不停地嘀咕："没时间说你好，没时间说再见，我来不及了，我来不及了，我来不及了。"物欲症带来的是"时间荒"，人们因为物欲而丢失了原本属于自己的时间，人被物奴役，人被物谋杀。

速度，永远是速度。《旧金山纪事报》曾经嘲讽美国是个朝着微波炉大吼大叫，仍然嫌它速度太慢的民族。不断地更新换代同样让人们患上了"喜新厌旧症"。"旧的不去，新的不来"感染了社会上每一个人。正因为此，有人满怀乡愁——如何回到原来的价值观，长久地住在同一套房子里，长久地保存重要的东西，并且彼此忠诚已经是稀有的生活。

然而，高速度的改造并没有给人类带来全然舒适的生活。全球性的交通拥堵早已经让人心烦意乱。有篇南美的小说是这样写的：堵车让交通陷入瘫痪状态，由于短期内毫无改变的迹象，司机们纷纷放弃了汽车，徒步到邻近的村落寻找食物。最后，他们不得已在道路两旁种起了庄稼。在车龙动弹之前，有人怀上了孩子，接着孩子呱呱落地……

罗马哲学家塞涅卡说,"茅草屋顶下住着自由的人;大理石和黄金下栖息着奴隶"。如果不看到物欲症对世界有着怎样的损害,我们就很难理解,为什么当年特里萨修女在路过美国时,会感慨那是她一生所到过的"最贫困的地方"。

广告正在占领社会每个角落。在创富榜与成功学的催眠之下,人们渐渐丢失了朴素生活的乐趣,这也是近年来,为什么越来越多的中国人,开始怀念那位与他们隔着时间与地理的梭罗的原因所在。在瓦尔登湖畔,这位离群索居的思想者说:"如果我像大多数人那样,把自己的上午和下午都卖给社会,我敢肯定,生活也就没什么值得过的了。"

什么是人类当下的困境?在此不妨重温一下"梭罗悖论":"如果一个人因为喜欢树林,每天在树林里度过半天时光,那他可能被人看作是流浪汉;可要是他全天做个投机者,锯光树木,让大地光秃秃,人们却把他看成是勤勉进取的好公民。"

接下来的问题是,什么时候,大地繁花四起,古木撑起穹隆,我们能够自由地徜徉在那一片梭罗的森林?

(原载《新京报》2007年8月19日)

关于情人的另类群言

叶延滨

> 题记:未婚的少男少女切勿阅读此文,以免影响情人节玫瑰的销量。

一位台湾著名诗人曾对我说:"两岸交流有个过程呀,比方说,一个大陆的官员见到我的面,就叫我:'某同志,神交已久了!'我好吃惊。接着又向我介绍:'这个女同志是我的爱人。'我更吃惊了,我想大陆真的太开放了。后来我才知道同志是先生,不是同性恋;爱人是太太,不是情人。要命!"如果把该诗人的说文解字回复到原话中,原话变成:"我好想你啊,我的同性恋情人!""这是一个女同性恋者,不过她也是我的情人!"乱套了,当然也被理解为思想开放之例子。

一位老先生气愤地对我说:"什么情人节?西方资产阶级那一套,还不如叫包二奶节,搞破鞋节!"我想他是久经岁月斗争的老斗士,"文革"以前,情人就被叫做破鞋,谁有了情人就叫"搞破鞋",书面语言是"乱搞男女关系"。这个"乱搞",就是指非法定的男女关系之外的男女关系。法定的有哪些?夫妻、母子、父女、姐弟、兄妹等等,当然,恋爱中的未婚男女,不叫乱搞,但也不能称作情人,叫"对象","搞对象"是可以的,表明未婚男女的特定身份。"文革"后生活好了,鞋不破了,改叫二奶。语言体系不同,思绪系统也不同,理解万岁吧!

一位现代女权对我说:"情人节有一天也好,有了也没有什么用,西方的东西不合中国国情。'三八节'也是西方来的,三八妇女节什么用?三八妇女节就是告诉广大妇女这一天是你们的,一年三百六十五天剩下的三百六十四天都是男人过节。你看那些小姑娘拿着一支玫瑰花,以为就是公主了，给他花的就是白马王子了？不对，只有这一天她手持玫瑰，其余三百六十四天玫瑰花在哪儿？你记得那句老话吗：鲜花插在牛粪上！"我十分欣赏她的意见，我也无意问她"你的牛粪是谁？"但必须注意这是一种重要的看法。

一位被人视作大款的朋友对我说："你说得太对了，情人是什么？情人就是高消费，高消费是什么，是身份啊！你说你成功了，买个豪宅，别人不信，说你是投资房地产。你说你有财了，买辆宝马，满大街都是宝马，你比别人强吗？真的能表明身份的，就是弄个小情人，给她套房子，让她开个宝马，好了，她有身价了，你也有市值了。生意场上，你越敢花钱才越有人给你机会挣钱。唉，这也是投资啊，股市有风险，入市须谨慎。其实情场也是投资场所，情人有风险，情场须谨慎。我最喜欢情人节了，这一天有规矩，提倡送玫瑰，一年三百六十五天，这一天送给我那小情人的，算是最小的投资了！"此人果真不凡，见解过人，只是他说到这里就不说了，剩下的大家慢慢消化吧。

一位当过"专职情人"的女士对我说："有人说我是二奶，其实也就是个专职情人而已。给人做情人有什么不好？你长的歪瓜裂枣，你没一点文化品位，你不知疼人哄人，能当情人吗？都是吃不上葡萄说酸！给老头子当情人又有什么不好？任重道不远！就是结发，不也是和年轻男人过了再和年老男人过？我先和老的过，然后再找年轻的过，顺序变一下，生活质量就大不一样。说透了，先给老的当情人，再找嫩的给自己当情人，这叫合理投资！先投青春招财富，再用财富招青春。看你目瞪口呆的样子，你呀，观念不行，你炒股票吗？股票都不炒，你还想知道情场行情？算了，算我白说了。"

以上说法，都是另类的情人观，所以"小儿不宜"。再加一句警示语："吸烟有害健康"印在文章最后当结束语。

（原载《群言》2007年第8期）

仇穷正在成为中国现代化的巨大陷阱

童大焕

中国的富人和一些主流知识分子和媒体都在喊中国人有强烈的仇富情结。但事实正如搜狐首席执行官兼总裁张朝阳在一次福布斯论坛上发表演讲所说的，中国人不仅不仇富而且很崇富。连做梦都想成为富人。中国人不仇富，而是仇恶、仇腐，但由于现阶段中国富人和恶人重叠率较高，所以一些人刻意模糊富和恶的界限，把所有的富人绑在一起。

中国的实际情结是怕穷和仇穷，这是一枚硬币的正反两面、一件爬满虱子的华丽皮袍的里子和面子。因为怕穷，所以哪怕穷也要装阔、装富、装现代化；所以在一些地方不论是个人还是政府，都把"人一阔脸就变"的仇穷嘴脸演得活灵活现。深圳火烧贫民窟只不过是烧向穷人的又一把怒火。

张朝阳的那个演讲中说，现在中国仇穷仇得有些变态，几乎没有正义和良知；同时崇富也崇得有些变态，只要能富就是杀人放火也在所不惜。用一句话形容：已经到了为了钱不惜出卖一切的地步了。的确如此。在崇富和媚富问题上，几乎可以出卖一些良知、正义、环境、法律；在仇恨与敌视穷人问题上，同样表现得斩钉截铁毫不留情，竟至于很多突破人类文明底线的暴行，竟能以合法的、冠冕堂皇的名义在光天化日之下大行其道。为了市容市貌，农民进城卖菜卖瓜摊子可以被没收甚至当场砸烂，乞丐被驱逐，流动摊贩被在危险的道路上追赶甚至当场被打死打伤打残。更有甚者，一些流浪、乞讨人员被当作垃圾扔来扔去。今年7月，就在首善之区北京，某派出所政委田秀池值班时得到指令，救助重病中的流浪女。他却非但没有伸出援手，反而将流浪女扔到荒郊野外，导致其无法得到救治而一夜暴亡。仅仅过了一个月，媒体又报道，陕西宁陕县也上演了同样的一幕：当地民政官员谌太林为迎接上级卫生检查，而将本镇一名流浪汉扔到山上，致其因饥寒交迫而亡。这样的案例，并非个案。扔掉流浪女的从犯、前警官刘洋就声称，以前遇到类似事情"都是扔掉"；陕西宁陕县一位知情人则透露，宁陕县和邻县将流浪汉彼此扔来扔去，已经成了"保留节目"。遇到这样的事情，当事责任人更多的不是忏悔，而是认为自己倒霉，不幸遭遇了死亡事件，否则啥责任都没有，因为这样做，已经成为"制度潜规则"。

中国的仇穷，有着明显的"梯度效应"，任何人都别以为自己不是穷人而可以避免成为被歧视和排斥的对象。比如改革开放之初，小摊小贩就是人们心中的英雄、政府眼里的宝贝。一旦有了上市公司，跨国企业。小摊小贩就成了被剪除的对象，甚至一些小企业也开始遭受白眼和挤兑，理由有的是，比如环境污染什么的，但殊不知，就在日前，跨国公司在中国的巨额污染名单已经排到 100 家了。

再如城市交通拥挤，拿来开刀的首先是自行车和行人，禁止摩托车和电动自行车上路，已经成为一些城市的拿手好戏。人行道越来越窄，自行车道几乎完全丧失，甚至有御用专家说交通拥挤是自行车多引起的，也不睁眼看一下一辆小汽车占去 5 至 8 倍自行车道路面积的事实。同样是有车族，小排量汽车却被限制，是因为小排量汽车太省油？太环保？当然不是！只是因为和高档车比，他的车主照样是穷人。

在中国遍地弥漫的仇恨与敌视穷人的情结里，蕴含着中国现代化的巨大陷阱，或者说是方向性错误。它不仅在人与人之间制造对立与仇恨，破坏社会的安定与和谐因子，而且直接在挖社会发展的最基础性"墙脚"，以排斥而不是容纳之心对待中下层，直接阻碍最广大的中下层向上提升，从而提升整个社会。轻则影响社会文明向上提升的进度，轻重使整个社会的经济、道德的文明水准都向下滑行，出现倒退。

假如未来中国社会会出现什么问题，原因肯定不是因为穷人仇富，而是因为制度性的仇穷使穷人没有了活路。《印度时报》今年 4 月份公布了该报进行的一项民意调查报告，报告显示，如果有来生，将近 90％的印度人还想继续做印度人，不论是印度教徒，还是穆斯林，不论是有钱人，还是没钱人，不论是高种姓，还是低种姓。尽管现在中国的人均 GDP 高于印度，然而，2006 年 9 月初一份网络调查显示，65％的人不愿意来生再做中国人，主要理由是"缺乏人的尊严"。

上世纪 70 年代初，舒马赫通过经济学的实证给了世界一个全新的发现——《小的是美好的》。30 多年后，这一哲学，已经不仅仅局限于小企业经济学，而成为一种社会模式。中国的现代化之路，惟有彻底地回到人本身，回到人的尊严、权利、自由这些起点，回到个人和家庭这个"最微小却最活跃的经济体"的权利保障上，才会真正有希望。而不管他是富人，还是穷人。

（原载《中国保险报》2007 年 9 月 10 日）

艺术性快乐：闭上眼睛

王乾荣

野史载，1851年，清道光帝死。在京洋人赫克在一茶馆，故意问一帮吃茶者将由何人继承帝位。茶客不理他，照旧谈笑品茗。赫克怒且怜其冷漠。一老茶客拍着他肩膀说："洋佬儿，你为什么要让这些无聊徒劳的推测来费我们的神呢？大臣们应该关心此事，他们拿的就是这份俸禄。我们一无所得，管啥朝政，岂不成了天下最大傻瓜？"

对呀，茶馆是供人摆龙门阵和尽情享受的地方。什么"天下兴亡匹夫有责"？彼匹夫不是此匹夫。吏治腐败，民不聊生，哪个主儿坐龙廷不如此？至于咱自个儿，眼前有茶喝有饭吃才是快乐。国家事，管他娘！也不是不"管他娘"，而是鞭长莫及，便是"有及"，咱没挣这份钱，不干。

这是聊有茶吃之人。那些连粗茶淡饭也不能果腹者，又如何？忍啊！"忍字敌灾星"，快乐自来嘛。还有，"何不食肉糜"？没饭，去吃肉糊糊吧，味道好着呢。

回到前几年，刘恒创造了一个典型"张大民"。大民在改制大潮中下岗；蜷曲在自己搭盖的小窝棚里睡觉；惶惶然推销小百货受尽歧视；在酒店卫生间战战兢兢当临时服务生被大款奚落；身为家里顶梁柱却因没本事被媳妇、弟妹瞧不起；还要在年迈的妈妈面前尽孝，作"快乐"秀——其苦难和屈辱，用得着特意说出来吗？可是尊敬的刘恒在描述了这一切之后，愣说张大民过着"幸福生活"！张大民也贫嘴道自己幸福，并以这"幸福"为乐，似乎自满自足，活得津津有味。刘恒小说名字就叫《贫嘴张大民的幸福生活》。嘿嘿，幸福！

评论家说，张大民的幸福才是真幸福，是内心之乐，"自己觉得快乐就幸福"。"张大民"们便幸福并快乐着。如此，外面的事、别人的事，就不管啦。至于大事，你若问"张大民"谁当社区代表出席人代会，他才没心思管呢，他也管不着，他没挣那份钱——抓时间在小窝棚顶上抹一把泥，安然度过豪雨季节，才是他最大的幸福和快乐。

在刘恒树立"快乐幸福榜样"之后，于丹教授又端出圣人孔夫子给咱们上"快乐课"了。孔子本是个忧天忧地忧国忧民之人。可在于丹教授看来，记录孔子言行的《论语》，"说白了，就是教给我们如何在现代生活中获取心灵快乐"。其实于丹的快乐哪是孔子的快乐？孔子至少看见那个为避"苛政"而甘愿以虎为伴的妇女，就快乐不起来。而于丹说，我们之所以不快乐，就因为"我们的眼睛看外界太多，看心灵太少"，"幸福只是一种感觉，与贫富无关"。这是为"张大民"们背书了。是啊，外面世界看多了太刺激。有人长袖善舞，上下其手，一夜之间即可将亿万民脂民膏吸入自家腹肚；有人为其呐喊掩护，说这乃是改革之必然过程和代价……无数惊天腐败和不公，多败人情绪呀！情绪坏到一定程度，难免生怨。而于丹教授坚决反对抱怨："我们常常听到有人抱怨社会不公，抱怨处世艰难。其实，与其怨天尤人，不如反躬自省。"

可还是不行。现实的猝然刺激甚至令人来不及闭门"反躬"。比如有人问了——咱俩原在一个厂上班，只是你是厂长我是工人。为什么一"改制"，你不花一分钱这厂就归于你的名下，我却落得张大民一样下场，甚至一无所有去吃"低保"呢？我不懂"哑铃型社会"和"橄榄型社会"谁坏谁好，我只是觉得少数富人非法急速暴富，暴殄天物，而多数穷人仍然挣扎在贫困线上，上不起学，吃不起药，叫人不平。对对对，这一切自有当管之人来管，作为一介良民，我不该傻傻地睁了眼看这些乌七八糟的东西，白白给自己制造痛苦，连那几个大清子民以及张大民的智慧，都没有。我须蒙上双眼去"苛责内心"，"反躬自省"，就"储备了心灵快乐的资源"，于是就幸福快乐啦。

（原载《检察日报》2007 年 9 月 21 日）

可贵的"他人意识"

张抗抗

上世纪中叶的中国式"集体主义",自从在世纪末之前,逐渐分解以及还原为对个人和个体的尊重,初步建立起个人的权益保障系统之后,"我们"——这个在计划经济时代使用频率极高的词,已被更为普遍的"我"所替代。

我喜欢说"我",也因此欣赏其他的那些"我"。如果没有"我"的确立,没有无数"我"的合作,"我们"必定是空洞、脆弱、空心化以至于不堪一击的。

然而,在"我"和"我们"之间,是以"他人"作为连接点的。

"我"因"他人"而成为"我";"我们"因"他人"而成为"我们"。当"我们"过度地强化、放大"我",而舍弃"他人"的时候,"我"便处于四面受敌的孤立无援之中。

在我们的传统习性中,"他人"这一概念,更多情况下,只是一种被供奉的虚设牌位。我们的成语中曾有"以邻为壑"一词,可以佐证。有"只扫自家门前雪,哪管他人瓦上霜"的谚语,可以证言。即便在集体主义理想教育最为鼎盛之时,"他人"不仅未能成为国人的自觉意识,"他人"反而意味着告密、背叛、异己、危险、离间等等。这种体制下的集体主义文化,终于导致了"他人即地狱"的严酷后果。闻"他人"而心颤,近"他人"而丧胆。也许正是由于对"他人"的恐惧,"文革"之后,"我们"迅速土崩瓦解,"我"自仰天长啸——而"他人"却不得不退出公众的视线,淡化为一个可有可无的虚词,成为公民道德的模糊地带。

五十年代以来,人口的高速增长,造成生存空间的高密度化;人口压力长期形成经济发展与卫生保健的沉重负担;部分农村以及偏远地区的计划生育仍然阻力重重。"我"生我的娃，关你什么事？在人口问题上，可有"他人"的意识么？

餐馆大肆收购、杀戮、烹煮野生动物为牟取暴利；食客面不改色食用野生动物以饱"口福"或炫耀财富；官吏不惜以野生珍稀动物作为最高规格的宴席，"贿赂"上级领导为自己铺设升官晋级的阶梯——在这个破坏自然生态的"人链"中，可有"他人"的位置么？

长期以来，城市与乡村的公共卫生系统始终没有得到真正重视：办公室的脏乱差、公共场所的日常消毒防护、公共厕所的洗手设备、污水处理、生活垃圾等等。但公共卫生的管理者与被管理者的心态，却有着惊人的共识：这又不是我一个人的事情。在这些被忽略的公共卫生死角中，可有"他人"的概念？

日积月累的民众生活卫生习惯中，沉淀下多少宁死不改的恶习陋性——随地吐痰、随地大小便、随地抛弃果皮塑料袋、就餐分餐制、自助餐始终难以推行、酒后驾车、公共场所吸烟等等……"我们"的传统文化是"不患寡，患不均"——在这利益与灾祸均享均沾、"同甘共苦"的行为惯性中，可有愿为"他人"避免灾祸而自控自律的一分责任感？

我们似乎一直在无意中铺设着迎接它到来的无障碍通道。

然而，在公共领域里，"零距离"是有害的。距离便是"他人"，而"他人"即社会公德。因为在这个世界上，除了"你"和"我"之外，地球上更多存在的是陌生的"他"——他人！还有"它"——与人类共存的动物朋友们。

正是为了"我"的安全与自由，请不要再"唯我独尊"，而多些对"他人"的关爱吧。

"我"的自由是他人自由的终结。而他人的自由，最终才能成全"我"的自由。

（原载《做人与处世》2007年第11期）

没人再像我舅舅一样种庄稼了

言　子

　　至今，再也没有像我们前辈那样耕种的庄稼人了，再也难以寻找到一处纯粹的乡村了。她已经被现代工业、被现代人的贪婪、蚕食、宰割得所剩无几，最终会被那些腰缠万贯的受益者一点点吃尽。我游走的乡村，早已面临着这样的命运，她离城市不近不远，理所当然要成为官商的囊中物；我游走的乡村，是被命名了的，什么莲花寺路、圆通街、园艺路，农人的门上，是挂了门牌号的；我游走的乡村，不久将是一条条街道，车水马龙，人声鼎沸，是现代城市人的"乐园"！

　　每当游走在这样的乡村，站在将要被砍伐的松林边，我就开始遥望过去的乡村，遥望故乡的那片土地。那是一片纯粹的农耕图景。我看见我的舅舅，以及像我舅舅一样的农民，他们在那里生活、耕作了一辈子。

　　我舅舅从来没有离开过乡村，也没进城打过一天工，他走得最远的地方，就是宜宾，不是去闲逛，是挑着担子下宜宾，我们叫"下城"。那担子里，不同的季节有不同的货物，李子、红橘、鸡、鸭、鹅。卖完这些东西，舅舅从来不逛街，但他会找一家小馆子进去，坐下来，要上半斤锅贴饺、半斤猪耳朵、二两烧酒。我舅舅把空箩筐放在墙角，坐在四方桌旁，从容、自在地吃酒吃饭。这是他劳作后对自己的犒劳。那样惬意、满足、愉快。然后，他挑着空箩筐离去，走在一条蜿蜒起伏，通往"家"的石板路上。一路是满目的庄稼、竹林、树木，绝对没有现代文明的尘埃腐蚀他的双目。走到家已是黄昏，舅舅可能还要去坡上干活，或是去井边挑几担水，晚上九点多钟，一家人吃夜饭。第二天早上，又去坡上劳作。

　　农闲时，舅舅喜欢赶场。赶场那地方，巴掌那么大一点，舅舅上了街一头扎进小酒馆，几个酒友，坐在酒馆里喝茶吃酒，散场了再回去。除了谈农事，谈社会，淡当下的一些现象，他们一边吃酒，一边淡论古人，那都是古书上写着的。没有尽兴，舅舅把朋友带回家，舅母就忙着做下酒菜，两个人坐在敞亮的堂屋，谁也不会干扰他们，四周是水田，是覆盖着绿色的庄稼，场坝前是一片葱绿的竹林，一切都是那样的宁静、安然。直到夜晚，醉酒，他们才从凳子上下来。第二天酒醒，舅舅的朋友踩着露水回家，舅舅也踩着露水上坡干农活。

天气好的黄昏，舅舅还喜欢坐在场坝上读读古书。线装书，发黄，竖排，不知是哪个时代出版的。实在没有事干，他就去坡上到田间转转，看看庄稼和水田，他的心里就很舒服。我舅舅其实是一个诗意的农民，不但庄稼种得好，还会享受大自然带给他的乐趣。他一辈子在土地上耕种，生活得不富裕，但很满足。

这一切，似乎都成为了历史，舅舅的两个儿子，安详、安富，年年进城打工，春节才回家几天，他们用在异乡奔波来的钱，把我外公、外婆、舅舅、舅母留下的一座木质青瓦房，变成了一座四四方方的水泥房子。他们，再也不能像他的父辈一样种庄稼，不能像他的父辈一样享受悠然的乡村生活了。两个表哥打工赚来的钱比他父亲种庄稼赚来的多得多，但他们的一生，绝对没有舅舅生活得好，也没有享受过舅舅那样的乡村生活。尽管他们，也都是农民。

没有人再像我舅舅一样种庄稼了！

卢梭说："农业是人类的第一职业：最有价值，最有用，也最高贵。"我们是从来不把农业当作职业的，更不要说它是第一职业。最有价值，最有用，也最高贵的农业，是一代又一代庄稼人在经营、耕作，而农民在我们国家，是贫穷者、低贱者。他们养育了整个人类，却没有人仰望过他们，有时连起码的尊重都得不到。他们付出的，实在是太多！

养育我们人类的，不是城市，而是正在被宰割的乡村。

（原载《羊城晚报》2007年12月4日）

母　亲
莫　言

我出生于山东省高密县一个偏僻落后的乡村。五岁的时候，正是中国历史上一段艰难的岁月。生活留给我最初的记忆是母亲坐在一棵白花盛开的梨树下，用一根洗衣用的紫红色棒槌，在一块白色的石头上捶打野菜的情景。那棒槌敲打野菜发出的声音，沉闷而潮湿，让我的心感到一阵阵地紧缩。

这是一个有声音、有颜色、有气味的画面，是我人生记忆的起点，也是我文学道路的起点。我用耳朵、鼻子、眼睛、身体来把握生活，感受事物。这种感受生活和记忆事物的方式，在某种程度上决定了我小说的面貌和特质。这个记忆的画面中更让我难以忘却的是，愁容满面的母亲，在辛苦地劳作时，嘴里竟然哼唱着一支小曲！当时，在我们这个人口众多的大家庭中，劳作最辛苦的是母亲，饥饿最严重的也是母亲。她一边捶打野菜一边哭泣才符合常理，但她不是哭泣而是歌唱，这一细节，直到今天，我也不能很好地理解它所包含的意义。

母亲一生中遭受的苦难，真是难以尽述。战争、饥饿、疾病，在那样的苦难中，是什么样的力量支撑她活下来，是什么样的力量使她在饥肠辘辘、疾病缠身时还能歌唱？我在母亲生前，一直想跟她谈谈这个问题，但每次我都感到没有资格向母亲提问。有一段时间，村子里连续有几个女人自杀，我莫名其妙地感到了一种巨大的恐惧。那时候我们家正处于最艰难的时刻，父亲被人诬陷，家里存粮无多，母亲旧病复发，无钱医治。我总是担心母亲也走上自寻短见的绝路。每当我下工归来时，一进门就要大声喊叫，只有听到母亲的回答时，才感到心中一块石头落了地。有一次下工回来已是傍晚，母亲没有回答我的呼喊，我急忙跑到牛栏、磨房、厕所里去寻找，都没有母亲的踪影。我感到最可怕的事情发生了，不由地大声哭起来。这时，母亲从外边走了进来，追问我为什么哭。我含糊其辞，母亲理解了我的意思，她对我说："孩子，放心吧，阎王爷不叫我，我是不会去的！"

母亲的话虽然腔调不高，但使我陡然获得了一种安全感和对于未来的希望。这是一个母亲对她忧心忡忡的儿子做出的庄严承诺。活下去，无论多么艰难也要活下去！现在，尽管母亲已经被阎王爷叫去了，但母亲这句话里所包含着的面对苦难挣扎着活下去的勇气，将永远伴随着我，激励着我。

我曾经从电视上看到过一个让我终生难忘的画面：以色列重炮轰击贝鲁特后，滚滚的硝烟尚未散去，一个面容憔悴身上粘满泥土的老太太便从屋子里搬出一个小箱子，箱子里盛着几根碧绿的黄瓜和几根碧绿的芹菜。她站在路边叫卖蔬菜，当记者把摄像机对准她时，她高高地举起拳头，嗓音嘶哑但异常坚定地说："我们世世代代生活在这块土地上，即使吃这里的沙土，我们也能活下去！"

老太太的话让我感到惊心动魄，女人、母亲、土地、生命，这些伟大的概念在我脑海中翻腾着，使我感到了一种不可消灭的精神力量，这种即使吃着沙土也要活下去的信念，正是人类历尽劫难而生生不息的根本保证。这种对生命的珍惜和尊重，也正是文学的灵魂。

在那些饥饿的岁月里，我看到了许多因为饥饿而丧失了人格尊严的情景，譬如为了得到一块豆饼，一群孩子围着村里的粮食保管员学狗叫。保管员说："谁学得最像，豆饼就赏赐给谁。"当年，我也是那些学狗叫的孩子中的一个。大家都学得很像。保管员便把那块豆饼远远地掷了出去，孩子们蜂拥而上争相抢夺。这情景被我父亲看在眼里。回家后，父亲和爷爷严厉地批评了我，爷爷对我说："嘴巴就是一个过道，无论是山珍海味，还是草根树皮，吃到肚子里都是一样的，何必为了一块豆饼而学狗叫呢？人应该有骨气！"他们的话，当时并不能说服我，因为我知道山珍海味和草根树皮吃到肚子里并不一样！但我也感到了他们的话里有一种尊严，这是人的尊严,也是人的风度。人,不能像狗一样活着。

我的母亲教育我,人要忍受苦难,不屈不挠地活下去;我的父亲和爷爷又教育我人要有尊严地活着。他们的教育,尽管我当时并不能很好地理解,但也使我获得了一种面临重大事件时做出判断的价值标准。

饥饿的岁月使我体验和洞察了人性的复杂和单纯,使我认识到了人性的最低标准,使我看透了人本质的某些方面,许多年后,当我拿起笔来写作的时候,这些体验,成了我的宝贵资源,我的小说里之所以有那么多严酷现实的描写和对人性黑暗毫不留情的剖析,是与过去的生活经验密不可分的。当然,在揭示社会黑暗和剖析人性残忍时,我也没有忘记人性中高贵的有尊严的一面,因为我的父母、祖父母和许多像他们一样的人,为我树立了光辉的榜样。这些普通人身上的宝贵品质,是一个民族能够在苦难中不堕落的根本保障。

(原载《人民日报》2008年1月14日)

腐 治
徐迅雷

法治。人治。腐治。"腐治"是什么？这是我对一种"治理方式"的概括。

难得见到时政类深度调查做得这么深入通透的。这是《瞭望东方周刊》在2008年开年不久送给读者的《临汾之殇》，原报道一万多字。临汾，这个煤矿丰富之地，矿难也不断，与矿难伴随的是腐败事件不断。临汾正在成为一些官员的"滑铁卢"。去年，宣传部长王月喜落马，涉案金额逾三百万元；接着副市长苗元礼被"双规"，坊间传言他与他的多名情妇收受贿赂七千万之巨，五十多个煤老板被纪委传唤。

坊间流传的一个细节是，苗元礼的办公桌上经常会放一叠报纸，找他办事的人看报纸有多厚，就要放多厚的钱，苗的受贿路径早已不是秘密，重权在握的他，不仅掌握着一个煤矿的生杀大权，而且大笔一挥。就可以让煤老板少交数百万元甚至上千万元的资源费。

到这里为止，故事还是"寻常"的，无非是钱权交易的腐败。问题是，与"反腐败"能够深入一样，腐败也是会"深入"下去的。腐败"深入"之后，会成为什么情形？在一些地方、一些行业已经表现出来了，那就是腐败与管治的结合，变成了"腐治"——即腐败治理，已经腐败腐化的官员，将腐败化作治理的行为。

法治是世界通用的价值体系，已经被实践证明是最有效的；人治是专制体制的价值体系，也已被实践证明是非公平、低效率的。法治与人治是两种完全对立的价值体系。而腐治通常是人治长期积累的后果。人治是"治者"个人可以获取寻租机会，谋取个人最大利益；而腐治则是腐败中的人把腐败与治理紧密地结合在一起，实施于整个管治过程之中；腐治是腐败对执政的侵蚀，是用腐败进行行政管治，是腐败对政务的具体渗透。

在临汾，这种腐治的形态已纤毫毕现。一个煤矿要正常生产，按规定得"六证"齐全，这"六证"分属六个省级主管部门，每个证每年都要年检一次，常常是一个证刚办下来，另一个证又过期了；政府职能部门动不动就让煤矿停产，而每次停产时间越长，其瓦斯聚集、塌方等安全隐患就越多，所以临汾的矿难几乎没有停过，仅2007年至2008年初，就相继发生四次大矿难，分别造成二十六人、二十八人、一百零五人、二十人死亡。临汾市公安局为了盖新办公楼，逾亿元的建设资金几乎全部来自于对煤老板的各种罚款，甚至连户政民警都有罚款任务，直到有一天在公安局家属院突然出现一个炸药包后，这种行为才有所收敛。临汾辖下的洪洞县，"黑砖窑事件"的最初暴发地广胜寺镇派出所所长刘林忠，名下有数亿元的存款，因为他个人在洪洞县境内有煤矿，而且曾向苗元礼行贿两百万元。《瞭望东方周刊》记者还获得一份举报材料称，临汾市现任或原任的市级领导里，其子女在公检法等要害部门担任领导职务的不下二十个，仅担任各区县公安局局长的就有五六个，"大多是二十多岁就当上公安局长"，这应验了"权力的渗透，首先是人马的渗透"的实践经验……

播下的是龙种，收获的是跳蚤。权贵的苟合，带来的是政治、经济和社会生态的畸变。在临汾的土门镇，曾发生一起十分可笑之事：当地村民致富的捷径，就是用机动三轮车运输没有任何手续的黑煤，当地媒体报道后，交警查扣了部分三轮车，而村民也组织起来，对过往运煤的黑车进行拦扣，他们心里清楚，这些黑车的幕后主人就是交警队的人。果不其然，交警最后放了村民们的三轮车，双方从此互不干涉——相互容忍"黑煤"。黑煤、黑砖窑、窑奴、大矿难、官煤勾结、权钱联姻……这些元素并列在一起，就构成了腐治形态中的"临汾面孔"。难怪临汾一度成为世界上污染最严重的城市，而临汾的煤矿问题，"和它的天空一样，沉疴已久，积重难返"。

腐治中的腐败，已不仅仅是个人贪腐的一个结果，而是腐败已经反作用于执政系统。这种反作用力是潜移默化形成的，顽固而强大。它的到来不知不觉，它的渗透无声无形。这需要我们的高度警惕。此前，腐治的行业性反映已经时有表现。最典型的是国家药监局前局长郑筱萸一案。不仅郑筱萸的左膀右臂也将贪腐融入药品监督管理之中，而且他一家三口还将药品监管弄成了"家庭作坊"。腐治曾在收容遣送领域也有充分表现，如今一些地方的城管领域也有步其后尘的趋势。腐治必定导致决策失序、监管失策，带来的不是和谐社会，而是恶性循环、暴力不断。

权力与利益的基本趋势是：所有的权力都要固化已有的权力，所有的利益都要固化已有的利益。在"腐治"的环境里，腐治者一直以为他代表的是组织，他总是以为，自己即使是大吃大喝，那也是在为人民辛苦工作。在腐治环境下，"官本位"将逐步让位于"腐本位"。对"官本位"的趋之若鹜，其本质就是对"腐本位"的趋之若鹜。临汾市委书记王国正曾在一次大会上公开称，"有些同志找我安排子女工作，不考虑所学专业是否对口，只想去煤炭局、国土资源局，说那里实惠。什么实惠？无非是想吃拿卡要！"

权力与金钱最喜欢搂抱在一起跳双人贴面舞。谁都知道，已成遥远过去的"贴面舞"，在黑灯瞎火或灯光昏暗中才跳得欢。而权钱"贴面舞"必定是在"暗箱"中进行的，如果在大太阳底下跳起"贴面舞"，恐怕是被称为疯子的。在此情形下，金钱必然成为临汾当地腐治生态迷乱的催化剂。各种煤老板在暴富之后，为了寻求更大的安全感，开始对"政治"表现出极大的参与热情，"金钱"于是就成了"开路先锋"，每个煤老板背后都会有几个要好的官员，而"摆平"这些官员就是靠钱。有位煤老板为了显示他的能量，带着记者来到某政府小区，然后打电话给当地的一位官员，以命令的口吻让他马上下楼来见他。当时已经晚上十一点多，这位官员身着睡衣来到楼下，煤老板又告诉他，没事了，你可以上楼了，这位官员听罢，又屁颠颠地离开了……这是多么真切、多么悲哀的情形！

不久前一份调查显示，在老百姓心目中，部分党员干部不再是"人民公仆"而是"特权阶层"。正因为腐治是腐败本身对治理领域的渗透，所以在腐治体系中，"威权"的力量通常会迅速消解，很快就丧失过半；腐治者上级和下级之间，必然离心离力，也就是说，下级会越来越不听上级的话。这样，如何惩治"腐治"就会成为一个难题。

　　百姓坏坏一个，吏治坏坏一片。要想走出"资源诅咒"，必先走出"腐治诅咒"。腐治如何终结，这是一个严峻的问题。摒弃腐治，摆脱人治，走向法治，是我们的必由之路。终结腐治光凭"治腐"是不够的。因为仅仅拿"治腐"来治理"腐治"，已经不是拿长矛向风车开战了，而是拿着长矛向群山开战。

（原载《中国经济时报》2008年2月22日）

八戒的荣光

骆玉明

猪八戒如今是个时髦人物，人们拿他编电影、编电视剧、编动画片，热闹非凡。还听说某大学教中文的先生在女学生中做问卷调查，题目是：如果在取经队伍的四人中择一而嫁，你选谁？结果是八戒以绝对领先的高票当选。要说今日风头之健，这个取经时整天被人骂作"呆子"、"夯货"的猪八戒恐怕早已超过了孙悟空。

一个重要的艺术形象在文学史上诞生，必然有时代文化的理由，而他的再度走红，也依然有相似的原因。八戒能够在今天博取如此的光荣，是凭借了何种优异的素质呢？这值得作些探究。

孙悟空大闹天宫赫赫有名，其实猪八戒也曾大闹天宫。他做天蓬元帅时，在天宫里借酒追求（或谓调戏）嫦娥，因小仙女不肯依从，"色胆如天叫似雷，险些震倒天关阀"，场面不能说不雄壮——由此他成为了猪。

到了凡间的王廷他仍然要闹。第九十四回在天竺国拜见国王，唐僧教他收敛些，八戒偏要扬威；见国王嫌他粗俗，他更是呆性发作，只管大呼小叫，还讽刺指使悟空责打他的唐僧："好贵人！好驸马！亲还未成，就行起王法来了！"骨子里猪八戒是具有反抗性的，对一切戒律和权威皆无虔诚的敬意。但是和悟空不同，八戒并不一味地逞英雄。他教导孙悟空：识时务者为俊杰，又自称："老猪学得乌龟法，得缩头时且缩头。"这是八戒为人的基本原则。人是有限的，人不可能成为英雄，纵然心向自由，意存骄傲，却更要懂得避害远祸、委曲求全之理，这是八戒留给今人的重要启示吧。

八戒的另一种重要特色是对失败和挫辱持淡泊的态度，因而始终能够乐观地活在世上。还拿嫦娥的事儿作例子，八戒由天神变为凡间的猪，又不得不辛辛苦苦地踏上取经之路，都是因她而起。但当嫦娥下凡帮唐僧诸人收玉兔时，八戒见了她既不恼怒也不羞愧，反而情不自禁地跳在空中，抱住嫦娥自称"我与你是旧相识"，建议要和她"耍子儿去耶"。受到惩罚的性骚扰行为怎么被说成是老交情了呢？八戒不管这个。你想他本领不大，毛病很多，若是心灵总是很敏感，不早就投河上吊了？厚颜无耻而兴高采烈，乃是有八戒特色的精神风貌，也成为许多人学习的榜样。

　　唐僧取经，在他本人看无疑是一场伟大的远征。上为了完成君王的宏愿，下为了救助处于困惑与苦难中的人民，其意义可谓神圣。但八戒虽然在行动上参与了这场远征，却从来没有真正认可唐僧所指认的意义。英雄主义、理想主义，这些令一般人激动的东西在八戒眼里是荒谬的，远不如一堆馒头来得可靠。八戒用粗俗和浅薄消解了崇高，据说颇具有"后现代主义"的精神，其实这话反过来说才通顺：今人那些个玄妙的"主义"，不过是粗俗的猪八戒精神罢了。

　　生活已经被那些虚伪无聊的唐僧们毁坏了，你又不能不过它，怎样才不至于难以忍受呢？盘丝洞的故事值得细读。孙悟空发现七个女妖精在濯垢泉洗澡，打死她们吧怕被人疑心，"低了名头"，把这不太名誉的工作交代给八戒去完成。八戒则完全不在乎，"抖擞精神，欢天喜地"就去了。但他并不急着打妖怪，而是先同她们调笑一阵，一会儿又变做一条鲇鱼精，在七个女妖精的腿裆里乱钻。妖精总归要打死的，她们那么漂亮，打死之前占点便宜又不亏了谁，这便是八戒内心的念头。只要既无太大危险，又不构成大奸大恶，八戒就能从眼前找乐子，从而提高自己的生活质量。你也许认为这种念头里深埋着人性之恶，但八戒不这么看。

　　人们为什么喜欢猪八戒？也许有别的理由吧，不过我想他的人生态度、生活方式是首要的。还是十多年前去温州，同一群年轻的政、商界朋友喝酒，说起猪八戒，有一位感慨说：如今的人都快成为猪八戒了。十余年后八戒愈发走红，我们和他同样喜气洋洋。

（原载《瞭望东方周刊》2008年3月27日）

坏的制度比坏的国王更坏

鄢烈山

这个判断的出处且按下不表,显然它与不丹主动弃位、推行议会民主制的老国王辛格的那名句言"好的制度比好的国王更重要"是相关联的。

不丹老国王辛格正当威望如日中天之时,决定在不丹推行宪政。2002年他提议修改宪法,在接受记者采访时说:"根据血统而不是能力选择一个国家的领导人是不明智的,不丹不能拥有一个与南亚区域合作联盟盛行体制不同的政治体制。"对前一点他的一个大臣说得更明白:"国王贤明固然是国民之幸,如果遇到一个坏国王呢?"

说"好的制度比好的国王更重要",在当今世界上,虽然还没有成为普遍共识,还有国家理直气壮坚持世袭君主制,还有人一直崇信"铁腕人物"治国效率更高,但它毕竟已成了主流观念,本文不拟论证之。我们来看看"制度"与"国王"(掌权者)的关系。

制度与国王的组合无非四种。"好制度"与"好国王",当然是最理想的。但现代社会所谓的"好制度"必是立宪限制国王权力的制度,所谓"好国王"与专制制度下一言九鼎的国王的作用已不可同日而语,不过是国家的形象与威仪罢了;因此,"好制度"与"坏国王"的组合也没有什么大不了的,"就之而不畏",无非让世人觉得这个国王"望之不似人君",要求王室换马而已。

剩下的两种组合就是"坏制度"与"好国王","坏制度"与"坏国王"。现代人所谓的"坏制度"当然是专制制度,却不仅指奴隶主专制、君主专制,还有寡头专制、军阀专制、官僚专制等。坏制度之下而有"好国王",这就是五千年来中国老百姓梦想的仁君、明主,比如电视剧《雍正王朝》里那个为国为民操劳的好皇帝。中国历史是不是有,今天的中国需要不需要编导们向我们推销好皇帝,本文不想浪费篇幅了。

这里只想讲最坏的一种组合即"坏制度"与"坏国王",两坏之中谁更坏?

本文标题给出的这个判断,是孟德斯鸠在《罗马盛衰原因论》一书讲的。他写道:"对国家来说,一个国王的暴政的害处比起不关心公共利益对一个共和国的害处还要小些。"施行暴政的国王当然是"坏国王";而一个不关心公共利益的共和国,它所实行的制度当然是"坏制度"。不过,这里说的"制度"是广义的制度,显非专指君主专制,而包括共和国的权力组织制度和运作机制,举凡公权力不是执政为公,忽视了公共利益而为少数人所用,就是坏制度。他接着写道:"一个自由的国家的优点是它的收入分配得比较好,但如果分配得较差的时候,则自由的国家的优点是它根本没有宠臣;但是当事情不是如此,不是(只)使国王的朋友和双亲(即宠臣)发财,而是使参加政府的一切人的朋友和双亲发财的时候,那么一切便都垮台了"。说简明点,就是凡是享有公权的人及其亲朋都有发财的制度,就是要垮台的坏制度。

孟德斯鸠这番话所依据的西方的经验事实我不清楚,但考诸传统中国的历史,不能不承认他概括得有道理。明太祖是最要人守法的,反贪赃枉法严厉得很,他并不认为这与自己搞三宫六院以及将他的皇子皇孙分封到全国各地圈地为王有什么矛盾。如果只是朱元璋及其子孙食用民脂民膏,明朝肯定垮不了。问题是,那种国家政治制度必然导致"参加政府的一切人的朋友和双亲"都要借权发财,这样的违法乱纪终于导致大明的"国势如溃瓜,手一触即烂;民心如实炮,捻一点便燃"。

其实,关于制度更带有根本性、全局性、稳定性、长期性,邓小平已有论述,见《邓小平文选》第二卷第三百三十三页,做起来不太容易,但记下来并不难。温家宝同志在今年的"两会"期间,特别讲到要让人民的钱用在为人民谋福利上,当然不是无的放矢。

(原载《羊城晚报》2008 年 4 月 10 日)

五十年后的证明

屈超耘

上个世纪五十年代初期和中期,当北京市大规模地拆除古城墙、城门、牌坊、牌楼时,身为市城市建设委员会副主任的梁思成先生,在多次劝阻、反对无效的情况下,充满一腔悲愤,对北京市委书记兼市长彭真同志说:"五十年后将证明我是对的。"

这句虽掷地有声却无可奈何的话,从讲出口之时就在接受着时间——这位公平的裁判师的检验。

梁先生是对新中国城市建设做出了突出贡献的人物。他最值得被后人称道的有两件事:一是主持中华人民共和国国徽、人民英雄纪念碑和扬州鉴真和尚纪念堂的设计;二是他对北京古城保护所提的意见方案。前一件,有国徽、纪念碑和鉴真纪念堂在,不需再作介绍;而后一件,因为历史尘封太久,并不为广大群众熟知。据不久前出版的《城记》一书记载,1950年2月,梁先生和另一位亦是文物保护专家的陈占祥先生,共同署名写的《关于中央人民政府行政中心区位置的建议》,上呈国家高层领导。内容是:为了从整体上保护北京古城,在月坛以西、公主坟以东,建设一个全新的中央行政区。而对老城则按照历史遗留下来的样子,悉数予以保留。

应该说,梁先生(当然还有陈先生)的这份建议,既大胆、缜密,且极富发展和前瞻性。如果他的意见被采纳,那么今天的北京老城,将是古色古香,金碧辉煌,散发出中国传统文化的芳香和气韵;新城则高楼林立,道路宽敞,流金溢彩,呈现出现代大都会的雄伟气魄。新老两城比肩而立,交相辉映,表现出既截然不同而又浑然一体的东方文明画卷。这时我们迎接奥运,展现的将是多么漂亮、举世无双的北京啊!

然而,遗憾的是,梁先生的建议并没有被采纳,且随后又引发了一连串的斗争，不但古城墙、城门和大部分的牌楼、牌坊被相继拆除，他本人亦遭到严厉的批判，说他发思古之幽情，推行封建主义的建筑思想，从而为他的人生涂上了一笔重重的悲剧色彩。

作为一个爱国知识分子，看到大批的古代建筑遭到破坏，便不顾一切地予以劝阻、反对，这可说是梁思成被后人称道的第三件事。他最后只好利用自己的职务身份进行抗争。他先是和自己私交甚好的老朋友、明史专家、时任北京市主管文化的副市长吴晗红了脸，斥责吴目光短浅，说到激动处竟热泪长流；其夫人、著名作家、建筑学家林徽因，更是当着周总理的面，说吴晗是千古罪人。当一切都无效时，他这才不惜找到北京市委书记兼市长彭真，声泪俱下地说了本文开始所引的话："五十年后将证明我是对的。"

为什么梁思成会径直去找彭真呢？原来他把问题看简单了，天真地认为事情全怪吴晗，这才和老朋友红脸、争吵。后来，见事态的发展一天比一天严重，才最后想到找北京市委书记彭真。其实他并不知道，对古城的大拆，并不单是彭真、吴晗们的意愿，这从几年后连故宫这样的建筑几乎都被拆便可证明。现在我们知道，后来，多亏陆定一的"冒死进谏"，毛泽东才没有坚持拆故宫（2006年12月3日《新民晚报》陆德先生文）。当年毛泽东是把同不同意拆故宫，作为政治态度来看的。而梁先生阻拦拆除北京古建筑没能达到目的，无疑是一个时代的悲剧。花开花谢，潮涨潮落。一眨眼，五十年的时间匆匆过去。五十年后的今天，当我们回忆他当年讲的话时，不得不对他的远见卓识表示钦佩。历史证明了他是对的。当然，我们今天回顾他说的那句话，不只是为了理旧账，更是为了记取教训，放眼未来。于是，我想用《战国策》中的"见兔而顾犬，未为晚也；亡羊而补牢，未为迟也"来结束本文。只有这样，我们才能对得起梁思成那样的先贤，也才能把今后的文物保护工作做得更好。

（原载《文汇报》2008年4月23日）

季节性无人区

许 斌

姑姑和姑父都五十好几岁了，刚刚在乡间修了两栋小楼，每栋约二百平方米。在农村，修房子的成本不高，自己也参与施工能节约点儿工钱，加上用一些拆老屋的旧材料，修这样两栋房子，共花费十三万元左右。饶是如此，也倾尽了自己与儿子们的积蓄，还背了很多债。

房子修好后就锁起来，因为房子是修给她两个儿子的，用以弥补大儿子与儿媳间的矛盾，用以使已经大龄的小儿子在以后找对象时显得体面。两个儿子以及儿媳都在广东打工，几年才回来一次，住一个月左右。所以修好的房子，只能空锁。老两口在楼房后搭了两间小房子，带着四岁大的孙子一起住。小孩长得特别像他爸爸，但他有一年半没见过爸爸妈妈了。

这是目下中国农村特别普遍的一种生存状态。走在乡间小路上，路边的房子一年比一年漂亮，楼房比例很高，三层乃至四层的都有，但门里走出来的，多是半大的孩子与渐渐衰老的爷爷奶奶。孩子慢慢在长大，老人的白头发正越来越多。好多人家常年空锁着，锁过了春秋，锁过了冬夏。

这样一种景象，绝非传统的中国农村特有，而已经蔓延至集镇、县城。这些地方，正在慢慢变成中国的"季节性无人区"，在由越来越多更加漂亮的建筑物组成的村落里，一年中的绝大部分时间都人烟稀少，看不见中坚的一代，缺少生气。

中坚的一代正辗转谋生于千里万里之外，他们本应该在那里建起自己新的家，一个不大的地方，未必能装修得精致却已经让他们自己觉得惬意，可以守护着自己的孩子慢慢长大。然而现实对他们之中的绝大部分人来说都是残酷的，他们辛苦劳动之所得，未必买得起这里巴掌大的一块地方，他们，以及他们的孩子被排除在区域性社会保障系统之外，彻底断绝了在这里建起自己新家的梦想。

没有真正属于自己的家,不意味着他们不需要有个暂时能寄居的地方,也许在工棚里,也许在某个城市边缘的院子里,也许在某个小区的群租屋里,他们聚居的这些地方,循惯例,应该称之为贫民区。尽管我并不太愿意使用这个词。

这两天,一些媒体上进行着关于是否需要在一些城市建贫民区的讨论。讨论决定不了贫民区的有无,因为弱势群体——如果我们还不会因为他们往往持外地户籍就不承认他们存在的话——总需要能暂时寄居的地方。无论进不进入主流表达体系,多数城市的居民都可以告诉你,在这座城市哪些角落形成了事实上的贫民区。

卑微地挣扎在陌生的地方,一边将辛苦劳动之所得抛置于遥远的故乡,集数代人之力营造遥远的家,用于慰藉内心深处对属于自己的家的渴望,却几乎不可能真正用于居住。一片片"季节性无人区"就这样形成、蔓延着。

站在姑姑家的两栋小楼前,我暗暗叹息,却不忍明说,不忍击碎她内心深处的渴望,她的两个儿子,还要在千里万里之外辗转谋生二十至三十年,而农村的小楼房,使用寿命就四十来年,等儿子们再也迈不开漂泊的步伐,房子又快到了拆除重修的时候。那时,现在才四岁大的孙子,可能也漂泊于千里万里之外很久了。

我知道有官员自豪地说在自己管辖的城市里永远不会有贫民区,他的目光,不会停留在一片片"季节性无人区"边,看不到空屋主人在千里万里之外的艰辛,感觉不到"季节性无人区"里孩子们失落的心。

(原载《中国经济时报》2008年4月25日)

谁来骑驴？

钟治德

在中国的酱缸文化和鱼缸文化里，酱着和养着一种心态，那就是从大流知足常乐。这种文化心态，与水往低处流人往高处走构成一个悖论。有了星星，就不敢说想抱太阳；于是我们就缺少这样的豪迈："给我一根杠杆，我能把地球撬起来！"我们最多的是卢梭告诫的践行："人啊，把你的生活限制于你的能力，你就不会再痛苦了。"

酱和养，往往造出同样的结果，这就是中国传统文化心态教会我们转移和平衡"痛点"。这个话题，有个故事可以说明。一老太太，天晴也忧，天雨也忧。原来她有两个女儿，一个卖雨伞，一个卖冰棍。晴天大女儿生意不开张，雨天二女儿冰棍无人买。两股麻线拉着两个"痛点"，老太太自然全天候地忧愁抹老泪。一天，她终于遇见一位智慧人物，如此点化："晴天你就为二女儿高兴，冰棍畅销；雨天你就为大女儿高兴，雨伞好卖。"老太太大悟，从此乐开了花儿。

故事里的智慧人物，代表中国文化颇有特色的流派，那就是糊涂学，其特征是不出常轨，自己摩挲心窝自我安慰，哲理就在自己身上发现，"痛点"就会莫名其妙地转移以至消失。中国文化药有妙方，治心病首先开一副糊涂散，以知足常乐牌素净白纸为包装，使用道家无为炉，用儒家中庸药引，加一瓢理学家沉静水，南风不用蒲葵扇，任细火慢熬，熬成后浓浓热热地服用几次，包你望峰息心，平和舒泰。

有一则西方寓言，在中国的酱缸和鱼缸文化背景里，找到了自己的家。一个老头和一个小孩用一匹驴子运送货物去赶集。货脱手了，归途中，小孩骑在驴背上，老头跟着走。路人见了，一齐指责小孩不懂事，让老年人徒步。孩子急忙下来，让老头骑上。路人又指责，都说老年人怎么这样忍心,自己骑驴,让小孩子走路。老头听了,把小孩抱上来一起骑。骑过一段,路人指责说太残酷,驴子会被压死。两人只好都下来,可是路人讥笑他们,一对白痴,有驴不骑。老头没辙了,只好对孩子说:"我们抬着驴子走吧!"

谁来骑驴?这是中国传统文化心理解决不了的问题。你骑上去,高人一头,麻烦就来了。苏东坡哼着低沉的调子,感叹高处不胜寒。曾国藩这位能人,对儿女反复叮咛,不要挂相国府邸的牌子。说白了,是不敢名正言顺地骑驴,糊糊涂涂中,用尽吃奶的力抬驴走路,是最好的选择。抬驴行动,值得肯定,有二十四字准则来标榜:木秀于林,风必摧之;堆出于岸,流必湍之;行高于人,众必非之。

在这种背景里,"大一统"的思想,无疑只有御封了。于是孔丘先生作古多年后发迹了,连孙子弟子的再传弟子孟轲也沾光,坐了"亚圣"这把交椅。如果有驴就骑,亚圣这枚勋章,中国的文化人是倾向于嘉奖给庄子的。圣人画下一个圈,圈内的才能骑驴,圈外的只有走路。这里来点对比。李闯王进了北京,寻着崇祯皇帝的尸体,盛以柳棺,放在东华门,任人祭奠,但还是被判为流贼行径。周武王灭商,找到自杀后的纣王,对着尸体连射三箭,取黄钺把头像切冬瓜一样砍下,悬挂在太白旗上示众。武王爷儿俩,曾在纣王名下做过臣子,这番举动,其实不如李自成,但是却是圣人的标本。可见御封就是绕了铁丝再绕钢丝,捆了手脚,绑了思想,让你乱动不得乱想不得。

打破这种束缚,才能解决谁来骑驴的问题。科学思想取决于人,创新精神应该理解为自由精神。思维无禁区,没有路人口含天宪地指责匡正,哪个骑驴出于实际,人的思维才能自由翱翔,如脱缰的野马奔驰于无边的草原。中国传统酱缸和鱼缸,惯于以单向思维模式看世界,为我所用片面夸大为全体。剪断铁丝与钢丝的束缚,民族复兴才不会是一句口号。否则,我们只有跟着老祖宗走,跟着人家的屁股跑。

(原载《重庆杂文》2008 年 4 月号)

苍苍烝民与国家观念

陈丹青

比尔，老邻居，来自中部小镇，在纽约华尔街股票行干一辈子，退休，丧偶，独居，满墙挂着他与太太游历欧洲的照片："美啊！威尼斯、佛罗伦萨、拿坡里……亚洲可没去过，但我哥哥去过的！"于是他说出以下的故事：

"我哥哥汤米，1944年当兵，派去太平洋战场和日本人打仗，一个月后接到阵亡通知书。爸爸妈妈哭了两个礼拜，我气疯了，对爸爸说，我要用机关枪打死所有亚洲人！"他大笑，同时瞪圆苍白的蓝眼珠，做出猛烈扫射的动作。我问他当时多大，他说上初中。接着，他就正色学他爸爸严肃的表情："'NO、NO、NO！听着，比尔，你哥哥被日本人打死了，但你要知道，汤米在亚洲也打死过人家的儿子！'"

我常在美国遭遇这种"对等"的思路——譬如初到美国与人交谈："对不起，我英语很差。"对方一定说："不，我希望我会说中文。"——比尔和汤米的故事很简单：国家观念、敌我观念，还有，"人"的观念。四川老诗人流沙河曾走访南洋一处美军官兵大坟墓，成片墓碑望不到边。其中或许埋着汤米？而汤米的爸爸痛哭过后，对活着的儿子说：你哥哥也打死过人家的儿子。

自己的骨肉，异国的敌人。本国战争死难双方又该怎样看待呢？朱学勤先生曾描述他参观美国南北战争纪念馆，双方阵亡将士一律立碑祭奠。又据说西班牙内战结束，独裁寡头佛朗哥也将胜败两军千万炮灰合葬，做成纪念碑。究竟怎样，手边没资料，还请专家指正。

不久前看《集结号》，很感动，小刚同志模拟战争真实的影像美学，在中国电影史上总算跨了一大步。故事也好，瞧那几位浑身血污的官兵临阵吼叫，彼此追问到底有没有听到集结号，我实在忍不住眼泪，同时也就想：对面敌阵蟑螂蚱蜢般一片一片给打死的性命，不但"血浓于水"，而且很可能是我军战士同乡同村的穷弟兄。《集结号》主题其实并非战争，而是追究解放后"烈士"与"失踪者"的待遇差别。蟑螂蚱蜢算什么?！别说没有任何名分，他们的累累家属此后必是人下人，长期监管，动辄受辱，弄死也活该。

"壮志饥餐胡虏肉，笑谈渴饮匈奴血"，爱国主义；"可怜无定河边骨，犹是春闺梦里人"，温情主义；《吊古战场文》描述遍地尸骨，人道主义呼之欲出了："苍苍蒸民，谁无父母？提携捧负，畏其不寿。谁无兄弟，如足如手？谁无夫妇，如宾如友？生也何恩，杀之何咎？其存其殁，家莫闻之。人或有言，将信将疑。"句句无分敌我，句句写人，虽则古昔没有"人道主义"之说，遑论"人权"。

说到人权，扯开去，斗胆说件小事：近时奥运火炬传递在欧美遭遇小恙，有位万恶的美国老太婆偏袒藏人，混在游行队伍中。我爱国华侨冲她高呼"中国万岁"。她居然敢顶嘴，只是笑眯眯："中国人万岁！人权万岁！"我无端想起死鬼汤米的老爹。事由、场合，固然不同，然而美国佬觉悟太低了：都不说国家，只念及人——"人权"为什么"万岁"？我的粗野的解释是：战争、革命、对抗、闹，反正你想弄死我，我也弄死你，但打过闹过，别忘了，你我都是人。

（原载《南方周末》2008 年 5 月 8 日）

救灾只是一个开始

毕飞宇

我的太太自幼丧父,在灾难面前,她一次又一次流泪。可是,我的太太告诉我,对于失去了父亲和母亲的孩子来说,现在还不是最为痛苦的时候。我问她,什么时候最痛苦?她说,在青春期,主要是黄昏,她会在放学的路上突然产生幻觉——爸爸回来了,就在巷口,就在电线杆子的旁边。她清清楚楚地知道这是不可能的事情,但是,她会在那里等,直到华灯初上。

多年之前,太太曾经告诉我类似的话,我听了当然很心酸。可是,当我在电视里看到那些孤儿的时候,太太的话让我欲哭无泪。我决定把我太太的话写下来,目的只有一个,我想告诉千千万万的朋友们,救灾的路真的还很长很长。

灾难来了,人家在救灾,大家在捐款,大家在献血,每一个人都激情饱满,每一个人都在做自己力所能及的事,这是必需的,可歌可泣。但我们必须清楚地知道,这只是一个开始。

我敬畏激情。可激情自有它脆弱的一面,它至刚至猛,注定了不可长久。可以长久的是什么?是理性和爱。

我想我们可以慢慢地理性起来了,理性起来做什么?重建家园。这个重建家园可不是再建"房子"那么简单。老实说,以我们现在的经济实力,再建几个县城,再建一些乡镇,再建几十所、上百所学校,难不难?难,也不难。真正困难的是,得有人爱孩子。一直在爱,永远在爱。

这个"有人"的"人"是谁?不是一个人,两个人;不是一百个人,一万个人。而是我们这些活着的人,是我们所有的幸存者。我们得为孩子提供一个更好的社会——只有好社会才能从根本上救灾,好社会才是我们重建的家园。

好社会的重要标志是每个人都敬业。我们每一个人都把我们手上的事情做好。做官的把事情办好，开车的把方向盘把好，写作的把文章写好，检验员把关口把好，建筑工人把每一块砖头砌好。人尽其才，物尽其用，这是可以做到的——这就是好社会。好社会的钢筋水泥在地震来临的时候也许还会倒塌，却不会在刹那间变成废墟。好社会一定还会有灾难，好社会的人一样有悲伤。但是，悲伤和悲伤是不一样的。好社会的悲伤里没有彻骨的遗憾，没有说不出口的苍凉，没有无处申诉的冤屈。

　　好社会的重要标志是人与人的互助。这个互助不只是危难时刻的剑胆琴心，它要家常得多，普通得多，仅仅是每个人的习惯，是日复一日的举手投足，是我们内心的储藏和必备。好社会的人在灾难来临之际即使没有一分钱的捐款也会得到人们的尊重——他（她）每天都在奉献，他（她）为这个社会已经奉献了全部。

　　好社会的重要标志是我们的每一个人都不要那么贪婪。你已经得到一百万的不义之财了，你就拿着吧，慢慢花。千万不要再想着如何再去捞一千万，一个亿。回头吧，兄弟们，姐妹们。不义之财是要不得的。尤其是那些善款，千万不能动。我们的眼里贮满了泪水，可我们的泪眼始终会盯着一些人的手。要记住，泪眼里不只有绵软的爱，也有力拔千钧的力量。

　　如果我们每一个人都意识到自己是幸存者，那么，十年以后，二十年以后，在好社会的黄昏，在某一个巷口，你会给一个迷茫的少女送去一份温和的笑容。

　　你知道会发生什么？她在心里会喊你父亲。

　　在此之前，我们惟一要做的事情就是问一问自己，我像不像一个父亲，我像不像一个母亲。

　　好社会的父亲都像一个父亲，好社会的母亲都像一个母亲。这需要时间。

　　不像也没关系。无论如何，那时候你不能是一个罪人——你必须没有发过一个孤儿的财。

（原载《文汇报》2008 年 5 月 28 日）

未必越快越好

葛剑雄

据报道，德国运输部3月27日决定放弃建造慕尼黑火车站至机场的磁悬浮列车项目，原因是项目所需成本暴涨至预算的两倍，已大大超出各方承受能力。

上一次听到德国磁悬浮的消息是列车在试验中发生倾覆事故，属于安全方面问题，而这次却纯粹是经济因素——太贵了。这条计划中的铁路全长三十七公里，现在使用城铁需要四十分钟，建成后将缩短到十分钟。问题在于，为了缩短这半个小时，估计要花三十四亿欧元。速度快当然好，但就连发达已久的德国，也得计算一下快的代价。

不过我觉得，即使不考虑成本，火车的速度也未必越快越好，还得考虑其他方面的具体条件。在欧洲乘火车旅行，经常为找不到速度慢一些的列车而伤脑筋。晚上乘火车，最理想是天亮时到达，像从莫斯科到圣彼得堡的夜间列车有好多班，连最豪华的软卧包厢车也是夜发朝至。但有些城市间距离较近，车速快后要不了几个小时，晚上登车，到达时正是后半夜。像从维也纳出发，到萨尔茨堡或林茨都是半夜。要是有速度慢些的列车，精打细算的旅客肯定更欢迎。

在国内旅行也是如此，往返京沪间的特快列车之所以受欢迎，一个重要的原因是时间安排得好——晚上在车上睡一觉，天亮正好到达。但在冬天，往往较晚到达的一班最受青睐，因为如果到早了，一般单位还没有上班，这段时间到哪里去？正因为如此，京沪间的动车组虽然又将时间缩短了，却只能在白天运行。要是也安排在晚上，不是在半夜出发，就是得在半夜到达，对绝大多数旅客来说，反而不方便。何况即使铁路方面不惜花费巨资提速，旅客买票的钱也得增加，个人和企业都会计算出行的成本。

改革开放初期流传过一句话"时间就是金钱",现在已为社会普遍接受。但同样的时间,对不同的人意味着不同的金钱,月收入以万计的人不惜花数百元省一两个小时,而刚拿到最低标准工资的人哪怕能省一天时间,也未必愿意为此多花几元钱。失业的人有的是时间,却换不到金钱。做为国有资产的"铁老大",难道不应该算算时间与金钱的比例关系吗?但是我们只见一次次高投入的提速,却没有看到过数据翔实、富有说服力的评估报告,来证明提速取得的经济效益和社会效益。

何况即使到了发达社会,也还需要慢一些的速度,所以在建成高速铁路、高速公路的同时,还保留着已属高龄的旧铁路、旧公路,满足人们观光、休闲、怀旧的需要,维持着小站之间和僻远地区的运输,有的路线和设施,甚至已成为文化遗产和旅游胜地。而在我国,在令人目眩的提速浪潮中,一条条旧线被废弃,一座座小站被关闭,甚至一些本来可以作为历史文物保存的建筑和设施也被夷为平地。

其实,不仅是交通运输的速度,就是社会各方面的速度,也未必是越快越好。

自从"多快好省"成为国家的"总路线"后,"快"经常被置于首位。因为在普天之下莫非国资的年代,省不省往往无关紧要;限于落后的基础,要"多"和"好"也不容易;只有"快"既能立竿见影,又能满足从最高领导到普通民众急于求成的心态,因而习以为常。无论什么项目、什么事,提前完成了总会受到表彰奖励,被称为伟大胜利、巨大成就。特别是在一些重大节庆前,总得提前完成什么重大项目作为献礼。甚至弄虚作假,出现先完成献礼,再返工扫尾的怪事。时至今日,还不时见到投资数十百亿的项目提前建成的报道,却极少出现因遇到意外情况或实际困难,或者原来计划不当,实事求是地延长工期的消息。是那些计划或工期本来就含有水分,还是"越快越好"的观念始终在起作用?

(原载《今晚报》2008 年 6 月 13 日)

加法和减法
——兼说大学校长怎么当

史中兴

许多干部在报告政绩时，习惯用加法：事情总是办得越多越好，场面总是搞得越大越风光，这似乎是毫无疑义的。让我意外的是，竟也有人在说政绩时，不做加法而做减法，并且公开宣告，这就不能不令人刮目相看。

中国科技大学校长朱清时在接受记者访谈时是这样说的："做校长十年，我为科大做的最大的贡献，不是做了什么，而是没有做什么。"

这"没有做什么"的什么，又是什么呢？校长说："科大没有大规模扩招。""我们也没有建新园区。当初地方要建大学城，首先就希望科大先带个头。我当初的想法就是不能让学校折腾。如果不扩招，我们的地就够了。教师们就可以在这个环境下安安静静地工作和生活。"还有就是在高校评估活动中，不打乱教学秩序，不手捧鲜花隆重迎接上级派来的专家评估组，不给评估组送礼，不请吃宴会。一句话，没有盛大的风光场面。

这些"没有"，在当前的世风下，无疑是个异数。人们关心的是，在这位校长如此这般地"没有"之后，教育质量和学校发展是不是受到了不利影响？校长说："中科大建校五十八年来，每一千个毕业的本科生中就有一个当选为中科院或工程院院士。不管你怎么评估，这个数字已说明我们的本科教学是好的。"中科大的教学和科研最近这几年一下子在国内显得比较突出，优秀的人才不断地来，"其原因就是因为免除了这些年的不少大折腾"。

实践是检验真理的惟一标准，朱校长这个减法，减去的是折腾，避免了教学秩序被打乱，把学校的发展、教育质量的提高，建立在教学秩序稳定的基础上。他说："想提高教育质量，最该做的是让学校休养生息。一定要让老师坐下来安静地看书、想问题。如果老师坐不下来，没有时间看书想问题，那你所有的东西都是虚的。"

加法和减法，本无高下之分，当加则加，当减则减，并不深奥难解。可是，在关乎政绩的问题上，人们对加法总是情有独钟，对减法则避之惟恐不速。谁愿意甘居中游甚至跟下游沾边呢。上个世纪五十年代的大跃进，粮食放卫星，有些科学院院士们也热情高万丈地加入了亩产万斤十万斤几十万斤的大合唱，当饥荒的大灾难已经降临大地，大跃进万岁的口号声依然响彻云霄。人们做加法做到了热昏的程度。加和减完全乱了套，该减时反而拼命地加，连有科学知识和理性判断力的人们也不例外。什么缘故？跟着加，伤不着自己，比较安全；如若你喊一声减，对不起，早把你当作白旗拔掉了。

历史早就翻过新的一章，可是这阵风那阵风，在我们这片土地上依然时起时息，时息时起，自然界的风有地域性，热带风暴和西伯利亚寒流也不是漫无边际。我们人间的风就不同了，"忽如一夜春风来，千树万树梨花开"。几乎所有的地方都会一哄而起，争先恐后，层层加码，不管有没有需要，具备不具备条件，扩招就都去扩招，建大学城就都去建大学城，造城市广场就都去造城市广场，要建什么纪念园就都去找一个古人名字来建园，做大做强就都去组建集团，据新华网报道，全国二百多个地级以上城市竟有一百八十三个都想建成全世界也数不上几个的"国际大都市"。风刮来，一些人把加法做到了极致。

大家都在那里跟风加码，你却闻风不动，在那里做减法，岂不变成逆潮流而动？这会招致怎样的压力，是不难想象的，压力不仅来自上面，也来自兄弟单位，如果因为减法而影响到科研项目、经费的审批，本单位的人也会怨声载道。所以没有自信、没有底气的人，是断然顶不住的。朱校长可能是一个特例，他校长做了十年，他是院士，他在加州大学、麻省理工学院、剑桥大学、牛津大学都工作过。对如何办学自是行家里手，他知道怎么做才能把学校带上发展的正途。旁人一时不理解，他可以用事实来回答。我想他不会太在乎头上的乌纱帽，校长不做了还是院士，院士不做了还是教授，教授不做了还可以写文章。没有这些条件，除了对乌纱帽有兴趣或者脱下乌纱帽别无所长，那不做加法跟着潮流跑，还能有什么别的选择！

(原载《文汇报》2008年6月23日)

针灸师何以证明"周老虎"?

周筱赟

昨日上午,陕西省政府召开的新闻发布会,确认周正龙拍摄的"华南虎照片"是"纸老虎",公安机关以涉嫌诈骗罪逮捕了周正龙。从去年10月开始,持续8个多月的"周老虎"造假争议,终于有了官方钦定的说法。

除了那两张周正龙用于造假的年画,我注意到发布会上展示了一个木质虎爪模具。而恰恰在3天前的6月27日,媒体报道北京师范大学生命科学学院的刘里远教授(其实应是副教授)提供了周正龙拍摄的老虎脚印照片,刘副教授煞有介事地解释脚印照片不可能造假,因为"照片放大后,可以看到各趾的深浅都不一样,掌垫部分也是凹凸不平的"。只要有点常识,就能想到将虎爪模具做得凹凸不平就能达到这个效果。周正龙能想到,刘副教授却想不到。

刘里远作为"挺虎派"重要人士,北师大生命科学学院给他增添了不少专业色彩。笔者好奇之下,通过学术论文数据库检索,竟发现刘里远从未发表过动物学研究论文,更不要说研究猫科动物了。1990年迄今,刘里远共发表29篇论文,几乎清一色是研究针灸的,实验方法多是针刺动物的穴位,以动物有反应证明人体经络存在,用于实验的动物是老鼠、兔子、青蛙。

去年年底,央视《新闻调查》中柴静采访专家鉴定组成员,一个是研究田鼠的、一个是研究金丝猴的,还有一个是研究鱼类的,而这次被媒体奉为华南虎专家的刘副教授,发表的论文都是《中医是宏观医学》之类,则更是匪夷所思。

在周老虎事件中,公众普遍怀疑周正龙只是一个临时演员,编剧、导演和制片人远未全部曝光。而这些动辄以专家自居的人物,在自己完全陌生的专业领域信口开河，挑战正常人的常识，又该承担什么责任？

　　周老虎这个拙劣的骗局，却引来不少所谓专家发表貌似科学的言论，科学如果沦为政治或金钱的附庸，则只能蒙受羞辱。在苏联的斯大林时代，所有人文社会科学，甚至自然科学，只是为他某句话作注释而已。李森科（T. D. Lysenko）提出在外界环境刺激下，小麦能够变成黑麦，虽然完全违背现代生物遗传学常识，但符合"从量变到质变的飞跃"的政治正确，为斯大林所赏识，把持苏联生物学界长达30余年，所有反对者遭到监禁、流放、枪决。这样的历史教训是深刻的。

（原载《南方都市报》2008年6月30日）

政治犯的监狱"比较学"

王晓渔

2008年4月24日,贾植芳先生在上海逝世;4月29日,柏杨先生在台北逝世。两位先生有一个共同的经历,就是几乎把牢底坐穿。我曾经在博客中介绍贾植芳的监狱比较学,他一生坐过四次监狱。"国民党也好,日本人也好,北洋军阀也好,我坐监可以看书,家里可以送东西,看守的可以给钱让他给我买东西,可以吃大饼油条,一毛钱就给他两毛钱,最后那次坐监狱,不能买也不能送。开饭的时候我挑稀饭,可以多吃一点,中午饭都是菜皮烂饭,筷子都挑不起来。"

《柏杨回忆录》也有关于监狱的记载,大概国民党吸取了在大陆的失败教训,到了台湾之后,监狱残酷程度迅速提高到兽行水准。一位《新生报》女记者被全身剥光,架在麻绳上走来走去,走到第三趟只能表示愿意招供,她请调查员暂时离开,允许她穿上衣服,调查员离开后她迅速上吊,后来被宣布的罪名是"畏罪自杀"。这个不算让我吃惊,我对人性的阴暗向来不会低估。让我吃惊、也让柏杨吃惊的是,1978年《读书人杂志》社长宴请陈映真夫妇,想了解一下政治犯监狱的情形,陈映真表示:"我们坐牢的朋友,一个个都有高水准政治素养,相亲相爱,互相扶持,沮丧时,大家唱歌鼓舞士气,都是亲密的伙伴。"这让在座的年轻朋友非常钦佩,从监狱获释不久的柏杨却难以认同,因为他所经历的与此完全相反。"但陈映真讲时,却是那样的诚恳温馨,仿佛一篇动人的革命小说",柏杨如此评价。

在翻译米奇尼克的时候,我被仁慈的波兰监狱吓了一跳,米奇尼克解释自己为什么不在忠诚声明上签字以换得释放:"如果哪天清晨你被猛烈的敲门声吵醒,也不用害怕那些身穿制服的来客,那只是风趣的狱卒在分发早晨的咖啡。"米奇尼克不是陈映真,无意于把监狱的生活浪漫化,他通过这种玩笑暗示整个国家都像监狱一样，如果你出狱，"你将看到的不再是监狱大院，而是布满巡逻军队和滚动坦克的家乡街道。你还将看到人们被拦下、要求出示身份证，汽车停在一边接受行李检查，安全机构人员用他挑剔的眼光扫视人群、试图辨别出'违背国家战争法'的嫌疑犯"。

相比之下，住在监狱岂不是安心很多？

不过，我相信波兰的监狱可能真有咖啡。记得小学语文课本讲到列宁住在沙皇政府的彼得堡监狱里，把分给他吃的黑面包捏成"小瓶"，把牛奶盛在里面，蘸着写文件传单。那时最羡慕的就是列宁的监狱，觉得根本不用寻找天堂，天堂就是监狱啊！课文交待牛奶是列宁母亲送进去的，但黑面包应该是监狱提供的，真是人道极了！

我还曾在网上读过一本《韩国四总统合传》（中国社会科学出版社，2005 年），在监狱住过多年的韩国总统金大中，参观了曼德拉被关押过的监狱，对他的监狱条件感到羡慕，因为这里比韩国的监牢人道多了。看来在监狱比较学中，东亚具有绝对优势，足以让政治犯闻风丧胆，起到很好的震慑作用。

（原载《中国改革》2008 年第 6 期）

有一种良知叫索尔仁尼琴

杨耕身

1970年度诺贝尔文学奖获得者,享誉世界、被誉为"俄罗斯的良心"的俄罗斯作家亚历山大·索尔仁尼琴于8月3日在莫斯科逝世。

这个流亡一生的批判者,终生的持不同政见者,竟然能够在生命最后的时刻,安寝于自家的床上。而我们所不知道的是,当历史一声浩叹,这位享年89岁的老人永远阖上他的双目时,他在天的灵魂是否仍然注视着一切,仍然存在于"古拉格群岛"(索尔仁尼琴在《古拉格群岛》一书中,真实地再现了古拉格群岛劳改营的罪恶,展示了前苏联铁腕统治对人性的蔑视和摧残)之地,仍然温暖并激励着所有漂泊无依的人类的良心。但无论如何,即使他远去,他仍是一个在请求原谅的人,因为他"没有看到一切,没有想到一切,没有猜到一切",而这样的一切,也许仍在一如既往地发生着。

他以批判者的方式深爱着自己的祖国,却不为当时的政权所宽容,而不得不半生漂泊。先是因对斯大林的不敬之词,索尔仁尼琴在苏联监狱中度过八年,接着又遭到流放。1962年他发表苏联文学中第一部描写斯大林时代劳改营的作品,引起轰动并受到赫鲁晓夫的赏识。但是随着赫氏下台,小说遭到批判。此后他的作品都无法在苏联公开出版。1967年他在苏联作家代表大会上散发公开信,抗议苏联的报刊检查制度,要求"取消对文艺创作的一切公开的和秘密的检查"。1969年他被苏联作协开除会籍。1974年因叛国罪被捕,并被驱逐出境,直到1994年在当时的俄罗斯总统叶利钦邀请下回到祖国。甫下飞机,面对欢迎的人群,他出人意料地俯下身来,用双手抚摸着故乡的泥土,沉痛地说:"我到这里向这块土地哀思,成千上万的苏联人当年在这里被杀害,并埋葬在这里。在今天俄罗斯迅速政治变革的时代,人们太容易遗忘过去的受害者。"

从来国家不幸诗家幸。但谁又能像索尔仁尼琴这样有幸,以他自身的经历与存在标志着一个时代的黑暗与变迁?他见证了一个政权的勃兴与倾覆,也正因此,曾任俄罗斯总统的普京这样说道:"全世界成百上千万人把索尔仁尼琴的名字和创作与俄罗斯本身的命运联系在一起。"他更以自己的方式证明政权并不等同于祖国。他不愿意将他对于祖国的爱,盲同于爱政权。他因此成为最伟大的爱国者。这是直到今天,他仍具有常识与启蒙意义的价值所在。上世纪八十年代末的一次民意调查显示,48%的俄罗斯人希望他回国担任总统。其实,正像索尔仁尼琴曾经说过的"一句真话比全世界的分量都重"这句话一样,对于世人来说,有一种叫做索尔仁尼琴的良知与坚守,比任何显赫的职位更加重要。历往总统有很多,索尔仁尼琴只有一个。或许对于一个国家或一个民族而言,永远为"总统"保有一名坚硬的批评者,是一个更值得庆幸的事情。

从斯大林到叶利钦、普京,索尔仁尼琴都是他们不得不面对的"俄罗斯的良心"。而怎样对待索尔仁尼琴,却显露出政权怎样的良知。对于邀请他回国的叶利钦,索尔仁尼琴毫无好感,曾经拒绝了叶利钦为他颁发安德烈·佩尔沃兹瓦内勋章;即使被邀请到俄罗斯国会演讲,他仍然率直地批评政府官僚机构膨胀、贪污舞弊盛行。以致2007年6月12日,俄罗斯前总统普京不得不"冒险"向索尔仁尼琴颁发2006年度俄罗斯国家奖"人文领域最高成就奖",因为普京也并不能确定索尔仁尼琴是否同样会拒绝他的嘉奖。这一次,普京是幸运的,索尔仁尼琴接受了嘉奖。颁奖典礼结束后,普京前往莫斯科郊外的索尔仁尼琴家中拜访。坐在轮椅上的索尔仁尼琴为自己坐着迎接普京道歉。普京则表示,感谢作家同意会见他。普京说:"我想特别感谢您为俄罗斯所做的贡献,直到今天您还在继续自己的活动。您对自己的观点从不动摇,并且终生遵循。"

作为一个异见者,一个批判者,索尔仁尼琴或许并不需要从国家元首那里获得最高的评价,以此来证明自己的价值。但是,对于一个国家的元首来说,普京的确通过向一个异见者颁奖和作出上述评价,而获得了全世界的敬意。这是历经政权更替之后，我们所能发现的俄罗斯执政者的"良知密码"。我曾深深感动于普京拜访索尔仁尼琴的那张新闻图片：索尔仁尼琴坐在轮椅上，苍老、消瘦、宁静、平和。在他身后的门口，普京正步入室内，他的姿势仿佛生怕打扰了一位作家的思路。的确，在人类良知与终极价值面前，没有权势，没有职位，只有谦卑，只有敬畏。记得当时曾有舆论评价道："昔日的特工和昔日的异议者，毕竟还拥有着共同的底线，或者说最低限度的共识。"这个底线与共识是什么？我想，至少应当包括对于一个作家自主创作权利的尊重，对于一个思想者自由思想权利的尊重，对于一个批判者独立批判权利的尊重。简言之，是对人类共同良知以及普世价值的尊重。

　　索尔仁尼琴之后，这个世界有没有更多的索尔仁尼琴？但是无论如何，索尔仁尼琴走了，良知仍在。良知何谓？那正是索尔仁尼琴所坚称的："我绝不相信这个时代没有放之四海而皆准的正义和良善的价值观，它们不仅有，而且不是朝令夕改、流动无常的，它们是稳定而永恒的。"如果我们同样坚信，我们将同样获得并且拥有。

（原载《东方早报》2008年8月5日）

再叫大师跟你急

陈鲁民

如今真是大师遍地呀！前不久，我参加一个专家、教授研修班，学员几乎都是国内社科界小有名气的人物。一位研究国际共运史的，发言时侃侃而谈，如数家珍，会后大伙戏称他是"刘大师"，他也怡然自得，很是受用。还有一位研究曾国藩的，那考证工夫也不小，据说是当代"曾学"权威，我们也叫他"王大师"。不到一周时间，班里就封了七八个大师，大有泛滥之势，大师急剧贬值。结业喝酒时，我给"刘大师"敬酒，想不到他竟勃然变色："再叫我大师跟你急！"

"刘大师"先喜后忧的郁闷心情，我可以理解。的确，大师称号，从高山仰止的泰山北斗，变成了可以到处奉送的廉价高帽，近乎讽刺的玩笑之词，谁都会避而远之。即便是那些真大师、准大师。

就说季羡林先生吧，那成就、造诣、威望、德行，似乎是当代学者中最胜任大师称号了，可是他却一推再推，坚决不要大师称号。他虽然不会像"刘大师"那样气急败坏地"跟你急"，但那态度也是毫不犹豫的："环顾左右，朋友中国学基础胜于自己者，大有人在。在这样的情况下，我竟独占'国学大师'的尊号，岂不折煞老身（借用京剧女角词）！我连'国学小师'都不够，遑论'大师'！"

作家阎连科前几天也十分生气地对记者说，当他得知自己在新书上即将被出版商封为"荒诞现实主义大师"，"我一听就吓坏了，越忙给书商打去电话，他在电话里满口答应'你想怎么改就怎么改'。"可是十几天后，当放心去了一趟英国的阎连科回国后，谁都知道他已经是中国的"荒诞现实主义大师"了！"我也不知道他们为什么要这么做！"阎连科表示抗议。

30岁不到的作家蔡骏，现在就被出版商封为"悬疑小说大师"，其名声俨然在阿加莎·克里斯蒂和斯蒂芬·金之上。直到出版商去年年末在其《天机》封面印上"一生无法逾越的高度"的字样，蔡骏终于忍无可忍，在博客公开进行了抗议：谁说我是大师跟谁急！

除此之外，时下文学界还有"玄幻大师"、"盗墓大师"、"80后最后的大师"、"红学研究大师"等等，连开公司兼作家的郭敬明，最近也被书商尊为"成功学大师"。据说他们大都表示过拒绝，不满，也不乏"跟你急"者。

我就纳闷了，既然大家都在"跟你急"，可为什么大师的帽子还在满天飞，大师之声络绎不绝？依我所见，主要是"急"得还不够坚决使然。这里边，"跟你急"也是五花八门的，有真急的，也有假急的，有急上房的，也有装模作样的。如果是真急，谁再叫我大师，我就告他诽谤——我不是大师他偏叫我大师。不要以为，只有贬损降低一个人的名誉才叫诽谤，

（原载《郑州日报》2008年8月31日）

请像审查电影一样管理奶粉
刘仪伟

这几天一直忐忑不安,毕竟我是一名父亲,我的女儿只有两岁半,还在坚持每天摄入大量的配方奶粉。

终于国家检测结果出来了,女儿喝的那个品牌的奶粉没事。谢天谢地,没有辜负我们家一直以来对这个品牌的信任与支持。一块石头落地了,也就有了功夫与心情来撰写这篇小文。

始终想问:这是为什么?为什么会出现这样的事情?为什么如此众多的名牌产品居然置婴幼儿的生命与身体而不顾?为什么这些产品会通过国家有关部门的质量检查,并且还冠以"国家免检产品"的称号?我们是普通老百姓,我们不是鉴别奶粉的专家,我们可以信任的就是企业的良心,以及国家相关部门的监督。但突然间,本应该让我们信任的东西在我们眼前烟消云散,化为乌有。我想,如果相关部门能够像审查电影一样来管理奶粉质量的话,一定不会出现今天这种局面。

电影从来没有"免检"一说,无论是国际著名导演,还是名不见经传的年轻导演,在电影审查制度面前人人平等。大导演的作品,依旧需要删减修正,甚至无法上映的情况在身边时有发生,见怪不怪。

电影的审查是从剧本开始的,奶粉的检测是从奶源开始的吗?电影审查始终贯彻到电影生产的每一个环节,拍摄过程中私自改剧本也是不被允许。奶粉的生产过程中,我们的检测部门又有何作为呢?电影拍摄完成,还得经历严格的审查,有问题,修改,直到修改达到要求为止,从来没有姑息。奶粉呢,好不容易该检测成品了,偏偏还有一个"免检"制度,让那些不合格的奶粉流向市场。电影的召回制度同样严格。以《苹果》为例,发现问题马上第一时间全国取消公映,同时,出品公司被取消制片资格。

可是，"三鹿"出了这么大的事，也没听说取消它生产婴儿奶粉的资格啊。

另外，电影这东西的影响力实在有限。2007年全年的票房不过45亿人民币，就算出现问题，影响面也大不了哪里去；而且那些问题，也不会让观众受伤，更不会令观众丧命，为什么电影的管理可以这么严格，而奶粉不可以呢？听说国家已经取消了食品的"免检产品"制度，那就请像审查电影一样严格检测严格把关，让大家放心吧。

（原载《新闻晨报》2008年9月22日）

让问责成为一种必然的制度宿命

曹 林

这是一个让人悲伤的多事之秋,先是波及全国的奶粉事件,后是山西溃坝事件,上周末三起灾难又接踵而至:黑龙江鹤岗煤矿大火,深圳龙岗特大火灾,河南登封煤矿瓦斯突出事故——数百生命逝去让人痛惜,暴露出的问题让人惊心,曝光出的政府失职和官员渎职让人愤怒。惟一让人稍感欣慰的是政府迅速掀起的问责风暴:继孟学农引咎辞职和山西官场地震后,国家质检总局局长引咎辞职了,石家庄市委书记免职了,深圳火灾相关责任官员迅速免职,河南登封市市长矿难后第二天就被建议免职。

舆论纷纷为这一史无前例的问责风暴叫好,而这并非问题的关键。毕竟,问责不是一种政治表演,不是为了做给舆论看和讨好公众,不是为了安抚死难者家属和平息公众愤怒,而是让官员为自己的失职承担代价,在高调问责中震慑官员,从而避免悲剧的重复发生。杀鸡骇猴以儆效尤,问责更多是做给官员看,强化官员的责任意识,所以我更关注官员对这场问责风暴的反应。

如果我是一个官员,孟学农、李长江们的引咎辞职,会对我产生怎样的触动?

毫不隐讳地说,我确实会从这场官场大地震中受到触动,感觉当官比以前难多了,当官的风险越来越大了,会彻夜难眠地担心本地会发生什么重大安全事故。公众的权利意识越来越强烈,媒体又对问题紧追不放,问责制在舆论推动下日益制度化和常态化,说不定哪一天问责就会落到自己的头上。不过细究起来,这场问责风暴还没有真正形成制度性威慑。

首先，问责缺乏一种"违规即追究"、"失职即问责"的内在驱动机制，而是依赖于媒体和舆论的外在驱动。确实，许多事故发生后追究相关官员的责任，已经成为一种惯例——问题的关键在于，这些问责很多时候并非制度自动驱动的，而是外在的舆论监督驱动的，是舆论关注的压力迫使问责制度运转起来。这种舆论依赖的表现是：只有某个事件引起强烈的舆论关注和激起很大的民愤时，在强大的舆论压力下，相关部门启动问责制，处理几个官员给舆论一个交待。在问责制成熟的国家，问责与事件影响大小和民愤没有多大关系，问责制的运转依赖的是"失职就必须担责"这种责任伦理的驱动。

这种"舆论依赖"让官员对躲避问责心存侥幸。如果某种失职能够瞒过媒体，也就能躲过问责。即使不幸成为舆论焦点而被问责了，当某一天淡出舆论视野的时候，也许一样可以瞒着媒体悄悄地"带病复出"。

其次，问责并没有常态化，并没有贯穿到日常政治的始终。发生了重大事故才会启动问责制，而像被审计署审计出违规审批了哪个项目，违规乱花了纳税人多少钱，错误决策造成了多大浪费，乱设许可侵犯民权这些细琐、庸常、普通的"政误"，则很少被追究责任。重大安全事故毕竟不会经常发生，只要不出大事自己就不会被问责。事实上，许多特大安全事故的发生正源于日常问责缺乏下一点问题的缓慢积累。大事故后再严加问责，可能只有暂时的震慑，好了伤疤忘了痛，当风暴慢慢淡出舆论视野后官场会故态复萌。

另外，问责在制度设计上还有缺陷。问题严重到何种程度会撤职，追究责任会追到哪个级别和何种程度，除撤职外还须承担何种责任，以后又如何复出——这些都似乎还没有制度化和规范化，而只有这一切成为稳定、必然的制度，才能给官员确定的预期。否则官员只会对同僚被问责充满"碰上了就自认倒霉"的同情，而不会兔死狐悲地反思自身的职责。被问责者也会对被撤职毫无愧疚之感，满含"那谁谁谁怎么就没事"的委屈和悲愤，认为自己不过是一只平息民怨的替罪羊。

只有问责成为日常政治中一种必然的制度宿命——就像机器一样，当你触动了违法违规的开关后,问责立即自动运转起来,你立即会被追究相应的责任,那才叫制度性威慑。风暴诚可贵,制度价更高,期待以这次问责风暴为契机,中国的问责制能常态化制度化。

(原载《中国青年报》2008 年 9 月 24 日)

我为下流社会辩护

李银河

最近看到报上就浏览黄色网站应不应罚款的事情辩论：有一个人因为浏览和下载了黄色网站上的一段色情内容被警察发现罚了款。有人说该罚，有人说不该罚。说不该罚款的人还引用了陕西黄碟案，当时，那个案子也引起了全国性的大辩论，结果是警方赔礼道歉，结论是公民有权在家里看黄碟。

对这个案子多数人的意见也是不该罚款，也就是说，公民有权浏览黄色网站。网上黄色网站多如牛毛，全世界几十亿网民天天都在浏览，都在下载，如果每人都要罚款，一个是罚不过来——全世界所有的警察都不用干别的了，就这一项工作就超过他们三百六十五天的工作量；二是每人罚一块钱就是几十亿，此案罚了一千多块，如果严格按照这个标准执行，国家仅此一项罚款收入就会超过国民生产总值数倍。由此可见这项处置措施的不当和荒谬绝伦。

我的痛苦在于，我总是不得不为下流社会的一些基本权利辩护，内心很是厌恶。

在一个社会中，下流社会的人们比较重物质，重肉体；上流社会的人则比较重精神，重灵魂。下流社会的人们的基本追求不外食与色这两种东西，而上流社会比较节制，比较温文尔雅，比较禁欲，至少不那么直露。就拿淫秽品的消费和卖淫嫖娼来说，它基本上是一个下流社会的消费方式，当然在古代也许不是这样，那时的青楼文化高雅得很，琴棋书画，吟诗作赋的，下流社会还弄不来。现在不同，卖淫基本上是一个贫困问题，性工作者大多来自社会底层，性病、艾滋病，又脏又危险，上流社会避之惟恐不及。

当然，性倾向问题另当别论，同性恋的阶层特征还不明显（但也是越往社会上层走接纳程度越高），虐恋从全世界范围看都是一个上流社会中的娱乐方式，至少也是中产阶层，很少有工人阶层和底层社会的人喜欢这玩意儿的。国内一个虐恋俱乐部（男性受虐）的老总邀我去参加他们的年会，他告诉我，他们的团体中不是有钱有权就是有闲的，还有不少海归。

话说回来，下流社会的人也是人，他想满足他那点可怜的欲望，就像那个从网上下载黄色录像的人，国家凭什么去罚他款？关键的问题是：他有权利。宪法是保证他自由阅读各色图书和浏览各色网站的权利的，这就是公民的人身自由权利，公民的性权利。这是一个重大的原则问题，我不能不为他辩护。按照宪法精神，一个现代的中华人民共和国公民拥有在不伤害他人的前提之下满足个人各种感官欲望的权利。这个事件的性质说极端一点就像一个男人走在大街上偷偷欣赏一个漂亮姑娘一样，如果这也要罚款，我建议不如把所有爱偷看的人的眼睛都挖了更直接有效一些。

我提倡上流社会的格调，重精神，节制欲望，八荣八耻，五讲四美三热爱；但是我有时不得不为下流社会的人们的爱好辩护，因为他们也是人，也有他们的权利。希望大家不要因此误解我，以为我在提倡那些下流的爱好，也不要用骂我来标榜自己的高尚。尤其是不少骂我的人内心也有这些下流的欲望，只不过比较善于掩饰或者压抑而已。

（原载《新文化报》2008 年 9 月 26 日）

用力过度

罗 西

朋友从美国回来,天天有人请客吃大餐,轮到我请他的时候,他由衷地赞美:"今天吃得最清淡,最安静,最舒服!"他发现,国内的很多同胞胃口很重,声音很高,动作很大……换句话说,就是处处"用力过猛",如果太惜墨太温和,就很容易沉寂而无人知晓与理会,当今这个热闹的世界,最怕冷场。

中央电视台的主持人朱军,想对某访谈嘉宾表达十二分敬意与友善,字斟句酌地把对方父亲:尊为"家父",仿佛很书面、典雅,但是显然用错了词,贻笑大方,是"用力过猛"的主持版典型案例。有次陪同事去见某重要大客户,他也是用力过度,太在乎、太重视这样的见面,结果,一开口便是:"刘先生您好,请问您贵姓?"

大女儿今年初中毕业,翻了她带回来的学友录,发现90后生人的名字都特别拗口,很多字冷僻到丧心病狂地步,连我这么有文化的都不会读,我就担心,电脑怎么拼写识读,如"燚"、"翀"这样的字随处可见……有了一个孩子后,做父母的恨不得他(她)一出生就可以万人瞩目,一"名"惊人,过目不忘,还要体现自己的文化品位与诸多伟大寄托与深远寓意,结果把孩子的名字堆砌成一个古董,沉重不堪、晦涩难懂。用力过度,结果弄巧成拙。

小时候写字用力过猛,铅笔芯总是断,老师教诲说"轻一点",可是轻了,总觉得字体孱弱,分寸很难把握。后来谈恋爱,知道追女孩也不可以穷追猛打,情急攻心,反而吃不到热豆腐……之前,号称中国导演界"两大豪乳"的张艺谋与陈凯歌,在同一年暗地较劲,都要拍出最有分量的里程碑式的作品,结果陈凯歌在《无极》里"用力过猛",扑了个空,闪了老腰；而老谋子似乎更淡定从容，他拍了很抒情温暖的《千里走单骑》，反而赢得了观众。酒，没有酿好，就成了"陈"醋；而张艺谋的一杯清茶，仿佛简单，却意味深长。

日本一位餐饮业巨擘总结的成功之道是：在其连锁店中提供给顾客的，永远是十七厘米厚的汉堡、四十度的可乐。据他的研究人员观察，这是令客人感觉最佳的"适度口感"。当然，也可以选择把汉堡做成二十厘米厚，把可乐加热到一百度——但它们并不意味着最佳口感。

在浮躁的当下，名利世界中的我们，很容易"焦虑与焦急"，殚精竭虑，争先恐后，斩钉截铁，破釜沉舟，鞠躬尽瘁……这些耳熟能详的好词好句，带动多少人的"激情与豪情"，波澜壮阔之后，是落寞的海滩，是没有彼岸的绝境，因为用力过猛，因为没有后路……

我们似乎太激动了，而忘记感动，"激动"比"感动"用力；只挑战凌厉的闪电，而看不到绚丽的彩虹。与其做绝对的荆棘，不如做相对带刺而芳菲的玫瑰，后者更温润感人；大象从不羡慕好斗的恐龙，"无常"比"吉祥"用力，大象却吉祥微笑到最后……

注意分寸，掌握火候，刚好才是真好！适度是美，何尝不是人生大智慧？

（原载《联谊报》2008年10月7日）

拿什么拯救"炮灰"们的自救信息

陈 方

金融海啸、跨国公司裁员,让瞄准外企的名校尖子生乱了阵脚。同时,备战公务员考试的氛围弥漫了高校毕业班,在一次次被用人单位招聘"调戏"之后,他们发现还是被称为"国考"的公务员考试最靠谱,然而,百万雄师都想挤过独木桥谈何容易,除了少数幸运儿,"国考"大军中更多的人充当了"公务员考试的分母",他们不无幽默地自嘲只是"国考陪跑小能手",是"公务员考试的炮灰"。(2008年11月13日《中国青年报》)

大学生就业本来就是难题,如今看来更是"屋漏偏逢连夜雨"。金融海啸的蔓延使得"过冬论"在房地产、互联网、家电业、IT行业等多个产业中传导,使本已积重难返的大学生就业雪上加霜。就业形势的严峻并不能阻止求职人数的上扬,可许多往年必定出现在校园招聘现场的中小企业,甚至大企业,却已经明确表明取消招聘计划。

怎么办?就业大军首先得"自救"吧。中规中矩地应聘求职已经不适合目前形势了,求职思路转型在这个时候显得尤为重要。于是我们看到了较往年更为多样的自救路径:校园外的气候如此"寒冷",那就留在校园里继续考研或者读博吧;要不就入伍当兵,大学生当兵总比社会青年当兵有优势吧;也有自主创业的,只不过在金融风暴来袭时,自主创业的风险也不小,小公司的存活率又有几何呢?更"主流"的自救方式还是考公务员,但现实是,那么多的"炮灰"证明了这样的自救途径根本就不"现实"。

那么该拿什么来拯救"炮灰"们的自救信心呢:前几天,中山大学校长恳请校友"下订单"——"希望已有成就的校友利用手头资源,多提供就业岗位给师弟师妹们"——遭到了炮轰,有舆论说近亲就业是社会流动的异化。后来,专家们说,"深挖洞、广积粮"还是可以脱颖而出的,可是大学四年里积攒了四年甚至更多时间的"粮"和"洞",如今工作又在哪里呢?有人说这也是一个难得的机遇,对于应届毕业生来说,如果能够在这场金融危机中提升自己的核心竞争力,那么在危机过后,他们的职业生涯就可以迎来更大的曙光。

但在我看来,这些至多都是心理层面的辅导,并不务实。香港大学博士研究生钟晓慧提出,"在金融危机时期,信息的公开和及时传导至关重要,是帮助个人做出决策、调整预期的前提"。信息公开并及时传播,习惯上常常被看做是行政术语,如今却与就业自救中的大学生们息息相关:只有全面细致地公开金融危机的种种影响,处于实践中的大学生们才能够尽早获得第一手资料,帮助他们更好地做出决策并少走弯路。在公开这些信息的同时必须搞清楚,信息的负面性与"炮灰"们的信心并不是正向相关的,别以为信息越负面了"炮灰"们越没信心。相反,只有让他们了解到更多更全面的信息,才能帮他们更好地自救。

再扯远一点,大学生就业自救途中为什么会有这么多"国考炮灰"?"体制内的职业不容易受到经济浪潮冲击"也是关键原因。很长时间以来,民间一直对体制内、体制外的就业待遇差别多有诟病。有关部门一直在呼吁大学生就业要放宽视野,不要老盯着公务员的"饭碗"。可是,如果不打破体制内外之别,不完善体制外的就业环境,尤其是养老:就医和住房方面的待遇,那么即使不在金融风暴中,千军万马也一样会挤垮"国考"的独木桥。

(原载《中国青年报》2008年11月14日)

三聚氰胺·茶鸡蛋

何　申

在《今晚报·副刊》发表《三聚氰胺·前列腺》那篇小文后，朋友曾埋怨我不该把他的怀疑情绪见诸报端。不料前几天他突然打来电话，说非常非常的不幸，关于三聚氰胺可能会在别的食品里再出现的猜测，被我言中了，只是不曾想到会出在鸡蛋里。

接电话时我正和友人吃农家饭，一盘焦黄的炒柴鸡蛋刚刚端上桌。吃，还是不吃？考验着我们。当时桌上还有几样菜：小鸡炖蘑菇、西红柿炖牛肉、杀猪菜（酸菜血肠血豆腐）、炒牛柳、农家煎饼等。后来大家就用排除法挨道菜分析：鸡蛋出问题，原因肯定在它母亲身上，那么连鸡带蛋就都不吃了；西红柿不知用了什么激素，个头又大又红，却没味道；而煎饼金黄灿烂的样子，肯定是加入了色素……

排除的后果，是没有一样可吃的了。但最后的结局却出乎意料，面对一桌子可能有"生化游击队"渗入的东西，众人愤怒无比，大吼坚决彻底消灭之，然后就风卷残云一股脑儿统统吃光。临走时还有人要了一卷煎饼，带回家给老婆吃。有人问："你不怕她吃出毛病。"答曰："我俩发过誓，要活一块活，要死一起死。"

当然，他们两口子现在活得好好的。据他说，少量颜色吃到肚子里一般出不了大问题，多喝水就能冲下去，跟下水管修理后水浑一阵冲冲就清了是一个道理。对此我想起插队时，冬天，房东大婶早上大呼大叫说："这回可活不了啦……"原因是她的尿（在冰上）呈"瓦蓝瓦蓝"的颜色，"瓦蓝"，就是非常蓝的意思。忙把大队赤脚医生找来，又号脉又听诊，却也分析不出得了什么病，最后只得去公社卫生院了。这时她的三丫头跑进屋在柜上翻了又翻喊："谁偷了我的墨水精！"大婶恍然大悟，一巴掌扇过去。

原来，夜里她摸黑吃避孕药（那时因孩子太多，有人主动避孕），错吃了两片墨水精。

凡从那个年代过来的人都能记得，一片墨水精可以化一小瓶钢笔水。两片墨水精，足以把五六副内脏染蓝。但后果又出人意料，勤劳善良的房东大婶不仅没得毛病，却由此而怀孕并生了个小子，小子长得铁蛋一般，只是身上"记"多，且颜色青而发蓝，于是起个小名就叫"蓝蛋"。"蓝蛋"1971年冬出生，十年前养奶牛致富，鲜奶由建在县城边上的"三鹿"分厂收购。前段受牵连，"蓝蛋"损失惨重，将奶倒进沟里，发酵污染了环境，又挨罚。最近情况好转，政府扶助，企业重新生产，"蓝蛋"又有了精气神。"蓝蛋"说他绝对没干那种事，他表示永远也不会沾那个三聚氰胺。

但他不想沾只是他的一厢情愿，"蓝蛋"特别爱吃鸡蛋，尤其爱吃茶鸡蛋，一天得吃十来个，危险也就有了。

当然，想吃成那个颜色也很困难，毕竟还是合格食品占大多数，有问题的是少数。然而就是这个少数，给食用者带来很大的危害，面对着琳琅满目的食品，再瞅一眼化工商店里叫不上名的瓶瓶罐罐，我们除了寄希望于有关部门的严格监管和检验，还想呼吁科学家加紧科研，改造人类的肠胃，使之能适应变化了的"新型食品"。这个想法早就有，起因是看《动物世界》：鹰，连骨头都能消化；蛇，整个吞。但从未见它们胃肠承受不了。把它们消化系统的基因哪怕是百分之一转给人，别说三聚，就是三十聚也能给熔化了。

或许那是科学与幻想。但面对着天天都离不开的鸡蛋（我因喝牛奶拉肚，只能告别牛奶。曾很伤心地想，让整个民族都强壮，就弱了我一个吧），我又怎么能不以乐观向前的精神向往未来呢！三聚氰胺，我不怕你，一定战胜你。但眼下我必须告诉"蓝蛋"，你不能天天吃那么多。就是什么问题都没有，属纯天然绿色食品茶鸡蛋，吃那么多对身体也不好。你这辈子怎么这么缺茶鸡蛋呀……

（原载《今晚报》2008年11月15日）

文化开始大跃进了

徐怀谦

一个人，最怕被骂没文化，一座城市也是这样。要说中国有五千年文明史，随便拎出一个城市，找几处百年千年的文化遗存应该是不难的，可惜很多遗存在战乱、"文革"和经济开发中毁灭殆尽了。那怎么办呢？对策是：打造文化。

既是打造，就不是原创，就有模子，这模子就是老祖宗。现在很多地方开始吃老祖宗这碗饭，为争一个历史文化名人或者名著，打得不可开交。安徽涡阳与河南鹿邑恨不得把老子一劈两半，山东阳谷和临清争着上金瓶梅文化旅游项目。

既是打造，就得拿钱堆。以前经济不发达的时候，地方上最穷的是文化，文化局、文化馆都是当地最寒酸的部门；如今经济繁荣了，人民温饱了，对文化的投入加大了。这本来是好事一件，是文化人最愿看到的现实，可惜，就如有些人暴富以后，喜欢穿西装打领带穿球鞋一样，很多地方的文化建设出现了盲目攀比、盲目上马的现象，我称之为文化大跃进。这种跃进的势头和上世纪五十年代全民写诗的疯狂劲头相比，有过之而无不及，只是写诗只需发挥想象力，而如今的文化大跃进却需要大把大把地烧钱。

有很多钱已经烧完了，有更多的钱正准备烧：早在2001年，河南新郑市就开建了"华夏第一祖龙"，后被有关部门以未办理有关手续为由勒令其停工；2006年，浙江横店集团宣称要按1∶1的比例仿建圆明园；2007年，新郑市建成炎黄二帝巨型塑像；2008年更是热闹——先是"两会"期间，山东将投三百亿元巨资建设"中华文化标志城"的话题，在代表、委员中引起激烈争论，近日，安徽和县宣布将投入数千万元，将刘禹锡任和州刺史时的住所整体扩容改造，打造成全新的"陋室园"，深圳市某公司则要在梧桐山南麓投资九亿元，恢复和建立集旅游、观光、文化、武术、养生、休闲、会议于一体的老子文化园……

这其中有政府行为，有商业运作。商业运作我们不好说，赚了赔了是公司的事。可是政府行为我们不能不说，因为花的是纳税人的钱。我想说的是，第一，不管是文化事业还是文化产业，都要考虑投入产出比。据悉，1988年，和县曾投入百万元，打造"陋室园"，换算成今天的市值，恐怕不亚于千万，结果呢？"铁将军"把门，杂草丛生。可以想见，如今再砸进去几千万，恐怕也不会有游人如织、财源滚滚的景象发生，那么，这笔不算小的支出除了被某些人拿走相当数目的回扣之外，剩下的就是打水漂了。第二，文化不同于经济，它有其自身的内部规律——文化设施不是越豪华越好，而要考虑其专业性、舒适性。据著名演员濮存昕披露，从投资二十六亿的国家大剧院到十五亿的重庆大剧院、十一亿四千万的上海东方艺术中心，这些外观奇特、造型新颖的大剧院，却不是演出的最佳场所，因为从音响、视角到休息室、卫生间，都不是以观众为本。第三，文化设施不仅仅是地标工程、形象工程，还要发挥其终极目的——化人，也就是要提高人们的精神文明素质。你有几个亿、几十个亿堆出来的影剧院、博物馆矗在那儿，可是只为富得流油的少数上层人服务，老百姓只有远观的份儿，那么，这样的文化设施对于大多数市民来说，不就是个摆设吗？我们的城市不需要摆设，需要真正接纳普通百姓的文化馆、博物馆、影剧院。

老实说，中国的城市远没有富到可以花几千万、几个亿、几十个亿打造文化的地步，教育、民生等方面可能比文化更迫在眉睫、更需要花钱，而当地政府之所以这么做，一方面是为了赶投资文化的时髦热潮，怕被老百姓骂自己没文化，另一方面，恐怕从文化大跃进中捞钱更冠冕堂皇一些吧？可是从老百姓角度来说，拿钱堆出来的文化设施，门槛只会越来越高，不管是算经济效益还是社会效益，这笔账都不好算到他们头上。最后我想改编一句老话献给官员们：牛皮不是吹的，泰山不是垒的，文化不是堆出来的。

（原载《杂文月刊》2008年第11期）

成立"出逃贪官联谊会"的可行性论证
瓜　田

前些日子,浙江出了个杨湘洪,是某市一个区的头头。好像是犯了什么事儿,反正上面找他谈了话,他就沉不住气了,立马实施三十六计里的最后一计。瞌睡就有人递枕头,这时有人立马安排他组团考察欧洲。这就有了杨书记滞留海外不归的故事。

中国到底有多少贪官外逃呢?一张报纸上说,2004年初有一组数字,仅2003年上半年,就有八千多名不法官员出逃海外,另有六千五百名官员被列入"失踪名单"。我们假设这"失踪"的六千五百人中只有一半出逃,那么,这半年的时间里,我们就有一万多人跑出去了。一年,就是两万多人,十年呢?写到这里,我被自己推算出来的数字吓住了。当然,网上还有一些比这少许多的数字。然而我不信。根据每天接触到的社会现象,我还是倾向于信偏多一点的。我有自己的老经验,那就是对报上公布的数字,不能当真,你自己不重新加工一下,是得不到真相的。操作规则大致是这样的:坏事的数字,需要加法或者乘法;好事的数字,需要减法或者除法。譬如说,失业率啦,犯罪率啦,黑煤窑的死亡率啦,吸毒者或者艾滋病患者的扩散情况等等,上报的本来就不充分,统计完了,又被习惯性地压缩一些,所以,你酌情往上浮动个一倍两倍的,大致不会离谱。如果是清除垃圾的吨数,植树造林的棵数,好人好事的涌现数量,又会被膨胀出去不少,真相可能只是上报数字的一半不到,所以,不做点减法或者除法,肯定不行。出逃几十万人恐怕太离谱,但几万人还是有的吧。考虑到还有不少外逃者还没有进入纪检委或者公检法的视野,或者地方上怕挨批评,没有上报,当然也就没有被统计进去。这样看来,数字比想象的还要大,应该没有什么疑问。那带出去的钱,有多少呢?一个说法是五百亿。这又是一个过于保守的数字。就算一个人带走两千万，一万个人带走的就是两千亿，两万人就是四千亿。

到底有多少个贪官已经外逃，他们到底带走了多少钱，我对这些数字的准确性毫无兴趣——我关心的是我的创意的发布和实施：成千上万个县处级以上的领导干部，一盘散沙似的在外边游荡，不组织起来怎么行啊？

所以，我倡议成立一个"出逃贪官联谊会（暂定名）"。成立的理由是十分充足的。

首先，大家多年习惯于有组织的生活。这些同志都是多年在组织的领导干部（时间太短、资历太浅、官阶太小的人，搂不到这么多的钱，也难有机会利用公费旅游出逃），养成了经常向上汇报和向下作指示的习惯，一下子脱离了组织，一定会感到孤独，寂寞，难免要时常想念领导和同志们。如果贪官们组织起来，经常过一点组织生活，开开会，谈谈心，扯扯淡，如此相濡以沫，相互取暖，心理上就会有回家的感觉。老话说，人多势众。几千人乃至上万人，集中起来开个会，那也够吓人一跳的！考虑到还有一些正准备出逃、还未逃出来的（据说很有一批把妻儿老小都弄出去了，自己还在国内当"裸官"的），这个事业真的是方兴未艾呀。

其次，是经验交流的迫切需要。冷不丁地跑到一个陌生的国度来生活，人生地不熟，外语也还没有准备好，连下饭馆点个菜，跟人家都说不清楚，简直是寸步难行啊。还有许许多多的生存问题需要思考和决策，你比方说，赃钱怎么花呀，中国司法部门跑来捣乱怎么对付呀，所在国政府来纠缠，怎么打交道呀，国际反洗钱组织也很厉害，怎么周旋，也都需要研究。如果有了组织，大家共同探讨面临的一些问题，众人拾柴火焰高，群策群力，信息就格外灵通，办法也就多得用不完。数千人乃至上万人，其中各种人才都不缺，理应盘活才是。搞法律的，负责打官司，搞房地产的，负责购买不动产，也可以探讨一下，把大家的赃钱拿出来投资，再发上几笔洋财。

再次，同声相应，同气相求，在一个圈子里保证没有自卑感，还能找到自信。道不同不相为谋。贪官们同是天涯沦落人，有的是共同语言。如果还在国内，那肯定被孤立，身败名裂，是不齿于人类的狗屎堆，国人皆日可杀。在国外就不同了，圈里人大家彼此彼此，携款潜逃不但不是罪恶，反而成了本事。钱贪得太少的，就会觉得没脸见人，还会受到嘲笑："你个狗日的，弄个一两千万就急急忙忙地跑出来啦？没见过钱呀？够花么？用不用我扶贫？你看我，整了五个多亿才敢往外溜达呀！哈哈哈哈！"还有，咱们手里的钱只能越花越少，咱们浑身的本事也得找个地方施展不是？所以不能不想办法去赚钱。搞什么能赚钱，大家也需要联合起来，人多力量大嘛。说不定，等时过境迁了，我们还能作为海外侨胞，回国投资，支援国家建设呢！

最后，也是很重要的一点是，中国"追逃"工作抓得越来越紧了。虽说逃亡的目的国眼下同中国没有引渡关系，但今天没有不能保证明天也没有，不怕贼偷就怕贼惦着。听说现在又搞起了什么"劝归"的模式，隔三岔五地派人跑来劝你。这也够闹心的。如果有了联谊会，大家商量好，共同拿出对策。你劝我听，软磨硬泡，搞持久战，也没有什么坏处。不少纪检委的同志，两袖清风，没有机会公费旅游。把"劝归"经常化、制度化以后，也算给大家一个名正言顺出来游玩的机会。若是真的有几位赃钱太少混不下去的贪官，又有点后悔了，想回去，不妨由联谊会出面，把他们哥几个推出去，谈好回去从宽发落的条件，作为中国前来"劝归"的官员的成绩，这样，联谊会的功劳就大了，形象就树起来了。以后，只要有人来"劝归"，就直接跟联谊会联系就行了，由联谊会给安排活动，也不要天天都苦口婆心地在那里费唾沫，劝说工作要做，也要让同志们吃好、玩好。联谊会虽说既寡廉又鲜耻，啥都缺，可就是不缺钱。

联谊会总部设在哪里好呢？当然是加拿大。这地方太安全、太可靠了，连赖昌星这样应该枪毙若干次的巨贪，都钟爱有加，至今宝贝似的留在那里。会长呢，也建议由赖昌星来干。老赖的知名度高，影响大，便于开展工作。虽说老赖只是一个靠走私起家的暴发户，没有什么像样的身份，也不必过于计较。大家都落到这步田地了，也不要太看重原来在国内的级别和职务了，还是能者为师吧，贪得多的，本领强的，中国和外国都拿他没有办法的，那就是我们联谊会最需要的、最称职的领导干部。

成立联谊会，好处远不止以上所列数条，但筹建起来困难也相当大。主要的困难，是大家都互不信任，不说真话。虽说都是一丘之貉，一根绳上的蚂蚱，但为了保护自己的安全，对任何人都抱着提防之心，已经成为一种生存习惯。这就很难把人们团结起来。这些人彼此心里都明镜似的，谁都没有什么道德底线可言，为了钱，什么事情都干得出来，坑蒙拐骗，各自都有不少高招。一个组织，如果每个人都提防着别人，谁都想占别人的便宜，都怕吃别人的亏，肯定搞不成什么事情。另外，毕竟都是干了见不得人的勾当的人，花着见不得人的赃钱，开着见不得人的赃车，住着见不得人的赃房，见了人就要躲闪，尽可能地少惹是非。藏身尚且不及，怎么可能招摇过市，参加什么"联谊会"呢？这跟当年在反腐倡廉大会上慷慨激昂地作报告、威风八面地上电视，光景能一样么？不过，这只是事情的一个方面。人们都知道有个著名的"豪猪现象"。这"豪猪现象"说的是豪猪个个身上都长满了刺，为了互相取暖，拥挤到一块，彼此又被扎得十分痛苦，只好分开。但最后，终于磨合出了一个章法：大家找到了一个理想的距离，既能互相取暖，又不至于把邻居刺疼。只要出逃贪官们都能深谙"豪猪法则"，找到"理想的距离"，把"出逃贪官联谊会"成立起来还是可能的。

　　现在，同志们必须意识到形势的紧迫性。国内反贪工作越抓越紧，外逃难度正在加大，对已逃贪官的追逃工作，力度也会加强。现在认为安全的国家，不一定以后永远安全。万一中国跟其他国家的司法合作有了大突破，来了警察，把出逃贪官一串串地牵回去，说什么都晚了。当务之急，是把来之不易的赃钱处理了，以免被国家没收了，这些年就白折腾了。人们会说这些钱来得太容易，其实他们哪里知道贪官整日提心吊胆的苦！连做的梦都常常是警察来戴手铐，醒来发现一身大汗。这钱不能存银行，银行说冻结就冻结了，想留给老婆孩子，根本靠不住。这钱也不能买房产。你就是买一百幢楼放在那里，你也住不过来，早晚还是人家的。这钱也不能换成金条藏起来，就算找到一个基度山荒岛埋下去，说不定仅仅是便宜了当地的哪个海盗团伙。买钻戒，买名表，买名车，都花不了多少钱，能迅速把钱挥霍干净的，只有两条路：一是狂赌，二是吸毒。赌博当然很过瘾，但也挺没劲。赢一回输三回，放屁大的工作，几百万、几千万就进去了，还不如直接捐赠了，还赚个体面。不过，人家赌场有的是钱，也用不着你去显富搞慈善。这样一来，就只剩下吸毒之一途了。吸毒恐怕是最大量地消耗赃款的最佳手段。吸毒不像赌博，便宜了赌场的老板，吸毒能够把每一克毒品毫不浪费地吸到自己的肚子里。由于毒瘾越来越重，赃款的消耗也就呈加速度曲线上扬，败家的效果最为理想。

您想想看，成千上万个当初那么体面的领导干部，如今为了突击花他那点造孽得来的赃钱，在刚刚成立的"出逃贪官联谊会"的"逍遥馆"里集体吸毒，有用鼻子吸的，有用针管扎的，这该是多么壮观的场景啊！人群中，可以听见十分受用的呻吟声，但也能听见有人发出一声浩叹："嗨，咱们这是何苦啊？"

[原载《杂文选刊》2009年1月（中）]

难以想像的旧人旧事

魏得胜

读何兆武先生的口述历史,读到许多难以想像的旧人旧事。以"五·四"为例,他说那"时候没有打死人,抓了一批,但也很少。火烧赵家楼,大概抓了二三十人,没过几天又放了。当然,第一,当时的政府也希望缓和;第二,火烧赵家楼是曹汝霖的家,可是连曹汝霖在内也提出要赶快把学生放了。放了以后,蔡元培还带着教师和学生欢迎他们回来,这好像是难以想像的事"。(何兆武著:《上学记》三联书店2006年8月版。以下引文均同)

不光何兆武先生感到难以想像,就是我也深有同感。曹汝霖的家被烧了,他没有依仗权势捕杀学生,而是提出赶快把学生放了。恕我才疏学浅,我读书识字的历史也有几十年了,这还是第一次看到有人客观评价曹汝霖。以往的印象,曹汝霖不就是"五·四"罪人吗?学生被放了回来,蔡元培带着教师去欢迎——倘非有一个包容性中央政权(即北洋政府)在那里,如此这般难以想像的人和事会有吗?何兆武先生因而得出一个结论,他说:"如果是在严格的思想专制之下,类似五四运动的思想启蒙,是不大可能出现的。"我再补充一句:类似蔡元培兼容并包的办学理念,同样不会出现。

北京大学到了蒋梦麟时代,继续蔡元培的办学理念;就是在保护学生方面,也完全一样。何兆武先生讲了这样一件事,说有一天,"我父亲收到一封信,是北大校长蒋梦麟写的,内容很简单,大意是说,你的女儿被抓起来了,不过请你放心,我一定尽快地把她保释出来,下面是他的签名盖章。果然,没过几天就把她放出来了。按照阶级成分来划分,蒋梦麟应该是官僚兼学阀(教育部长兼北大校长),可是居然出面来保护学生,怕也是今天难以想像的"。学生因政见之异被捕,执政当局的教育部长兼北大校长亲自去解救，在今天看来，他不是脑子进水，就是乌纱帽戴烦了，除此之外无可解释。但在蒋梦麟时代，救学生却是校长以及老师们的本分。我们可以追问一下，是谁给蒋梦麟们以保护学生的权力？是执政当局，是那个具有包容性的政治制度。

这使我想起民国初年的两件事。当时，一些官员包括总统的子女，以自费生的名义就读于清华大学。针对这一现象，《清华周刊》发表《冯黎子弟与自费》的文章，指出总统子弟也是国民，不应该享受特权，自费也不行，除非公开招收自费生。文章一出，即在清华园内炸开了锅。结果校长出面，将已借读的总统的两个孙子、副总统的儿子们劝退。当年的一位清华大学学生（后为教授）回忆说，打那以后，总统只得请清华大学的学生到家为孩子们辅导，而且那些孩子还真没有什么纨绔习气，常常主动给这些家教们擦皮鞋等等，很是礼貌周全。1940年代末，安徽省主席刘振华有两个儿子要求来清华旁听，结果被当时的教务长潘光旦拒绝了。潘光旦说："承刘主席看得起，但清华被人瞧得上眼，全是因为按规章制度办事，如果把这点给破了，清华不是也不值钱了吗？"按照这些难以想像的旧人旧事去推理今天的大学，还有哪一家是值钱的？

回到原题。何兆武先生一家七口皆出西南联合大学（很不幸，这里又提到了西南联大。有的朋友对此抱有成见，说我把西南联大的事都"写烂"了。我的困惑就在于，假如写到中国的教育，有胜比西南联大的吗？若有，我情愿不再拿它当坐标)，他的口述历史，也就不能一迈而过。谈起西南联大，何兆武就抑制不住兴奋，他说那是他人生最最幸福的一个时期。我们要知道，西南联大的时候，正值如火如荼的抗日战争阶段，昆明当时的物价飞涨，人的生活苦不堪言。但何兆武先生却说，那是他最美好的一段生活。是什么让他得出这样的结论呢？两个字：自由。

何兆武先生口述道："那几年生活最美好的就是自由，无论干什么都凭自己的兴趣，看什么，听什么、怎么想，都没有人干涉，更没有思想教育。晚上没事，大家也是海阔天空地胡扯一阵，有骂蒋介石的，也有拥护蒋介石的，而且可以辩论，有时候也很激烈，可是辩论完了，关系依然很好。"

西南联大的学生,个人行为绝对自由,这是何兆武先生最为力赞的,他的观点是:"没有求知的自由,没有思想的自由,没有个性发展,就没有个人的创造力,而个人的创造力实际上才是真正的第一生产力。"

何兆武所说的自由,为西南联大造就了大批光辉耀眼的名教授(因多次在文中提及,这里不赘),也为西南联大造就了李政道、杨振宁、殷海光、汪曾祺、王浩(他后来成为西方社会大名鼎鼎的哲学家)等大批优秀学生。正如何兆武先生所说的,"如果大家开口都说一样的话(也就是没有学术自由——魏得胜评注),那是不可能出任何成果的"。后来的大学,数量上不知凡几,但却几无名师,更无高徒,恐这怕与"大家开口都说一样的话"不无关系。

(原载《杂文报》2009 年 4 月 10 日)

理想的高低

徐　强

听说某大学一间女生宿舍的门口贴了一副对联，上联是"找工作找好工作"，下联是"找老公找好老公"，横批是很时髦的欢呼——"哦耶"！我不知道这件事情是不是真的，因为这年头假新闻太多，尽管报纸上刊发了照片，但自从在"华南虎"身上长了点见识之后，我就不敢随便夸口说我的眼睛是雪亮的了。假新闻的泛滥，也使不少时评爱好者颇感沮丧，好不容易煽了千把字的情，忽然有人"辟谣"说没那回事，真是扫兴得够呛。

话偏题了，回到那副对联上。严格地说，这不算对联，而是以对联的形式喊的两句口号，表明了那间宿舍的女大学生的毕业理想。关于这两句口号，各方评论不一。有人说这是一副"超强悍"的对联，所谓"超强悍"，意思大概是指这些女学生太没有遮拦、太明目张胆了，工作是要找的，老公也是要找的，但似乎只宜悄悄地进行，口号的不要，否则就不算"淑女"；也有人对这两句口号相当不屑，觉得俗里俗气，境界太低，没有达到大学生本应达到的"高度"，因此很有嗤之以鼻的必要。

依我看，这些女大学生的愿望还是很美好的，实在挑不出什么毛病。首先是真实——就通常情况而言，如果大学毕业不找工作，那叫学无所用，有"废人"的嫌疑；如果女人不想找老公，那叫生理异常，有"妖人"的嫌疑。其次是现实——如今"毕业即失业"的人满大街都是，从"圣女"变"剩女"的人也满大街都是，可见找工作、找老公都不容易，女大学生现实的毕业理想正是社会现实的反映。再次是老实——找工作在上联，找老公在下联，可见有先后之分，先找工作，自己养活自己，后找老公，共筑二人世界；如果不老实，那就走"捷径"了，先找个老公把自己养起来再说，有没有工作无所谓，这叫"干得好不如嫁得好"。

至于说境界的高低，那就复杂了，三言两语扯不清楚。有个笑话是这么说的：爸爸问儿子的理想是什么，儿子回答说"女人和金钱"，结果被爸爸搧了两个耳光，于是儿子改口说"婚姻和事业"，这回爸爸很满意，高兴地夸奖："这才是我的好儿子！"这个笑话表明，境界的高低，有时候只不过是表述的问题。找工作和找老公，换言之，就是"事业和婚姻"。一个女大学生毕业之后，在找工作的过程中获得一份好工作，在找老公的过程中遇见一个好老公，那就堪称事业有成、婚姻美满了。有的人耗费了一辈子的时间，也未必能获得一份好工作、遇见一个好老公，可见这两件事情都是人生当中的大事，没有一定的境界，还真办不好。如果非要说"为了中华民族的崛起而赚钱"、"为了解放全人类而结婚"，这才算是高境界，当然我也不反对，而且窃以为这不仅是高境界，恐怕还有一点高血压。最后谈谈说和做的问题。有的人把理想说得天花乱坠，做起来却是一塌糊涂；他的理想境界高入云天，他的所作所为则卑鄙下流。关于这一点，卡尔·波普尔《开放社会及其敌人》中的一段话，留给我的印象特别深刻。在对"乌托邦主义"作出分析、批判之后，波普尔写道："这种非理性的态度源于迷恋建立一个美好世界的一梦想，我把这种态度称为浪漫主义。它也许在过去或在未来之中寻找它的天堂般的城邦，它也许竭力鼓吹'回归自然'或'迈向一个充满爱和美的世界'；但它总是诉诸我们的情感而不是理性。即使怀抱着建立人间天堂的最美好的愿望，但它只是成功地制造了人间地狱——人以其自身的力量为自己的同胞们准备的地狱。"

崇高的理想，未必会带来人间天堂，反倒有可能制造人间地狱。我从历史中获得的例证越多，越是深感那些直言找好工作、找好老公的女大学生的可爱。哦耶！

（原载《杂文报》2009 年 4 月 10 日）

大师什么最大

朱　晖

最早发现并引荐陈寅恪这匹"千里马"的，是梁启超。上世纪 20 年代，清华国学院刚刚成立，梁启超向校长曹云祥力荐陈寅恪。曹云祥问："陈寅恪是哪国博士？"梁启超答："他不是学士，也不是博士。"曹云祥又问："他有没有著作？"梁启超答："也没有。"曹云祥拒绝："既不是博士，又没有著作，这就难了！"梁启超怒道："我梁某算是著作等身了，但总共还不如陈先生寥寥数百字有价值！"曹云祥一听，十分震惊，这才同意聘请陈寅恪。

陈寅恪在国外二十余载，潜心读书和研究，学贯中西，通晓三十多种文字。由于他始终对"博士""硕士"之类的学位淡然处之，所以连大学文凭也没拿过。幸亏梁启超慧眼识珠，才使得这位旷世奇才没有"遗之在朝野"，也才成就了这位清华园里大名鼎鼎的"教授中之教授"。按理说，陈寅恪对梁启超不说感恩戴德，至少也应该宽让三分。

但是，在古人陶渊明的归隐动机上，他们针锋相对，"恩怨"一度被传得沸沸扬扬。

陶渊明出生在东晋末期，著名的诗人和隐士。东晋灭亡后，陶坚决归隐，誓不与新政权合作。他的举动，关系到所谓的"名节"问题，也引发了后世的长期争论。作为史学大家的梁启超，自然也有一家之言："渊明弃官归隐最主要的动机，是当时士大夫廉耻扫地，他纵然没有力量移风易俗，起码也不肯同流合污，把自己的人格丧掉。"

陈寅恪提出不同的意见，认为陶渊明"耻事二姓"才是可信的。同时，针对梁启超本人"无论从政还是从教，都不在乎在清朝还是在民国"的亲身实践，陈寅恪批评他"取自身之思想经历，以解释古人之志尚行动"。

应该说，陈寅恪批评不仅力道十足，而且尖酸刻薄。有好友劝他："梁公对你有知遇之恩，你这样做，就不怕别人说你忘恩负义？"陈寅恪笑答："错了，我这样做才是对梁公最大的尊重，也没有辜负他对我的赏识和抬举。"那么，梁启超又会怎么想的呢？这位"饮冰室主人"生性洒脱不羁，当有人嘲笑他"引狼入室"时，他回敬了一句耐人寻味的话："无论是批评陈寅恪还是讥讽我的人，都把我们看得太小了。"

相对于梁启超所言的"小"，西方著名的社会哲学家马克思·韦伯曾相应地表述过"大"。有学生问他："您教书的目的是什么？"韦伯答："是让后来的人超越自己，超越老师就是尊敬老师。"学生又问："您就不怕学生超越了你反而瞧不起你了？"韦伯大笑："孩子，这样想太狭隘了，无论老师还是学生，都在做一件比他们自己本身还大的事，那就是学术。"

在古希腊，亚里士多德从17岁开始追随柏拉图。他对老师非常崇敬，曾写过一首诗赞美柏拉图："在众人之中，他是唯一的，也是最初的……这样的人啊，如今已无处寻觅！"然而，当亚里士多德思想日益成熟之后，在哲学思想的内容和方法上与柏拉图出现了严重的分歧。他勇敢而坚决地批评老师的错误，结果招致众人的谩骂，说他背叛了老师。对此，亚里士多德回敬了一句流传至今的名言："吾爱吾师，吾更爱真理！"

梁启超、陈寅恪、马克思·韦伯、亚里士多德、柏拉图，都被后世称作大师。

环顾今天，学术界因为亲疏远近或师承关系，彼此抱成一团、形成派系的现象并不少见。当季羡林、任继愈等大师陆续离去后，人们都在呼唤新时代的大师。

到底何为大师呢？他既不是头顶上的光环，也不是姓名前的头衔；除了顶尖的学问、广博的见闻、宽阔的胸襟，更需要一种超越个人荣辱成败和恩怨情仇的境界。大师者，把学术看得远大于自身，超越一切的是对真理诚挚而永不妥协的探索。

（原载《中国青年》2009年第17期）

历史真的只有那么点事儿？

毕会成

一位中学教师站在电视台的史学讲坛上如此之长的时间且尽享史学家的荣耀，已经让史学界人士颇为尴尬了，而今又加上一位"80后"推出拥趸无数的《明朝那些事儿》。作者自陈，这洋洋洒洒的数十万言，不过来自他每天两个小时的历史阅读与思考。他进而揶揄那些治史动辄几十年的史学教授：作为一个学科的历史真的需要投入那么多的精力吗？

看这些名利双收的书市新宠在历史学的后花园里跑马圈地，之余还对花园的守护人出言不逊，倍感无奈，却不得不承认：历史不就那么点事儿嘛！

中国史学作为近代学科体系中的国学，作为与古希腊并称的史学传统，作为史官文化统摄下吸纳民族智力最巨的制度在领域，却至今未能建立起一套"属己"的概念术语系统，以致贩夫走卒、三教九流都可以在不必交代入门口令的情况下长驱直入。它在成就大众智力游乐场的同时，却不能不令人质疑它是否确立了一个当代学科起码的学术边界，是否具备了学术"自足与自洽"的品质，是否形成了一种殿堂文化应有的与民间文化之间的张力。

中国的史学传统与古希腊双峰对峙，在理论上却大异其趣。希腊专业的史学著述仅限当代史范畴，所谓前朝轶事整体上被排入神话的畛域。古典中国的历史叙述正好起步于希腊史学止步的地方，官修史书的制度性惯例专以前朝史为内容。由此产生的旨趣之迥异在史学起源处颇可玩味：如果说希腊史学的诞生意味着"历史神话化"，中国治史走向则是"神话历史化"只需提及，德国业余考古者海因里希，施里曼仅仅依据《荷马史诗》的上古传奇，竟完整地发掘了特洛伊古城，你就可以意识到希腊神话作为历史的巨大价值。而在中国，一味代前人修史的结果，最终是将史前传说演绎为言之凿凿的信史，以至中国的历史言必始自三皇五帝。

我无意于对这两种史学传统作孰优孰劣的评判，这种评判必然牵涉到的价值预设不在本文的旨趣之内。我想指出的是，置于希腊史学传统的参照之下，"神话历史化"的中国史学惯力必然引向历史写作中"文史不分家"的联姻格局。这种格局从"史家之离骚"（《史记》）起即趋于定型。它的当代延伸则是传媒时代"戏说历史"风气的衍成，是一些中文系教授在"准评书联播"栏目中哗众取宠的学术娱乐化景观的完成。中国史学先天的散漫气质正适合由说书人来呈现。

"神话历史化"，即以历史驯化和收编神话，既粗暴地取消了一种文化的童年，伤及文学的想像力之源之基；又是对史学自身严谨性的戕害，这种戕害之巨之深之不堪回首使谋求学科独立的史学，宿命般地采取了矫枉过正的决绝姿态，不仅远离了文学，甚至远离了人文领域本身。从文史不分家的妇道中解除婚约的历史学转而投向自然科学的怀抱，并甘愿做了后者的小妾。

不必讳言，许多史学家自鸣得意于一孔之见，整日埋在故纸堆里皓首穷经地捡拾古人之遗。在史学界，每一个戴套袖的古籍抄录员，每一个持放大镜的文本甄别者，每一个考证文本之间关系的人都侧身科学家之列。他们把信念安放在一份叙述之中，其中的每一句都有一处"第一手材料"作依据，事实上，如此工作并不比集邮或贝类收藏有更大的科学价值。醉心于寻找死魂灵，丝毫无助于对历史的生动理解。只关注已死的过去，那些一去不复返的"事件"，而不是仍旧活在当下的过去，那贯通古今的以改变了的形式被结合在现实中的"过程"。这种症候尤其表现在史学领域方兴未艾的计量化倾向，这一西方史学范式的"明日黄花"，在中国庶几成为历史研究学术性的唯一标志，无统计数字、抛物线图或柱形图的史学著述几乎有愧"科学研究"冠名的正当性。由此形成的悖论是，史学研究的量化倾向比社会学还要彻底。当代社会研究尚且无法做到的量化研究的彻底性反倒在对过去社会的研究中实现了。一个原应是灵性熠动的思辨空间，现在却到处充斥着机械的计算!

于是,在斯宾格勒的《西方的没落》、汤因比的《历史研究》和年鉴学派的《年鉴》杂志相继摆上西方中产阶级的床前案头,供他们进行智力操练的同时,我们走向类似场所的却只能是《百家讲坛》的讲义稿和石悦的《明朝那些事儿》。那些言而无文、言而无物、言而无人的历史学专著或刊物,则只是学院同行们在敷衍体制内的科研指标时,才去功利性光顾的场所。

但是,历史真的只有那么点事儿?

(原载《中国青年报》2009年5月4日)

请告诉弱者"不可以"之后"怎么办"

沈　栖

新闻报道的事实，往往会让读者产生不同的感受。谓予不信，不妨试举一例：

北京市通州区有一座"自助透析室"的院落，十名贫穷的尿毒症患者守着一台落了漆的淡绿色二手血液透析机，维持着自己生命的延续。政府有关部门得知后，以"有关法规禁止这种自救方式"、"不专业"和"器材老化可能带来危险"为由，下达了取缔的命令。这十名患者毅然抗命，表示只要没有人来赶他们走，血液透析就仍会继续。

读了这则新闻，有人会对"首善之区"竟有如此院落感到惊诧，有人会对患者无视法规的鲁莽行为表示愤懑，有人会对政府的下令取缔举手赞同，当然，更多的应该是对这十名患者的怜悯以及对其日后命运的关注。

我的良知不允许我指责这十名患者，他们作为一个个具体的生命，即使身患重症也都有活下来的权利。因为他们贫寒支付不起医疗机构血透的费用，才出此赖以自救的下策；我的良知也不允许我指责政府的取缔行为，因为法规既然制定，就必须无条件执行，无视法规是为一个理性社会所不容的。

政府之所以下令取缔"自助透析室"，是基于"不可以"的判断。然而光有这个判断，而没有告诉弱者在"不可以"之后"怎么办"，那么，等待他们的结局不言自明。并非夸饰之言，这是对他们延续自己生命权利的一种侵犯！

对弱者的自救、自助、自济行为明示"不可以"，或干涉、或整治、或清除、或取缔，却不告诉他们"怎么办"的事例并不鲜见。去年盛夏，电视中有一组整治市容的镜头，其一是一批执法人员在厉声驱赶露宿高架下的游民，新闻报道止于"不可以"，而并没有"怎么办"的后续报道。像合肥市曾提出打造"无摊位城市"的施政方针，显然对贩卒有诸多的"不可以"，但对他们的生计"怎么办"却不见明示。由此引起民怨而作罢。

作为弱者，无论是十名患者，还是众多贩卒、游民，他们为命运所迫，苦苦挣扎，他们不抱怨，也不放弃，自己救助自己，理应受到政府和民众的同情，且继而得到政府和慈善机构的救济。法律法规只会清楚地告诉人们：什么是"不可以"做的，当然这也包括弱者在内。而政府却有责任告诉弱者"不可以"之后"怎么办"。因为对弱者来说，其社会地位、经济状况以及文化素养决定了他们的人生选择极其有限，倘若政府光有"不可以"的指令而无"怎么办"的指点，那么，他们极其有限的人生选择无疑将会走入绝路。当年马加爵的案例在某种意义上说，就是他不知道"怎么办"所引发的惨剧。

值得一提的是，某些部门任意扩大"不可以"的内涵，执法过程缺乏人性化，法律解释充斥着随意性，这种现象严重违背了现代法治的原则，无形中加大了个别执法机关滥用权力、侵犯边缘人群（他们也是公民）的合法权益的风险。这不仅是社会学意义上的"类群歧视"，更是政治学意义上的"人格差序"，导致我国离公民社会始终有着不小的距离！就拿贩卒来说，前年我去法国探望女儿，在巴黎先贤祠附近看到一批摊位，尽是些小商品，还有警察在巡视。女儿告诉我，这在法国是允许的，但必须在规定的时间（傍晚）、规定的地段（不影响交通要道）出售规定的商品。这既解决了穷人的生计，也方便了市民。"不可以"之后，政府继而辅以"怎么办"的方法，整个社会就会良性运作。

日本著名作家村上春树曾将体制比作"墙"，将个体的人比作"鸡蛋"。他说，在写小说时，我总是在心中牢记："在一座高大坚实的墙和与之相撞的鸡蛋之间，我永远都站在鸡蛋一边。"

我们希望政府部门也能多站在"鸡蛋"那边，在告诉"鸡蛋""不可以"的同时，多为他们考虑一下"怎么办"。

（原载《上海法治报》2009 年 5 月 18 日）

道德自律的红线不能断

韩小蕙

自古以来,中华民族就是一个讲究道德操守的文明国度,"明荣辱,知廉耻";人格的尊严与自尊,更是向被视为"立人之大节",成为为人、治学、做事的根本。可是,有个别国人放弃了道德的自我约束,令人痛心疾首。

今年6月10日傍晚,在伦敦希思罗机场海关出口处,笔者目睹了如下一幕。由于几架国际航班一起降落,出关处排起了长龙。队伍中,有中国人,也有许多其他国家的人,大家都在自觉排队。但一会儿,我眼睁睁看到三拨中国人,或偷偷摸摸或大模大样地钻过栏杆来加塞。所有外国人都在静静地看着他们,用的是见怪不怪的轻蔑目光。可是这几个国人非但不知耻反而自鸣得意,以为别人都是傻子只有他们最"聪明"。那一刻,我深为悲哀,也愤怒有加:难道咱们中国人,真成了不守规矩的标识了吗?

联想到最近披露出来的吉林松原高考舞弊案:贩卖作弊器材者有之,千方百计作弊者有之,拿红包帮人作弊者有之,舞弊家长围攻公安局屏蔽车亦有之……其胆大妄为、乌烟瘴气程度简直令人难以置信。再联想到社会上其他的怪现象,比如高等学府中层出不穷的论文抄袭事件,禁而不绝的假冒伪劣产品,阿谀奉承时的假话连篇等等,我们社会的道德状况实在尚有许多不如意之处。过去人们深以为耻的某些丑行,为什么在今天有些人那里变得无所谓,甚至群起效尤?

记得上世纪70年代末恢复高考时,被"文革"耽误的10届考生一起高考,年龄不同,学业不同,水平不同,可是大家的道德底线相同,皆以作弊抄袭为耻。那是刻在每个考生心上的信条,根本不用监考老师们耳提面命。20世纪80年代和90年代的时候,文坛曾发生过两起抄袭剽窃事件,被揭露出来以后，那两位颇有才气的作家评论家黯然退出文坛。可是在今天，考生作弊家长和教师也积极参与；作家抄袭不脸红，作品照样卖钱，读者还继续追星，完全不认为那算是问题——怎么了？道德的自律红线，怎么说断就断了？

　　道德自律是道德的根本要求，不仅不能中断，还须不断强化提升。因为若没有了自律，人的精神境界就会越来越下滑，丧失自尊，丧失自爱，胡作非为，"人之不复为人也"。千里之堤，溃于蚁穴；人心之腐，败于自贱。筑牢道德自律的"长城"，是重要而切近的任务，让我们赶快行动起来。

（原载《光明日报》2009年6月18日）

那是美丽的姑娘,不是妖怪

苏中杰

有这样一个故事:老和尚派刚长大成人的小和尚下山进城办事。小和尚在城里的大街上,第一次看到来来往往的青春少女,非常美丽,和庙里的大和尚、小和尚给人的感觉完全不一样,很不理解。回来后他就把自己的不理解告诉了老和尚。老和尚怕他动"邪念",就说,你看到的都是妖怪,要吃人的,千万不能接近。可小和尚每次进城,见到美女子总是越看越想看。时间一久,小和尚终于明白了,那不是妖怪,是美丽的姑娘!老和尚的"妖魔化"之计破产了。

现在,中国还有这样的老和尚,用自己编造的邪说来骗人:用把美丽的姑娘说成妖怪的方法,把民主说成"多数人的暴政",想让人们把民主当成吃人的妖怪来拒绝。

民主和暴政,一个是水,一个是火,二者构成水火不容的、有你无我的矛盾。如何能被说成"民主是多数人的暴政"呢?原因在于"老和尚"篡改了法国历史学家、社会学家托克维尔的有关命题。

托克维尔根据法国大革命出现的具体问题,将"以多数人名义行使的无限权力"称之为"多数人的暴政"(注意这个命题中的两个关键词:"多数人的名义"、"无限权力")。例如当时有个"国民公会",姑且不说它产生的程序是否合法,议员如何产生,仅就它经过多数同意后,说应把谁送交革命法庭,谁就得接受审判。这是典型的以权代法,毫无民主程序可言。不通过议事程序,而是一个人只要能号召起一部分人,就可以胁迫国民公会按自己的意志行事,有何民主可言?托克维尔的这个概念,就是针对法国大革命的这一教训所提出的。他没有批判民主本身,而是直接批判"以多数人的名义"享有的"无限的权力"。他的矛头所向,是"无限权威"。他说:"无限权威是一个坏而危险的东西。在我看来,不管任何人,都无力行使无限权威。""当我看到任何一个权威被授以决定一切的权利和能力时，不管人们把这个权威称作人民还是国王，或者称作民主政府还是贵族政府，或者这个权威是在君主国行使还是在共和国行使，我都要说：这是给暴政播下了种子。"他这种反"无限权威"的思想精神，正是民主的思想精神。

然而，托克维尔关于"以多数人名义行使的无限权力为'多数人的暴政'"这一命题，到了中国"老和尚"手里，就成了"民主是多数人的暴政"，从而把政客夺取权力并横行霸道的手段，嫁祸于民主。政客们的这种手段。与民主根本不搭边。那些靠选票上来的政客，一得势就可以胡作非为，也不是民主的罪恶，恰好说明他上台之后民主缺位，权力的邪恶没有得到控制。

暴政，从来都是少数人的专利，只不过借用的是"多数人"的名义。背后还是"少数人"——希特勒屠杀犹太人和进步人士就是如此。

宣传"民主是多数人的暴政"的核心目的，是反对民主，给这个"美丽的姑娘"泼脏水，让世人远而拒之。做这文章的"老和尚"，不乏"精英经济学家"，他们真的很不"反智"（他们诬称民众"反智"），很会施"反间计"来败坏民主形象。比如，开发商要拆一个小区的房子，遇到一些"钉子户"时，地方政府就出面要全小区住户"民主投票"，决定迁不迁。结果，"钉子户"是少数，意见被否定，损失惨重。"老和尚"就以此为证，说，瞧，这就是"民主是多数人的暴政"，在得到同情拆迁户的名声后，恶狠狠地捅了民主一刀！拆迁户的房子新旧不一，质量有别，位置不同，拆迁补偿应依实际情况而定，应该由开发商同每个住户谈判，分别签协议，解决矛盾；让全小区居民投票决定，是转移矛盾，让不应或无权代表"钉子户"的人决定"钉子户"的利益，本来就是很阴毒的一招，是反民主的。"老和尚"当有足够的智商将此与民主分清，他们没有这样做，而是借机妖魔化民主，何其毒也！

美丽的姑娘不是妖怪，妖怪应该是"老和尚"。

（原载《杂文月刊》2009年第7期）

"贾君鹏的爸爸"逗谁玩？

汪金友

一说"贾君鹏"，大家都知道，就是他妈妈喊他回家吃饭的那个"贾君鹏"。按说，"贾君鹏"的妈妈喊"贾君鹏"回家吃饭，与旁人无关。只因为有人把这个帖子贴到了网上，于是便引起了很多人的好奇心。"贾君鹏"是谁？谁在喊他？他为什么不回家吃饭？一时间，"贾君鹏，你妈妈喊你回家吃饭"的帖子，铺天盖地，到处飞扬。短短几天，点击量就达到760万次。等大家回过神来，这才发现，哪有什么"贾君鹏"，只是"贾君鹏的爸爸"逗你玩。

被称为"贾君鹏之父"的人，是一个27岁的小伙子。他供职于北京一家传媒公司，专门从事网络营销。在接受记者采访时，这个小伙子承认，关于"贾君鹏"的这场炒作，是为了激活一种游戏。为此他们组织了一个庞大的运作集团，虚拟了"贾君鹏"这个人物，并以"贾君鹏，你妈妈喊你回家吃饭"为题，开始进行大规模炒作。据说他们总计动用网络营销从业人员800余人，跟帖和复信10余万条。并由四个执行席媒介，轮班监测执行情况，两小时一次电话汇报。在引发轰动效应后，策划团队才撤出。"贾君鹏的爸爸"还自豪地告诉记者，这个"创意"，让他们赚到了"6位数"。

著名相声大师马三立有一段相声叫"逗你玩"。一个小偷想偷一家人晾在外边的衣服，于是就先忽悠看衣服的5岁小孩，说自己的名字叫"逗你玩"。等这个小孩相信之后，他就开始拿衣服。他拿人家裤子的时候，小孩儿喊："妈妈，他拿咱裤子啦。"屋里干活的妈妈问："谁呀？"小孩回答："逗你玩。"妈妈不耐烦地说："好好看着。"这时小偷又拿了一条裤子，小孩又喊："妈妈，他拿裤子。""谁呀？""逗你玩。""这孩子，一会儿我揍你,老实看着,别喊。"就这样,小偷把小孩家的褂子、裤子和被面子都拿走了,那个小孩,还仍然在那儿喊"逗你玩"。

我觉得,我们这些追着看"贾君鹏"是不是回家吃饭的网民,就像那个5岁小孩。他说他叫"逗你玩",你就相信他是"逗你玩";他说贾君鹏没有回家吃饭,你就相信贾君鹏没有回家吃饭。一路好奇,一路兴奋,一路跟踪,一路打探,让人牵着鼻子走,废寝忘食好多天,人家得到了"6位数",我们自己得到了什么?

"贾君鹏的爸爸"之所以把这么多人玩得团团转,主要得益于他编织了一个有趣的小故事。"贾君鹏,你妈妈喊你回家吃饭",虽然只有12个字,但情节俱全。人物上,有一个含辛茹苦的母亲,一个爱玩魔兽的儿子,还有儿子的一个好友。但这三个人物都限定在一个情节中,所涉及的内容包括未成年人教育、网瘾、魔兽,立意上又体现了友情、亲情等因素。既可看做是一部"超微型小说",也可视为一句"流行语"。而且当听到这句话的时候,还会唤起很多人的童年记忆。由此我们也可以发现,任何炒作和诱惑,都会穿上美丽的外衣。在娱乐中让你自愿上钩,在甜蜜中让你放松警惕。

网络是一个虚拟的世界,背后不仅有许多"高手",而且有许多"黑手"。他们瞪大了眼睛,虎视眈眈地观察着网民的一举一动。看用什么办法,能够让头脑简单的鱼儿上钩。所以我们普通的网民,一定得保持清醒的头脑。可以娱乐,但不能无度;可以猎奇,但不能无聊;可以跟风,但不能起哄;可以有爱有恨,但不能受人愚弄。否则,人家把你卖了,你还乐呵呵地在那儿帮人家数钱。逗你玩,你就玩,可怜不?

(原载《广州日报》2009年8月10日)

忽悠忽悠我爱你

刘兴雨

据忽悠有线台网报道，天下已经进入了忽悠的时代，酒香不怕巷子深的时代已经过去，谁再一劳本神已经步履维艰。

忽悠就能出名，忽悠就能成事，忽悠就能从无到有，忽悠就能由弱到强，忽悠就能让无赖成为神明，忽悠就能使小人成为大师。

在忽悠的千军万马中，名人由于名气大，格外吸引眼球。小品大王赵本山为蚁力神在电视上使劲忽悠一顿以后，跳陷阱者争先恐后。最后，许多人倾家荡产，欲哭无泪。青歌赛评委、著名作家余秋雨宣称为都江堰灾区捐出20万，还自称是全中国学者、作家里捐款的最高纪录，可一年之后那20万仍未到账。后来20万又变成捐赠图书馆，善良的人想，一个图书馆，也不容易，可弄到后来，图书馆成了即将捐赠一万册书了。真是老虎进去小猫出来，这下人们可被忽悠的不轻。

能忽悠的人代不乏人，大跃进时，一个科学家忽悠国家最高首脑毛泽东，说利用好太阳能，一亩地能打上万斤粮，结果人们高高兴兴地进食堂，以为人民公社是天堂，可没想到天堂里竟然饿死上千万人。

现在能忽悠的人也是神通广大，要风得风要雨得雨，可以说如鱼得水。在有些人眼里，敢忽悠是有魅力的表现。过去说人有多大胆地有多大产，现在则是有骆驼不吹牛。现在光是敢忽悠已经跟不上行市了，还要会忽悠，会忽悠那就不仅是有魄力，而且是有能力了。敢忽悠会忽悠，才能拾元的东西卖出百元，产品才能热销；敢忽悠会忽悠，才会人见人爱，乌鸦变成凤凰，丑小鸭变成白天鹅；敢忽悠会忽悠，名声才能增大，小名才能成为大名，大名变得中国搁不下；敢忽悠会忽悠，赵本山装的那个大忽悠不光能把别人好好的腿弄瘸，让人骗走自行车还对人说谢谢。

不会忽悠的，你即使货真价实也卖不过会忽悠的。就像卖药的，你老老实实地在地上摆着，别人可能不理不睬，可你要是又吐火球、又吞铁球，再用扎枪往肚皮上比量，那就效力非凡，购买者惟恐买不到。可以说，这是一个能忽悠者大行其道的时代。不但老百姓忽悠当官的，当官的也忽悠老百姓，真是八仙过海，各显神通。

不知你注意没有，忽悠者绝少为了表面的虚荣浪费口舌，横飞的唾液里往往隐藏着利益的打算。一个小品中说，没好处谁叛变呐？我们把这句话套用一下，就是，没实惠谁忽悠哇？美国的信用评级机构穆迪公司把灵魂出卖给了魔鬼，人家给他们钱，他们就为次贷贴上了最佳投资级别的标签，一下子贴出一个金融海啸。忽悠者明明是坑害别人，却总是屡屡得手，而且奇怪的是他们往往都能成气候，让人愤怒又让人无奈。我认识一个搞书法的人，在我市顶多也就是个二流水平，可他到处忽悠，说哪个国家领导收藏他的作品了，一幅字卖出上万元钱了，不久还要到台湾展出，马英九决定接见他。说得神乎其神，不明就里的人以为他是全国一流的大师，收藏他的字就可能将来卖个好价钱。

可以说，天下无处不忽悠，忽悠者无往而不胜。让人恨不得无数遍地高呼：忽悠忽悠就是好，忽悠忽悠我爱你。可稍微冷静下来一想，如果都这样乐此不疲地忽悠，那就将人不成其为人，国不成其为国。于是，只能长叹一声，说一句：忽悠，想说爱你不容易。

（原载《杂文报》2009 年 8 月 14 日）

"温和腐败"践踏了什么?

唐 宋

最近,"温和腐败"一词名声大噪。因受贿索贿400多万元、贪污50多万元被判刑的云南省麻栗坡县委原书记赵仕永认为:那些不给钱就不办事的人是"暴力腐败";像他这样,在为人办好事的情况下收点钱,是"温和腐败"。

对于贪官,老百姓向来深恶痛绝。可是,对这位"温和腐败"的县委书记,有些人却为其说情。原来,他在任的几年间,该县的财政收入由文山州的倒数第二名,跃居第三名。赵仕永在为自己捞钱的同时,也干了些事。

这让人想到另一个案子。山西省繁峙县原反贪局局长穆新成案发后,被查出的财产超过一亿元。由于他获得不法收入后,拿出一部分钱"扶危济困"、修庙种树,案发后还受到一些人的"力挺",被称为"侠贪"。

"温和腐败"和"侠贪"之类的说法是一种奇谈怪论。贪污就是贪污,违法就是违法。无论怎样寻找借口美化自己,都不能改变贪污腐败的实质。"不给钱不办事"是腐败,"不办事不收钱","办了事才收钱",同样是腐败,是以权谋私、权钱交易,都是对法律制度的践踏。

政绩不是贪婪的借口,功劳不是腐败的资本。一有的官员有了政绩后,认为"有政绩,贪点没什么"。有的官员有了功劳后,认为"吃点儿、拿点儿、捞点儿是应该的"。有的贪官落马后还感到很委屈,觉得自己没有功劳也有苦劳,甚至在法庭上提出"将过去之功抵现在之过"的请求。他们为什么就不想想,工作难道不是领导干部的本分,为群众干事难道不是领导干部的天职?这是没有什么价钱可讲的,更不能成为贪墨的理由。

对贪腐不以为耻、反以为荣的逻辑,折射出一些人已经没有了道德底线，没有了是非标准。如果任由"温和腐败"、"侠贪"等潜规则、潜标准蔓延，任由"有政绩，贪点没什么"的错误思想泛滥，任由"吃点儿、拿点儿、捞点儿无所谓"的不良风气盛行，不但败坏党风政风，破坏党和政府的形象，甚至会威胁到我们党的执政地位。

"温和腐败"的县委书记和"侠贪"的反贪局长都受到了法律的严惩。值得我们深思的是，为何有些人还会对他们有所"同情"？老百姓是善良的，可老百姓的眼睛是雪亮的。切望持有"温和腐败"想法的干部想一想，这是不是辜负了党和人民赋予的权力，辜负了群众的信任。我们应该得出这样的结论：党和人民赋予的权力，只能用于为人民服务，不能为个人利益所"劫持"。在对贪官进行应有的司法审判后，还需要严肃清理各种腐败有理的谬论，对错误的权力观予以批判，肃清恶劣影响，纯洁社会风气。

（原载《人民日报》2009年8月20日）

当道德遭遇潜规则

徐怀谦

这是一个到处都布满潜规则的时代，是让正常的规则还是潜规则主宰我们的生活，这是一个问题。

总体来说是邪不压正，可是在某些领域某些行业某些地区，倒真是潜规则大行其道。比如，"不跑不送，原地不动；又跑又送，提拔重用"就是某些官场的真实写照；红头文件上说义务教育阶段免收学费，免试、就近入学，不允许招收择校生，也不允许变相收取择校生，可是很多家长为了让孩子上一个好学校，削尖了脑袋争着去交赞助费、择校费；在很多医院，医生收受和索取病人红包，开药、开检验单有回扣和提成，以假冒伪劣仪器牟取暴利，早已成为公开的秘密。

面对这类潜规则，一些人选择了沉默，一些人选择了顺从，一些人选择了愤世嫉俗，还有一些人选择了抗争。

陈晓兰就是医疗打假领域里的一个抗争者。她原是上海一家医院的理疗科医生，十多年前，她发现自己所在医院用假冒伪劣医疗仪器进行所谓的治疗，无数患者不仅身体健康受到威胁，而且还要支付巨额的医疗费用。她开始向上海和国家相关部门举报，从此踏上了同医疗腐败作斗争的漫漫征程。在她调查的23位接受过光量子治疗的患者中，有9人死于肾功能衰竭和肺栓塞。近年来，被她揭露的各种假冒伪劣医疗器械达20多种，其中有7种被取缔。而她本人则分别以"下岗"、"退休"的名义两次被迫离开两家医院。

这是一出堂吉诃德式的悲剧。其悲剧意义不止在于患者生命和财产利益的被侵害，不止在于陈晓兰个人所遭受的不公正待遇，更大的悲剧在于，医疗腐败不是个别医生的问题。而是院长的问题，是管理制度的问题，是

"潜规则"的问题。一个有良心有道德的人来挑战潜规则,中间的艰辛可想而知。

潜规则太可怕了,《一个医生的救赎》的作者朱晓军说:"有什么样的医疗制度就会造就什么样的医生,有什么样的院长就会把医生胁迫到什么道路。医院的问题是院长的问题,院长的问题是医疗卫生主管部门和监管部门的问题。在问题医院,规则是挂着的羊头,潜规则是卖着的狗肉。院长则是潜规则的制定者、执行者和受益者。坏的医院必然有一个坏的院长。"由此看来,陈晓兰所挑战的不是几个拿红包、吃回扣的医生,甚至不是几个利欲熏心的院长,而是被市场化原则赶着跑的医疗体系。在这个体系中,陈晓兰本来是既得利益者,至少是利益同盟者,可是她却选择了跳出界外,与整个利益集团作对,这就注定她是一个悲情英雄。她之所以如此选择,不是为了得什么感动中国十大人物,而是为了患者的利益,为了自己灵魂的安宁。从这个角度来说,她并不是孤军作战,在她背后是一个因她而得救的庞大的百姓群体。

想想看,这些年来,如果没有三聚氰胺的被揭露,没有癌症村、艾滋病村的被曝光,没有许多良心未泯的"圈内人"揭露一个个消费陷阱,我们岂不是生活在水深火热之中而茫然无知,被潜规则着却怡然自得吗?这些良心和正义的坚守者所救赎的不只是他们自己的灵魂,他们所纯洁的是一个行业、一个领域,乃至一个民族、一个社会。

第一个站立起来的猴子往往被同类咬死,可是没有第二个、第三个、第N个猴子的站立,就没有今天直立行走的人。在每一个潜规则盛行的领域,都需要第一个站起来的人。他们不应该成为悲情英雄,他们不需要救赎,真正需要救赎的永远是那些有罪的人。一个有道德的人,在遭遇潜规则时敢于站出来,这是令这个时代都尊重的,他们是正义的使者,我们尊重他们。

(原载《做人与处世》2009年第10期)

中国专家速成手册

会飞的猪

黎叔说,二十一世纪最贵的是人才,那比人才更贵的是什么呢?没错了,就是专家。世上根本就没有什么专家,天上掉下的砖头多了,也就有了"砖家"……这是一个什么都可以成为专家的时代,只要认真学习贯彻以下六点,成为"砖家"指日可待!

专家杀手锏一:遇到什么问题都说:"这很正常"。

不管别人提什么千奇百怪的问题,你都要回答:"这很正常。"这样做的好处是,既说明了自己见多识广,又能说明别人少见多怪,从而确立自己的专家地位。

完美示范:

1. 有人问:"为什么汶川地震,我们国家的地震局没有任何预测?"你可以说:"这很正常,地震预测是世界性难题。"

2. 有人问:"为什么中国足球,搞了这么多年改革,现在连伊拉克都踢不过?"你可以说:"这很正常,因为足球比赛中有很多不确定因素。"

如果还有人问:"你为什么老是说这很正常?"你可以说:"这很正常,因为我是专家。"

专家杀手锏二:一定要与正常人的见解有区别。

专家之所以称为专家,就是要见人所未见,言人所未言,你一定不能人云亦云,拾人牙慧,一定要秉承语不惊人死不休的光荣传统。

完美示范:

1. 有人说:"物价涨得太厉害了。"你要说:"不是物价涨,是中国的东西太便宜。"

2. 有人说:"股市跌得太厉害了,政府应该救市。"你要说:"不行,要坚持中国股市的自由市场经济地位，避免政府对股市的干预。"

3. 有人说："CPI增长了8.4%，活不了了。"你要说："这样的物价水平，大多数人都能接受。"

如果还有人说："中国专家狗屁不懂，一天到晚就知道吃饭。"你要说："有时候我们也吃肉粥。"

专家杀手锏三：必须分点论述。

分析问题原因的时候，要分出一二三四。这一点很重要，就算是一个原因，你也要分出一二三四来，这样做，才能显示你对问题确实有研究，不愧对专家的称号。如果说一二三四的同时，你还遵循了先世界后中国的顺序，那么你就可以成为中国的著名专家了。

完美示范：

1. 你可以说："我分析汶川地震中校舍大量倒塌主要有三个原因：第一、从世界范围内来说，地震中校舍倒塌是普遍存在的问题，例如美国……第二、校舍倒塌，主要是因为地震的强度比较大；第三、校舍倒塌，也存在建筑不合格的可能……"

2. 你还可以说："我分析这次发改委提高油价有三个原因：第一、主要是受国际油价上涨的影响；第二、人民群众对柴油的需求量增加；第三、石油生产企业的供应量减少。"

你甚至可以说："我分析专家的可信度降低有三个原因：第一、从世界范围来看，专家的预测通常都不太准确；第二、人民群众的智商明显提高；第三、有些个别专家是猪，戴了个帽子，伪装成人类。"

专家杀手锏四：说别人听不懂的话。

要说那些别人听不懂或者听完之后就迷糊的话，一定要用你强大的逻辑把大家绕晕，这些逻辑合不合理不用去管，甚至这些话说完之后你自己都不懂也没关系。反正话说出去，大家听完之后，觉得不妥，也只能在网上喷喷口水，这对你专家的身份没有丝毫影响。

完美示范：

1. 有人问："保险公司为什么会推出如此庞大的融资计划？"你可以

说:"股市最重要的功能之一就是再融资,从经济学的角度讲……"

2. 有人问:"你觉得中国楼价这么高正常吗?"你可以说:"我们必须一分为二地看问题,虽然从某个角度来说不正常,但是从社会学上来讲……"

如果还有人问:"为什么听完您的讲话,我有点困?"你可以说:"恭喜你,你听懂了!"

专家杀手锏五:有大局观念并顾左右而言他。

有两个最重要的原则,是保证你成为专家之后能在国家媒体上保持上镜率的关键:一要有大局观念;二要善于顾左右而言他。

完美示范(第一点):

1. 你可以说:"虽然我们的法律法规还不太完善,但是目前我们国家在这一方面已经有了长足的发展……"

2. 你还可以说:"虽然地震不可预测,但是我们国家对于地震的科研工作还是相当重视……"

你甚至可以说:"虽然中国的专家都是猪,但是我们国家在饲料中添加了许多提高智商的添加剂……"

完美示范(第二点):

1. 你可以说:"对于你提到中国看病难的问题,美国也存在这样的问题我记得德克萨斯州1932年……"

2. 你还可以说:"警察打人这样的事,只是警察队伍中个别人的个别问题,日本也有这样的情况,我记得在东京1625年……"

专家杀手锏六:与国际接轨。

最后这招,是大家都熟悉的绝招——与国际接轨。这招一出,基本天下无敌,不管什么棘手问题,只要你往这方向一引,所有困难都可以迎刃而解。

完美示范:

有人问:"中国专家为什么工资这么高?"你可答:"与世界接轨。"

如果还有人问:"为什么别的国家的专家都是人,中国的却是猪?"你可答:"中国特色。"

综上所述,有此六技,则中国专家可成矣!

(原载《华声》2009 年第 12 期)

关注就是力量　围观改变中国
笑　蜀

哈尔滨水价听证会上，市民代表刘天晓因得不到发言机会而大怒，当场扔了水瓶，这只水瓶旋即引来媒体对听证会问题几乎铺天盖地的追踪和报道，犹如千万只水瓶共舞，一时颇为壮观。

听证会猫腻重重其实早已众所周知。这反映了当下的一个困境。政务公开是大方向，但总是上有政策下有对策。你规定必须招投标吧，他有围标来化解；你规定必须听证吧，整个听证完全他自己主导，找来的听证代表实际上都是内部人，圈内听证，结果不望可知。权力通吃，强者通吃，一些通行有效的制约程序，到了我们这里似乎总会变味，不仅不能有效制约，反而徒然给人家作了包装，让人家可以进而披上公开透明的堂皇大氅，既赢了里子也赚了面子。

难怪公众提到政务公开就往往气不打一处来。

于是我们总看到一种苦笑，总听到一种声音，"有什么用呢？什么都不会改变"。言论的无力与无助，良知的无力与无助，似乎是普遍现象。世界上的道理本来简单，翻来覆去就那么几条。道理早已经说尽，不是不明白，而是特殊利益太大，道理的阳光难以阻遏特殊利益的诱惑。但凡遭遇特殊利益，道理往往只能甘拜下风。

但是，现实真如此苍白么？前途真如此黯淡么？那么一切的奋斗还有何意义？

这正是我们不能苟同的。我们的不苟同当然同样有成千上万个理由，而且每个理由也都有证据的坚实支撑。就说听证会吧，市民代表刘天晓的那只水瓶，不是马上引来媒体追问么？那只砸向地面的水瓶看起来对谁都没有杀伤力，但它引来的媒体追问，却吸引着亿万人的围观。关注就是力量,围观就是压力。这不,就在前几天,国家发改委,一直被认为是中央政府最强势的一个部委,不就专门为听证会问题发表系列文章,就公众质疑一一做出解释和说明么?你可以对他们的解释和说明不满意,因为他们的解释和说明确实往往捉襟见肘。但这不重要,重要的是,围观起作用了,他们不能再视围观为无物,他们必须回应围观。这样的回应是不能轻视的,它意味着权力的傲慢终于还是有所克制,更重要的是,他们的回应开启了民意跟政府互动的进程,可以引来公众的进一步质疑,发现更深层的问题。发改委对听证会问题的回应,就马上引来了公众对听证会程序的追问,客观上是把听证会问题的公共讨论推向了更高层次。

又岂止一个听证会问题。厦门PX事件中,散步的市民不就真的遇上了可说服的市长么?广州番禺垃圾焚烧风波中,散步的业主不也真的遇上了可说服的区委书记么?这两个事件不都实现了政府跟民众几近完美的双赢?而起决定作用的,不正是言论的作用、良知的作用么?类似事件,我们还可以举出很多很多。

这正体现了我们时代跟过去最大的不同。过去我们最多只能耳语,只能牢骚。但耳语不能改变中国,牢骚不能改变中国。即便那些作恶者,私底下也未必不是充满着耳语和牢骚,但耳语完了牢骚完了,回过头想作恶照样作恶,再多的耳语和牢骚对他们都不会有任何掣肘。而今天最大的进步,正在于我们可以不止于耳语和牢骚,可以超越耳语和牢骚。一个公共舆论场早已经在中国着陆,汇聚着巨量的民间意见,整合着巨量的民间智力资源,实际上是一个可以让亿万人同时围观,让亿万人同时参与,让亿万人默默做出判断和选择的空间,即一个可以让良知默默地、和平地、渐进地起作用的空间。每次鼠标点击都是一个响亮的鼓点,这鼓点正从四面八方传来,汇成我们时代最壮观的交响。

中国太大,中国太复杂,无论历史问题的累积,还是现实政治幅员的广阔以及政治变数的无穷组合与升级,都是举世无双。这样大而复杂的实体,在今天已经没有任何单一的力量能够一下改变。但各种力量形成合力,例如,亿万人的围观,亿万人的目光聚焦,就能聚成世界上最大规模的探照灯，就能一点点穿透特殊利益的高墙，一点点照亮我们的现实，一点点照出我们的未来。别无选择。我们的敌人不是我们身外的黑暗，而是自己内心的黑暗，那就是我们的容易失望，我们的沮丧，我们的缺乏信心、耐心和细心，我们的缺乏坚韧，轻言放弃，乃至自暴自弃。当遭遇不公的时候，不要只抱怨命运，而需要反躬自问：你像市民代表刘天晓那样扔过水瓶么？围观的亿万双眼睛中，常常有你的那双眼睛么？

（原载《南方周末》2010 年 1 月 13 日）

赵本山："别离婚！"

蒋子龙

赵本山藉2009年春节晚会捧红了小沈阳之后，却以反小品的正经口吻叮嘱这位得意门生："要谨慎，别离婚！"这是哪儿跟哪儿？他怎么把走红跟离婚进行了必然的联系？一个以搞怪逗哏成名发财的"小品王"，何以说出这般正统得近乎守旧的话？

世上的好话有千千万万，他为什么单拿"别离婚"说事？赵本山何其敏感，最善于体察社会热点，而眼下一个很明显的社会问题，就是经济危机带来的全球性离婚热潮。

中国已然"与国际接轨"，自然也不例外，而且创造了新的离婚纪录。广州一对夫妻，9月9日领证，9月15日离婚，且在网上发布离婚宣言："离婚，离婚，必须离婚！"以前的婚姻有"七年之痒"一说，现在则一年半载就开始发痒，快的只几个月就完成了"婚姻的三部曲"："相敬如宾——相敬如冰——相敬如兵"！可见商品时代，并非只有日本人才是"经济动物"，地球人大多都经济挂帅了，经济一出现危机，紧跟着婚姻就亮红灯，各地纷纷告急。

美国的统计表明，"2008年新生儿数字减少了六万八千，预计2009年将减少近十万"。英国一项调查显示，"73％的人懒得过性生活"。瞧他们这点出息！乱了，乱了，不到半个世纪的时间，男女关系就闹了三次大的动荡。第一次是"性解放"，将性和婚姻分开，谓之"泛爱"；第二次是只同居不结婚，谓之"恐爱"；现在干脆连同居都烦了，可谓之"不爱"！

如此下去世界怎么得了？如果说金融风暴能瘫痪世界经济，任这场离婚大潮蔓延下去也必将危害现代人类社会。于是，各个国家纷纷打响了"婚姻保卫战"。澳洲女议员菲尔丁最是高屋建瓴，以绿色的名义向全球男女发出呼吁："为了地球，不要离婚！"只要一离婚，势必要占用更多的土地、房屋以及水电资源等,导致温室气体排放增多。日本的办法最简单,借用古代的"武士道"那一套,将要离婚的男子集中起来,教他们反复学说三句"魔语":"嗨,我爱你!""嗨,谢谢你!""嗨,对不起!"学会了回家对老婆说,每句"魔语"每天至少说一遍。据说有奇效。俄国人的图腾是北极熊,婚姻专家告诫自己的同胞,维持婚姻最简便又最有效的办法是"熊抱"。每天给配偶三个拥抱,婚姻就会牢固;如果再多拥抱三次,就会神采焕发,精力旺盛!

说了许多外国的经验,中国有什么高招呢?我们有不同的文化背景和强大的婚姻传统,对付离婚潮的办法自然就更多,而且也更智慧。最重要的是先要务虚,解决思想认识问题。根据儒家的观点,在妻子眼里"夫"是比"天"还要高出一头的。另一方面,将老婆娶进门叫"新娘",谁的"新娘"?当然是丈夫的。"新娘"也是娘,将来还是孩儿他娘。我敬你比天大,你敬我如娘,这不就好办了嘛!何况我们还有道家的智慧。在道家看来,女人希望婚后丈夫改变,但他不会改变;而男人希望婚后妻子不变,但她肯定会变。所以夫妻相处的妙法有三条:一不要随便说好,二不要随便说不好,三不要随便问对方这样好不好,这就叫,智慧。许多夫妻吵架是为了钱,其实在对待花钱的问题上,越是态度相反的人越容易相互吸引。这是有大量调查为证的,喜欢乱花钱和喜欢节约的男女更容易成为好夫妻。

但,最重要的是防患于未然。专家们给出了一个不离婚的公式:"女方比男方有更高的学历+女方年纪比男方至少小五岁+夫妻两人都是初婚。"

怎样才能实现这个公式呢?目前在白领圈里正掀起一场"换草运动"。中国人的束缚是"兔子不吃窝边草",转换一下思维,你窝边的草介绍给我吃,我窝边的草介绍给你吃,岂不皆大欢喜!

最后还是用中国老百姓的话收尾:"宁拆一座庙,不破一桩婚;成就一段姻缘,胜造七级浮屠。"

(原载《今晚报》2010年1月22日)

包　房

梁文道

在台北，一位学界前辈请吃饭，同桌还有一对知名的作家夫妇与一位出版界的大佬。我们坐在餐厅的一个角落，旁边全是附近的大学生，一室喧腾。这家店平常供应廉价学生套餐，但只要你认识老板，而且事先打过招呼，他就能给你弄出一桌好菜。我们这晚试的便是店家私房绝活，大家都吃得很开心。我看看那对作家夫妇捧着碗喝汤，再看看身边的前辈手剥虾壳，四周全都是放学的孩子一片喧闹，便想起陈丹青笔下的台湾。

身为北京来客，陈丹青很敏感地意识到台北朋友吃饭，总是随随便便在路上找家店，再有地位的主人也不订座，不包房。是呀，这晚的聚会，如果换了在北京、上海、广州或全国任何一个大城市，肯定是要在包房里发生的事。到底是从什么时候开始，中国人吃饭一定得在包房里吃呢？为什么除了大陆以外，香港、台湾及其他海外华人社区都没有这种习惯？

如果单从吃饭的角度来讲，我其实比较喜欢热闹的大厅，尤其是那些有名的老地方。例如香港的京菜馆鹿鸣春，虽然近年水平下滑不少，但我还是很怀念她那股独特的风味。低低的楼顶罩住了满堂嘈杂的声浪，拥挤的环境使得白衣堂倌只能在最狭迫的缝道里回旋进退；鼻腔里是一股各式菜肴散发出的气味，眼睛看到的是人人开怀大嚼的俗世太平。每次遇上这阵仗，我就觉得好饿好饿，立刻摩拳擦掌预备大干一场。相比之下，包房未免太过孤清，见不着其他人点的菜，也见不着其他人的吃相，更不会有杯盘狼藉的丰年景象。无论如何，食欲都很难振作起来。

当然，即使在大陆，房间也不是人人包得起的。它有最低消费，如果不是囊中有钱，或者公费报销，一般家常便饭还是会在大厅里搞定。但这正是问题所在，为什么大陆稍有身份的人都不愿意混在外头的人群之中，而要"躲进小楼成一统"呢?你看香港"陆羽",楼上楼下谁不是李嘉诚这等有头有脸的人物,他们怎么就不怕旁人骚扰?不怕相识撞见?也许,在大陆之外的高等食肆用饭,好处之一就是能见,to see and be seen,让自己人看见自己人,这才有高等小社群的认同感。然而大陆的"精英"却最怕被看见,不止怕被老百姓看见,也怕被圈内人看见。

因为被看见就不"尊贵"了(且套用"尊贵"这个广告流行语)。就如别墅社区,愈是尊贵就愈是孤离,围墙就得愈高,保安就得愈严密。特别是"为人民服务"的官员,他们绝对不能让人民看见自己吃喝,看见桌上铺满了名贵菜肴,和地上一堆空酒瓶。做大陆精英,你得藏在暗角。

就算让自己人看见也不行,因为你怕别人有太多的联想。只有关上房门,大家才能轻轻舒出一口气,从外部那个极度污浊吵耳的世界里脱身而出,享受热毛巾敷脸的湿润,与服务生的谦卑礼貌。也只有关上房门,你才确定聊天能够聊得尽兴。没错,自古以来,我们吃饭的目的就是为了说话,而饭菜本身只不过是谈话的借口与燃料。

比起三十年前,今天的中国人说话自由了,私下骂谁都可以。可是,仍然会有某种神秘而又不一定与政治相关的气氛躲在意识的深处,使我们感到"方便"与"不方便"的区别(每次约朋友吃饭,他们都叫我这个香港人不要错把位子订在大厅,因为怕"不方便",而且不管那些朋友是什么人)。原来房间的内外就是"便"与"不便"的差异。

前两天,我和几个朋友吃晚饭,由于事先没订包房,结果被迫坐进大厅一个带屏风的角落。席间我谈起这个国家的怪状:"有些人常常公开说一些他们自己都不相信的话,而且他们心知肚明——听的人也不可能相信;至于听众,他们固然不信,他们甚至还知道——那些说话的人也是如此。整个国家就维系在这样一种神奇的默契里头,人人都清楚,但谁也不公开拆穿。"

我在说这话的时候,声音不自主地压低,我的朋友则很有默契地俯身凑近。在这"不方便"的环境里面,我们尽量保持安静。

(原载《学习博览》2010年第2期)

考大学校长三道题

刘 健

温家宝总理提出"让教育家办学"。我给大学校长们出三道题，从他们的回答中，或许能够显露其是否具备教育家的潜质。

第一题：你赞成自主招生吗？

我知道，大家肯定都答"是"。多年来，大家都在呼吁这个。按照育人规律，大学当然应该享有完全的招生自主权。

但对于一个真正的教育家来说，仅仅死咬着这么一份权力（也是"权利"）是不够的。他还应该清楚地意识到，在这份权力之上还有更高的价值。香港中文大学刘遵义校长的回答，向人们展示了一个真正教育家的境界。

2005年以前，该校在内地招生不参加统考，是完全彻底的自主招生。因为人力有限，生源基本局限在几座大城市，招生的老师一般也都住在五星级饭店里。有一年，他们甚至动用了上海一家五星级饭店的电视直播系统，让香港的老师通过这套系统当场面试内地的学生。但2005年之后，他们"自主"地放弃了自主招生的权力，改为参加全国统考，并且向各省基本平均地投放招生名额。

"面试减少了贫困学生的机会。这不公平。"刘遵义校长的助理苏基朗教授对中国青年报记者说，"我们是办教育的，目的是要改变学生的一生。那些小地方来的穷学生，他们的一生会被我们改变。因此，把资源投到这里最有价值。"

真正的教育家是这样想问题的——"香港是个商业社会，香港中大的不少毕业生从事商业或者金融业。如果一个学生从来没有接触过来自贫困地区的人，又一辈子在金融界生活，那他的视野肯定会受局限；如果这个学生的舍友是一名来自贫困地方的人,那他的视野可能就不一样了。"因此他们认为,学校帮助这些贫困学生,更重要的是帮助了学校自己。

我们的校长有多少人会以这样崇高的心态审视自己拥有的招生权力?有多少所大学利用这份自主权,对自己所办附中的学生(本校教职工子女基本全伙儿在此)搞了降分录取?

第二题:你赞成取消级别吗?

不赞成的当然不是教育家,因为古今中外,带级别的教育家还一个都未曾有过。

只想要权,不愿限权,光赞成自主招生,而不赞成取消级别的,与一个教育家的距离更是不下十万八千里。

有人担心没了级别会受到怠慢甚至贬低,似乎校长的社会地位就维系在这个劳什子上。可是别忘了,周游列国四处碰壁不受人待见,"累累若丧家之狗"的孔子,恰恰是中国第一个大教育家,"万世师表"。见人就磕头的叫花子武训,也算得上一个"平民教育家"。而出入乘坐3.0排量(副部级标配)亮黑奥迪的,一个教育家没有。

今天当一个大学校长,还不至于像孔子那样四处碰壁,所谓级别高低,也只是酒桌上多俩菜、少俩菜的差别。北大清华的校长,想见总理都不难,到外地去书记省长均恭而敬之。其他同样"副部级"的校长们则差点事儿,哪怕你学问比周其凤、顾秉林还大。学问不抬人,级别不抬校,这不难理解。朱镕基曾兼了17年清华经管学院院长,当年社会上一般观感,并没有觉得这就特别抬举了清华。清华经管与北大光华社会声誉的差距,也远没有从"正国级"到"正处级"那么大。

学校里的人爱说"我们四五十年前的校长是什么级","过去都是由周总理亲自给我们校长签发任命状"。新中国60年历史上级别最高的校长应该算武汉大学的李达,一大代表,建党元老。但那时的武大,比"小字辈"蒋南翔长校的清华地位高吗?实际上,当年那批级别超高的大学校长,如李达、吴玉章、华岗、成仿吾等,在党内基本上都是"爵高禄重的边缘人",安置在大学里,肯定不能算重用。

说句到家的实话:大学里的级别没什么油水,不要也罢。曾有某省机关正厅级官员到一家"二本"学院公干,院党委书记觉得自己跟来客"平级",于是在应酬时就直呼其名而不称职务。官员大怒,当场拍了桌子:"我的名字是你叫的吗?你这个正厅级有什么了不起?我派两个处长来就整死你!"举座愕然,咸以为其粗鲁,但并没人觉得他吹牛。

第三题:你赞成建立规范的大学董事会(或理事会)制度吗?

这个问题目前不热,但很致命。说透了,我真正的问题是:你愿意交出决策权,只保留执行权吗?

《国家中长期教育改革和发展规划纲要(2010—2020)征求意见稿》在谈到"完善中国特色现代大学制度"时,提出要"探索建立高等学校理事会或董事会"。——如果探索中的"理事会或董事会",只是如目前一些学校搞的那种荣誉机构或咨询机构,请大官大款校友或捐资企业老板来挂个名,有没有都无所谓。如果真要搞规范的理事会或董事会制度,那就将是校园里的一场革命。

"不要太在意书记、校长谁权大权小的问题。"哈尔滨工业大学校长王树国教授曾经对笔者说,"实际上,因为决策和执行不分,这两个人的权力都太大了。投资上亿元的项目,我一个人说上就上了,哪个国家的校长权力能有这么大?"

但是,如果把学校重大决策的权力交给理事会或董事会,自己只做"首席执行官",那今后校长当得也就很没有滋味了,不是吗?——然而,这正是大学内部"去行政化"的题中应有之义。

我认为,能勘破这一点的,如王树国校长,就离教育家的境界近一些。死把着权力不撒手的,肯定成不了教育家。

各位校长,yes or no?

(原载《中国青年报》2010年3月14日)

"诺至"杯大奖花落中国

李名海

路谣社记者冷朝二〇一〇年一月二十日报道：由世界非著名桥梁设计、建设专家组成的评审委员会对二〇〇九年建成通车的知名桥梁进行了评审，由中国分会选送的作品独占鳌头、力拔头筹，在世人瞠目结舌的惊诧中一举将金银铜牌收入囊中，消息传来，国际不友好人士气急败坏，而国人则欢声一片，一致认为应当刻石勒碑建立光荣柱供世代瞻仰、膜拜。记者冷朝有幸跟踪了评奖全过程，并荣幸地向国人发布其中的一些鲜为人知的细节。

三、铜牌得主——武汉天兴洲大桥

在工程施工方的对外宣传中，该大桥创造了同类型桥梁中的四项世界第一，然而这并没有构成此次得奖的理由。大桥建成通车后，局外人发现在公路桥青山引桥的伸缩缝施工中存在问题：四百三十二颗螺丝帽，其中十七颗根本没有固定，三十三颗是焊接的，还有五十颗虽然安在了螺栓上，但都高出了钢板水平面。天兴洲大桥因此被冠名为"桥松松"。

评委点评：一直以来，桥梁建筑以平铺直叙的造型、按部就班的施工、千篇一律的标准和安全第一的低俗为特征，虽然继承了传统，但是远离了现代气息和文化底蕴。天兴洲大桥的建设者以"桥松松"制造了一个悬念，形成了一分惊悚，造就了一种眼花缭乱的、不拘一格的、超凡脱俗的与悬念文学并肩的建筑文化，对人的眼球是一个巨大的吸引。

二、银牌得主——南京市汉中门大桥

这是一座投资五千万的大桥，其设计、施工及监理单位在南京赫赫有名，然而建设施工过程乏善可陈，过人之处是在建成使用一年后大桥出现了五十五处栏杆裂缝，犹如五十五朵绽放的玫瑰让南京百姓乃至全国人民耳目一新。更让人兴奋不已的是有关单位竟然用胶水来糊裂口，力图制造出一种锦上添花的效果。汉中门大桥因此被誉为"桥糊糊"。

评委点评：遭遇类似情形时，大多数人也许会惊慌失措，少数心理状态良好的人也许会用诸如偷梁换柱的手法去掩人耳目，但汉中门大桥的"糊糊者"显然属于智慧过人、胆大包天之类的超常之辈。其遇到桥栏杆裂缝时的淡定从容，其处理裂缝时的漫不经心，深得道家"无为而治"的精髓，更有太极功夫轻描淡写的精致，在对传统文化创新式地发扬光大的同时，又无形中形成了一枝独秀的建筑理念：糊糊危险的桥，让别人走去吧！

一、金牌得主——上海市苏州河河南路桥

河南路桥是上海苏州河上一座主要桥梁。已有百年历史，经过一年多的改建修整，2009年1月刚刚重新通车，12月28日，上海市苏州河河南路新桥桥墩表面突然开裂，路过这里的市民吃惊地发现，开裂的桥墩里面的填充物竟然是各种各样的垃圾。不仅是在上海，就是在世界上的任何一个角落，看到这样的画面时人们无不惊叹："垃圾造桥，真是创造了世界建造史和垃圾处理史上的奇迹。"热心的网友特别赐名"桥塞塞"。

评委点评：垃圾处理一直是困扰世界各国的难题，用垃圾建桥更是前无古人后无来者的创举，河南路桥的建设者就是这样敢于打破常规去异想天开、去付诸实践，既拓展了桥梁建筑使用材料的空间，又

衍生出了桥梁建筑文化的旁枝——垃圾处理。有人认为此举是在挑战着公众容忍能力的极限，但是评委认为这是在挑战人类想象力、创造力的极限，因此将对桥梁建筑乃至整个人类的创新思维走向产生深远影响：创新就是只有想不到的，没有做不到的！

[原载《杂文选刊》2010年3月（中）]

仓皇逃窜的民脂民膏

六六

送朋友去苏州,一个小时的路而已,而且国庆节前刚跑过两趟,去吃螃蟹。

去的时候顺风顺水,回来的时候遭遇颇艰。都到上海地界了,过了闸口,对着路牌开始迷惘。以前日日经过的A20不见了,代之以完全不熟悉的路牌,比方说上海这段高速叫沈蓉高速,就是从沈阳到成都。我对着牌子迷惑,我是该去成都方向吧?沈阳似乎有点儿背道而驰。

选了成都方向,又面临疑惑,下面是G1025之类的。我不知道这是去哪儿。这条路,看着倒是眼熟得很,就是不敢相认,还有与我类似境遇的N辆车在路牌下徘徊不走,且走且留,一步三回头,甚至有人意图倒车。

我在三岔路口最终选择了一个我认为正确的去浦东机场的方向,毕竟,那是去浦东啊!但在下一个路口我又迷惘了。感觉两个地方都不是我要去的,我需要见到A20!

我非常痛恨银行的自助语音服务系统,因为你拿起电话以后就开始跟机器较劲,那边不停让你选1234,按到最后不是忙音就是请挂机,除了给电信交通话费,啥都没干,还连个服务生都找不到。我在路牌下,就面临语音电话系统的困境。是非题,答对没奖,答错要交钱,你还不知道一路过去要错几回。

我这一路,就如诗词里写的那样"错错错,莫莫莫"了。路牌看着是越来越眼生,地方看着是越来越乡村,最终按捺不住耐心,选择一个高速口下去,在收费处,我问收费员说:"请问,去A20怎么走?我天天走的路,今天怎么就不认得了?"

收费员嘿嘿一笑说:"不认得了吧?不怕,我给你一张免费地图。"既然是免费地图，我就很高兴，收了以后说了声谢谢就打算走人。可惜闸口不开。收费员说："请缴费。"

我大惊："你刚才不是说免费的吗？"

"地图免费，但高速公路钱要缴。"

我不高兴了，问他："你们这算不算变相讹诈啊？我天天回家，从没丢过，你突然搁门口换了门牌，把我家改大酒店了，我进去住你收钱？"

收费员说："那没办法，国家统一规定的，你难道天天不上网不看新闻吗？高速公路改名这个事，上海都吵很久了，你该出门前就做准备。"

我说："合着我现在交钱我活该，因为我出门前不查新闻？你们还跟媒体联合好的吧？再多卖点儿报纸？政府官员除了开高速公路，也开媒体的吧？双向揽钱啊？"

反正无论我怎么据理力争，闸口就是不放行。该挣的不义之财，一分都不能少。

本来汽油开回家是笃笃定定够的，所以就没在最后一个高速加油站加油。没曾想，上海去苏州开了一个钟头，从苏州回上海，开了我三个半钟头，基本上等于环沪一周游了。

油表开始滴答乱叫。

我前所未有地淡定，丝毫不慌。若是真不幸油尽灯枯横车街头，我一点儿都没不好意思，理直气壮将车丢路上自己搭顺风车走。我不甘心只能社会捣我的乱，而我不捣社会的乱。所以冤冤相报就形成了，互生敌意。连我这种循规蹈矩的好人，都有想泄愤的念头。

据说五千块牌子换了上海两亿的财产。大家都在破口大骂说上海政府官员当我们傻蛋。我冷冷一笑说，你们才是真正的傻蛋。你们要是都闷声不响，让他们报出四亿的价来，他们至少还体恤民情一点儿，分两步走，先在新路牌后面注明老路名，而后等大家适应了再摘。现在你骂多了，人家阴你，叫你天天开冤枉路，光多收的高速费那一段，又多出两亿来。还不算我多绕的油钱给中石油作的贡献。

我像一只老鳖，在水池里乱窜。我的命运就是伸头也一刀，缩头也一刀,没得选。

现在正是秋菊黄,蟹膏肥的时候。我们总是驱车去阳澄湖吃蟹。

揪住螃蟹的身体,两边一掰,厚厚的膏或者黄顺着壳流淌,我流着口水将它们吸吮干净。把你们养肥了,不就为等秋天拿来吃的吗?

我在高速公路上左右摇摆不知方向的那一刻,就觉得自己是仓皇逃窜的螃蟹。

交钱的时候,那只手,拿的就是我辛苦养的膏脂。

(原载六六著《交谈与疯话》,长江文艺出版社 2010 年 3 月版)

演百姓

王跃文

俗话说：人往高处走，水往低处流。但是，水到最低处，流向大海就成了海水，失掉了水的真味；人到最高处，倘在古代就是人主，也缺少了人的真性。人越是位高权重，越活得不像本真的人。演戏是常事，背叛和被背叛也是常事。古人说"白首相知犹按剑"，大抵是指权力场上的所谓朋友。平头百姓不必如此，自可笑骂由己，快意恩仇。古人又说"侠义每从屠狗辈"，指的便是身在低贱处的老百姓。

但是，平头百姓到了权力场中，有时也是要被迫演戏的。晚清徐珂《清稗类钞》载一趣事，说的是乾隆皇帝弘历出巡到山东，想体察民间疾苦，召一个农夫到御舟上，询问农事丰歉，地方官好与不好。农夫的回答很让皇帝满意。弘历高兴起来，就恩准农夫同扈从各大臣一一谈话，并可询问大臣们姓甚名谁。因为农夫是奉了圣旨的，群臣不敢怠慢，均报以实姓实名。农夫遍观诸臣之后，回奏皇上："满朝皆忠臣！"皇帝问他怎么知道，农夫奏答："我看戏的时候，曹操、秦桧的脸上都涂着雪白的粉。今天见那些大臣没有一个脸上涂了白粉，所以知道他们都是忠臣！"皇帝听了大笑。

野史所载，未必可信。但空穴来风，必有因由。我相信徐珂讲的最多有些艺术夸张，不会离谱到哪里去。山东巡抚知道皇帝要来，必事先嘱咐各知府、知州、知县，诸事细细安排。河漕要疏浚清淤，官道要满铺黄沙，行宫要修葺一新。这些都是必须做的，不用动太多脑筋，征些银子即可办妥。让皇上看些什么，听些什么，这才是最要紧的。官场中人都知道侍候皇帝的秘诀，千百年都没有变过，就是一个字：哄。皇帝是越哄越高兴的，就怕没人在下面哄他。

官员要想显示自己的好，最好是借别人的嘴巴说。山东巡抚自己向皇帝奏报谷麦如何丰收，百姓如何安宁，官员如何清廉，终究不是个法子。再说了，皇帝也想知道天下太平，政通人和，但只听地方官员说，也不是个法子。于是，君臣就达成默契，让农夫来说。巡抚摸准了皇帝的脾性，猜准了皇帝会召见农夫。哪怕皇帝没想召见农夫，巡抚也有办法让皇帝想起来。这些都不必多虑，要紧的是调教一个好农夫。拿去见皇帝的农夫，并不是太好调教的，万一事先调教得好好的，见了皇帝却屁滚尿流，弄得龙颜不悦就坏事了。可见，真找个农夫，只怕是不行的。

不如找个识文断字的乡绅去演农夫。乡绅知农事，通民情，能应答，比真农夫好万倍。假的比真的管用，这也是官场路数。但是，巡抚仍有疑虑。乡绅正因读过几年书，心思就很难纯良。万一自己想出风头怎么办？万一他在皇帝面前说了真话怎么办？说不定读过书的乡绅就想当官，可他下过多次场子仍是布衣，如今到了皇帝面前难保不投机取巧。假如他博得皇帝开心了，就赏他一个官做——官帽子原本是皇帝家的，给谁不给谁都是皇帝自家的事——可是却坏了下面的规矩。谁都寻思着径自讨皇帝欢心去，巡抚们该怎么办呢？说不定他哪天就把巡抚卖了！可见，找个乡绅演农夫，只怕也是不行的。

不如找个下面的小官员演农夫。小官员肯定是读过书的，民情舆情，圣谕律例，都是知晓的。巡抚未必拿得住农夫和乡绅，小官员却是在巡抚手里捏着的。官员年年都有考核，小心巡抚批你个才力不及之类。小官员难免有些见不得人的事，巡抚要是参上一本够其消受的。倘若你把农夫演好了，哄得皇帝高兴了，巡抚自会记你的功。官员是演戏演惯了的，演个农夫当不在话下。官员比农夫和乡绅更懂事，知道皇帝其实也是演戏的。越是盛世皇帝，越是天天演戏。但是，下面得有会演戏的，方能同皇帝对上戏。徐珂笔下这位假农夫剑走偏锋，故意演起滑稽大戏，居然把绝顶聪明的弘历逗得哈哈大笑。小官员此处算把皇帝的性子摸准了：九五至尊，怎会跟乡里老儿认真计较？姑念乡愚。天真可爱，赏些银两打发回去吧。

且慢，小官员此番演农夫，实是冒了杀头风险！皇帝虽恩准农夫询问诸大臣名姓,可朝廷命官的名讳并不是平头百姓可随便问的!弘历的老子雍正恰恰为这事杀过人。清人昭梿《啸亭杂录》记载,有回雍正皇帝看杂剧《郑儋打子》,戏中常州刺史郑儋执法不避亲。演郑儋的戏子功夫好,雍正高兴起来就赏戏子吃饭。不料戏子问皇上:"今天常州太守是谁?"雍正勃然大怒,说:"你这个下贱的戏子,怎敢擅问官员是谁?这个风气实不可长!"于是发话下去,立马把这个戏子打死了。

想那演农夫的小官员领了赏银下船,背上早汗透了。

[原载《杂文选刊》2010年3月(下)]

林冲的怕

鲍鹏山

岳庙前,林冲娘子被高衙内拦住,欲行不轨。

林冲接到锦儿的告急,赶过去,从后面扳过那人,大喝一声:"调戏良人妻子当得何罪?"

举拳便要打。

但是,扳过来,看清了,却先自手软了——他认出了这人乃是高衙内,他顶头上司的养子。

反而是高衙内对他大喝一声:林冲!干你甚事,你来多管!

于是林冲只是领着妻子和锦儿闷闷不乐走开。

鲁智深提着铁禅杖赶来,要帮他厮打。林冲赶紧劝阻:"原来是本管高太尉的衙内,不认得荆妇,时间无礼。林冲本待要痛打那厮一顿,太尉面上须不好看。自古道:不怕官只怕管。'林冲不合吃着他的请受,权且让他这一次。"

这一段话有三层含义:非礼他娘子的不是一般人,而是顶头上司的养子。我怕,本来要打那厮一顿,但我在他老子手下吃饭,归他管,只好让他一次。我忍,这小子不认得我的老婆,所以才一时无礼。如果认得,也不会。我理解,还有一层意思是:后果不严重,一场误会而已,你也别生气。

你看,这种事,本来应该是鲁智深劝林冲不要生气冲动,反而让林冲来劝鲁智深息事宁人。

那几天,林冲很闷,很想上街,找人喝喝酒,散散心,但是,就是不愿找鲁智深。这时,陆虞侯来叫他,他马上就和陆虞侯一起上街喝酒去了,而且,还吐露胸襟,吐露郁闷:

"男子汉空有一身本事,不遇明主,屈沈在小人之下,受这般腌臜的气!"

可见,林冲知道高太尉是个什么货色。但他却一直敬着他,奉承着他,找机会亲近他,当面一口一声"恩相"叫着他。

为什么?因为怕。

他在这儿把陆虞侯当哥们,披肝沥胆,哪里知道陆虞侯是来调虎离山的,这边陆虞侯骗出林冲,那边富安就骗出林冲娘子,关在陆虞侯家,由高衙内纠缠调戏欲行不轨。

锦儿报信,林冲赶去。听到关紧的房门内高衙内正在纠缠妻子。

林冲立在楼梯上,叫道:"大嫂开门!"娘子来开门,高衙内推开窗子跳墙跑了。

林冲把陆虞侯家打得粉碎,将娘子下楼。

这一段叙述里,有些细节颇值得我们推敲。

首先当然是林冲的行为,听到自己的娘子被人关在房里调戏,是个男人都会怒发冲冠,不顾一切打将入去,但林冲此时却很"稳重"地站立在楼梯上,叫老婆来开门,而不是打烂门自己闯进去,太沉得住气,也太"文明"了。

可接下来他又把陆虞侯家打得粉碎。这让人疑窦丛生:他为什么在高衙内还在时,不一脚踹开门冲进去痛揍他一顿?

还是一个字——"怕"。

既不敢痛打高衙内一顿,就不能冲进去。既不能冲进去,他就只好"立"在楼梯上,大喊妻子开门。大喊开门,就是给高衙内时间,让他逃走,免得两人撞上,打又不是,不打又不是。

林冲一生,总是"不敢"。我做了一个粗略统计:从第七回到第十二回,这写林冲的六回里,写到林冲"不敢"的,就有六次,其他:怎敢,一次;如何敢,三次;哪里敢,两次;岂敢,一次;敢道怎地,一次。加起来,有十四次之多。

我这里不是在说林冲孱头懦弱无骨气。其实,谁又不怕呢?

林冲"将娘子下楼,出得门外看时,邻舍两边都闭了门。女使锦儿接着,三个人一处归家去了"。

这看似闲笔,却颇有意味。盖此事已闹得沸沸扬扬,人人皆知。可是邻舍都闭了门。作者正是要通过写邻舍都闭了门,来写人人皆知此事。都知此事,却又为何都闭了门?那是大家都不想惹事。

一开始,林冲娘子被关,锦儿一定沿途呼救。这时,他们若大门洞开,他们管还是不管?

不管,实在说不过去。

管,这可是花花太岁高衙内的事,能管吗?自己有几个脑袋?

于是,关上门,闭上眼,就当没看见,自欺欺人。

于是,林冲娘子被关,林冲会不会就此做了乌龟再说,两边邻舍倒先一个个都做了乌龟。什么乌龟?缩头乌龟啊。没有一个见义勇为出手相救的,没有一个路见不平拔刀相助的。为什么?

还是怕啊。

于是,东京大街上,就出现了这样情景:青天白日,却阴森可怕,街衢宽阔,却空无一人。林冲一家三口,孤零零走过。

这样的大街,是否会让人感受到彻骨的寒意?

《水浒》写出了林冲的怕,写出了林冲同时代的人的怕。

而且,林冲的怕,就是我们怕的。

古代的林冲,怕着现代的我们的怕。

在权力社会里,谁能不怕?谁不是乌龟?

谁能够有尊严地活着?

(原载《中国周刊》2010年第4期)

劝你马上把房拆

汪　强

一劝你马上把房拆：你今天就搬出去，让人家明天就来拆。这样，你就争了个第一。做其他事，要想争第一不容易，而争这个第一是轻而易举的事。争了这个第一，政府会说你识大体，顾大局，还会得到经济上的好处，一个平方米多补贴200元，你就多得到两三万。

二劝你马上把房拆：我真替你可惜，将争第一的机会失去了，将争前十名的机会也失去了。到如今，已经有97户人家准备拆，你再不搬出去，前100名也争不到了。我劝你不要再有丝毫的犹豫，立即搬出去，无论拖几天，总是要拆的，何必不早拆？

三劝你马上把房拆：我们已经打听到了，你有一个外甥女做教师，一个侄儿做医生，一个表兄在政府工作，你要是再不搬出去，政府就会根据市政府124号文件精神让你的外甥女、侄儿、表兄停职来做你的工作。你要是硬不搬出去，你就影响了他们的工作、他们的前途，你就成了这个家族的罪人，你就会众叛亲离。

四劝你马上把房拆：你要是今天搬出去，那还可以算你主动搬出去的。过了今天你再不搬，那就要将你视为钉子户了。什么是钉子户？钉子户就是蛮不讲理的户，就是与政府对抗的户。你想想，与政府对抗有好处吗？不说其他，你做生意总要跟国税局、地税局、工商所、卫生防疫站打交道吧？它们哪个想找你一下麻烦，大约都能叫你吃不了，兜着走。

五劝你马上把房拆：明天施工队就要进工地了。那么多机器在工地施工，会不会将它震倒了？万一睡到半夜，房子倒塌了，那怎么得了？况且，你就是不为自己着想，也该为家人着想。我劝你想开一点，房子再重要，总没有身体与生命重要。这一点,你怎么就想不明白的呢?

六劝你马上把房拆:明天这儿就要断水断电了……不,绝不是与你过不去,而是为了正常施工。你应该懂得,总不能为了你一个人,影响公共利益,影响城市化进程,影响现代化建设的大局。你要是现在就搬出去,我还可以给你通融通融,在你购房时照顾你20平方米。当然,你不能说出去。说出去,前边拆迁的人都要来找我,那就不好办了。

七劝你马上把房拆:告诉你,你在门口拉出大幅标语,说什么"誓死保卫《宪法》、《物权法》!"这影响十分恶劣。你说你要誓死保卫《宪法》、《物权法》,那是不是说我们政府在破坏宪法、物权法?张书记很生气,刘镇长很恼火,是我做了很多工作,才没有将你请进派出所。不过,刘镇长说了,你要是把标语取下来,立即搬出去,他就不跟你计较,要是你顽固不化,与政府对抗到底,那就对不起你了……

八劝你马上把房拆:我们坚持以人为本,搞人性化拆迁,没有对你动粗,你就以为政府软弱可欺。告诉你,我们的政府不是美国的政府,不是好欺负的。政府想办的事情,从来没有办不到的。你想与政府碰,那是鸡蛋碰石头,是蚍蜉撼树,是螳臂挡车。你再不自觉,那就让推土机开过来,不到3分钟就能将你的房子推倒。你信不信?

九劝你马上把房拆:听说你想上访?我劝你死了这条心。实话告诉你,书记已经在市里表了态,我们镇今年要实行零上访。因此,凡是扬言要上访的,都成了我们的监控对象。不瞒你说,在昨天的会议上,已经确实你为不稳定因素,重点控制对象,你的一举一动,都会有人监视,你能走到哪里去?退一步说,就算你侥幸走出去,到了北京,也会被抓回来。到那时,或者将你关进看守所,或者将你送到精神病医院,你能到哪里去申冤?明确地告诉你,凡是拆迁的官司,法院都不会受理。

十劝你马上把房拆:你什么意思?你想跳楼自杀?那我告诉你,这吓不倒政府,政府搞拆迁的决心是不可动摇的。你知道那个唐福珍吧?她浇上汽油自焚,房子不照样被拆了?也没见哪个领导因为她自杀坐了牢。镇长说了,要拆迁就会遭到抵抗,死人的事情是难免发生的。你看吧,推土机已经开过来了。我最后劝你一次,不要走极端,不要心存幻想。你就是把命送了,推土机也不会停下来。

(原载《杂文报》2010 年 5 月 11 日)

还有多少个赵作海沉冤未雪

李富永

前几年发生在湖北的佘祥林"杀妻"而"妻"还活着的滑稽冤案，最近又在河南商丘上演了。

这次的"佘祥林"名叫赵作海，"被杀"的人叫赵振裳。其实，赵作海不仅没杀人，而是受害人，被赵振裳当头重重地砍了一刀，赵振裳以为自己把他砍死了，仓皇之间畏罪逃亡，没想到他的失踪被司法机关认为是被赵作海杀后灭尸。在赵振裳"复活"前，赵作海被判死缓，已经坐了十一年牢。

有学者将这件奇案视作错案，认为是办案人员"常识未入人心"，违反了"疑罪从无"、"排除非法证据"、"证人应出庭作证"等司法理念所致。潜台词是：疑罪虽疑却必有罪；取证手段虽不合法，但证据一定是真；证人虽没出庭，但证据一定没错。这样的分析对办案人员是肯定的，认为导致冤案只是出于主观偏差。如此说来，这漏洞百出的冤案，竟然只是办案人员的"常识"不足造成。

办案人员水平真的就这么低吗？中国古代科技那么落后，还出现过类似狄仁杰、包拯等无数明镜高悬的清官。现在的法官没见到证人就判案，真的只是"常识"不足吗？

从媒体披露的情节看，一点儿也看不出公安局、检察院和法院接连出错是"常识"不足所致。赵作海被警察刑讯逼供后，自然"屈打成招"，难道这样的取证方法也是"常识"不足？没有证据就刑讯逼供，不够公诉条件也要公诉，明知有冤也要判，能是"常识"错误？既然是杀人分尸，理当判处死刑立即执行，为什么偏偏判死缓？说明判案的法官心里并不相信。枉法判决未必就一定是因为贪赃，但是为了完成上级下达的"限时破案、限时清案"任务，证据不足也要判，没有证据就创造证据，不惜冤枉无辜，分明是只惜自己的"成绩",只惜自己在上级领导眼里的能力,只惜自己的官位前途。

在司法机关的思维里,有一个公式:赵振裳失踪＝赵振裳被杀,无头尸体＝赵振裳尸体,全然不顾赵振裳将赵振海当头重砍后立即畏罪潜逃的事实。似乎重伤的赵作海依然有孙悟空的本领,赵振裳跑到哪儿,他就能追到哪儿,追上后就杀了他,杀了他以后,还不就近掩埋,偏偏将尸体搬回家门口掩埋。这样的"常识"错误,即使普通人也不该犯,为什么专业的公安机关偏偏犯?但就是这样牵强的编造,却成了定人死罪的"证据链"!这哪里是常识错误,分明就是指鹿为马!

赵作海案还暴露了司法独立没有真正落实、司法机关层层渎职失职的现状。虽然公安机关违法取证,但检察机关毕竟最初还发挥了审查作用,多次打回公安局的报告,要求其重新侦察。但是,公安机关后来将案件提交商丘市政法委研究后,情况急转直下,在证据没有任何增加的前提下,检察机关提起了公诉,而法院则全然不顾赵作海"受到刑讯逼供"的陈述,采信公安机关的"证据"作出有罪判决。且一审怎么判,二审就怎么维持,犹如击鼓传花一样传递错误。

透过本案,我们可以隐约看到,在一些司法人员眼里,冤枉无辜似乎不算什么。比如在"死者"赵振裳复活后,柘城县法院某科长竟然说:"将无头尸体案破了,赵作海案就真相大白。"——"死者"复活了,在这位科长眼里仍算不上真相大白。但愿这位科长的想法完全是空穴来风,而不是法院习以为常的潜规则。

佘祥林之后是赵作海,赵作海之后,会不会有第三人、第四人……此时此刻,会不会有其他的"赵作海",只是因为"赵振裳"没有复活而沉冤未雪。看似完备的司法体系,仍然遏制不了司法漏洞,然而,出问题的又何止是司法体系本身?若司法惟官命是从,没有人敢于维护真理犯颜抗上,再好的制度也会扭曲,使权力结出恶果。

(原载《中华工商时报》2010年5月14日)

皇帝的"棒槌"亦当不得针

茅家梁

从史书上看,李世民对"祥瑞"这种东西向来是极为厌恶的:他经常讥笑自诩"圣明"的隋炀帝因为好"祥瑞"而被奸臣蒙蔽。

皇帝对"祥瑞"的认识达到了这么一个政治高度,确实是难得的。他对于屡屡上表"贺瑞"的群臣,似乎"坚决"抵制了,却并没有残酷打击。这也叫留有余地。噢,唯心的虔诚,方能发现"祥瑞"征兆。不能伤了上下级的感情。

"祥瑞"这种东西,尤其在遍地"莺歌燕舞"的喜庆关头,历来是有闻即贺,宁可信其有,不可疑其无。投鼠忌器,即使晓得半真不假,也根本不想去调查研究、论证检验,大大小小的官员一起来祝贺,你还能扫了大家的面子和兴致?

鲁迅说,中国人是做戏的虚无党。"打击面"好像宽了些,如果加上个"部分"做定语,便基本上严丝合缝了。《西游记》里的齐天大圣有个很特殊的本事——要是想制服对方,便放一些瞌睡虫出来。瞌睡虫一出,对方立即睡翻在地。很多时候,"祥瑞"比孙行者的"瞌睡虫"还灵光,百官差不多没有作愤怒反抗状的,有些头脑十分清醒的,眯着双眼,假装早已进入了梦乡,还鼾声如雷,一个比一个打得欢。

当然也有例外的,譬如《资治通鉴》(卷第八十)里说:吴人多言祥瑞者,吴主孙皓以问侍中韦昭,韦昭答曰:"此家人筐箧中物耳!"这不过是平常的东西罢了!连现代的知识分子都敬佩这种回答,果真是《资治通鉴》中罕见的具有思想光芒的一句。不过,再有"思想光芒",也保不了他的老命。"积前后嫌忿",吴主还挑不到下属的毛病?随随便便找个岔子就将韦昭投进了大牢,再后来,吴主诛杀韦昭,"徙其家于零陵"。一个讲真话的老实人的人生，就这样完结了。

对于本朝的"祥瑞"、有意思的"吉祥物"，唐太宗好像并没有"一刀切"。皇帝的"棒槌"亦当不得针。如果读他的《禁奏祥瑞诏》，得长个心眼。前边大半部分，说以前别的皇上一听到"祥瑞"，"莫不君臣动色，歌颂相趋"，他自己也明白"安危在乎人事，吉凶系于政术"的道理，然而"禁诏"的尾巴则称："自今以后，麟凤龟龙大瑞之类，依旧表奏。"只是"不得苟陈虚饰，徒事浮词"。

极雅的"卒章显志"——不是不禁，不能乱禁，禁只禁人家捏造的"祥瑞"。朕要的是真正的大"瑞"！"小瑞"没啥刺激，跟地方上的父母官絮叨去吧！历代缺乏自信心的帝王亟需这种精神上的仗恃，而不少"英主"也渴求这些能标志或预示政治清明百姓乐业的虚假的东西。

当年高德儒以"献瑞"糊弄隋炀帝，搞乱了人心。诺诺小人弹冠相庆，谔谔之士背心离德。从某种意义上来讲，倒是真正无意识地帮了"义师"的大忙，李世民应该感激还来不及，为什么要杀他呢？关键是俘虏高德儒之前在西河郡对李渊的招降"坚不从命"，而对李世民的猛攻，又"闭城扼守"。"讨厌靠'祥瑞'升官的马屁精"，仅仅是一个光明正大的借口。

领悟皇帝许许多多如《禁奏祥瑞诏》这样的"棒槌"的主旨以及背后的"精神"，研究上级的兴奋点，发现上级感兴趣的各种似"祥瑞"一般的征兆，自古至今，永远是一门复杂的学问。好像臭豆腐，闻闻臭，吃吃香。这征兆，那征兆，都有埋头苦干的"专家"，却唯有类似地震这样的与民生息息相关的征兆，多少年来不甚为大家重视，不然，青海的"玉树"也许就不会那么惨烈了。

（原载《教师报》2010年5月26日）

中国式腐败的六大传统观念

杨曾宪

"州官敢放火，我就敢点灯"——国人的公平观念

当下，不少人"打倒贪官"的意识，主要是源于痛恨腐败导致的社会不公、贫富差距，而并非是捍卫法治正义。所以，当腐败现象难以消除时，每个人都认为社会对己不公、都能为自己的腐败找到"正义"的理由："州官能放火"，为什么我就不能"点灯"！于是，反对大官用大权腐败的小官，会心安理得地用小权腐败；反对腐败官员的平民，自己也会托人结识腐败官员。

"有了权，就有了一切"——国人的权力观念

"官"来自"民"，社会有什么"官念"，官场上就有什么官员，这是鲁迅很早就阐明的道理。一些人千方百计考官、买官、跑官，看重的就是"权"背后的"势"、"威"、"名"、"利"。他们一旦当官，必将"公权"视同"私权"，拉帮结派、徇私舞弊、权为己用、利为己谋。这样的官，要是不贪，反倒是不可思议的。贪官必有淫威，所以，国人可痛骂八竿子够不到的巨贪，却绝不骂管着自己或自己有求于他的小贪。为贿赂"权力"谋取私利，国人会使出浑身解数"投其所好"。

"孩子摔了跤，首先打板凳"——国人的责任观念

中国的孩子跌倒了，大人打板凳；板凳无语，孩子消气了。自己被腐败了，甚至参与腐败了，都怨"体制"；"体制"无语，自己便"正义"了。国人因循这种逻辑思维是正常的，因为我们根本无法理解真正的公民责任

是怎么回事。学界一些"著名学者",一面与学术腐败共舞,靠抄袭、剽窃、炮制学术泡沫盗名窃利,一面把责任推到"逼良为娼"的学术体制上,自己装出一副"良家妇女"的样子。目前的学术体制问题再多,它也没糊涂到允许你抄袭呀!

"违章逮不住,那叫本事"——国人的法律观念

在国人看来,能从监狱中"捞人"的,那是大"牛人"本事;敢酒后开车的,那是小"牛人"本事;老老实实守法,只能表明你没本事,甚至会遭人斥责。某作家从美国接受法治精神回国,空旷马路上遇红灯自觉停下,结果后面的喇叭一起怒号连带一句"京骂"。当然,真正的"牛人",则是违章、违法而未被逮住的主。违法行为,任何国家都不鲜见,但如此将违法不当回事、反以为荣者,却绝对鲜见于法治国家。有位教授在课堂上大讲"美国人傻",举例道:自己在美国"买"一台摄像机,给亲戚录完后便"无原因退货"了。

"中国人,面子要紧"——国人的面子观念

行贿并非国粹,"黑金"各国皆有,但如吴思先生所说,国人一旦给"黑金"包上"红纸",变成"礼敬",就将"贿银"变成了必须"笑纳"的"礼金"了。"给面子",把丑恶的权钱"交易"变成礼尚往来的"交情",确是中国式腐败的一大特征。当老同学老战友、老领导以及哥儿们弟兄亲朋好友轮番出面请某位官员"给个面子"的时候,他就是想不知法犯法都难。

不畏法律的国人,为什么对这面子法则反倒敬畏至此呢?这是因为面子体现着国人的荣辱观念,丢什么,也不能丢面子。国人是否守法,只是个人行为;而是否讲面子,却牵扯到情缘关系中所有人的荣辱。如不给某人"面子",便是不给某群人"面子",就要受到"不仗义"的舆论制裁。

"兔子不吃窝边草"——国人的私德观念

私德是相对公德而言的。公德维护的是法治规范,私德维护的是礼制

规范。是否践行公德，与面子无关；是否践行私德，与面子有关"私德"不姓"公"，所以，对损害公共利益的腐败现象，私德不仅不制止，反而会助长、纵容。譬如国人吃请，对方是"私款"还是"公款"，这是要搞清的"首要问题"。私款请客，点菜别太贵，意思到就行了；公款吃喝，千万别客气，"不吃白不吃"。以此类推，凡损公肥私的腐败行为，私德是不会干预的。

（原载《社会科学报》2010年6月3日）

胡志明市大街上的摩托车

王晓明

西贡——现在叫胡志明市了——似乎很像上海：从早到晚堵车、到处起高楼、西贡河水污染得厉害、政府单位和涉外机构大都楼宇光鲜、一般民居则墙漆剥落灰不落拓……前些年，上海不就是这样么？即使现在，不少地方也还是这样的吧。

但也有不同。比方说，街上的摩托车——许多是轻便型的，类似我们这里的电动车——之多，就远非上海可比。从早上六点，到晚上九点，到处都是一群群的，风驰电掣，响声震天。连一位本地的越南朋友都疑惑：怎么街上总是有这么多人骑着摩托赶来赶去？

我注意到，这城市中心区的马路——许多都是单行道——上，只有靠左的三分之一路面，是画了线、给汽车走的，其余路面都归摩托车和自行车，因为自行车很少，这三分之二的路面，就几乎成了摩托车专用的。

因此，别看胡志明市街头的汽车大都簇新漂亮，白天走起来，因为车多路窄——只能行三分之一路面嘛，就塞得厉害，每每只能乌龟探头、一进一顿，而边上的摩托车手们，风尘仆仆的大叔，精干的瘦小伙子，纤细的小姑娘，戴着五花八门的口罩，左挪右闪，吱嘎一下，就蹿到前面去了！

原来，这街头的摩托车流能这么浩浩荡荡，是有交通法规和地上的白线给它们开道的。

我不禁想，如果胡志明市的交通官员，也像我家门前的大马路这样，把五分之四的路面划给汽车，让摩托车要么挤在汽车群里，要么去跟电动车和自行车争抢另外五分之一的路面，这些大叔小姑娘就是再身手灵活，也只能龟步蜗行，甚至人仰马翻了吧。

我对另一位胡志明市的本地朋友说：你们这马路上的线画得好啊，骑坐摩托车的普通市民不至于看着汽车扬长而去、自己却挤作一团而胸中郁闷。他却大摇其头：这算什么好？政府真要搞好交通，就该发展公共交通，而不是让摩托车成为老百姓的主要交通工具。他指着那些灵巧的背影说："一人一辆摩托车，多大的社会能量啊，要是节约下来干别的，多好……"这朋友的中文结结巴巴，但"社会能量"四字，用得甚是精当！

我又问：你们是什么时候把路面画成这样的？问了好几个人，都说不清，"好久以前就是这样规定的，"一位五十多岁的朋友说，"我小时候就是这样了。"我不禁小人之心了：当初所以将道路左面的三分之一划给汽车走，本意大概是要排除其他人力车辆，扩展汽车的路权吧？那时候汽车少，三分之一尽够了。

也就是说，并非是因为摩托车多了，就减少汽车的专行路面，而是后来汽车数量激增，其专行道的路面却一直没有同步扩张。

这就有意思了：随着经济的增长，在胡志明市，有钱有权的人和一般普通人都换了交通工具，前者坐汽车，后者骑摩托——以前普通市民多骑自行车。两者都要求更宽大的行驶路面，可是，中心城区的路面却不可能扩大这么多，怎么办？

在国内，当路面无法同时满足所有人的行路需求时，交通管理部门在路面的划分上，是优先满足坐车人的。不但许多道路都将大部分路面画成了机动车专行道，所有的高架快速道更只允许轿车和旅游车通行——汽车里面也分等级：公共汽车和卡车都被排除在外。

但胡志明市的做法，至少到目前为止，却和上海不同：既然不能同时满足所有人，那就干脆不动，原来怎么样，就继续怎么样。于是，即便新造了多条快速道，但我看到的两条都是一分为五，左面三条走汽车，其中一条是特别给卡车和公共汽车预备的，右边的两条，用很宽的修剪整齐的绿化带与汽车道隔开，则留给摩托和自行车。快速道的路面，比城中心的道路宽很多，这留给摩托车的路面，就也比城中心的摩托车道宽，骑手们一路驰骋，煞是快捷。

河内的情形也相似，连接机场和市区的高速路，是一分为二，左面行汽车，右面走摩托。市中心有些道路地面并不画线，于是就大家混行，汽车大按喇叭从右面往前超，摩托车自行车则左向插进汽车流，一点都不怵。喇叭废气搅成一片混乱，大家一起搏生活。

再说回上海。之所以弄得汽车如此优先，当然是因为制定政策的人，都是坐汽车的。但也有别的原因，比如对"速度"的崇拜：二十一世纪了，怎么能继续老牛破车、慢慢腾腾？再比如对"效率"的崇拜：造了时速一百五十公里的汽车，却挤得只能时速三十公里，怎能如此没效率？

在城市里，"速度"和"效率"是否就该第一？退一步，即便该它们第一，那是谁的速度？谁的效率？是所有市民的，还是一部分人的？为什么一想到速度和效率，就是汽车，就是坐在车里的人？那骑车和步行的，活该挤成一团、老牛破车么？

都说如今是"唯物"时代，大家眼里没别的，只有"物"。可我们每天看见的那些画在道路地面上的黄白线条，却给出了对这时代的更精准的定义：并非唯"物"，而是唯"心"，是根据时新的价值观，将"物"区分等级、分别对待！

我知道为什么喜欢胡志明市了：尽管大街上废气弥漫，太阳毒辣辣，这城市毕竟还有一点平等的气象，没有汽车可坐的人，依然有一份自己的行路权！

二〇一〇年三月，胡志明市，河内

（原载《书城》2010 年第 7 期）

郭德纲的嚣张不是罪

李承鹏

相声本就是一件很俗的事情，非让它装高雅，那不叫相声，叫诗朗"颂"。有把相声说到诗朗"颂"境界的，比如刚刚表示要铲除郭德纲三俗的高雅大师姜昆，每回他在春晚声情并茂弘扬主旋律时，我觉得自己必须穿上燕尾服才配得上聆听。就算笑，也须得用美声方法才可以"哈哈"。当然，这让我在生理上比较难受，所以一直也起不到洗涤灵魂的作用，这让我一直很鄙视自己。

我还真没那么喜欢郭德纲，我更喜欢马三立和侯宝林。可马三立那段"妈妈，有人偷咱家被窝啦"卖的是絮叨，跟高雅沾不上边。至于侯宝林那段《改行》，说的是晚清时老佛爷驾崩后不准艺人在天桥卖艺，还忌嬉笑和喜色，开玩笑是不许了，改行卖根萝卜得把红皮给套上，就连红瓤西瓜也是禁止的。可这也不见得就高雅，还很容易让别有用心的坏人产生联想……

我听相声习惯趿着拖鞋摇着扇子去剧场，或者洗完澡躺被窝里抠脚丫子瞎乐，我觉得相声这东西肯定触及不到我这个俗人的灵魂，最多只可触及我的身体上的笑筋，而这正好抵御生活中的郁闷，要是太高雅，会让我更郁闷。看，我就是这么一个俗人。

昨天早上起床，脑海里还浮掠百度里随处可搜的苍井空驾临世博的神迹，马上打住，因为俗；下得楼却见我们小区正进行全民健身运动，锣鼓喧天之中见一老太太咧着猩红的大嘴跟一老头眉来眼去，另一老头差点与该老头打起来，我赶紧撤，也俗；去喝茶见电视里正播放BTV鼎力制作的艺术瑰宝《红楼梦》，我一眼就瞥见黛玉香消玉殒前的玉体横陈，那一条粉腿咯，俗；赶紧买份报纸，标题上赫然是某官员包二奶一年的详细费用，最后不堪其纠缠找人一刀将其抹脖了……我就是被这个俗的世界包围着的，但我不会娶苍井空做老婆，不会真以为BTV玷污了曹雪芹，更不会包二奶且将其杀掉，因为任何人做任何坏事之前都会考虑后果，我胆小，何况还有这么多年的教育，就更胆小。

我们普遍都是受了30年左右的教育的，我们听郭德纲相声也不过3年，难道30多年的教育还抵挡不了3年的腐蚀，这就太不自信了。可中国的事情就是这样，总觉得坏人一个眼神就可以把我们勾引到对岸。其实不是这样的。用我们四川俚语讲就是，借郭德纲一个马达，他都尿不到三尺高的尿。

一些人骂郭德纲是因为他嚣张，嚣张是挺讨人烦的，可没有一条法律中有"嚣张罪"，否则下一步我们得发明"木讷罪"、"聪明罪"、"下贱罪"（后一条罪在明朝是有的），这样我们就没安全感了。一些人还因为郭德纲长了一副"黑社会"相，可这先得封杀郭德纲的爹妈而不是他本人（这一条在"文革"中也是有的）。长得像"黑社会"就是罪，那连孙红雷也不会有安全感了。另一些人说郭德纲盘剥员工，可是我也没见谁取消郭台铭的生产资格和出版资格，各地政府不正夹着阳道欢迎吗？犯了A罪却用B罪来惩戒，这不是文明社会该做的。

在郭德纲这件事上，能说些人话的人并不多，在此认同赵丽华、冯小刚、健翔、龚晓跃、王小山、胡淑芬及其他一小撮人，向他们致敬。但人太少了，特别是知识分子层面的人太少了。我一直觉得中国的很多知识分子是比说相声的更可疑的，他们一生所持重的不是恒定的标准，而是势利的心机。他们总喜欢打太平拳，见着没危险或可欺的一窝蜂而上，以对方心理受伤害程度为战利品，并互相吹嘘自己文学的手段了得。那个中国人群殴之后的骄傲自豪油然写在正确的脸上。是的，他们不是为了真理而写作，他们是为了正确而写作。他们其实是一个家族的，他们的家族几千年来都是复姓——正确。

我跟郭胖子一点都不熟，我也不是为他出头。我只是很好奇，一个说相声的，说了些狂妄之语，就遭致禁止了宪法赋予的出版权利，其一徒打了人，其所有徒弟竟以自查之名失去工作权利，这符合哪条法律？先前还信誓旦旦的工会又跑到哪条胡同吃红瓤西瓜去了？事实是，郭台铭说那么多人跳楼与富士康管理无关时，你们不愤怒，郭德纲说偷拍不招打此事古难全，你们很愤怒；郭敬明抄袭赢利数千万元，你们不眼红，郭德纲说段子赚钱，你们很眼红；湖北厅官到底是抓扯还是暴打，你们不调查，郭德纲徒弟推还是扯，你们要求一查到底……这样弄下去，我们都没安全感。

你说，为什么中国人活得没安全感？中国的一切之本，是爱人民、爱同类。

（原载《南方都市报》2010年8月11日）

残羹剩饭鸡的皮
陶 杰

上海世博开幕了,西方媒体重点报道,只有两件事:世博序曲《2010等你来》抄袭日本女歌手冈本的旧作,中国馆的建筑设计也涉嫌抄袭日本的安藤忠雄。还有就是中国民众进场不守秩序,恐后争先,遍地剩菜残羹的饭盒,一片狼藉,似有辱国体。

本来,序曲抄袭问题,音韵相似,见仁见智。西方70年代民乐天王西蒙和加尔芬可(Simon and Garfunkel)的名曲《静默之音》(Sound of Silence)在西方知识分子之间风行至今,其开场第一句"哈啰,黑暗,我的老朋友"(Hello darkness my old friend)竟然与60年代另一首名曲《以吻封印》(Sealed with a Kiss)的第一句"虽然我们夏天就要分手"(Though we've got say goodbye for the summer)旋律完全一样,显然也有抄袭之嫌。中日两国,同文同种,一衣带水,日本江户时代的武士道,岂也不抄袭我国"士为知己者死"春秋战国的豫让和荆轲的样品?且不说安藤忠雄的设计,也得灵感自我国唐朝。

世博序曲的抄袭疑云,只要我方发言人对现代音乐史博学一点,反应敏捷一些,完全可以坚持立场,予以反击。可惜,序曲的"原作者"匆匆表示愿意向日方补付版权费,率先露馅投降,致使愤青长啸,志士扼腕。本来可以引述鲁迅的"臭虫论"——若自家被发现有臭虫,切记赶紧说,臭虫外国也有,我不老实,他也是个孬种,打成个平手——时不察,令人惋惜。

为什么洋人诬蔑我国是"抄袭大国"?其中大有误解。"十月革命一声炮响,给我们送来了马克思主义",我们没有抄袭,只是人家硬给我们送来而已。"中学为体,西学为用",鲁迅也讲"拿来主义",我们从来没有盗窃产权，只是灵活变通，或引进，或"转用"，或莫名其妙地"被送来"。中西文化有别，中国是一个大熔炉，马可波罗不也把中国的面条抄到意大利，变成他们的国粹？中国的饺子，变成意大利的 Rivoli，谁又计较过？

许多是非和真相，像国人对一些重大的争议打马虎眼蒙混过关时最喜欢说的一句话："在那个时代，许多问题，也说不清楚"，或者"这个问题，让下一代解决，让时间证明"。洋人死咬着不放，一句"居心叵测"、"别有用心"，就是麻将桌上的百搭牌，一自摸，必可反败为胜。

至于国人不爱排队，喧哗抢先，则确属实情，但这是"历史遗留的问题"，难以深责。我国3000年来，充满苦难，不是饥荒，就是内战，不是李自成张献忠或太平军在后面追赶，就是日本鬼子的飞机在闸北上空乱投炸弹。兵荒马乱。儿啼妻哭，拖男带女，呼爹喊娘，这种场面世代熟悉。中国人在集体迁移时，总有一点逃荒的记忆和逃难的基因。跑慢半步，不但妻离子散，连命也没有了。就像花港观鱼，向水面撒一把饲料，千鳞万尾，翻腾哄抢，喂鱼者眼见这一片弱肉强食的达尔文现象，正是根本乐趣所在。鱼群一条条排好队来领食，则戏剧性大减，天公造物，别有妙趣的唯物辩证。

西方传媒惯于以己度人，像英国就有一个礼让的绅士阶级传统，我国60年来，翻天覆地，士大夫和地主阶级铲除了，知识分子关牛棚，翻译家杨宪益的英国夫人戴乃迭在十年动乱时期进了监狱，狱警给她递米饭，她伸手去接，必下意识地用汉语说一声"谢谢"，后世不禁称奇。

我国大款游客去巴黎旅行，在春天百货店集体血拼，也像非洲的难民蜂拥到联合国的物资货车周围，争相伸手要粮。亲爱的同胞们，大家今天有钱了，慢慢来，不要焦急，一个挨一个付款，凡事循序渐进，切忌一步到位，购物按部就货，须记宾主和谐。法国总统萨科奇携同他的夫人布吕尼来华访问了，为了营造中法友好气氛，爱丽舍宫一定会向巴黎各大名牌店打电话紧急指示，为免引起骚乱，保证货源充，LV，会有的！香奈儿5号和19号，会有的！

西方传媒看上海世博，都说硬件建设超前，软件配套不上，难免总爱找茬。我国是一个农业大国，老百姓游世博，总像乡下人进城趁墟赶集。上海再大，不还是晾衣竹满屋檐睡衣大爷满街跑的一个特大农村，世博才是被包围的城市，对于上海人，各国展馆还残存些租界的幻觉，只是今天一片太平盛世，又没有日本战机在上空盘旋，我们香港同胞吁请上海同胞自重，大家都是国际都市，既处于现代化的尖端，给各省市做一个榜样，可乎？

也请西方传媒放下偏见，摄影记者多拍中国馆科技展品的正面外貌，少往遍地发泡胶饭盒和一次性木筷子聚焦。从积极的一面看，遍地丢弃的饭盒剩菜还真不少，这不是失控无序，而是吃饱了的活证据。西方人常说半杯水明摆在那，乐观者说这是半杯水，悲观的人却一口咬定，他只看见半只空杯。在这个忧喜参半、人妖难分的世纪，哄抢打尖，显大盛世；残羹剩饭，见"鸡的皮"，就像明末大画家八大山人草书的签名：乍看"哭之"，再顾是"笑之"。4月的奇怪天气，乍暖还寒，还真教人在火山灰和沙尘暴交融的关头，重重打一个大喷嚏，唾沫四飞。

（原载《南风窗》2010年第10期）

为官不可不知的绝妙好词

汪庆国

本人久经官场,即将船到码头、车到站。在此,不妨将自己多年为官的秘诀无私奉献给各位来者,以期发扬光大。

政治任务

如果担心某项工作有可能推不动时怎么办?不妨将这项工作戴上一顶"政治任务"的帽子来传达布置下去,保证能起到劈山开路的作用。因为为官者与生俱来对"政治"二字极其敏感,他们都知道别的错误可以犯,政治错误不能犯。所以一听说是"政治任务",谁都不敢有半点含糊、怠慢。譬如,消灭老鼠、蟑螂、臭虫、苍蝇,你要是就事论事,做一般号召往往起不了多大作用,但如果你把这事列为"政治任务",就基本上可以宣告老鼠、蟑螂、臭虫、苍蝇的末日到了。再比如,拆迁工作难度很大,不要紧,你只要冠以"政治任务"布置下去,各路人马就会所向披靡,勇往直前,以摧枯拉朽之势,横扫、荡平一切。我的体会是,做什么事情,只要赋予其是一项"政治任务",就会激发出手下的聪明才智,表现出特别能战斗,没有什么可以阻挡住他们的行动。不信,这一招保证你屡试不爽。

保持一致

当领导少不了要决策、拍板,绝不能允许有不同的声音甚至是"杂音"的存在。如果有人对你作出的某项决策评头论足,提出反对意见时,千万不能被他们所左右,否则会影响你在班子里的威信。让他们闭上嘴巴的最好办法是,拉大旗作虎皮,拿"保持一致"来说事。因为你能够"代表"组织,跟组织保持一致,自然就是跟你保持一致。反之与你唱反调,就是与组织唱反调。事实证明,身为官场中人,对"保持一致"的敏感度丝毫不会逊于对"政治任务"的敏感度。所以"保持一致",绝对能让你的手下噤若寒蝉,屁都不敢放。

维护稳定

这是一个绝妙的好词,好就好在你可以灵活运用,比如,你决定要对某个事件进行严查,可以说是为了"维护稳定",平息民愤。反之,你决定不严查,也可以说是为了"维护稳定"。比如,你很讨厌刁民集体上访,就可以举起"维护稳定"的大刀,杀鸡给猴看,以破坏"稳定"的名义,把带头上访的刁民抓起来,关到精神病院去调理。反过来,遇到属下腐败时,你担心一路彻查下去会扯出一大串"葡萄"不好收场,不妨以"维护稳定"的名义,点到为止,要求办案人员见好就收,免得官场发生震荡,不利于为人民服务。

研究研究

解决问题既是领导能力的体现,也是领导的艺术之所在。解决不了的问题,不要说解决不了,那样会有损于自己的威信;能解决的问题,也不要轻易说能解决。太容易解决了,既显不出问题的难度,也显不出你的领导水平和办事能力。轻而易举就解决了,别人就不会对你心存感激之心。"研究研究"是应对来者最好的办法,既不破灭对方心中的期望,又不损害自己的威信。何况有的问题说不定等你"研究研究",暂缓一下,对方的要求就有可能自生自灭了。好在这一条,为官者基本上都是无师自通。

无可奉告

现如今的记者很是难缠,尤其是出了问题后,防不胜防,他们老是向当领导的提出一些刻薄、尖锐的问题,回答不好会出洋相,让人笑掉大牙。因此,要善于用"无可奉告"四个字来打发记者,倘若嫌这四个字过于生硬,不妨三缄其口,切记沉默是金,祸从口出;要么就打太极,一推二五六，要么就装疯卖傻，假装不知道；要么东拉西扯，环顾左右而言他。总之，绝对不能像郑州市规划局那位副局长那样反问记者："你是准备替党说话，还是准备替老百姓说话？"

不明真相

如今，发生群体事件的概率很高，当领导整天提心吊胆的过日子，而一旦发生群体事件，动静一般都闹得很大，影响极坏，搞得不好会"乌纱"不保。因此怎么给群体事件归因，关系到事后的责任追究。"不明真相"是一个好词。"不明真相"的潜台词就是告诉世人，不是参与事件的所有人都对领导的工作不满，完全是受了少数别有用心的人煽动、唆使才引发的，说明群众素质低，是非辨别能力差，很容易被少数不怀好意的人蛊惑、挑动。发生这样的事和领导的工作能力、水平没有多大关系，只要把一小撮带头闹事的人抓起来就行了。

严肃处理

在你的辖地，一旦发生重大安全事故或群体事件，舆论必定沸沸扬扬，为了对上有个交代，对下可以平息民怨，安抚民心，事后肯定要给民众一个说法。因此，处在风口浪尖上，要迅速对外宣布对有关责任人作出"严肃处理"——免职。如今免职处理已经成为最流行选择，这是爱护干部的需要。免职权当是给其放一次"长假"，待舆论平息了，再挪个窝重新履职。你不计前嫌，在他落难时没有忘记拉兄弟一把，日后人家会把你当作再生父母来孝敬。否则以后还有谁代你受过。

除了以上这些绝妙好词外，还有很多很多，诸如"与国际接轨"啦、"中国国情"啦，等等。在此，权当是抛砖引玉，恕不一一举例。

（原载《华声》2010 年第 10 期）

我为普通公民制定的《说话守则》

汪弱之

近来若干报道表明，公民乱说话的现象十分严重，既破坏了社会的安定，又损害了自身的利益。我不忍心看着乱说话的现象继续蔓延，特为普通公民制定了《说话守则》（说明：本守则所说的"说话"，既包括用嘴巴说话，也包括用文字说话）。主要条款如下：

1. 不要在互联网上乱说话，不要在外地媒体上乱说话，不要越级乱说话，而要通过正常渠道说话。正常渠道包括当地的主流媒体（如经常刊登当地领导照片的报纸、经常出现领导作重要讲话镜头的电视台）、直接上级（如果你是农民，你的直接上级就是村委会主任；你是教师，你的直接上级就是校长）。即使主流媒体不让你说话，直接上级不听你讲的话，你也要坚持通过正常渠道说话。如果主流媒体仍然不让你说话，直接上级仍然不听你的话，那就说明你的话不正确，你就不要再说话

2. 不要对政府工作指手画脚评头品足。要坚信政府所做的一切都是为人民服务的，主流是好的。即使在拆迁过程中使用了暴力，那也是由于钉子户暴力抗法。即使将精神正常的上访户送到了精神病医院，那也是由于上访户没有听招呼。因此，即使你对他们抱有同情，也要绝对站在政府的立场上讲话。

3. 不要说与主流媒体及政府发言人不同的话。政府发言人说发臭发黑的水没有污染，你就说没有污染。政府发言人说醉醺醺的司机没有喝酒，是喝水喝醉的，你就说那个撞死人的司机一向滴酒不饮，多少年来一直只喝水。政府发言人说三聚氰胺对人不仅无害，反而有益，你就说你的癌症是吃三聚氰胺吃好的。

4. 不随便议论还在经常作廉政报告的领导。即使你亲眼看到他一次受

贿千万,也不要乱说。即使你亲眼看到他在办公室与情人搞在一起,也不要乱说。只要他还没有被双规,他就是好干部。你随意乱说,说他有这不是那不是,你就是诽谤领导,就是对领导进行人身攻击。

5. 如果你控制不住自己,硬要批评政府与领导,那也要做到两点:一、出发点要正确,要保证自己是出于高尚的目的,不得因为自己的私利而乱说。二、证据要确凿。如果你亲眼见警察打了人,但你没有录像,没有旁证,那就不要乱说。如果警察是用右手打了人,你说他是用左手打的,那就是乱说。如果警察打了人十拳,你说打了九拳或十一拳,都属于乱说,乱说就是污蔑。假如你准备举报警察打人,你就应该带上录像机和几个与你不相识的人到将要出事的地点等待。

6. 与领导说话,语气中要充满恭敬与谦卑。与前来视察的领导说话,要注意维护地方的形象,说当地领导如何勤政廉洁关心百姓,不要说违背当地领导意图的话。

7. 正确理解《宪法》中所讲的言论自由《宪法》规定公民有"言论"的自由,而没有规定公民有"乱说"的自由。如果《宪法》与各地的政策相抵触,以各地的政策为准。在任何情况下,不要搬出《宪法》为自己的乱说辩解。如果你这样做了,就等于在说领导不懂《宪法》,就要对你进一步惩罚。

[原载《杂文选刊》2010 年 10 月(下)]